颜氏文献丛书 徐复岭 主编

颜伯珣 颜伯璟诗校注

（清）颜伯珣 （清）颜伯璟 著

樊英民 徐复岭 校注

线装书局

图书在版编目（CIP）数据

颜伯珣　颜伯璟诗校注／（清）颜伯珣，（清）颜伯璟著；樊英民，徐复岭校注. —北京：线装书局，2021.8
（颜氏文献丛书／徐复岭主编）
ISBN 978-7-5120-4556-9

Ⅰ. ①颜… Ⅱ. ①颜… ②颜… ③樊… ④徐… Ⅲ. ①古典诗歌—注释—中国—清代 Ⅳ. ①I222.749

中国版本图书馆 CIP 数据核字（2021）第 155257 号

颜伯珣　颜伯璟诗校注

作　　者：（清）颜伯珣　（清）颜伯璟
校　　注：樊英民　徐复岭
责任编辑：林　菲
出版发行：线装書局
　　地　　址：北京市丰台区方庄日月天地大厦 B 座 17 层（100078）
　　电　　话：010-58077126（发行部）　010-58076938（总编室）
　　网　　址：www.zgxzsj.com
经　　销：新华书店
印　　制：三河市龙大印装有限公司
开　　本：710mm×1000mm　1/16
印　　张：35.5
字　　数：637 千字
版　　次：2022 年 7 月第 1 版第 1 次印刷
印　　数：0001—2000 册

线装书局官方微信

定　　价：98.00 元

一、钟离尚滨绘《颜伯珣抚琴图》，山东省博物馆藏。纵 184 厘米、横 76 厘米，纸本设色。图左下角署"钟离尚滨写"。钟离尚滨应是寿州画家，本书卷五有《钟离山人尚滨画秖芳园拟山水图歌》。

秪芳園集卷上　　　　　　　　顏伯珣

春宮詞

蕊殿俄傳鳳輦來瑣窗幽夢尚裴徊流鶯亦解迎新寵
翩燕依從扇影迴花冢無妨籠翠袖寒濃猶怯步春苔
諳隨新隊承恩寵有易殘粧倚玉臺

得舍姪笈報書

炎仲傳言恐不違髓初喜見女緘遐吟詩浸笑途問訊
戴酒芳乘雪後船行看江梅生綠勻蹯應山竹長紅泉
自就清畫攤書卧閣上猶餘子敬氈

〈秪芳園集卷上〉

赴京發復溪前一日作

郊雨瀟輕塵溪門逸望新一朝燕市家十載武陵人山
鳥啼紅藥驄歇起綠褫行藏短鬢忘不獨戀姿媚

贈從姪大

芘蘭化為茅谷風空幽蟄爪蔨與蔦蘿引蔓紛爲記金
翕寧宙閒我處獨寒廒緜懷舊思顧京厭新謌胡宗
當窮逢但得仲容衆人生貴思謬別不與郭女父魇
于持維女歲猶弱墙淺生辣荆原寒自習繁及長性乞
酸階閒頑且格赤霄雲正深窈翮用一鞠溘倒澤錮㧤
情好兩無作溪西有高簠遙并雙溪鄙朝復雲鳥過峯

43-706

二、颜伯珣《秪芳园集》书影，山东省博物馆藏海岱人文钞本。

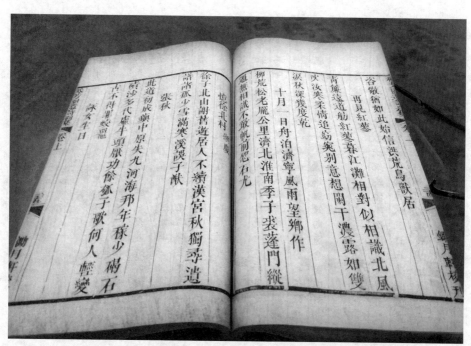

三、嘉庆二十四年锄月轩刻本《秪芳园遗诗》书影，藏山东省图书馆。

先孝靖公遺詩

咏蜻

蜻蜓如沸蕢南威扇方逞義輪待物化且顧羲輪永昨
夜梧桐飄秋報泛金井迸受邛園深共惜桑榆景素簪
衾虛空天籟吹逾靜夕露生華滋朝霞伴孤迎念皆居
華澤不逮炎與冷美蓉良可裹栗林更三省

哭養微社兄詩未就值衆兄礪歸書此志痛

石門癯老人鮮識早歲經營晚歲息世法脫却誦黃庭
白闕元鶴共秋日閉戶著書罷石髓破磑傲骨山嶐立

白髮卻陸風雨盟城郭時見穎君色吁嗟眼中之人昏

孝靖遺詩

夏集一月雨作故人哭金章荷衣同惻、兵戈旅欖江
老大二十年來何嗟双先生姍戍牟同人西江歸樺傻

水寒虎巖人去山路黑獨慘龍鍾尚道余朝滯沂南薈

泗北

六月苦雨

北園茅屋大如斗鼓吹蝸涎然不有潛翻急而引秋報
轟、夜脆干門兆夏来危樓當恍風日在滿湘圖畫中
山淄縱橫匝練宜織宇野樹何玲瓏頑雲經月忍盛工
于婦牽、走敵屋空城桂玉謀果炊半間猶堪蔽頑眉

四、颜伯璟《孝靖遗诗》书影，山东省博物馆藏海岱人文钞本。

書次家扶來知尔已經

絕照常不覺色喜似應

了黎心勞爲當加意休

青也罷救前月念月巳至郡

常況瘠陛學大虑公須

敷月方一四束後所求哈

未就備瘠石陡早婦殊

度復須幸　　漁鄉親

五、颜伯璟与子光敏书手迹（局部），藏上海市图书馆。

"颜氏文献丛书"
编辑出版说明

以颜光敏为代表的清朝曲阜颜氏家族，家学渊源深厚，向有重儒笃学、诗礼传家的优良传统。自顺、康至雍、乾百余年间，曲阜颜氏仕宦不绝，文脉绵延，传世著作甚夥，但大都为稿本或抄本，虽也有少数几种刻印本，只是收藏于个别大图书馆或博物馆内，流传面极窄，一般读者难得一见。文献内容十分丰富，包括诗歌创作、经学阐释以及笔记杂著、家乘尺牍等。其中有些文献如颜光敏、颜伯珣、颜懋侨等人的诗歌创作，具有重要的文学研究价值和社会认识价值，而《颜氏家诚》《颜氏家藏尺牍》等文献的重要历史资料价值和研究价值，也早已引起了学术界的重视。

清朝曲阜颜氏家族文献是我国优秀传统文化的一部分，是留给我们的宝贵文化遗产。济宁学院地处颜氏故乡，理应对包括颜氏家族文献在内的曲阜地域文化和乡贤文化研究做出自己应有的努力和贡献。整理和研究清朝颜氏家族的珍贵历史文献，编辑出版"颜氏文献丛书"，正是我们开展中华优秀传统文化研究工作的一个重要方面。这套"颜氏文献丛书"的编辑出版，不仅对于丰富和拓展地域文化、家族文化乃至清朝前期社会历史与文学发展史的研究领域与内容有重要意义，而且对于继承和弘扬儒家优秀传统文化、促进社会主义核心价值观形成和精神文明建设都具有重要的意义。

为编辑这套"颜氏文献丛书"，我们从校内外（以校内为主）选聘了有关专家学者，组成了编辑委员会和专门的编辑班子。我们要求"文献丛书"以整理本的形式出版，对每本书都要进行认真的校勘、注释。"文献丛书"计划编辑出版八种，分批出齐。具体书目和整理人分工如下：

《颜伯珣　颜伯璟诗校注》，樊英民、徐复岭整理；

《颜光敏诗文校注》，赵雷、王永超整理；

《颜光猷　颜光敩诗校注》，吴宪贞整理；

《颜肇维　颜小来诗校注》，颜健、孙毓晗整理；

《颜懋伦　颜懋价诗校注》，颜伟、段春杨整理；

《颜懋侨诗校注》，赵雷整理；

《颜崇槼诗文校注》，王祥整理；

《〈颜氏家藏尺牍〉校注》，王永超、徐复岭整理。

丛书编写与出版过程中，济宁学院领导给予了大力支持。曲阜颜子研究会也给与了支持和帮助。首都图书馆、北京大学图书馆、山东省图书馆、青岛市图书馆、曲阜师大图书馆以及我校图书馆等，为我们查阅与复制资料提供了诸多方便。曲阜师范大学赵传仁教授和民间收藏家、青岛海右博物馆赵敦玲馆长等，无私地将珍贵私藏提供给我们使用。为弘扬我国优秀传统文化，大家尽其所能，做出了自己的最大努力。在此，我们向有关方面和热心的朋友表示由衷的感谢！

由于水平所限，整理工作中难免存有缺陷甚至错误，欢迎专家和广大读者提出批评和建议。

济宁学院“颜氏文献丛书”编辑委员会

"颜氏文献丛书" 序

　　历史上经济文化相对发达地区的著姓望族，大都非常重视家族文化建设，而创作、辑存、整理、出版家族文献，又是家族文化建设最为重要的内容之一。山左望族是有清一代文献活动最为频繁的家族，山东地区也因此成为全国文献资源最雄厚、文献活动最活跃的地区之一。新城王氏、安丘曹氏、聊城杨氏、鱼台马氏、即墨黄氏，以及曲阜孔氏、颜氏，等等，作为地方上具有举足轻重作用的社会力量，这些望族的家族文化成就在相当程度上反映甚至决定着当地地方文化的成就。

　　这些文献发达型的名门右族，在发展壮大的过程中，济美多才，作者迭兴，风流不坠，文采焕发，堪称"文献之家"。他们留下的文献资料卷帙浩繁，"上以备国家搜访，近以供邑乘钩遗"，极大地丰富充实了地方文献的内容，成为地方文献中最重要的组成部分，具有重要的历史价值；同时，也为社会开辟了一扇了解该家族的历史，特别是该家族智慧成果的窗口。由于家族文献大多没有正式出版，流布分散，又少有现成的目录索引可资检索，网罗散佚相当困难，因此，文献家族还特别重视本族文献的收集与保存，凡属本族文献零落仅存者，乃至于零缣残墨、吉光片羽，亦在掇拾之列；继而或编纂总目，或汇辑总集，或刊刻丛书，使后人藉以一窥该家族的学术史、文化史。总体而言，清代山东地区望族的文献活动，无论在数量上还是质量上，都达到了相当高的水平，相应地大大提升了整个山东地区的文化质量。

　　颜氏是鲁国望族。自复圣颜子之后，世居鲁都曲阜或徙居外乡的颜氏后人，赓续先祖圣训，重儒笃学，文人踵兴，累世有集，一门称盛。清顺治至乾隆朝一百余年间，以颜光敏为代表的数代曲阜颜氏家族成员，无论为官还是为民，风雅祖述，诗礼相承，前薪后火，息息相继，逮于闺秀，亦娴吟咏，构成一条壮观的家族文化之链，留下丰厚的家族文献遗产，显示出家族源远流长的文化传承以及家族文化活动旺盛的生命力。这批遗著举凡诗文创作、经典阐释、家

1

乘方志、诗话笔记、博物考古、形胜记撰等，含括宏富，数量巨大，都具有很高的价值，其中尤以诗歌为长，在历代家族文化和家族文献中颇具代表性和典型性。十多年前，颜氏家族成员的这批著作，还大都没有正式刻印出版过，只是以稿本或抄本的形式保存流传，有的在图书馆或博物馆束之高阁，有的在民间散落尘封，赖一线而孤传，这既不能发挥历史文献应有的社会价值，也面临着湮灭或失传的危险。2006 年，为抢救保存具有一定学术价值的罕传文献，我们启动了《山东文献集成》的编纂工作。在调查收集、考订编纂山东文献的过程中，我们深深体会到乡邦文献抢救保存和流通的紧迫性。《山东文献集成》第一辑中收录的山东省博物馆藏《海岱人文》稿本，其中收有曲阜颜氏诗文集三十三种之多，大部分传世稀少。"颜氏文献丛书"的整理编纂，学者们大都注意到或使用了《山东文献集成》的相关本子，稀见善本不羽而飞，嘉惠士林，这正是我们编纂《山东文献集成》的初衷所在。

　　一项好的古籍整理成果，选题确当与做法地道当然是极为重要的，但更重要的还是整理者的学术专长和业务水平。本丛书的主编徐复岭教授早年就以研究《醒世姻缘传》等相关学术问题和汉语史为世所知。如今徐教授已届耄龄，但老骥伏枥、壮心犹存，近年仍活跃在语言学、辞书编纂学等领域，耕耘不辍，相继推出《近现代汉语论稿》《〈金瓶梅词话〉〈醒世姻缘传〉〈聊斋俚曲集〉语言词典》等著作。对于"颜氏文献丛书"的校注整理，徐教授亲自选定工作版本、规定整理体例、拟定工作方法，带领一批学有专长的博士、教授和地方文史专家，经过数年艰苦努力，第一批书稿就要出版了，这是值得祝贺的事情。

　　就"颜氏文献丛书"首批四种著作来看，校注体例合乎古籍整理的传统做法，注释详略也适合一般学习者的阅读与利用，这些做法都是非常地道、也是值得称道的。特别需要指出的是，校注者多方搜求现有存世版本，尽量把原作者的作品收齐、收全，校注时选用最佳版本作为工作底本。这里不妨结合我的某些工作经历举几个例子。我曾参与主持编辑的《山东文献集成》，收录颜伯珣的诗作仅限于《祇芳园集》《旧雨草堂集》和《颜氏三家诗集》等三个钞本，而"颜氏文献丛书"另外收集到嘉庆二十五年（岁次庚辰，1820）锄月轩刻印本《祇芳园遗诗》，该印本四卷、别集二卷，补遗一卷，现藏山东省图书馆，先师王绍曾先生《山东文献书目》著录。三个钞本共收颜诗二百七十七首，而刻本《祇芳园遗诗》则收诗四百四十二首，较三种钞本多出一百四十五首。整理者将颜伯珣所有版本的诗作合并并去其重出者，得诗计五百五十六首，颜伯珣存世诗作首次得成完璧。再如颜懋伦诗集《什一编》，《山东文献集成》中《海岱人文》钞本仅收诗三十三首，"颜氏文献丛书"整理者千方百计从民间访得该集稿本，仅"丙辰至丙寅"部分就收诗一百一十二首。研究颜懋伦诗歌，"颜氏文献丛书"本无疑优于《海岱人文》本。又如颜肇维《锺水堂诗》，我在拙著《四库存目标注》中，曾加标注，但所恨闻见不广，没有提及国家图书馆还藏有此书。"颜氏文献丛书"整理者经过寻访，发现该书除北大本、南图本、鲁图本和青图本之外，国图本实属该书另一重要版本。另外，齐鲁书社1997年出版《四库全书存目丛书》影印《锺水堂诗》时，所依据的是虫蚀严重、序跋残缺且正文仅存三卷的南图本。而"颜氏文献丛书"整理者在对该书各种版本进行细致勘考辨后，认定青图本是成书最晚、收诗最全的本子，且精校精刻、保存完好，遂作为整理工作的底本——这种考镜源流的工作对学术研究的影响是不言而喻的。

"家之粹，即国之粹"。对清朝曲阜颜氏家族文化和文献进行系统整理研究，无疑是极有意义的工作。这不仅对于拓展丰富地域家族文化和清朝社会史与文学发展史的研究领域与内容具有重要价值，而且对于继承和弘扬儒家优秀传统文化、促进社会主义核心价值观形成和精神文明建设都具有重要现实意义。颜氏家族文献固然以诗歌创作为大宗，其他类型的文献似也不容忽略。仅拿颜光敏举例，氏著《训蒙日纂》是一部帮助童子读经典的启蒙性读物，在今天仍有启发意义：其《文释》卷对常用文言虚词逐一作了通俗解读；《音正》卷则讲解古音、纠正方音。作为一部"小学"类著作，本书具有工具书或辅助教材的性质，著名学者毛先舒称《音正》卷"细如毛发，昭哉发矇"，《文释》卷也早于刘淇《助字辨略》，在我国古代语法史研究中理应占有一席之地。他的《德园日历》、《南行日历》（附《历下纪游》）、《京师日历》三部日记，保存了大量清初珍贵史料，足以发明史实、补苴史阙，是极为重要的历史文献，颇具参考价值。其他诸如诗话、笔记、文物考古等方面的文献，其价值也尚待深入开发利用。我们期待具有更高学术水平的"颜氏文献丛书"的第二批、第三批成果也早日问世。

2021 年 7 月 10 日　杜泽逊于槐影楼

目 录

颜伯珣诗校注

下编　秖芳园集

附编

颜伯璟诗校注

颜伯珣诗校注

颜伯珣和他的诗
（代前言）

　　清初，山东曲阜孔、颜两个家族都名人迭出。孔氏以孔尚任为代表，颜氏以颜光敏为代表，这早已为人熟知。但与其同时还有一位重要的人物，无论其人生功业还是文学成就，都足以与他们相埒，他就是颜光敏的叔父颜伯珣。

　　颜伯珣的知名度远不如他的侄子光敏兄弟，甚至也不如曾孙辈的懋侨兄弟。光猷、光敏、光敳，以其"一母三进士"的科举佳话，数百年来在其故乡几乎妇孺皆知；光敏又被称为"金台十子"之首而见诸载籍。懋侨曾供职内廷，和达官名士交往，又与懋伦兄弟数人唱和，诗酒翰墨，一门风雅，才名流传数世。相比起来，伯珣几乎成了一位被湮没的人物。

　　数百年的时间足以淘洗掉表面的浮华和世俗的好恶，使我们可以冷静客观地观察颜伯珣其人其诗。此时我们发现，颜伯珣的价值被严重忽略了，他是一个值得崇敬的历史人物，又是一位杰出的诗人。他人生的功业和信念，在今天也有重要的启示意义；他的诗作对社会生活的真实反映、忠实记录和认真思考，其深度和广度，有一些是同时代其他作者难以望其项背的，其中一些甚至可以与文学史上的杰作名篇相媲美。

　　颜伯珣现存的五百多首诗歌，是一个蕴含丰富的矿藏，值得努力开采发掘，其价值不应局限于地方文史。

一

　　颜伯珣，字石珍，又字季相、相叔。1637 年（明崇祯十年丁丑）生。

　　颜伯珣的父亲颜胤绍（又作孕绍），是一个非常了不起的人物，他凭着刻苦攻读而成进士，历任凤阳、江都、邯郸知县，所至有政声。其时已是明亡的前夜，崇祯十五年（1642）清兵南下时，他临危受命任河间知府，率众守城，但城终被攻破，于是阖家六口自焚殉国。当时伯珣只有 6 岁，被亲兵吕有年从火中抢出，得免一死，流落民间，后来被跣行千里寻父尸的长兄颜伯璟找到，带回曲阜家中。

伯珣在长兄的关爱下长大。伯璟入清后拒绝参加科举，与孔贞瑄、颜伯显、魏孟宣、刘显斯诸遗民文人高相唱和，加意教育伯珣和光猷、光敏兄弟。叔侄三人年龄相近，一起读书。但颜伯珣的科举道路远不及其侄子顺畅。

伯珣 15 岁进学成秀才，却迟迟不能中举。这里应该说明，至少从明代起，曲阜就设有四氏学，供孔、颜、曾、孟的子弟入读。朝廷在岁贡名额、经费以及任用等方面有种种恩渥和优待。在康熙十四年乡试时，颜伯珣已经考中，"发号登榜"，最后却"以二颜不合例，易去"。（《颜氏族谱》）

所谓"二颜不合例"，说白了就是一科不能取两个颜姓，因为当时朝廷给四氏学的名额是两个，如果两个颜姓，就等于孔姓失去了中举机会，这是孔氏不能容忍的。其实，当初提学道施闰章上疏时定的章程是"不拘孔颜曾孟，凭文取中"，但孔姓觉得另三姓是沾了孔姓的光，无论如何每科必须有一孔姓中举，心理才能平衡。例如顺治十四年（1657），颜光敏在考试中七试均为第一，就因他不姓孔，硬是拿下；康熙二年（1663）终于中举，而"孔族诸无赖"得到消息后，居然"哗于门，扯去报帖"（颜肇维《颜修来先生年谱》）。可见族大人多的孔姓对颜姓有多么仇视。清·吴振棫《养吉斋丛录》卷九记："曲阜设四氏学，乡试编耳字号，中一名，每科取中皆至圣裔。故有'无孔不开榜'之谣。顺治乙酉，给事中严沆典山东试，疏请取二人，康熙间增一名，颜、曾、孟三氏及各贤裔始有中式者……"所说就是此事。乙酉是顺治二年（1645），看来严沆的疏当时并未起作用。

《曲阜县志》载康熙十四年举人为颜光是和孔兴琏。看来当年颜光是和颜伯珣成绩最好，因为孔族的激烈反对，才终于撤下了颜伯珣换上了孔兴琏。在这次孔族和学政的博弈中，形成的共识就是必须保证每科都至少有一名孔姓。所谓"二颜不合例"，其实是"无孔不合例"。不管怎样，作为曲阜这个孔氏王国治下的小民，颜伯珣也只好忍气吞声承受这样的结果了。

孔贞瑄为《祗芳园集》所作序说伯珣"不耐场屋之屈辱，绝意科举，甘由恩例出身"，其中"屈辱"，应该包括上述遭遇。所谓"恩例"，一是康熙八年（1669），康熙帝亲政后初行释奠礼，伯珣参加助祭而被赐为贡生。二是康熙二十三年（1684），因康熙帝亲临曲阜，伯珣被以恩授官，此时，他已 48 岁，当年同窗共读的两个侄子都早已中进士做了官，功成名就，而他正在家乡经营他的祗芳园，以渔樵为友，啸傲烟霞，琴书自娱，并打算终老于此。

顾炎武在致颜光敏的一封信中说："石珍社翁想闭户著书，卧游五岳，胸中当别具一丘壑，而鸿文大制日新富有，则两君固并驱中原矣……"（《颜氏家藏尺牍》卷一）其中"闭户著书，卧游五岳"八字，可说是颜伯珣其时生活方式的绝妙写照。

李克敬说颜伯珣"以河间贵公子，有良田广宅足以自娱。余尝观于其祗芳之园，周览其池阁竹树之美，慨然太息，谓人生有此，南面王岂屑易哉！"（《祗芳园集》序）即使有夸张的成分，也可见他的生活质量颇为不恶。按世俗的眼光看，已是晚年的颜伯珣对于这个做官的机会，原本是应该放弃的，故《颜氏族谱》说他"初隐泗水上，弹琴赋诗，有终焉之志。晚以圣恩倅寿州，人皆为愤惜，夷然处之"。所谓"人皆为愤惜"，"愤惜"二字极堪玩味，是不是指当时他本该有更优的机会而因某种原因失去？已不可考。

但是，像颜伯珣这种读圣贤书出身的人，天生具有强烈的"学成文武艺，货与帝王家"的理想和情结，对官职的大小他可以夷然处之，这个报效国家的机会却不会轻易放弃。所以，他虽已是接近知天命之年，仍义无反顾地束装就道，走上仕途，进入官场，开始了一个和以往完全不同的人生。

关于颜伯珣以恩授职前的情况，目前所知很少。从他早年的诗和书牍中可以看到，他除了"闭户著书，卧游五岳"之外，似乎还从事过诸如经商之类活动。例如他曾远行到陕西、山西等地，居外八个月之久，显然不是纯粹的旅游；又如他书牍中曾提到"铜觔"，提到"缴还亦与十万""发回原物"等（《颜氏家藏尺牍》卷三），都给人留下很大的想象空间。指出这一点是想说明，他不是一个纯粹甚至迂腐的书生，而是一个具有处理世俗事件的能力和丰富社会经验的实干者，所以他在走上仕途之后，多年一直从事出差和筑坝之类工作，并不是偶然的。

二

颜伯珣的仕履，可以划分为前、后两个阶段，前期是从 48 岁到 54 岁，所谓任虹县和定远知县，后期是从 54 岁任寿州同知到去世。但我们对于前期 6 年情况了解甚少，还充满疑问。

《颜氏族谱》说："甲子以帝幸阙里，恩授江南凤阳府寿州同知，摄虹与定远两县事。"是把他的仕履综合叙述的。事实是他任寿州同知是康熙二十九年以后的事，摄虹与定远两县事，应在其前。

虹县、定远县和寿州清初都属凤阳府所辖。乾隆四十二年（1703），裁虹县并入泗县。但我们查现存光绪《泗虹合志》，在《职官志》查不到颜伯珣的名字；道光《定远县志》也一样；还又查了乾隆《泗州志》（虹县曾是泗州属县），也是毫无所获。当然，这几部志书对康熙二十年前后的知县几乎都没有记载，所以不能因为查不到记载就证明颜伯珣任职两县是子虚乌有。

排比颜伯珣这几年的行踪，可知他在康熙二十四年（1685）五月由曲阜进京参加吏部考试，得四氏学恩贡州同第一，六月归（见颜光敏《京师日历》）。康熙二十九年（1690），年底时他在曲阜，有自注年月的《雪甚》诗为证。康熙二十八年（1689）赴京谒选，得官。从二十四年下半年到二十八年下半年这四年的时间，有可能是在虹县和定远县的任上。不过这里有一个问题，就是虽经吏部考试，但并未谒选，即去吏部办抽签之类手续之前，他可以做县令之类实职吗？再说，这四年中的康熙二十五年七月，还有光敏"遣二仆还为季父寿"（见《京师日历》）的记载，看来他的五十大寿是在曲阜庆的。此年九月光敏亡故于京师，治丧种种，他必参加。这样算来，他在任的时间更短。而且，作为一县父母官，是否能长期离任回籍？凡此种种，甚至令人怀疑所谓"摄虹与定远两县事"的真实性。

但也有他确曾任职的证据。一是他有《卖马行》七古一首，开首就说："虹县署官贫卖马，两载瓜代栖荒社。"明说在虹县任职两年。诗中又有"三年共汝识辛苦，东走吴会北还鲁。瘦骨岁伴犊池云，危心几排龙江怒"。说得还很具体。二是还有一首诗写到了他在虹县的一个隶人韩正，在他到寿州后还去看他，令他感动。三是他有一组《与四约诗》，分别写对四个乡约的感情和教诲，乡约是知县任命的乡村小吏，这可间接地证明他曾任知县。这几点证据也是很难推翻的。

关于在定远县，证据只有乾隆《曲阜县志·颜伯珣传》所记的一个故事，说定远县有个叫周老虎的人，因为嫉妒邻居陈生富有，居然杀掉自己的儿子来诬陷他。陈生被捕入狱，多次审讯坚不承认，无法结案。颜伯珣到任后，到包公祠去上香祷告，这时奇迹出现了：周老虎儿子的魂附到了他弟弟身上，说出了事情真相，陈生冤案得以昭雪。

这事自然荒诞不经。把这事附会到颜伯珣身上，至少可以说明《颜氏族谱》说他"洁己利民，执法不屈，辨冤狱，革耗羡，别奸厘弊，廉明正直之声震远迩……"不是空穴来风。

资料所限，我们对他前期仕履只能了解到这个程度。我们知道得相对较多的是康熙二十九年（1690）他任寿州同知以后的事。

光绪《寿州志·职官表》"州同"一栏，康熙二十九年是颜伯珣的名字，到康熙三十八年（1697），换成了李廷相。原因就是此后他专职"奉檄督修芍陂"。所以他在寿州的 21 年，还可以再分为两段。前段是从康熙二十九年到康熙三十七年，他 54 岁到 62 岁，任同知；后段是以同知的身份专职从事芍陂工程。

《清史稿·职官志》载，州同是从六品，无定员，与州判"分掌粮务、水利、防海、管河诸职"。用现在的话说，州同是州里的二把手，是一个抓具体事务的职位。这在颜伯珣的诗中也有充分的体现。

他自己屡次说过，"劾惟参佐吏，材微备驱驰"（《仲冬述行二十二韵》）、"官微受指麾"（《有事阚疃》）、"吏微行役频"（《已达天津述兴》），频繁地出差是他仕宦生涯的一大特点。如从南京到京师的护领转饷，在炎热的夏秋之交，率领着"悉徒三百人，流汗衣裳沾"（《秋日护领转饷京师发江宁府》），单程就用了近两个月。还有水路运铜去京师宝泉局那次，从寿州到天津就走了三个月，不仅受尽了折磨留难，经济上也赔累严重，最终要卖掉家产赔补亏空。即使他被任命专职修芍陂后，上司还是会临时抽调他。如那次"监采丹锡入贡京师"，"省檄清晨下，公徒辄何速"；在邵宝湖遭遇狂风恶浪，命悬一线，"性命呼吸回，出险方觳觫"；接着还又患上疟疾，"惊定旋作疾，疟鬼旬乃戮"。（均见《十月安丰大筑西堤寓李莫店旧馆感成四十韵》）想必是他的能干和敬业已经名声在外，使他成了上级抽调完成各种临时性任务的最优人选。而且指名抽调他的，还包括两江总督和安徽巡抚这样权高威重的封疆大吏。他长时间远距离的行役，现知的至少有康熙三十一年、三十五年、三十八年、四十一年、四十二年 5 次，有时他在芍陂工程正忙中也照抽不误，最后两次抽调时他已年近古稀。

颜伯珣做官后，因为忙于公务，很少重回故乡。只有乾隆三十八年那次奉檄监采丹锡入贡京师，返回时经过曲阜已是年底，在故乡过年并住到四月。这应是他二十年中唯一一次休假。

主持修筑芍陂工程，是颜伯珣在寿州任上最重要的政绩。

芍陂又叫安丰塘，位于寿州城南六十里，最早建于春秋时。芍陂周围三百余里，蓄三条河流之水，用以灌溉农田。两千年中各代都有修茸，但有时是旋修旋圮，更经常因管理不善，使其难以发挥作用。

康熙三十六年秋，芍陂附近的秀才沈捷给知州傅君锡上书，要求政府主持修复芍陂，并请求上级委任颜伯珣董其事。沈秀才并不是修陂工程最大的受益者；他积极倡议，是缘于他有范仲淹那样"先天下之忧而忧，后天下之乐而乐"的抱负。他知道颜伯珣也是具有这样情怀的人，所以向知府提出这样的要求。沈捷又带头向环陂各地发出倡议，捐钱捐物，使这一工程于三十七年春正式动工。

颜伯珣"广咨访，妙区画"（《孙公新庙记》）、"询其利弊，区画尽善"（张逮《颜公重修芍陂碑记》），前期做了大量的调查研究和规划设计，堪称工程的总指挥和总工程师。他又长期深入施工第一线，还经常亲自参加劳动："操筑日日芍陂头"（《芍陂堤上课各门监者种柳》），甚至因此而遭人讪笑："胡为乘轩复课畚？于思遭讥听者愁！"（《老庙堤头歌》）他还对施工管理方式进行了创新，例如利用旗帜和鼓声指挥劳动者，"门长司鼓旗。锹者、箕者、版者、杵者，一视旗为向为域，听鼓声与邪许声相答和取进止"（《重修芍陂碑记》），提高了劳动效率。

工程除修复旧有设施和疏浚河道外，还新筑了两条新堤，新开多个闸门，在堤上种柳树千余株，改建了孙叔敖庙。建立了一整套有奖有罚行之有效的管理制度，以保证工程竣工后能长期发挥作用。整个工程历时七年，竣工后能"灌输四万顷"，实现了"庚积属不收，群类蕃始育。晴波市鱼菱，晚景喧樵牧"（《十月筑安丰大堤寓李莫店旧馆感成四十韵》）。一派丰收祥和景象。

在颜伯珣现存诗中，与芍陂有关的就有四十多首；芍陂共有二十七个"门"（闸口），他为每一个门都赋五言律诗一首，成《安丰陂二十七门诗》。由此可见这一工程在他人生中占有何等重要的地位。

此后寿州的各种志书都对颜伯珣修芍陂的功绩有记载，当地百姓还为他建了生祠。直到今天，安丰塘边孙公祠里还供祀着他的木主——孙公祠正殿供孙叔敖，东庑供明代黄克缵，西庑供清代颜伯珣。从这种安排，不难看出当地人对颜伯珣的尊重程度。可以说，颜伯珣用这一造福百姓的工程，在寿州为自己建立了一座永久的纪念碑。

"腐儒实少匡时力，版筑聊通利济穷。"（《春日大筑芍陂即赠刘生》）颜伯珣就是以这种心态在寿州默默无闻埋头实干。这样的官员，极受百姓的拥戴，却未必能得上司的欢心，他在寿州二十年都没得到升迁就是明证。正如李克敬所说，他始终是个"崎岖穷困"的"偃蹇卑僚"（《秪芳园集》序）。他自己也不是没有在诗中流露过失落颓丧的心情。他说过"微名隐恨多"（《六月将去安丰有感》）：在成功的背后，隐藏着多少难言的苦恼？他诗中的"半枿抱关遭叱骂""小吏敢避长官嗔？"说明了他在官场上不知承受过多少屈辱！还有"一箦未就口流血"（均见《酬杨子润九赠菊种二十二即用述怀兼简张子宛庐》），其事虽详情难知，已足以令人扼腕。又如前面提到的以垂老之身多次出差，沐风栉雨，甚至以家产赔偿亏欠，这都给人以他的做人未免失败窝囊的印象。面对这些，他总以"莫笑冯唐老不迁"（《戊子元日》）"志士勋名岂尽同？"（《春日大筑芍陂即赠刘生》）来说服自己，尤其在看到芍陂在自己手下完工并产生效益时，他"喜心翻歌哭"（《十月筑安丰大堤寓李莫店旧馆感成四十韵》），高兴得流下了激动的泪水。

　　颜伯珣留下的诗中有多首写到了千多年前的孙叔敖。孙叔敖是春秋时楚国令尹（宰相），他的重要事迹之一就是主持治淮，是芍陂工程最早的修筑者，《史记·循吏传》将他列为第一人。颜伯珣诗《孙叔敖庙》说："高下朱门零落尽，前贤岂不后人期？"——古今多少名公巨卿朱门高第都在漫长的历史中渐渐被人遗忘，只有像孙叔敖这样的人才能永垂不朽！可以说，作者是把孙叔敖作为榜样和精神偶像崇拜的。这就是颜伯珣的人生观和事功观。这一观点，在他一首题为《淮堤》的诗中有更明确的反映："独奏平成数载中，至尊含笑进三公。居徒不省八年意，共说当年朱靳功。"这首诗是他得知康熙帝因"河工告成"而"加张鹏翮太子太保"后作的。诗末句的"朱靳"，指的是在治河中出力最大的两任治河总督朱之锡和靳辅。颜伯珣认为，比起他俩来，张鹏翮的功绩实在算不了什么，是以朱、靳两人付出终生心血取得的治河成绩做基础，才使张鹏翮轻易地获得了成功。当然，此时朱、靳两人死去已久，张鹏翮也不能说是钻营谋利的小人，康熙帝为他"进三公"也自有其道理，只能说是因缘际会成就了张鹏翮。颜伯珣诗中未提张鹏翮之名，却借"居徒"即沿河老百姓之口说，关于治河工程，他们只知道朱之锡和靳辅！可见颜伯珣对浪得虚名的张鹏翮不以为然，他最尊重真正实干的人。所以我们不难理解，在他的仕宦道路中为什么对个人的升迁以及吃苦受累、受委屈、赔钱，从来都是不萦于心。

　　据记载，颜伯珣还有关于芍陂的著作，即《安丰塘志》三卷，可惜没有流传下来。《寿州志·艺文》著录此书，说"稿本藏州人夏氏家"，据了解，今寿州城西南保义镇，有夏氏为当地望族。保义东濒瓦埠湖，西邻安丰塘，正是颜伯珣足迹常到之地。现存一部关于芍陂的专著《芍陂纪事》，笔者认为很可能就是以颜伯珣的《安丰塘志》为蓝本而再行编撰的。此书作者夏尚忠，应是收藏颜稿的夏氏家的后人。他字绍如，号容川，博学能文，热心公益。《芍陂纪事》完成于嘉庆六年（1801），晚于颜伯珣近百年，他在书中以不少篇幅写了颜伯珣其人和对芍陂的贡献，多次引用"颜志"文字。这个颜志，我认为就是《安丰塘志》①。

　　芍陂工程竣工后，颜伯珣已是年近七十的老人。他早已几次提出退休，总是未得如愿，其中一个原因大概是康熙四十四年（1705）皇帝又一次南巡，他参加了迎驾工程的准备；另外，他还惦记着芍陂工程后续的使用管理，一年四季经常去巡视按察，及时处理问题，每年的大部分时间都是在芍陂度过的："每春则亲巡堤上，恐其损处也。夏秋更躬历垄亩，视其将涸，则发钥启闸，务令水利均占。至冬犹自按查，恐不知大计者或减水以资蓄牧，或泄水以取鱼虾也。其中稍有不完者则补葺之，以为来岁计焉。每岁四时不回署，即回，岁不过月余耳。"他对芍陂这个他付出了无数心血和精力的工程，有着深厚的感情，他舍不得离开那里，他挂念那里的一草一木，一砖一石，更挂念那里的贫民百姓。他"或驾扁舟于陂内，或乘肩舆于陂堤。时而散步林间，时而讴吟泽畔。抑豪强，问疾苦，随便经纪焉"。当地人有时会留他吃饭，他也乐于接受，但只能备一味菜肴，否则他会拒绝，因为他知道那里的百姓还很贫穷。他这样爱民到无微不至，百姓也对他报以同样深情，听到他将要退休的消息，"绅士吞声，田夫号痛，祖道徘徊，如失怙恃。攀辕无计，立生祠而尸祝焉"。（均见《芍陂纪事·颜公传》）

"不卑其官而秘其道，俭苦其身以忧其民，二十年如一日也。"这句话可说是对颜伯珣仕宦生涯的最好概括[2]。

康熙四十九年（1710），颜伯珣终于被批准致仕回山东养老。大约这年五月，他去芍陂向当地百姓作最后的告别。此前不久他刚得了一场大病，身体已经很衰弱，但他还是"力疾享父老于陂上，曰，吾南对陂光，北眺八公峰，如对故园，便觉莼芦之思不能终日。今当别去，尔子孙其勉图久远，勿如今日恃老夫也。父老皆为流涕"（颜崇槼《种李园诗话》卷二）。他有一首《五月之安丰四十店旅馆题壁》诗，就是此次在芍陂之作，也可说是他的绝笔：

> 腐儒一宦老，野馆百回过。病后人还到，春归燕更多。长烟新饭麦，短巷旧垂萝。饥馑频年岁，相看庆若何！

这诗末句说安丰一带的百姓吃不上饭的事频频发生，现在新麦终于上了饭桌，这真是值得高兴和庆祝的事啊！这新麦里，必然有芍陂的灌溉之功。不难看出，颜伯珣对百姓的饥渴冷暖是多么关怀备至，感同身受。

在这次安丰之行后不久，他就猝然死于寿丞之署。时为康熙四十九年（1710），他74岁[3]。

颜伯珣死后，棺敛不具，士民号泣奔走，共为治丧。可以说，颜伯珣是真正做到了为寿州百姓鞠躬尽瘁，死而后已。

三

在三百多年后的今天，颜伯珣是以一位诗人的身份被我们审视的。他的政绩和人格，固然会赢得我们无限的尊重，但更重要的应该是他的诗作本身，能否以其自身价值和魅力打动当代的读者。

答案应是肯定的。

打开颜伯珣诗集可以发现，他的诗中酬答之类作品比较少，而记事咏怀之类相当多。这是他有别于同时代人的一大特点。记事之作多采用组诗的形式，康熙三十一年（1692）他护领转饷赴京师，一路写了40首五言古体，涉及所经城镇的现状历史及所见所感，实为一部诗体的行记。康熙三十五年（1696）他又以水路运铜到京师宝泉局，此次行役所作诗，在后人编集时颇有窜乱，有些经过考证才可确认，但至少有20首以上。另外，《忆正阳际堂八子》五古8首、《舟中杂兴》七律12首、《秖芳园拟山水诗》五古12首，也有可能是枯坐船上时的排遣寂寞之作。其中《忆正阳际堂八子》是有意为当时的寿州文人立传，《舟中杂兴》写各种功用的船只，相当于咏物诗；《秖芳园拟山水诗》则是对故乡自家园林的回忆描写。前文曾提到《安丰陂二十七门诗》，当作于芍陂工程竣工之后。作年不详的《淮上军》七律15首，写出了寿春驻军的诸方面，早期作品《金陵绝句》20首，以竹枝词的形式写金陵风土人情。这些组诗，再加上如《赠郑子非文》《金陵应檄监领转饷京师，六月溽暑，羁留久不得发，感旧述怀，遂成长韵》《题诗勺江水》《十月安丰大筑西堤寓李莫店旧馆感成四十韵》等五古长篇，构成了他作品中最具价值的部分。

这种组诗的形式当然不是自颜伯珣始，但像他那样以40首五古的篇幅写自己的行程，还是很少见的。这说明他的写作有明确计划性，可以借用一个当代美术上的词汇，叫作"主题性创作"，以区别于通常即兴的赠答应酬和吟风弄月。

颜伯珣是一位干实事的官员，从事的多是具体事务，这使他能深入地接触社会底层，又能从较高的角度把握所写事件的整体面貌。他所写到的诸如筑坝、行役等，未必是历史上的重要事件，却是当时社会生活的重要内容，以这些事件入诗，同样具有以诗证史的功能，而其生动性和真实感，远非一般叙述所能及。如他写护领转饷行程中的《磨盘山》：

> 盘盘复盘盘，诸岭如釜覆。车马旋上头，势若穷宇宙。大柳与池河，方左仍复右。两头二十里，作息合昏昼。我旅大火余，口干不得吼。集墅有蹦翼，号林仍穷兽。同官尤少年，朱颜欻非旧。侧闻秦陇长，此道一襟袖。难矣行路难，臣职实奔奏。欲陋虎兕吟，兹义或缺究。

诗写运饷的车马队伍在酷暑炎热中登山越岭，作者和社会下层劳动者们一起出力流汗。整首诗的基调豪迈昂扬，毫无悲切哀怨之情，而是颇有主人翁的自豪感。尤其末句，按《论语·季氏》有"虎兕出于柙，龟玉毁于椟中，是谁之过与？"以"虎兕"喻将伐颛臾的季氏，故《虎兕吟》应是反对暴政的歌谣。作者说"欲陋虎兕吟，兹义或缺究"，分明是认为转饷所受的苦不能和古代暴政下的百姓受苦相提并论，说那种把一切苦难都认为是暴政所致的观点是浅薄错误值得反思的。

再如写芍陂工程的《重筑安丰陂修孙相国庙乐神章即属陂父老三首》之二：

> ……原自岁摄提，望古兴凿筑。千徒被冈野，阴魄在盈朒。错杂百五旗，如将令始肃。鼍鼓声夕迟，壮夫歌振谷。其始或惮烦，其后忘拘束。畲锸羞戕铤，勿亟同且速。春女饷馌还，摘花各盈匊……

诗中展现出一个集体劳动的场景：山冈平野上，有上千人在紧张地劳动。旗帜挥舞，鼓声咚咚，号子声振动山谷，仿佛在将令指挥下千军万马的战斗。从冬天到春天，有白天有月夜，这是多么气势壮阔充满动感的画面！尤其是作者又捕捉到送饭的村姑归途采摘一把野花的细节，可谓得刚柔相济之妙。作者不是以旁观者的身份记录所见，而是人在其中，仿佛拍摄宏大场面的长镜头电影。

作者所写的芍陂，是为民造福的工程；护领转饷则是为了赈济康熙三十一年陕西凤翔的灾民，都具有天然的正义性。这样的诗在题材上是新颖的，其全景式的描写角度和所反映的集体劳动场面，在古代诗歌中也是很少见的。

相对于明末政治的黑暗、人性的没落和社会的动乱，清初社会无疑有一种健康光明蒸蒸日上的气象。颜伯珣的这些诗不是庸俗可厌的颂圣之作，而是真诚的对劳动的礼赞，可以认为是这种社会面貌和精神的反映。

当然，说清初社会健康光明只是相对而言，从微观局部上看，种种不尽人意的现象仍然不少。具体到颜伯珣本人，如前文曾说过的多年得不到升迁，就有时令他苦恼。关键在于他如何对待。请看这首《老庙堤头歌》：

> 丈夫不封万户侯，便应一耒老田畴。胡为乘轩复课畚，于思遭讥听者愁？丈夫事不盖棺未可问，鼓刀饭牛性所近。唐丧七尺应有托，塞责五斗聊足奋。皇天高高白日疾，蛟龙霖雨兮草木结实。乘时利物无区殊，贤豪汩没何代无？

建功立业当然是每个人的愿望，但真能实现者又有几人？自己也算是个朝廷官员，又一大把胡子了，却还在工地上干着被人视为低贱的活儿，被认为有失身份而讥笑、瞧不起，这样值得吗？但是转而想想，天生万物，各自都有自己的位置，恰似蛟龙行雨，草木结实，纵有高低贵贱之分，却都是于世于人有用的。任何时代都有被埋没的人才，所以不值得一味抱怨，关键是把握机会和时势，做有益于万物之事！这诗中虽然也有无奈的感慨，却没有颓丧牢骚和自怨自艾，尤其后半部，格调昂扬，心态宽容，真是充满了正能量！这也许是作者在工地上长期深入接触了社会下层而得到的心灵升华吧。"末僚亦名器，志士在沟渎"（《十月筑安丰大堤寓李莫店旧馆感成四十韵》），颜伯珣就是以这样的心态对待人生中的种种不如意的。

解铜入京的纪行诗，现存约二十首，其中至少有三首反映了他面对沿途黑恶势力巧取豪夺所表现的愤怒和无奈。当时河道上，官船民船都被盘剥，甚至遭公开勒索。《突溜阻雨望天津卫》写道：

> 我行逢秋东风急，清源以北水皆立。柁危倒牵高帆卧，计程一旬百二十。樯竿如林悬索号，估泊渔网兼嘈嘈。系缆鸣铙无颜色，微吟强餐同疲劳。须知气悽必苦雨，即恐畿南无干土。骨髓尽搜付长辕，面目何以对圜府！卫人尽道迎官船，官船到关仍索钱。岂知有儒愁箪食，穷秋更卖负郭田！

十天才走一百二十里，简直是蜗牛速度。船上系缆鸣锣的工人营养不良面有菜色，因为换船改走旱路又要多付几倍运费，预算早已突破，但船到天津后关上要索钱，到目的地后还要贿赂宝泉局……看来，只有卖家里的田产来填补亏空了！

终于到了天津，作《已达天津述兴》：

> 吏微行役频，疚心力衰惰。天路虽多艰，臣职难高卧。涉江累殊候，风涛饱经过。水驿期有常，况复严最课。所求匪章程，天远望帝座。亲戚满路隅，不瞻穷途饿。九旬达津门，故吏俨僚佐。岂惜升斗活，难为苍颜破。关深豺虎骄，日入鼋鼍大……

他们的船已严重超期，这要受到严厉处罚。亲戚朋友看到的，是几乎像叫花子的一行人。自己固然不是为升斗之禄而做官，可面对这些不快之事，也真难以高兴起来。尤其是就要面对那些索要钱财的恶吏，觉得他们简直就是豺狼虎豹乌龟王八……

这次出差是以赔累告终的，《运铜返寿州答寿民》说：

> 州贰微细职，亦备守土臣。官铜输有吏，滥责安所循。吏解苦累钱，岂念官更贫？无乃教之贪？交征亏至仁。破产尽宝泉，达官犹怒嗔。十月衣葛回，返顾西灞津。蒸黎为我哭，愿偿官累银。感激谢蒸黎，剜肉宁一身！……

自己只是微不足道的小官，可也负有守土爱民之责。这次赔累责任也许在我，那些索钱的吏员哪能想到我比他们更穷？朝廷制定的制度总不能鼓励贪污吧？那是违反至仁的原则的。卖家产填补亏空，宝泉局官员还不满意，对我态度很不友好。狼狈地回到寿州，百姓们闻讯痛哭，说愿意集资为我赔偿。我岂能再连累百姓？剜肉补疮，就自己承担吧。以下作者又以当时正进行的康熙帝征阿鲁特的战争为榜样，说远征中皇帝每天才吃一顿饭，自己吃点亏算不了什么："君看征戍儿，我何怨苦辛？"

在这里，我们看到当时社会的黑暗，也看到了作者的高尚：他对这种种不公虽只能无奈地承受；却又无怨无悔，宁可自己吃亏，也不让百姓受累，平和通达，毫不矫情。诗真实地记录了现实生活中作者的愤懑苦恼和担当。

颜伯珣诗中反映了作者对社会底层弱者的深切关注和悲悯，展示了作者浓厚的人文情怀。

请看《雪甚》：

> 跨马出鲁门，还村渡泗水。雨雪积昏昼，原隰平如坻。六合归太素，万物尽为滓。放犊惜及目，殭鳞赤赪尾。村遇曝背人，有怀兼忧喜。喜者春得耕，忧者即饿死。称贷绝亲戚，况乃问邻比。两岁俱无年，泰瑞反成否。明年幸蠲租，六郡受帝祉。愿得少延活，共待春阳起。使君罢于田，豢卢日一豕。饿者拾余去，且得饱妻子。请为将卢役，虞人闻之耻。侧颈吁使君，公门如万里！

前面数句写大雪。然后说这场大雪对于春耕固然有好处，对于极贫之家来说，却意味着有可能被饿死。因为连续两年歉收，他们已山穷水尽借贷无门了。接下来笔锋一转，说知府大人最近没兴趣打猎了，可每天单喂他心爱的猎犬就要用一头猪！饥饿的人捡拾其余，也可以让妻子儿女活下来。如此强烈的对比，岂不比杜甫传诵千古的"朱门酒肉臭，路有冻死骨"还要尖锐？接着作者又写道，假设自己去做个养狗的差役，拾些剩余养活妻儿，那一定会引起人们的耻笑；而想向知府大人呼吁，却官衙深如海，难以上达……这是对官府多么深刻的讽刺！叙事寄情，委婉曲折，为民请命，正气凛然，这样的诗，堪称诗史式的杰作！

尤其须要指出的是，诗中的鲁门和泗水都是曲阜眼前实景，曲阜是兖州府属县，而且题后注明"康熙二十八年十二月作"，所以读者不难判定，作者笔下的"使君"就是现任的兖州知府，很容易地就能查出此人是官声颇为狼藉的祖允图，但他毕竟是现任官员，作者竟如此直接地在诗中对他批评，真的需要相当胆量。

再如《舟中感兴》组诗中有一首《流民船》，诗云：

并包樵爨才盈尺，数口栖迟即是家。不敢中流随画桨，乱来斜日倚苍葭。恩归旧垄仍官种，诏启新河少涨沙。满目化离无郑监，小臣惭附上天槎。

所谓流民，就是没有固定居止之处的穷苦百姓，他们大概是因洪水冲没或者开河筑堤而失去土地的农民，全家人寄身于一叶小舟，生活境况困窘。作者对他们寄予无限同情，末句用宋代郑侠典故，以自己无力帮助他们而深深自责。

同样的自责还表现在《二月苦雨》中：

冥冥甲子侵耕雨，早度元宵更四旬。即恐春长无陇麦，独看花放正愁人。涨沙重失龙头堰，远树初红燕子津。不免追呼余旧赋，哀鸿满目岁何频。

古人认为甲子日下雨是时势的预兆："春雨甲子，赤地千里。"现在正是春天，看来老百姓又要受苦了！面对霪雨，他想到的是麦田受水淹而无收，闸坝因淤积而失去作用。而接下来的必是普遍缺粮，但历年积欠的赋税恐怕还要追缴，那就免不了要用暴力对付百姓了……他是以官员的角度看待灾害的，首先想到的是赋税，感叹受灾的年份何其频繁。唐·高适《封丘作》有"拜迎长官心欲碎，鞭挞黎庶令人悲"句，反映了一个未泯良知的地方官员面对现实的无奈，此诗末联两句立意庶几近之。

颜伯珣在寿州已工作了整整二十年。所干的都是些修坝种树押运物资之类的事，频繁地出远差，沐风栉雨而升迁无望，经常在诗中发些不如归去的感叹。在对官场充满厌倦和无奈的同时，也对寿州这个地方产生了深切的感情，尤其是对这里的普通人和贫苦百姓充满了同情。从此诗中，我们不难体会到他的一颗赤子之心。

又有一首《仲冬喜雨行》，虽云喜雨，并没有欣然的情绪，却以很大的篇幅写春夏之交连绵雨水所造成的内涝和洪灾，写灾后饥饿疫疠造成的居民流离死亡相继。如："今年遍地舞商羊，正月繁雷龙不藏。四月五月天如漏，嗷嗷万户户无粮。孤城不没才三尺，中原无地号天苍。咫尺但愁外水入，城内雨水已拍床。老夫卧病心肺裂，除生羽翼凌空翔……"而大涝过后又是大旱："时晚种麦土又干，高者种枯幸下滩。仲冬至后雨细霏，却望畴陇麦苗肥。嗟尔淮南民余几？饿者离散疫多死！冬雨活麦麦有秋，即恐明春更泛长淮水！"这无疑是他在淮南多年经常见到的场面。面对这种情况，他无能为力，只能向虚无中的天帝呼吁，说"愿将残躯饱蛰龙，尽驱雷公龙不起！"只要能解民于倒悬，情愿把自己这把老骨头去喂那司雨的蛟龙。这是多么崇高的情怀，使人想起佛陀的舍身饲虎。这诗写于他去世的前一年，耄耋衰老之年，白发疾病之身，他

15

已是把自己自觉地当成了一个寿州人了，念念不忘的是这里的黎民百姓。

《秋日下窑广住寺编甲恭讲上谕》诗中有"鸠鹄纷在眼，焉用桁与杨？"说这里的百姓们鸠形鹄面，不用戴上刑具也和押囚犯无异了。在那个时代，官员以"民之父母"自居，称百姓为"子民"。"子民"对"父母"只有服从和奉养的义务，但太多的"父母"对"子民"的生存状态无动于衷。正如杜甫之"穷年忧黎元，叹息肠内热"，颜伯珣即使无力改变什么，只此一颗仁心，一声叹息，已经赢得了他们的信任。前文曾提到的"父老向我哭""蒸黎为我哭"，都是证明。

"致君尧舜上，务使风俗淳。"（杜甫）这应是颜伯珣内心深处的人生愿景。但官卑职微，对很多事无能为力，只能在对社会现象的关注和发声中透露出某种理念和情怀。组诗《淮上军》有写绿营兵阅兵的一首：

> 百队貔貅屡合围，龙旗不动豹旗飞，清天过鸟回鱼阵，六月寒霜拥铁衣。父老分明闻步伐，宾僚谈谦有光辉。防危此日需军实，岂效虚名振旅归！

前几句从阵法变换步伐整齐及宾客反映等极言阅兵仪式的成功，最后笔锋一转，说军队训练的目的是为了实战时具有强大的战斗力，而不是为了得虚名的表演。两句可谓对热衷于形式主义者的当头棒喝。

只图好看以取悦上级的形式主义，在中国可说是源远流长甚至积重难返，已成为中国文化的一大痼疾。满洲八旗兵本有着生龙活虎般的马上优势，进关后就迅速腐败到不堪一击；无奈之下组建的绿营兵，从顺治初到作者的时代也就三四十年的样子，又已问题丛生。如这组诗里写到了的军官腐化："衔杯十日宾能醉，纵博千场家不贫"，"鸣弓昼猎尽纨绔，戍夜寒更有菜俑"，等等，都令人触目惊心。作者能发现和提出这些问题，足以说明他是一个清醒而有见识的观察者。

颜伯珣出生于故明仕宦之家，少年时有过惊心动魄的经历，兄长师长的民族意识会在他心中产生潜移默化的影响。从他的诗中颇可感到欲说还休的遗民意识及对故明倾亡的反思。如"回首五十年，依轩有余恸"（《清流关》）；"万国方一家，颠复哀彼祚"（《德州》）；"最耻扬灶燎，一旦如溃痈。忧国存至计，空忆北地公"（《东平州》）；"鼎钟残代改，生死荩臣俱"（《邯郸哭先严行祠十一韵》）；等等。他说明代的衰亡从嘉靖时就已开始："当在世宗朝，患萌已说鞔"（《任丘县》）；他说明亡的原因是大臣们的空谈误国："泊乎光怀季，空言惑至尊。三策在彤陛，七庙拥黄巾。殿上陈道德，歘堕齐梁尘。名实一乖舛，万乘莫容身。徒令襄城血，夜青螭头磷"（《赠郑子非文》）。《题诗匀江水》一篇，写他一叶扁舟漂泊在滔滔长江上时所思所感，直接为晚明南京小朝廷的覆亡而惋惜："黄史文武器，天命实斩削。哀彼误国人，讵足称元恶？……马公欻登朝，余羽同燕雀。所重知己恩，感昔王事托……"认为晚明福王小朝廷的大臣黄得功、史可法等其实都是安邦治国之才，只是大明天命已终，才未成功。他勺水当酒，悼念故国，披发长啸，意幽声厉，实为压抑已久的内心积郁的发泄，其情其状，几令神惊而鬼愕。

幸亏颜伯珣的诗是去世后很久才刻印的！否则，如果有人从中找出若干违碍之语上奏天听，他也许就会成为文字狱的主角，诗集被销毁，我们今天就见不到这书了。

颜伯珣的遗民意识，还表现在他自觉地为在野的读书人以诗立传。这成为他"主题性创作"的一项重要内容。他的《忆正阳际堂八子》中吴亮工、陈苞九、张鸿渐等八人，此外还有郑非文、张鋐、杨岩公等，都是操守高洁学识高明的布衣。作者对他们的道德文章推许备至，说他们"麟角世莫俦"（《吴亮工》）；"稷皋许齐肩""文章机云流"（《费又侨》）；"高霞灿四海，皓鹤翀长天"（《张鸿渐》）；他们鄙薄功名利禄，瞧不起没有独立人格的人，以向权势者推销自己为耻："实耻和氏泣，难为下女求"（《吴亮工》）；"长啸哂许由，帝言猥人耳"（《陈苞九》）；宁可做社会底层的劳动者："长淮拥短褐，辛苦伐轮类"（《费又侨》）；安于贫困亦不改素志："原宪贫已甚，曹植笔犹捷"（《沈湘民》）；"哲士守困穷，丰啬理亦宜"（《程宗伊》）。作者感叹这些士子们的"有才塞莫用，泪没恒似此"（《陈苞九》），他们逃名遁世，却与作者这个入世做官者有着精神上的共鸣。作者满怀深情地写这些畸人隐士，其实何尝不是自怜自叹。而且，他所写的这些人物，极少有被史志记录者，这些诗留下了宝贵的人文资料。

四

关于颜伯珣诗的艺术成就，古人评价各有所见。有的是专就某具体作品而言：如孔贞瑄评价他的《淮上军》七律15首，说"风调之高浑、气象之春容，不闻刁斗而壁严令肃，穆然儒将临戎之概。亦可知诗品之贵已！"（《秖芳园集》序）再如宋犖评价《金陵感旧》及《秋日护领转饷京师发江宁府》等40余首五古，说："五古极摹杜少陵自秦中入蜀所作，刻画苍秀，何止形似！有才如此，而奔走下僚，穷愁抑郁，岂亦诗能穷人之效耶？为之怃然。"另有一位陕西泾阳的张姓评论家评其《秖芳园拟山水》12首五古，说"不啻高寻白帝三

峰，奇丽尚复犹人境耶？"（均见刻本《秖芳园遗诗·赠言》）

也有的是就总体而言。如孔贞瑄说："石珍早年游金陵，为诗风流跌宕，脱口而出，不事追琢。晚年乃臻平淡静深之境。今读其诗终卷，如对数十年面壁老僧，令人矜躇之气不涤自净。"（《秖芳园集》序）李克敬说："余尝于乐圃壁间得读先生诗，疏古瘦硬，峭僻绝俗。后又闻先生诸孙说先生佐州，况甚冷，时时取诸家以自给，日苦吟不辍。因慕见其光仪不可得，味其诗，如或遇之。"（《秖芳园集》序）那位泾阳张先生说："五言古体每篇必险峭刻厉，正如鲁公书法，铁画银钩，一笔不肯犹人平近，就中风味弥长耳。"（刻本《秖芳园遗诗赠言》）

以上这些说法或有所溢美和片面，但至少在某个方面和某种程度上抓住了颜诗的一些基本特征，是值得重视和参考的。

其实，颜伯珣诗歌的艺术特征，在上举宋荦的评价中已说得很清楚，虽然那是讲某一具体作品，就总体言之亦未尝不可：极摹杜少陵，不止形似，已得其神。

杜甫是中国历史上最伟大的诗人。至少从宋代起，学诗应以杜甫为宗，几乎已成为学界的共识。颜伯珣也不例外，他在为《秖芳园集》所作的自序中，叙述自己的学诗经过：

> 方余为童子时，及两舍侄光猷、光敏，龄俱八九岁，伯兄日捉吻训以调四声之道，而各录唐诗十余首分授之，教熟诵而歌焉……其授予诗十余首，虽杂录初、盛诸公之作，而杜工部诗为多……既而受经于先师秀子孔先生之门……己亥，先生见珣私所为《鲁王宫》诗，喜谓珣曰："子幼时喜歌诗，今乃学为诗耶？子学诗毋学为世俗诗，学杜工部诗可矣。今子诗非仿工部《哀江头》耶？"珣唯唯……

己亥是顺治十六年（1659），他23岁。在此之前他对唐代初盛之名作已多有涉猎，但从那时起，他立志以杜诗为学习楷模。此后他与光敏兄弟及吴懋谦等切磋唱和，渐有文名。文坛名宿顾炎武、施闰章、王士禛等人都对他很器重推崇。

也有人对他的专门学杜表示质疑，如《自序》所说：

> 客曰："子之学工部诗，欲以传耶？是犹假衣冠以欺人，即佳，亦无过于工部集中增一赘疣耳。"予曰："非敢然也。余学陋且俭，乌能效古人？然有感而发，不觉窃仿其律调而成声。久之不知其所以，譬孺子之于父母，其声音笑貌，动而相肖者，殆亦不知其所以然也。敢曰传世乎哉！"

"欲以传"，是把传之后世当作作诗的最终目的，这自然也不算错，但前提是必须有可传的价值。颜伯珣看重的不是传与不传，而是"有感而发"，写自己的真切感受，这恰是杜甫诗之所以伟大的根本原因。"余学陋且俭"，与其看作是自谦，毋宁看作是实事求是，毕竟不是所有人都能成为开宗立派的大家，所以，他并不在乎别人说自己是"假衣冠以欺人"和"赘旒"，而敢于公开声称"譬孺子之于父母"。

杜甫对颜伯珣诗作的深刻影响，从上文的介绍中至少可以归纳为两点，一是继承诗史传统，自觉地写当前事，写身历事，记录社会生活诸方面，而且其组诗的形式使得记录更具规模，包括了前人所不曾涉猎过的内容。二是他对民间疾苦的高度关注和忧国忧民、悲天悯人的情怀。因为是出自内心感受，所以其真切感人的程度与杜诗相比并不逊色。

在诗题材的选择上，颜伯珣写了不少咏史诗，如《吊古三首》《有感五首》《岳阳》《长沙》《南岳》等，借思古之幽情，抒心中之块垒，使人想起杜甫的《咏怀古迹》等。杜甫多题画诗，颜伯珣也有多首，这里不再列举。

在外在形式方面，颜伯珣受杜诗影响也很深。杜甫长于五古，工于七律，颜伯珣对这两种体裁也情有独钟。读他的《金陵感旧》《十月安丰大筑西堤寓李莫店旧馆感成四十韵》，使我们立刻想到《北征》和《自京赴奉先县咏怀五百字》；读《忆正阳际堂八子》，也容易想起《八哀诗》；读《淮上军》，也容易想起《秋兴八首》；等等。另外在语言和文字风格方面，颜伯珣也是一个和杜甫一样的苦吟诗人，他的诗无论布局谋篇还是遣词造句，都煞费苦心，字斟句酌，推敲锤炼，所以耐咀嚼，有含蕴，绝无率易之弊。

杜甫诗艺术风格和表现形式多样，如秦观所言，"穷高妙之格，极豪逸之气，包冲淡之趣，兼俊洁之姿，备藻丽之态"（《韩愈论》），颜伯珣的诗在题材和表现形式上也具有丰富多彩的面貌。下边选择几首说明此点：

> 生成幽谷骨棱棱，际会金天气自矜。营目中原非一饱，下鞲百中讵争能。趋炎旧耻同春燕，无用方看避海鹏。省识阴阳当肃杀，须教狐兔莫凭陵。

这首《秋鹰》深有寄托："营目"一联说鹰在长空飞翔，并不仅仅是为了觅食充饥；百发百中地抓捕猎物也不是为了争强好胜炫技逞能。"趋炎"一联说鹰不像燕子那样趋炎附势投机取巧，而是如海上鹏鸟，到时候会主动离开主人，此喻功成身退。末联是对鹰的规劝，也是对自己的提醒：要懂得万事万物此消彼长的规律，不要总认为自己永远是威猛的胜利者；在这肃杀的季节，不要让那些猥琐的狼犬狐兔们得势猖獗！这首诗明为咏鹰，实为写人，写出了作者对做官做人所持的原则和追求，秋鹰的棱棱风骨，恰是自己人格和志向的象征。

再看《长干园老鹤行》：

> 长干古园大江浒，朝游游人集如堵。清波为堂菡萏阁，栖飞珍翼夹文
> 羽。游人争羡锦鸊鹈，有鹤跟跄独踽踽。伊鹤之来兮匪饵非赠，勉随喧而
> 畏人兮离匹寡朋。指招摇兮目迷，听钟鼓兮魂惊。杜鹃叹息燕为贺，乌鹜
> 嗔吓不得争。君不见，碧沙白石分江涛，长松玉栋青天高。宠异于汝殊群
> 曹，胡为引吭长悲号？沧海可涉江可泳，衔恩未驯苍骨劲。乘轩食禄古所
> 讥，踯躅羁絷失本性。

这只养在园林中的老鹤，孤独地踽踽而行，它不适应这里喧闹的环境，经
常处于头昏目眩胆战心惊的状态。它离开了伴侣，没有朋友。各种鸟类对它态
度不一：杜鹃表示同情，燕子表示祝贺，乌鸦生气，野鸭威吓它，但它不表示
抗争……

作者说，老鹤啊，碧沙白石和滔滔江水，长松玉栋和蓝天白云，那才是应
该属于你的地方啊，你怎么到这牢笼一样的地方来了？被人驯养受人施舍，那
是违反鹤高贵的本性的。我懂得你为什么要引吭悲鸣了……

此诗以拟人的方式，写出了有高尚追求者与恶浊世界的格格不入。那其实
是作者多年官场生活中所形成的深刻的无奈和感慨。

这种诗无疑受到杜甫《义鹘行》的影响。他的这种充满寓言味道的作品，
还有不少。如《双白鸟叹》说官署中的两只白鸟："既无孤鹤万里翻，还厌群
鸡稻粱求"，空有孤高之志却无法摆脱世俗羁绊，只能长期生活在痛苦中。《孤
琴叹》以琴为喻，写失去朋友后的落寞孤独。《卖马行》从卖掉心爱的老马一
事说起，最后发出"有用岂必腾骧才"之叹。《干梁行》写一座干涸河道上暂
时无用的桥梁，批评了"鸟尽弓藏"的短视者，表扬了仍坚持担石补辙的山
僧，最后发出"时平须念济艰才"的呼吁——两诗均着眼于人才的命运和使
用，足见作者对此事的感受之深。而《长嘴乌行》和《赋得对案不能食》两
首，前者以乌鸦、后者以苍蝇为喻，形象地揭示出猥琐卑鄙之徒是怎样侵占污
染社会环境，最终令正直之士归于无所措足之境的。

《秖芳园遗诗》卷五有一首《乞诗》诗，可以看作颜伯珣的诗学宣言：

> 寺僧乞诗毫濡墨，我思欲苦心无力。伛偻一月走江边，诗意惨澹无颜
> 色。世人嗜巧不嗜古，黄钟毁弃鸣瓦缶。正变不得问真源，茫茫过卫与
> 返鲁。

有人乞诗，他用了一个月的时间冥思苦想，写出的诗却黯无光彩，不能令
人满意。作者由此发出感慨，说现在的人好巧恶古，喜新厌旧，孔子当年通过

《诗经》提倡的正变美刺原则，已经成为历史了……

在这里，巧与古是一对不能相容的概念。他反对巧而崇尚古。在他的观念中，巧是虚伪的、市俗的、轻佻浅薄的；而古就是孔子所谓"郁郁乎文哉，吾从周"，这种观点，其实是儒家一以贯之的价值取向，在中国美学史中由来有自，不仅可以用之于诗，也可用于其他艺术形式，例如书法绘画的"宁拙毋巧，宁丑毋媚"。

颜伯珣在这诗中与其说是讲作诗，不如说是讲做人。这里的"巧"，是"巧言令色""投机取巧"的巧，是为达目的而放弃原则的圆滑乡愿。而与之相对的正直刚强有所不为，就是作者心目中的"古"，这正是从古以来圣贤志士的普遍追求，也是颜伯珣的为人和性格。中国人从来强调诗格即人格，诗品即人品。作品所达到的高度，最终决定于作者的品格。

和感时伤世诸作不同，颜伯珣诗中也有不少纯属个人情感的抒发。如《咏女生日》：

> 官闲知琐细，儿女慰春堂。欲雪看成咏，探梅早试妆。新书楚语半，旧彩越罗凉。次第催余老，汝今身又长。

清闲无事时对家中琐屑细微的身边事格外关注，也能充分享受儿女绕膝的天伦之乐。此诗语言平白如话，笔触细腻温柔，用了谢道韫、寿阳公主还有老莱子的典故，却几乎令人难以察觉。寥寥五十六字生动地写出对尚未成年的小女儿的喜爱，充分反映了作者内心柔软温情的一面。

与此类似的还有《长吟》，也是写平常的家庭生活：

> 五日经封印，摊书坐到今。任催残腊景，预懒隔年心。彩胜频朝直，春裳逐夜针。妻孥贫点缀，瞋我只长吟。

诗有"封印""残腊"等语，是春节假期中作，闲适慵懒中透露出一份温馨：妻子在灯下赶做过年的新衣，女儿忙着用彩胜打扮自己，全家人都为过年忙碌，自己却只会读书吟诗，惹得老婆都不高兴了……

下边这首《再见红蓼》，写的似乎不是蓼花，而是一段感情：

> 青帘远道舫，红蓼暮江滩。相对似相识，北风吹汝寒。柔情追窈窕，别意想阑干。浓露如双泪，秋深几度干。

傍晚时分，从远路来的船上，又见到了你。相对之间似曾相识，在深秋的北风中，你有点儿瑟缩，好像怕冷。看到你窈窕的身姿，想起当年的柔情；分别以来思念的心绪是多么纷乱难解！滩头红蓼花叶上的露珠，多像你的泪水。这泪水流了，干了，又流了……已经多少次了？

相比于这种温柔旖旎的儿女之情，他晚年思念家乡和亲人的作品，更使人生一种悲凉无助之感。乾隆三十一年他解饷进京，路过兖州府，那里距他曲阜城西的秪芳园只有二十三里。"亲故相候迎，问答颇无次。矫首泗上村，数有闺中使。老妻致寒裳，回札了数字。三载长妇没，望哭翻无泪。莫怪不入门，衰颜尤多愧……"（《兖州府》）这平淡朴素的白描，使人想起杜甫的《羌村三首》。下边再举一首前文曾提到的《庚寅元日忆内》：

> 元日逼春早怕春，筵前椒柏惜芳辰。通宵市鼓何曾歇，独夜寒灯自照人。不远各天双白发，难归并命一残身。虚拈百岁葛生句，漫唱无声久伤神。

首句的"逼春"是接近新春，"早怕春"是怕因此引发想家之情。眼前的椒柏酒和通宵的鼓乐声，更加重了这种感情。两人都已七十多岁，大限将至，却难以相守在一起。不由想起《诗经·葛生》，那是悼念亡妻之作，其中反复说的"予美亡此，谁与独处？""百岁之后，归於其居！"我爱的人走了，谁伴我守空房？我死之后，要和你葬在一起！

庚寅是康熙四十九年（1710），正是作者人生的最后一年。在异乡过年，遥忆故乡独夜寒灯下的原配老妻，怎能不暗自伤神！细品此诗，平实中蕴含着椎心销骨的沉痛，足以催人泪下。

颜伯珣把自己的诗集定名为《秪芳园集》，饱含着对故乡的怀念。按"秪"字音 dī，义为谷物初熟，与其把秪芳园看作一般意义上的园林名字，不如视为他对自家庄园的爱称。如前所述，他早已有终老园林之志，所以在他终于走上仕途之后，对这里的怀念成了他诗中重要的题材。那年他运铜进京，孤坐船上的三个多月，成了他写作的丰收期，其中就应有《秪芳园拟山水诗十二首》。这组五言古体分写秪芳园十二景，笔者曾去秪芳园所在地去实地考察，那里实在找不到诗中所描写的峻峦飞瀑，长岭绝壁，即使两百年中有巨大变化，基本地形地貌也不至于毫无形迹吧？于是忽有所悟，那诗中注入了他丰富的感情和想象，进行了夸张和美化，使原本平常无奇的自然风景，变成瑰丽奇绝的人间仙境，他自己流连其中，也使后人无限向往，这就是艺术的力量！

应该指出的是，颜伯珣受杜诗影响很深，但他的诗绝对不是优孟衣冠，而是自有其面貌特征。前文曾引评论者所拈出的高浑从容、苍秀奇丽、平淡静深、疏古瘦硬、峭僻绝俗等诸种说法，并非无根之谈。

实事求是地说，颜伯珣不是开宗立派的诗人。颜诗的器局无法达到杜诗的博大精深，风格也有逊于他的沉郁顿挫，并且由于他推崇古拙力避甜熟的审美取向，他的一些作品也流于晦涩。但他自觉继承杜甫忧国忧民的传统，坚信诗是"有感而发""感于其心之不能已"，他的诗正像他的做人，扎实诚挚，清通开明，不迂腐，不矫揉造作，不无病呻吟，无肤浅浮华之弊，既是他内心世界的真实流露，也可说是清初社会健康开放的精神面貌的真实反映，而且拜时代之赐，在题材上还有所开拓。这样的诗，不仅具有丰富的社会价值，也是具有相当高美学水准的。

五

颜伯珣的诗在生前未得刊印，去世后稿本藏于家，后来出现了抄本和刻本。

作者生前大概曾对自己认为重要的作品进行了初步编辑，写了自序，这就是抄本《秪芳园集》上中下三集。作者去世之后，其第三子颜光教曾"手写全集"，并请孔贞瑄和李克敬作序，又陆续收集佚作而成《秪芳园集》续集。李克敬大约在康熙四十六年（1707）前后曾在曲阜教书，颜伯珣时在寿州，两人无缘见面。康熙四十九年（1710）颜伯珣故于寿州，回曲阜安葬，是家人请李克敬撰的墓志。颜光教请李克敬为父亲诗集作序，大约应在康熙五十八年（1719）前后的事。此后八九十年中，伯珣后人都无力付梓，诗只以抄本方式流行。在传抄过程中，出现了至少三种版本，一是作者嫡曾孙颜懋埈提供给刘杰凤据以刊刻整理的底本，一是《海岱人文》本，一是《颜氏三家诗集》本。

《海岱人文》本共收颜氏家族14人的作品三十三种45卷，包括颜伯珣诗5卷（《秪芳园集》4卷，《秋雨草堂集》1卷）。《颜氏三家诗集》所收三家是颜光敏、颜伯珣和颜懋侨。以两个本子中的颜伯珣诗相校，差别不大，应该说基本保存了作者生前自编集的原貌，唯后者无《秋雨草堂集》而已。两种抄本均藏山东省博物馆，现已收入山东大学出版社近年出版的大型丛书《山东文献集成》。

两种抄本《秪芳园集》四卷，又《秋雨草堂集》一卷，共有诗277首。

《海岱人文》本应是颜崇檠收集整理的，书中时见他的题识。颜崇檠之父颜懋企，祖颜肇维，曾祖颜光敏，故颜伯珣是他的从高祖父。颜崇檠卒于嘉庆十六年（1811）。

颜伯珣诗的刻本出现在嘉庆二十五年（1820），即在他去世90年之后，崇檠去世9年之后。

颜伯珣诗集的刻本扉页题"嘉庆庚辰刊《秪芳园遗诗》"，版心下端有"锄月轩校刊"。山东省图书馆藏，王绍曾《山东文献书目》著录。全书七卷，即《秪芳园遗诗》卷一至卷四，《秪芳园遗诗别集》卷上、卷下和《秪芳园遗诗》补遗。刻本卷首有刘杰凤的《校刻秖芳园遗诗序》及孔传钺的《跋》。每卷卷首题"曲阜颜伯珣字石珍相叔著，曾孙懋堁敬录藏，洪洞刘杰凤竹圃选刻"，卷末署"平陵王家宾、陈于宣同校"，可见刻本是由刘杰凤依据颜懋堁抄录的底本刊刻的。

查《颜氏族谱》，颜懋堁是颜伯珣第三子颜光教之孙，字墫轩，号西山，嘉庆六年拔贡，九年举人。他嘉庆二十二年（1817）在省城济南候补时结识了山西人刘杰凤。刘杰凤字仪庭，号竹圃，是乾隆五十九年岁贡，官山东运学，人称其"水部"，应是黄河河务官员，在济南泺口任职。刘杰凤在颜懋堁处读到了《秖芳园遗诗》的抄本，认为很有价值；而颜懋堁在去高密任县学训导时，便把抄本留在刘杰凤处，并托他代为厘订。想不到半年后传来了颜懋堁去世的消息。在这种情况下，显示了刘杰凤的高风亮节：他担心这"卓然可传之文终或湮灭"，于是毅然担起了整理和刻印的重任，为此付出了巨大的精力和财力。说他是颜氏功臣毫不过分。

刘杰凤序中提到卢见曾选编的《山左诗钞》，说该书选伯珣诗凡14首，而见于颜懋堁藏本者乃未及半，由此断定伯珣诗佚失很多。按《山左诗钞》卷二十七所收伯珣诗中，只有4首见于《秖芳园遗诗》前四卷，有9首见于刻本的卷七《秖芳园遗诗补遗》，这一事实说明刻本卷七补遗编于此序作成之后；而这9首中有8首出自《旧雨草堂集》。可见刻本的编者是从《山左诗钞》上收集到这8首诗的。

刘杰凤为《秖芳园遗诗》的校订制定的原则是："阙者仍之，讹者非显系笔误毫无疑义之字，宁缺勿改，务存庐山真面目，冀他日善本倘出，或博雅更加是正焉"，态度是严肃认真的。

但这个刻本是"撷其英华"的"选刻"，所以对所据的底本有所删削。现知的删除就有47首④。这些删除，有的还可以从抄本补上；大部分是已永远消失于天壤之间。也许在删除者看来这些诗无关紧要，但对后人来说，其中所包含的信息便永远失去，未免令人遗憾。

刻本共收诗442首，比抄本多165首之多。刻本《秖芳园集》流传甚稀。200年后的今天，已成为秘藏于图书馆中的孤本珍本。济宁学院颜氏丛书编委会将其纳入整理计划，使之化身千万，这是弘扬传统文化造福后世功德无量的大好事，作者以及转抄、刊刻者若地下有知，也必当含笑九泉。

如上所述，刻本《秖芳园遗诗》和抄本《秖芳园集》是两个版本系统，很难确定哪个的编排方式更接近作者的原意。几经斟酌，此次整理决定以刻本为底本，校以抄本列为一至七卷，是为上编；抄本列为八至十二四卷，其中与刻本重复者存目，是为下编。两编相加去其重复，共收诗 556 首。

颜伯珣的诗有明确纪年者很少，除了《旧雨草堂集》一卷可以确认是出仕前之作，其他诗的编排方式比较混乱，这给研究其生平带来麻烦，但为慎重起见，此次整理不拟作此类调整，只在各诗注中作出说明。经过梳理，笔者对其中一些作品的写作年代提出了自己的看法，尝试编为《颜伯珣年表》。连同辑得的颜伯珣的书信等佚文和研究资料、评论等附于书后，于深入了解颜伯珣其人其诗或有小助。

对颜诗注释，除一般地注出其中涉及的名物典故外，尽量疏通其句意，探讨发掘其历史文化的背景，以期对该诗有较深入的了解。但笔者水平有限，所注所解是否正确，则有待于广大读者的批评指正。此书只能说是抛砖引玉，希望能引起学界对颜伯珣其人其诗的重视。

感谢"颜氏文献丛书"编委会的厚爱，邀我参加这一具有重大意义的文化工程。几年来得到了济宁学院中文系王钦鸿主任、王永超主任以及年高德劭的徐复岭教授的指导和大力协助，尤其是徐教授不顾年高，相陪出发考察颜氏遗迹，相处中获益良多。另外，学院颜健先生、王祥先生以及兖州韩佑正先生也都给予种种襄助，使我得以勉力完成任务。谨一并致以谢忱。

［《颜伯珣诗校注》是由樊英民执笔完成的。］

【注】

①《芍陂纪事》上下两卷，上卷内容是芍陂论、陂水源流考、闸坝、二十八门考、惠政、三公列传、名宦及兴治塘工乡先辈姓氏等，下卷为祠祀、祭田、古迹、碑记、文牍等。视其内容体例，颇有志的规模，称为纪事，并不贴切。我认为其中很多内容应是来自颜伯珣《安丰塘志》。现有李松、陶立明辑校本，题《芍陂纪事校注暨芍陂史料汇编》，中国科学技术大学出版社 2016 年出版。

②见《颜氏族谱》。笔者怀疑出自李克敬所撰《颜伯珣墓志铭》。

③按，颜伯珣其实是"卒于官"，即死于任所，并未得退休回到故里，这在族谱和故乡的地方志中记得很清楚。但是寿州的地方志包括《凤阳府志》都似乎并不了解这一点，这些志书只说"立生祠祀之"，揆其原因，当是志书的资料均来自夏尚忠的《芍陂志·颜公传》。

④据刻本各题下所示，现知的删除有：《八月十五夜》三首抄二，删 1 首；《于役过里祗芳园杂诗》四十首抄九，删 31 首；《辛巳三月上刺使乞休状拟归六绝句》六首抄四，删 2 首；《立夏前三日过方端木木香阁》二首抄一，删 1 首；《八忆》八首抄三，删 5 首；《九日寄张宛庐》二首抄一，删 1 首；《读杨

岩公行状感而吊之再赋情见乎辞》二首抄一，删 1 首；《述旧德》八首抄六，删 2 首；《淮上军》十首抄八，删 2 首；《淮堤》二首抄一，删 1 首；以上共删除 47 首。

上编

秖芳园遗诗

校刻秖[1]芳园遗诗序

刘杰凤

有明之季，曲阜颜氏以臣忠子孝门阀高山左①。予少读三颜制艺②，固已心仪之。丁丑③冬，获交学博西山颜君懋墣④于历下，得读其曾大父相叔先生所为《秖芳园诗》。相叔先生者，河间公⑤之季子而三颜之叔父也，诗高古不蹈纤俗佻巧习气。已而西山以摄高密学篆⑥去，留诗历下，曰："此先人一生心血，藏筐中三世矣！以无力未付剞劂，又其本残缺，且展转传写，鲁鱼滋舛⑦，幸爱我者共加厘订焉。"越半载，闻西山卸事旋里。今年二月，诸人相与屈指，谓西山选期伊迩，当必来会垣⑧重续旧游。乃诘朝⑨而讣至，则以疾奄忽终矣。予不忍西山颜君仁孝之思郁久弗伸，又不欲坐视卓然可传之文终或湮灭，爰不揣固陋，偕诸同人撷其英华，约正集为四卷，别集为二卷，复搜厥遗佚补附于末，以授梓人，并与同事约：阙者仍之，讹者非显系笔误毫无疑义之字，宁缺勿改，务存庐山真面目，冀他日善本觅出，或博雅更加是正焉。顾犹有未安者：先生诗登卢选《山左诗钞》⑩凡十四首，而见西山藏本者乃未及半，准是而言，散失尚夥。昔苏子美书杜集后⑪，以不为近世所尚坠逸过半为可悯惜，今俨有同慨云。

嘉庆二十有四年岁在己卯，嘉平既望后二日，洪洞后学竹圃刘杰凤⑫拜书朴园锄月轩。

【校】

[1] 秖芳园，刻本（《秖芳园遗诗》，本书底本）及两种抄本（《颜氏三家诗集》《海岱人文》，本书参校本）除个别笔误外均作"秖芳园"，但《曲阜诗钞》《颜氏族谱》《曲阜县志》以及现代人介绍颜伯珣文章时，则绝大多数作"祗芳园"或"祇芳园"。按"秖"字音 dī，义为谷物初熟，颜伯珣即取此义。而"祗"字音 zhī，义为恭敬；"祇"字音 qí，义为地神，又音 zhī，是"恰好""仅仅"的意思（此义现已简化为"只"字）。是三字不但音异，义亦不同。在本书征引的文献中，如清代嘉庆时学者冯云鹏，其《题泗曲园画册十二首赠颜又甲士浃》第四首有注，说："祗训敬，《楚辞》云：'又何芳之能祗'，盖取义在此。"又，现存于曲阜竹子园村一颜姓农户家的民国时铁夯上的铭文，则径作"纸坊园"，可见此误由来已久。《辞源》在"祗"字注后有按语，云："又与'祇''秖''祇'等字形近，古籍中常多混用。"职是之故，为避烦琐，以下有引用各书遇此字时，一般径改为"秖"，不再出校记。

【注】

①山左：太行山之左，清代指山东省。

②三颜制艺：指颜光猷、颜光敏、颜光敩兄弟所作的八股文，如颜光猷的《阙里颜太史真稿》《颜澹园藏稿》之类，在科举时代作为范文曾被大量刻印。

③丁丑：为嘉庆二十二年（1817）。

④颜懋堧：据清光绪二十五年本《颜氏族谱》，颜伯珣共有三子，其三为光教；光教二子，长名肇绩，肇绩第四子为懋堧："字塏轩，号西山，一号梦苏，嘉庆辛酉科拔贡，中式甲子科举人。"按辛酉为嘉庆六年（1801），甲子为嘉庆九年（1804），按本文所叙，其卒于嘉庆二十四年（1819）。

⑤河间公：指颜伯珣之父河间知府颜胤绍。胤绍又作孕绍，字赓明，崇祯进士，任凤阳、江都知县，升翰林院检讨，被劾降广平经历、邯郸知县。崇祯十五年清兵围河间，指挥防守，激战后城破，合家自焚殉国。

⑥摄高密学篆：即任职高密县学训导。按清代府级学官称教授，县级称训导。检《高密县志·职官》未见其名，或因任职时间甚短而失记。

⑦鲁鱼滋舛：谓在辗转传抄过程中出现文字错误越来越多。葛洪《抱朴子·遐览》："谚云：'书三写，鱼成鲁，帝成虎。'"《吕氏春秋·察传》："有读史记者曰：'晋师三豕涉河。'子夏曰：'非也，是己亥也。夫己与三相近，豕与亥相似。'"

⑧会垣：此指省城济南。

⑨诘朝：即第二天清晨，出《左传》。此谓不久。

⑩卢选《山左诗钞》："卢"指乾隆时任两淮盐运使的卢见曾，字雅雨，号抱孙，德州人，他主持编辑了清代山东诗人诗集《国朝山左诗钞》，共60卷，收作者536位，诗作近6000首。此后又有续编和补编。所说颜伯珣诗十四首，见该书卷二十七，分载本书卷二、卷三、卷四、卷六、卷七。详见各题下校记。

⑪苏子美：即宋代苏舜钦。他的《题杜子美别集后》云："杜甫本传云有集六十卷，今所存者才二十卷，又未经学者编辑；古律错乱，前后不伦。盖不为近世所尚，坠逸过半。吁，可痛悯哉也！"

⑫嘉庆二十四年：为公元1819年。嘉平，农历十二月。刘杰凤：据民国《洪洞县志》卷四《选举表》，刘杰凤是乾隆甲寅（五十九年，1794）岁贡生，官山东运学。从本文及孔传钺跋看，他字仪庭，号竹圃，曾在历下（济南）泺口任水部职。水部即工部，有可能是河道总督所属衙门官吏，详情待考。

自序

余学为杜工部[1]①诗久矣。顾实不能学，而不敢谓未尝学。客曰："子之学工部诗，欲以传耶？是犹假衣冠以欺人；即佳，亦无过于工部集中增一赘旒②耳。"予曰："非敢然也。余学陋且俭，乌能效古人？然有感而发，不觉窃仿[2]其律调而成声。久之不知其所以，譬孺子之于父母，其声音笑貌，动而相肖者，殆亦不知其所以然也。敢曰传世乎哉！"

方余为童子时，及两舍侄光猷、光敏，龄俱八九岁，伯兄③日捉吻训以调四声之道，而各录唐诗十余首，分授之，教熟诵而歌焉。又杂五采为书，诱之使不倦忘。其授予诗十余首，虽杂录初、盛诸公之作，而杜工部诗为多，乃余切心喜，独时时好吟唱之，不知其何为也。

既而受经于先师秀子孔先生④之门。而先生方与伯兄及同里孔琢如⑤、栗如⑥，宗兄养微⑦，魏孟宣⑧，汶上刘显斯⑨诸先生高相倡和，为隐君子之业。诗成酒酣，伯兄因命珣等歌曩时所诵《秋兴》八首⑩于众先生前。孔先生闻而喜，令珣一再歌，每必援琴而鼓之，离席而叹，曰："妙哉，诗乎！此子歌音清扬，宫商协律，一似熟知为诗者。"因拊珣背曰："子喜歌诗乎？"对曰："喜。"自是，诸先生每会集，必弹琴赋诗，必命珣侍坐，歌先生与伯兄所为诗，复命歌工部《秋兴》诗。因又拊珣背，顾谓伯兄曰："此子既自称喜歌诗，而歌声果复沉郁顿挫如此，一似熟知此道中味者。不然，何其声与诗恰相比合耶？殆其天性然耶？我辈不及矣！"

己亥⑪，先生见珣私所为《鲁王宫》⑫诗，喜谓珣曰："子幼时喜歌诗，今乃学为诗耶？子学诗毋学为世俗诗，学杜工部诗可矣。今子诗非仿[3]工部《哀江头》⑬耶？"珣唯唯，犹不知其所以然也。无何年四十五十，一事无成。回忆我伯兄与吾先师之诱教，不可得已！独记其教珣以学诗也如此。

且夫人之因心而发为声音也，亦犹万物之鸣焉而已。其于人也，矢口而发者谓之声，其叶声而成调者谓之诗歌。其于物也，凤、凰、鸾、鹤则鸣之圣者矣。其次睍睆⑭悦人者，黄莺也。其次最小若螳蚅、若蜩蝉、若蟋蟀，其次最下不堪若鸱鸮、蛙、蚓矣。当其感于其心之不能已，而动乎窍之不自觉，固未尝自知其美恶也。亦未尝有意度前之为鸣者若何，后之鸣者，必不得同于彼我前日之鸣者若何，今日亦必不肯雷同而取厌。何也？但感于其心之不能已，而动乎其窍之不自觉者也。夫鸟虫之飞且鸣也，饮啄也，孰使之然？孰禁其不然也？彼但见前之何如飞，遂亦学其飞焉而已；见其何以饮、何以啄，亦学为饮、啄而已，至学焉而各得其性之所近，又适合其窍之偶便，彼乌知择其所学之美好，又安知计其孰为剿袭⑮，孰为拟摹，而能标新与出异否也者？则余之学杜诗亦若是而已矣！亦不敢忘我伯兄与先师也云尔已矣！如曰必应避其形似，是将举万物之学为声者求新异于凤凰、鸾鹤而不得^[4]，必尽变而学为鸥鹙、为蛙蚓，然后为美而可传与！

客未有以答，因次其先后语意为序⑯。

曲^[5]阜颜伯珣相叔氏

【校】

[1] 部，《海岱人文》本夺此字。

[2] 仿，《海岱人文》本作"效"。

[3] 仿，《海岱人文》本作"效"。

[4] 得，《海岱人文》本作"能"，

[5] 曲，《海岱人文》本夺此字。

【注】

①杜工部：唐代大诗人杜甫，曾任工部员外郎。

②赘疣：比喻实权旁落、有职无权。引申为多余无用之物。今多作"赘瘤"。出《公羊传·襄公十六年》："君若赘疣然。"何休注："疣，肬疣；赘，系属之辞，若今俗名就壻为赘壻矣。以肬疣喻者，为下所执持东西。"

③此伯兄指作者长兄颜伯璟，字士莹，明末廪生。其父颜胤绍在河间殉国后，他跣行千里去收其骸骨，又找回流落民间年仅六岁的颜伯珣，带回故乡亲自教养，此后两兄弟友爱30年无间言。死后乡谥孝靖先生。

④秀子孔先生：孔秀岩，是颜伯珣及光猷、光敏的业师。颜肇维《颜修来先生年谱》："顺治戊子，府君（指光敏）年九岁，从孔秀岩先生读书龙湾，学为举业。"

⑤孔琭如：孔贞璠，字用璞，号琭如，是孔尚任的父亲。《阙里文献考》载他："崇祯六年举人，以养亲不仕。博学多才，崇尚气节，尝慕朱家、郭解之为人，当明季兵荒洊至，解纷御侮，一邑赖之。"

⑥孔栗如：孔琭如之弟孔贞玙。字用修，号立如，亦作栗如。拔贡，官广信府通判。善文辞，工琴棋。

⑦宗兄养微：指作者族兄颜伯显。《颜氏族谱》："伯显，号养微，廪生。"颜伯璟《先孝靖公遗诗》有《哭养微社兄诗未就，值粟兄樜归，书此志痛》七古一首。

⑧魏孟宣：魏煜如，字孟宣，"由贡生授武城训导，累迁金县令。别奸弊，

杜侵渔，断狱平允，人吏畏服”（乾隆《曲阜县志·列传》）。按，贾凫西《澹圃诗草》有《祭魏鼎梅》，魏鼎梅为贾之亲家，名肯构，即魏孟宣之曾祖父，明天启进士，官户部主事等。魏家居泗河金口坝东北西柳庄，有园林名芜园，见乾隆《曲阜县志·古迹》。

⑨汶上刘显斯：《曲阜诗钞》和《国朝山左诗钞》均收有贾凫西五律《饮孔方训郎中斋中同望如刘显思征君》一首（此诗《澹圃诗草》题为《饮孔方训斋中》），其刘显思应即是刘显斯。生平待考。

⑩《秋兴》八首，杜甫七律名作。

⑪己亥：顺治十六年（1659），作者23岁。

⑫《鲁王宫》：此诗不载颜伯珣的诗集中。按，《先孝靖公遗诗》中有《登少陵台望鲁王故宫》七古一首，其命意和风格亦类于杜甫《哀江头》。笔者认为颜伯珣之《鲁王宫》或是此诗的和作，甚至有可能此诗是颜伯珣之作而因某种原因误入其兄颜伯璟名下。

⑬《哀江头》：杜甫名作。写安史之乱贼陷长安后作者潜行于曲江所见所感。

⑭睍睆：音 xiàn huǎn 美好貌。《诗经·邶风·凯风》："睍睆黄鸟，载好其音。"

⑮勦袭：剽窃他人作品，因袭照搬。屠隆《鸿苞》卷十七："诗道有法，昔人贵在妙悟。新不欲杜撰，旧不欲勦袭。"

⑯作者于康熙二十三年（1684）48岁时以帝辛阙里授职，此序中有"年四十五十一事无成"语，故此序似应作于出仕之前。

跋

孔传铖

先西园公裒辑友朋尺牍为《客语》①，而于颜相叔先生独为一帙，盖知交而申以婚姻②，故往来笔札綦多也。然未始闻其能诗。甲子秋赋③，传铖与先生曾孙西山为同年交契，同赴礼闱者三；丁丑春，传铖于京师闻先君子讣，西山于祗候大挑④之际，为传铖周章出都，纤悉周备，使人衔感。迨秋九月，传铖以饥驱故，西山怂恿就馆涿口刘竹圃水部家，未几而西山亦以学博候委来济南。过寓斋，出相叔先生《秖芳园诗》见示，开卷则与西园公酬和之作俨然在焉⑤。语次被嘱持择，又其本多讹脱，苦无印证，欲同人约略以意校改，传铖惶愧亟以不敏辞，而未蒙谅也。不得已，于其别也，转嘱西山务求佗本⑥，传铖亦一再于返里时广为延访，乃迄未有得，而西山已以归自高密后数月遽返道山⑦。呜呼！半世青灯，一毡未暖，行且先绪就湮，而传钺负斯诺责，又安所报命故人耶？居停⑧竹圃水部初读是诗即爱玩不置，至是慨然曰："此事乃不复可缓，余当任之！"遂倡其先。而传钺与王季如家宾、陈仲甫于宣，共相赞襄，编次如右，水部立付剞劂焉。夫是诗之作，多历年所而后传之西山。西山与传钺交十有余年而后出以相示，使少辽缓，则其成书又不知需几岁月矣。物之显晦，固有时乎！传钺于相叔先生诗无能为役，而西山抱残守缺之志，水部兴废举坠之功，在传钺皆不容已于言，故谨记其缘起如此。

邑后学孔传钺⑨顿首拜跋。

【注】

①西园公：指孔贞灿，字用晦，又字桓三，号西园，任四氏学学录，为孔尚任的族叔，著有《西园集》。按，孔贞灿是伯珣关系至深之友，本书中与他有关的诗有多首。此云孔贞灿收集友朋书札，其中颜伯珣之作"独为一帙"，亦可见两人关系之深。《客语》今或不存。

②申以婚姻：或指颜光敏之女嫁孔兴烨。

③秋赋：秋贡、秋闱，指乡试，例于子、午、卯、酉年秋季在省城举行。此甲子当指嘉庆九年（1804）。

④大挑：科举名词。清制，三科以上会试不中的举人，六年一次，挑取其中一等的以知县用，二等的以教职用。此谓嘉庆二十二年（1817）颜懋墺曾参加大挑。

⑤与西园公酬和之作：应指本书卷一《和孔西园贞灿山溪西施海棠绝句》。

⑥佗本：佗通"他"，现亦作"它"。佗本即与底本不同的其他抄本。

⑦返道山：谓去世。

⑧居停：寄居处、房东，此指刘杰凤。

⑨孔传钺，曲阜人，字秉虞。据《明清进士题名碑录索引》，孔传钺为嘉庆二十五年进士，是作此跋后不久即高中矣。

卷一　秖芳园遗诗卷一 古今体诗五十二首

春宫词①

春殿俄传凤辇来②，琐窗幽梦尚疑猜③。

流莺竞逐歌声啭，舞燕低从扇影回。

花密无妨笼翠袖，露浓犹怯步苍苔。

谬随新队承恩宠，肯易残妆傍玉台④？

【注】

①宫词是以描写皇宫妃嫔宫女生活为内容的诗。此诗写春天皇宫景象，故曰春宫词。宫词作者未必有皇宫生活的经验和体会，大多是别有寄托。此诗有不屑追逐攀附之意。

②凤辇：宫苑中使用的装饰有凤纹的车。

③琐窗：雕饰精美的窗。琐，指锁链形纹饰。

④肯：岂肯。玉台：妆台的美称。

和孔西园贞灿山溪西施海棠绝句①

簇簇朱丝晚更垂，屏山风袅月迷离②。

一溪清似若耶水③，照见当年学舞时。

【注】

①西施海棠：西府海棠，又名垂丝海棠，是花中名品。此诗是对孔贞灿作《山溪西施海棠》绝句的和作。

②屏山：屏风，如唐·温庭筠《南歌子》词有"鸳枕映屏山"，宋欧阳修《蝶恋花》词有"枕畔屏山围碧浪"等。此处之"屏山风袅"，是把海棠花比拟为著名的美女西施。袅：袅娜，女子优美的姿态。

③若耶：若耶溪，在浙江绍兴。李白乐府诗《采莲曲》有"若耶溪旁采莲女，笑隔荷花共人语"句。

赠从侄大①

芄[1]兰化为茅，谷风空幽壑②。

瓜葛与茑萝，引蔓纷焉托③？
翕翕宇宙间，我处独寥廓。
缠绵怀旧恩，颇亦厌新诺④。
嗣宗当穷途，但得仲容乐⑤。
人生贵恩[2]义，谬别不与鄂⑥。
汝[3]父属予时，维汝岁犹弱⑦。
墙浅生棘荆，原寒自晉缚[4]⑧。
及长性逾醇，阶闼顽且格⑨。
赤霄云正深，霜翮困一鹗⑩。
潦倒浑类叔，情好两无怍⑪。
溪西有高庐，遥并双溪阁⑫。
朝屐云鸟迎，暮杖岩花落。
流觞泛秋星，赋诗迷春箨⑬。
顾我华发新，朱颜子不恶。
愿言策高足，枥中鸣可愕⑭。
老病耻为驹，事势忽非昨⑮。
行将干升斗，微职忝击柝⑯。
纶竿共征辔，中夜然疑怍⑰。

【校】

[1] 芄，两种抄本均作"芃"。

[2] 恩，《海岱人文》本误作"思"。

[3] 汝，两种抄本作"女"，以下这种情况一般径改，不再出校。

[4] 缚，刻本为上"敫"下"糸"，两种抄本均为上"殷"下"糸"，查多种字书无此二字。按此诗所叶韵脚均属入声药韵，检中华书局本《诗韵》，药韵中唯"缚"字于义最合，故其字似应是"缚"字异写，据改。

【注】

①从侄大：颜光大，作者的堂侄。《颜氏族谱》："光大，字兆祥，廪生。性孤洁恬澹，独嗜读书，莳花木以自娱。文笔颖锐，早岁入胶庠，试辄冠其曹。偶意科名可引手致，顾厄于数奇，累应举不第，遂颓然自放于诗酒间以终。人咸为公惜，公不以累于虑。其所称有道之士者耶？"按，本诗中有"行将干升斗，微职忝击柝"，可知是作者赴寿州同知任前写给颜光大的赠别诗，应作于康熙二十九年（1690）。

②《诗经·卫风》有《芄兰》篇，朱熹认为是"言其才能不足以知于我

也"。这里是以艽兰起兴，写才士的不遇，隐指光大。艽兰是一种蔓生植物。"兰化为茅"，见屈原《离骚》："兰芷变而不芳兮，荃蕙化而为茅。何昔日之芳草兮，今直为此萧艾也?"谷风：《尔雅·释天》："东风谓之谷风。"

③瓜、葛和茑萝都是有长蔓的植物，用以比喻血缘繁衍支分的远近。

④"翁翁"以下四句：感叹天下之大，亲故无几，愈加珍重自己和光大之父伯瓒的兄弟之情。详注⑦。翁翁：盛大貌。厌新诺：愿意结交新朋友。

⑤嗣宗指晋竹林七贤中的阮籍，字嗣宗。"穷途"指人生不如意。《晋书》记阮籍"时率意独驾，不由径路，车迹所穷，辄恸哭而反"。此以阮籍自比。仲容指阮咸，亦为竹林七贤之一，擅音乐，精音律，《世说新语·术解》称"阮咸妙赏，时谓神解"。阮咸是阮籍之侄，诗用此典正切题目。

⑥鄂：古同"谔"，正直的话。

⑦说你的父亲当年曾嘱托我照顾你，那时候你还很小。属：通"嘱"。按，光大的父亲即颜伯瓒。据《颜氏族谱》："伯瓒，字荆璞，贡生，鱼台县教谕。"族谱载伯瓒之父与伯珣之父都是颜嗣化之子，故伯珣与伯瓒为堂兄弟。伯瓒之父行一，伯珣之父行三，伯珣又是最幼子，故伯瓒与伯珣年岁相差必甚大，而支分则甚近。光大又是伯瓒的最幼子，故有伯瓒嘱托伯珣照看光大之事。

⑧说光大和自己都门第寒微，人生道路不甚畅达。罾，是一种捕鱼工具，"罾缚"喻有种种窒碍束缚。

⑨写光大幼时生性醇厚而又顽皮好动。阶闼：房屋的台阶。格：打斗。

⑩说命运就像鸿鸟奋飞于高空而受困于凶猛鸦类的追捕。赤霄：谓极高的天空。《淮南子·人间训》说鸿鹄"背负青天，膺摩赤霄"。霜翮：鸟白色的翅膀，此指鸿鹄。鸦：猛禽。

⑪你我虽都不得志，但志趣相投，无愧于心。浑类叔：完全和叔叔我一样。怍：惭愧。按，此即前引《颜氏族谱》之所谓"厄于数奇，累应举不第"。

⑫双溪阁：是作者园林中的建筑，见本书卷八《赴京发双溪前一日作》注①。溪西的高庐应指光大家住宅。

⑬流觞：曲水流觞，是古人春天雅集宴饮的形式，此泛指朋友雅聚。春箨：箨音tuò，是竹笋外层的皮，春天时随着笋的生长一片一片地脱落，叫作解箨。以上数句写两人隐居故乡朝夕相处的生活。

⑭"顾我"四句：说我现在已头生白发，你还风华正茂；我们都应如快马加鞭疾驰，有所成就；在我临出行之前，有话要对你说。按，康熙二十九年作者已54岁，故曰"华发新"。高足：指骏马。枥：指马圈。鸣可愕：直言不讳。此暗用曹操《步出夏门行》诗"老骥伏枥，壮心不已"。

⑮说自己老且病，再像年轻人似的被人役使，已使我内心羞愧；然而形势使然，不得不尔。按，"事势忽非昨"应是指以恩授官事，即已被授予做官资格，自当去报效朝廷。

⑯我很快要离家做个小官，求取微薄的升斗之禄了。干：干谒，为达到某种目的，求见地位高的人。击柝：巡夜人敲梆子以报时。此为作者自嘲官职之卑。

⑰"纶竿"二句：写诗人出仕与隐居的矛盾心理。纶竿：钓鱼竿，喻隐居。征辂：出门的车马，喻出仕。然疑：犹豫不决。

寄单县朱方来绂并酬其见遗水仙①

单父之子住琴里，抱琴欲往隔济水②。
匪济无梁不可越，我病在床年复月。
去年柴关枉轩车，今年锦陂致双鱼③。
名花更遗圆十颗，珠错历历明清渠。
我病见此神欲王④，明烛疏帏两相向。
炎薰不来兰茝绝，霰雪况经萝茑丧⑤。
过眼悒悒尤怆神，感君微意乃见真。
逸骨肯使随妍丑，殊姿未应沦沙尘⑥。
呼儿报书且三复，锦陂浪沉空寒燠⑦。
白头吟望云杳冥，惆怅溪亭倚山竹。

【注】

①此是朱绂赠水仙花给作者，作者的答谢之作。诗中有"我病在床年复月"句，按，《颜氏家藏尺牍》载颜伯珣致光敏书有"居外八月强半为病牵缠"语；伯璟兄伯璟致光敏书有"四叔前月念日已至，却带沉疴，虽无大虑，亦须数月方可平复"语（四叔即伯珣，详本书附《颜伯珣年表》），该书作于康熙十一年（1672），则此诗应为该年作。朱绂，《颜氏家藏尺牍·姓氏考》有"朱绂，字方来，号澹居，山东单县人。明大名道廷焕子，岁贡生，蒲台训导，有《绿怡轩遗稿》"，应即其人。此诗云"住琴里"，以琴里指代单县，是用宓子贱鸣琴而治的典故。又，王纯《颜光猷诗文笺注》之《吊朱公子方来丧姬四首》注①有"朱绂，字方来，新城人"，则或别是一人？待考。

②单父：单县的古称。济水：为古四渎之一，据说发源于河南济源王屋山，《尚书·禹贡》云"济河惟兖州"。但由于历史上水系复杂的变化，至少从汉魏

时起，人们就已很难确切指出济水的位置，很多古籍包括《水经》《水经注》对其记载都有错误（见陈桥驿《水经注注释》）。所以这里的济水只是泛泛之言，不必指实。但本书卷九《舟次济宁》有"泗水滔滔入济流"句，则其济流可指为大运河的济宁段。

③"匪济"四句：说作者想去单县访问朱绂，但因病一直未去。而朱绂曾于去冬来访，自己却出门在外，让他空跑一趟。柴关，自己居处的谦称。枉轩车，"枉"，谓屈尊来访而未得见，车，此处读jū。锦陵致双鱼：双鱼指书信，典出汉《饮马长城窟行》："客从远方来，遗我双鲤鱼。呼儿烹鲤鱼，中有尺素书。"

④神欲王：此"王"字应读去声，为"旺"字通假。

⑤"炎薰"二句：炎热的夏天没有水仙花，现在是冬天，已降霜雪，兰茝茑萝之类都没有了。此以水仙不畏寒冷隐喻人不趋炎附势，品格清高。

⑥"过眼"四句：说朱绂有高尚独立的人格，岂肯随人俯仰，但他一直不得志；像这样的人不应该长久沦没。微意：深意。逸骨：俊逸之才。随妍丑：没有独立见解。殊姿：不同凡响的仪度。

⑦"呼儿"二句：说自己病中无力把笔写回信，乃反复嘱咐儿子代笔。按，此袭前引汉诗"呼儿烹鲤鱼"意。锦陵，当指朱绂所在单县的河湖。寒燠：燠音yù，暖，热。寒燠指季节变化。时光流逝而无法相见，故曰"空"。

寄朱武林①

伊昔陟岱岳，与君订交初。
兰谱虽自旧，新知乐有余②。
解带越观松，遂造云中庐③。
碧海在东牖，凉辉生蟾蜍④。
天云虽在壑，舒卷固自如。
秋湄吟犹远，春畹药正锄⑤。
常贫伤嘤鸟，将老昧津渔⑥。
踯躅梁上月，殷勤河中鱼。
河广不可涉，卬须漫居诸⑦。

【注】

①此诗被收入孔宪彝辑《曲阜诗钞》卷一。本书卷八有《答单父朱武林寄书》，朱武林或许就是朱方来。

②"伊昔"四句：说他们是在同登泰山时订交，并且换了帖，成了盟兄弟。兰谱：结拜时互相交换的帖子，写有自己家族的谱系和自己的生辰八字。

③解带二句：说作者出仕后曾经去造访朱氏隐居处。解带有出仕义，见《后汉书·周磐传》："居贫养母，俭薄不充……乃解韦带，就孝廉之举。"李贤注："以韦皮为带，未仕之服也。求仕则服革带，故解之。"从本诗看，朱武林是一醉心山林的人，并无出仕事。故此解带者为作者。越观松：越观指泰山越观峰，今作月观峰，详本书卷二《秖芳园拟山水诗·秖芳阁》注⑧。云中庐：是朱氏在某山的住处。

④牖：窗。从描写看朱武林隐居处似海边某地。蟾蜍：此指月亮。

⑤秋湄：秋天的水边。春畹：春天田间。

⑥嘤鸟：鸣声相和之鸟，喻两人友谊。《诗经·小雅·伐木》："嘤其鸣矣，求其友声。相彼鸟矣，犹求友声；矧伊人矣，不求友生。"昧津渔：津是渡口，渔是捕鱼，此谓未能归隐。

⑦虽然很想念你，可河这么宽，无法涉水而过，那我就还是凑和着在这里住着罢！按，《诗经·卫风》有《河广》篇，为思归之诗。此双关。卬：第一人称代词，即"我"。诸：之乎的合音。

送林卓子守戎调迁关中①

西岳崚嶒壮西都，赤日倒影照海隅②。
海岳降灵蔚奇杰，公侯翼运何代无。
林之雄姿出闽海，新被王命西握符③。
岩岩正当白帝座，玉女莲花纷陪趋④。
我来淮南无三月⑤，闻公移节久踟蹰。
峡石彩笔悬秋水，空碧鹘影应雕弧⑥。
今之傅永实我徒⑦，恨不执鞭随珊瑚。
芙蓉之匣渥洼驹⑧，公且临风立斯须。
关塞六月鼛鼓急，天子当殿出彤旅⑨。
风云欲高麒麟画⑩，丈夫不易八尺躯。
归来龙池宴座亲，草檄满堂宾客映冰壶⑪。
渭水黄山怀人日，还将新诗寄腐儒⑫。

【注】

①林卓子守戎：守戎，驻军将领，从下文"执鞭随珊瑚"看，其人应为二

品武职。

②"西岳"四句：西岳：指华山，西都指西安。峻嶒，山高峻巍峨貌。海隅：海边，联系下文"林之雄姿出闽海"句，知林卓子或是福建人，或曾在其地作战立功。翼运：承运，即承奉天命。

③握符：符是古代传达将令调遣军队的凭证，握符指掌握兵权。

④白帝：是中国古代神话五方上帝中的西方之神，在五行属金，兵戈为金，正应林卓子任军职，故云。玉女和莲花都是华山的峰名。

⑤无三月：不到三个月。按作者康熙二十九年十月赴寿州任，又此诗下有"怀人日"语，虽是用典（见注⑩），亦是写实，人日即正月初七，从正月初七倒推三个月为十月初七日，则为十月初七之后某日为他到寿州之日，和上文所述他十月到任正合，是此诗应作于康熙三十年正月。

⑥此说林卓子文武双全。上句写文，彩笔秋水喻其文思泉涌；下句写武，雕弧指弓，鹘影指飞鸟，箭发鸟落，写其箭法高明。

⑦傅永：北魏名将，字修期，孝文帝曾说："上马能击贼，下马作露布，唯傅修期耳！"见《魏书》本传。此用以比林卓子。我徒：即吾徒，同一类人，此说林卓子不仅是武人，还有文采。

⑧芙蓉之匣：装饰华美用于盛放琴、剑、文玩之类的匣子。此言其文雅；渥洼驹：良马。《史记·乐书》有"又尝得神马渥洼水中"语，此言其勇武。唐·李群玉《骆马》诗："由来渥洼种，本是苍龙儿。"

⑨"关塞"二句：此应指康熙二十九年对厄鲁特蒙古准噶尔部首领噶尔丹的战争。是年六月二十一日，康熙帝命盛京将军绰克托等率兵三千，与科尔沁部达尔汉亲王班第合兵往御噶尔丹。彤旅：指国家的军队。

⑩麒麟画：指麒麟阁上的功臣画像。麒麟阁在长安未央宫中，汉武帝曾命画霍光等功臣像于其上，于是麒麟画成为国之有大勋功者的标志。唐杜甫《秋野》诗之五："身许麒麟画，年衰鸳鹭群。"

⑪"归来"二句：写林卓子作战胜利，大宴宾客。草檄：起草作战时的公文。龙池：唐代长安兴庆宫有龙池，为皇帝赐宴群臣处。李商隐《龙池》有"龙池赐酒敞云屏"句。冰壶：见鲍照《白头吟》："直如朱丝绳，清如玉壶冰"，此喻林卓子人品之高洁。

⑫说林守戎到陕西后会想起安徽的老朋友，希望有新作寄给我！渭水在陕西，黄山在安徽，是林卓子将去之地和现在之地。人日：指正月初七。按唐·高适有《人日寄杜二拾遗》诗，杜二拾遗指杜甫。此以高适比林卓子。腐儒：杜甫自云"江汉思归客，乾坤一腐儒"（《江汉》），此为作者自谓。

呈凤阳太守丁公①

岳牧承天纪，维良协帝俞②。
球琮登庙重，锁钥受恩殊③。
世济皋夔伐，家传礼乐模④。
神姿麟作趾，蚤誉凤为雏⑤。
白雪澄江汉，清绯握瑾瑜⑥。
□襄初试割，淮楚更分符⑦。
刀剑销三月，云泥待一苏⑧。
流膏连泗汝，建表望荆涂⑨。
莙奏牛何有，挥归鹤不俱⑩。
诛锄空枳棘，虫草恋驺虞⑪。
春醉笼鹅笔，花明脍鲤厨。
蛇龙飞洒落，宾客漫谘诹⑫。
旻覆庸私照，樗材谬被扶。
鸿钧仍纳钝，造御且鞭驽⑬。
泰遇悬弧日，忱同献袜输⑭。
仁风律自应，寿域景偏迂⑮。
称觥跻更老，执经进吏儒⑯。
旗开双隼近，歌发万人呼⑰。
即有淮南诏，遥瞻斗北枢⑱。
旬宣兼密勿，拜手拱皇图⑲。

【注】

①太守即知府，查光绪《凤阳府志》卷六《职官下》，此凤阳知府应为丁克懋。丁克懋，字筠雪，奉天北镇人，隶镶黄旗，贡生，康熙二十九年任职。按凤阳府在明代属南直隶，领五州十三县，清康熙六年分隶安徽，辖五县二州。颜伯珣曾任职的虹县、定远县和寿州都是其所辖，凤阳知府乃是他的顶头上司，故全诗颇有不切实际的奉承阿谀之词。下边《凤阳府送太守丁公还京师》也是这样。

②"岳牧"二句：说丁太守是接受天子的任命，协助皇帝治理百姓。岳牧：传说中尧舜时四岳十二牧的省称。见《尚书·周官》："内有百揆四岳，外有州牧侯伯。"又《史记·伯夷列传》："尧将逊位，让于虞舜，舜禹之间，岳

牧咸荐。"后泛称封疆大吏。俞：应答之词。《尚书·尧典》："帝曰俞，予闻如何。"

③"球琮"二句：说丁太守因其才能而得到朝廷重用。球和琮都是美玉，以比丁太守。锁钥形容凤阳战略地位的重要。

④"世济"二句：说丁太守出身于世代显达有功而且有儒家礼乐传统的家庭。皋夔：皋指皋陶，是虞舜时的刑官；夔是乐官，后借指贤臣。伐：功绩。模：规范。

⑤"神姿"二句：说丁太守本人品质高贵，少年时就十分优秀。《诗经·周南》有《麟之趾》篇，说麒麟有蹄不踏，有额不抵，有角不触，是至高至美的兽，因而比喻人的仁厚美德。蚤：通"早"。凤雏：比喻卓荦不凡的少年。

⑥"白雪"二句：说丁太守的学问人品之佳。才如江汉，德如美玉。缃：丝素之类，指代书籍和学识。

⑦"□襄"二句：第一字原缺，或为"荆"字。此叙丁太守的仕履：最初在□襄任职，然后到了凤阳任知府。试割：应是成语"牛刀小试"的活用，出苏轼《送欧阳主簿赴官韦城》诗："读遍牙签三万轴，欲来小邑试牛刀。"淮楚：凤阳近淮河，属古楚地。分符：掌握管理地方行政的权力。

⑧"刀剑"二句：说丁太守到凤阳三个月社会上治安好转，民生得以复苏。刀剑喻暴力，云泥指从高到低整个社会中人。

⑨"流膏"二句：说丁太守的惠政布于凤阳大地，成为官员的表率。膏：有腴润、润泽义。泗、汝和荆、涂是凤阳境内的水和山。

⑩"砉奏"二句：说丁太守的执政得心应手游刃有余，始终保持着潇洒从容的气度。上句用《庄子·养生主》形容庖丁解牛"砉然响然，奏刀騞然""目无全牛"；下句用嵇康诗"手挥五弦，目送归鸿"。

⑪"诛锄"二句：说丁太守严厉打击了凤阳府境内的恶黑势力，百姓们都对太守及官员十分拥护依恋。积棘是有刺的恶木，喻坏人；虫草喻底层百姓；驺虞是传说中的一种仁兽，不伤人畜，不践踏生草，《诗经·召南》有《驺虞》篇。

⑫"春醉"四句：写丁太守的日常生活状态：广招宾客，流连诗酒，谈书论艺，其乐融融。笼鹅：用《晋书·王羲之传》：王羲之为山阴道士写《道德经》，道士以鹅相赠，"羲之笼鹅而归，甚以为乐"。脍鲤：指庖厨精美。蛇龙：指书法。谘诹：指征询访问。

⑬"旻覆"四句：写丁太守对作者的照拂和栽培，说他并不嫌弃自己的无用拙笨和不堪造就——当然都是自谦。旻覆：像青天覆盖。樗材：无用之材。钧：

43

制陶的转轮，喻造就人才。钝：愚笨。造御：赶车，喻驱遣下级。驽：劣马。

⑭"泰遇"二句：说逢丁太守大吉之日作此诗以表自己的忠忱。泰：是卦名，吉。悬弧：古代生男子则悬弓于门，可能丁太守家是时有添丁之庆。献袜：古代有冬至日贡履献袜以祝福的风俗。

⑮"仁风"二句：说丁太守的恩泽如风之流布，古人说仁德者必长寿，凤阳府百姓也进入太平盛世。寿域：指人人得尽天年的理想境界。

⑯"称觥"二句：说丁太守尊养老人，提携文士。称觥：举杯敬酒。《礼记》载古代设三老五更之位，天子以父兄之礼养之。更老即三老五更的略称。经：指儒家经典。

⑰"旟开"二句：写丁太守出行时，凤阳百姓以万民歌呼表达对他的爱戴。隼旟：是绘有隼（鹰雕类鸟）的旗帜，为州郡长官的仪仗。

⑱"即有"二句：说很快会有朝廷的诏书来到凤阳，宣布对丁太守的升赏。斗北枢：指北斗七星中的天枢星，喻朝廷。

⑲"旬宣"二句：说丁太守将进入朝廷中枢，参与机要，为巩固大清国的江山社稷出力。旬宣：周遍宣示。密勿：机密。皇图：国家版图，指政权。

重过龙江关忆亡侄光敏[1]①

江流痕自昔，江阁复谁移？
似下西州泪②，犹吟水部诗③。
停垆饭草草，挂席意迟迟④。
去傍沧州鹭⑤，含悽独尔随。

【校】

[1] 此诗又载抄本《祗芳园集》卷上，题《重过龙江关忆亡侄敏》。

【注】

①龙江关：明清时期设于江宁城（今南京市）仪凤门外的征税机构。清吴敬梓《金陵景物图诗·龙江关》（《吴敬梓集系年校注》，中华书局）："龙江关在大江口东南，诸国进贡者梯航数万里，每岁必至，立关于此，所以柔远人焉……"所记为乾隆初情况。光敏：即颜光敏，作者之兄颜伯璟次子。字修来，康熙六年进士，历官至吏部考功司郎中，康熙二十五年（1686）九月卒。作者与光敏年龄相若，叔侄间感情深厚，本书中多有反映。光敏曾于康熙九年到十年间榷龙江关税。颜肇维《颜修来先生年谱》："榷关一载，爬搜诸蠹，务从宽大，商旅德之。役毕，至假金为途资以还。"本诗当是作者在康熙二十九年任

寿州同知时重过龙江关时作，而颜光敏已于四年前去世。

②西州泪：据《晋书·谢安传》：谢安死后，其甥羊昙感旧兴悲，醉至西州门，恸哭而去。西州时为扬州刺史治所，即清之江宁，作者用此典正切地望。

③水部：本为官署名，工部四司之一，掌水道政令。此处指颜光敏。颜光敏《金陵杂诗十一首》之九有"水部衙前蕰荙香"；本书卷十《感旧》诗后自注"白梦鼐，庚戌进士，出水部倕光敏门"，皆其例。

④"垆"指酒垆，"席"指船帆，"饭草草""意迟迟"均写因对景怀人而悲哀不忍离去状。

⑤沧州鹭：沧州疑应为"沧洲"。沧洲指滨水之地，而沧州是河北地名。按，本书中"沧州"二字多次出现，按文义大多应为"沧洲"。可能是作者或抄者的习惯性错误，但未便擅改，仅作此说明。宋·欧阳修词《采桑子》有"水远烟微，一点沧洲白鹭飞"句，作者用此意象恰关合眼前景色。

报恩寺赠友人①

壮游久寂寞，蓬迹又金陵。
涕泪怆遗偈②，江山喜得朋。
解缰岩菊秀，携杖塔云层③。
何日长干卧，生涯共一罾④。

【注】

①报恩寺：在南京中华门外，是明成祖为纪念其父母而建，规模宏大，毁于清末兵燹。

②遗偈：指高僧临终前所留偈语。

③解缰：缰，音 xiāng，马腹带。《离骚》有"解佩缰以结言兮"句。塔：指报恩寺琉璃塔，此塔高达 78 米，通体以琉璃构件组成，是建筑史上的奇迹。

④长干：指报恩寺所在的长干里。罾：捕鱼器具。共一罾意谓和友人一起捕鱼，是归隐的表现。

赠张子隐中①

寿南资雄镇，灵浸汇淮颍②。
张子金闺彦，清心双源永③。
国人昧如结，机巧歉未逞。

所历实厌尝，独乃直素秉④。

若木拔厚坤，赤日绝倒景⑤。

讵无雄骏姿，意惬曾闵并⑥。

炎威再登堂，案几冰雪冷⑦。

洗觥奏清弦，鱼龙昼深警⑧。

怒声愁聒人，俯视但蝈黾⑨。

【注】

①张子隐中：当是寿州人，其他不详。本书卷五又有《九日寄张隐中》。

②张子所居寿州之南有淮水颍水相汇而成湖。灵浸：是说湖水有灵。

③金闺彦：朝廷的才杰之士，语出江淹《别赋》："金闺之诸彦，兰台之群英。"杜甫《赠李白》有"李侯金闺彦"句，此仿用之。清心是相对于下文所说的机巧之心而言，佛教认为心为万法之源，此言双源，是前文的"灵浸"亦为一源。

④"国人"四句：说世上大多数人愚昧无知，只有投机取巧之心，张子见识得多了。他讨厌这些，于是我行我素，秉性直行。

⑤若木：古代树名，见《山海经·海内经》："南海之内，黑水青水之间，有木名曰若木，若水出焉。"厚坤：指大地，见《周易》："地坤之厚君子以仁德载物。"此言就像树木不能离开大地，炎炎烈日下看不到倒影。喻张子坚持自己的人格追求。景：通"影"。

⑥曾闵：指孔子弟子曾参和闵损，都是志行高洁之士，以孝著称。

⑦以炎威和冰雪相对，表达的是一种对立的情绪，表现张子的不同流俗。

⑧饮酒抚琴，用音乐化解心中的不平。琴声感人，仿佛可使鱼龙白日出现。觥，音 gōng，酒具。按，此用杜甫诗喻琴声，详卷七《赠琴客李子》注⑩；又，李贺《李凭箜篌引》有"老鱼跳波瘦蛟舞"，亦可参。

⑨对那些反对者的愤怒喧哗，只当是蛤蟆的叫声吧！《周礼》郑玄注："齐鲁之间，谓蛙为蝈黾。"黾：音 měng。

答单父朱武林寄书[1]

羁守淮南客，伤离鲁阜春。

故人书昨到，归梦夜尤频。

细草琴台路，红妆猎骑尘①，

未堪怀往兴，垂老阻松筠②。

【校】

[1] 此诗入选孔宪彝辑《曲阜诗钞》卷一。

【注】

①琴台：又称单父台，在山东单县，是孔子弟子宓子贱的遗迹。《吕氏春秋·察贤》有："宓子贱治单父，弹鸣琴，身不下堂而单父治。"猎骑尘：骑马打猎。此或用唐代李白和杜甫、高适在单父游猎事。李白《秋猎孟诸夜归置酒单父东楼观妓》诗中有"骏发跨名驹，雕弓控鸣弦。鹰豪鲁草白，狐兔多肥鲜。邀遮相驰逐，遂出城东田。一扫四野空，喧呼鞍马前……"从下边的"怀往兴"看，作者和朱武林也许有过类似的经历。

②"垂老"句：谓两人年已垂老却无法常见，只能凭书信联系。垂：将近。阻：隔绝。松筠：松和竹，二者均历寒不凋，此处喻指自己与友人。

赠吕子①

一官羁迤楚天遥，日日关楼卧寂寥②。
不有词人投丽赋，犹迟乡梦绕山椒③。
窗光吟抱孤轮月，槛水秋通万里潮。
朱绶他时逢子贵，蚤寻霜鬓向渔樵④。

【注】

①此吕子情况不详，从诗中看，应是一尚未入仕的文人。

②写自己慵懒无事的状态。楚天：寿州古属楚国。

③说如果不是吕子来投赠诗文，自己犹在高卧不起。投赋本指向朝廷献赋，用司马相如事，此指友朋间互赠诗文。丽：通"俪"，骈俪，指文字对仗。迟：缓慢。山椒：即山顶。谢希逸《月赋》："菊散芳于山椒。"

④说吕子如果将来发达了，不要忘了已经年老归隐的自己。朱绶：官印上的红丝带，亦指官服。蚤：即"早"。

自正阳关再旋寿州舟中作①

淮水东风急浪昏，登舟未却客愁繁。
芍陂蝗满生尧日，硖石云开尚禹门②。
无数青林迎岸楫，孤飞白鸟傍滩村。
凭舷欲有乡园梦，怆事还惊利涉魂③。

【注】

①正阳关，在寿州西南六十里正阳镇。诗写从正阳回寿州时在舟中所见所思，其中关键在"芍陂蝗满"：发生了蝗灾，直接威胁百姓生存，这令作者发愁。

②芍陂：在寿州南六十里；尧日：指政治清明的时代。硖石：在寿州境内淮河上。《水经注·淮水》："淮水又北径山硖中，谓之硖石。"有传说硖石是大禹凿开。本书卷六有《硖口》诗。

③利涉：指舟楫，即船。两句说因蝗灾而使作者忧虑，在船上不能成眠。

秋日下窑广住寺编甲恭讲上谕[1]①

舣舸下下窑，遵渚上上方②（寺在平阜上）。

既告编甲令，旋敞象魏堂③。

鸠鹄纷在眼，焉用桁与杨④？

独夫戍沧海，圣人重萧墙⑤。

床笫均以和，鸡犬无相戕⑥。

大哉王者仁，覆敷十六章⑦。

犹母语婴赤，提耳加膝傍⑧。

小臣蠡斗筲，同照日月光⑨。

职非任宣达，感激望时康⑩。

文翁格殊俗，矧兹蕞尔乡⑪。

钟鼓陈两序，观者颇扶将。

千人稽首谐，金铎鸣喤喤⑫。

有鸮墓棘丛，好音还颉颃⑬。

因知舞仪凤，讵择虞廷翔⑭。

龙宫夕向晦，鼍浪射日黄⑮。

拾棹惊欲去，野老罗酒浆。

秋风吹淮泗，白波蹴徐扬。

萧萧柿林合，院宇深且凉。

窈纠乡思集，对客还停觞。

故庐行当返，聊治门径荒。

白头倚苍林，永颂帝道昌⑯。

【校】

[1] 此诗入选孔宪彝辑《曲阜诗钞》卷一。

【注】

①下窑：在今淮南市田家庵，历史上繁华发达，是有名的淮南三镇之一。清代属怀远县，怀远为寿州属县。编甲：甲指保甲，编甲犹言编氓，指治下的百姓。题目的意思是在广住寺向百姓传达康熙皇帝的谕旨。

②舣舸：小船。此联第一个"下"字和第一个"上"字作动词。下窑是地名，上方指佛寺。

③象魏：魏通"巍"，古代宫门外的建筑，是悬示教令的地方，借指朝廷。此象魏堂指广住寺宣讲圣谕之处。

④鸠鹄："鸠形鹄面"的省语，指因长久饥饿而枯瘦的人，此指听讲的百姓。桁、杨：指刑具，《庄子·在宥》："今世殊死者相枕也，桁杨者相推也，刑戮者相望也。"成玄英疏："桁杨者，械也。夹脚及颈，皆名桁杨。"句谓百姓们一个个瘦弱不堪面有菜色，不用戴上刑具，也已经像囚徒了。

⑤独夫：《尚书·泰誓》有"独夫受洪惟作威"，谓众叛亲离者。萧墙：宫内短墙。《论语·季氏》："吾恐季孙之忧……在萧墙之内也。"

⑥床笫：枕席之间。鸡犬：喻小事。相戕：互相针锋相对。二句谓家庭内部关系平和，是社会安定的基础。

⑦覃敷十六章：覃敷即广布，广泛宣传；十六章指上谕的内容。据《清实录·圣祖实录》，康熙九年（1670）十月谕礼部："……朕今欲法古帝王，尚德缓刑，化民成俗。举凡敦孝弟以重人伦，笃宗族以昭雍睦，和乡党以息争讼，重农桑以足衣食，尚节俭以惜财用，隆学校以端士习，黜异端以崇正学，讲法律以儆愚顽，明礼让以厚风俗，务本业以定民志，训子弟以禁非为，息诬告以全良善，诫窝逃以免株连，完钱粮以省催科，联保甲以弭盗贼，解仇忿以重身命……"以上所列被称为《圣谕十六条》，在当时被广泛宣传。

⑧婴赤：儿童。此谓皇帝的教诲如母之教子。类似成语"耳提面命"。

⑨小臣：作者自指。斗筲：指斗与筲两种容器，比喻微小。汉·桓宽《盐铁论·通有》："田畴不修，男女矜饰，家无斗筲，鸣琴在室。"同照日月光：说自己和听讲的百姓们一起沐浴着皇帝的恩光。

⑩宣达：传达旨意。《明史·刘璟传》："朕欲汝日久左右，以宣达为职，不特礼仪也。"此谓自己并不是负责宣达的官员，也一样盼望着时和世泰，天下太平。

⑪文翁：名党，字仲翁，西汉循吏。汉景帝末年为蜀郡守，兴教育、举贤

能、修水利，政绩卓著。矧：况且。蕞尔：小。

⑫钟鼓和金铎都是打击乐器，有警醒庸众之意。两序：指寺之两厢。《说文》："序，东西墙也。"此四句写在广住寺讲上谕时的现场情景。

⑬鸮：是猫头鹰一类鸟。颉颃：鸟上下翻飞貌，见《诗经·邶风·燕燕》："燕燕于飞，颉之颃之。"此说连在墓地荆棘丛中的鸮鸟听到上谕的内容，也喜欢得上下翻飞。

⑭舞仪凤：成语有"有凤来仪"。虞廷：虞指上古舜帝，虞廷乃成圣明朝廷的代词。此二句说我明白了，吉祥的凤凰为什么要到圣殿去飞翔。

⑮龙宫：指广住寺。鼍浪：鼍为龟类，此指波浪，二句写夕阳照射下的景色。

⑯"拾棹"以下：写傍晚时宣讲完毕，欲乘舟返回，被当地农夫设席款待的情景，以及饮酒时在野老家中所见景色。这些诗句平白如话，感情深厚而朴素。其中由淮而泗，由徐而扬（徐扬，指徐州和扬州，在上古九州中曲阜属徐州，寿州属扬州），很自然地引起作者思乡之情。窈纠：幽深曲折，喻乡思。

拟线杨馆送别词[1]①

来如秋燕去春鸿，又挂孤帆落照中。
不及双湾宫外水，明朝还到寿阳东②。

【校】

[1] 此诗入选孔宪彝辑《曲阜诗钞》卷一。

【注】

①线杨馆：不详。诗题有"拟"字，则"线杨馆送别"应为某人诗作。详情待考。

②此拟送别者的口吻而言。双湾宫是送别之处，所送之人要到寿州去。双湾宫应在寿州之西，或许是淮河边某地。

秋日谒迎水寺前岸禹庙 (庙半水圮)①

禹庙孤标淮北流，淮关万户奠居稠②。
未成禋祀称疏凿③，独使鱼龙拜冕旒④。
玉座苔痕白日静，碪门寒色楚原秋⑤。
琳宫桂殿繁人事，水阔天清迥自愁⑥。

【注】

①迎水寺：光绪《寿州志》卷五《营建志·寺观》载："迎水寺在州南白洋店。"按清·钱泳《履园丛话》卷十八"淮水"条，云"淮水出桐柏山胎簪峰，下有禹庙"。应即此。

②禹庙在淮河岸边，附近民居稠密。奠居：安居，定居。

③禋祀：祭祀。古代祭祀，要先燔柴升烟，再加牲体或玉帛于柴上焚烧，意为让天帝嗅味以享祭。疏凿，疏通开凿，为大禹治水所采取的办法。

④鱼龙：泛指水族。冕旒：帝王的冠服，指大禹因治水有功成为夏朝开国之帝。上句言"未成禋祀"，下句言"独使鱼龙"，是照应题后注，谓庙因水半毁，已经无人来祭拜了。

⑤写禹庙内外的景象。玉座：指大禹塑像的底座。硤门：应指硤口，《寿州志·舆地志》记淮水时有峡石口，"出两山中"。楚原秋：楚地的秋天。寿州古属楚地。

⑥琳宫桂殿：形容迎水寺建筑的豪华。"繁人事"谓车马喧阗，香客如云。迎水寺是佛寺，按正统的儒家观念，佛寺是不在祀典的所谓淫祠；而纪念为民治水的大禹庙宇却倾败废坏，"半圮于水"，这形成强烈的对比，作者对此深有感慨，故"迥自愁"。按，本书卷六有《峡口》诗，与此诗命意略同，可参。

阁后星星草短歌①

闰月连雨生秋草，三五当栏秋将老。
厌仍簿书昧节序②，乍看鲜新堪潦倒。
仿佛合欢矶西庭③，星星铺穗茵绿轻。
沾衣妨屦安肯折，露白风凉有限情。
我见怜汝犹故人，故园未还鬓成银。
拖组垂带终何益？侧望龟蒙久伤神④。

【注】

①星星草是一种野草，秋后结籽如星星。此诗写作者在寿州官署看到星星草引起的怀乡之思。诗句首有"闰月连雨"，按康熙三十年（1691）闰七月，应正当雨季，故诗当作于其时。

②"厌仍"句：谓自己因令人生厌的烦冗事务而忘了时令节气。簿书：簿册文书，此指官署日常办公活动。

③合欢矶：在故乡曲阜秪芳园内。本书卷三有《秪芳园拟山水诗·合欢

矶》篇。

　　④组和带都是官服上的饰物，按品级有不同样式，此指做官。龟蒙：指龟山和蒙山，在山东。《诗经·鲁颂·閟宫》有："奄有龟蒙"句，此指故乡的山川。

孤琴叹[1]①

残弦少新张，孤琴久难理②。

回舟抱汝来，弃置复似此。

譬彼良友朋，愈疏道深耻③。

平生所绸缪，焉能缺终始④。

时[2]迕事竟违，幽情递变徙⑤。

况罹雉罗间，赤舄羞几几⑥。

晨床蒙蛛丝，宵月啮鼫齿⑦。

惨憺金博山，音断琅玕水⑧。

中庭买双鹤，饥鸦鸣未已。

旧欢尚零落，新知安足倚⑨？

人生慎离合，明发泪清沘⑩。

【校】

[1] 此诗入选徐世昌编《晚晴簃诗汇》卷三十二。

[2] 时，《海岱人文》抄本作"特"。

【注】

①此诗以琴喻友，感叹因时迕事违等原因造成的朋友间的疏离和分手。诗中充满渴望友谊而不得的孤独感，真挚深刻而又委婉曲折，令人感动。

②琴弦已残，不能弹奏，成为弃置无用之物。张：拉紧。

③以琴比友，因弃置无用而关系愈疏，深感羞愧。耻：羞愧。

④谓平生做事是愿意有始有终的。绸缪：事先准备。终始：即始终，从开始到结局。

⑤谓由于时迕事违，两人感情发生了变化。迕：背离。

⑥谓在身不由己的情况下，很难做到从容不迫。雉罗：雉鸟（野鸡）困于罗网。赤舄：古代天子诸侯的鞋。几几：安闲从容的样子。此用《诗经·豳风·狼跋》："公孙硕肤，赤舄几几。"宋代朱熹认为《狼跋》一诗是赞美周公的，说："周公虽遭疑谤，然所以处之不失其常，故诗人美之。"作者说周公这种境界

自己很难达到，故曰"羞"。按，此或有因故与朋友反目事。详情不可考。

⑦写作者失去朋友后心情的孤寂落寞。"床蒙蛛丝"谓床已无人睡，"月啮齧齿"是失眠中只听到老鼠磨牙。

⑧谓琴既已弃置，博山炉已无所用，那优美的琴声再也听不到了。金博山：一种焚香用的炉，古人弹琴时常伴以焚香。琅玕：似玉的美石；琅玕水，形容琴声。

⑨"中庭"以下四句：按，在中国传统文化的语境里，仙鹤是高贵和尊严的代表；而饥饿的乌鸦是平庸猥琐的象征。这里以新买仙鹤设喻，说多年的知心友人逐渐离去，不知新交的朋友值得期待吗？

⑩对于朋友间的离合，可一定要谨慎呀！想到这些，作者终夜难眠，流下眼泪。明发：黎明，平明。《诗经·小雅·小宛》："明发不寐，有怀二人。"清泚：清澈。

晓起①

楚天今夕叫哀鸿，淮浦微臣夙夜衷。
远愧苍珂闻玉漏，独悲黄发向西风②。
致身频见三秋骨，忝禄能忘一寸功③？
已厌书生违世事，抱关终不为途穷④。

【注】

①本诗是清晨起床后有感而作。按，叹老嗟卑愤世疾俗是古人诗中常见的情绪，几乎已成滥调，颜伯珣诗中也不少见。但此首中明说对此"已厌"，说"抱关终不为途穷"，可说是一种认识的飞跃和升华。联系到在护领转饷京师途中《宿州》的"而我谬绂簪，努力职微末"，《运铜返寿州答寿民》中的"我何怨苦辛"，等等，可以看出这绝不是矫情，而是出于一种由衷的信仰，即本诗的"微臣夙夜衷"。

②令人惭愧的是整天奔波于途，年却已渐老，令人生悲。珂是马笼头上的饰品，漏是古代的计时器。黄发：人老而白发变黄。

③身体多病，但不敢忘记自己的责任，要努力以微末之贡献报效朝廷。致身：献身，出仕。《论语·学而》有"事君能致其身"。三秋骨：喻衰迈多病之身。忝禄：有愧于官俸。能忘：岂能忘。一寸功：唐·杜荀鹤有"莫向光阴惰寸功"句。

④已经认识到那种愤世疾俗的书生意气是有害的，自己以低微的职位从事凡庸的工作并不是因为走投无路和处境困窘。抱关：喻职位卑下。出《荀子·

荣辱》："故或禄天下而不自以为多，或监门御旅，抱关击柝，而不以为寡。"

双白鸟叹①

寿阳署中双白鸟，西邻飞过东邻收。

讵知主人好幽意，冲箷破槛独相投②。

琅玕双脚长墨喙，毛衣惨澹含千愁③。

正阳归舟归来晚，空庭啄虫犹叫俦④。

我今怪尔翻百忧。

既无孤鹤万里翻，还厌群鸡稻粱求⑤。

古来贤愚无兼趣，尔骨虽峻何拙谋⑥！

凄凉且携淮之洲，苍云白沙开心眸⑦。

明年青天捩春翅，更迟主人泗水头⑧。

【注】

①此诗以双白鸟为喻，深刻地表达了自己的内心矛盾：有孤高之志，却又无法摆脱世俗的羁绊，所以只能生活在痛苦中，以想象中的归隐田园流连自然作为逃避。

②双白鸟难道知道我喜欢它们吗？居然冲破种种障碍飞到我这儿来！箷：鸟笼。

③双白鸟有像美玉一样的双脚和墨色的喙，它的样子仿佛会使人产生忧郁的感觉。

④从正阳乘舟回寿州城，到署中时天色已晚，双白鸟还在院子里一面找虫子吃一面呼唤伙伴。

⑤双白鸟啊，你没有仙鹤那样可以翱翔长空的翅膀，却还要瞧不起整天在啄地求食的鸡！

⑥其实从来就没有能面面俱到的事，纵有峻骨壮志，终究也逃不开世俗，这不是自讨苦吃吗！

⑦把双白鸟带到淮河里的沙洲上，面对这青天白云的大自然，它们应该会开心吧。

⑧希望它们明年春天能展开矫健的翅膀，在自然中翱翔；更希望它们飞到故乡曲阜，我想在泗河边见到它们！捩：扭转，此有展开、振作义。迟：有等待义。

闻笛^①

寿阳几日到边鸿？画幕前朝燕垒空^②。

何处楼台闻奏笛？数家杨柳不禁风。

芳菲摇落乡关隔，律吕凄凉心事同^③。

白首无劳明月望，紫金峰北是龟蒙^④。

【注】

①此诗写暮春时候因闻笛而引发的思家情绪。

②寿阳：寿州。边鸿：远处飞来的鸿雁，为作者自喻。画幕：房间内的帷幕。燕垒空：燕子在帷幕上做窝时时都有危险。此句化用《左传》"燕巢幕上"典故，表现失望的情绪。

③花落春去，故乡遥远，哀婉凄凉的笛声更触发思乡之情。律吕：音乐。

④紫金峰：寿州境内的八公山，古称紫金山。龟蒙：山东的龟山和蒙山，指代作者的家乡。

寿州署中自种眉豆大熟，摘新佐餐，率尔成兴^①

露井废畦春课荒，佳蔬赖汝繁秋阳。

新结丛豆传香粉，烂开白花上女墙。

抱瓮不须稚子叹^②，摘盘堪共老妻尝。

素餐粱肉岂吾事^③，对此犹疑是故乡。

【注】

①眉豆：是豆科的缠绕草本植物，北方多种植于墙边路旁，食用其嫩荚。

②抱瓮：《庄子·天地》有汉阴老人抱瓮灌畦事。抱瓮即以容器盛水浇灌蔬菜，是比较原始拙笨的办法。故有"不须稚子叹"之说。详本书卷八《桔槔》篇注④。

③无功受禄和大吃大喝都不是我感兴趣的事，吃着这自种的眉豆，使我感到已经归隐田园了。素餐：《孟子·尽心》有"无功而食，谓之素餐"，素餐就是白吃饭。粱肉：指精美的食物。

人送秋海棠①

幽意元堪独，随人漫向丛②。
频移茎渐短，积雨朵犹红。
槛上繁多露，墙根足草虫。
含生慎爱惜，危植在西风③。

【注】

①此诗以有人送秋海棠花这事起兴，以花喻人，表达自己对社会人生的感慨。

②秋海棠的本性是独立不群的，但有人把几株种在了一起。（就像原本孤高不阿的人，也要进入社会和各种人打交道。）元：通"原"。丛：聚集。

③说秋海棠和一切有生命者都值得爱惜。秋海棠是西风起时的秋天开花的，花落就意味着冬天的来临，故称"危植"，亦如人之渐老身衰。含生：见晋代傅玄《傅子·仁论》："推己之不忍於饥寒以及天下之心，含生无冻馁之忧矣。"

赠熊老人歌①

羊市老人六十七，辟男无妻独处室②。
室压秋水多风浪，夜漂床甀鱼啄膝③。
老人不嗟室中贫，饥常沽酒醉卖薪。
岂知余本纶竿客，襟期惨澹居为邻④。
少年已弄千人笔，弧矢中岁仍蓬荜⑤。
才看绿尊成蘧庐，肯向丹窐乞道术⑥？
老人兮老人，生涯或如渭之滨，
不尔辛苦叩角人⑦。
西望夕阳流清颍，恐是逃名巢许伦⑧。

【注】

①熊老人：生平不详。从诗中描写看，是寿州民间一位隐士型的人物。本书卷七又有《熊老人见过口号二绝句》。

②羊市：本卷《张节妇诗十七韵》有此地名，即阳石，在寿州正阳镇。辟男无妻：辟，或通"僻"，则僻男为僻远之地男子。按《熊老人见过口号二绝句》有"驴上携将四世孙"句，故此诗之"无妻"，应是妻已故去。

③熊老人居家近水，有时会被水淹。

④熊老人未必知道作者自己也是志不得舒，心常忧郁，居处也和他相距不远。纶竿：钓鱼用具。襟期：人生怀抱和志向。

⑤熊老人和自己一样，自幼读书为文，志高意远，而中年之后仍无所成就。弧矢：弓箭，指代武功和事业、成就。蓬荜：以蓬草荆条编成的门，喻穷困。

⑥熊老人的生活方式就是以酒浇愁和经常的出门。对此虽有不满，但岂能抛弃一切而入山求道？绿尊：酒杯。沈约《酬谢宣城朓》有"忧来命绿尊"。蘧庐：旅舍。《庄子·天运》有"仁义，先王之蘧庐也，止可以一宿，而不可久处。"郭象注："蘧庐，犹传舍。"丹壑，李白《寻山僧不遇作》有"石径入丹壑"句，此指道观所在的深山。

⑦熊老人现在也许就像当年在渭水垂钓的姜太公，或者是扣角而歌辛苦饭牛的宁戚。他们都是在穷困中被明主发现而成就事业的。详本书卷九《丹青行赠张山人铉》注⑨。

⑧作者又认为说熊老人是在等待被明主发现，这种看法是错误的。因为熊老人是以出仕做官为耻辱的，他是巢父、许由一类人，是真正的隐士！巢父、许由事见《高士传》，详本书卷三《忆正阳际堂八子·陈苞九》注⑥。

示儿光叙①

乡园归驾事还迂，示尔幽功课得无②？
菡萏春池晴细补，蔷薇秋架雨频扶。
矶头删竹须通阁③，溪上添桥莫碍凫。
北井尤珍新种柳，成荫好共待潜夫④。

【注】

①光叙是作者的长子，详下《寄示叙敫两儿》注①。此诗是在任所寄，嘱他对秕芳园的种种养护。

②看来我离官回故乡的打算目前还难以实现，不知道当时交代你的那些事做得怎样？乡园指秕芳园。迂：迂远。幽功：此指不须提示而必须做的事项。

③矶：应指合欢矶。阁：应指秕芳阁。均见本书卷三《秕芳园拟山水诗》。

④潜夫：隐士，此为作者自指。汉王符隐居在家，著书指斥朝政得失，名《潜夫论》，见《后汉书》。后遂以之指隐者。

忆叙儿①

鸣鹤秋林秋夜长，九峰漫对峄峰苍②。
莱衣已卧三冬雪，潘鬓愁堪几夕霜③。
尽典畬菑共薄禄，不将苦恨对高堂④。
鲁门楚水无消息，落木哀猿有泪行⑤。

【注】

①叙儿：作者长子光叙。此诗云"莱衣已卧三冬雪"，按作者康熙二十九年十月到寿州，则诗为康熙三十二年作。故乡无消息，秋夜有泪行，可见其情绪之悲观低沉。

②九峰在寿州；峄峰指山东的峄山。

③莱衣：用汉老莱子斑衣戏彩事写叙儿之孝思；卧雪：以汉袁安卧雪事喻叙儿之高品；潘鬓：潘指晋潘安，美姿容，李后主词有"潘鬓沈腰消磨"，此"潘鬓"应为自喻。

④"尽典"二句：说儿子在家管理家务，为了帮助自己填补做官的亏空，有时需要典出土地；为了不让自己的父母挂念操心，把生活中的苦难和坏消息总是隐藏起来。畬菑：音 yú zī，指田地。

⑤鲁门楚水：指山东和安徽。落木哀猿：化用杜甫名作《登高》中"风急天高猿啸哀""无边落木萧萧下"句意境。

归燕①

窑湾棱嘴多燕子②，昨日前日逐渐稀。
求声林鸟影零乱，抱叶吟蝉音细微。
榜后长年夜歌鼓，楚南估客泪湿衣③。
临关亦有望乡子，卧阁还惭[1]赋曰归④。

【校】

[1] 惭，原作"渐"。"还渐"难解，而且"渐"字仄声，于近体诗格律不合；疑为误抄或误刻。改为"惭"，乃可文义格律两通。

【注】

①归燕：一到秋末，燕子要回南方去了。此诗前六句写燕归时节所见，最后由此引发思乡之情。

②窑湾、棱嘴：均为寿州地名。

③榜：杖，借指劳动工具。榜后似指穷苦人秋收结束后走村串户打鼓唱戏行乞（即凤阳花鼓戏），外地的经商者听到也会想家流泪。

④临关：倚门。望乡子：作者自指。曰归：用《诗经·采薇》："曰归曰归，岁亦莫止！"此说自己经常高卧阁中，比起苦于奔波的歌鼓者和估客，是应惭愧的。

寄示叙敷两儿[1]

问余官兴几从容，寄汝新诗柬不封②。
门厌斜阳留暮雁，枕愁萧寺到晨钟③。
难抛短发星星[2]白，未谢浮名事事慵④。
朒力今年秋更减，雨岚霜树少扶筇⑤。

【校】

[1] 此诗抄本《秖芳园续集》卷一题《示敷叙两儿》。

[2] 星星，抄本作"茎茎"。

【注】

①《颜氏族谱》卷一载，伯珣"子三：光叙、光敷、光教"。"光叙，字敦甫，号慕园，岁贡生，任巨野县司训。深沉寡言笑，不滥交游，终岁杜门，读书力田，宗族乡党或罕见其面。晚益澹泊，艺蔬种花竹自娱而已。八十三岁卒，乡人私谥曰静悫先生。""光敷，字受甫，岁贡生，候选训导。"此诗仅示两儿，当是因光教时年尚幼，并随任寿州。

②柬不封：谓无秘密可言，照应首句之从容澹泊。

③自己经常倚门看斜阳暮雁的秋天景色，早晨佛寺的钟声增加了乡愁。厌：爱好、满足。萧寺：指佛寺。

④说自己年已老大，还在外做官；但已没有多大的进取心。

⑤说今秋以来体力更不如前，但登山游览时还很少用拉杖。朒力：即筋力。筇：一种实心高节的竹子，适于作杖，此指竹杖。

赠郑子非文[1]①

二仪久寂寞，画马与笔麟②。
茫茫万余载，祖述递有真③。

妖煽毁樊篱，道屈要青银④。
仁义祸孰烈，异趣同为邻⑤。
方今圣明际，观阁实国宾⑥。
六艺供含咀，奔走繁朱轮⑦。
岩岩彼君子，独卧秋淮滨⑧。
怪无谷口栖，况类原巷贫⑨。
浊澜倒扶桑，日车仄昆仑⑩。
屹然西河杖，孤拄沧海垠⑪。
讲习数百里，舌敝齿尚[2]存⑫。
鲁儒晚倾盖，感昔鼻酸辛⑬。
有[3]明全盛日，网罗尽彬彬。
经术饱八纮，谁择玉与珉⑭。
小贤纷[4]亮采，大贤互秉钧。
援手浴日月，文亦泣鬼神⑮。
泊乎光怀[5]季，空言惑至尊。
三策在彤陛，七庙拥黄巾⑯。
殿上陈道德[6]，欻堕齐梁尘⑰。
名实一乖舛，万乘莫容身⑱。
徒令襄城血，夜青螭头磷⑲。
后人罪帖括，建议殊失均。
世运争危微，文章岂足因⑳。
辛苦数志士，独荷列圣薪㉑。
瑰奇廊庙[7]器，甘为草莽臣㉒。
鲁宋接双轸，相望孙与陈[8]㉓。
数聘捂华诏，述作颇嶙峋㉔。
郑子西楚杰，犄角声臭亲㉕。
三贤暌同堂，道济共一仁㉖。
希心羹墙间，力据濂洛津㉗。
诵法尽公辈，奚但风俗淳㉘。
兴朝尧舜业，子能终有莘㉙。

【校】

[1] 此诗又载抄本《祇芳园续集》，字句有不同处。

[2] 尚，抄本作"敝"。

［3］有，抄本作"昔"。

　　［4］纷，抄本作"分"。

　　［5］光怀，两种抄本均作"怀光"。按"光""怀"分别是泰昌帝和崇祯帝的庙号，"光"在前是。

　　［6］陈道德，抄本作"道德塵"。

　　［7］廊庙，两种抄本均作"庙廊"。

　　［8］刻本在"孙"字后和"陈"字后各有两个缺号（□），径删，见注㉓。

【注】

　　①郑非文：《寿州志》卷二十三《人物志·儒林》："郑斐，字非文，号月庄，廪生。幼以知礼称，及长，潜心理学。居丧一遵古礼，授徒于淮颍间，以胡文定为法，敦崇实行，虽弟子与及门士，不衣冠不见。乡之暴戾放恣者，常畏为郑公所知，里中妇稚皆呼为郑先生。"该书卷二十九《艺文》载郑斐著有《考订丧礼编》一卷。又，《颜氏家藏尺牍》卷四有题为颜肇维的书牍一通，其中有对郑斐的推重之词。说"江南材薮，其饱德实学之儒，郡不乏人。即如寿州有郑斐者，竟不得循例开荐德行之列久矣……郑斐躬德行且擅文章，讲学劝俗，所处皆化。有此人不为朝廷用已可惜，又不得循旧典嘉异之以风一乡，不更可叹哉?"

　　按，《颜氏家藏尺牍》一书绝大部分的受书者是颜光敏。颜肇维是颜光敏之子，而此书中称呼、语气及事实，皆有不合。从语气看，此书是给晚辈的，但肇维晚辈中并没有可称"清名播于江南，远近竞传，为前代三百年所未有"的人物。这种荣誉，只有他的父辈当得。书中说到郑斐，其生年虽不得而知，但在康熙二三十年时已是当地名儒；而肇维生于康熙八年，雍正六年六十岁时才任临海县令；康熙二三十年时肇维还是二十多岁的布衣，或居京师或居曲阜，与郑斐在时间和空间上都不太可能有所过从。笔者以为此书似非肇维之作，其作者倒有几分可能是颜伯珣。书中"叔况味""吾侄"等正是伯珣对光敏的称呼；"清名播于江南"云云及"奉尔高堂在官"等亦合光敏实际。但是也有可疑甚至杆格之处：1. 伯珣去寿州任职是康熙二十五年光敏去世后的事，不当此前即推荐郑斐；2. 此书手迹字体与现能见到的伯珣书迹不甚相类；书中之"尔少年努力如此，余老眼亲见，更快也"句语气也与伯珣致光敏其他书中口吻不甚相类。但关于前者，可以伯珣之前曾任职虹县和定远县故有可能知郑斐之名而解之；关于后者，则或以书体之多变，或以对语气理解之歧异等为解。当然不敢把握，难称定谳。现在看，此书或非肇维之作，或受书者并非光敏，种种可能都是有的。笔者只能在此提出，希望将来能发掘更多相关史料（如有关江南学台、张公），以期弄清事实。附原书如下：

　　正月发来役回，叔况味略载家书，但不知何时达耳。奉尔高堂在官，定省甘旨，颐鬉何算。且清名播于江南，远近竞传，为前代三百年所未有。以此荣亲，贤于势位富厚尤不远哉！吾家世笃忠孝，益忧缵继为难，尔少年努力如此，余老眼亲见，更快耳。岁试几时告竣？今科试亦无多暇矣。水边君有言相致，实非所乐闻，顾意在报李，又不容辞，特遣商之。江南学台公正亦振动江淮，群情大快。顾崇尚实学之义缺然，不无遗憾。以伟望雅操为朝廷所器重，恩遇如此，似不宜徒循故事，求材于声华文字之末，况奖励行优之典俱废乎！江南材薮，其饱德实学之儒，郡不乏人。即如寿州有郑斐者，竟不得循例开荐德行之列久矣。今并其例亡之，而但尽心竭才于文字之间，恐非所以砥末流、树宏业于无穷也。郑斐躬德行且擅文章，讲学劝俗，所处皆化。有此人不为朝廷用已可惜，又不得循旧典嘉异之以风一乡，不更可叹哉？湮没于寻常固宜，独不宜于张公一代龙门雅望耳。吾侄与张公同气，可能一致此意否？即不变，亦愿留意于湔为急务也。小物数件寄意，诸一切详绪来人口述，临遣怅然怅然。十月廿五日书寄。

　　②二仪：指天地。画马笔麟：西汉宣帝因匈奴归降，令画功臣像于麒麟阁。两句说天地间的人生大事，应该就是建功立业。

　　③在漫长的历史中，一代代人对古代圣贤功业的效法、追求、发扬和理解、阐述，从来都没有停止过。真：这里是一个哲学范畴，亦即道，有真实、正面、正义等含义，与下文的"妖"相对立。

　　④但是邪恶、异端和虚假也一直存在，不断地冲破界限。使道为之扭屈，高尚的精神追求屈从于污浊的物质金钱。青银：青钱白银。

　　⑤视儒者大力提倡的仁义为祸之源，这是道家的观点；其实儒道两家，虽为异趣，却实是相辅相成的。按，庄子说过"圣人不死大盗不止"。

　　⑥观阁：楼阁。国宾：是新王朝对旧王朝后裔的尊称，此泛指朝中官员。

　　⑦六艺：指礼、乐、射、御、书、数六种技能和《易》《书》《诗》《礼》《乐》《春秋》六部经典，此指称儒家学说。朱轮：轮子漆成红色的车子，清代亲王、郡王、贝勒、贝子等均可乘朱轮车。此说儒生所掌握的种种经典和技能，在现实中只是用来咀嚼和品味的。真要想实现自己的抱负，则需要奔走于权贵之门。

　　⑧岩岩：独立不阿貌。秋淮滨：郑非文是寿州人，居淮河之滨。此谓郑非文不屑于干谒奔走。

⑨可怪的是没有人像礼聘汉代郑朴那样礼聘郑非文，所以他生活得像原宪那样贫困。谷口：指郑朴，字子真，在褒中谷口隐居躬耕，修身自保，朝廷礼聘不应，名动京师，人称谷口子真。原巷：应即原宪。《史记·游侠列传序》有"及若季次、原宪，同巷人也"句，或许作者要与上联"谷口"相对而故作"原巷"，或为抄者笔误。

⑩"浊澜"二句：比喻郑非文在沧海横流昆仑倾仄的形势下屹然挺立坚守信念。扶桑：古代海上的国家，后来称日本为扶桑。倒扶桑是形容风涛之大。日车：指太阳。仄：倾斜。昆仑：昆仑山。

⑪西河杖：指以子夏为代表的儒家西河学派。孔子去世后，其弟子子夏到了魏国西河（今陕西关中东部黄河沿岸地区）讲学，传播儒家经典文化和学术思想。其弟子中不少人成为魏国的治世良臣。此说郑非文就像当年的子夏，在沧海横流的形势下挽狂澜于既倒。

⑫"舌敝"句：谓郑非文在外讲学，口焦舌敝。按，此化用"舌存齿亡"的典故："常枞张其口而示老子曰：'吾舌存乎？'老子曰：'然。''吾齿存乎？'老子曰：'亡。'……老子曰：'夫舌之存也，岂非以其柔耶？齿之亡也，岂非以其刚耶？'"见汉·刘向《说苑·敬慎》。

⑬"鲁儒"二句：说自己晚年才得以结识郑子，一见如故，相谈起各自经历，不禁动情鼻酸。鲁儒：作者自指。倾盖：指途中相遇，停车交谈，双方车盖往一起倾斜。出《史记·鲁仲连邹阳列传》所载《邹阳狱中上梁王书》："谚云：有白头如新倾盖如故，何则？……"

⑭"有明"四句：说当年明帝国也曾人才昌盛，经术之士遍于全国，当然其中也有玉石混杂的情况。彬彬：文质兼备的文学之士，见《史记·儒林列传序》。八纮：八方极远之地，见《淮南子·墬形训》。珉：像玉的石头。

⑮亮采：辅助办事。《尚书·皋陶谟》："亮采有邦。"秉钧：执掌大政。此说这些人才都以天下为己任，他们的活动可以影响干预国家政治，文章也有感染人心的力量。

⑯到了明代末年，很多大臣是用虚妄的空话来迷惑皇帝，结果是这边刚有人向皇帝上了治国之策，那边李自成的队伍已经占了太庙。光怀季：指明代末年。"光"指崇祯帝的父亲泰昌帝朱常洛，庙号光宗；"怀"指崇祯帝朱由检，是清顺治时给崇祯帝的庙号。按朱由检死后，明南京群臣上庙号为思宗，后南明政权又改毅宗和威宗，清顺治时改怀宗，但后又取消；此外还有钦宗、敬宗等。三策：汉代董仲舒曾向汉武帝上《天人三策》。这里有可能是指陈启新的《朝廷有三大病根疏》之类，详本书卷二《东平州》篇注⑧。彤陛：指朝廷。

七庙：《礼记·王制》："天子七庙，三昭三穆，与太祖之庙而七。"后泛指帝王的宗庙。黄巾：黄巾之乱，是东汉末年以张角为首的大规模农民暴乱，参与人员头带黄巾。此指李自成的农民军。

⑰文士们还在朝廷上空谈，转眼间却已是改朝换代。陈道德：此谓朝士们夸夸其谈，反而误了国家大事。齐梁尘：即步齐梁亡国之后尘。齐梁是南朝时两个偏安政权，国祚都很短。

⑱理论和实际如果发生背离和错误，皇帝就无有容身之地了。名：概念；实：实在。乖舛：背离，谬误。万乘：指皇帝。

⑲襄城：当指襄城伯李国桢。他在崇祯帝死后，在其棺前"以头触阶，流血被面"。又与李自成谈判，要求以天子礼发丧，发丧时他是灵前唯一的故明大臣，然后自缢而死。见《明季北略》卷二十一下。螭头磷：螭头指宫殿建筑上的装饰；磷即磷火。此说襄城伯那样忠臣的血是白流了！

⑳"后人"四句：说后人把明朝亡国的原因归之于八股文，这是有失公正的。国家命运的盛衰，体现在很微妙之处，区区八股文岂能成为原因。帖括：科举考试中的八股文和试帖诗。危微：《尚书·大禹谟》"人心惟危，道心惟微，惟精惟一，允执厥中"的省文。这是宋明以来作为儒家道统的"心脉"。郑非文是理学家，故有此说。

㉑包括郑非文在内的有志之士，独力承担着保证孔孟儒家学术精神薪尽火传永不废坠的重任。

㉒郑非文瑰奇不凡的人格学问本来是应在朝廷供职的栋梁之材，但是他甘心于做个草野之士。

㉓鲁宋：指山东和河南；双轸：两辆车。"孙与陈"应是两位和郑子相熟的大儒，详情待考。按，刻本在孙、陈二字后加两个阙号，似说明嘉庆时本诗的整理者亦欲知其人之名而未得。

㉔孙与陈两位大儒也曾屡次与郑子过从，他们的文章也很不同寻常。华诏：在这里指礼聘相邀的书信。

㉕楚的郑先生和鲁的孙先生及宋的陈先生，鼎足而三，呈犄角之势，同声相应同气相求，关系亲密。西楚：寿州一带历史上属楚国。犄角：本是牛羊头上的角，古人常用于比喻战争中的相互配合和制约。

㉖遗憾的是现在三位大贤各在一方。他们如能聚于一堂，必能为实现"仁"这个儒学的最高境界共同努力。暌：隔离，分离。

㉗共同追念儒学先贤，成为理学的一个重镇。羹墙：又作"见羹见墙"。出自《后汉书·李固传》："昔尧殂之后，舜仰慕三年。坐则见尧于墙，食则睹

尧于羹。"后即以之为追念前辈或仰慕圣贤之典。濂洛：濂指濂溪周敦颐；洛指洛阳程颢、程颐，是北宋理学的两个学派。

㉘那时候，整个社会上被称颂和效法的都是你们这些人，其效果，岂止是社会风俗变得淳厚所能概括？按，杜甫诗有"致君尧舜上，要使风俗淳"句，此及下句用其意。

㉙说实现尧舜事业，你一定会有很多得到重用的机会。兴朝：新兴的政权，指清朝。尧舜业：即所谓三代，是孔子认为最值得追求和效法的时代。子：指郑非文。莘：众多貌。

张节妇诗十七韵[1]①

羊市会诸水，堂岗蔚郁盘。
中有摧折桐，上有孤翼鸾②。
遗子养危巢，竹实含辛酸。
气与风雷争，骨隘天地宽③。
有女张也雏，奇毛长琅玕④。
十岁受经书，十五薄绮纨⑤。
十六嫔于高，鸣玉房栊端⑥。
萱色春未暮，桂折秋忽残⑦。
明星烂何繁，锦瑟怨何啴⑧。
岂惜继一死，惜为达者叹⑨。
女子矢明义，措躬顾所安⑩。
朝进菽水饭，暮投熊汁丸⑪。
肩巨愿难酬，泛敢随忧欢⑫。
何意身复殂，呕血碧未干⑬。
烈士慎委身，受命感急难⑭。
成功岂人谋，仗此奋激肝⑮。
相望尽千古，抚旌涕崔兰⑯。

【校】

[1] 此诗被辑入《曲阜诗钞》卷一。

【注】

①张节妇，光绪《寿州志》卷二十七《列女志》节妇部分有"高一省妻张氏，年二十七夫故，氏孝以事姑，义方训子，守节四十余年"。此诗云"十六

嫔于高"，张节妇或为其人。

②"羊市"四句：羊市和堂岗为寿州地名，《寿州志》卷三《舆地志》"古迹"："阳石，今正阳镇，一作羊市。"以寿州地名引出摧折之桐和孤翼之鸾，再引出张节妇，是比兴写法。

③"遗子"四句：明说孤鸾，实写张节妇辛苦养子，其气概可与风雷相比；骨架虽细弱，而飞翔天地宽广。竹实：竹子结的籽粒，古人认为凤凰非竹实不食。隘：狭窄，此指弱小。

④雏：幼鸟。琅玕：美石。此喻鸾鸟美丽的羽毛，再喻张节妇幼时美丽。

⑤绮纨：丝织品，与布帛相对，表示富贵。"薄"是不看重，即不美慕富贵荣华。

⑥嫔于高：嫁给高家。鸣玉：可以理解为琴声，也可以理解为说话声。房栊：指窗棂，泛指房间。两句说张女嫁后生活美好。

⑦萱：萱草，古人常用以指称母亲，此指婆婆，"春未暮"谓婆婆尚不很老，必须奉养。桂折：此指丈夫死去。

⑧天上的星星灿烂繁密，幽怨的锦瑟声鸣咽低沉。两句烘托张节妇丧夫后的悲哀情绪。锦瑟：李商隐有"锦瑟无端五十弦，一弦一柱思华年"句，此暗用之。嘽：音 tān，本指喘息，此指瑟声。

⑨难道害怕随丈夫死去？只是怕让明白通达的长者叹息。

⑩意谓张节妇深明大义，她考虑的是如果自己殉夫，婆婆将如何生存。措躬：自己的行为。所安：所以安，如何安。

⑪菽水饭：菽是豆类，菽水饭是贫寒人家的家常饭。熊汁丸：以熊胆汁为主要原料的药，见《新唐书·柳仲郢传》："母韩……善训子，故仲郢幼嗜学。尝和熊胆为丸，使夜咀咽以助勤。"又宋·钱易《南部新书》丁："柳子温家法：常命粉苦参、黄莲、熊胆和为丸，赐子弟永夜习学含之，以资勤苦。"此以柳仲郢之母喻张节妇。

⑫奉养婆婆和教育儿子，这压在她肩头的难以完成的重担任务，也伴随着她生命中的忧苦和快乐。

⑬谁能想到张节妇也忽然口吐鲜血死了！

⑭有抱负的人士，在急难之中接受命运的安排时，要慎重地多加考虑啊！

⑮这种精神使人振奋激昂，但能否成功出于天定，不是人能谋划到的。

⑯张节妇足以流芳千古，听到她的事迹，我不禁泪流满面。抚旌：旌指朝廷对张节妇的表彰。抚旌是面对表彰的实物如坊表碑刻匾额之类。萑兰：萑音 huán：流泪貌。见《汉书·息夫躬传》："涕泣流兮萑兰，心结愲兮伤肝。"王

先谦补注："萑兰即汍澜之异文。"

八月十五夜 （三首抄二）

海上千秋月，楼头半百人①。
衰颜容素照，孤杖倚清轮②。
迟暮官何补，云霄望屡尘③。
巨鳌近蟾影，且欲理长纶④。

【注】

①半百人：作者50岁，为康熙二十五年（1686）。按，本卷中此诗前后诸篇多可指实为寿州之作，而作者之任寿州为康熙二十九年后之事，所以此作至少在康熙三十年（1691），其时他已55岁。"半百人"乃概言之。

②清轮：指月亮。

③云霄望：喻仕途的飞黄腾达。屡尘：多次失望。

④巨鳌：海中的大龟，传说背负海上仙山。李白《赠薛校书》有"空郁钓鳌心"句，宋·赵德麟《侯鲭录》记李白曾自称"海上钓鳌客"。故钓鳌指的是出将入相成就一番事业。蟾影：神话传说月中有蟾，故蟾宫成为月亮的别称。蟾宫折桂则指金榜题名科举成功。长纶：钓线。此说建功立业和金榜题名之类已不可能，还是归隐做一个渔夫吧。

三山终汗漫，银汉几重霄①。
虚魄生残雾，凉辉拥暮潮②。
照筵人屡改，流恨梦同遥。
永夜闻歌管，无人寄柳条③。

【注】

①三山：指传说中的海上仙山，即蓬莱、方丈、瀛州。汗漫：模糊，渺不可知。银汉：天上的银河。

②魄：古通"霸"字，指月亮始生或将灭时微弱的光。虚魄言暗淡的月亮。凉辉：月亮的光使人有凉的感觉。

③寄柳条：唐·李益诗："无事将心寄柳条，等闲书字满芭蕉。乡关若有东流信，遣送扬州近驿桥。"表现的是思乡情绪。此云"无人寄柳条"，则懊恼之情更进一层。

八月望后，际堂诸子携酒过馆舍，时将去正阳，颇添离愁，因索赋诗二首①

诸子雄时杰，清宵念老翁。
孤尊携自重，浩月计犹同。
泛爱悲华发，伤离类晚蓬。
待将琼玖句，吟共片帆东②。

【注】

①此题之第二首入选徐世昌编《晚晴簃诗汇》卷三十二，题《八月望后际堂诸子携酒过馆舍时将去正阳》。八月望后：即中秋节后。际堂：正阳几位文人经常聚会的地方。按，本书卷二有《忆正阳际堂八子诗》，分咏吴亮工、陈苞九等八人。本诗是作者在正阳居住一段时间将欲离开时，当地文人为饯别时之作。

②琼玖：泛指美玉，"琼玖句"指佳美诗篇。句谓在准备离开正阳回寿州时作此诗，也希望看到际堂诸子的佳作。正阳在寿州之西，故曰"片帆东"。

不欲非公绰，卑栖岂士元①。
旧耕思土鼓，新彦望金门②。
岁晚才难并，诗成泪有痕③。
白头看衮衮，多尔在中原④。

【注】

①公绰：孟公绰，春秋时鲁国大夫。见《论语·宪问》："子路问成人。子曰若臧武仲之知，公绰之不欲，卞庄子之勇，冉求之艺，文之以礼乐，亦可以为成人矣。"士元：庞统字士元，号凤雏，三国时蜀汉刘备帐下的重要谋士。卑栖：指未被举荐前居于卑下的地位。此以二人喻际堂诸子。

②土鼓：《周礼·春官·籥章》："国祭蜡，则歙（吹）《豳》颂，击土鼓，以息老物。"新彦：后起的才能之士。金门：即金马门，汉代学士的待诏处。此说就像古代农民耕作和祭祀时要用土鼓伴奏，现在的才能之士也渴望着朝廷的征聘。

③岁晚喻己之老暮，难与诸位相提并论；一首诗作完，不禁伤感得泪流满面。

④衮衮：衮衮诸公的略语，杜甫《醉时歌》："诸公衮衮登台省，广文先生官独冷。"多尔：尔为语助，无义。中原：以河南洛阳为中心的广大地区。安

徽寿县也大致可以划入其中。这两句隐含作者对际堂诸子的惋惜和祝愿。

奉酬九日际堂诸子见忆①

重阳未至赊尊酒，及至重阳兴转悲②。
为惜寒花独命棹③，不同芳宴共题诗。
风前鬓短簪难稳④，雁外关深书到迟。
爱我他乡惟好友，多君佳句最相思。

【注】

①九日：九月初九日，重阳节。此诗是作者接到际堂诸子在重阳节时相忆诗后的酬答之作。

②说重阳前就准备了酒打算与诸子共饮，结果未能如愿，故心情不佳。

③独命棹：独自乘着小船。

④鬓短：头发稀疏，是衰老的表现。

秋柳①

依旧湖头杨柳枝，生姿作态异春时。
月中疏影全含照，风里长条不耐吹②。
恨别有人吹玉管，怅归何处问青骊③。
艳阳难共先摇落，肠断东阳八子诗④。

【注】

①此诗咏秋柳，最后落脚于对东阳八子的感慨。按，比作者年长三岁的王渔洋有《秋柳》诗四首，顺治十四年（1657）作于济南大明湖，曾经轰动一时，作者当然是熟悉的。四首诗的意旨朦胧，情致悠远，可说是王渔洋所提倡的神韵说的代表作和奠基之作。颜伯珣此诗应是康熙三十年（1691）左右作于寿州。我们不知道是否受到了王作的影响和启发；但至少可以说，王作所流露的那种伤感无奈情绪，在此诗中一脉相承。

②不耐吹：是说秋天过后是严冬，柳树要落叶了。

③玉管：乐器。宋诗有"玉管吹成杨柳枝"句。青骊：青黑色的马。明诗有"游子青骊万里桥"句；此曰恨别，曰怅归，都是从秋柳展开的想象。

④东阳八子：际堂八子，本书卷三有《忆正阳际堂八子诗》八首，正阳又称东阳。

秋鹰①

生成幽谷骨棱棱，际会金天气自矜②。
营目中原非一饱，下鞲百中讵争能③。
趋炎旧耻同春燕，无用方看避海鹏④。
省识阴阳当肃杀，须教狐兔莫凭陵⑤。

【注】

①此诗深有寄托，明为咏鹰，实为写人，是把鹰作为自己人格和志向的象征。

②金天：秋天。按五行理论，秋天属金。气自矜：指鹰具有豪迈自尊的气度。

③雄鹰往来盘旋纵目中原，并不是仅仅为了觅食；抓捕猎物百发百中也不是为了争强好胜炫技逞能。此喻作者的出仕动机和做人原则。鞲，是拴鹰的皮带，古人架鹰打猎，称为鞲鹰，发现猎物放出鹰，称下鞲，杜甫有《见王监兵马使说近山有白黑二鹰》诗，云"一生自猎知无敌，百中争能耻下鞲"，此用其意。

④上句说鹰不像春天的燕子那样，天冷了就离开暖了再回来，此比喻人的趋炎附势和投机取巧。下句说鹰如果看到自己已经没有用处了，会主动地远走高飞离开主人。此喻人应该功成身退，品格清高。

⑤凭陵：有侵犯、横行、猖獗、凌驾、超越等义。两句是对鹰的规劝，也是对自己的提醒：要懂得万事万物此消彼长的变化规律，不要总认为自己永远是威猛的胜利者；在这肃杀的秋季，不要让那些猥琐的狼犬狐兔们得势猖獗，甚至凌驾到你之上！

［与四约诗］①

【注】

①约，乡约。是乡村中负责传达政令调解纠纷的小吏。乡约是由知县任命的，本组诗中写了四位乡约，或许是作者在虹县或定远任知县时任命的。

赵居一

滔滔北流水，汝家最上头。
同阅浊浪间，自好独宜修①。

门宇森清整，坐共凫雁游②。

吏呼向街巷，读书在中楼。

有时与公事，白建气和柔③。

释之未输赀，经义辨田畴④。

毋为显者谢，毋为腐儒羞⑤。

有道贵励俗，嗟彼公与侯⑥。

【注】

①"同阅"二句：谓赵居一注重人格品德的提高。句中的浊浪有双关意，既指水，也指社会生活中的种种污浊。自好：洁身自好；修：修身，宜修是说不能令人满意的社会环境更适宜于人对品格的砥砺和磨炼。

②谓赵居一持家有方。森：谓规矩森严。清：门风清白。整：外貌整洁。"共凫雁游"是一种不逐名利恬逸从容的人生态度。

③白建：指向上级汇报情况和提出建议。此两句谓赵居一在参与公事时气度文雅言语温和。

④释之当指西汉张释之。《史记·张释之传》记他"以赀为骑郎"，此言"未输赀"，即没有做官。经义：儒家经典的义理。辨田畴：在田间辨析。此说赵居一不是官员，他是个有土地的读书人。

⑤不要认为显贵者就了不起值得尊敬，也不要因别人说是迂腐的读书人而惭愧！谢：有道歉义，此指自认卑下。

⑥励俗：匡正社会风气。此说乡约有责任励俗，可叹的是很多不良世风是源于显贵们！

王谏

细弦随急张，堂上无停弹①。

繁策出杂轨，驽骥寡所安②。

矧尔职一乡，流波互漫漫③。

居近汝为馆，禄薄汝为餐④。

岂为事逢迎，或在道谊端⑤。

氓愚循盛衰，哲士念险难⑥。

肯为身卑薄，逐没东走澜⑦？

与汝亦同舟，涉济岁复寒⑧。

久客念衡宇，赠言顾辛酸⑨。

【注】

①"细弦"二句：以琴弦的紧张和弹奏的急骤，形容乡约职事的烦冗琐碎和忙碌。堂上指王谏家或他办公的地方。

②策：马鞭子。驽是劣马，骥是良马。此以马喻人，说如果经常鞭打和道路复杂，什么样的马都难以安心服役。

③况且你要管一个乡，各种人和事交互复杂，没有头绪！

④你的家就是乡里因公住宿的旅舍，你那微薄的薪俸也经常要用于公事招待。

⑤这样做并不是说你庸俗地巴结逢迎，而是出于道义和友谊。

⑥没有知识的人盲目地遵循运数沉浮，有思想的人顺利时能看到潜在的艰险。

⑦难道能因为自己地位低下，就自甘随波逐流？

⑧说自己和王谏是同舟共济的关系，已共同合作数年。

⑨常年漂泊在外的人向往安定的住处，我向你说这些话时也忍不住内心酸楚！（因为我也是久客。）衡宇：指房舍、故乡。

沈迪

鸷鸟巢市门，群雀尽侧领①。
虽乏六翮姿，亦见骨毛整②。
之子独美鬈，在公常了省③。
直道慎一仪，庶以端表景④。

【注】

①鸷是凶猛威武的鸟。侧领：扭转脖子，是高度注意的状态。二句说如果鸷鸟在街门上做窝，众多的雀类都会提高警惕。

②六翮：出《战国策·楚策四》："奋其六翮而凌清风，飘摇乎高翔。"高适《别董大》有"六翮飘飖私自怜"。此以鸟喻人，说沈迪虽然没有雄鹰和仙鹤那样超凡的雄姿和风度，却也健硕强壮。

③沈迪生着美丽的卷发，他的仪表出众是人所共知的。了省：了解，知道。

④直道：确当的道理。此大意是说仪表出众的人容易引起人们的重视，希望沈迪的行为能正直无私，成为做人的表率。

许起

八方亦殊俗，维汝居中乡①。

中乡多大贾，格斗恒杀伤②。

长官不能制，辟戮空雪霜③。

胡为有今人，礼义犹相将④。

自知乃职勤，视彼梓与桑。

渥如好颜色，七月置我旁⑤。

我游行且倦，作诵劝允臧⑥。

【注】

①说这个县里各乡风俗有异，许起是中乡的乡约。

②中乡大商人很多，常有因利益纠纷发生格斗并造成伤亡的事。

③辟戮：杀头，处死。雪霜：锋利的刀刃。空：指无效，不管用。二句说长官用严刑峻法也难以彻底制止。

④胡为：为什么。这是用设问的方式以强调语气引起重视。按，这里所说"礼义相将"，应指康熙帝在康熙九年为"尚德缓刑，化成民俗"而颁的圣谕十六章，详本卷《秋日下窑广住寺编甲恭讲上谕》注⑦。相将，相伴随。此说处理民间纠纷必须以用道德礼义的教育感化方式为主。

⑤"自知"四句：许乡约勤于职守，他和乡中所有人都亲密无间，态度温和，他是他们中的一员，像《七月》描写的那样。《诗经·豳风·七月》是反映农业生产和农民生活的名篇。

⑥允臧：赞扬语，确实好，完善。出《诗经·鄘风·定之方中》："卜云其吉，终然允臧。"孔传："允，信；臧，善也"。

正月六日正阳道中[1]①

岸梅溪柳郁交横，暖雾霏烟著处轻②。

早听村农喧缶鼓，不闻官长阙逢迎③。

解冰春水穿塍过，报饷邻鸡上树鸣。

为语勤耕诸妇子，秋粮有诏更蠲征④。

【校】

[1] 此诗入选张鹏展编《国朝山左诗续抄》卷二。

【注】

①正阳：距寿州城六十里。新年刚过而仍有过年的欢乐气氛，春天已到，满目早春景色。村妇已开始耕作，作者带来了免粮的喜讯。全诗情绪欢快。

②著处：处处，到处。

③缶鼓：陶鼓，此泛指打击乐器。因为过年，村中仍锣鼓喧天。阙：通"缺"。逢迎官长，是作者最为难的事情，现在不用为此发愁了。

④蠲征：免除征收。按，《清史编年》载，康熙三十年十二月初一日："帝命大学士等查明仓米存余数，如足用，则将酌量豁免漕粮……初四日谕：……各省应输漕粮，自康熙三十一年起以次各免一年。"可知此诗作于康熙三十一年（1692）正月。

正月十一日留别际堂诸子四首①

雪濑归帆急②，春林别恨过。
鲁山非马首③，楚水忽骊歌④。
飞动诸君并，交期老泪多。
青云与泥滓⑤，此后意如何！

【注】

①从上首题目看，作者在正阳住了五天，受到际堂诸子的盛情接待。临别作此四诗，颇见依依之情。

②雪濑：湍急雪白的浪花。

③鲁山：是以里籍自指。马首："马首是瞻"的略语。出《左传·襄公十四年》荀偃令曰："唯余马首是瞻。"即作战时都要看主将的马头决定进退行止。此谓自己不是诸子中的领袖人物，诸人之间是平等的关系。

④骊歌：古逸诗有《骊驹》，为离别时所歌。李白诗《灞陵行送别》："正当今夕断肠处，骊歌愁绝不忍听。"

⑤谓将来际堂诸子都可能青云直上，自己则沦而泥滓。这是对朋友祝福和自谦的话。

已畏凉秋别，方春倍黯然。
长波离酒外，片语夕阳前。
霄汉争投羽，风尘屡后鞭①。
老夫无足念，白首忝先贤②。

【注】

①"霄汉"二句：谓际堂诸子正如雄鹰展翅奋飞，而自己却无所进步。风尘指世俗烦冗的人生。后鞭：是成语"一鞭先著"的反用。一鞭先著出《晋书·刘琨传》："吾枕戈待旦，志枭逆虏，常恐祖生先吾著鞭。"

②忝：惭愧。

偶住邻新巷，长辞似旧丘[1]①。
不因添眷恋，只阻好朋游②。
霞起灯喧市，霄空月近楼③。
无由陪盛侣，回首蓼花洲④。

【校】

[1] 丘，原作"邱"。雍正三年有旨，为避孔子圣讳，所有丘字改写为邱。本书中这种情况径改为丘，不再出校。

【注】

①旧丘：故园。说自己到正阳偶然住了些日子，告别时觉得仿佛是离开故乡。

②不只是因为对这个地方留恋，而是好朋友不想让我走！

③正月十一日已近元宵，故有"灯喧市""月近楼"的设想。

④自己不能和大家共度佳节了，但还会经常回忆这个夏天开满蓼花的地方。

驿柳发何急，关梅落太颠①。
晴波滑胜酒，残雪薄如绵。
觅句长西影，听莺破晓烟②。
雄文在祓禊，肯向老夫传③？

【注】

①驿柳：驿道上的柳树。关梅：正阳关的梅花。颠：狂，快，喻梅花飘舞。

②"觅句"句：写和诸子赋诗唱和情景。"长西影"是说为推敲诗句而苦思，不知太阳西下，人影渐长。

③祓禊：指三月上巳节在水边举行的游春踏青活动。文人在活动时往往作文记之，最著名的是王羲之的《兰亭集序》，后世因其书法称为"禊帖"。此处是说：到上巳节你们集会时，能把所作的文章寄给我看吗？

春分喜雨①

春分二仪交，灵雨集霡霂②。

一气浃甲丙，生意群类速③。

三载久旱虐，蟊鼠方比屋④。

职司谋朝夕，众议在杀戮⑤。

讵窥帝德宏，会朝存倾覆⑥。

予甫佐守臣，艰食类采蓫⑦。

顾此饥渴辰，倏涤青阳目⑧。

淮土粪�早⑨，叶齐已映陆。

淮俗妇任耕，祈祈兢牵犊。

陇江击鼓繁，喧声杂蹄祝⑩。

且得春不死，敢更望秋熟。

连川照旭瞳，千落响布谷⑪。

忽忆沂泗间，十亩百花谷⑪。

团团盖池荷，簌簌出溪竹⑫。

荷露厌金掌，竹实当粱肉⑬。

胡为走江淮？蹒跚邀微禄。

萝吟呼归鸟，石怅失群鹿⑭。

累岁亦涝饥，兹膏难遥卜。

儿辈尤痴愚，输租不果腹⑮。

云开望龟蒙，悔怩伤幽独⑯。

【注】

①此诗由一次春雨，从寿州联想到故乡。既有充满诗情画意的田园景象，也写到了灾难和饥荒，表达了自己真切的态度，是一篇对了解作者内心世界有重要意义的作品。

②二仪：指阴阳。《春秋繁露》说："春分者，阴阳相半也，故昼夜均而寒暑平。"霡霂：音 mài mù，小雨。《尔雅·释天》："小雨谓之霡霂。"

③甲丙：甲指春季，丙指丙夜，即三更时分。又，丙指火，谓干旱，"浃甲丙"谓春雨解除了干旱，亦可通。此说这春夜的雨使天地万物都焕发出勃勃生机。

④蟊是地下的害虫，鼠指老鼠，常被用以比喻窃贼和强盗，这里是双关的。

比屋：比指相邻，比屋是说老鼠从这户到那户串通为害。此说因为久旱，蠡鼠肆虐，家家户户都受其害。

⑤说官府为此研究对策，大部分人认为应该严刑峻法。

⑥会朝：指群臣朝会。倾覆：指遇到巨大的困难和危险。说他们没有看到皇帝的宏大德政，朝廷决定要帮助危难者。

⑦采蓫：见《诗经·小雅·我行其野》："我行其野，言采其蓫。"《传》："蓫，恶菜也。"此说我这个州同是个辅佐知州的小官，也生计艰难。

⑧倏：迅速。青阳：春天的别称，《尔雅·释天》："春为青阳。"此说一场春雨改变了这一切，使人耳目为之一新。

⑨麰秫：大麦高粱，泛指农作物。

⑩"淮俗"以下四句写雨后农村景象：农妇在牵牛耕作。村社击鼓，万众喧呼，以豚蹄为供品庆祝降雨。祈祈：徐缓貌，见《诗经·小雅·大田》："有渰萋萋，兴雨祈祈。"蹄祝，操豚蹄而祝，见《史记·滑稽列传》。

⑪"且得"以下四句写因春雨而致的农村的祥和景象：春苗复苏，秋天大丰收，旭日普照，布谷声声……

⑫籊籊：籊音tì，形容竹竿长而细。以上是联想到自己故乡的柢芳园，一派花团锦簇，美不胜收。

⑬荷露是荷叶上的水珠。金掌：汉武帝听信方士之言在宫中所建收集甘露的承露盘，据说服食甘露后可长生不老。竹实是竹子结的籽粒（很罕见），这些都被道家认为是仙人的食物。

⑭自问为什么要出仕做官？故乡正呼唤你回去！藤和石都喻故园。归鸟：陶潜有《归鸟》诗，以归鸟喻归隐之志。古人有"与麋鹿游"语，喻隐居。群鹿离开山野，故曰"怅"。

⑮洊饥：连年饥荒，洊音jiàn。膏：油，俗有"春雨贵似油"之说。儿辈：指在故乡掌管家务的孩子们。此说故乡这几年也收成不好，发生灾荒，交上田租赋税后竟至吃不饱饭。不知这次好雨故乡下了没有？

⑯寿州的雨停了，自己遥望故乡，后悔惭愧伤感孤独，种种感觉涌上心头。

考城道上[1]①

黄绶非吾事②，碧山正好春。
穷愁不放客，花柳且随人。
马懒吟诗稳，林喧听鸟频。

前途莽浩荡，不复问渔津③。

【校】

[1] 此诗入选《曲阜诗钞》卷一。

【注】

①考城：安徽凤阳县有考城乡，近年属西泉镇，此考城当指其地。

②黄绶：官印的系带，此指做官。非吾事：谓自己的性格实不适于做官。

③渔津：渔夫打鱼的地方。此句说考城道上风光妩媚，此时自己这个官员如此闲散自由，心情很好，也就不须要考虑归隐了。

厌归[1]①

归厌犹妻子，官惟少簿书②。
吟诗从乱帙，种菊未亲锄。
危树号饥鹤，残经守蠹鱼③。
深知老马悔，浪说在盐车④。

【校】

[1] 此诗入选《晚晴簃诗汇》第三十二卷。

【注】

①厌归："厌"有满足义，引申为希望。此言想回家、归隐。此诗写在官的一种闲适疏慵状态。

②归厌：厌归，为调平仄就格律而颠倒。两句谓日常也没有多少公文需要处理，自己想家的情绪竟像老婆孩子一样。

③蠹鱼：蛀书虫。谓自己像蛀书虫一样有时间读书。

④此用《战国策》老骥盐车的典故。见《楚策·汗明见春申君》："汗明曰：君亦闻骥乎？夫骥之齿至矣，服盐车而上太行。蹄申膝折，尾湛胕溃，漉汁洒地，白汗交流，中阪迁延，负辕不能上……"一般用以比喻贤材屈沉。两句谓不该出来做这个官，当年自以为怀才不遇，那是错误的。浪说：妄说，胡乱说。

凤阳[1]①

日月兴王地，乾坤历数迁②。
妖祅七庙火，麦秀午门田③。

银海漂陵邑，龙髯哭岁年④。

传闻雷去日，犹似在中天⑤。

【注】

①今安徽省凤阳县，在明清为凤阳府治所在。据《颜氏族谱》记载，作者曾摄虹县与定远两县事，两县皆为凤阳府所辖。

②日月合为"明"字，凤阳为明太祖朱元璋故乡，是其起兵之地，故云。

③"妖歼"二句：此指明末农民军焚毁凤阳皇陵事。据谷应泰《明史纪事本末·中原群盗》载，崇祯八年正月，"贼陷凤阳……焚皇陵，燔松三十万株，杀守陵太监六十余人……渠扫地王、太平王入府治，知府颜容暄囚服匿狱中，贼纵囚，获之，贼渠张盖鼓吹坐堂上，杖容喧于堂下，杀之。推官万文英等六人，武官四十一人俱杀，士民被杀者数万，剖孕妇，注婴儿于槊，燔公私邸舍二万二千六百五十余间，光烛百里……"又同书《张献忠之乱》：崇祯八年正月，"张献忠东走，掠庐、凤、安庆"。可知是张献忠部。七庙：天子的宗庙。午门：皇宫的正门。凤阳在明代曾建有中都皇城和祖陵。此联说这些地方的建筑已毁于火，变成了一片麦田。这是暗用《诗经·王风·黍离》。该诗序说："《黍离》，闵宗周也。周大夫行役至于宗周，过故宗庙宫室，尽为禾黍。闵宗周之颠覆，仿徨不忍去而作是诗也。"后来便以"禾黍"为悲悯故国破败之典。

④"银海"句说：凤阳曾被大水淹没。按，康熙十九年（1680）洪泽湖大水，凤阳祖陵的地面建筑全部没入水下，其时距作此诗才十余年。陵邑：汉代有就陵设邑的制度，凤阳有明祖陵，故云。"龙髯"句应指崇祯十七年（1644）崇祯帝自经死明帝国覆亡事。龙髯：见《史记·封禅书》："黄帝采首山铜，铸鼎於荆山下。鼎既成，有龙垂胡髯下迎黄帝。黄帝上骑，群臣后宫从上者七十余人，龙乃上去。余小臣不得上，乃悉持龙髯，龙髯拔堕，堕黄帝之弓。百姓仰望黄帝既上天，乃抱其弓与胡髯号，故后世因名其处曰鼎湖，其弓曰乌号。"后即成为帝王驾崩之典。

⑤"传闻"二句：这可能是一个关于凤阳皇陵的传说，具体内容不详。又，作者之父颜胤绍在崇祯年间曾任凤阳县令，深得民心，但得罪了权贵。颜光敏《颜氏家诫》卷二载其调离时"百姓遮道痛苦，立祠淮干。"二句也有可能与之有关。

春日呈佟使君①

淮南分楚纪，诸郡兢雄风。
旧俗歌池犊，新恩赐衮龙②。
堂闲千嶂外，宠拜杏花中。
何羡寻余鼎，冥搜问八公③。

【注】

①佟使君：《寿州志·职官志》载知州有佟山年，正蓝旗人，监生，康熙二十六年至二十九年任职，佟使君应指此人。

②"旧俗"二句：歌池犊，寿州有留犊祠，是纪念东汉寿春令时苗处。详本书卷三《卖马行》注⑦。此以时苗喻佟使君。衮龙：是衣服上绣的卷龙图案，为帝王及上公祭祀时的礼服。赐衮龙谓朝廷对佟使君有所表彰。

③"何羡"二句：八公是汉淮南王刘安的八个门客。他们投刘安之好，设鼎炼丹以求长生。据说丹炼成后，服之能白日升天。寿州城北八公山即因此得名。详本书卷三《八公山口占》注①。两句说佟使君是努力王事的地方官，不像刘安那样醉心长生之术。

凤阳府送太守丁[1]公还京师

间气钟长白，清时重大贤①。
诏开黄署早，名列御屏先②。
五马纡华绂，双旌导锦鞯③。
海云占越石，蜡炬烛吴天。
姓字江淮播，声称草木传④。
行春随白鹿，摘藻薄青莲⑤。
文并周秦席，诗登汉魏筵。
渊源真不愧，方驾已无前⑥。
化俗陈风雅，崇儒授简编。
负盐新制定，苛敛旧规捐。
率属矜冰蘗，虚怀饬豆笾⑦。
樗材繁雨露，珉石与陶甄。
近衔来旬切，谁禁去思牵⑧。

匏瓜终自系，桃李讵能妍。

公道今如此，舆情一怅然⑨。

卧留侯霸辙，夜发邓攸船⑩。

满载惟孤鹤，临岐选一钱⑪。

宁徒辞棘树，会看到星躔。

志遂朝天日，功成拜庆年⑫。

伫观垂绿缕，紫阁待爰延⑬。

【校】

[1] 丁，此字刻本原缺。按本卷前有《呈凤阳太守丁公》，后有《再送丁公》，则此诗之凤阳太守应即丁公，以意补。按光绪《凤阳府志·秩官表》有丁克懋，康熙二十九年起任知府。丁克懋的下任沈进是三十一年任，则此诗作于其时。

【注】

①间气：纬书《春秋演孔图》有"正气为帝，间气为臣"之说。此谓丁太守得天地之间气，成朝廷之重臣。长白：指东北长白山，是清朝的发源地，此丁太守是奉天（今沈阳）北镇人，故云。

②黄署：指朝廷；御屏是皇宫的屏风。皇帝把某人名字写在屏风上，表示对他的看重。如《名山藏》卷十载明成祖时人侍御史林硕，"尝劾蜀王不法，上嘉其直，书名御屏"。此说丁太守深得皇帝的器重。

③五马：是汉代太守出行的规格，遂成太守的代称。华绶：官印的系带；双旌：仪仗中的旗帜。锦鞯：华美的马具。此写丁太守出行的仪仗。

④"海云"以下四句：写丁太守的名声在吴越江淮一带广泛传播。

⑤写丁太守的风度文采。上句用李白诗"且放白鹿青崖间"，下句说他的文采比李白都高。

⑥"文并"四句：说丁太守的文章出入周秦，诗歌追踪汉魏，都是渊源有自，无人可比。方驾：车辆并行，引申为并肩、媲美。

⑦简编：书册典籍。冰蘖：冰喻其清，蘖音niè，即黄蘖，是一种味苦的植物，喻其能吃苦。豆笾：两种祭器，豆为陶制，笾为竹制。以上六句写丁太守的政绩：提倡风雅，移风易俗，重视教育，亲自授课，制定有关贩盐的法规，免除苛捐杂税，以身作则，清正廉洁，真心诚意地祭祀往圣先贤……

⑧"樗材"四句：写自己受到了丁太守的恩惠和栽培，现在他将离开，怎能不留恋。樗是恶木，喻自己质资低下。珉是像玉的石头，陶甄指制作陶瓦器，喻人接受教育。来旬宣：谓得到宣示，出《诗经·大雅·江汉》："王命召虎，

来旬来宣。"《毛传》："旬，遍也。"

⑨匏瓜：出《论语·阳货》："吾岂匏瓜也哉？焉能系而不食。"此说丁太守如果不调动离开凤阳，怎能展开更灿烂的人生？这是很公道的事，只是他的离开令人惆怅。

⑩侯霸：汉临淮太守，被调离时，百姓躺在车前不让他走。邓攸：晋吴郡太守，离职时百姓数千人拉船不让走，他只好趁夜间悄悄离开。用这两个挽留官员的典故喻丁太守受拥戴。

⑪用两个典故夸丁太守清廉：宋赵抃去成都赴任，只一琴一鹤相随；汉会稽太守刘宠，离职时有山阴叟五六人为感谢他的德政，凑了一百个钱送给他，他无法推辞，乃各选一钱。

⑫"宁徒"四句：棘树：古代在科举试院门外插上荆棘，故称棘闱。知府在科举时主持府试，故有辞棘树之说。星躔：日月星辰运行的度次。古人认为高官显宦都与天上星宿相关。此四句说丁太守的离开凤阳不只是辞去官职，而是进京升官，实现在皇帝身边的愿望，确实可庆可贺。

⑬绿绫：绫音lì，官服的装饰。爰延：字季平，东汉官员，陈留外黄人，官至大鸿胪。此说丁太守眼看就要身居朝廷高位。

再送丁公①

昨出寿东门，飘风犹索索。
阴雨滑春泥，天意阻行客②。
客行不肯留，凝睇蹙我额③。
忆昔邹鲁来，惊名动旅魄④。
怀抱空古今，海内文章伯⑤。
鞅掌十八城，兴寐固无斁⑥。
蜀郡感文翁，虞[1]国日南泽⑦。
愧非杞梓材，名亦列仕籍。
薄宦阻丘陇，风尘屡垂白。
眷顾多绸缪，足以慰夙昔⑧。
谁使参与商，轩车成远适⑨？
再拜逐去尘，殷勤濠梁驿⑩。
千尺桃浪红，万条官柳碧。
春风持送行，心事同迫剧⑪。

【校】

[1] 虞，刻本原作"虖"，按，虞国任日南太守事载《艺文类聚》卷九一引晋虞预《会稽典录》及《水经注》等文献。若作"虖"则难解，是因两字形近而致误，径改。

【注】

①此再送丁太守诗，与前两首颇有不同。前两首中恭维阿谀多于真情实感，此首则相反。可见那两首是官样文章，这首才是真情流露。

②以上四句写雨天送客，写景含压抑忧郁情绪，但明白如话。

③客指丁太守，凝睇：注视；蹙我额：皱眉。五字写离别时的痛苦表情。

④旅魄：指作者自己。此二句说自己从山东初来寿州时，就知道丁太守的大名了。

⑤说丁太守的道德文章古今少有，宇内有名。

⑥鞅掌：职事繁忙。十八城：指凤阳府所领五州十三县。兴寐：夙兴夜寐的略语，谓昼夜勤奋。无斁：不厌倦。出《诗经·周南·葛覃》："为缔为绤，服之无斁。"此写丁公任知府劳苦功高。

⑦文翁：西汉蜀郡太守，他在任重文教，移风易俗，使蜀地文风可比齐鲁。虞国：东汉末的日南郡（今越南）太守，他行政以德化人，因操劳过度卒于任上。泽：恩泽。此以历史上的两个著名太守喻丁公政绩。

⑧杞梓：佳木，喻有用之材。垂白：白发下垂，言年老。绸缪：谓关系密切。凤昔：以往。以上六句写自己曾被丁公垂爱。

⑨参与商：参星和商星在天之两端，不会同时出现。喻此后无法相见。

⑩濠梁驿：是凤阳府的驿站，在今安徽凤阳县临淮关西。是作者送丁公的地方。

⑪"千尺桃浪"，暗用李白《送汪伦》"桃花潭水深千尺，不及汪伦送我情"。"万条官柳"，暗用古人折柳送别事。迫剧：紧张强烈。结尾处再写驿站风景，鲜明生动，与开头恰成对比。

酬胡生①

北岑盼长流，窅淼思累结②。

所思阻阳春，邈如久年别。

忆昨送客还，朋辈未少缺。

火树拂历星，商歌激屡咽③。

丈夫耻雷同，感子肺肝热④。
赠言策前踪，顾我衰益拙⑤。
牛羊委沟壑，安问稷与契⑥？
且喜二麦熟，欻润既涸辙⑦。
官民一苏息，妻子稍可悦。
饱饭听莺鸣，对案晨惙惙⑧。

【注】

①此胡生情况不详。从所叙看，是一个不甚得志的秀才。

②北岑：北边的小山。宵森：窈深遥远，此指思绪纷然。

③商歌：凄凉悲切的歌声。《淮南子·道应训》叙宁戚饭牛有"击牛角而疾商歌"。

④雷同：《礼记·曲礼上》："毋剿说，毋雷同。"此说不能随波逐流。

⑤"赠言"二句：你的赠言对我有鞭策，可我是愈来愈衰老无用了。

⑥委沟壑：指死亡。稷与契都是上古大贤。按此用杜甫《自京赴奉先县咏怀五百字》中"许身一何愚，窃比稷与契"句。此说自己低贱如牛羊，衰老疲惫，还说什么做圣贤？

⑦二麦：大麦和小麦。欻：音chuā，忽然，迅速。涸辙："涸辙之鲋"的略语，见《庄子·外物》。

⑧惙：音chuò，惙惙：忧郁貌。

金陵水西门赠僧①

有客北来走江峰，江山炎日难为容②。
吴宫晋丘漫回首，马瘏仆饥状龙钟③。
蹴然下马入古寺④，寺僧殷勤如旧逢。
感僧年少意亦足，手捆麻屦换脱粟⑤。
为余卜馆如卜邻，更远车马恣遐瞩⑥。
日脚堕江世欲静，东山月出颜如浴。
浦口素烟正皜皜⑦，下入燕子千尺绿。
肯招麻姑作三友，与尔赤脚踏寒玉⑧。

【注】

①水西门为南京城门。此诗记自己在南京某寺院与一僧人的接触。在作者失意的情况下，僧人的出现使他的心情变得很好，于是作此诗相赠。

②有客：是作者自谓。难为容：种种不满意，难以高兴起来。

③吴宫晋丘：泛指南京古迹。此暗用李白诗句："吴宫花草埋幽径，晋代衣冠成古丘。"马瘏：马病。

④踽然：又作嗒然，失意貌。

⑤麻屦：用麻做的鞋。脱粟：只脱去稻壳未精加工的糙米。谓这位少年僧人自己动手织麻鞋，用来换米。

⑥卜馆：选择住处。恣睰曕：句谓安排车马去远处观光游览。

⑦皜皜：洁白貌。

⑧麻姑：道教女神，见葛洪《神仙传》。二句说我愿意招来仙女和你在一起，三个人赤脚走在布满清冷月光的地上。寒玉：此指月光。

卷二　秖芳园遗诗卷二 古今体诗四十四首

金陵应檄监领转饷京师，六月溽暑，羁留久不得发，感旧述怀，遂成长韵[1]①

夙昔来金陵，立马指关门。

豁然江山开，倚帆同飞翻。

吾侄迎致辞，稍杂铙吹喧②。

握手竹楼上，从容问弟昆③。

寻得邢孟交，道气美玙璠④。

八月屡禳偕，未尝离清尊。

牛首与燕子，一一探真源⑤。

晚谒辟支徒，说法从昆仑。

听谛坐石上，据藤虬正扪⑥。

朝眺齐梁尘，暮吊王谢孙⑦。

长干桂花发，倾壶如翻盆⑧。

时逢孔先生，亦别沂上村⑨。

弹琴江鱼出，题诗秋竹痕。

朋好日以集，唱篪还酬埙⑩。

乐剧岁复月，安知隘乾坤⑪。

归后江南梦，颠倒无朝昏⑫。

常盟洛社英，更首吴山辕。

长鲸弄滇海，跋浪蹴中原⑬。

桃林一以息，白发各霜繁⑭。

胡为苍谷叟，近苦事行轩⑮？

前年十月交，马踏江泥浑。

侄没关阁非，渡江声屡吞⑯。

况乃今徂暑，奉檄来崩奔⑰。

大旱春薇死，采歌谁复言⑱。

王程发无日，谁计凉与温⑲。

上官庭巍巍，不闻微寮冤⑳。

谁实操靮绁？委顿任久屯㉑。

江南尤酷蒸，病热心意烦。

再思牛首游，双脚肿难蹲㉒。

固穷奴仆耻，公然废饔飧㉓。

中夜何所逃，颇类失木猿㉔。

明月深当霄，流照遥闺魂。

烟影有清泪，双滴苍筤根㉕。

我生非麋鹿，那常聚邱樊㉖。

生身无羽翼，焉用念故园。

古人躬行役，王事实所敦㉗。

矧予奔奏臣，尸素难具论㉘。

闾阎焜重离，居行总君恩㉙。

且罢辕驹鸣，未羡晨风骞㉚。

努力理征辔，收我涕潺湲。

【校】

[1] 此诗两种抄本均题为《金陵感旧》。

【注】

①此诗中有"再思牛首游，双脚肿难蹲"，与下边《滁州》篇自注"留金陵月余，患湿病，足髀肿不任行"相合；又有"况乃今徂暑，奉檄来崩奔"句，是指奉檄护领转饷事（详下《秋日护领转饷京师发江宁府》及注），故应作于康熙三十一年（1692）夏。金陵，即今南京。诗长达四十韵，忆往思今，顿挫淋漓，相当感人。

②吾侄指颜光敏，康熙九年到十年（1670—1671）曾在金陵龙江关任职，颜伯珣其时有金陵之行。铙吹：铙是铜制的打击乐器，吹是笛笙琐呐一类管乐器，此泛指奏乐。此忆写光敏在金陵迎接伯珣情景，场面颇显隆重。

③弟昆：兄弟，指颜伯珣之子。此写叔侄见面情景，场面气氛温馨。

④邢孟：待考。本书卷五有《忆邢命石》，颜光敏亦有《赠邢命石》，不知是其中之邢否？玙和璠都是玉之美者，用以形容高雅之士。此谓因光敏之介在金陵交结了一些文朋诗友。

⑤屐履：屐是适于登山穿的鞋子，履：音xiè，鞋的木底。清尊：尊，酒杯，清尊指酒。牛首山与燕子矶，均为南京名胜。此写和光敏等一起游览名胜，流连诗酒。

⑥辟支徒：僧人。辟支系梵语"辟支迦佛陀"的略称。"听谛"句是化用"生公说法"和"扪虱而谈"二典。高僧竺道生在虎丘山说法，因说理透彻辨

言无碍，顽石亦为之点头。见《莲社高贤传》。王猛与桓温一面谈当世大事，一面扪虱，旁若无人，从容不迫。见《晋书·王猛传》。此写在金陵曾听高僧讲解佛法。

⑦齐梁尘：指历代古迹。王谢：指以王导、谢安为代表的世家豪族，但早已衰落，其子孙成平民百姓。刘禹锡《乌衣巷》诗有"旧时王谢堂前燕，飞入寻常百姓家"句。此谓在金陵观览凭吊历史古迹。

⑧长干里：为金陵著名街区，其地佟氏园林桂花树，在本书中曾多次出现。如卷三《长干里故佟中丞园亭感旧》有"桂岭依稀巢翡翠"句，卷四《沈周桂岭图》有"中丞之园三十树，至今回梦酸心肝"等。颜光敏《南行日历》亦有"过长干巷，入佟氏园亭，竹径、桂岭、蕊香津，历历皆如旧游"的记载，可见作者与光敏在其地豪饮，为两人记忆至深之事。

⑨孔先生：指孔贞瑄。生平见卷六《奉酬孔璧六贞瑄过访宛溪》注①。沂上指沂河边，曲阜有沂河。按之孔贞瑄生平，他在顺治十八年中乡试副榜后，曾六上春官皆不第，后于"壬子就禄泰安"（见其《自述》，载《聊园文集》）。壬子是康熙十一年（1672），而颜光敏在康熙十年春离开金陵，故孔贞瑄和颜伯珣应是在康熙九年（1670）八月共游金陵。

⑩江鱼出：用杜甫诗，详本书卷七《赠琴客李子》注⑩。篪和埙都是乐器。四句写朋友间歌诗唱和之乐。

⑪"乐剧"两句：说在那快乐的日子里，是想不到人生会有失意的时候的。隘乾坤：人在失意时会感到世界狭隘。

⑫说回到曲阜后，在江南的快乐生活还难以忘怀，经常形诸梦寐。

⑬洛社：唐·白居易等诗人在洛阳唱酬饮宴，称洛社。吴山：在浙江杭州。辕：指车。滇海：即滇池，在云南。按此指孔贞瑄，他康熙二十九年（1690）起任云南大姚县令。

⑭桃林：《尚书·武成》有"偃武修文……放牛于桃林之野"句，此是说孔贞瑄已离官去职，自己也年已渐老。按，据孔贞瑄任大姚令三年去官。其时正为康熙三十一年（1692）。孔贞瑄比颜伯珣年长三岁，此年作者56岁，孔已59岁。故曰"白发各霜繁"。

⑮苍谷叟：山野老农，为作者自指。轩：车。二句自问：我为什么要辛苦地出来做官？

⑯前年：如前所推断，本诗作于康熙三十一年，则其前年为康熙二十九年。此年十月作者到寿州任职，曾经路过金陵。而其侄光敏已于康熙二十五年（1686）九月卒于京师，睹物思人，心情悲怆，故吞声而哭。

⑰徂暑：指季夏六月，见《诗经·小雅·四月》："四月维夏，六月徂暑。"
奉檄：指奉命因公出发，即"护领转饷京师"。崩奔：奔波，奔驰。顺便指出，
此两句末二字是叠韵与双声相对。

⑱采薇：指伯夷、叔齐不食周粟事。

⑲王程：朝廷给的任务，指护领转饷京师事。

⑳微寮：寮通僚，地位微末的官吏，作者自谓。

㉑羁绁：马缰绳。委顿：疲乏狼狈。屯：艰难。《说文》云："屯，难也，
象草木之初生，屯然而难。"两句说这样疲乏艰难的命运，不知是谁操纵的？

㉒牛首：牛头山，在南京附近。关于"双脚肿难蹲"，参见下《滁州》篇
自注。

㉓固穷：君子固穷，见《论语·卫灵公》。饔：早饭。飧：晚饭。此说连
奴仆都瞧不起，公然不做饭。

㉔失木猿：出杜甫《寄杜位》："寒日经檐短，穷猿失木悲。"此形容自己
的失落无助。

㉕"明月"以下四句：设想故乡的妻子在月光下倚竹而立，思念亲人，清
泪欲滴。按，此意境实为化用杜甫《佳人》中的名句"天寒翠袖薄，日暮倚修
竹"而成。苍筤：竹子。

㉖邱樊：山林乡居。邱指丘壑，樊指篱笆。白居易《中隐》诗："大隐住
朝市，小隐入丘樊。丘樊太冷落，朝市太嚣喧……"丘改为邱，是雍正后的抄
手奉上谕避圣讳所致。

㉗行役：因公跋涉在外。《诗经·魏风·陟岵》："予子行役，夙夜无已"。
王事：公事，为君王服务的事。《诗经·小雅·北山》："或王事鞅掌。"敦：有
督促义。《孟子·公孙丑下》有"使虞敦匠事"语。

㉘矧：况且。奔奏臣：奔走传喻之臣。出《诗经·大雅·緜》："予曰有奔
奏"。尸素：尸位素餐的略语，指居位而不理事。

㉙阊阖：宫门，指代朝廷。焜：明亮。重离：太阳。按《易经·离》："明
两作离，大人以继明照于四方。"孔颖达疏："明两作离者，离为日，日为明。"
《离》卦为离上离下相重，故以"重离"。此二句意为：朝廷明鉴，不管让臣下
居或者行都是恩典。

㉚譬如马，在辕下拉车也不要哀鸣，不要羡慕别的马在晨风中奔驰。

秋日护领转饷京师发江宁府①

役臣自靡家，调发复已淹②。
一旦出白门，行李俱不兼③。
烝徒三百人，流汗衣裳沾④。
辚辚过桥市⑤，谁辨污与廉！
西北望大江⑥，蒙雾千帆尖。
关柳蝉乱聒，残暑秋尚炎⑦。
日夕不得食，况觊粱[1]肉厌⑧。
我侣颇后至，舆中手捘捘⑨。
盛约理难齐，随遇性亦恬⑩。
久旅[2]共岁月，焉能无少嫌⑪。
尚念君子箴，用臧[3]还持谦⑫。
王程纡且隘⑬，白发能禁添？

【校】

[1] 粱，各本均作"粱"，"粱肉"不辞，当是笔误，径改。

[2] 旅，《海岱人文》本作"侣"。

[3] 臧，《海岱人文》本作"藏"。

【注】

①此诗和以下《龙江关》等39题的写作，应在康熙三十一年（1692），是作者受命护领转饷入京出发前及沿途所作，有以诗记行之意。此首则作于出发时。这40首诗，既记述了沿途所见，也真实地表现作者的所思所感，堪称力作。转饷，即转运军粮或饷银。据《清实录·圣祖实录》，康熙三十一年陕西西安、凤翔受灾，百姓流亡，帝于该年五月要求拨解银两及运送米石赈济。这组诗中《徐州》一首有"昨闻西凤饥，诏移东南粟"句，故此处之转饷应与之有关。江宁府：即南京。清康熙六年，将原江南省析为江苏和安徽二省，但安徽的治所仍设在江宁府，直到乾隆二十五年（1686）才迁往安庆，故在作者的时代，安徽省的衙门仓库等多种机构仍在南京，作者护领转饷也从这里出发。

②役臣：行役之臣，作者自谓。靡家：没有家，意为因公务而无法在家。《诗经·小雅·采薇》有"靡室靡家，猃狁之故"。调发复已淹：谓已接到要出发的命令，却又滞留在这里。淹：滞留。前首云"王程发无日，谁计凉与温"，可参。

③白门：南京的城门。此谓一早就出发离开南京，但发现有行李未完全备齐者（指下文的"颇后至"者）。

④烝徒：百姓，平民，众人。《诗经·大雅·棫朴》："淠彼泾舟，烝徒楫之。"郑玄笺："烝，众也。"三百人是指此次出差的徒工和管理人员。从所经这些地方看，他们是沿驿道而行，当时的运输工具，除南京附近一段是舟船外，主要应是车马之类。

⑤辚辚：车行声。杜甫《兵车行》诗："车辚辚，马萧萧，行人弓箭各在腰。"

⑥大江：指长江。

⑦残暑秋尚炎：下边《江浦县》一首自注"七月七日"，江浦县与江宁府不过一日之程，知此次出差动身为七月初事，恰值天气最热时候。

⑧"日夕"二句：谓都天黑了还水米未沾牙，哪儿还敢抱吃好吃饱的希望！觊：觊觎，非分的希望。梁肉：指精美的膳食。杜甫《醉时歌赠郑广文》有"甲第纷纷厌梁肉，广文先生饭不足"句，此暗用其意。厌：吃饱，饱足。

⑨掺掺：音 shān shān。女手纤美貌。《诗经·魏风·葛屦》："掺掺女手，可以缝裳。"毛传："掺掺，犹纤纤也。"此处含作者对姗姗来迟的随行人员即同僚（"行李俱不兼"的"我侣"）的调侃、嘲讽意。

⑩盛：强。约：不足。两句谓人与人不可能完全一样，行动有快慢也是正常的，应该随遇而安，才能心情平静。

⑪嫌：猜忌，怀疑。两句说这次出差要经历较长的时间，人们之间不可能不发生矛盾。

⑫箴：劝诫，规劝。臧：褒奖，《诗经·邶风·雄雉》："百尔君子，不知德行。不忮不求，何用不臧。"又本作"用藏"，亦可通，是"用行舍藏"的略语，语出《论语·述而》："用之则行，舍之则藏。"谓被任用就行其道，不被任用就退隐。有进退可度、随遇而安之意。两句说要记住圣贤的劝诫，被褒奖时也要谦虚谨慎。

⑬王程：指奉公命差遣的行程。纡且隘：纡回曲折而又艰难窘迫。

龙江关①

万派赴江东，关门镇西表②。
门厂水部衙，高旌犹裊裊③。
辛苦驾筏人，荆蜀下杉篠④。
缆长不能越，滩高守残蓼⑤。

欲登旧凭楼，扃钥深绝鸟⑥。
百丈窥双画，巨笔割冥杳⑦。
问琴嵇云亡，发啸阮先少⑧。
老怯悲声吞，血涩泪点小。
曳帆且侵夜，结梦难及晓。
悽怆怨何之，离魂怅纠窈[1]⑨。

【校】

[1] 纠窈，刻本和两种抄本均作"窈纠"。检韵书，纠字属上声二十五有部，而此诗前9联均押上声十七篠韵，绝无最后一字出韵之理，必误。窈字正属篠韵，应是抄者不慎将两字颠倒所致。径改。

【注】

①龙江关：在南京，详本书卷一《重过龙江关忆亡侄敏》注①。

②派：泛指江河的流水。西表：指南京城西。此写龙江关的地理形势：长江水滔滔东流，龙江关扼守南京的西面。

③厂：通"敞"。袅袅：姿态优美貌，此形容旗帜飘摇。

④荆蜀：指湖南、湖北和四川一带。杉篸：指杉木和竹竿。谓伐木人把竹木编成排筏通过长江运出深山。

⑤谓因江上有系缆木筏的长绳，以致运饷队伍一时难以渡江，只好在滩头等待。残蓼：生于水边的植物。

⑥想乘此机会去以前登临过的龙江关楼，却发现大门紧闭。绝鸟：飞鸟难进。

⑦百丈：牵船的篾缆，指代船。双画："画"即画鹢，出《淮南子·本经训》："龙舟鹢首，浮吹以娱。"高诱注："鹢，大鸟也。画其像著船头，故曰鹢首。"后以"画鹢"为船的别称。南朝陈·陈正见《泛舟横大江》诗："波中画鹢涌，帆上锦花飞。""巨笔"为设想之辞，犹言被分割为一个真实的世界和一个逝者的世界，即"冥杳"。两句说从船上看到龙江关内的景象，想起自己与光敏已是仙凡路隔。

⑧"问琴"二句：以魏晋时的嵇康、阮籍喻颜光敏。嵇康死后向秀作《思旧赋》，有"嵇生之永辞兮，顾日影而弹琴"句。"发啸"是魏晋时人最喜欢的一种吟诵方式，撮口作声，表示一种名士风度。云亡、先少，皆指颜光敏之逝世。

⑨"老怯"以下六句：从眼前事想起亡侄，不禁悲从中来，时已至夜，昏然入梦，梦中仍有离魂纠绕，深感到人生无奈，不知前途何在。纠窈：曲折幽深。

江浦县 _(七月七日)①

换舟出江浒，炎溪行逾晚②。
江县下纤月，楼堞窈萧远③。
城头跨山矶，孤馆依修阪④。
阪上千百松，一一拂旌幰⑤。
美人居姑射，清睡冰雪稳⑥。
握手止数言，襟期见政本⑦。
天清牛女低，萤飞照中壼⑧。
别思与尘忧，耿耿萦素悃⑨。

【注】

①江浦县：在南京西北方向长江以北，为南京的西北门户。现已撤销，与浦口区合为新浦口区。

②江浒：江边。炎溪：唐·元稹《酬乐天东南行诗一百韵》有"瘴窟蛇休蛰，炎溪暑不徂"句，炎溪意为南方暑热瘴疠之地的溪流。此诗作于农历七月，是天最热的时候，或用其义。

③江县：江浦县。下纤月：形容新月的形状纤细优美。按本篇自注"七月七日"，月亮应出现在上半夜西边天空，其弧在右侧，即上弦月。古诗常用纤月比喻女子之眉，如"月如眉已画"（唐·岑参《夜过盘石，隔河望永乐，寄闺中，效齐梁体》）之类。此处除写行役的披星戴月，又为下文"美人居姑射"云云做铺垫，足见作者诗心之细密。"楼堞"句谓月光下南京城的雉堞越来越远，渐渐看不到了。

④山矶：山顶上的石头。孤馆：指驿站。修阪：山间的长块平地。此写江浦县形势。

⑤旌幰：指旗帜上的飘带之类。这次转饷进京的队伍，应该具有标名身份的旗帜。

⑥"美人"二句：用《庄子·逍遥游》："藐姑射之山，有神人居焉。肌肤若冰雪，绰约若处子。"

⑦襟期：指襟怀，志趣。按，诗至此忽然写到美人，是因为七夕正是传说中牛女相会的时候，作者在旅途中看到满天繁星，产生了丰富的想象。这个美人，也许是自己的妻子。两句说七夕本是牛郎织女相会叙情之期，但作为官员，既奉护领转饷之命，就不能儿女情长，这才是为政之本。

⑧中壸：壸音 kǔn，指闺房，内室。两句说天清气朗，牛郎星和织女星仿佛离地很近，星光照进室内。

⑨别思：指离别家庭亲人和故乡田庐之思。尘忧：指人在社会活动中的种种不如意。素悁：自己一直所具有的理想和抱负。此谓行旅中的七夕，别思和尘忧萦系怀抱，怎能不令人愁绪千端拂之不去呢！

滁州①

王事伊我适，未敢辞阘茸②。
载驱方自今，衰年犹余勇③。
慷慨上马吟，幸消髀肉肿④。（留金陵月余，患湿病，
足髀肿不任行。）
但共臣职思，孰云怀恩宠⑤。
车徒兼衣裈，公私斯颇冗⑥。
草行逐跳蛙，露休惊鸣螽⑦。
缓急勉傍人，坐作独怂恿⑧。
去乡迄三年，聊喜盼丘冢⑨。
后期倘难凭，寐兴实多恐⑩。

【注】

①滁州：今属安徽省滁州市。

②王事：朝廷安排给臣下做的事，此指护领转饷。阘茸：人品庸碌地位卑下。此为作者自谦。

③载驱：《诗经·齐风》有《载驱》篇，《鄘风》有《载驰》篇。后人以"载驱载驰"形容车马行役。当时作者已56岁，故谓衰年。余勇：未尽的勇气和力量。

④髀肉：大腿内侧的肉。《三国志·蜀志·先主传》裴松之注引《九州春秋》："备住荆州数年，尝于表坐起至厕，见髀里肉生，慨然流涕。还坐，表怪问备，备曰：'吾尝身不离鞍，髀肉皆消。今不复骑，髀里肉生。日月若驰，老将至矣，而功业不建，是以悲耳。'"比喻因生活安逸而无所作为，此是反用其意，说幸亏此次出差，自己的湿病反而渐渐好了。按前《金陵感旧》有"再思牛首游，双脚肿难蹲"句，与此"髀肉肿"正合，可证与此诗同年作。

⑤说我这样以病痛初愈的身体努力王事，只是在执行作为人臣的职责，哪儿敢想到由此而受到上司的眷顾和厚爱？

⑥车徒：指这次行役中的体力劳动者。兼衣裈：衣指上衣，裈：音 kūn，亦作"裩"，指裤子。在天气炎热的季节，重体力劳动者往往打赤膊，只穿裤子，所以一件裤子有了上衣和下衣的功用，故曰兼；又，兼衣裈也可理解为指穿着上衣下裤，即俗谓"两截穿衣"或"两截子"，这跟上层社会穿着的长衫相比，是劳动者的装束。冗：繁忙。两句说这些车徒们为公为私出力很多。

⑦鸣蛩：蛩音 qióng，同"蛩"，蟋蟀。说他们在长满杂草的路上行走，惊动青蛙落荒而逃；冒着露水休息，使蟋蟀停止鸣叫。

⑧意思是自己只是坐在车马上勉励鼓动车徒们走得快点慢点而已。这里颇有自惭之意，显示了作者同情劳动者的感情，十分难得。

⑨去乡：离开家乡。按，作者于康熙二十九年任职寿州，离乡三年正为康熙三十一年。丘冢：先人的坟墓。指代故乡。

⑩后期：对此后的期盼。此谓责任所在，晚上睡觉时总会想很多，以致惶恐不安。

丰乐亭①

豁襟滁南门，捉鼻眺西峦②。
讯即丰乐亭，划然烦胸宽。
无复仆马逐，赤脚争飞翰③。
亭上四巨石，大字淬琅玕④。
先生千岁名，文酒奚足安⑤。
竹梧响空除，犹疑下鹄鸾⑥。
郁郁南谯道，夕照川原丹⑦。
鸡犬散水云，人有秦衣冠⑧。
此地阅朱毂，千百随激湍⑨。
哀来时放歌，歌长声未殚⑩。

【注】

①丰乐亭位于滁州琅琊山下，为北宋欧阳修任滁州太守时所建，他在亭间饮酒会友，与民同乐，并撰《丰乐亭记》记之。

②豁襟：敞开衣襟，形容赶路急切。滁南门：《丰乐亭记》说亭在"州南百步之近""其上则丰山"。捉鼻：语出《世说新语·排调》："谢安在东山居布衣时，兄弟已有富贵者，翕集家门，倾动人物。刘夫人戏谓安曰：大丈夫不当如此乎？谢乃捉鼻曰：但恐不免耳。"《晋书·谢安传》叙此事"捉鼻"作

"掩鼻"。此处是形容向高处仰望的姿态。

③无复：不须要。飞翰：指亭旁石上的书法。

④琅玕：美丽的玉石，此喻石上的书法之珍贵。按苏轼曾书写《丰乐亭记》全文镌之于石，立于亭旁，是著名的碑刻。该碑后毁，作者所见到的是明代复制的。

⑤先生：指欧阳修。说他的功绩成就流传千古，岂止是文酒之类可以概括的！

⑥两句说这里风吹竹梧之声有如鹄鸾之鸣。除，台阶。鹄和鸾都是吉祥之鸟。

⑦南谯：滁州一带古称，今尚有南谯区。川原：宋·王安石《出郊》诗："川原一片绿交加，深树冥冥不见花。"以上写在亭上所见。

⑧鸡犬相闻，着秦衣冠，是陶渊明《桃花源记》中的景象。此写丰乐亭附近风土人情的淳朴。

⑨朱毂：红色的车轮，是官员乘坐的车。此说千百年以来无数官员来过这里，大都像流水浪花稍纵即逝，无法和伟大的欧阳修相提并论。

⑩由此想起自己建功立业的抱负尚未实现，未免自哀；以歌抒愤，歌声也不可能舒曼和缓。啴：音 chǎn，宽舒；舒缓。《礼记·乐记》："其乐心感者，其声啴以缓。"郑玄注："啴，宽绰貌。"

醉翁亭[1]①

历险下壁脚，回策意未可②。
便取琅琊道，欲夺醉翁座。
谿深余残曛，随鸟方独我③。
渐入峡涧长，屡迷嶂尤夥。
峪开欻林峦，层亭如簇朵④。
触户石奋怒，垂崖树婀娜。
四代传老梅，屈错临池渲⑤。
放花山月中，霜雪并磊砢。
巅转结屋祠，凿岩灵俱妥。
有道如二公，文章岂细琐⑥。
山水或不容，未必官迁左⑦。
贤圣遇固然，竖儒徒幺麽⑧。

别僧松门凉，上马不束裹。
惜垂过桥鞭，怕理涉江柁⑨。
掉头看云留，蹑影畏日堕。
再酌酿泉流，晚归腹犹果⑩。

【校】

［1］ 此诗入选张鹏展编《国朝山左诗续抄》卷二。

［2］ 夺，刻本此字原缺，据抄本补。

【注】

①醉翁亭也在滁州琅琊山。欧阳修在滁州认识了琅琊寺住持僧智仙，并很快结为知音。智仙特为欧阳修建亭，欧阳修为作记，即著名的《醉翁亭记》。

②策：马鞭。说为了观览著名的醉翁亭，虽然山路险要，也不能掉转马头。

③山谷深邃，余晖残照，游人逐渐稀少，只剩飞鸟做伴。

④欻：音 xū，忽然，迅速。簇朵：形容醉翁亭形状如丛集簇拥的花朵。

⑤老梅系欧阳修手种，人称欧梅，已历经宋元明清四代。梅树枝干夭矫盘屈，有树枝下垂到池塘边。軃：音 duǒ，下垂。

⑥二公：指醉翁亭旁二贤祠里奉祀的宋代滁州两位贤太守：欧阳修和王禹偁。两人都是文学家，又都有功于滁人，可见文章具有化育之功，岂是琐细之事！

⑦官迁左：指被贬降职。欧阳修是因为他所支持的庆历新政失败而受到牵连，被贬谪到滁州。古代贵右贱左，贬谪降职称为"左迁"。

⑧贤圣：指有高尚品德、超凡才智并且对社会历史有重大贡献的人。遇：指得到了发挥其作用实现其抱负的机会。欧阳修受到贬谪而寄情于山水，或许可视为暂时的不遇，但他依然坚持其忠君爱民的理想，这就是贤圣。竖儒：对儒生的卑称。幺麽：音 yāo mó，微小，卑微。作者在这里把贤圣和竖儒对举，不仅表现出对欧阳修的崇仰，也表达了对只图升官发财不解民间疾苦的浅薄读书人的卑视。

⑨僧：应指琅琊寺僧，此次参观的接待者。束裹：束衣裹带，是行动前的准备；不束裹是说上了马还不舍得离开。柁：即"舵"，船舵。

⑩"掉头"四句：写回望醉翁亭风景，希望能留住这美好的时光。再饮一瓢欧阳公喝过的酿泉水。

清流关①

关险壮旧都，凭临千古送②。
西北锁百国，吴楚悬一空③。
面势瞰踞虎，负门指仪凤④。
嶂人海气寒，楼浮江光动。
阅世余风花，过隙走职贡⑤。
堪嗟数庸主，易破独铁瓮⑥。
宁直倾梁陈，累代同伯仲⑦。
摧拉不在朽，熊罴难为众⑧。
回首五十年，依轩有余恸⑨。

【注】

①清流关：在滁州城西关山中段，形势险峻，为南北交通必经之道。

②旧都：指南京。清流关在南京以北，战略地位重要，被称为"金陵锁钥"。送：登临送目。

③悬一空：此空字读如控，去声。指空间。谓清流关地势险要，可以控制西北大片地区，切断与江浙两湖广大地区的联系。

④踞虎：南京城的形势有龙盘虎踞之说。仪凤：指仪凤门，南京城门。

⑤过隙："白驹过隙"的省略，比喻光阴易逝，语出《庄子·知北游》。职贡：对朝廷的贡纳。两句说清流关见证过的金戈铁马都已成过眼烟云，现在所余只有风花雪月；而自己有限的生命历程中能到这里，是因为为朝廷护领转饷。

⑥数庸主：指历代在此战败的君主。清流关始建于五代南唐，此前的春秋战国以至隋唐这里都曾是兵事要隘。铁瓮：形容清流关坚固难摧。唐·秦韬玉《陈宫》诗有"金城暗逐歌声碎，铁瓮潜随舞势休"句。"铁瓮"而"易破"，更说明"庸主"之庸。

⑦宁直：不仅是。梁陈：指南朝时萧衍建立的梁和陈霸先建立的陈。伯仲：兄弟，此比喻没什么不同。此谓历代庸主们在清流关的结局都差不多。

⑧摧拉、熊罴：成语有"摧枯拉朽"和"熊罴百万"，都是形容战争的，这里作者故反其意。

⑨五十年：明崇祯九年（1636），兵部尚书卢象升与李自成军曾在清流关一带激战，以李军"填沟委壑，河水为赤"的失败而告终。此诗作于康熙三十一年，距其时56年。此次清流关战役明军虽然获胜，却没有改变明王朝灭亡的

命运。作者的依轩之恸悲苦而内涵复杂。依轩：凭车。

大柳驿①

山村岭谷口，万柳与谷齐。
南下力已疲，北阻即遥梯②。
往来认孤烟，缓急必休栖。
石屋蔼木末，绕窗千黄鹂。
亭午犹乱叫③，那闻犬与鸡。
恍疑龟蒙外，荷插走故谿④。
脱巾又匆匆，石磴方苦跻⑤。
前路但赤云，蹴踏损马蹄⑥。

【注】

①大柳驿：在滁州西北方向，今名大柳镇，属滁州市南谯区。

②阻：险阻。梯：攀登，登上。二句说从南边山坡向下走已经累得精疲力竭，而向北还要攀越艰险遥远的山路。

③亭午：中午。

④龟蒙：龟山和蒙山，皆在山东，此言眼前景色令作者想起山东老家，仿佛自己正扛着铁锹走在故乡的小溪边。插：同"锸"，锹。

⑤跻：音jī。升登，登越。此谓略事休息，还要继续苦登山路。

⑥赤云：晚霞。杜甫《羌村》有"峥嵘赤云西，日脚下平地"。蹴踏：蹴音cù，踢，踩，踏，引申为行走。此谓前边的道路更为艰难。

磨盘山①

盘盘复盘盘，诸岭如釜覆②。
车马旋上头，势若穷宇宙③。
大柳与池河，方左仍复右④。（大柳驿在山南脚，池河
驿在山北脚。）
两头二十里，作息合昏昼⑤。
我旅大火余，口干不得吼⑥。
集窜有蹋翼，号林仍穷兽⑦。
同官尤少年，朱颜欻非旧⑧。

侧闻秦陇长，此道一襟袖⑨。
难矣行路难！臣职实奔奏⑩。
欲陋虎兕吟，兹义或缺究⑪。

【注】

①磨盘山：在滁州皖山山脉中，如本诗自注所说，是驿道上横亘于大柳驿和池河驿之间的险要难行地段。按，作者的挚友孔贞瑄《聊园诗略》前集卷二亦有《磨盘山》一首："一入磨盘山，旋转复上下。上如青螺垂，下有曲溪泻。卷阿结短茅，萧然邻并寡。晓行露未晞，林麓青洒洒。依稀白云中，似有卧云者。愿结尘外契，幽栖未肯假。"两诗所咏为同一地，唯颜作极写行旅之艰劳辛苦，格调积极昂扬；孔诗则着眼于其风景之幽静，情趣悠远闲适。

②"盘盘"二句：说在丛山中行旅，道路盘折，一座座山峰就像一个个倒置的铁锅。

③"车马"二句：大队车马行进在盘旋的山路上，产生了一种"山登绝顶我为峰"的自豪感和吞吐宇宙的宏大气势。

④二句谓由于行走在盘旋纡回的山道上，身后的大柳驿和前面的池河驿的方位一会儿在左边，一会在右边。

⑤谓两驿间只有二十里的直线距离，走起来却需要白天和黑夜的时间。

⑥大火余：《诗经·豳风·七月》："七月流火。"毛传："火，大火也。流，下也。"大火即大火星（心宿）。夏历五月黄昏，大火星在正中天，七月之后，大火星位置逐渐西降，知暑尽秋至，后遂用"流火"或"余火"指农历七月暑渐退而秋将至之时。此谓天气炎热，大家口渴得已不能大声说话。

⑦谓此时聚集在山沟里的鸟类都奔拉着翅膀，山林里热得走投无路的小兽们低声号叫着。

⑧同官：犹言同伴，和作者同时从事护领转饷的官员。欻：忽然，迅速。此谓一位年轻的官员热得忽然中暑，脸都变了颜色。

⑨侧闻：听说。秦陇：今陕西甘肃一带。谓和那里比较起来，我们正走的路算不了什么。襟袖：比喻常见。

⑩行路难：是古乐府杂曲歌辞名，多用以表现世路的艰难险阻和人生的离别之忧。奔奏：奔走传喻。《诗经·大雅·緜》："予曰有奔奏。"此二句说和大家历尽艰险奔赴京师，是我们一行的职责所在。

⑪"欲陋"二句：大意是说现在自己和众多烝徒们出力流汗运送粮饷，不能和古代暴政下的百姓受苦相提并论，那种把一切苦难都认为是暴政所致的观点是浅薄错误值得反思的。按，如前所述，作者的护领转饷与赈济西安凤翔灾

民有关。而且，作者所处的时代是清帝国上升时期，政治较清明，作者作为深入于基层的官员，能认识到自己所从事工作的正面意义，可谓充满了正能量。

陋：浅薄，此处用如动词。虎兕：老虎和犀牛，喻指凶猛的人。《论语·季氏》有"虎兕出于柙，龟玉毁于椟中，是谁之过欤？"《虎兕吟》，或是揭露和抨击暴政的诗。

池河驿①

出险心力极，入村日已竟②。
平地据大枕，方能我为政③。
屋隘不得眠，似甑气始盛④。
注泉浇四壁，汲人劳多倩⑤。
困剧厌饭熟，呻吟苦仆病⑥。
但欲域外逃，畴能成高咏⑦。
鸡来床头鸣，夜促参脚横⑧。
凭谁语少皞[1]，早夺炎帝柄[2]⑨?
明朝理征衣，潇洒碧秋净。

【校】

[1]"凭谁语少皞"，两种抄本均作"安得骑玉龙"。

[2]"早夺炎帝柄"，两种抄本均作"遂夺赤帝柄"；刻本作"蚤□炎帝柄"，现改蚤为早，所缺字据抄本补。

【注】

①池河驿：今池河镇，在安徽定远县。

②走出艰险的磨盘山，人们已经心疲力竭，住进池河驿时天已黑了。

③头枕在平坦的地面上，现在可以随心所欲地放松休息了。按，《左传·宣公二年》有"今日之事我为政"语，意为今天的事我做主。"我为政"用在这里，带有自嘲调侃的幽默意味。

④甑：蒸煮用的陶制炊具。两句说休息的屋子狭窄，热得难以成眠。

⑤为了降温，请人打来泉水泼在屋之四壁。倩：音 qìng，请；恳求。

⑥困乏已极，只想睡觉，饭做熟了而不想起来吃，痛苦地呻吟着，好像病了。仆：作者自称。

⑦畴能：谁能。高咏：朗声吟咏。两句说这样劳累痛苦，真想弃官不做，逃出人间社会，做一个逍遥自在的隐士!

⑧鸡叫了，夜晚短促，西边天上参星在望，天快亮了。

⑨少皞：又作少昊，神话中的五方上帝之一，又称白帝，史称金天氏。炎帝：即赤帝，为太阳神火神之子。按五行理论，白帝司秋；白帝夺了炎帝的权柄，秋天就到了。两句说谁能够告诉少皞氏，让他赶快夺得赤帝掌管的权力，使天气不这么热？

红新驿①

畏热朝不冠，官卒谁域畛？

驰马千仞岗，颇为仆夫哂②。

书生在戎行，前辙戒辐陨③。

无复事请缨，敬公惟精敏④。

树功既已暮，予衰同朝菌⑤。

惭愧矍铄翁，筋力尚一忍⑥。

嗟尔轻薄儿，泥涂互汲引。

羽毛附青云，不免贤哲悯⑦。

阊阖浩迢迢，皇路与天尽⑧。

黾勉畏鲜终，此志成矛盾⑨。

【注】

①红新驿：位于安徽凤阳县东南部，其地今名红心镇。

②"畏热"四句说：因为怕热所以不带官帽。竟引得仆夫们都笑话我了。哂：无恶意的嘲笑。其实官和卒（前边《滁州》作车徒，本诗又作仆夫）都是一样的人，有必要划出界限吗？按，"驰马"句是化用晋·左思《咏史》之"振衣千仞岗"句，颇显示豪迈气度。

③戎行：指军队，语出《左传·成公二年》："下臣不幸，属当戎行。"此指运饷的车马队伍。辐：指车；陨：有毁坏义。此谓我一个读书人现在竟军人的职责，一定要谨记"前车覆，后车戒"这句话，确保安全到达目的地。

④请缨：自告奋勇请求杀敌。出《汉书·终军传》："南越与汉和亲，乃遣军使南越，说其王……军自请愿受长缨，必羁南越王而致之阙下。"两句说已不须主动要求担当重任，只须要敬业于公事，精心干好眼下护领转饷的事情。

⑤朝菌，朝生暮死，喻生命短促。典出《庄子·逍遥游》："朝菌不知晦朔，蟪蛄不知春秋。"说自己年龄大了，建功立业已无可能。

⑥矍铄翁：指汉代马援，《后汉书·马援传》说："援据鞍顾眄以示可用。

帝笑曰：矍铄哉是翁也!"矍铄，形容老人精神健旺。当时马援已逾六十岁。此谓我年龄比马援小，力气却比马援差，只是尚能一忍而已。按，一忍：宋代苏洵有"一忍可以支百勇"（《权书·心术》）之语，此用其义。

⑦"嗟尔"四句：轻薄儿：轻佻浮薄不讲道德的人。泥涂：比喻苟且偷生的污浊环境。汲引：本义是从下往上取水，引申为提拔、勾结、引荐。此谓世上有的人热衷于通过攀附等不正当手段也能爬上高位。但他们免不了令贤人哲士齿冷。

⑧阊阖：传说中的天门，指代朝廷。皇路：京城之路。此双关，又指自己的人生之路。

⑨"黾勉"两句：说总要尽力勉励自己，不可为眼前利益放弃操守，但又害怕自己在各种诱惑下难以坚持到底。这种矛盾成了长期折磨自己心灵的事情。前文中的"一忍"，也有这方面的含意。

临淮县①

县小阻长淮，荆涂浪犹急②。
遂为濠东门，设险壮陵邑③。
行子被汗来，快此城阁集。
千夫上如蚁，窈窕蹑百级④。
玉台中天遥，旌竿俱云立⑤。
浮桥在城下，恍载华岳入⑥。
回首望寿春，茫茫见原隰⑦。
分明老妻饿，似听娇女泣。
儿女那随人，我马难维絷⑧。
手自开洞窗，面面风习习⑨。
菡萏气上浮，香雾清簟湿⑩。
为客淹五旬⑪，膏血饱蚊吸。
但许托清凉，谁能终怏悒⑫。
未辍口内吟，茗椀方漫拾。
床头坐诸仙，欲眠谢长揖⑬。

【注】

①临淮县：清初有临淮县，后并入凤阳县。县治即今凤阳县临淮镇，其地又名临淮关。

②荆涂：荆山和涂山，均在今蚌埠市怀远县，靠近淮河。

③濠东门，是说临淮县是濠州东方的门户。陵邑：指凤阳县，见前《凤阳》注④。

④"行子"四句：指护领转饷的队伍。被汗：满身大汗。快：凉快。城阁有百级之高，向下看人小如蚁，登临其上，当然凉快。

⑤玉台：从描写看玉台应是一大型建筑，或是一个庙宇。旌竿：旗竿，"云立"言其高。

⑥临淮县城下淮河上有浮桥，又称蜈蚣桥，"浮桥烟锁"为凤阳八景之一。华岳：指九华山，与青阳北九华区别，称南九华。

⑦原隰：广平低湿之地，此指原野。两句谓在高台上远眺。

⑧"分明"四句：说仿佛清楚地看见寿春家中妻子儿女的景况。老妻饿，娇女泣。儿女不知谁照看，自己的坐骑难以用绳索拴住，这都令作者担心。

⑨想到这些，心情烦躁，自己打开城楼窗户，让凉风迎面吹来。

⑩菡萏：荷花的别称。清簟：竹编的凉席。二句说身下的凉席也沾上了城下池塘里荷花的香味。按，杜甫诗"今夜鄜州月，闺中只独看。遥怜小儿女，未解忆长安。香雾云鬟湿，清辉玉臂寒。何时倚虚幌，双照泪痕干？"为脍炙人口的名作，此诗颇受其影响，尤其"香雾清簟湿"句，直是从杜诗化来。

⑪五旬：按其时作者已五十六岁。

⑫快悒：忧郁不乐。两句说只要能经常像现在这样凉爽舒适也就满足了，种种不快都会过去的！这当然是故作旷达的自我排解。

⑬"未辍"四句：喝完茶，吟着诗，告别诸仙，可以睡觉了。按，此处的"诸仙"，或许是庙宇内所塑泥像，可能他们寄住在一个道教的宫观里。前文的玉台和旌杆也许属于这个庙宇。

王庄驿[1]①

夕薄王庄驿②，驿人不肯留。
群盗夜杀人，吏卒方苦求。
富人既已矣，贫者畏见收。
行子幸托止，眠食焉得周③。
尧舜驭八极，职司赞鸿猷④。
胡为此辈繁，犹厪宵旰忧⑤。
急弦鲜长音，宿海无澄流⑥。

长吏亦有道，安用多杀刘⑦。

余亦厮王臣，蹇拙不自谋⑧。

忝职非献替，兹意常悠悠⑨。

【校】

[1] 此诗入选张鹏展编《国朝山左诗续抄》卷二和《曲阜诗钞》卷一。

【注】

①王庄驿：在今安徽蚌埠市以北，现为固镇县王庄镇。

②薄：靠近，走到。

③以上数句叙述的是，他们的队伍在傍晚时分到了王庄驿，但这里昨夜发生了群盗杀人的事，当地官方正处理案件，拘捕嫌犯及相关证人，其中富人可以交钱外保，穷人最怕被收监。说了些好话总算住下了，吃饭睡觉等各种的条件就不可能很周全了。此诗以下部分，都是因此事而引发的感慨。

④尧舜：远古部落领袖，泛指贤明君主。八极：八方之极，喻极远之地。职司：各种官吏的职责。鸿猷：伟大的事业。两句说：从古以来，贤明君主治天下都是依靠各司其职的官吏来完成的。

⑤宵旰忧：日夜忙碌。廑：同"勤"。谓为什么官吏越来越多，又日夜忙碌不堪，而还会出现群盗杀人的事呢？

⑥琴弦拨动得过快就弹不出悠长的声音；停止流动的水不可能清澈。宿：停止。按，这两句颇具哲思，和以下的"长吏"二句，可视为作者的政治理念。

⑦长吏：指较高级别官员。杀刘："刘"有杀和征服义，《尚书·盘庚》有"重我民，无尽刘"。此谓为官之道不应该用刑过重杀人太多。

⑧蹇拙：困顿，不顺利。此说我这个官员虽然仕途不顺，但也不会为自己谋划升迁之道。

⑨忝职：惭愧其职。献替："献可替否"的省称，语出《左传·昭公二十年》，意谓提出建议，进献可行者，废去不可行者。两句说有以上的想法，也许是和自己的身份不符，但确实是经常思考的问题。

宿州①

晨望苻离郊，既午厌始达②。

零雨方载途，我车仍蹙辖③。

慰藉得吾姪，高宴心目豁④。

野剧多曼声，金铙间牙拨⑤。

蟾蜍在东池，临槛如可掇⑥。

爽气杯底来，老襟才疏脱。

相对不尽欢，明朝伤饥渴⑦。

周道生荆棘，天宇难为阔⑧。

夜珠沉沧海，犹惧鬼物夺⑨。

有琴聊须弹，有马既再秣⑩。

而我谬绂簪，努力职微末⑪。

【注】

①宿州即今安徽宿州市。

②符离：即符离集，在宿州北10公里。午厌：中午吃饭的时候。

③缪轕：杂乱，纠纷。按，"我来自东，零雨其濛"，"今我来思，雨雪载途"，"我车既攻，我马既同"，都是《诗经》上的句子。作者常在有意无意间化用之。

④"慰藉"二句：令人感到高兴的是在这里遇到了侄子，他设宴招待，使心情豁然开朗。吾侄：应指颜光岳，字云谷，康熙辛酉科副榜，考选教习，时任宿州同知。

⑤金铙：指打击乐器如锣、钹之类，牙拨指弹拨乐器如琵琶、筝之类，此泛指为演出伴奏的乐器。此谓颜光岳还招待他们看了地方戏。

⑥蟾蜍：指月亮。槛：池边栏杆。如可掇：唐诗有"掬水月在手"，此化用其意。

⑦"爽气"四句：参加侄子光岳的宴请后，心情渐渐好起来。想到明天还要上路，难免饥渴，又生出相对难尽欢的惆怅。

⑧周道：《诗经·小雅·大东》："周道如砥，其直如矢。"是用道路来形容政治的清明。此云"生荆棘"，说社会政治生活中有不尽人意处。"天宇难为阔"亦此义。

⑨社会险恶，应尽量韬光养晦，以免受到伤害。按，成语"珠沉沧海"一般是指人才被埋没，这里加个"夜"字，使人想到是主动趁黑夜把宝珠投入海里去，为的是避免"鬼物夺"。

⑩二句意思是现在的生活方式也还过得去，所以该干什么还是要认真地干什么。秣：马的饲草，此指喂自己的坐骑。

⑪绂簪：绂是系印纽的丝绳，簪是绾头发的首饰，绂簪是官员的代称。两句说既然错误地做了这个微末的官，我就竭尽全力地把本职的事做好吧。

徐州①

吕梁天设险，霸业何太促②。

浪淘千古尽，满眼伤逖瞩③。

四国挽舳舻，耕者饭不足④。

司空久奏绩，圣朝无沉玉⑤。

休养济两朝，犹难复邦俗⑥。

昨者西凤饥，诏移东南粟⑦。

千艘过此门，谁当同嘉告⑧。

梁宋并洊灾，我邦势相续⑨。

匆匆黄楼前，草草访遗躅⑩。

洪流歌呼频，徒能乱心曲⑪。

【注】

①徐州属江苏省，清代为徐州府，治铜山县。按，此诗中有关叙述是判断这组诗写作年代的关键，见注⑤和注⑦。

②吕梁：此指吕梁洪，在徐州铜山县。《水经注·泗水》"又东南过吕县南"注："泗水之上，有石梁焉，故曰吕梁……悬涛崩浚，实为泗险，孔子所谓鱼鳖不能游。又云悬水三十仞……"。霸业：徐州古称彭城，是楚国国都。历史上的楚汉相争，在这里留下很多遗迹。促：短促。

③逖瞩：远处看到的。两句说：大河浪淘尽千年历史，看到的都是伤心的景象。按，康熙十五年（1676），黄、淮并涨，砀山以东黄河两岸决口多处。此后多年，徐州一带都灾情严重。

④四国：四方，见《易·明夷》"初登于天照四国也"，《传》："居高而明则当照及四方。"舳舻是大船，挽舳舻指纤夫拉船。两句说：因黄河决口，四方失地的百姓成了纤夫，种田者也吃不饱饭。

⑤司空：指掌管水利工程的官员。久奏绩：久已有政绩。沉玉：指埋没的人才。按，这里的司空应指河道总督靳辅。康熙十六年（1677）调靳辅治河。他系统规划，治河九年，成就卓著，但在康熙二十七年，被御史郭琇诬告治河无功被免职。康熙三十一（1692）年二月又复职，故此诗有"圣朝无沉玉"之语。靳辅于康熙三十一年十一月十九日因病休致，十二月病故，此诗应作于该年七月底，故未及其死事。

⑥两朝：谓明清两朝。按，明代后期潘季驯以建堤束水、以水攻沙之策治

理黄河，此后，黄河基本被固定在开封、兰考、商丘、砀山、徐州、宿迁、淮阴一线。到作此诗时的清康熙时，已近百年，但仍未能做到使黄河完全驯服。

⑦西凤指陕西西安、凤翔，该年两地遭灾，康熙帝曾命赈济，见《圣祖实录》康熙三十一年四月己丑："谕户部：西安、凤翔所属州县因遇饥馑，已全蠲一岁钱粮。今动支户部库银一百万两，速送至陕西，以备散给军需、赈济饥民，庶于地方大有裨益，流民亦可复还原籍矣。"按，此事也与靳辅有关。《清史稿·靳辅传》："会陕西西安、凤翔灾，上命留江北漕粮二十万石，自黄河运蒲州。辅疏言水道止可至孟津，亲诣督运，上嘉之。"

⑧千艘：指大批船只经过徐州黄河。嘉告：美好祝愿。

⑨梁宋：指河南境内的开封一带。洊：屡次。我邦指徐州一带。意思是黄河使梁宋一带屡次受灾，则徐州宿迁一线也势必受害。

⑩黄楼：徐州名胜古迹。是宋徐州知州苏轼率军民战胜洪水之后，在徐州城北门之上所建。遗躅：遗踪。

⑪"洪流"二句：面对黄河滔滔洪水和众人过河时大声的号子声，令人心情烦乱。

滕县^{[1]①}

凌旭渡大河，两舍忽及兖②。
近乡意飞扬，屡怪驽步蹇③。
青冥孤云深，岳顶乍隐显④。
嘉禾满原皋，滕薛在仰俛⑤。
逢人拟亲识，睹面笑屡舛⑥。
鸟上林霭呼，烟带峪村转。
即此认故乡，须知近京辇⑦。
欲报闺中人，惊心翻侧辗⑧。

【校】

[1] 此诗入选卢见曾编《国朝山左诗抄》卷二十七，又入选孔宪彝辑《曲阜诗抄》卷一。

【注】

①滕县：今滕州，清代属山东省兖州府。按，本组诗是按行程先后排列的，但按今之地望，似有不符，如《黎国驿》应在《徐州》之后《滕县》之前，《连青山》应在《滕县》之后《邹峄山》之前等，或许是当时因黄河决口而造

成的行程迂曲，也有可能是在传抄过程中出现的错误。

②凌旭：拂晓。两舍：六十里。古代以三十里为一舍。由滕县倒推六十里，他们应是从徐州附近的利国镇（即黎国驿）出发。

③驽：劣马。蹇：行走困难。两句说越走离故乡越近，精神振奋，只嫌马走得太慢。按，古有"近乡情怯"之语，此反用其意。

④岳：指东岳泰山。泰山在滕县以北二百多里。

⑤原皋：皋是水边高地，此泛指平原丘陵。薛即今枣庄市薛城区，滕薛相邻，都是古诸侯国。仰俛：仰为仰首，俛为俯身，仰俛之间用的时间很短，表示距离很近。

⑥舛：失误。好几次看起来好像遇到某一熟人，走近却又发现并不是，令人失笑。按，此两句写走近故乡的心情，独到亲切，非亲历者不能写出。

⑦京辇：指国都北京。

⑧闺中人：指家属，妻子。翻侧辗：喻心情激动，辗转反侧。

邹县①

数年客淮南，不识王化尊②。
讲学犹令甲，未知长儿孙③。
岿然邹鲁地，开辟如混元④。
所见独耕凿，蠢闷素所敦⑤。
大贤殁千载，皇风犹两言⑥。
倚盖问令尹，日照帘中樽⑦。
恍似飞鸟外，避世见桃源⑧。
尘吏在罗网，踟蹰谁复论⑨。

【注】

①邹县即今山东省邹城市，为亚圣孟子的故乡。

②王化：以王道教化天下。鼓吹王道，反对霸道，是孟子思想的核心。

③令甲：法令的第一篇，后用为法令的通称。此说淮南人所讲求的学问都像公文法令，不懂得用文明道德及儒家理念来潜移默化地教育后代成长。这是为表彰邹鲁而故抑淮南，未必准确。

④邹鲁地：指孔子故乡曲阜和孟子故乡邹县，被认为是儒家思想的发源地。混元是原始混沌的状态。按，《朱子语类》有"天不生仲尼，万古常如夜"语，此诗中的"开辟如混元"，与其说异曲同工。

⑤耕凿：耕田凿井，泛指务农。蠢冈：朴野无文。此说在邹县途中所得到的人文印象不佳。

⑥大贤：指孟子。皇风：皇帝的教化。两言：两说，两种情况，即尚未达到普及全民。此说孟子死后千余年来，此地仍有教化未及之地。

⑦倚盖：盖指伞类，是官员的仪仗。令尹：州县官。樽：酒杯。此谓如果同邹县的地方官谈起教化之事，他多半在喝酒。

⑧桃源：桃花源，出陶潜《桃花源记》。此句说邹县仿佛是远离现实世界之处。

⑨尘吏：作者自指。此说想起这些来，常常感到不安，但又能向谁说呢！踟蹰：畏惧不安，受到限制。

黎国驿①

西风吹浮云，尽日南东征。
我马方异趋，载驱望宸京②。
惭谢少壮日，幸不任经营③。
牛马且随人，屡受徒旅轻④。
凉燠忽变候，肺气始渐平⑤。
晨兴衣裳单，绤绤理复惊⑥。
眷此饥渴意，伤彼砧杵情⑦。
伤多血欲枯，微但白发生⑧。

【注】

①黎国驿：又作利国驿，距徐州北约七十里，今为利国镇，属江苏省徐州市铜山区。其地有铁矿，宋设利国监，明清以降为南北交通之著名驿站。

②异趋：相反方向，即与风吹浮云向东南相反的方向西北行进。宸京：京师。

③惭愧的是自己少年时候，一向不曾过问世俗的事情。

④牛马随人：从谦称"牛马走"化出，指自己像牛马般被人役使。徒旅：同行伙伴。轻：轻视，不被尊重。

⑤凉燠：气候冷热。肺气：中医理论认为肺主气、司呼吸、主宣发肃降、通调水道等。又认为五行中肺属金，其病因烦恼而生。此言肺气渐平，有修养渐深遇事能平静处之的意思。

⑥绤绤：粗葛布的衣服。这句说：清早起来已感到衣裳单薄，拿出粗葛布

的衣裤，想起临行前为自己准备行装的妻子。

⑦砧杵：古人浆洗衣物须用棒槌捶打，垫在下面的石头叫砧，棒槌叫杵。砧杵情是不可相离的贫贱之情。

⑧说怀念贤妻，令我感伤不止。甚至心血为之欲枯，须发为之斑白。

沂山湖[1]①

巨湖阻彭城，莽与大河依②。
通惠走其东，蓄泄壮关扉③。
重险不百里，豁达开邦畿④。
千秋王霸业，俱如朝露晞⑤。
西风动长涛，感我晨征衣。
衰疾久行迈，屡惊[2]壮心微。
此身匪金石，况我钝括机⑥。
风涛静无日，骨肉难久违。
渐喜乡语同，乍观豆苗肥。
揖手投野老，新黍宽朝饥。
鸣鸣原犊鸣，提提沙鸡飞⑦。
已似披竹关，坐卧合欢矶⑧。
龟蒙突在眼⑨，惆怅难即归。

【校】

[1] 沂，抄本《海岱人文》本作"沂"，《颜氏三家诗集》本在"沂"字上加删除符号，旁加"微"字。

[2] 屡惊，此二字两种抄本均缺。

【注】

①沂山湖应即今微山湖，现属山东微山县，与昭阳湖、独山湖、南阳湖合称南四湖，是宋以后数百年中黄河多次改道潴留而成。万历二十四年的《兖州府志》已多次出现微山湖之名，在作者的时代，沂山湖似为微山湖的别一名称。

②彭城：指徐州；大河：即黄河。两句说巨大苍莽的微山湖与黄河相依存。

③通惠：通惠河，即大运河。蓄泄：微山湖可以起到旱季蓄水保证运河航运，雨季接受泄洪的作用。关扉：门户。

④重险：重叠的风险之处。不百里：不到百里，指微山湖水程。豁达：视

野开阔。邦畿：京城及所辖周围。意谓微山湖水面开阔，沿运河可直达京师。

　　⑤朝露晞：朝露遇日出而消失，形容存在的时间短暂。按，微山岛上有张良墓，他辅佐汉高祖刘邦成就创立大汉帝国的大业。也许作者是由此而发出感慨。

　　⑥括机：即机括，是弩上发矢的机件。见《庄子·齐物论》，用于比喻处世的权谋。钝括机指自己拙于处世。

　　⑦原犊：山原上放牧的牛犊。沙鸡：野鸡。以上几句写距离故乡已不远，熟悉的乡音和故乡景物令人高兴。

　　⑧合欢矶：故乡庄园祇芳园的一景。本书卷三《祇芳园拟山水诗》中有《合欢矶》篇。此言仿佛已经推开竹门，在合欢矶上坐卧流连。

　　⑨龟蒙：山名，在曲阜以东。

邹峄山①

渡江走连山，北与岱宗会②。
空洞邹峄峰，建标徐兖最③。
薛南映城郭，羃历如依盖④。
五华灿可数，孤撑自天外⑤。
亲若睹故人，霏岚遥迎赉⑥。
嗟哉秦皇封，徒为鸿濛害⑦。
属车海上还，金简虚尘盖⑧。
吾庐在其北，鲁邾共襟带⑨。
更闻秋禾齐，比岁兹熟赖。
新柳合成围，旧松得老大。
过门未能入，揽辔发遥慨⑩。

【注】
①邹峄山现通称峄山，在今邹城市南二十五里。
②岱宗：指泰山。万历《兖州府志》认为，"邹城东北多山，皆从曲阜宁阳狗靡而至，南至于峄山而止。岱宗之南一支尽处也"。
③空洞：多有巨石和孔洞是峄山一大特色。建标：立物以为标准。此言峄山是徐兖一带最高的山。徐州和兖州是上古九州中的两州。
④薛：指古薛国，今枣庄薛城区，在峄山之南。羃历：分布覆盖貌，晋·左思《吴都赋》："羃历江海之流。"此说峄山的影子可以覆盖薛之城郭。

⑤五华：五华峰，又作五花峰，巨石如花，为峄山最高峰。"自天外"是喻其高。

⑥霏岚：微雨烟岚。迎赉：迎接。

⑦秦皇封：指秦始皇到邹山议封禅事。《史记·秦始皇本纪》载："二十八年，始皇东行郡县，上邹峄山。立石，与鲁诸儒生议，刻石颂秦德，议封禅望祭山川之事。"鸿濛：即鸿蒙，指开辟前的混沌状态。此谓秦政暴虐，为害天下，流毒久远。

⑧属车：帝王出行的侍从车队。海上还：谓秦始皇巡行到过东海。金简：皇帝册封时以金简写诏书，埋于山之土中，故曰"虚尘盖"。

⑨鲁邾：历史上的鲁国和邾国。作者家乡所在的曲阜古属鲁国，峄山所在的邹县古属邾国，此谓鲁邾相邻，有如衣服上的底襟与腰带。

⑩以上写遥想中故乡曲阜的风物，其中新柳旧松，在本书都有描写，如《于役还里秖芳园杂诗》有《柳围》，《秖芳园拟山水诗》则有《太松台》，均可参。

连青山①

连青扼诸山，剿绝势始怒②。
峡门四五悬，杳通漏明岫③。
滕残创未复，鲁难方屡遇④。
国初迄八载，幺麽犹纷聚⑤。
喋血雩稷门，生理将焉措⑥。
旧鬼冤尚号，遗子更窘步⑦。
一朝奋天威，俘馘动回互⑧。
妖星净玉除，我谷春始布⑨。
皇皇帝力均，诛戮亦雨露⑩。
休息四十年，中外复且顾⑪。
归与偕耆叟，观化安迟暮⑫。

【注】

①连青山：万历二十四年《兖州府志·山水》载滕县有莲青山："在城东北五十里。其一为西莲青山，绝顶两峰插入云汉，名莲花峰……其一为东莲青山，形颇臃肿，岿如云屯……"

②剿绝：断绝。两句说诸山连绵，至连青山而突然断绝高耸。

③"峡门"二句：说通过四五道阴暗的峡谷，出现一个陡峭的山峰。

④滕残：指清初滕县遭受兵燹。鲁难：《左传·闵公元年》有"庆父不死鲁难未已"句。此双关，详下。

⑤国初八载：即顺治八年（1651）。幺麽：通"妖魔"，此指宵小猥琐之人。按，此处应是指明末清初活跃在峄山一带的以杨三畏、焦二青等为首的农民军。见康熙十二年《邹县志·灾乱》："（崇祯）十三年，有本县杨三畏、焦二青倚峄山为寨，聚众万余，马千数，分为五营四哨，兖郡及泗水、曲阜诸县皆被其害。又有滕县人王俊，拥众苍山，自号为威镇九山王，与杨三畏遥应。泰安州贼史二有众两千余人，为党所杀，遂拥姚三为首。四月自泰安入邹境，遍掠庄村，掠男妇向河南……杨焦之乱，负固东山，官兵莫能扑。屡抚屡叛，十有余年。至是顺治八年，总督张存仁、巡抚夏玉题请八旗大兵，及檄兖东道济南府、兖州府、胶东各汛兵会剿诸贼，兵至峄山，贼骑卒多遁去。其步贼潜匿山穴。官军围之，且剿且抚，贼粮尽出降，督抚给以免死牌，令其自相招抚，余党悉平。贼魁杨三畏与官兵战，败于连青山常家口，斩之。焦二青同苍山王俊为巡抚夏玉擒诛。"又，康熙二十二年《峄县志·兵燹》载："……顺治三年十一月十六日，榆园贼骑数千乘夜破城，知县何文澄逾城出，印为贼获。六年八月二十五日，山贼自西北乘城，城陷，知县刘崇善逃，家属多死。训导蒋禧匿水中得脱，遂以陷城事阴诬善类，贡生刘光翰、王大俊、贾文炜皆被逮。八年二月初十日，贼乘雾寇台庄，不克。闰二月十二日，贼步骑数千人将寇徐州，遇龙衣船于德胜闸，遂大掠而归，锦袍文绣，遍满山谷间。"（转引自武新立《明清稀见史籍叙录》，江苏古籍出版社2000年）所说的则是榆园军。榆园军以范县榆树园为根据地，以马应试等为领袖，活动于鲁西北、鲁西南一带。要之当时峄、滕、邹山区，乃是各支农民军活动频繁之地。

又，顺治八年的剿平杨焦等农民军这一地方事件，和当时国家重大事件几乎同步：顺治七年十一月掌握实际大权的多尔衮病逝后，八年二月二十日，顺治帝颁诏追论多尔衮罪状召示中外。此后顺治皇帝亲政，国家政局为之大变。从此时起，清王朝开始了其走向强盛的道路。作者是在二十多年后回忆此事，看问题有了一定的时间距离，由"滕残"联想到"鲁难"，由当地事联想到国家大事，实为顺理成章。故以下所发感慨，就不仅仅是针对连青山和邹滕一地了。

⑥喋血：杀人很多，血流满地。雩稷门：雩门是鲁国都曲阜城南门，稷门是齐国都临淄城西南门。二句说到处都是杀戮，老百姓有什么办法活下去？

⑦"旧鬼"二句：已死去的人还在因无法申冤而号哭，活下来的人更无路

可走。

⑧俘馘：指生俘的敌人和被杀的敌人的左耳。见《左传·僖公二十二年》杜预注："俘，所得囚；馘，所截耳。"回互：回环交错。两句说，朝廷出动大军，作战得胜，被生俘和杀死的敌人很多。

⑨妖星：古人认为预兆灾祸的星。见《左传·昭公十年》杜预注："妖星在婺女，齐得岁，故知祸归邑姜。"玉除：宫殿台阶的美称，指代朝廷。此说妖星出现而使天下盗贼肃清，居民得安居乐业，按时播种。

⑩皇皇：盛大貌。帝力：皇帝的威力。此说杀死盗贼，使百姓能安居乐业，这是皇帝对百姓巨大的恩德。

⑪"休息"二句：平定盗贼近四十年来，百姓得到休养生息，社会生活从上到下恢复了安定。按，从顺治八年到康熙三十一年共四十一年。中外：中央与地方。

⑫"归与"二句：待退休回去后和老人们一起，观察造化，过个安定晚年吧。

兖州府[1]①

衰老不及情，哀乐与常异②。
兖国吾旧居③，今夕千里至。
亲故相候迎，问答颇无次。
矫首泗上村④，数有闺中使。
老妻致寒裳，回札了数字⑤。
三载长妇殁⑥，望哭翻无泪。
莫怪不入门，衰颜尤多愧。
善待鹿门还，料理白头事⑦。

【校】

[1] 此诗入选卢见曾编《国朝山左诗抄》卷二十七，孔宪彝辑《曲阜诗钞》卷一亦选此诗。

【注】

①今山东省济宁市兖州区，清代为滋阳县，是兖州府治所。

②"衰老"二句：说自己因衰老而感受能力下降，悲哀快乐的感受往往与普通人有所不同。按，不及情：见《世说新语·伤逝》："圣人忘情，最下不及情，情之所钟，正在我辈。"意思是关于情的最高境界是多情而又无所表露，

115

不为所扰，仿佛无情，此之谓圣人。而不及情，是因为凡庸之人没有感受理解情的能力。所以情之所钟，在处于中间层次的正常人。作者这里称自己"不及情"，有无奈、自嘲和掩饰的意味。其实作者是深于情的，即如本诗，写对家人的深情，何等真切感人，只是既然要走出仕建功立业之路，就必然要放弃家庭儿女之情。

③兖国：兖州，明初太祖第十子鲁王朱檀的封国。作者的父亲颜胤绍，娶兖州鲁王府镇国将军的女儿，家在滋阳"城内南大街"（见光绪《滋阳县志》），清初颜家才迁往曲阜，故曰"吾旧居"。从此诗看，他们在兖州见到了亲戚故旧，却并未到二十多里外的双溪村。

④泗上村：靠近泗河的庄园。按，颜氏庄园在兖州城北的颜家河口（今属曲阜），又称龙湾村和双溪村，祇芳园在其东。

⑤老妻：应是未随赴任的原配夫人。回札：回信。

⑥长妇：应是其长子光叙的妻子。

⑦"莫怪"四句：家中的老妻和孩子们，我公务在身有所不便，你们不要责怪我过家门而不入吧，我自己也很惭愧呢。你们安心地等待吧，将来我要回归故乡，和白发老妻共同料理家务。鹿门：指鹿门山，在湖北襄阳，此用汉末庞德公登鹿门山采药事，表示自己打算归隐。

泗水桥①

敬王未逊国，性早嗜朴鄙②。

廿年出天禄，长桥起泗水③。

粤滇车书同，明德播南纪④。

薨年感黄龙，渭北见航屟⑤。

此事予少闻，世家阙鲁史⑥。

灰劫诸王陵，兹桥胡岿峙⑦？

桥下走疾波，沙白鳞齿齿。

晨朝过吾庐，我来适会此⑧。（余双溪村在桥东北二十三里。泗水经祇芳园阁外西流。）

照我颜总衰，鉴我襟未滓⑨。

泉石未寒盟，余归当伊迩⑩。（鲁敬王好黄老，纷华不御。以禄俸十余万，造桥郡南门外，跨泗水，长二里。薨年，众梦王乘黄龙行桥上。后关中民有言，夜行渭水上，见道士乘舟，弟子甚盛，因许俱载。既渡，问其榜人，曰：鲁敬王也。寻不见。遗只履水上。）

【注】

①泗水桥：即兖州城南泗河上的鲁国石虹大桥。桥长 70 多丈，15 孔，始建于明万历三十二年（1604），历时五年竣工。桥坚固优美，现为县级文物保护单位。

②敬王：指鲁敬王朱寿鐳。按，作者此诗及注均认为泗水桥的建造者是鲁敬王，这是不正确的。据光绪《滋阳县志·艺文志》载黄克缵《创修泗水石桥记》，建桥者是鲁宪王朱寿铉，他是敬王的弟弟。敬王在位只有 4 年，宪王在位 35 年。此应是作者误记。朴鄙：不事豪华。

③天禄：朝廷俸禄。此说鲁王付出了 20 年的俸禄，终于使泗水桥建设完成。按《创修泗水石桥记》有"王（鲁宪王）曰：此桥费几何？曰：以岁入之禄计之，捐二十年，事办矣！"即建泗水桥的费用约白银十多万两。按《明史·诸王传》记载，当时亲王俸禄是"岁入万石"。

④粤滇：粤指今广东广西，滇指今云南，此泛指南方边远省区。车书同：指车同轨书同文，是秦始皇统一中国后的政策。二句说泗水桥的建成，有利于文明教化及朝廷政令远播南方极远地区。

⑤航履：漂浮在水上的鞋子，即诗后自注中的"遗只履水上"。这是关于敬王（应为宪王）的民间传说，见诗后自注。

⑥世家：按《史记》所创立的史书体例，世家是记录诸侯国的历史的。明代藩王大致相当于侯国。鲁史：指有关明代鲁藩王的史书，即《明史·诸王传》之类。（在作者的时代《明史》撰修尚未完成。）

⑦"灰劫"二句：谓改朝换代之后，藩王陵墓多被盗毁，而泗水桥岿然独存。作者之问，发人深省。

⑧"晨朝"二句：谓现在我看到的泗河水，每天从我的家园旁边流过。按，自注所说双溪村和秕芳园，其地即今曲阜市姚村镇春亭村，详见本书卷三《秕芳园拟山水诗》题下注①及卷八李克敬序注⑦。

⑨平静的泗河水像一面镜子，映照出我憔悴衰弱的面容和未及洗涤沾满风尘的衣服。

⑩我早想退休后终老田园与泉石为伴，此志始终不变。这样的日子快到了。寒盟：指背弃或忘却盟约，语出《左传·哀公十二年》："盟，所以周信也……若可寻也，亦可寒也。"伊迩：将近，不远，出《诗经·邶风·谷风》："不远伊迩，薄送我畿。"

汶上县①

明发出中都②，去乡意颇乱。

诜诜逐烝徒，悄悄背秦观③。

汶水朝烟深，方舟防颓岸④。

汛伍杂坐哗，此镇益骄悍⑤。

执公共王臣，贵贱焉足算⑥。

秋气满皋原，行人如鱼贯。

回头岳云高，支峰错将断⑦。

魏阙郁难即，臣心瞻旻汉⑧。

【注】

①汶上县，今山东省汶上县。

②中都：汶上县的别称。春秋时孔子任中都宰，即在此地。

③诜诜：急忙貌。烝徒：众人，指此次行程中的各种人。"悄悄"句：似指行途中默默背诵宋代秦观的诗文以破岑寂。按，此诗全押去声韵脚，一般认为，秦观字少游，古人名与字多相关，"游"有观览义，观览之"观"字应读平声。故这里把"秦观"理解为人名，只是一种猜想。但是，至少在本书本组诗中，还能找到为押韵而改音调的例子，即下首《东阿县》"缅怀陈思王，隧坏鲜遗传"之"传"字，此字按字义应为平声，在此诗中须读去声才叶韵。又，王士禛《带经堂诗话》卷十六有一条谈到作为人名时"观"字的读音，录下备考："宋王景文诗云：直翁自了平生事，不了山阴陆务观。放翁见之笑曰：我字务观乃去声，如何把做平声押了？此虽谑语，亦可为用字不详出处者戒。"张宗柟附识："勇参云：务观之观既作去声，然则少游之名亦当作去声读矣。"可见作为名字的"观"字作去声读，并非颜伯珣首创，从而认为此诗之秦观为人名，提供了一条证据。

④方舟：似为防止运河堤岸坍塌的设施。

⑤汛：清代兵制，凡千总、把总、外委所统率的绿营兵均称"汛"，汛伍即汛地兵士。二句说发生了当地驻军喧哗变乱的事件，致使所属兖州镇更加骄悍。据乾隆《兖州府志·兵防志》，兖州镇辖十四营，其中六营在本府境内，八营在本府境外。中营分防汶上县汛，有把总一员、马兵二十名、步兵六十五名。"坐哗"事未详，待考。

⑥"执公"二句：说都是办的公家的事，都是朝廷的臣民，身份的高低贵

贼没必要斤斤计较。按，这可能是在汶上县遇到了驻军的哗乱事件，也可能是驻军和护领转饷的队伍发生了某种冲突，因有此叹。

⑦岳云：指泰山。汶上在泰山西南，抬头可见；境内有小山数座，被认为是泰山支峰。

⑧魏阙：魏通巍，阙指宫殿，魏阙指朝廷。昊汉：青天河汉，借喻皇帝。

东平州①

东平古东郡，混合四附庸②。
承流泰山侧，西袤洪河通③。
近代累疮痍，守牧如瞆聋④。
白莲一小丑，徒费版筑工⑤。
巨贼蹂荆豫，流血天池红⑥。
未闻济时才，独建一战功。
卧阃[1]竟无人，彼妖岂真雄⑦？
最耻炀灶橛，一旦如溃痈⑧。
忧国存至计，空忆北地公⑨。

【校】

[1] 阃，刻本此字缺，据抄本补。

【注】

①东平州：今山东省泰安市东平县。

②东郡：秦置，汉因之，治濮阳，下辖有东平国。清初的东平州是属泰安府的直隶州。四附庸指当时东平州所辖的东阿、平阴、阳谷、寿张四县。

③承流：接受继承良好的风尚传统，此又指东平州的河流有的是发源于泰山之侧。洪河：大河，此指黄河。

④说近代以来东平州匪患不断，弄得疮痍满目，都是知州等地方官无能所致。

⑤白莲：指白莲教，是历史久远的民间秘密宗教会社组织，明末清初在北方都有活动，曾发动过多次武装暴动。这里的"白莲"不单指白莲教，而是一切"盗"的泛称。版筑：指修筑城墙。意为白莲教徒攻下了州城，城墙的防御功能未发挥作用。

⑥"巨贼"二句：荆豫指湖北河南两省，是白莲教主要活动地区。天池：或指洞庭湖。

⑦卧阘：阘音tà；疑此"阘"字为"榻"字的同音通假，故卧阘即卧榻。成语有"卧榻之侧岂容他人鼾睡"，此云"竟无人"，是说官员无能，致令盗力量坐大。彼妖：指当时的农民武装。

⑧炀灶：典出《战国策·赵策三·卫灵公近雍疽弥子瑕》："日，并烛天下者也，一物不能蔽也。若灶则不然，前人之炀，则后之人无从见也。"是说人君被蒙蔽。檄：用于声讨的公文。溃痈：痈指疮，溃痈指出脓的疮，即腐败已极。成语有"溃痈虽痛，甚于养毒"，养毒即养虎遗患。按，此处说的"炀灶檄"，应是指陈启新所上的《朝廷有三大病根疏》。据计六奇《明季北略》卷十二，崇祯九年，淮安武举陈启新上此疏，其中说"以科目取人，一病根也"；"以资格取人，一病根也"；"以推知行取科道，又一病根也"，"洒洒五千余言，皆切时弊"。崇祯帝嘉异之，擢任吏科给事中。但陈启新当官后，只会逢迎上意，事实说明他是一个依靠作秀向上爬，又勾结宵小、搏击善类的佞人。尤其值得注意的是，颜伯珣的父亲颜胤绍在任翰林院检讨时，曾经受过陈启新的诬劾，因而降职。事见颜光敏《颜氏家诫》卷二："淮安武举陈启新伺上旨为疏，跪午门，近侍为通，召对称上意，使给事吏垣。大父入都，启新数通殷勤，竟不报谒。启新曰：今日强项如此，使居津要，殆赤吾族矣！遂奏选擢多大吏私人。左迁广平府经历。"所以作者在回顾这一段历史时，首先想到陈启新和他的上疏，是顺理成章的事。

⑨北地公：指李梦阳。李梦阳是甘肃庆阳人，其地古属北地郡，故人称李北地。李梦阳官户部主事时，上《应诏指陈疏》，直陈时弊，险被杀害。正德时又毅然为户部尚书韩文写疏揭发刘瑾，是公认的忧国忧民的直臣。

东阿县①

四山交堂隍，依阿乃开县②。
规制则九一，览胜具生面③：
势险壮岳藩，峰色并明倩④。
东嶂疲画[1]卷，石根殷如茜⑤。
栌梨香传壑，黍稷熟积甸。
物华犹江南，俗醇少游衍。
未审邑宰贤，但睹秋耕遍⑥。
缅怀陈思王，隧坏鲜遗传⑦。
松岭有笙鹤，响籁生永羡⑧。

【校】

[1] 画，两种抄本均作"盡"（尽），"尽卷"不词，误；刻本作"畫"（画），是。

【注】

①东阿县：今山东省聊城市辖县。据谭其骧主编的《中国历史地图集》，明清的东阿县城南距东平州界三十里。现东阿县城所在铜城镇，距原县城尚远。

②"四山"二句：此解释县名由来：山指屋山，堂陧指殿宇建筑。屋宇四边流水的檐雷叫阿。东阿是指一座四阿宫室的东面。又有说据《尔雅》："大陵曰阿。"其地秦属东郡，"盖以阿属东郡而立名"（《泰安府志》）。

③"规制"二句：古人分九州土地为上、中、下各三等共九等，也叫九则。见《汉书·叙传》："坤作地势，高下九则。"又，屈原《天问》："地方九则，何以坟之？"此是说东阿开县是古制九则之一。生面：新颖的面貌和境界，此谓东阿自然风貌，如以下所叙。

④明倩：色调鲜明亮丽。两句谓东阿县东依地势险壮的泰山。

⑤"东嶂"二句：说东边山峰如画屏风，令人目不暇接；石根的颜色呈像茜草那样的深红色。疲：酸字。按，笔者认为，"疲画卷"不词，此字实应为"皴"。皴是山水画技法，是用墨笔表现山石树木的凹凸不平的明暗关系，恰如人的皮肤干裂造成的不平滑称为皴。"皴画卷"与下句的"殷如茜"正合，一写用笔，一写敷色，合并表现山石之美。当是抄写之误，但未便擅改。又，本书卷六《四石友诗》第二首有"乌疲委蛇叠毛组"句，也是写石，也应是这种情况，可参。

⑥以上数句写在东阿所见，是宁静丰饶的景象。人民勤劳，风俗醇朴，少有游手好闲的人。游衍：恣意游逛。

⑦陈思王：指三国魏曹植，生前封陈，死后谥思，故称陈思王。曹植死后葬于东阿鱼山。此言"隧坏"，隧即墓道，即其墓早毁，没什么东西遗留下来。

⑧笙鹤：仙鹤。响籁：声音，此指松声鹤鸣，是令人飘飘生出世之感的声音。

茌平县①

去兖越五城，连峰始西绝②。

茫茫齐赵间③，客心行不悦。

历胜忽已穷，出险心屡折④。

老但契石泉，久厌事琐屑⑤。

骑马潦载涂，馌夫道[1]前辙⑥。

旅停市气腥，案蝇集秋热⑦。

脱剑揽尘缨，欲食还复辍⑧。

寿阳凉秋还，篱菊须补缀⑨。

常恐后黄花，惊心朝鹎鴂⑩。

【校】

[1] 道，两种抄本均作"导"，应为通假。

【注】

①茌平县：在山东西北部，今属聊城市。

②五城：应指宁阳、汶上、东平、东阿、平阴五个县城。泰山余脉至此结束。

③齐赵：这一带往北已渐属古齐国和赵国的范围。

④"历胜"二句：几乎没有可供游览的风景名胜之地，屡次遭遇险阻令人心力疲惫。

⑤"老但"二句：年老了只想着归隐林泉，很久就对世俗琐事没有兴趣了。

⑥潦载涂：潦，潦倒，散漫，不认真。涂，即途。馌夫：馌音 yè，给种田人送饭者。此指爯徒中的伙夫。此言骑着马散漫地走在路上，听凭仆人在前引路。

⑦"旅停"二句：写经过茌平县时所见：市场充满腥臊气味，桌子上落满苍蝇，令人恶心，饭都吃不下去。

⑧尘缨：指世网，世俗之事，白居易诗《长乐亭留别》有"尘缨世网重重缚"句。此言意欲斩断尘缨世网，回复自由之身。

⑨"寿阳"二句：由此想到这次任务完成返回寿州后，要抓紧在寓所种菊花。陶渊明《吟酒》诗有"采菊东篱下，悠然见南山"句，此暗用其意。按，"缀"字正当韵脚，此字有两个读音，一属去声八霁，二属入声九屑。（见中华书局版《诗韵》）此须按入声读如"辍"才能押韵。

⑩鹎鴂：又叫子规、杜鹃。夏末时其啼声急切，彻夜不停，有杜鹃啼血的说法。又说其啼声是"不如归去"，这更切合作者渴望归隐的思想。此谓只怕错过了观赏菊花的时间，所以十分在意杜鹃鸟的叫声。

高唐州[1]①

州建漯水北，原田平如掌②。

将徒渡漯桥，嗒然废[2]遐想③。

怀古访里人，近怪独巫奖④。

有神维城隍，神托州掾长⑤。

州守为之拜，听决咨直枉⑥。

天子正当阳，焉用魍与魉⑦！

神麟无常迹，灵鹭耻近响⑧。

夫子[3]矢懿德，妖祥均为罔⑨。

明堂久芜没，王道慎偏党⑩。

聊与野老违，前征去寂莽⑪。

【校】

[1] 此诗入选张鹏展编《国朝山左诗续抄》卷二。

[2] "嗒然废"，抄本《颜氏三家诗集》作"塌然发"；抄本《海岱人文》作"塌然废"。

[3] 夫子，两种抄本均作"天子"，刻本作"夫子"。按夫子可指孔子，亦可指州太守，均可通。

【注】

①高唐州：清初是东昌府所属的直隶州，其地即今山东省聊城市高唐县。

②漯水：今徒骇河，流经高唐。高唐为黄河冲击平原，地势平缓，故曰"平如掌"。

③将徒：率领这些车徒。嗒然：失意貌。

④为了怀古而走访当地百姓，听到一件最近发生的奇怪事。巫奖：本义是急待褒奖，这里是表示人们对此兴趣很高。

⑤说有一位城隍神，他的魂附在了州里吏员的身上。掾长：此泛指官署属员。

⑥州太守虔诚地向他下拜，并根据他的意见，认定案件双方的是非曲直，决定判决的输赢。

⑦现在圣天子在上，光明正大，怎用得着这些见不得人的鬼魅魍魉！

⑧神兽麒麟的行动是无常轨可循的，灵鸟凤凰也不会轻易到人间来。

⑨夫子：指州太守。说老夫子应该坚持以美好的德政施于治下，那么任何

妖怪祥瑞之类都不存在。罔：诬罔，假的。

⑩明堂：在儒家经典中是古代帝王明政教之场所，凡祭祀、朝会、庆赏等大礼典均在明堂举行，其主要意义在于借神权以布政，宣扬君权神授。此说可惜的是最理想的明堂制度久已消失了，在如今的政治生活中，偏差和结党营私现象是应极力避免的。

⑪告别老人，继续行程，向寂静苍莽的前方出发。

恩县① （斥妖妄，亲射虎除害，皆珣
先大夫为真定府司马时事，详载本传。）

马颊万丈潭，津期尚禹迹②。
神物负日脚，北吞县郭赤③。
入赵厌平原，探搜志所适④。
北高天帝宫，玉台临窟宅⑤。
大旱召招摇，霖雨不终夕⑥。
谁为司牧臣，调燮播王泽⑦。
乞灵于殊类，无乃辱方册⑧？
常山旧畏虎，祝之得屏迹⑨。
明明邯郸君，言者重被斥⑩。
妖沮虎就缚，俎豆今有赫⑪。
浮云蔽漳洺，停策伤夙昔⑫。

【注】

①恩县是清初山东省东昌府所属县，1956 年撤销，划归平原、夏津和武城三县。恩县治在今平原县恩城镇。自注中之真定即今河北正定。作者之父颜胤绍曾任真定州通判，别称司马。有关颜胤绍的事迹散见于《颜氏族谱》《明史》《滋阳县志》等，除《颜氏家诫》略详外，均甚简略。这里所说的"本传"笔者未见。

②马颊：指马颊河，发源于河南濮阳，流经恩县。津期：津期店，在恩县，今属夏津县。禹迹：大禹治水曾经过的地方。

③神物：神奇之物，想象之词。此说太阳的光线把恩县的城郭照射成一片红色。

④已进入古赵国地，恩县之东即平原县，以西有邯郸县。在这里想起许多与父亲有关的事情。厌：或指厌次，古县名，西汉属平原郡。

⑤天帝宫：指神庙。窟宅：蛟龙的洞窟和住宅，指马颊河中的深潭。

⑥大旱的时候，在天帝宫和深潭边举行仪式，召求蛟龙招摇入云以祈降雨，但往往是不能如愿。不终夕：到不了晚上。言降雨时间甚短，雨量甚少。

⑦司牧臣：指受皇帝命管理百姓的官员。调燮：调和鼎鼐燮理阴阳的省略。播王泽：传播朝廷的恩泽。这里有诘问的意思。

⑧作为朝廷官员，却乞灵于异类（指求雨），难道不怕辱没历史吗！

⑨常山：邯郸一带汉代曾属常山郡。屏迹：绝迹。按，此为作者之父颜胤绍任邯郸知县事，见《颜氏家诫》卷二：“临洺关有虎，入城噬人无算，人家碓无故夜自春。大父率健儿入城缚之去，碓春亦止。”

⑩颜胤绍任邯郸知县时，部署城守，废寝忘食，深得邯郸人拥戴。有督师太监高起潜却处处掣肘，战败后又诬劾他，颜胤绍终于受了降职处分。事见《颜氏家诫》卷二：“王师战败，起潜遂劾府县拒门不纳援师，又反戈相攻，以致败绩。上震怒，诏诘倡谋何人，并逮治之，邯郸人罢市狂走，大父禁之不得。行台屡为覆奏，终镌职三级，守城功亦不录。”

⑪妖：此指“碓无故夜自春”事。俎豆：祭器。有赫：鲜明盛大貌。此说至今邯郸人还在祭祀父亲颜胤绍。

⑫天上的浮云遮住了漳河和洺河，我停下马来，伤感地回忆这些前朝旧事。策：马鞭。

德州①

明室王诸王，食禄不治赋②。
此邦畿南服，独无山谿固③。
居驭或有术，骨肉胡嫉妒④？
嗟彼凤与麟，终身在槛笯⑤。
遂被马鹿讥，时逢有司怒⑥。
鼓鼙动渔阳，齐鲁交失顾⑦。
五载擒三王，此邦祸首遇⑧。
萧墙嫌未失，皇天改国步⑨。
依然挽天河，千艘趋皇路⑩，
将军赐彤旃，宗臣歌湛露⑪，
万国方一家，颠覆哀彼祚⑫。（德州在京畿南界，通惠河经城西门北流，为京南漕运咽喉，德王于明室属近京第一藩。）

【注】

①德州在清初是属济南府的直隶州，即今山东省德州市。

②王诸王：第一个"王"字作动词用。明代制度，皇室分封藩王，赐予田地，厚给俸禄，但不允许干预地方行政事务。按，第一代德王是明宪宗朱见深的弟弟朱见潾。事实上德王府并不在德州，而是在济南，那是因为朱见潾嫌德州地方贫瘠，不如济南山青水秀。今济南珍珠泉一带就是德藩故宫。作者一行路经德州，这里虽没有德王故宫，但在改朝换代之后，也引起了他的感慨。

③南服：古代王畿以外地区分五服，畿南为南服。此说德州位于京师之南，地势一派平畴，无山河之险。

④说朝廷对于藩王们，或不管不问使其安居享乐，或指使引导他们的行为，其中大有权术在，但骨肉之间，为什么要嫉妒倾轧呢？此指终明之世朝廷对藩王们的猜忌和防范。

⑤槛笯：槛为木制，笯为竹编，都是关动物的器具。说可叹这些凤凰、麒麟一样血统高贵的天皇贵胄们，实际是一辈子被关在笼子里！

⑥于是，亲王及宗室们也常因种种颠倒是非混淆黑白的原因成了讥讽的对象，有时还会遇到官方的愤怒发火。马鹿讥：即指鹿为马。有司：主管某事的官方。

⑦鼓鼙：军中乐器。渔阳在今河北蓟州。白居易《长恨歌》写安史之乱有"渔阳鼙鼓动地来"句，此化用其意以喻明末李自成之战乱。此谓战乱一起，山东境内的藩王们仓皇失顾。

⑧德王朱由枢于崇祯十二年（1639）清兵破济南时被擒；鲁王朱以派于崇祯十五年（1642）清兵破兖州时被擒；衡王朱由棷于崇祯十七年（1644）清兵破青州时被擒。所谓"五载擒三王"指此。德王被擒最早，故曰"首遇"。

⑨萧墙：宫中矮墙。成语有"祸起萧墙"，喻自相攻击残杀，语出《论语·季氏》。二句说自己人之间的争权夺利还没结束，已经是改朝换代了！指明亡清兴。

⑩改朝换代后，新兴的清朝如千艘大船乘风破浪而行，前途远大。按，这两句暗用李白《行路难》"长风破浪会有时，直挂云帆济沧海"意。挽天河：杜甫《洗兵马》有"安得壮士挽天河，净洗甲兵长不用"句，喻停止战争，但此处双关，天河又指大运河，即诗后自注中的通惠河。千艘指漕运船只，皇路指大路，又双关国运。

⑪将军：此指新朝的将军。说他们被赐给仪仗，和亲贵们在庆功宴席上吟唱诗歌。彤旟：穿着朱衣的前导军卒，此指仪仗。宗臣：指与皇帝同宗之臣，语出《国语·鲁语》，此指皇亲国戚。湛露：《诗经·小雅》有《湛露》篇，为宴饮之诗。

⑫末二句说：现在大清朝是万国归附如一家，想想明朝的灭亡，令人感慨生衰。祚：王朝维持的时间。按，明亡时作者尚在童年，但他的家庭和父兄的遭遇对他的影响应是深刻巨大的，而且他的家庭和兖州鲁藩府也颇有关系，所以他在德州以德藩而联想到鲁藩和整个明朝的灭亡，而生出深沉感喟是很自然的。

景州①

挥汗昨渡江，朝遭长官骂②。

痱疮无完肤，亭午不遑舍③。

两旬薄近畿，铚获已敛稼④。

圣人在总章，省秋方屡射⑤。

州剧政颇平，我旅欣税驾⑥。

城出水烟深，塔瞰高鸟下⑦。

僧房饭未熟，宵柝击复罢⑧。

凉燕雨纷纷，飘摇时将社⑨。

雪鬓逐马蹄，谁免白眼诧⑩？

【注】

①景州即今河北省衡水市景县。清初景州是属北直隶河间府的直隶州，领吴桥、东光、故城三县。

②渡江：应指过卫河，卫河在德州至景州之间。遭长官骂，不知此长官是地方长官，抑或护领队伍中又有高于作者身份之人？

③痱疮：即痱子，天热时皮肤所生小粒状病变。不遑舍：不休息。见《诗经·小雅·何人斯》："尔之安行，亦不遑舍。"此说天到正午还未得休息。

④薄近畿：指走到景州已入北直隶地界。铚：镰刀。铚获谓收割庄稼。

⑤总章：是明堂中西向的三室。省秋：省察秋天是否丰收。两句说皇帝在京城皇宫里，关注着秋天的收成。

⑥景州是政务繁重的州，看起来治理不错，市面平静。税驾：停车休息。

⑦塔：景州有建于北魏的释迦文舍利宝塔，为著名古迹。

⑧柝：守夜人打更时击打的梆子，用以提醒居人关门闭户小心火烛。

⑨将社：快到社日了。社日是祭祀社神的日子，一般在秋分前后。

⑩自己两鬓如雪，年已衰老，却还要仆马奔波。既入官场，谁能避免受辱和被人看不起呢？指本诗开头被长官骂事。

阜城县①

朝发阜城驿，驿卒相喧呼。

好马尽调猎，且毋嗔此驽②。

回首语仆夫，天路方崎岖。

款段当安轮，适与鄙拙俱③。

洒然脱辔头，翔步皆坦途④。

枥鸣苟不伸，焉用毛骨殊⑤？

膏明自煎熬，樗木终山隅⑥。

赢绌无好丑，据鞍独嗟吁⑦。

【注】

①阜城县清初属北直隶省河间府，今属河北省衡水市。

②驽：劣马。从这几句看，作者一行是要依次在各驿站换用马匹的。但阜城县驿站中的好马都被调去打猎了，只能给他们劣马。按，据《圣祖实录》，康熙三十一年七月二十八日至九月十三日，皇帝到古北口外巡视，故这里的好马，很有可能是为天子出行所征用。天子出行叫巡狩，狩即打猎，故曰调猎。

③款段：马行迟缓貌。安轮：安稳行车。这两句说，马走得慢也有好处，不但安全，而且这正与我本人的拙笨相配！

④于是为劣马脱掉辔头，它潇洒地走在平坦的路上。

⑤枥：马槽。毛骨殊：马的毛发骨骼异于常马，指良马。杜甫《病马》诗有"毛骨岂殊众？驯良犹至今"句。二句说如不能有自由的环境，良马也不会发挥作用。

⑥"膏明"二句：用《庄子》上的两个典故，叹息做人的两难。"膏明自煎熬"，出《人间世》："膏火自煎也。"意为油脂因能照明而致燃烧，比喻人因有才能或有财产而得祸。"樗木终山隅"，出《逍遥游》："惠子谓庄子曰，吾有大树，人谓之樗……立之途，匠人不顾……庄子曰……无所可用，安所困苦哉！"樗木因为无用，所以能不被砍伐，终老于山中。樗木：臭椿树。

⑦赢：满，有余，胜。绌：不足，受贬斥。两句说：这样看来，赢也未必是好事，绌也未必是坏事。想到这里，骑在马上的自己真是感慨万分。

献县[1]①

垂老无寸功，九遍走河朔②。
夕热征徒烦，憩马白水郭。
西支下滹沱，东灌徒骇涸③。
遂作瀛海障④，势殷秋天廓。
谁致襦袴谣？儿孙世耕凿⑤。
忠臣愧不归，醇俗惜犹昨⑥。
下邑莽黄云，西风泪纷落。
耆旧问几存，穷秋伤倚薄⑦。

【校】

[1] 此诗入选孔宪彝辑《曲阜诗钞》卷一。两种抄本后均有注："献县属河间府，在府南相距七十里。"

【注】

①献县在清代属北直隶省河间府，今属河北省沧州市。

②河朔：泛指黄河以北地区。按，九遍是言其多，未必是实数。从本书看，作者确是频繁地出发到北方去。

③滹沱河经献县境内，向东流入徒骇河。涸：言徒骇河水少。

④瀛海障：河间北魏时属瀛州。此谓献县是河间府的屏障。按本书卷十二《旧雨草堂集·邯郸》有"瀛海冈常接"句，可参。

⑤《襦袴谣》：是称颂地方官吏善政的歌谣，见《后汉书·廉范传》：廉范任蜀郡太守，有善政，百姓作歌赞之："廉叔度，来何暮？不禁火，民安作。平生无襦今五绔。"世耕凿：世代耕田凿井，从事农业。

⑥"忠臣"谓作者之父颜胤绍。他死于河间知府任上，献县为河间府属县。此谓由于他的德政，这里的百姓仍保存着淳厚的风俗。

⑦知道几十年前事情的老人已没有多少在世的了，想到自己境遇，非常伤感。倚薄：生活困迫。如杜甫《赠李八秘书别三十韵》有"沉绵疲井臼，倚薄似樵渔"。

河间府①

劫火逝何年，孤儿偷生老②。

沧海填黄砂，精卫血未槁[1]③。

屡过梦魂疏，世远禋难祷④。

胡为天步艰，骨肉恩如扫⑤。

旧典久不恤，新史空幽讨⑥。

尽室聚忠魂⑦，天寒恋衰草。

同官有慈亲，迎劳郊南蚤。

娇儿拜使者，孤儿泣旁道⑧。

城空尽愁云，悲风吹野潦。

鲜民以终身，何以戴穹昊⑨？（崇祯十五年先大夫守河间，会王师再入关，孤城无援，城破，先大夫尽室自焚。）[2]

【校】

[1]　"沧海填黄砂，精卫血未槁"，此十字刻本缺，以"□□□□□□□□□"代之，此据抄本补。

[2]　此注《海岱人文》本缺。刻本"王师"前有两字墨钉。

【注】

①河间府即今河北省河间市，明清的河间府属北直隶省，领十县。

②孤儿：作者自指。作者之父河间太守颜胤绍崇祯十五年（1642）阖家自焚时他才6岁，至此时他已56岁。关于颜胤绍阖家自焚事，详本书附录《颜伯珣年表》及《资料辑存》相关部分。

③此用精卫填海典故。晋·郭璞注《山海经图赞》"精卫"条："炎帝之女，化为精卫。沉形东海，灵爽西迈。乃衔木石，以填攸害。"血未槁：犹血未干。

④多次经过此地，梦见父亲的次数越来越少了。年代久远，这里也见不到对自己父亲的祭奠了。禋：祭祀。

⑤胡为：为什么。天步：指国运。见《诗经·小雅·白华》："天步艰难，之子不犹。""骨肉恩如扫"，意思是现在河间人对父亲的事几乎已没人知道了。

⑥旧典：旧时的制度和法则。恤：体恤、同情。幽讨：寻幽讨隐，意为罕见。此谓前朝对父亲的体恤久已中断，当代人想了解这段历史，还需要深入认真探讨。

⑦尽室：指全家。当时自焚的除颜胤绍外，还有夫人贾氏、于氏（作者生母），已订婚给孔家的妹妹，两个婢女，一个仆妇，共七人。

⑧"同官"四句：或是叙当年伯璟在河间府寻父尸时找到自己事，详情已难知。娇儿、使者所指不详，孤儿应指作者自己。

⑨鲜民：没有父母的孤儿。见《诗经·小雅·蓼莪》："鲜民之生，不如死

久矣。"穹昊，犹苍天。两句说自己此后无父无母，将如何立足于天地之间？

任丘县①

朝泪不能收，暮投任丘宿。
桑麻换儿孙，未改桐乡哭②。
馆人迎大盖，薄我恶衣服③。
语次见畴昔，中夜陈肴蔌④。
感多话缠绵，临别不及沐⑤。
北门凉风集，牛羊散穜稑⑥。
旧冢卧麒麟，御碑少人读⑦。
当在世宗朝，患萌已说輹⑧。
全躯沿太平，泪没昔帛竹⑨。
碣石青海昏，弱水白日速⑩。
燕赵去茫茫，悲来闻击筑⑪。

【注】

①任丘县即今河北省任丘市，清初为河间府辖县。

②桐乡哭：用汉朱邑故事喻其父颜胤绍。朱邑字仲卿，曾任桐乡（今安徽桐城）啬夫，掌管一乡的诉讼和赋税等事务。他秉公办事、不贪钱财，以仁义之心广施于民，深受吏民的爱戴和尊敬。后因政绩品行第一任大司农，去世后据其遗嘱葬于桐乡。见《汉书·循吏传》。

③馆人：馆驿之人，驿丞之类。大盖：盖为华盖，官员仪仗。此指高官。作者一行住进任丘县馆驿时，适逢馆人正迎接高官入住，作者长途跋涉而至，未免风尘仆仆，衣履不洁，竟被轻视。

④不料谈话中发现，与馆人竟曾有过某种过从，于是备肴置酒夜饮。畴昔：往日，以前。

⑤饮酒时两人都感怀良多，话语不断，以致次晨临别时连脸都未及洗一把。

⑥任丘县北门外晨风送爽，牛羊散布在庄稼地间。穜稑：分别指早种晚熟和晚种早熟的谷物，此泛指庄稼。

⑦"旧冢"二句：此处写到一座古墓。但诗中没有言明墓主是谁。笔者认为，此旧冢应为任丘县人李时的墓。李时，字宗易，弘治十五年进士，嘉靖时官至少傅兼太子太师、吏部尚书、华盖殿大学士，卒赠太傅，谥文康。检乾隆《任丘县志》卷一《疆域·冢墓》："李时墓在北郭庄，嘉靖十六年奉敕修，有

华表、石器……"正合。

⑧世宗朝：明世宗朱厚熜，年号嘉靖，在位45年。患萌：忧患的萌芽，国家衰败的初期表征。说辐：语出《周易·大畜》："舆说辐者，乖离之象。"

⑨说为了保全自身太平无事而因袭顺从，结果是丧失了流芳千古的机会。汨没：埋没。帛竹：古代书写的载体，借指历史书。按，这里从任丘县的一座古墓，又由墓展开议论，颇有深意。《明史》本传说李时"性格宽平，议论恒本忠厚"，但于朝政"无大匡救"。大学士在明代被称为首辅，实际上就是宰相，本有匡扶救正皇帝过失的责任，而李时一味宽平忠厚，实际是自保禄位。有学者说世宗皇帝开了大明帝国的"危亡之渐"（孟森《明史讲义》），是国势由盛到衰的转折，则李时至少是没有尽到应尽的责任。但李时死时世宗朝的一些大弊端如严嵩专权等还没有充分暴露，因此舆论对他并没有太多指责。只是改朝换代之后，人们痛定思痛，才意识到作为首辅这种庸俗的乡愿人格的危害。《明史》说"无大匡救"，本诗作者说"御碑少人读"，其实都是委婉的批评。

⑩碣石：在河北昌黎海边。秦始皇汉武帝均曾刻石观海。青海：为黄河长江发源地。弱水：作为地名屡见于古代典籍，但又有水弱不能负舟之意。白日：喻光阴。这两句是说，中国数千年历史中，虽然山河永在，而改朝换代十分频繁。

⑪燕赵：河北一带地方，为古燕国和赵国。筑：一种打击乐器。《史记·刺客列传》所记荆轲刺秦王一事中，有对高渐离击筑的描写，"击筑而歌，客无不流涕而去者"。此后人们往往把击筑视为一种表现悲愤情绪的手段。

雄县①

赤[1]县枕湖浒，雄关古赵北②。
千里走平皋，入境豁胸臆。
野亭频望幸，菰蒲弄秋色。
虹气薄夕深，帆影去天黑。
向晚渔唱孤，悄然念乡国③。
易水背郭流，西风号不息。
悲歌有遗音，壮士不可得④。
更思白沟游⑨，跨马少筋力。

【校】

[1] 赤，两种抄本均缺此字，唯刻本不缺。

【注】

①雄县：今属河北省保定市，明清时属北直保定府。

②赤县：唐代制度，县分赤畿望等七等，县治设在京师者为赤县。此云赤县，是说雄县的地理位值重要。枕湖浒：湖应指白洋淀。赵北：指赵北口，相传战国时期为燕南、赵北的分界线。

③"野亭"以下六句：写雄县风光，引起思念故乡之情。

④易水：即易河。悲歌：指高渐离击筑荆轲所唱的歌："风萧萧兮易水寒，壮士一去兮不复返。"壮士：指荆轲。

⑤白沟：即白沟河，发源于太行山，经山西东部，河北张家口、保定等地区，最后流入白洋淀。明初靖难之役中，燕王军队在此大败建文帝军，史称白沟河之战。

新城[1]①

窈然见西山，久客神始王②。

未能王事竣，快此心目壮[2]③。

朝昏疑云根，晴削信螺嶂。

去峰百回头，来峦方千状④。

马上随饥渴，翛[3]已净诸妄⑤。

前者居京辇[4]，屡约秋岩杖。

一从人琴亡，此意久凋丧⑥。

旧栖读书楼，轩楣皆西向⑦。

松响未断绝，暮岚交尘帐[5]。

寂寞香山篇，时能睹意匠⑧。

吞声白帝深，凭望久仓悦[6]。

【校】

[1] 此诗入选张鹏展编《国朝山左诗续抄》卷二。

[2] 壮，《国朝山左诗续抄》误作"状"。

[3] 翛，《国朝山左诗续抄》作"倏"。

[4]《国朝山左诗续抄》此处有"谓修来"三字注。

[5] 帐，《国朝山左诗续抄》误作"怅"。

[6] 仓悦，刻本及抄本《颜氏三家诗集》《海岱人文》均作"仓兄"，按"兄"字于韵不协，应是"悦"之异写，径改。《国朝山左诗续抄》作"悽

怆"，应是以意改之，以其非底本，故不从。

【注】

①新城：清初保定府有新城县，近年改为高碑店市。

②神始王：王字通"旺"，谓精神兴奋。

③谓此次行程任务尚未完成，故不能去西山一游，观其雄壮，使心畅目快。

④四句写西山风光：清晨和黄昏云气从山根升腾而起，景色迷离多变，晴光中山峰壁立如削，又像碧螺耸立。群峰仿佛迎面奔来又匆匆离去，顾盼生姿，千态万状。

⑤骑在马上看西山风光，虽难免奔波中的饥渴乏累，却心胸澄澈，一切世俗的欲忘仿佛都消失了。按，"诸妄"为佛家语，谓贪嗔色欲之类。

⑥以前在京师时，曾经多次与侄光敏同游西山。如今光敏已逝，再无意趣。本书卷七有《见西山吊侄敏》，可参。京辇：京师。秋岩杖：秋季香山红叶最负盛名，适于游览。人琴亡：典出《世说新语·伤逝》："王子猷、子敬俱病笃，而子敬先亡……子猷……取子敬琴弹，弦既不调，掷地云：子敬子敬，人琴俱亡。因恸绝良久……"

⑦轩槛：窗户和栏杆。此谓颜光敏故居的来爽楼窗户正对着西山。

⑧香山篇：应是颜光敏游香山时的诗文，但检《乐圃集》未见。意匠：谓诗文构思之匠心。

⑨白帝：古代传说中五帝之一，掌管天下的西方，五行中对应金，季节中对应秋，五色中则对应白。此写西山，故曰白帝。仓怳：悲惨失意貌。怳音 huǎng，古同"恍"。以上六句写想象中光敏故居的环境气氛：西山的松涛声依然如当年，暮霭弥漫故居室内，此时想起光敏的诗文，心情更加落寞，不尽黯然泪下。

涿州①

皇功收涿鹿，帝业兴娄桑②。
自非贤圣姿，焉能垂无疆③？
明德末叶衰，阉寺为忠良④。
琐琐捕蛇儿，一朝隳天纲⑤。
双桥指北极⑥，作福夸其乡。
五丁破鸿濛，巨灵驱神羊⑦。
奸灭国亦破，徒见西山苍⑧。
居人说魏公，堕泪遗碑旁⑨。

元恶欺愚蒙，千秋盖弥彰。
贤奸一歼尽，天地终茫茫^⑩。

【注】

①涿州：清初属顺天府，即现保定市涿州市。

②涿鹿、娄桑：三国蜀汉昭烈帝刘备的祖先曾封涿鹿亭侯，刘备的家在涿县娄桑村。二句或指此事。

③"自非"二句：或指蜀汉后主刘禅。

④"明德"二句：明指明朝，阉寺指宦官。此疑指明天启时太监魏忠贤事。魏忠贤为河间府肃宁县人。明末小说《梼杌闲评》第十七回"涿州城大奸染疠"，写魏忠贤于涿州得病成阉，为此后入宫乱政之关键。又第二十九回"僭乘舆泰岳行香"，写其大贵后到涿州泰山庙还愿进香，气焰冲天。《明史记事本末·魏忠贤乱政》载杨涟劾其二十四大罪，其中有"忠贤进香涿州，警跸传呼，清尘垫道，人人以为驾幸……"总之涿州与魏忠贤关系甚深。当时民间此类传说必有很多，作者行至涿州，写入诗中，也是可能的。又，颜光敏《京师日历》曾写到新城以南高桥店："忆庚子岁过此，道旁列屋百楹，皆朱窗画栋，云魏忠贤别业。癸卯岁已后则汪洋如岛屿……今复为孔道，而屋宇鲜有存者。"此段文字作于康熙二十一年（1682），早于伯珣此作十年。其中叙魏忠贤得势和失势后的一个侧面，亦可见在京南涿州附近一带魏忠贤事在民间的影响。

⑤捕蛇儿：未查到魏忠贤为捕蛇儿的直接文字记载。《梼杌闲评》将魏之乱政归因于冤世冤仇的因果报应，说魏忠贤和客氏是雌雄二蛇转世，其余党羽皆二百多蛇族所化，而杨涟、左光斗等前生是治水时烧死众蛇者（见第一回和第五十回）。不知捕蛇儿之说是否与此有关。

⑥双桥：或许涿州东岳庙前有双桥，"指北极"是喻指其自称九千岁，欲篡取帝位。

⑦五丁：是传说中古蜀国的五个大力士，巨灵神乃是天将之一，担任守卫天宫天门的重任，力大无穷，可举动高山，劈开大石。神羊：獬豸的别称，传说是一种能以其独角辨别邪佞的神兽。这里的五丁，应指继杨涟之后奋起弹劾魏忠贤的左光斗、魏大中等五廷臣，也有可能指苏州为反对东厂逮捕周顺昌而被杀的颜佩韦等五人。

⑧西山：魏忠贤在西山建生圹，工部郎中万憬劾他，说他"自营西山坟地，仿佛陵寝，前列祠宇，后建佛堂，金碧辉煌……"清《圣祖实录》载康熙四十年（1701）五月，御史张瑗疏言："西山碧云寺后有前明太监魏忠贤之墓并碑二座，乞赐仆毁。从之。"可见作此诗时墓尚在。

⑨这个遗碑，应该是魏忠贤生祠中的碑。当时魏忠贤的生祠"几遍天下"，连京师国子监都有，与他关系很深的涿州当然会有生祠。当然这里称其魏公，又说堕泪，与作者对他的批评态度似有不符，笔者认为其实是讽刺，又是为下句的"元恶欺愚蒙，千秋盖弥彰"作铺垫。又或曰此魏公指魏国公徐达，但未见其与涿州的关系。

⑩元恶：自然是指魏忠贤，"愚蒙"则是朝中的追随者甚至包括皇帝。下句的"贤"指因反魏而死者，"奸"指魏及其死党。魏忠贤死后不久，明王朝进入寿终前的弥留期，接着是改朝换代，玉石俱焚，大地茫茫。

以上关于此诗的解读，是笔者的一家之言，抛砖引玉，欢迎讨论。

良乡①

车马忽击摩，去天真尺五②。
劳臣瞻彤云，象阙如在睹③。
敢怀杕杜歌，且得息辛苦④。
亲故宦京华，去住遥堪数。
谁更比拙疏，白头况羞伍⑤。
此道盛轮蹄，豳风犹场圃⑥。
寺冈萝莴崖，岚结宫庭雨⑦。
投辕对夕峰，有笏时暂拄⑧。

【注】

①清顺天府有良乡县。该县于1958年撤消建制，与房山县合并，称周口店区，后改为房山县。今为北京市房山区。

②击摩：谓车马之拥挤，《战国策·齐策一》有"辖击摩车而相过"，南朝宋·鲍彪注："路狭车密，故相击相摩。"去天尺五：谓接近朝廷，汉代谚语有"城南韦杜，去天尺五"，此用其意。

③劳臣：指作者一行。彤云：红云，彩云。象阙：又称象魏，宫廷的大门。

④敢：岂敢。杕杜歌：《诗经·小雅》有《杕杜》，是妻子思念征夫的歌。此谓目的地即将到达，很快就能休息了。

⑤说亲朋故旧在京师做官的不少，他们中没有谁比我更拙于处世、疏懒成性而且年老，大概会羞于与我为伍吧。这是自叹自嘲之词。

⑥盛轮蹄：谓车马繁忙。《豳风》：《诗经》十五国风之一，是豳地（今陕西邠县）的民歌。《豳风》之《七月》篇有"九月筑场圃"句。

⑦两句写在良乡所见景色：寺院在长满藤蔓植物的山崖上，给人深邃神秘的感觉，山中凝结成雨的雾气，也许是从京城宫廷里升起的。

⑧辕指车辕，投辕即卸下马匹休息。笏是笏板，官员身份的标志，以笏挂地，也是休息的意思。

广宁门 (彰义门)①

驻车广宁门，千里来狂叟②。

不惜万斛尘，为爱千章柳③。

去莺阴渐稀，吟蝉声聊有。

廿载阅征轺，匆匆送白首④。

吾侄昔饯余，攀条泪盈手⑤。

道丧见凋零，年残犹奔走。

谁能久俄延，掉头日及酉⑥。

入门难避喧，相顾谁好友？

秋菊丛故园，吾庐尚不丑⑦。

会当返孤筇，养拙安衰朽⑧。（康熙二十四年自都还曲阜，侄敏率宾客送至门外七里桥。)⑨

【注】

①广宁门：又作广安门或彰义门，老北京西城门，是南方各省陆路进京的必经之路。

②狂叟：疯老头。此为作者自指，有自嘲的意思。

③万斛尘：谓此行风尘仆仆。千章柳：言柳树之多。章犹株，《史记·货殖列传》："水居千石鱼陂，山居千章之材。"按，颜光敏《京师日历》甲子六月初三日："出广宁门，送季父归，至长柳行……"长柳行是广宁门附近地名，可见其地确多柳树。

④征轺：轺音 yáo，小车，此指远行的车。按，据《颜修来先生年谱》，颜光敏于康熙十二年（1673）在京师"买宅西城宣武坊"。距作此诗的康熙三十一年（1692）19年。故曰"廿载阅征轺"。

⑤吾侄：指颜光敏。此可与诗末作者自注相参证。攀条：谓攀折柳条，折柳在古代是送别的代词。

⑥日及酉：酉时是下午5—7时，已是黄昏。此双关，又喻人已老暮。

⑦故园、吾庐，指故乡的秖芳园。按，杜甫有"丛菊两开他日泪，孤舟一系

故园心"（《秋兴八首》之一）句，此化用之。颜伯珣特爱菊花，诗中多见。故心契于高隐爱菊的陶渊明，句中"吾庐"，即用其《读山海经》"吾亦爱吾庐"句。

⑧孤筇：筇即竹杖。此想象退休返乡后景况。

⑨康熙二十四年为 1685 年乙丑，作者 49 岁，入都参加吏部考试。详本书附《颜伯珣年表》。

赠张生石阁嗣龄，兼呈何广文琴雅①

龙画麟笔已千古②，世儒文章何足数。
张子骏骨困一经，横经岂肯抱虚名③。
升堂遥共曾闵齿④，谁实心赏何夫子。
师为运甓弟握筹，尽出俸钱筑倾圮⑤。
泽公茂草四十年，谁怜先生寒无毡⑥。
一朝芹藻颜色鲜，千门轮奂映宫悬⑦。
张子执经师具膳，阑干苜蓿淘清泉⑧。
玉殿有仙圣在天，功高岂必鼎与铉⑨。
君不见长淮波高碄石凿，润溉楚甸贯百川。
古来大功未寂寞，计较富贵岂高贤⑩！

【注】

①此张生情况不详。何琴雅是寿州学正，见本书卷三《送何广文琴雅致仕归里遣书致诗惜不亲别》注①。此诗写给两位不得志者，其实反映了作者自己的怀抱，末尾几句凛然真诚，可谓充满了正能量。

②龙画麟笔：汉宣帝时的画功臣像于麒麟阁，是建功立业功成名就的象征。

③骏骨：以马喻人，指良才。困一经：谓科举不利，出杜甫诗《秦州见敕目，薛三璩授司议郎，毕四曜除监察，与二子有故，远喜迁官，兼述索居凡三十韵》："二子声同日，诸生困一经。"横经：听讲时经书横陈。如《北齐书·儒林传序》有"横经受书之侣遍于乡邑"句。

④升堂：谓学问已入门，见《论语·先进》："子曰：'由也升堂矣，未入於室也。'"曾闵：指曾参和闵损，都是孔子弟子。齿：相并列。

⑤从"尽出俸钱"四字看，是说何广文和弟子合作做了诸如修理学宫倾圮的围墙之类的事。故运甓应是实事，即搬砖；握筹也是，即计算和谋划。按《寿州志·学校志》有康熙十八年学正荆拯、何琴雅等相继修尊经阁的记载。当然，"陶侃运甓"是著名典故，这里也可以理解为有双关义。

⑥泽公：此"泽"为恩泽之泽，"公"指公家事。四十年应是指顺治年间事，所指何事不详。寒无毡：毡指青毡，指代教职。详见本书卷八《得舍侄敏报书》注⑥。

⑦芹藻：《诗经·鲁颂·泮水》有"思乐泮水，薄采其芹""思乐泮水，薄采其藻"，故以之指称学子。轮奂：美轮美奂，富丽堂皇。宫悬：皇宫及高官殿堂所悬钟磬等乐器。这是想象及预祝师弟发达后之词。

⑧阑干苜蓿：出宋计有功《唐诗纪事·薛令之》："……令之题诗自悼曰：'朝日上团团，照见先生盘。盘中何所有，苜蓿长阑干。'"此写目前师弟清贫的生活状态。

⑨"玉殿有伽"，是从《诗经·鲁颂·閟宫》的"閟宫有伽"句化出（伽，音 xù，清静。），鼎和铉都是国之重器。二句说只要对社会做出了贡献，没有必要在乎地位的高低。

⑩"君不见"四句：以大禹为喻，说有大功于民的人不会被历史忘记，而高人贤士也是不会斤斤计较个人显达的。硖石：又称硖石口，位于安徽省淮南市西部，东流的淮水遇八公山阻挡，据说是大禹治水时开凿山峡，将硖石劈为两半，使淮水在此折回倒流。

赠分镇寿州副都署俞公①

寿春战伐国，在昔少宁堵②。

圣人总四溟，钜镇资干卤③。

维公英妙年，霍卫功不数④。

鸣弓开秋毫，謦欬为霖雨⑤。

湛然经术深，短锥羞儒腐⑥。

屡召动至尊，绝伦技方贾⑦。

白钺下朱明，南邦今召虎⑧。

淮徐方剽急，况乃骄卒伍⑨。

新令如电明，夜月照桑圃。

弦诵亦渐兴，兹区岂小补⑩。

盛治边功稀，和辑实报主⑪。

煌煌帝座高，有髀无须拊⑫。

【注】

①寿州副都署俞公：查《寿州志·职官志》，有俞章言，浙江人，康熙三十一

年（1692）到四十六年（1707）任寿州营副将，此诗应是在其离职时赠给他的。

②寿春：寿州。宁堵：安定平安。

③圣人：指当今皇帝康熙帝。总四溟：谓四海归于一统，天下太平。干卤：又作干橹，盾牌。左思《吴都赋》："干卤殳铤，晹夷勃卢之旅。"刘逵注："干、卤，皆楯也。"

④霍卫：西汉名将霍去病和卫青。

⑤说俞公的武功和声威：拉起弓能射中像秋天鸟兽毛那样细微之物，他一咳嗽仿佛能令天上下雨。

⑥短锥：成语有锥处囊中其锋自见，喻有才者不会被埋没，此则反用其义，用以衬托俞公之才。儒腐即腐儒，为押韵而颠倒。两句说俞公学问也很渊深。

⑦贾：音 gǔ，本义是出售，此指被重用。此说俞公曾多次被皇帝召见，他的能力现在才开始被认识和重视。

⑧白钺：武器、仪仗。朱明：指夏季。南邦：南方边疆。召虎：召唤虎罴之士。按：《清实录·圣祖实录》有康熙四十六年三月："升江南寿春副将俞章言为云南曲寻总兵官。"此诗应作于其时。

⑨说目前寿春所属的淮徐一带军队将士情况。剽急：勇猛敏捷。骄卒伍：兵士骄悍。

⑩新令：谓俞公之令，"如电明"谓目标明确，执行迅速，效果显著。"岂小补"谓对地方安定大有裨益。"夜月"句谓营区静谧从容，"弦诵"句谓将士读书渐成风气。此四句是回顾俞公治军情况。

⑪边功稀：无战事故立功机会少。和辑：和睦团结。二句说俞公到云南后必治军有方，官兵团结，边境宁静。

⑫髀：大腿；拊髀即以手拍大腿，是表示激动、感叹等心情的动作，此云"无须拊"，是说没有大喜大悲之事，一切按部就班从容行事，这才是最理想的境界。

张生阁送炭，诗以答之①

虚幌寒炉雪正繁，乌银碧笼独相存②。

长安多少千金诺，不及贫交一旦恩。

【注】

①此张生阁或许就是前边那首何广文的弟子张生石阁嗣龄。

②乌银：炭的别名和美称。宋·杨万里《雪晚舟中生火》诗有"乌银见火生绿雾"，清·曹寅《瓶中月季花戏题》诗有"茧糊房棱爇乌银"，都是说炭。碧笼指薰笼，以竹编成。唐诗有"斜倚薰笼坐到明"句。

卷三　秕芳园遗诗卷三 古今体诗七十六首

城南周氏庄夕憩即赠①

场圃通塍径②，风花带墅轩。
帘钩全夕照，湖墅半云根。
在野毛仪整，升堂礼数温③。
囊弧与散秩，刮眼共孤骞④。

【注】

①此周氏庄主人不详。

②塍径：田间的道路。

③"在野"二句：说周氏主人仪表气度和待人接物的礼节均好。

④囊弧：是弧（弓）处囊中，喻无官位者。散秩：是虽有官位而闲散无一定职守者。孤骞：孤高耿介，不同流俗。两句说周氏庄的人无论有无官位，都重品行，有操守，令人刮目相看。

送何广文琴雅致仕归里，遣书致诗，惜不亲别[1]①

梅岳先生清且贤，因辞黄绶弃青毡②。
芝岩几日迎斑杖，碧水何由送客船③。
潦倒交期唯一老④，风尘别泪已三年。
春花亦满龟蒙路，霜鬓惭君未着鞭⑤。

【校】

[1] 此诗又载抄本《秕芳园集》卷中，标题中"何广文"后无"琴雅"二字。

【注】

①广文：明清时州县儒学教谕、学正一类教官，习称广文先生。光绪《凤阳府志·职官志》有何琴雅，宜兴举人，康熙十二年任寿州学正；《寿州志·职官表》载康熙十八年任职的学正为"何雅琴"，应是何琴雅之误，《席志》亦作何琴雅。致仕：退休。

②梅岳先生：应是何琴雅的字或号。黄绶：指官印。青毡：指教席。

③芝岩：对何广文故乡的敬称。斑杖：字面意思是斑竹制的手杖，此处实

141

指鸠杖。鸠又称斑鸠，但"鸠"字仄声，此处于律不合，故以"斑"代之。鸠杖是在手杖上端刻斑鸠形象，传说鸠为不噎之鸟，刻之于杖头，有提醒老人食时防噎的意思。鸠杖在先秦和汉代是长者地位的象征，有时皇帝会赐鸠杖给老者，见《后汉书·礼仪志》。

④交期：指作者与何广文相识交往的时期。

⑤龟蒙路：《诗经·鲁颂·閟宫》有"奄有龟蒙"，后即以龟蒙指代鲁国山川。此指回故乡曲阜的路。未着鞭：照应题目的"惜不亲别"，谓自己未能亲往相送。

卖马行①

虹县署官贫卖马，两载瓜代栖荒社②。
白头缠愁稀六亲，有马随我犹故人。
时屈亲爱成离析[1]，今朝枉汝辞故枥③。
短褐掩面送行尘，病杖欹危泪垂滴④。
念汝虽非乘黄伍，三年共人识辛苦⑤。
东走吴会北还鲁⑥。
瘦骨岁伴牸池云，危心几排龙江怒⑦。
君不见天子天厩育龙媒，春荛[2]花红苜蓿堆⑧。
又不见孤竹夜活十万士，有用岂必腾骧材⑨。
苓术渤溮何厚薄，时危空筑黄金台⑩。
我马自合随贱士，同心惨憺终有莱⑪。
有仆踉跄笑余走，驽骀千辈复何有！
恩不甚兮义轻绝，贫贱弃掷士为丑⑫。
汝看我马临出门，垂头若丧声若吞。
不顾其驹反顾主，方眘张裂双蹄蹲。
仰天不受青丝络，赤肝似欲吐片言⑬。
世上岂无千金种，安得留此奉至尊。
鸣呼，造父罢御王良死⑭，雄姿殊多未足拟。
若道皮相不才堪轻掷，不闻多才称龙比⑮。

【校】

[1] 析，两种抄本均作"柝"，刻本作"拆"。按，"离柝""离拆"皆不词，且与下句的"枥"字不叶韵，必误。检《诗韵》，"枥"属入声"十二锡"部，

该部有"析"字，不唯合韵，亦可读通，乃以意改之。

[2] 芻，两种抄本均作"蒭"，二字相通。

【注】

①此诗似在虹县任职时因贫卖马而作。诗中表现了作者对跟随自己多年的老马难以舍弃的深厚感情，并由马及人，表达了作者的人才观。孔尚任有《卖马》诗，施闰章有《卖船行》，颜光敏有《卖船行为宣城先生作》，三人均与作者过从亲密，此作或受其启发。

②虹县：是现已退出使用的古地名。从东汉时就有虹县，在今安徽省五河县一带，此后屡废屡设，位置和隶属也有改变。清初虹县属泗州，康熙十九年，泗州城陷于洪泽湖，于乾隆时迁泗州治于虹县，虹县并入泗县。《颜氏族谱》载，康熙二十三年（1684），作者"以帝幸阙里，恩授江南凤阳府寿州同知，摄虹与定远两县事"，此诗应即在虹县时作。诗谓"两载瓜代"，或是任虹县令两年，但由于材料缺乏，难以指实。下文有"三年共人识辛苦，东走吴会北还鲁"，又有"犊池""龙江"，由此诗略可考知作者行踪。瓜代：指任期已满，换人接替。出自《左传·庄公八年》："齐侯使连称管至父戍葵丘，瓜时而往，曰及瓜而代。"荒社：社指土地祠。看来作者曾有住在荒凉的土地庙的经历。

③离析：分开、离开。枉汝：委屈你。枥：马槽。按，本书卷二《临淮县》有"儿女那随人，我马难维絷"句，可见作者爱马之情。此四句说：自己在这里并没有多少亲朋，对这匹老马一直是当成家庭一员看待的！但因为形势不好，要忍痛和亲爱的马分开，今天要和你告别了！

④短褐：是贫苦人的衣服，此同"病杖"一起，言作者其时贫病交加的落魄。

⑤乘黄：神话传说中的异兽，见《山海经·海外西经》："白民之国……有乘黄，其状如狐，其背上有角，乘之寿二千岁。"后人用以指良马。如杜甫《韦讽录事宅观曹将军画马图》："国初已来画鞍马……人间又见真乘黄。"又《瘦马行》："士卒多骑内厩马，惆怅恐是病乘黄。"二句说你虽非良马名驹，但三年来朝夕相处，辛苦与共。

⑥吴会：浙江会稽。鲁：山东曲阜。为骑此马所经行之地。

⑦犊池：指寿州古迹留犊池。《寿州志·舆地志》"留犊池在今城内"，引《水经注·肥水》："昔巨鹿时苗为县长，是其留犊处也。"按《寿州志·职官志》，东汉有寿春令时苗，叙其事迹："始之官，乘薄篷车，黄牸牛，布被囊。居岁余，牛生一犊。及去留其犊，谓主簿曰：令来时本无此犊，犊是淮南所生有也。"龙江：指长江南京段。

⑧天厩：皇宫的马厩。龙媒：骏马。春芻：嫩草。苜蓿是优良的牧草。

⑨孤竹夜活十万士：指老马识途事，见《韩非子·说林上》："管仲隰朋从于桓公而伐孤竹，春往冬返，迷惑失道。管仲曰：'老马之智可用也。乃放老马而随之，遂得道。'"此说切于实用的也不一定都是年轻的良马。腾骧：飞腾，奔腾。

⑩苓术：茯苓和白术，是中药。渤溲：马勃和牛溲，即屎菰和车前草，古人常用于比喻虽然微贱但是有用的东西。黄金台：战国时燕昭王筑以招贤之所。此谓马和人才一样，贤与不贤的关键在于得其用，如不得其用，再贤亦无济于事。

⑪有莱：《诗经·小雅·南山有苔》："南山有苔，北山有莱。乐只君子，邦家之基。乐只君子，万寿无期……"《毛诗序》以为是"乐得贤"的诗。

⑫"有仆"以下四句：说有奴仆看到我卖马，对我表示轻蔑，东倒西歪地笑着走了。他一定是认为我寡情缺德，无恩无义。

⑬"汝看"以下六句：写被卖掉的马舍不得离开主人。它垂头丧气，好像在哭泣，它不顾自己的孩子，只靠近主人，两只眼睛睁得很大，双腿蹲下去，仰天而望，仿佛想用语言大声表达出自己对主人的忠诚……

⑭造父、王良：都是古代善于相马驭马的人，见《韩非子·览冥训》和《吕氏春秋·观表》等。

⑮皮相：表面现象。轻掷：轻易抛弃。龙比：以龙相比。以上是作者的感叹，大意是：我的马各方面的优点很多。如果说是因为从表面看它并不出色而被我轻易卖掉，那是不知道我一直是把它比作龙马的！

王节妇诗①

慷慨千岁名，白刃一朝赴。

独有匹妇义，蹇难终身遇②。

王也本雏鸾，凤失天难傅。

空巢枯梧颠，养子棠棣树③。

红颜集风雷，宝瑟春庭暮。

迢迢银河水，荧荧斗边婺④。

锦杼鸡鸣停，寒幌熊丸付。

儿诵母鐏开，儿辍母泪聚⑤。

啼泪感金石，如闻真宰诉。

儿渐整骨毛，萱色亦匪故⑥。

惨澹五十年，冰雪芳华误。

岂不惜春阳，高柯无卑趣⑦。

岂惜速同穴，隐忧在托顾。

缅思赵程婴，捐躯非彼务⑧。

长戟满下宫，中衍终祀祚。

丈夫誓精忠，景尔勿却步⑨。

【注】

①节妇：是丈夫死后守节不另嫁的妇女。在古代尤其明清两代，由于主流意识形态大力提倡和社会文化环境的熏陶，夫死守节几乎成了大多妇女的潜意识，造成了无数人生悲剧。

②"慷慨"四句：那些慷慨捐躯的英雄志士的英名，在面对白刃引颈受戮的顷刻间就得到了；而一般平民节妇的千秋美名，则是用终身的痛苦艰辛换来的。

③"王也"四句：说王节妇还未结婚，她的丈夫就去世了。后来她有了一个养子。棠棣：《诗经·小雅》有《常棣之华》，诗是写兄弟友爱的，常即棠。

④"红颜"四句：以象征的手法虚写王节妇的处境：薄命红颜，风雷令天地变色；断弦琴瑟，愁绪萦春庭暮霭。恨如迢迢银河水，永无尽期；身似孑然天上星，谁可与言！斗指北斗，婺指婺女星，是二十八宿之一。

⑤"锦杼"四句：说王节妇整夜织布，到鸡叫时才休息。冬夜儿子读书，她准备好营养品给儿子补身体。儿子认真念书，她喜笑颜开；儿子贪玩辍读，她泪流满面。熊丸，即熊汁丸，以熊胆汁为主要原料做成，详本书卷一《张节妇诗十七韵》注⑪。

⑥"啼泪"四句：说王节妇交织着心血泪水的所作所为，上天也要受到感动。精诚所至金石为开，儿子渐渐长大，婆婆也进入老境。整骨毛：喻长大成人。匪故：不像过去那样。

⑦"惨澹"四句：漫长的50年过去，豆蔻芳龄的少女变成冰清玉洁的王节妇。她难道不珍惜像春阳一样温暖的人生？但是她有着像高大树木面对青天那样的追求，所以能抛弃平常庸众的趣味。

⑧"岂惜"四句：当初她难道是怕死而不与丈夫同穴下葬吗？她想的是自己的责任和丈夫的嘱托。她想起了古代程婴的故事，认为不应该当时就去死，为丈夫孝养母亲抚养后代才是她的任务。程婴，是晋国赵朔的友人。赵朔一家被奸臣屠岸贾杀害，程婴和公孙杵臼设下计策，由公孙杵臼故意告发，杀死了

冒充的婴儿，公孙杵臼也被杀。程婴则带真孤儿到深山中，隐姓埋名，忍辱负重，保护赵氏孤儿，把他抚养成人，最终复兴了赵氏宗族。他为践当初和公孙杵臼之约，也自杀。事见《史记·赵世家》等。

⑨"长戟"四句：写程婴事，实际也是写王节妇：说程婴当时面对着巨大的危险，他要保留赵氏血脉并延续下去，他的愿望实现了。他这种舍己报友的忠肝义胆是真正的男子汉大丈夫，值得后人永远景仰和学习。

滁州朝行①

凋零秋色古谯南②，滁阜江峰接碧岚。
懒遣家书虚过雁，未忘幽兴屡停骖③。
烟光离合阴崖竹，香气空濛锦树柑。
欲采霜兰成晚佩，人今憔悴似湘潭④。

【注】

①朝行：清晨行走。

②古谯南：谯县即今安徽亳州，滁州在其东南方向。

③因为自己的疏懒，已很久没给故乡亲人写信。为看路边风景，经常停下马来。雁：古人有鸿雁传书的传说，因此以雁指代寄信。骖：本义是三匹马，此指马。

④以兰蕙代表美好的事物和精神寄托，是古代诗人所谓美人香草的传统，源于《楚辞》。屈原《离骚》有"纫秋兰以为佩"句。湘潭，应是指代屈原，他不同流俗而终于自沉于汨罗江。汨罗江为湖湘之地。诗中虽未出现屈原之名，实是作者以他自喻。

秦淮水关①

驻马秦淮晚渡头，水关江水御沟流。
旧宫遗事悲阿监，衰草青门少故侯②。
笳吹不闻明月戍，将军时上采莲舟③。
承平又见繁华日，谁忆兴亡五十秋④。

【注】

①秦淮：秦淮河，南京名胜之地。

②阿监：宫中的太监。青门：长安城的东门，后泛指都城城门，此指水关。

故侯：指历史上的高官贵族。按，此句暗用元稹"白头宫女在，闲坐说玄宗"意。

③笳：军旅中用的乐器，其声悲壮粗犷。因秦淮水关本有京城防御的性质，曾驻有军队，故云。乘上小舟在秦淮河采摘莲花莲子，本是女子的事情，此云将军，微有讽刺之意，引起末句"谁忆兴亡"的感慨。可参本书卷六《淮上军》第八首及注。

④承平：天下太平。秦淮河畔满目繁华，已没有人会想起改朝换代的事。按崇祯十七年（1644）福王朱由崧在这里被拥立为弘光帝，清顺治二年清兵南下，弘光逃走，清兵攻破南京，大肆屠掠。如从顺治二年（1645）算起，50年后为康熙三十四年（1695）左右，大致是此诗写作时间。

石头城怀古①

六代繁华自旧京②，贤君庸主递雄争。
秦人已厌金陵气，江水空流铁瓮城③。
行旅天门拾翠瓦，熊罴桂殿树干旌④。
纷纷铭勒尤多事，残照西风万古情⑤。

【注】

①石头城：南京的别称。

②六代繁华："六代江山在，繁华古帝都"，为晚唐王贞白《金陵》句，后人因以此四字指南京。所谓六代，为东吴、东晋和南朝的宋、齐、梁、陈，六朝都以金陵为首都。旧京：过去的首都。

③"秦人"句：传说秦始皇听方士说金陵有王者之气，乃"因东游以厌之"。见《史记·高祖本纪》。厌：以方术驱避可能出现的灾祸。铁瓮城：在镇江，三国时东吴孙权所筑，此处是借指石头城。意思是说，不要说石头砌的城，就是铁铸的城，也会像滔滔江水一样消失在历史中。

④天门：皇宫大门。这句说，行人可以无意捡到当年皇宫建筑的琉璃瓦。熊罴：两种猛兽，用以指代兵将、战士和军队。桂殿：对宫廷殿阁的美称。干旌：干是武器，旌是旗帜，干旌可理解为仪仗。此句说，石头城的宫殿里曾插满旌旗。

⑤历代君王都认为自己最伟大会传之万代，但在后人看来，他们只是过眼烟云，他们的立碑纪功，实属多事。只有眼前的西风残照是万古不变的。铭勒：指立碑刻石。

长干里故佟中丞园亭感旧①

长干里第何年换，湖上还闻白纻词②。

桂岭依稀巢翡翠，兰桡仿佛见旌旗③。

同舟仙旅今谁在，栽柳山翁归去迟④。

二十年间人事改，江山三过不胜悲⑤。

【注】

①长干里是古代南京繁华地区，在今秦淮河以南雨花台以北一带。故佟中丞园亭，又见颜光敏《南游日历》辛酉（康熙二十年，1681）正月十四："过长干巷，入佟氏园亭，竹径、桂岭、蕊香津，历历皆如旧游。"按，中丞即巡抚；此佟中丞应为曾任福建和浙江巡抚的佟国器。陈寅恪《柳如是别传》卷五引《国朝金陵诗征》卷一："国器字汇白，襄平籍，居金陵。顺治二年授浙江嘉湖道，再迁福建巡抚……筑僻园在古长干，山水花木甲白下……"又引杨仲羲《雪桥诗话》卷二"佟汇白中丞国器"条："去官后卜筑钟山之阴，小阁幽篁，酒客常满。"据此，可知此故佟中丞园亭即佟国器家的僻园。

②湖，指玄武湖。白纻词：又作白苎辞，是古代乐府舞曲。《乐府古题要解》说："白苎舞，本吴舞也。梁武帝令沈约改其辞为四时之歌。"吴和梁都是以南京为都的，故白纻词是南京的歌曲。

③桂岭：佟氏园亭中的一景；翡翠：一种羽毛美丽的水鸟。兰桡：游船的美称。旌旗：指官府仪仗。

④"栽柳山翁"，是作者自指，可参本卷《芍陂堤上课各门监者种柳》诗。

⑤二十年：作者康熙九年（1670）光敏任职龙江关时曾游金陵，此次应为康熙三十四年（1695），距初游24年，二十年是举其整数。江山三过：二十九年（1690）赴寿州任时过金陵为第二次，此为第三次。

关山寿亭侯庙①

寿亭遗恨荆门策②，宫庙仍留滁阜云。

不吊君臣阮祚运，漫同吴魏论功勋③。

竹梧当陛青霄出，羽节临江白日曛④。

千古奸雄窥马迹，赫然犹见汉将军⑤。

【注】

①关山：在滁州。寿亭侯指三国关羽。明万历以后，由于朝廷的提倡鼓吹，关羽的地位迅速上升，晋封为帝，称关圣，全国各地到处都建了关帝庙。关山的关帝庙在清流关附近。略与作者同时的洪昇有《滁州道中经关山庙作十八韵》（《洪昇集》，浙江古籍出版社）题下自注："相传关壮缪薨后，东吴困关公子于此。壮缪显灵，率神兵破山救子处。旁有甘、苦二泉。"

②寿亭：关羽封汉寿亭侯。荆门：在今湖北省，即三国时的荆州。赤壁战后，刘备入蜀，留关羽守荆州。他出兵攻曹操的襄樊时，被孙权派吕蒙偷袭，关羽大败，荆州失陷，故曰"遗恨"。策：计划，策略。

③"不吊"二句：上句的"君臣"指蜀汉刘备及关、张、诸葛等人，蜀汉终未统一中国，被认为是祚运之阨。下句的"吴魏"指三国中蜀之外的吴国和魏国。魏、蜀、吴最后都被晋所统一，关羽以及三国已成历史，所以不必再论功勋。

④"竹梧"二句：上句写寿亭侯庙景色，下句遥想关羽当年率大军在长江边的声威。羽节：用羽毛装饰的表示权力地位的仪仗。曛：日光。

⑤奸雄指历史上有政治野心的人物，千古奸雄，应指曹操。"窥马迹"待考，汉将军指关羽。

濠右[1]①

> 郁律荆涂佳气多，中穿淮水下长河②。
> 舳舻东注临天府，同会西来想玉珂③。
> 耆旧稀闻铜马泪，于皇犹唱大风歌④。
> 仁陵松柏何年尽⑤，惟见群峰逝水波。

【校】

[1] 此诗抄本《祗芳园集》卷中题为《濠口》。

【注】

①濠右：从诗之描写看，濠右应在今凤阳县。凤阳本属濠州，明初改凤阳府，其地有明皇陵及明皇城。

②郁律：可用以形容山的高耸、谷的深邃、林木的茂密以及云雾的升腾等多种现象。荆涂指荆山和涂山，在今蚌埠怀远县。淮水即淮河，长河或为濠水。

③舳舻：船只。天府：指中都皇城。明初在凤阳县兴建中都和皇城，气势恢宏，工程浩大，但几年后即停建。这里说的天府应指皇宫遗址。玉珂：玉做

的马饰。此句说可以想象明开国时皇帝率领大批人马自西而来的景象。

④铜马泪：李贺《金铜仙人辞汉歌》写魏明帝时拆汉武帝的捧露盘铜仙人，有"空将汉月出宫门，忆君清泪如铅水"句，此仿其意，以铜马泪隐喻明陵的破败。于皇：指于皇里，是凤阳的地名，详见本书卷九《丹青行赠张山人鋐》注⑫。《大风歌》：据《汉书·高祖本纪》，高祖刘邦征淮南王胜利班师路过故乡沛县时，酒酣，自击筑而唱："大风起兮云飞扬，威加海内兮归故乡，安得猛士兮守四方！"慷慨起舞，伤怀泣下。此以汉高祖比拟明太祖朱元璋。

⑤仁陵：指凤阳明祖陵。

病闲①

吏情虚禄米，病态愧闲身②。
未绝论文屐，犹翻漉酒巾③。
樵薪课仆早，种菊唤妻频。
圣代容迂老，何须忆钓纶④！

【注】

①此诗又载抄本《秪芳园集》卷中。入选《曲阜诗钞》卷一。

②虚禄米：谓只领俸禄而不做事，故曰"愧"。

③论文屐：屐，鞋。漉酒巾：自酿酒时过滤用的巾。两句谓文朋诗友之间诗酒留连，来往不断。

④这圣明的时代能容得下我这迂腐的老家伙，就不再想什么垂钓归隐的事了！

五十九叹

人生稀七十，今余五十九①。
去彼方十年，病质犹奔走。
山水惜暂容，壮志迥白首。
何尚望故林，长违旧松柳②。
所亲逝魂尽，余生业云厚③。
嗟尔土木躯，聊为妻孥有。
盍裹琴卷来，衡宇日傍酉④。
乾坤一无事，焉得辨好丑。

亲戚不出巷，聚会必黄耇⑤。

　　就我桑榆光，饮尔生前酒⑥。

　　昭昭果未亏，文字殊多口⑦。

　　尧舜与羿奡，谁当骨未朽⑧？

【注】

　　①作者59岁，为康熙三十四年（1695）乙亥。以下六句说自己距离古稀还有十年，本该在家颐养天年了，而却还在奔走王事，未得长享故乡山水园林之趣，而建功立业的壮志也难遂愿。

　　②何尚：指南朝宋何尚之。他致仕时曾撰《退居赋》，见《宋书》本传。旧松柳：指代故园。

　　③所亲，此应指父母。业：佛教术语，音译为"羯磨"，意译为造作。泛指众生一切有意识的行为活动。业有三种，即身业、口业、意业。恶业是身、口、意造下的罪恶行为。业云，谓恶业如云。南朝齐·王融《净行颂·开物归信篇颂》："生浮命舛，识罔情违；业云结影，慧日潜晖。"

　　④盍，何不。琴卷，乐器和书籍。衡宇：门上的横木和房檐。日傍酉：酉时，下午五时至七时。

　　⑤黄耇：黄指黄发，耇音gǒu，本义是老年人面部的寿斑，黄耇即老年人。

　　⑥桑榆光：落日的余晖。见《淮南子·天文训》："日西垂，景在树端，谓之桑榆。"生前酒：见李白《行路难》："且乐生前一杯酒，何须身后千载名。"白居易《劝酒》："身后金星挂北斗，不如生前一杯酒。"

　　⑦昭昭：明明白白。此用屈原《离骚》"芳与泽其杂糅兮，唯昭质其犹未亏。"谓回首平生，自己在做人上尚没什么错误，但在诗文写作上也许多有不当之处。多口：多言，不该说而说。

　　⑧尧和舜都是上古圣贤，羿和奡（音ào）则可说是历史上的反面形象。但在现实生活中，圣贤少见而恶人不绝，所以作者忍不住有此发问。据《史记·夏本纪》："羿恃其善射，不修民事，淫于田兽，弃其良臣"；奡"恃其诈力，不恤民事"。《论语·宪问》中南宫适说他二人"俱不得其死然"。两句说圣贤和恶人都逃脱不掉死亡的结局。

咏女生日[1]①

　　官闲知琐细，儿女慰春堂。

　　欲雪看成咏，探梅早试妆②。

新书楚语半，旧彩越罗凉③。

次第催余老，汝今身又长。

【校】

[1] 此诗辑入《曲阜诗钞》卷一。

【注】

①本书卷五有七绝《咏女生日》，诗中说女儿字维璋，应即此女。看来女儿是在寿州任上所生。此诗描写细腻，笔触温柔，生动地写出对小女儿的喜爱，反映了作者内心柔软温情的一面。

②"欲雪"二句：天要下雪时，她学作诗已将成篇；准备出门看梅花时，她急忙地打扮自己。按，以上是字面所表示的意思。其实上句暗用晋谢道韫典故，以示女儿之才。见《晋书·王凝之妻谢氏传》："王凝之妻谢道韫，聪明有才辩，尝内集，雪骤下，叔谢安曰：'何所拟也?'安兄子朗曰：'撒盐空中差可拟。'道韫曰：'未若柳絮因风起。'安大悦，众承许之。"下句暗用南朝寿阳公主以梅花饰额为妆的故事。见《太平御览》卷三十引《杂五行书》。

③"新书"二句：读新书夹杂着一半安徽口音；所穿轻薄凉爽的旧衣服是浙江产的丝绸。按，彩，是花衣服，作者一定会因"旧彩"想起老莱子斑衣戏彩的故事。这连暗用典故也算不上，但确实可以为作品增加丰富的意蕴。

赠方生①

有美寿南裔，才杰实在兹。

壮心映异彩，不宁盛容仪②。

悬黎海波阔，采掇卒不遗③。

区区衔与辔，焉睹神骏姿④。

仲冬乘寒云，屡顾慰所思。

剑佩森风霜，悲鸣双蛟螭⑤。

居然弟子礼，温恭藏襟期。

□□□□□，对子颜益衰⑥。

丈夫鼎钟业⑦，小吏焉施为。

近者下明诏，车马备西陲⑧。

弃君关门缲，脱尔囊中锥⑨。

汉家百万士，欲问卫霍谁⑩？

【注】

①此方生情况不详。诗中有"近者下明诏，车马备西陲"，应指康熙三十五年亲征噶尔丹事。按此次征伐二月开始行动，本诗叙方生相访有"仲冬乘寒云，屡顾慰所思"，则诗应作于康熙三十四年冬。

②不宁：是成语"不宁唯是"的略语，即不唯、不只是。两句说方生既有抱负又仪表出众。

③悬黎：又作玄黎，是一种能夜里发光的美玉，此喻人才。此说朝廷正广搜人才，杰出的人才是终究会被发现的。

④衔和辔都是马具。此说从马具上哪能看出马的优劣！

⑤风霜：喻剑的锋利。悲鸣的双蛟螭也是说剑，古人有剑化为龙的传说。此四句说在仲冬某日方生曾去看望作者，他身上佩着剑。

⑥"居然"四句：说从对作者的恭谨中，可以看出方生的胸怀和抱负，而自己在他面前更显得疲惫衰老。第三句刻本原阙。

⑦鼎钟：钟鸣鼎食的略语，是朝廷和贵族生存方式的代语。两句鼓励方生要胸怀大志。说男子汉应该为朝廷效力以取富贵，自己这样的普通官吏做不了什么大事。

⑧"近者"二句：可能是指康熙三十五年的征伐噶尔丹事。

⑨关门缥：用终军弃缥事。终军是汉代人，幼有大志。赴长安时，函谷关史给终军"缥"（通行凭证），终军问："以此何为？"史答："为出关合符之用。"终军说："大丈夫四游，必取功名，出关何用此物！"弃缥而去。事见《汉书·终军传》。囊中锥：用毛遂事。毛遂是赵平原君门客，自荐去与楚王谈判，平原君见他平时没有名气，说："夫贤士之处世也，譬若锥之处囊中，其末立见。"毛遂说他愿意得处囊中才能脱颖而出，结果终于说动楚国出兵抗秦救赵。事见《史记·平原君虞卿列传》。

⑩卫霍：卫青和霍去病，西汉名将。以上是以历史上的著名励志故事鼓励方生。

前代[1]①

前代论多士，升堂几辈传②？
文章总会合，卿相最联翩。
主辱谈经日，国空赐剑年③。
运移法未变，科律至今悬。

【校】

[1] 此诗抄本《秪芳园集》卷中题为《感旧》。入选张鹏展编《国朝山左诗续钞》卷二，题《感旧》。

【注】

①此是取首句前两字为题。从诗的内容看，与科举考试选拔人才的制度有关。明末以东林党为代表的清流派在当时对朝政影响很大，他们中固然多有忠诚高洁之士，但由于占据了道德制高点，热衷于空谈，无力解决实际问题，事实上对朝政带来的负面作用也是不容忽视的，甚至有学者认为明朝最终亡于清流之手。作者很有可能是有感于这段并不算遥远的历史而作此诗。

②多士：人才众多。《尚书·周书》有《多士》篇。升堂：喻学习达到一定境界，见《论语·先进》："由也升堂矣，未入于室也。"

③谈经：唐诗有"不学竖儒辈，谈经空白头"，此谓空谈是"主辱"的原因。赐剑：是皇帝激励大臣的方式。

宓子祠①

宓子堂高决水阴②，居人千户拥萧森。
明章不废秋尝礼，美俗如传单父琴③。
远辔何年归使节？虚帏永日对鸣禽④。
楚中多少乘轩客，空有簪圭返旧林⑤！

【注】

①宓子：孔子的弟子宓不齐，字子贱，鲁国人，曾为单父宰，有才智，仁爱，孔子赞其为君子。光绪《寿州志》卷五《营建志》："宓子祠，在州之瓦埠镇……国朝康熙……三十三年，州同颜伯珣、住持秀达苦募以构文阁卷棚，三十九年，贤裔宓省信携子鼎文来数千里外，瞻拜涕下，见祠墓有托，鼓琴而返。"此诗或作于三十三年。

②决水：淮河支流，今名史河。水之南为阴。

③明章：此指祭祀时的表章仪式。秋尝：是古代天子和诸侯秋天举行的宗庙祭祀。单父琴：宓子贱任单父县令，政减刑轻，鸣琴而治。见《吕氏春秋》。

④远辔：长途旅行的车马。光绪《寿州志》卷三《舆地志·冢墓》："宓子贱墓在州南六十里铁佛冈。旧有碑，云子贱为鲁使吴，死于道，因葬焉。"按，史料中并没有宓子贱为鲁使吴的记载，故其真实性是可疑的。寿州的宓子贱墓祠很有可能是出自后人附会。作者应该知道这一点，但不便明说，所以用"何

年""虚怅"这样的字眼委婉地表达自己的态度。

⑤簪圭：是官员表示其品级的饰物。旧林：故乡。两句说世上有多少招摇过市颐指气使的高官显宦，他们返回故乡时，除了那炫目一时的排场外，还能留下什么？

韩城夜①

韩城临晦夜②，不寐尽忧端。
度枕残星小，闻钟古寺寒。
客身频去往，归梦亦艰难。
未及栖檐雀，何曾惜岁阑③。

【注】

①韩城清初是陕西西安府的辖县。按《颜氏家藏尺牍》卷四有颜伯珣致光敏书，其第十札云"四月二十日，始自商州抵家。居外八月，强半为病牵缠……"书应为康熙十一年（1672）作，可知此诗或作于康熙十年年底。

②晦：是农历每月最末日。

③岁阑：一年将尽。

齐王庙①

传闻下邳事，汉将筑三城②。
破楚无遗策，封齐滥得名③。
关河霜雪晚，堂几古今情④。
战骨千年朽，荒原草更生。

【注】

①齐王庙未详所在，此齐王或为韩信。韩信是淮阴人，西汉开国功臣，与萧何、张良并称为汉初三杰。

②下邳：即今江苏睢宁古邳镇，汉代为东海郡下邳国。下邳曾为楚都，韩信为楚王时驻此。筑三城：此似用杜甫《诸将五首》之二的"韩公本意筑三城，拟绝天骄拔汉旌"。又白居易《新乐府·城盐州》"韩公创筑受降城，三城鼎峙屯汉兵"。所说的韩公，皆指唐将张仁愿，封韩国公，他筑三受降城以御突厥。但此是用后世之典咏前代之人，似有可商，待考。

③"破楚"二句：韩信击败田横后，以齐地不能没有王为由请刘邦封他为

"假齐王",也就是代理齐王。刘邦非常愤怒,但是还是立他为齐王。"滥得名"或指此。

④堂几:指齐王庙的建筑和设施。

八公山口占①

危阁中峰路,雄关寿北门。
淮淝交面背,风浪失朝昏②。
井没伤仙鼎,山开尚禹痕③。
铁堂传昔战,犹哭旧征魂④。

【注】

①八公山:在寿州城北。寿州在汉代为淮南王刘安封国。刘安养方术之徒数十人,其中有八公,据说能炼金化丹,白日飞升,鸡犬舐其余药者皆俱得升天。八公山之名缘于此。

②淮淝:淮河和淝水,是流经寿州的两条河,淮河在其北,淝水在其东南,故曰"交面背"。"失朝昏"谓两水风浪之大,不辨早晚。

③"井没"二句:上句之井及仙鼎均与八公为刘安炼丹事有关。《寿州志·舆地志》记八公山上有淮南王刘安庙、隐室、石井。下句谓八公山上有大禹治水时开凿的痕迹。

④铁堂:待考。旧征魂:东晋大将谢石、谢安与前秦苻坚的淝水之战时,苻坚大败,秦士卒死者一万五千人。苻坚仓皇出逃中,看到"八公山上,草木皆类人形",留下了"草木皆兵"这个成语。见《晋书·苻坚载记》。

有事阚疃①

岁暮仍装裹,官微受指麾②。
度淮随鸟急,望火宿村迟。
万事归阑梦,浮生信半巵③。
野人饶献酢,祇搅旅堂思④。

【注】

①阚疃:今安徽亳州利辛县阚疃镇,清初属凤阳府凤台县。

②指麾:指挥。两句叙身难自主,颇见无奈。

③"万事"二句:谓人生如梦,解忧唯酒。阑梦:残梦。巵:酒杯。

④野人：村野之人，相对于官员而言。献酢：以酒敬人。旅堂思：思乡之情。

孙叔敖庙[1]①

安丰县郭草离离，塘上岿然楚相祠。
乌鹊朝啼南国树，儿童醉卧岘山碑②。
百年兵燹[2]妖氛后，万井桑麻霸业遗③。
高下朱门零落尽，前贤岂不后人期④？

【校】

[1] 此诗又载光绪《寿州志》卷三十四《艺文志》。

[2] 燹，《寿州志·艺文志》作"火"。

【注】

①孙叔敖：春秋楚庄王时楚国名相，以贤能闻名于世。《淮南子·人间训》记他"决期思之水而灌雩雩之野"。清·夏尚忠追纪其事："溯其初制，引六安百余里之水，自贤姑墩入塘，极北至安丰县折而东至老庙集，折而南至皂口，又南合于墩，周围凡一百余里，此孙公当日之全塘也。"《史记》列其为《循吏列传》第一人。《寿州志·营建志》载有"楚相孙公祠，在芍陂，祀楚令尹孙叔敖。明知州刘概建……国朝知州傅君锡、州同颜伯珣改建"，且录有颜伯珣撰《孙公新庙记》。按，芍陂，音"雀被"，今名安丰塘。据《安丰塘志》（安徽省水利志编纂委员会编，黄山书社 1995 年），孙叔敖庙在安丰塘北岸，现存，其正殿奉楚令尹孙叔敖塑像，其东为明寿州知州黄克缵的木主，其西为颜伯珣的木主；东西庑则配祭汉至清代于芍陂水利有功者 48 人。作者写孙叔敖的诗有多首，充分表现了对他的尊崇。可以说，孙叔敖是颜伯珣在寿州的精神榜样。

②岘山碑：晋·羊祜都督荆州诸军事，驻襄阳，有政绩。后人以其常游岘山，故于岘山立碑纪念，称"岘山碑"。《晋书·羊祜传》："襄阳百姓于岘山祜平生游憩之所建碑立庙，岁时飨祭焉。望其碑者莫不流涕，杜预因名为堕泪碑。"

③淮河南北为古战场，兵火不断，孙叔敖祠屡毁。此百年是泛指。万井桑麻：指孙叔敖创修的芍陂水利工程保证了此地农业的发展。霸业：孙叔敖辅佐楚庄王，使之成为春秋五霸之一。

④谓风雨岁月使孙叔敖祠的建筑破败零落了，也令古今多少名公巨卿朱门高第被人遗忘，只有像孙叔敖这样的人才能永垂不朽。但前贤难道不期望后人

继承自己的事业吗？这里的前贤，既指孙叔教，也指一代代的官员；后人，当然包括作者自己，而自己以后也会成为前贤的。

长吟①

五日经封印②，摊书坐到今。
任催残腊景，预懒隔年心。
彩胜频朝直③，春裳逐夜针。
妻孥贫点缀，瞋我只长吟④。

【注】

①此诗有"封印""残腊""隔年"语，是春节假期中作。写家中妻子儿女忙于过年，自己则读书吟诗，有一种闲适慵懒的温馨气氛。

②封印：衙门年节暂停办公。

③彩胜：胜指方胜，是两个菱形相叠形成的图案纹样。此指过年时佩带的插花饰品之类。

④"瞋我"句：说老婆孩子都忙着为过年增加色彩，而我只知道吟诗！瞋：怪罪，生气。

奉调监运课铜赴京师，赠别家人口号。①

春来有事决沘流，日日河干送白头②。
颠倒衣裳难我懒，飘零花柳为君愁③。
新随百楗旋行役，旧敛双蛾更上楼④。
莫望关河念炎热，西征宵旰未纾忧⑤。

【注】

①作者奉调监运课铜赴京师，行程三个多月，九月到京，十月返寿州。此次行役艰苦备尝，在多首诗中有反映。本卷中大部分应都是此次行役途中之作（两种抄本却颠倒遗漏处甚多）。综合诸作判断，此行为康熙三十五年（1696）事，详各首下注及本书所附《颜伯珣年表》。

②决沘流：沘指沘水，决沘流当是一项水利工程。河干：河边。白头：作者自指。二句说作者春天还在工地上。

③颠倒衣裳：用《诗经·齐风·东方未明》："东方未明，颠倒衣裳。颠之倒之，自公召之。"难我懒：即以我懒（推托不干）为难。上句说自己接到行

役命令，无法推托；下句说自己离开后，妻子在家中无人照顾，令人发愁。

④百檄：百道公文，喻任务紧急。双蛾：蛾指蛾眉，女子的眉毛。更上楼：暗用唐王昌龄《闺怨》："闺中少妇不知愁，春日凝妆上翠楼。忽见陌头杨柳色，悔教夫婿觅封侯。"说自己即将离开，此后夫人只能每天上楼盼我回来了。

⑤西征：指康熙帝于本年春第二次亲征噶尔丹事。宵旰：宵指夜间，旰指傍晚，此谓日夜操劳。两句嘱咐妻子，别只挂念自己难耐炎热，当今皇上正率大军西征呢。

十五夜泊①

微风荡汉宿云残，满月横江玉宇宽。
愁里青峰书不到，舷前流水调希弹②。
良宵何事人高枕，沧海难容客挂冠③。
歧路愈遥舟愈远④，稀逢旅识报平安。

【注】

①此是行役中作。写离家渐远的孤独和对家人的思念。

②"愁里"二句：在船上收不到家书故更增乡愁，从舷前流水联想到琴曲《流水》，再联想到伯牙和钟子期的故事，更感到世上知音难觅。

③挂冠：辞官不做。

④歧路：用《列子·说符》歧路亡羊故事，喻指人生之路的不可预测。

[舟中感兴][1]①

【校】

[1] 此组诗十二首皆载抄本《秪芳园集》卷中，总题后有"十二首"三字，《海岱人文》本同，《颜氏三家集》本将此三字涂去。

【注】

①从在书中的排列和内容看，这组诗应是康熙三十五年（1696）运铜入京师时在船上所作。作者生长于较少见到船只的北方，到寿州后则经常与船打交道。现在水路进京，整天眠食于舟中，自然对船有了兴趣，于是以咏物七律的形式写了十二种功能不同的船只，写了各自的功用和特点，以及由其引发的种种感想，并且，因在船上有充分的时间和平静的心境，以下两组回忆性质的《忆正阳八子》八首和《秪芳园拟山水诗》十二首，也有可能是同时作。这样，

连同有关此次的记实之作，可以说他的这次行役是一生中除护领转饷京师那次之外的又一次诗歌创作丰收期。

西江竹船①

迢遥赣北千竿竹，驿传江东十号船②。
自有天河通御苑，那教陆地算金钱③。
鸣铙舟子间横楫，送濑烝徒夜苦鞭④。
能吏何如梁少尹⑤，清贫畏近日华边。

【注】

①西江：西来的大江，即长江。竹船是以运送毛竹为主的运货船。

②赣北：今江西北部九江一带。江东：长江以东南京一带。从诗中看，竹船似又有驿传的功能。十号或许是此种船的编号。

③天河：指京杭大运河。御苑：指京城。此说自从大运河开通漕运，驿道上的车马运输所占份额就少了。

④铙是一种打击乐器，舟子即船工。鸣铙是为了船行水上不与其他船相撞。濑是激流。烝徒是百姓，劳动者，《诗经·大雅·棫朴》："淠彼泾舟，烝徒楫之。"送濑烝徒，应是专为在激流航段拉纤的工人，他们经常被鞭打。这里表现了作者对劳动者的同情。

⑤能吏：能干的官吏。梁少尹：或指金代梁肃。肃字孟容，以曾任大名、大兴少尹，人称梁少尹。后官彰德军节度使，召拜参知政事，为著名廉吏。金世宗曾对群臣说："梁肃知无不言，正人也。卿等知而不言，朕实鄙之！"

节使船①

节使新还南海楫，连艨吹角迟明开②。
波漂御盖兼天转，露湿龙旗拂汉回③。
柱迥非缘标极入，崖深不见采珠来④。
普陀名胜犹穷澨，亦有恩光被草莱⑤。

【注】

①节使：指奉有朝廷使命的大员。节使船是这类高官的专用船。

②据《清史稿》，康熙三十年有"朝鲜安南琉球入贡"的记载，南海楫或指此。连艨：有主次大小的多艘船。吹角：启航时要鸣炮奏乐。迟明是拂晓

时分。

③御盖：指皇帝专用的仪仗如黄罗伞之类。汉：河汉，指天上的银河；"龙旗拂汉"隐喻节使与朝廷的关系。

④柱：指船的桅杆。迥：高。标极：船上测水深度的设备，本书卷八《秦淮怀大姚令孔璧六》有"海暗铜标没"句，铜标似亦此物。采珠：入海采珍珠。按，明代有珠贡，曾多次派太监去广东采珠，给百姓带来极大痛苦。入海采珠风险极大，嘉靖时的一次采珠就死六百人之多。故"不见采珠来"是颂扬清朝的德政。

⑤普陀山：在浙江舟山群岛，著名佛教胜地，有海天佛国之称。据《浙江通志》记载，康熙二十八年（1689）帝南巡时定海总兵黄大来奏请重修，被批准，并拨帑金分赐普陀、法雨二寺重建佛殿；后又赐法物、经典等。此诗所说"恩光"当指这类事。澨：音 shì，水边。穷澨谓普陀山本是边远的海岛。草莱：民间百姓。

游船①

城南城北皆游舸，画桨雕舷各不同。
乱后烟花何处是？座间词赋几人工？
繁弦急管休啼鸟，菱叶荷香自好风。
念四桥边明月在，愁心懒觅曲栏红②。

【注】

①游船是供游人游览观光的船。士人游览时，往往要饮酒作诗（"座间词赋"），有时还有歌女舞妓助兴（"烟花"）。

②念四桥：念通"廿"，念四桥即二十四桥，在扬州。此化用姜夔《扬州慢》词"二十四桥仍在，波心荡，冷月无声。念桥边红药，年年知为谁生？"曲栏红，固然可以理解为红色的栏杆，但其实指"红药"，即红色的芍药花。

送客船①

羡君不异执鞭士，兰蕙为旌桂作舟②。
浮家妻孥波涛立，送客容易往来游③。
金山帆下暮沽酒，铁瓮烟深朝裹头④。
同为利名谁宾主，笠翁江上更何求⑤。

【注】

①送客船是一种作为交通工具经营的船。

②"羡君"二句：此句中的"君"是指经营送客船的船主人，则"执鞭士"应是以出租供乘坐的骡马为生的人。兰桡桂舟之说不过是美称。

③"浮家"二句：说一家老小都住在船上，接送来往客人，把江上的惊涛骇浪视为等闲。

④金山：南京有紫金山。铁瓮：镇江有铁瓮城。裹头：包扎头巾。此处沽酒和裹头对举，是以两件具体的生活细节，指代船主人的日常生活。此谓客人晚上从南京出发，次日早晨就到了镇江。

⑤利名：即利益和名声，是大多数人终身追求的目标。这里的"宾主"有两层含义，一是站在作者的主观角度，认为自己的人生是主，名利是宾，只要能实现自我，此外更无所求，这个头戴斗笠的船主人就是自己的榜样。另一层含义是作者客观地描写船主和顾客的关系，船主是主，顾客是宾，两者都是普通人，都是为了名和利而奔波，从这个意义上说是平等的，所以根本没必要区别宾主。从这两句，可以体会到作者对以力谋生的平民生活方式的美慕。

估船①

扬州估客何时归，舴艋沙嘴夜不稀②。

前船来挽后船叫，灯火去随萤火飞③。

捩柁开头近拍枕，越吟楚唱堪沾衣④。

东篱有菊堪怜汝，拟共淮南秋月辉⑤。

【注】

①估通"贾"，商人，估船是经商的船。

②扬州在明清时商品经济发达，外出经商的很多，是为扬州估客。舴艋是一种小船，沙嘴是水边的沙滩。

③写夜晚估客回家的情景：人声杂沓，灯火闪烁，很有生活气息。

④这两句似较隐晦地说，扬州估客长年在外经商，归来时带回了异乡女子。捩柁即拨转船舵，指行船。拍枕：船下涛声如拍打枕头。越吟楚唱：指异乡之音，这女子也许是歌女。沾衣：泪水沾衣。

⑤与野草闲花相对，东篱菊应指家中的原配。这两句是估客的话：她会对你好的。今后你们共同在家乡过日子吧。淮南：淮河之南，也包括扬州。

官粮船①

连樯并缆阻人过，卫弁军旗修备多②。
安得艟艨通紫塞，不教车马渡黄河③。
春深凤阙三边檄，冰冻龙沙六月歌④。
闻道金舆超朔漠，宵中南顾厪时和⑤。

【注】

①官粮船是运河里的漕运船。

②修备：指军事装备。《左传·昭公十三年》："鲜虞人闻晋师之悉起也，而不警边，且不修备。"此写多艘官粮船组成船队，颇体现出其威严气派。

③艟艨：大船。紫塞：北方边塞。晋·崔豹《古今注·都邑》："秦筑长城，土色皆紫，汉塞亦然，故称紫塞焉。"二句设想如果这样的运粮船队能直通北方边塞，则黄河以北大片地区就不会用车马运粮了。

④凤阙：指京城、朝廷。三边：古称幽州、并州、凉州为三边，后泛指边疆。檄：檄文，是用于征召晓谕的政府文书。龙沙：西北白龙堆沙漠，见《后汉书·班超传》，此泛指北方沙漠。"冰冻龙沙"说六月结冰，是极言其气候恶劣。二句说所运官粮是用于军事行动。

⑤金舆：即金辇，皇帝所乘车。厪：勤劳。时和：社会安宁。按，康熙二十九年（1690）和三十五年（1696）都曾亲征朔漠平噶尔丹叛。此指后者。

水战船①

虎头如比象崇城，龙尾高悬插绛旌②。
几岁中原罢汗马，一时滇海殪长鲸③。
日横鱼阵常排榜，波就天河旧洗兵④。
终始南功出圣算，昆明不数汉家营⑤。

【注】

①水战船是用于水面作战的船。

②虎头和龙尾是船上的装饰雕刻。比：有并列的意思。绛旌是红色的旗帜。此写多艘水战船相联结，旌旗招展，俨然一座高城。

③滇海：云南滇池，泛指水战的水域。殪长鲸：喻水战胜利。此说这些年结束了陆地上的作战，水战船发挥了作用。

④鱼阵：喻战船鱼贯排列。榜：船桨。洗兵：兵指武器，洗兵是结束战争。杜甫《洗兵马》有"安得壮士挽天河，尽洗甲兵长不用"句，此用其意。此写战船的宏大气势。

⑤南功：南方的战功。最重要的是康熙二十二年（1683）施琅收复台湾。昆明指汉代长安汉武帝凿以训练水兵的昆明池。此说康熙帝神机妙算指挥收复台湾的功勋，比当年汉武帝强大多了！

流民船①

并包樵爨才盈尺，数口栖迟即是家②。
不敢中流随画桨，乱来斜日倚苍葭③。
恩归旧垄仍官种，诏启新河少涨沙④。
满目仳离无郑监，小臣惭附上天槎⑤。

【注】

①流民是没有固定居止之处的穷苦百姓。他们地位卑微，生存艰辛，寄身于一叶小舟，终日在水上漂荡。作者记下了他们的困窘，足见其"民吾同胞，物吾与也"（宋·张载《西铭》中语）的情怀。按，《吴嘉纪诗笺校》卷五有《流民船》三首："泗水涨入淮，千里波滔天。极目何所见？但有流民船。横流相荡激，篙短不得前。家人满船中，肢骨撑朽舷。人生非木石，饮食胡能捐？呜呼水中央，日暝风飒然。""拔棹欲何之？远投烟火处。岁俭窃盗多，村村见船怒。男人坐守船，呼妇行乞去。蔽体无完裙，蔽身无败絮。娇儿置夫膝，临行复就乳。生长田舍中，那解逢人诉！一米一低眉，泪湿东西路。""盐城有三人，云是亲父子。洪涛没其庐，适远求居止。饥寒世俗欺，同伴气都靡。三人万人中，屹如三岛峙。长叹呼彼苍，携手蹈海水。志士逢沟壑，将身会一死。釜中生游鱼，井上有败李。我饿难出门，闻之慨然起。"又孙枝蔚《溉堂续集》亦有《流民船和吴宾贤》三首，吴宾贤即吴嘉纪。此不再录。以上略可见船上流民生存状态。两人诗约作于康熙九年，可见二十多年后，流民问题仍未得解决。

②樵爨：樵是做饭的柴，爨是锅灶。老婆孩子吃喝拉撒都局促在小船上，那就是他们的家。

③画桨是指游艇之类。此谓流民船自惭形秽，傍晚时只能停在荒凉的芦苇滩边。

④旧垄：一般指祖上坟墓，此指各户土地。流民的土地大概是因开河修堤被占或者被洪水冲毁。按，康熙二三十年间治理水患是朝廷最重要的事情之一，

康熙帝数次南巡均与此有关。从这两句看，当时似有关于失地农民赔补和救助的诏书下达。

⑤仳离：夫妻分离。郑监：指宋代郑侠。他曾被贬为京城安上门门监，见饥民流入京城，便绘了一幅《流民图》，并作《论新法进流民图疏》，要求停止王安石新法。但中书省拒绝上报。郑侠乃冒险把《流民图》假冒成边关急报，直接呈送宋神宗。神宗看后，夜不能寐，第二天早朝时下《责躬诏》，罢去诸法。事见《宋史·郑侠传》。上天槎：槎是船，上天喻接近朝廷。两句说眼看着到处是可怜的流民，自己却无能为力，深感惭愧。

报船①

短棹锐头老楫师，针插急羽横金旗②。
夜争赤电百城过，昼下青天飞鸟疑③。
送去军书才海上，传来鲜荔少人知④。
居庸塞外闻三捷，应有佳音出御墀⑤。

【注】

①报船：是传递官府情报信息的船。

②船桨短、船头尖、船工富有经验，这是报船的特点，当然是为了尽量提高情报传递的速度。针插急羽：即羽檄，是古时征调军队的文书，上插鸟羽表示紧急，必须速递。见《汉书·高帝纪》。插金黄色的旗帜应是报船的特殊标志。

③"夜争"二句：形容船速之快。晚上像闪电，转瞬之间百城已过；白天像天上的飞鸟。

④传来鲜荔：用唐杨贵妃事。杜牧《过华清宫》云"一骑红尘妃子笑，无人知是荔枝来"。此化用之。

⑤居庸指居庸关，位于今北京昌平区，是京北长城沿线上的著名古关城，"天下九塞"之一；"闻三捷"当指平噶尔丹叛变的战争。佳音：好消息。御墀：宫殿的台阶陛石，指代朝廷。二句写报船所传递的重要信息。

竞渡船①

方过红桥却市村，如云如沸广陵门②。
千层雷霆坼峡岸，百道蜈蚣飞绣幡③。

寒珠能扰鲛人泣，怨赋不招逐客魂④，

直为端阳留令节，清明上巳未须论⑤。

【注】

①竞渡船：是端午节用以比赛的龙舟。《扬州画舫录》卷十一载有龙船，说"龙船自五月朔至十八日为一市……船长十余丈……四角枋柱，扬旌拽旗……尾长丈许，牵彩绳令小儿水嬉……有独占鳌头、红孩儿拜观音、指日高升、杨妃春睡诸戏。两旁桨十六……金鼓振之，与水声相激……"又颜光敏《南行日历》记南京秦淮河龙舟，云"舟狭长，刻作龙鳞，首尾各长数尺，两边各坐十二人，皆黄金抹额，簪雉尾，持画桨，舟中四人扮《虎牢关》故事，二人击金鼓为节，众皆和……"皆可参。

②写龙舟竞渡的现场，"如云"是场面宏大，"如沸"是气氛热烈。红桥又叫虹桥，在扬州。广陵是扬州的旧称，广陵门也在扬州。看来所写是扬州的龙舟竞渡。

③"千层"二句：上句写现场人声鼎沸，欢呼如雷鸣，仿佛能使河岸崩塌。下句写竞渡的船上旗幡招展，旗幡上绣着蜈蚣图案。或理解为竞渡船上两边有多名水手同时划船，状如蜈蚣，亦可通。

④鲛人：传说中的美人鱼。据说鲛人哭泣时眼泪会变成珍珠，称为鲛人珠，是珍贵的宝物。事见东晋·张华《博物志》。此说水上浪花使人想起鲛人的眼泪。怨赋：指屈原的《离骚》等著作；逐客：指屈原。屈原在郢都被攻破后投汨罗江殉国，后人为纪念他，在他自杀的五月初五那天举行龙舟竞渡活动。此说现在的龙舟竞渡活动已经不是当初为屈原招魂的目的。

⑤说因为屈原的死才出现了端阳节。比较起来，清明和上巳这样的节日就不值得一说了。上巳：农历三月的第一个巳日，后固定为三月三日。此日举行被禊，在河边洗浴宴饮。

百花船①

仙葩宝树满江头，银榜金牌十二舟②。

竞望恩波登上苑，宵传卤簿辟中流③。

越裳翡翠休迟伴，瀛海珊瑚早见收④。

岭北日南来不近，贡臣舟子莫宽忧⑤。

【注】

①百花船：是出卖色艺的妓女所乘坐的船。

②仙菔宝树：形容妓女衣饰的华丽豪奢。银榜：船桨美称。金牌：金字招牌。

③卤簿：帝王和官员出行时的仪仗。两句意思是妓女们都盼望着能得到官员的眷顾，百花船夜晚在河中遇到官船，是必须避让的。

④越裳翡翠和瀛海珊瑚都是珍希之物，杜甫《诸将五首》之四有"越裳翡翠无消息，南海明珠久寂寥"句。按，越裳是古代南方的民族。此谓青春易逝，妓女的青春尤其短暂，要尽早找到各自的归宿。

⑤岭北日南：喻极远之地。元代岭北行省，在今外蒙和俄罗斯西伯利亚；汉代日南郡在今越南中部。那里来的客人有可能是向朝廷进贡的使臣。两句说妓女们和远来的客人们相会不易，好好饮乐吧。

铜板船①

北使频骑官厩马，南薰更附驿河船②。
牧金常职方州贡，郡吏先输圜府钱③。
老病波涛怜晚钓，风尘京国莫垂鞭④。
似愁周道今多隘，我里惭曾近日边⑤。

【注】

①铜板船：是专门运送铸造钱币的材料铜板的船。本次运铜进京师，作者所乘之船也可以说是铜板船。

②北使：北方来的使者。南薰：故宫有南薰殿，此指朝廷的命令。驿河船：恰如驿站有马是公家的马，此驿河的船也就是公家的船。

③牧金：地方州郡所掌握的财政银两。方州贡：地方应向中央财政交纳的贡赋。职贡：见《左传·襄公二十五年》："鲁之于晋也，职贡不乏，玩好时至。"郡吏：州郡官吏。圜府：主管货币和金融的机构，即宝泉局。此谓地方州郡向中央运送铜板虽然是正常的公事，却还要向有司贿赂。按，作者此次出差就是向朝廷运送铜斤，以下的《突溜阻雨望天津卫》《运铜返寿州答寿民》等篇都写到运铜过程中受尽习难事，竟至"破产尽宝泉，达官犹怒嗔"，最后不得不"鬻产以辅之"，可以参看。

④"老病"二句：上联写江湖钓叟老病堪怜，下联写京城官吏风尘仆仆。都是设想之辞。两相对照，可叹人生不易。

⑤周道：表面含义是大路，又可理解为周公之道，儒者的生存之道，"周道隘"指此。"我里"谓自己故里曲阜。曲阜是古鲁国，周公之子封国。"近日边"，又可指自己在康熙帝幸曲阜时参加陪祭事。

附：孔尚任《湖海集》卷四《铜钣船》："铜钣船在天色暝，驿卒看船彻夜醒。船船珠连三丈灯，大鼓大吹竞相胜。移时各换细笙箫，水面余音逼客兴。吹完三炮复三喊，船头传呼岸上应。金钲齐鸣十里闻，老兵击柝更才定。我疑大人南来差，或言铜钣北解船。大人九卿职，铜钣九府钱。两者居相似，威灵皆通天。世人敬官亦敬钱，敬之缓急尚有辨。官未成时曰竖儒，钱未成时曰铜钣。铜钣赫赫放关行，竖儒到处人白眼！"可见当时运送此种材料之船及护送人员和保护措施等情况，附此以供参考。

扬州[1]

阛城歌吹古扬州，物换人非独系舟①。
邗水未沉隋苑月，平山常对海门秋②。
劳臣备寇遭严谪，烈主[2]临危想壮猷③。
遗事伤魂耆旧尽，逢人莫问广陵游④。（明怀宗崇祯九年，先大夫令江都，闻流寇至，彻城下板屋，守备勤苦，城卒以保。会行取入京师，已中选翰林院，时给事中陈启新用事⑤，诸同选悉通谒，先大夫独不往。启新衔之⑥，诬奏擅毁民房，左迁广平府经历。崇祯十年[3]，上忆守江都功，起为邯郸令。[4]）

【校】

[1] 此诗又载两种抄本《秪芳园遗诗》卷中，题《扬州感旧》；入选孔宪彝辑《曲阜诗钞》卷一，题作《扬州》。

[2] 烈主，两种抄本作"圣主"。《曲阜诗钞》作"烈主"。

[3] 十年，两种抄本作"崇祯十年"。

[4]《曲阜诗钞》无此自注；两种抄本注末多"备北兵"三字。

【注】

①阛城：满城。从此联看，此首应是北上行役途经扬州时作。云"物换人非"，是其父颜胤绍曾在此做官，见诗后自注。

②邗水：邗沟，连接淮河和长江的古运河。隋苑：隋炀帝在扬州所建宫苑。平山：平山堂，在扬州著名寺院大明寺内，宋·欧阳修始建。海门：清扬州府辖地东至于海，故曰海门。

③劳臣：指作者之父颜胤绍；烈皇：指崇祯帝。两句说其父在扬州组织军民积极防备流寇，却因举人陈启新的诬告而被谪，见作者原注。颜胤绍曾任江都令，江都为扬州府属县。壮猷：重要的谋略和计划。

④广陵：扬州的别称。二句说50多年前的旧事知者已不多，谈起来只能令自己更加伤感。

⑤陈启新：淮安武举，他因上疏崇祯帝，被封吏科给事中，一时气焰甚炽，众多趋奉，而颜胤绍独不理他，致被诬劾。详本书卷二《东平州》篇注⑦。

⑥衔之：暗暗记恨。

[忆正阳际堂八子诗]①

【注】

①正阳，《寿州志》卷一载西南乡有正阳镇，距城六十里，又名正阳关，是有悠久历史的古镇。际堂八子，是清初正阳的八名文人雅士。本书有关际堂诸子的诗有多首，另外还有与其中的张鸿渐等相关的诗数首，可见作者和他们关系甚深。这组诗在立意和形式上明显受杜甫《八哀诗》的影响，其中也含有对自身遭逢的感慨。

吴亮工①

吴子泰伯后，麟角世莫俦②。
伟然八尺躯，神气溢九州③。
蓼乡下淮深，远恣蛇龙游。
天宇高浊浪，焉能无比周④。
实耻和氏泣，难为下女求⑤。
数载守江沚，不共芙蓉愁。
尘吏类抱关，慷慨交始投⑥。
旷怀侪七子，坐我淮中洲⑦。
挥手招白帝，嫦娥在船头。
湛湛衣上露，欲变玄霜裯⑧。
维子惜白发，手披广寒裘。
金飙星斗乱，玉浆河汉流。
一座倾冰壶，珠玑不能收⑨。
尔祖森商老，况乃美谟猷。
神鱼快风雨，渤海难久留⑩。
我行思公子，涉江增离忧⑪。

169

【注】

①吴亮工是八子之首，但今人对其生平履历一无所知。本书卷五《八忆诗》有《吴亮工》一首。

②泰伯：周文王姬昌之兄，为让位于弟，迁居江东。孔子《论语·泰伯》说"泰伯可谓至德矣，三以天下让，民无德而称焉"。他是东吴文化的宗祖，也是后世吴姓及阎姓的始祖。麟角：凤毛麟角，喻世所罕见。世莫俦：无可匹敌。

③"伟然"二句：写吴亮工之仪表风神。

④"蓼乡"四句：写吴亮工生活的环境，其蛇龙、浊浪，都有隐喻之意。比周，有聚合义。语出《楚辞·哀时命》："众比周以肩迫兮，贤者远而隐藏。"此喻吴亮工周围诸子。

⑤和氏泣：典出《韩非子·和氏》，楚人卞和以璞玉献厉王，多次被认为不是玉而受刖刑。后文王即位，卞和抱璞玉哭于楚山下，终于得到承认，雕琢后制成和氏璧。即著名的和氏璧。下女：《周易·咸·象》：有"男下女"，指男子向女方表示求婚的仪式。此写吴亮工高傲狷介的性格。

⑥江沚：江中小洲。抱关："抱关击柝"的省略语，喻职位卑下。也许吴亮工的社会身份是一微末下吏，但他却慷慨有志，所以人们争相交结。

⑦侪七子：与吴交结的有七个读书人，是为际堂八子。这显示吴亮工实为八子之首。

⑧以上数句写八人参加的文酒之会。白帝：秋天之神。嫦娥：月中之神。湛湛：形容露珠之清凉。玄霜：厚霜。

⑨"维子"以下数句，写吴亮工在集会中的形象。广寒裘：一种御寒的皮衣。金飙星斗、玉浆河汉、冰壶、珠玑，是写八子在秋夜的一场集会时，众人开怀畅饮出口成章的潇洒风度。

⑩"尔祖"四句大意是说，吴亮工的祖父森商老，他有对吴亮工人生的完美计划。所以不要多久，吴亮工将有大发展，离开这个小地方。谟：计划谋略。神鱼：应即《庄子·逍遥游》中的"北溟有鱼其名为鲲"，此句喻其有不凡前途。吴森商生平待考，下边称亮工为公子，可见应是出生于仕官之家。

⑪"我行"二句：化用《楚辞·九歌·山鬼》"思公子兮徒离忧"。离忧：忧愁。

陈苞九①

君家淮颍交，蓬门尽秋水②。

东阳一万户，不识君子里③。

碧泓广漠合，窅未判太始④。

燕雀不能狎，世氛何由滓⑤。

长啸哂许由，帝言猥入耳⑥。

旷襟贱衣冠，默识屏图史⑦。

良朋三秋集，未尝一开齿⑧。

共题赤壁笔，来醉蓼花沚⑨。

塌焉黜意匠，苍然成文理。

龙门干孤高，疏越朱弦砥⑩。

立言讵在多，犹龙五千旨⑪。

伊子昔少时，青袍走骎骎。

蹀踏淮市中，悲愤王孙耻。

风云忽以乖，素发终隐几⑫。

飘萧钓鳌钩，零落饮石矢⑬。

有才塞莫用，汩没恒似此⑭。

再吟蜉蝣篇，达生愧吾子⑮。

【注】

①陈苊九：生平不详。从诗中可以看出，他是一个在经历了巨大社会变化后堕入了底层的人物。本诗重点写其大智若愚的性格。在怀才不遇这一点上，他的身世和生存方式，引起了作者的共鸣。

②《寿州志·舆地志》：“淮水出河南桐柏山……历行八百余里，在正阳关入州境。颖水从西北来注之……”可见正阳镇正在淮颖之交处。蓬门：贫苦之家。

③东阳：正阳镇。此写陈苊九身份低微，不为世人所知。

④碧泓：碧绿的水面。窅：幽深。太始，远古原始状态。此写陈苊九所居水乡景象。

⑤燕雀：喻平凡人物。见《史记·陈涉世家》“燕雀安知鸿鹄之志哉！”狎：接近，戏弄。滓：污浊。此谓陈苊九隐居水乡，世井俗人不会轻视他，社会风气也保持着淳朴。

⑥哂：讥笑；猥：谦辞，犹言辱。许由事详见卷一《熊老人歌》注⑩。此说陈苊九瞧不起做官的人，不愿听官场的话，是古代高士许由一样的人物。

⑦陈苊九穿的是下层百姓的衣服。他并不看太多的书，但见到各种书史图画，就默默地记下来，掌握的知识很多。

⑧朋友聚会，他也很少发言。

⑨赤壁指历史古迹，蓼花汊指自然风光。此说陈苞九和朋友们一起游览古迹名胜。

⑩龙门，指龙门梧桐，见枚乘《七发》："龙门之桐，高百尺而无枝。中郁结之轮菌，根扶疏以分离……"疏越朱弦：见《礼记·乐记》："清庙之瑟，朱弦而疏越，壹倡而三叹，有遗音者也。"喻诗文质朴蕴藉。此谓陈苞九写作时若不经意，作品却厚重而有文采。

⑪犹龙指老子，见《史记·老子韩非列传》："孔子去，谓弟子曰：……至於龙吾不能知，其乘风云而上天。吾今日见老子，其犹龙邪！"此说传世之作岂在乎篇幅长短，老子的《道德经》不也才五千字吗！

⑫骒骊：著名骏马。隐几：见《庄子·徐无鬼》："南伯子綦隐几而坐，仰天而嘘。"以上六句写陈苞九年轻时，也曾骑着高头大马，昂首踔厉，意气风发，报仇雪恨，只是因为社会环境的巨大变化（应指改朝换代），他才成了一个不问世事的隐者。

⑬飘萧和零落都是渐渐消失，鳌是传说海中的大龟，钓鳌比喻有远大的抱负，石矢指作战用的擂石和箭头。此说他原所具有的经世济民的壮志和手段，都荒疏废弃了。

⑭说陈苞九本是杰出人才，但命运淹蹇，终于被湮没了。这种现象是经常见到的。

⑮蜉游：是一种昆虫，朝生暮死，生命短暂。《诗经》有《蜉游》篇。此说陈苞九的生存方式是符合庄子"达生"之旨的，对比起来，我是感到惭愧的！达生：保神养生。

张鸿渐①

东阳才杰集，张子独妙年[1]②。
结庐淮湖头，朝夕惟湖烟。
菡萏春不芳，群卉难为妍。
高霞灿四海，皓鹤翔长天③。
吁矣卫洗马，倾倒空名贤。
抱此希世姿，肯受俗眼怜④？
编简照白水，上溯羲轩前。
龟龙床头出，嘈然会象筌⑤。

黎洲弄长笛，激昂琼瑶篇。

微风生桂树，八公相周旋。

乐极忽悲来，有翁涕潺湲⑥。

昔为河中螭，今作壁上蜓⑦。

巨细勿复论，身累仍迍邅⑧。

诸公矢明义，壮士耻后先。

洪涛禹门深，鱼贯亿与千⑨。

岂学泗上叟，白头愧清涟⑩。

【校】

[1] 妙年，抄本作"少年"。

【注】

①《寿州志·人物·文苑》载："张逵，字鸿渐，博学能诗。有《水磨滩》《叉鱼行》，见《六安州志》。"本书卷五有《寄张鸿渐》诗。

②妙年：少壮之年。以下数句写张鸿渐的居住环境。

③菡萏：荷花。荷花开后，其他花都顿觉失色，是为"难为妍"。皓鹤：白鹤。翀："冲"，鸟向上直飞。此上以菡萏、高霞、皓鹤等自然界之高华形象比喻张鸿渐，写其卓尔不群。

④卫洗马：晋·卫玠，官太子洗马，为著名美男子。据记载，他"风神秀异"，"与玠同游，同若明珠之在侧，朗然照人"。此以其喻张鸿渐，写他的不同流俗。

⑤编简：书籍。羲轩：伏羲和轩辕，都是传说中的上古帝王。噏然：噏即吸，收敛。噏然指飘忽而起的状态。象筌：象是事物的外在形式，筌是捕鱼用的竹笼子，古人有"得鱼忘筌"的说法，见《庄子·外物》。以上四句说张鸿渐在淮河边独自读书，他的学问渊源有自，直溯上古。就像有龟龙等灵异之物出现一样，他忽然开悟，体会到了高深微妙的义理。

⑥黎洲：水边荒地。八公：指淮南王刘安结识的八个神仙，详见本书卷三《八公山口占》注①。有翁：应指作者。以上是说张鸿渐在水边吹笛，笛声激越优美，使人仿佛进入神仙的境界。笛声从欢乐明快忽然转向悲哀深沉，如泣如诉，听后止不住呜咽流泪。

⑦螭：蛟龙。蜓：蜓蚰，常在壁上觅食的爬虫。

⑧说蜓蚰大小姑不置论，反正是都说不上飞黄腾达。迍邅：困顿失意貌。这里以蜓蚰作喻，说张鸿渐的人生处境。

⑨诸公：谓正阳诸子。矢：正直。耻后先：以争后先为耻。禹门即龙门，

是黄河里的深潭，那里的鱼有亿万条，一条接一条地希望跃过龙门。此说张鸿渐和他的朋友们用之则行舍之则藏，不屑斤斤计较世俗的成功与否。

⑩泗上叟：作者自称。清涟是清彻的水。句谓面对张鸿渐之类人物，我这风尘俗吏深感惭愧。

张赤城①

> 黄河折华北，经天势始壮。
> 灵源苞九州，终古不相让②。
> 三皇五帝后③，贤圣未凋丧。
> 张也晚运出，万年屹如向④。
> 湛精名理窟，小儒规寻丈⑤。
> 垠亏龙门深，汉出玉女傍⑥。
> 几载豫楚游，有母曾参养⑦。
> 渊冰变波涛，未敢事倜傥⑧。
> 骑驴谒金门，献策蓬莱上⑨。
> 陋彼长杨词，忠爱为诞放⑩。
> 文昌耀六宇，秋霄天池涨。
> 一奋生霖雨，始厌苍赤望⑪。
> 老成堪谋国，渐平襄怀浪。
> 慎乃青紫猷，诗书缺藩障⑫。
> 相思桂花发，来应折枝贶⑬。
> 子贵我益衰，须访白发杖。

【注】

①本书卷五《八忆诗》有《张赤城》一首。

②经天："经天纬地"的缩语。灵源：性灵源泉。以上以黄河、九州开篇，气势雄阔，意境深远，比喻张赤城之才识气度。

③三皇五帝：一般认为三皇为燧人氏、伏羲氏和神农氏，五帝是黄帝、颛顼、帝喾和尧、舜。此泛指远古圣贤。

④向：以往。说张赤城也和以往的圣贤一样，屹立于世。

⑤张赤城学问深刻精微，他是可以经天纬地的大儒。按，名理窟：北宋学者张载著有《经学理窟》一书。名理在这里是指理学，即程朱理学。小儒是相对于张载、程颢、陆九渊、朱熹等大儒而言。规：规划。寻丈：寻丈是八尺到

一丈之间，和前边的黄河九州相比，当然气局狭小。

⑥以龙门之深和天河之广来形容张赤城理学内容的渊深。垠：平。亏：陷。龙门是黄河平整的河底下陷为深堑而形成的。汉：河汉，即天河，银河。玉女：神女。《古诗十九首》有"迢迢牵牛星，皎皎河汉女"。

⑦张赤城曾有几年离开母亲到河南、湖北一带游历。曾参：即曾子，名参，字子舆，孔子弟子。他以孝著称，《史记·陈轸传》说"曾参孝于其亲而天下愿以为子"。

⑧渊冰："如临深渊如履薄冰"的略语，出《诗经·小雅·小旻》。倜傥：洒脱不羁。此言张赤城深藏内敛，小心谨慎。

⑨金门：金马门，官署的代称。蓬莱：指朝廷。此两句化用李白"但识金马门，谁知蓬莱山"（《古风》三十），说张赤城曾赴京干谒达官，向朝廷上疏言政。按，本书卷五《张赤城》篇有"域内羞驰策，天边欲上书"句，可见他确有上书事。

⑩长杨词：指西汉·扬雄作的《长杨赋》。李白诗有"子云不晓事，晚献长杨词"句。诞放：浮夸张扬。其实赋这种文体的特点之一就是夸张铺陈。此云"陋"，是说他不赞成扬雄献赋，认为忠爱之情不应用诞放的方式表达。

⑪文昌：司文运的星君。六宇：普天下。厌：满足。四句说当今天下文化昌盛，就像大海之水化为普天霖雨，满足了天下苍生赤子的期望。

⑫老成：经历多，社会经验丰富。襄怀浪：是《尚书·尧典》"滔滔怀山襄陵"句的缩略，意即洪涛巨浪。青紫：高官显宦。猷：谋略，计划。此四句说张赤城在多年的社会磨砺下学会了控制激烈冲动的感情，但仍要谨慎地面对做官的计划，因为你满腹诗书有可能成为仕途的障碍。

⑬贶：赠送，赐予。

程宗伊

大道亦多术，祖述递乖离①。
秦焰虐六经，争此蒙愚欺。
世降失源流，况乃营其私②！
程子游夏徒，笃信独藩篱③。
神农草木留，涿鹿法在兹④。
生杀同一仁，小智嗟倒施⑤。
青囊海上还，阴符人莫知⑥。

英雄奋奇术，恒作卿相资。

胡为淮市门，感激伤明时⑦？

圭臬颇迂阔，悬壶不疗饥。

白雪空国人，闻者潜酸悲⑧。

志合均有托，时屈聊陈词⑨。

哲士守困穷，丰啬理亦宜⑩。

零落泫秋砌[1]，暗满丛菊枝。

芳馨不可即，岁寒多差池。

行迈苦郁蒸，踌躇怅前期⑪。

【校】

[1] 砌，抄本作"砝"。

【注】

①道中有术，术须合道；但在一代代的递相传授中，却出现了两者相背的现象。按，道和术，是儒家哲学中不同层次的范畴。道是理想和规律，术是方法和手段。

②"秦焰"以下四句：谓秦始皇焚书坑儒，以此推行愚民政策。在后来长时期的传授中源流渐失，舛误更甚，更何况有人还乘机谋一己之私利！

③程子：宋代程颐、程颢兄弟都是著名理学家，人称程子。此处与程宗伊双关。游夏：孔子的弟子子游，即言偃。子夏：即卜商。藩篱：此指必须坚守的边界、原则。二句说程宗伊先生是坚定的儒学信徒，能笃守儒家做人的原则。

④神农：神农氏，上古五帝之一，传说他尝百草发明了中医药。涿鹿指黄帝，"涿鹿法"应指《黄帝内经》。

⑤使人生是仁德的事，但在一定条件下，杀人也未尝就是不仁。如果不顾大节而只逞小智，有可能是倒行逆施。按，这种辩证关系，在明·吕坤的《呻吟语》中有"有杀之为仁，生之为不仁者"语，可参。

⑥青囊：盛书籍之类物品的袋子，也是古代堪舆星相和医家的代称。阴符指《阴符经》，道家书籍，传说为黄帝所著。从上文和下边的"悬壶"句看，程宗伊精通医术。

⑦"英雄"以下四句：说像程宗伊这样的人物，有凡人所不备的本领，这是成为卿相一流人物的资本。可是为什么却落拓不遇，僻居故乡，辜负了这清明的时代？感激：有感而激动，指作者对程宗伊的不遇。

⑧圭臬：圭和臬分别是测日影和测土地的仪器，比喻标准、准则和法度。悬壶：指行医。白雪：即《阳春白雪》，是高妙而不为凡俗所理解的音乐，出

宋玉的《对楚王问》："《阳春白雪》，国中属而和者不过数十人。"此四句说程宗伊为人处世所持标准未免不够圆滑，能为人治病却治不了自身贫穷。清高绝俗，难为社会了解，所以知道他的人都暗中为他难过。

⑨两句说际堂八子志同道合，有共同的精神寄托，但为时所屈，不能施展，我不过是对他们的情况聊为陈说而已。

⑩说像八子这样有思想深度的人，为了理想而不计较物质生活的丰赡或贫乏，这也是可以理解的。

⑪"零落"以下六句的大意是：秋天看到菊花在阶下渐渐零落，就不禁伤感落泪。美好的东西总是难以得到，天寒地冻时更不令人愉快。自己年纪渐老，以人生为苦，想到未来，心情惆怅不知以后应该怎么办。砌：台阶。泫：流泪。郁蒸：本义是形容天热郁闷，此指心情烦闷。

费又侨

费老九十翁，诏冠三老赐①。
世称邦司直，身栖庞公肆②。
子孙尽为龙，惠也麟角异③。
稷皋许齐肩，开口羞半字④。
文章机云流，唾骂嵇阮事⑤。
长淮拥短褐，苦辛伐轮类⑥。
春庭常棣花，青冥鸿鹄翅⑦。
未厌云霄深，抱此风雨思⑧。
长安孝廉车，公卿接轸至。
肯附骊黄尘？蹄[1]啮溷列驷⑨。
读书秋星白，问寝夜常视⑩。
跨海淬湛卢，清光未曾试⑪。
丈夫百年身，非供圭组器⑫？
矧子丁壮年，不虞明主弃。
辟易无万人，甲乙不足次⑬。
逍遥润皇猷，庶继国风志⑭。

【校】

[1] 蹄，《海岱人文》本作"啼"，《颜氏三家诗集》本作"蹄"，刻本作"踶"，为"蹄"之异写。按"蹄啮"指马用蹄踢和用嘴咬，《周礼·夏官·庾

人》郑玄注有此词，"啼呫"不词。

【注】

①诏冠：皇帝下诏给60岁以上老人中德行著闻者以冠带荣身。三老：据《左传·昭公三年》杜预注："三老、谓上寿、中寿、下寿。皆八十已上。"

②邦司直：《诗经·郑风·羔裘》有"邦之司直"句，谓主持正直。后来司直成为官名，后废，但在文字中还常出现，大意是主持公道的人。此指费又侨的父亲。庞公：指庞德公，东汉时隐士，躬耕于岘山，荆州牧刘表以礼延请，坚不出仕。事见皇甫谧《高士传》。

③两句说费老的儿孙们都很优秀，而其中费又侨特别不同凡响。惠：应是费又侨的名字，"麟角异"是说他卓荦不群。

④以下写费又侨的志向、才学和性格：他要向后稷和皋陶那样的上古贤人看齐，道德学问有未完美处即以为羞。

⑤机云：指西晋文学家陆机、陆云兄弟，以才气横溢著名。嵇阮，魏晋时大文人嵇康和阮籍。唾骂：此指蔑视礼法，纵酒傲世，嘻笑怒骂。

⑥短褐：平民穿的衣服。伐轮：《诗经·魏风·伐檀》有"坎坎伐轮兮"句。此说费又侨在淮水边穿着短褐从事体力劳动。

⑦常棣：棠棣，《诗经·小雅·常棣》有"棠棣之华……莫如兄弟"。鸿鹄：大雁和天鹅，两种飞翔高举的鸟。此说费家兄弟胸有大志，前途无量。

⑧"未厌"二句：承上联青冥鸿鹄之说，以鸿鹄喻费又侨，以云霄、风雨喻人生道路。思：此字读去声，指心绪和情思。"风雨思"即具有准备沐风栉雨的心情。

⑨长安：借指京城。孝廉：举人。接轸：轸，车底部横木。接轸指车辆接连不断。肯：岂肯。骊黄：黑色马和黄色马。溷：混。列驷：各种马。以上四句说京城公卿如云，费又侨不肯和那些人混在一起。

⑩问寝：问候长者起居。两句说费又侨深夜苦读，孝敬父母。

⑪湛卢是古代名剑，清光指剑的锋芒之锐利。此说费又侨曾下过磨砺的苦功，有一身本领，但尚未得到表露的机会。

⑫圭组：印绶，借指官爵。此说男子汉一生志向，难道不是经国济民为国出力？

⑬丁：有逢、当义。辟易：退避，拜服。此四句说：何况你正值壮年，不愁得不到明主的赏识。无数人为你的才能而倾倒，不要说比什么甲乙名次了！

⑭皇猷：朝廷的谋略和计划。此谓必能顺利地得到为国效力的机会，继承先人报国之志。

陈羽高①

淮南风雅林，巍矣东际堂。

八子俱秀发，绚烂成天章②。

陈生英异骨，凌步必高翔。

帖括应时技，真儒犹羹墙③。

惨淡识利器，濠泗同一囊。

中原亦蕞尔，血战纷[1]元黄④。

况揆古圣道，下士如秕糠。

以兹守荜圭，三十不出乡⑤。

伯也陶顿资，有侄难充肠⑥。

鸿鹄饥垂翅，固穷亦士常⑦。

长啸红蓼浦，翠羽夹明珰。

神女买赋回，泣帝高天苍⑧。

际堂名义深，抗怀望虞唐。

夔龙济平世[2]，功先赓与飏⑨。

前辈何衮衮[3]，寂寞金石光。

艰难离歌殊，歌短伤慨慷⑩。

【校】

[1] 纷，抄本作“分”。

[2] 平世，抄本作“世平”。

[3] 衮衮，抄本作“滚滚”。

【注】

①本书卷五《八忆诗》中有《陈羽高》一首。

②秀发：指神采仪表超乎常人。天章：天然文章。此说际堂八子人才品行和文章都迥出时流。

③帖括：八股文。羹墙：又作“见羹见墙”，出自《后汉书·李固传》：“昔尧殂之后，舜仰慕三年。坐则见尧于墙，食则睹尧于羹。”后即以之为追念前辈或仰慕圣贤之典。此说陈羽高骨相英异，必然会有远大前程。他现在以时艺博取功名，实际上他对先儒是真正仰慕崇拜的。

④惨淡：竭尽努力。利器：指具有杰出能力，出《后汉书·虞诩传》：“志不求易，事不避难，臣之职也。不遇盘根错节，何以别利器乎？”濠泗：指寿

州一带地区。中原：指河南山东以至全国。蕞尔：喻微不足道。元黄：即玄黄（避康熙帝讳），"血战玄黄"比喻科举考试竞争的激烈。以上四句说陈羽高努力读书应试，按其实力，不要说寿州，在全国也出类拔萃。

⑤揆：揣度。秕糠：无价值之物。荜圭：即荜圭，"荜门圭窦"的缩略语，即柴门土窗，形容家庭贫寒。见《魏书·逸士传·李谧》："绳枢瓮牖之室，荜门圭窦之堂。"以上四句说：看来在我们古圣之道里，下层读书人原是无用之人，所以陈羽高埋头苦读三十年而不能中式！这是作者愤激之语。

⑥陶顿：春秋时的巨富陶朱公和猗顿的并称。陶朱公即范蠡，助越王句践复国后隐居陶丘，经商致富。猗顿曾求教于范蠡，以畜牧业和盐业致富。两人事均见《史记·货殖列传》。此说陈羽高有个伯父非常有钱，可是并不资助他。

⑦鸿鹄：天鹅。此说本应一飞冲天的鸿鹄却因饥饿而双翅下垂。其实，作为一个读书人，这也是正常的！按，"君子固穷，小人穷斯滥矣！"见《论语·卫灵公》。

⑧翠羽明珰是妇女的首饰，指代贵妇人。买赋：用陈皇后事。陈皇后失宠于汉武帝，以千金买司马相如作《长门赋》，终于又得宠幸。高天：指汉武帝。以上四句，是以神女比拟不得志的读书人，说他们渴望得到朝廷的垂注。

⑨抗怀：坚守某种情怀。虞唐：上古尧舜之世。夔龙：相传是舜的二臣，夔为乐官，龙为谏官。后用以喻指辅弼良臣。如杜甫《奉赠萧十二使君》："巢许山林志，夔龙廊庙珍。"赓飏：承续，发扬。以上四句说：际堂诸子的理想，就是要坚持儒家信念，辅弼朝廷，致天下于太平，承续前辈圣贤的事业。

⑩衮衮：相继不绝。杜甫《醉时歌》有"诸公衮衮登台省"句。金石：喻坚贞忠诚之类的美德。以上四句说：天下读书的人数众多，际堂诸子在其中仿佛是黑夜里发出的金石之光。我作一首短歌表达我的慷慨伤感之情。

沈湘民

沈子好远游，山水如筐箧①。
萧条淮泗间，屈伸意难惬②。
有文似相如，不得献游猎③。
拂袖西入蜀，欲问犊鼻业④。
剑阁唯古月，锦江有孤楫。
词客竟渺茫，况彼为臣妾⑤。
谁得比陈琳，风流数子接⑥。

更须嘉谟赞，美政书稠叠⑦。

伊昔识君面，牙琴为初挟。

原宪贫已甚，曹植笔犹捷⑧。

有妇汲冻井，娇女拾寒叶。

脱酒麦一斛，赧恶肩数胁⑨。

况予微蹇吏，河浊病利涉⑩。

不逢朔方使，未解六月甲⑪。

小臣无益国，升斗偷食怯。

疲茶望达贤，引领东山峡⑫。

【注】

①筐箧：是家居寻常物品，此谓沈湘民以出游为寻常之事。

②他的家在淮泗之间的寿州正阳，生活得并不十分满意。

③游猎：指司马相如的《子虚赋》和《上林赋》，是写诸侯和帝王游猎的。此说沈湘民文采出众，却没有献给皇帝的机会。

④犊鼻业：指卑贱的劳动。《史记·司马相如列传》说司马相如"身自着犊鼻裈与佣保杂作，涤器于市中"。犊鼻裈是形如犊鼻的短裤。此谓沈湘民效司马相如而西游四川。

⑤剑阁和锦江都在西蜀。今四川广元市有剑阁县，成都浣江浣花溪，又称濯锦江。臣妾：地位低贱者，《尚书·费誓》"臣妾逋逃"句孔安国传："役人贱者，男曰臣，女曰妾。"此指司马相如在汉武帝面前。四句说沈湘民西行未能实现愿望，因为他不愿卑躬屈膝。

⑥陈琳：字孔璋，广陵人，东汉末年著名文学家，建安七子之一。他在七子中年龄较大，所以有"风流数子接"之语。可能沈湘民也是这样。

⑦嘉谟：嘉谋。赞：帮助。美政：善政。

⑧原宪：孔子的弟子。关于原宪贫，见《庄子·让王》："原宪居鲁，环堵之室，茨以生草，蓬户不完……子贡乘大马，中绀而表素，轩车不容巷，往见原宪……曰：'嘻！先生何病？'原宪应之曰：'宪闻之：无财谓之贫，学而不能行谓之病。今宪，贫也，非病也。'子贡逡巡而有愧色……"曹植：字子建，曹操之子，文才敏捷，七步成诗。此以原宪和曹植比沈湘民。

⑨赧恶：音 nǎn nù，羞惭，不好意思。肩数胁：表示无奈。此写沈湘民家居的贫寒窘迫情景。"脱酒"句或指其家中只有一斛麦的存粮。

⑩河浊：喻社会环境不能令人满意；病利涉：以不能顺利过河为病，指以不能帮助沈湘民为憾。二句转而说自己是地位卑微又运气不好的小吏，也担心

能否有个顺利的人生。

⑪朔方使：指朔方节度使，是唐代镇守西北边境的大将。此处疑指郭子仪。郭子仪在安史之乱后任朔方节度使，他举荐了李光弼，最终平定了叛乱。解甲即脱下战服，喻退休归隐。此说自己和沈湘民都是没有遇到有力的人物举荐。

⑫疲苶：苶音 nié，精神不振，疲惫困顿。四句说自己对国家没什么贡献，升斗小民似的偷生而已。希望通达的沈湘民先生，能走出人生的峡谷。

羁舟①

闸水宵平版，空嗟驿卒劳②。
农人出负莜，使者不鸣铙③。
鸥近窥帘幕，日晶动羽毛。
亦犹枯万骨，卫霍竟勋高④。

【注】

①羁舟：船只无法正常行驶，被羁留于途。按，此诗及以下诸首应是康熙三十五年（1696）奉调监运课铜从寿州去京师途中作。

②宵平版：是说因闸板阻挡一夜，河道水面已平，可以行船了，而作者所在的船竟被羁，必是人为的原因，猜想或是航务管理人员有意指使驿卒羁留船只以谋私利。本卷《突溜阻雨望天津卫》诗后自注有"贡船为巨奸居货掣肘不得入"语，此羁舟当亦是这种情况。

③莜：是一种除草用的农具，铙：是铜制打击乐器，船行时用于开道。大概是因船不得行，本来拉纤的农夫去干农活了，也听不到开道的铙声。

④人为制造船不得行的巨奸，自己发了大财，却给百姓和国家造成极大伤害。按，唐·曹松诗："凭君莫话封侯事，一将功成万骨枯！"此用其意。卫霍：西汉名将卫青和霍去病。值得注意的是，作者一直把卫青、霍去病作为建功立业的典型，此处却指出了成功背后的代价。

逢乡人，得孔垣三贞灿近状，并寄口号戏问①

问讯休猜菊桂荒，广文老去尚清狂②。
座间山水疑摩诘，帐里弦歌信季常③。
别后高人谁解榻？忆酬佳句几沾裳④。

西园雪鹤多相识，楚客归时体总长⑤。（黄鹤、雪□，二歌僮名）

【注】

①孔垣三：即孔贞灿。字用晦，又字垣三，号西园，官四氏学学录，有《西园集》。按，曲阜颜家与孔家有姻亲关系，作者与他是同辈，故之间每有戏谑。口号：口占。

②广文：对学官的称呼，此指孔贞灿。

③两句说孔贞灿有王维那样的雅人深致，可是回到家里却极怕老婆。摩诘：唐代大诗人画家王维，字摩诘。季常：宋·陈慥字季常，被认为是惧内的典型。苏轼有《寄吴德仁兼简陈季常诗》："龙邱居士亦可怜，谈空说有夜不眠。忽闻河东狮子吼，拄杖落手心茫然。"

④上句解榻用陈蕃徐稚事。陈蕃为南阳太守，徐稚为隐居的高士。陈蕃从不接待他客，只为徐稚设一榻，去则悬之。此是以徐稚比孔贞灿，意为问他近来又受到哪位官员青睐了？下句说自己想念老友，忆起当年诗酒流连往往掉泪。

⑤西园：是孔贞灿家园林。雪鹤指孔贞灿自养的两个歌僮（见自注），楚客为作者自称。按，歌僮实即娈童，又称相公，官吏富商买来眉清目秀的小男孩供主人赏玩，发生暧昧关系，称"男风"，在明清是相当流行的社会风气，著名文人如陈维崧、郑燮、袁枚等都有此癖。

寄六侄光敩①

发使题书泪数行，闻今汝卧尚匡床②。

尽收沧海怜珠浦，穆有清音到寿阳③。

病骨支鸡朝对卷，臣心司马夜焚香④。

守身报主思渊谷，华发西风况乃堂⑤。

【注】

① 颜光敩：字学山，是颜伯璟第六子。康熙二十三年乡试中举，二十七年成进士，授翰林院检讨，三十年任浙江乡试考官，后升学政。按《颜氏族谱》云光敩"十八岁而孤"，考其父伯璟卒于康熙十六年（1677），则其生应在顺治十七年（1660），伯珣长于其23岁。在康熙六年（1667）伯珣致光敏书中，有"闭门无聊，独与六侄为友，渠幼无知而又多致，时能启予"等语，其时光敩年七岁。族谱又载光敩卒"年仅四十"，应为康熙三十八年（1699）。但田雯撰《日讲官起居注兼翰林院检讨学山颜公墓志铭》（《古欢堂集》卷三十一）云"康熙戊寅月 日……颜公卒。"戊寅为三十七年（1698）。从此诗排列于此处

看，有可能伯珣是康熙三十六年前后得到光敏书信。

②卧匡床：匡床，方正安逸之床。《商君书》："是以人主处匡床之上，听丝竹之声而天下治"。白居易有"匡床闲卧落花朝"句，写一种闲适的生活状态。按，此"卧匡床"，似指光敏之病。光敏在浙江学政任上极受士民拥戴，离任时为立清德碑，由朱彝尊撰文。但据乾隆《曲阜县志》载，他在任时"与主不少徇，大逆诸贵人意，往往为蜚语欲中伤，文吏吹索，不得毫毛，以簿书疵镌二级。"离浙时巡抚线一信以送行之名直入卧室，发现"文籍外无长物"，太息而去；在北新关"榷使假拜谒入舟，见数敝篋无扃镉，乃错愕愧谢"，可见他是身背诬蔑和伤害离任的。到京后他便引疾辞官。其时应为康熙三十六年。

③珠浦：合浦，在今广西北海市，以产珍珠著名。穆有清音：化用《诗经·大雅·烝民》"吉甫作诵，穆如清风"。寿阳：寿州。两句说光敏来信文字华美，字字珠玑，读之如听温润清雅的音乐。

④病骨支鸡：是"病骨支离"和"鸡骨支床"两个成语的合用，鸡骨支床出《世说新语·德行》："王戎和峤同时遭大丧，俱以孝称，王鸡骨支床，和哭泣备礼。"臣心司马：化用成语"臣心如水"，见《汉书·郑崇传》："臣门如市，臣心如水。"司马是同知的别称，颜伯珣官寿州同知，故云。两句叙己之生活状态：身体消瘦，但内心宁静，白天处理公务，晚上焚香读书。

⑤自己工作谨慎如临深履薄，时时都想着要坚守良知以报明主，但也已满头华发，西风暮年。渊谷：深渊险谷，苏洵《三人越谷》："有与之临乎渊谷者。"这句也可以理解为是与光敏共勉。乃堂：您的高堂母亲，指作者之嫂朱太淑人。

[祇芳园拟山水诗十二首]①

【注】

①祇芳园，是作者故乡的园林。孔尚任撰《阙里新志》卷六《名胜志》"春亭花竹"："在县西北十二里泗水岸上。一带田舍渔庄，烟火相邻，泉水入泗者经其篱落，淙淙可爱。有颜氏别业，曰粟洲，栽花种竹，名士多载酒赏之。"知园初创时名粟洲，尚无祇芳之名。此园又名泗曲园，见林璐《岁寒堂存稿》卷二《赠泗曲园隐者序》："曲阜……城西北不二十里，曰小春亭，据泗水之阳，地饶蔬菜。季相颜先生立精舍栖息于此……颜其园曰'泗曲'，从乎地也。"按，《阙里新志》修于康熙二十三年，《岁寒堂存稿》卷首有颜光敏作于康熙二十三年的序。均可证园造于伯珣未出仕时。乾隆《曲阜县志》卷五十

《古迹》："县西北春亭村上有秖芳园,为寿州同知颜伯珣所筑。林泉之趣,亦依稀辋川也。"嘉庆时冯云鹏《扫红亭吟稿》卷十三有《题泗曲园画册十二首赠颜又甲士浃》:"泗曲园即秖芳园。复圣六十六世孙颜公季相讳伯珣所筑也。襟带泗水,据曲邑之胜,在城北十里醴泉社中。"乾隆《曲阜县志》卷三十六《疆土》:"境分三乡……为社一十有六,……曰西隅,曰醴泉,曰春亭……"按,春亭村之名现仍在使用,今属姚村镇。作者在康熙十三年移居曲阜城西,次年发生了乡试中式发号登榜却被易去的事,使他产生了终老田园的想法,秖芳园应就是在这种情况下建造的。此诗中《太松台》篇有"手种二十年"语,可证。从这组诗在集子中的排列次序看,有可能是康熙三十五年(1696)作者监运课铜从水路入京师途中在船上所作。

2017年冬笔者一行曾去春亭一带调查。春亭村在颜家河口(龙湾)以东约六里,其东里余从南到北有竹子园、郑家庄和兴隆桥三个自然村,现属兴隆桥行政村。其中竹子园紧靠泗河,多颜姓,且在一居民家发现一铁夯,上有"曲阜纸坊园颜氏家祠民国二十一年"铭文。据了解,其颜氏为伯珣长子光叙一支,繁衍至今为第十代"景"字辈。笔者认为,该村名竹子园似从秖芳园中之竹豁衍化而成,但本诗十二景之其他诸景何在,三百多年后已经毫无踪迹可寻。

李克敬曾说:"余尝观其秖芳之园,览其池阁竹树之美,慨然太息,谓人生有此,南面王岂屑易哉!"可见当年秖芳园面积的确是很大的。今竹子园村以北大片土地,应该都在秖芳园范围之内,今兴隆桥村跨于小泥河上的兴隆桥,有可能就是本书卷四《于役过里秖芳园杂诗》中的北外桥(详该诗注),小泥河即顺治十八年所开的引姚村泗北泉之水入泗水以济运的新河。名曰北外桥,有可能是在秖芳园之外。在作者的时代,自然地貌高凹不平,作者命名为岭、为台、为溪、为山,这组诗称"拟山水诗",也是此意。不过这一带确实没有高大的山岭,如曰有之,则是几十里外的九仙山甚至百里外的泰山,这在造园中叫"借景",如《秖芳阁》一首的"近攀越观云"就是借泰山之景。

笔者认为,秖芳园其实是颜伯珣对自家庄园的爱称,不能以一般意义上的园林视之。"秖"字的本义是谷物初熟,作者以此命名正是着眼于这里大片的庄稼。这里描写的十二处景点,只有秖芳阁和红津桥两处可算作人工建筑,其余各景以及《于役过里秖芳园杂诗》所咏,其实都是如孔尚任所说的田舍渔庄,是平凡自然的乡村景象,由于作者爱之深思之切,所以通过想象进行了夸张和美化。如诗中所描绘的巨峰长岭,层台飞峤,在这平原地区是根本不存在的。

作者曾请寿州画家钟离尚滨作《秖芳园拟山水图》,自作《赠钟离上人尚滨秖芳园拟山水图歌》,见本书卷五。又有张姓画家也作过这类图画,见本书卷四《沈周桂岭图》注⑧，作者的侄孙颜肇维《钟水堂诗》卷三也有《题叔祖季相公秖芳园诗画册》，及上述林璐《赠泗曲园隐者序》、冯云鹏《题泗曲园画册十二首赠颜又甲士浃》诗等，均见本书附录，可参。

璇玑泉[1]

巨峰划中陂，东南无平麓。

中有百溪流，上有十丈瀑①。

势割朱夏长，寒刮亭午目②。

遂使夺[2]鬼工，中园得渗漉。

青天振飞响，殷雷转岩木③。

谁寻从来源，汉使终往复。

此地济惠通，涓滴不敢掬④。

明禁三百年，沟洫废为陆⑤。

匠心理独成，凿井原山腹⑥。

周蔽岭岈嶂，窟藏环斗轴。

牵牛咫尺内，运如璇玑速⑦。

洞掣元[3]冥宅，浩落珠万斛。

支分各汇陂，南走石池澳⑧。

欻解抱瓮忧，滋生赖溪竹。

凫鹭日满梁，鲂鲤亦渐育。

匪直群类蕃，黄茂锡嘉谷⑨。

济兖水利亡，旱虐时反复。

狃俗自乏术，天岂罪馈粥⑩！

乃知神禹功，润泽在四渎。

近者淮泗间，机法颇羸缩⑪。

颖川虹饮筒，用乖文可读⑫。

此志竟寥寥，栖托同麇鹿。

云水杳冥去，窈窕成春服⑬。

缅昔辋川人，遗篇临池录⑭。

【校】

[1] 此诗入选《晚晴簃诗汇》第三十二卷。

[2] 夺，刻本此字原缺，据抄本补。

[3] 元，两种抄本均作"玄"而缺末笔，是避康熙帝玄烨讳。

【注】

①写璇玑泉在秪芳园中的位置。中陂，从本组诗《中陂》看，是指一个水塘。按"陂"在北方是很罕用的字，而在颜伯珣任职的寿州却很常见，例如他以数年之功主持修筑的芍陂。此亦可见诗是到寿州后作。

②朱夏：夏天。《尔雅·释天》："夏为朱明。"曹植《槐赋》："在季春以初茂，践朱夏而乃繁。"亭午：中午，正午。此谓因为这瀑布和泉水，夏天似乎变短了，炎热的中午居然有了寒气。

③水声像轰鸣的雷声，在山岩和树木间滚动。

④"谁寻"以下四句：汉使，指张骞。汉武帝时出使西域时，武帝曾命他寻找黄河的源头。此以之比喻璇玑泉的水源来自惠通河。惠通河，又作会通河，即京杭大运河的临清到济宁鲁桥段。始开于元代，后渐淤塞；明永乐时，在济宁州同知潘叔正建议下重开。该河以汶、泗二水为源，为保障其水量充足，严禁民间盗用汶、泗、沂及诸水，设有专门机构管理。《明代律例汇编》卷三十"工律·河防"载：凡"阻绝山东泰山等处泉源者，为首之人并遣充军，军人犯者徙于边卫"，故有"涓滴不敢掬"之事。

⑤说明代设禁的约三百年中，因缺乏疏浚，诸河泉后期大多淤塞严重，以致废弃。

⑥这组诗中有《原山》一首，可见原山是秪芳园中的山。从"凿井"看，所谓璇玑泉并非纯天然泉水，而是依傍河渠而人工开凿的水井。匠心，相对于天然。

⑦"周蔽"四句：写璇玑泉隐藏于山间，并设有水车之类提水设备，而且可以用牛作为动力。岵岈嶂：参差不齐的山。"环斗轴"和"璇玑"都是描写或象征提水设备的。按，璇玑是古代的天文观测仪器，又是北斗星中的四颗星。故句中的"牵牛"也是双关的，还可以理解为星名。

⑧元冥：元即玄，有黑色义，此指阴暗的井下。万斛珠：形容水车翻滚崩溅的水花。澳，音yù，水边地。以上写通过水车把井下的水提上来，再沿着垄沟分为几支，汇入被称为中陂的水塘，向南的一支流进石砌的水池。

⑨"歘解"以下六句写有了璇玑泉和水车后的变化：各种生物因有水而迅速繁育欣欣向荣，粮食增产。迅速，很快。抱瓮：以容器盛水灌溉。语出《庄子·天地》。匪直：不但。群类：指各种依靠水的动物植物。蕃：繁殖昌盛。嘉谷：谷类农作物。

⑩济兖四句：济宁和兖州一带（作者故乡曲阜县是兖州府辖县）。狃俗：拘泥于传统的方式。饘粥：稀饭，泛指饭食。此说这一带经常闹旱灾，百姓保

守拘泥，毫无办法。老天爷难道会惩罚百姓让他们吃不上饭吗？

⑪四渎：黄河、长江、淮河、济水，见《尔雅·释水》。机法：指使用机械。赢缩：参差不齐。以上说由此知道神圣的大禹功绩，可以润泽覆盖到中国四条大河的流域。在我们淮泗流域一带，取水机械的方式颇有不同，各有长短。

⑫颍川即今河南颍州。虹饮筒：是一种利用虹吸原理提水的机械。用乖：是使用时有不理想处；文可读：是尚有文字记载。按，明·宋应星《天工开物》卷一《乃粒·水利》有筒车："凡河滨有制筒车者，堰陂障流，绕于车下，激轮使转，挽水入筒………"或即此。由此可见作者对机械工程之类实用技术是关心并有浓厚兴趣的，不同于一般视此为匠役不屑一顾的腐儒，也可以解释为什么他被委派专职从事芍陂工程的规划和施工。

⑬"此志"四句：说自己本来有研究水利的志向，后来却渐渐失去了兴趣，整天与麋鹿为伴，优游于林泉云水之间。春服：春天的衣服，见《论语·先进》："暮春者，春服既成，冠者五六人，童子六七人，浴乎沂，风乎舞雩，咏而归。"

⑭想起唐代大诗人王维，他练习书法时经常抄写辋川的诗篇。辋川：在陕西蓝田县，王维的隐居之处，他写有《辋川闲居》《归辋川作》，画过《辋川图》等。临池：学习书法，或书法的代称。

舟门①

采石尼谿阪，戒航下清泗①。
山灵不余欺，天吴焉触忌②？
方舟纳此门，巉岩遂遥致③。
荒唐神羊迹，仙人殊多事④。
门辟河浒高，西南枕半壁。
矶树发绀英，参错苍岸闭⑤。
过岭林谷殊，兹径犹平地。
涨涛犹拍关，客屐岁少至⑥。
芳洲素湍减，蹧蹬拾夕翠。
杂之兰纕间，幽辉自川媚⑦。
啸饥霞可餐，终焉时俗弃⑧。
不逢渔舟人，桃花春飘坠⑨。

【注】

①舟门，从诗中描写看，似为泗河边的一个码头。

②采石即开采石料。尼谿：尼指尼山，在曲阜城东十数里。尼山下有河，为沂水。尼谿应就是沂水。沂水旱季水浅不能通航，是谓戒航。下清泗：泗指泗河，沂水西流至兖城东金口坝流入泗河。这里所写或为孔尚任说的"泉水入泗"处。

②天吴：神话中的水神。见《山海经·海外东经》："朝阳之谷，神曰天吴，是为水伯。"此说尼山有灵我是相信的，水神是怎么被我得罪了？按，指暴雨后泗河水涨。

③方舟：当是两只船并在一起。这里或许是指运石的车辆。大约在雨季里，从舟门可以运送从尼山开采的石头。

④所谓神羊迹和仙人或许是舟门附近的神话传说，作者对此是不以为然的。

⑤舟门设在河边高地上，西南方向地势如壁直立。水边石头上有深红色的花，参互交错的河岸消失在远处。绀：深红色。

⑥雨后水涨的时候浪涛会拍打舟门，这里整年都人迹罕至。屐：鞋子。

⑦兰纕：本义是以兰花装饰的衣服。以上写舟门一带优美风景。素湍减：谓水退之后。幽辉：指月光。

⑧霞可餐：即以朝霞为食，是道家修炼的方术。见陶弘景《真诰》："日者霞之实，霞者日之精。君唯闻服日实之法，未见知餐霞之精也。"终焉即终老于此。谓打算抛弃世俗人建功立业的追求，永远在这里做一个修道的隐士。

⑨用陶渊明《桃花源记》，意为在这里遇不到外来捕鱼的人，所以也没人知道这里景色并不亚于桃花源。

太松台[1]

层台诸岭尽，孤高砥西流（西流，园西新泉）①。
颠有蒙古松，势欲吞沧州②。
手种二十载，龙干千岁侔③。
茅屋似太古，萧飒日月浮。
洞鹤夜来叫，黄岘云久留④。
未达静者理，恐增尘襟愁⑤。
伊昔桐轩客，致此自绸缪⑥。
三谒太乙帝，取携仙露稠⑦。
赠我经始日，共盟岁寒游⑧。
竹亩渐南纪，药畦随西畴⑨。
灵源肇自兹，譬若传箕裘⑩。

愿言采芝人，毋为桃李羞⑪。

【校】

[1] 太松台，冯云鹏《题泗曲园画册十二首赠颜又甲士浃》诗作"大松台"。

【注】

①说太松台是丘岭尽头上一个孤立的高地，在园西新泉的东边。

②蒙古松是松树的一种。沧州，可能是沧洲之误，指泗河水边沼泽地。

③手种二十载：作者移居西城在康熙十三年。后二十载为康熙三十三年，此诗应作于康熙三十五年，此大致言之。龙干：谓松树枝干夭娇如龙，可与千岁古松媲美。

④"岘"是小而高的山。以上四句写太松台附近风光：茅屋古朴，洞鹤夜吟，日月烟浮，白云绕岘，颇有仙山景象。

⑤这两句说：如不能理解静修悟道的奥妙，就会产生红尘世俗的种种烦恼。

⑥伊昔：过去。桐轩客，应该是慕道修炼者的名字，也许就是作者自己。绸缪：本义是紧密缠缚；此处是殷勤致力义。

⑦仙露：即甘露，道家认为服食早晨的露珠可以成仙，汉武帝就曾建仙人承露盘以取甘露。此说三次拜谒神仙太乙帝，求来了仙露。太乙帝是道教神仙，在这里是作者虚拟的人物。

⑧经始：开始、开创，此指开始学道。岁寒：见《论语·子罕》："岁寒然后知松柏之后凋也。"此说太乙帝和我约定，我们共同学道，以炼成松树那样的长寿之身。

⑨竹亩和药畦都在秖芳园内。

⑩箕裘：世代相传。见《礼记·学记》："良冶之子，必学为裘；良弓之子，必学为箕。"此说栽竹和种药的灵感都是从太松台的松树引发而来。

⑪采芝人：指隐居者。说隐居修道者应该明白，桃李虽妩媚，但不耐岁寒；相比于迎风冒雪而又高寿的松柏应该羞惭的。

秖芳阁[1]①

颎洞陂水阴，中岸折长壑。

南屏诸峰稠，林木互参错。

苍然秋色深，窈窕见层阁②。

洞户属玲珑，霭气夕漠漠③。

水声琴书润，天碧衣裳薄④。

阁下转曲房，步榍绿岭凿。

葳蕤紫珠盘，当槛纷未落⑤。

苔长屦痕疏，梯石净洗削⑥。

昔闻袗衣人，不加陶渔乐⑦。

矧余一褐夫⑧，泉石殊不恶。

近攀越观云，远召缑岭鹤⑨。

婚嫁愿何奢，栖意尽寥廓⑩。

【校】

[1] 此诗入选《晚晴簃诗汇》第三十二卷。

【注】

①秖芳阁应是秖芳园的中心建筑，从诗中描写看，是至少两层的楼阁。

②以上六句说：秖芳阁建在一片水面（中陂）的南面，水岸曲折，南山如屏，林木幽深，阁高耸于其上。颒洞：水浩淼貌。山北水南谓阴。

③谓秖芳阁房间深邃，门窗精致，夕阳西下时，云霭弥漫。

④在这里伴着流水声读书弹琴，书声琴声格外润泽；空气凉爽，炎热的夏天也令人感到微寒。

⑤步榍：楼梯。葳蕤：花木繁盛貌。四句说阁的下边有环转曲折的房廊，山路的栏杆架在岭上，各种植物生长茂盛，名贵的牡丹花紫珠盘开得正好。

⑥这里人迹罕至，青苔侵径，石路如洗，纤尘不染。

⑦袗衣人：袗音zhěn，华贵之衣；袗衣人谓高官厚禄者。《孟子·尽心下》：“（舜）及其为天子也，被袗衣，鼓琴……”陶渔：制陶与捕鱼。《孟子·公孙丑上》：“自耕稼陶渔以至为帝，无非取於人者。”

⑧褐夫：穿粗布衣服的人，指贫贱者。《孟子·公孙丑上》：“视刺万乘之君，若刺褐夫。”

⑨越观：泰山有越观峰（今称月观峰），据说登此峰可看到越国，故名。清方文《嵞山集·登岱十首》之四：“吴观峰与越观连，极目淮徐一点烟。”缑岭鹤：相传周灵王太子晋，又称王子乔，他于缑山乘鹤成仙。

⑩“婚嫁”二句：此处暗用东汉人向长故事。向长字子平，有才学，但不愿做官。待自己的儿女婚嫁事了，便告诉家中人：此后家中事别再找我，只当我死了。于是与友人远游五岳，不知所终。见《后汉书·向长传》。作者比向长又进一步，连子女婚嫁事也是不愿操心的，一心关注的只是寥阔的大自然。

中陂[1]①

万物皆忌盈，山水宁厌取？
自开原山泉，中园坏水府②。
出纳皆汇陂，势无百里土。
譬犹建中州，四澨分条缕③。
黯淡原山崖，密根互撑拄。
石气入青林，幽姿为云雨④。
南屏镜中悬，一一类天姥。
春莼丝就搴，秋鱼鳞堪数⑤。
往往花港船，清尊随掉橹。
过阁侣常集，岫月待初吐⑥。
长笛碧烟收，如闻潜蛟舞。
万象纷濛濛，光炯鉴可睹⑦。
岸疑留遗佩，洞欲摘石乳⑧。
幽胜固非一，物色兼草莽⑨。
江汉有覆舟，他山多蠜虎。
消息懒服食，何羡生毛羽⑩。

【校】

[1] 此诗入选《晚晴簃诗汇》第三十二卷。

【注】

①中陂，是祗芳园中一个水面，看来是璇玑泉之水汇聚而成。

②"万物"四句：说世界上万事万物都忌讳太多太满，所以山上的水难道怕取以使用吗？自从在原山掘了井（即璇玑泉），水源源不断地流来，在园中间洼地汇合成中陂。按，《吕氏春秋·博志》有"全则必缺，极则必反，盈则必亏"语，此用其意。

③"出纳"四句：中陂的水通过沟渠流出也流入，就像分布在中原大地上的河流。四澨：澨，水滨，此指河流。《尚书·禹贡》有三澨："嶓冢导漾，东流……过三澨，至于大别，南入于江。"

④"黯淡"四句：说这里山崖上有无数植物，它们的根扎入地下，密密麻麻，互相排斥抗拒，又互相交叉。植物根系吸收了地下水分，生长发育成为绿色的树林，又通过日晒蒸发化为云，以下雨的方式实现了往复不已的循环。

⑤"南屏"四句：中陂波平如镜，映照着如屏的南山的倒影。这一切都多像著名的天姥山！春天，水中的莼菜堪采；秋天，池水清澈得游鱼可数。天姥山：在浙江新昌县，李白有《梦游天姥吟留别》诗。

⑥"往往"四句：可以在中陂里划船，伴着橹声举杯痛饮。常有朋友到秖芳阁雅集，一直玩到月亮升到山顶。

⑦"长笛"四句：暮霭沉沉中忽然传来的笛声，彷佛是水中蛟龙在起舞吟唱。月光下各种景物朦朦胧胧，而水面彷佛镜子，分外明亮。

⑧"岸移"二句：中陂的岸边，会有仙人遗留的佩饰吗？附近的山洞里，有服之可以成仙的石钟乳。遗佩：传郑交甫遇二女，与谈，二女解所佩之珠赠之。分手时回望，二女已不见。事见刘向《列仙传·江妃二女》。

⑨"幽胜"二句：幽深的胜景当然不是一样的，有的是人工着意开发的，也有的是天然原始状态。物色：此指根据某种标准对秖芳园规划建设。

⑩"江汉"四句：说人生中不可预料的灾难很多，比如江河里常有人因风浪而翻船丧命，大山上也有凶猛可怕的虎豹。想到这里，忽然感到实在没必要练什么吐纳呼吸之功，服食什么丹药；也不必羡慕羽化升天的神仙，其实在自己秖芳园里就很好！贙虎：贙音 xuàn，贙虎即猛虎。

廿一岭

长岭亘垣表，延斜经势雄。
其脉则天运，其状若蟏蛸①。
百谷隘其内，蕴隆势难终。
隐如太行脊，春风郁濛濛②。
遂增诸山藩，奠此藩滋功③。
逶迤含千态，开辟无雷同④。
矶口复中判，清泗气始通⑤。
鸟无不集翼，林有隔岁红⑥。
已擅造物理，颇怪耳目穷⑦。
少小婴祸难，苦心耻雕虫⑧。
数奇[1]身甘贱，鬓变倏成翁⑨。
蒐书藏岭穴，远披黄农风⑩。
振衣抚长剑，犹似倚崆峒⑪。

【校】

[1] 数奇，抄本作"时违"。

【注】

①蝃蝀：音 dì dōng，虹的别称。四句说廿一岭和祗芳园的围墙的走向是基本一致的，绵延曲折，形成雄壮的气势。岭的走向是天然的，其形状大致是弧形，仿佛雨后的彩虹。

②园中诸景都被包围在廿一岭之内，地貌的高低起伏变化无穷。廿一岭仿佛太行山脊，高出群山。

③蕃滋：蕃滋，繁殖滋养。此谓廿一岭成为园内诸山的屏障，奠定了园中树木花卉蕃盛成长的基础。

④廿一岭蜿蜒曲折千姿百态，是开天辟地时形成的，面貌各异，毫无雷同。

⑤矶：或指合欢矶。中判，从中间分开。按，从这句看，这廿一岭也许是泗河大堤？这两句说矶口把廿一岭中部分开，形成泗河水气的通道。

⑥集翼：鸟敛翅不飞。此说很多鸟都在这里休息，树林里的红果隔岁不落。

⑦自己已经参透了天地造化的微妙道理，只是所听所闻有限。

⑧自己自幼就遭遇国破家亡之祸乱，苦心读书，但总觉得吟风弄月以及作八股文试帖诗之类是雕虫小技，不感兴趣。

⑨数奇：命数不好，古人以为偶数吉奇数不吉。鬓变：黑发变白。杜甫《八哀诗》有"鬓变负人境"句。

⑩蒐书：收集书籍。按此用《太平御览·荆州记》："小酉山上石穴中有书千卷。相传秦人于此而学，因留之。后称藏书名二酉。"说以后就在这山野里耕田读书，回到远古的黄帝和神农时代去。

⑪振衣：抖掉衣上的灰尘。左思《咏史》有"振衣千仞岗，濯足万里流"，为古今名句。抚长剑：李白《扶风豪士歌》："抚长剑，一扬眉，清水白石何离离！"崆峒山：在甘肃，是道教名山。

竹豀

苍茫野竹豀，崖埜数亩豀。
西渐双流长，北荫松台阔①。
入林忘四时，尽日叫鸧鸹②。
竹西临溪门，埜深不可越。
微闻钟磬音，恍见绀宫阒③。
风叶泉响交，独余物外眣④。
清和动芳时，幽闼亦屡拨⑤。

樱熟笋正肥，万竿粉未脱。

课童灌从横，引泉纷活活⑥。

公子春离忧，白驹或来秣⑦。

兼味杂河鲂，金盘资采掇⑧。

清骨元所爱，适用物莫夺⑨。

岂逊长铦干，编篱胜藤葛⑩。

岁除助酒钱，讵争刀锥末⑪。

老夫矧病热，饮沥暮年活⑫。

嗟哉伶咸辈，放诞竞贤达⑬。

【注】

①"西渐"两句：写出竹豁在秖芳园中的相对位置：在两条溪流之东，太松台之南。

②鸧鸹：水鸟名。似鹤，苍青色。

③绀宫阆：绀宫即佛寺；阆，门。

④物外：超出于世俗之外。聒：杂乱的声音。此说在竹溪只有风吹竹叶的声音和泉声相交和，使人忘掉世俗世界。

⑤清和：清明和平的境界。幽闷：忧郁，烦闷。屡拨：多次去除。此说在这里人的精神境界变得格外舒畅。

⑥活活：水流声。以上樱熟笋肥和竹竿粉未脱都是春天景象。此写作者指挥童子引水灌溉，水流纵横，哗哗有声。从：通纵。

⑦两句似化用《千字文》"鸣凤在竹，白驹食场"二句。说秖芳园的主人如果在春天离开这里，他会担忧有野生的动物来践踏破坏这里丰茂的植被。公子，是作者自称，有嘲谑的意味。《诗经·小雅》有《白驹》篇。秣，牲口的饲料。

⑧兼味：两种以上菜肴。此说采竹笋做菜肴，与鲂鱼等一起盛在精美的器皿里。

⑨清骨：谓竹竿。说竹子是我从来喜欢的，不要因为竹竿有实用之处而滥加砍伐。

⑩长铦：长箭。此说竹豁里的竹子也不比能做箭竿的竹子差；用来编篱笆，也比一般的藤葛之类强。

⑪刀锥末：比喻微末小利。陈之昂《感遇》之十："务光让天下，商贾竞刀锥。"此说年末买酒固然需要钱，但也不在乎卖竹子这么一点儿。

⑫何况老夫我害热病，晚年要靠饮酒维持生命！病热：中医理论认为人的

疾病分为寒热两大类型，有阳胜则热阴胜则寒的说法。沥：指酒。结合下边两句，这里有自嘲意味。

⑬伶咸：指晋刘伶和阮咸。两人都纵酒豪饮，蔑视礼法。此说可叹刘伶、阮咸那样行为不检的酒徒，也竟被后人称为贤达之人！按，这里有对二人不以为然之意，其实也是自嘲。

附记：香港苏富比拍卖行2013年拍卖的一幅刘海粟拟石涛山水画，上有长题，即此诗，唯有数字写错，如两个"西"字均误为"石"，"微"误为"激"，"或"误为"感"等，下署"大涤子画逸纵不可羁勒，戏模一过，与之血战。乙巳夏日为世璋先生雅教。刘海粟时病臂初平"。按此乙巳应为1965年。不知刘是从何途径抄得此诗？他知道诗之作者吗？

合欢矶①

矶口隘中岭，劚削壁屹对。
采石过此门，肩磨崖觉碍②。
岭有嘉树丛，株株盘峰背。
俯铺青云重，仰翳赤日退③。
长枝回屈蛇，细叶摇杂佩。
五月红萼发，霞照群玉内④。
杖屦必憩息，石滑苍苔倍。
净若凭玉宇，谁忍置唾欬⑤。
莓[1]台喜容席，榸几得并载。
陂长夕阴留，酒重清风耐⑥。
水闻湘灵瑟，岑出瑶姬黛⑦。
归与未为贫，矧有瓦樽在⑧。

【校】

[1] 莓，两种抄本均作"每"，按《说文》："每，草盛上出也。"故每台可以理解为草坪，亦可通。

【注】

①《廿一岭》篇云"矶口复中判，清泗气始通"，可知此句中的中岭就是廿一岭。合欢矶是中岭中间的一个豁口，豁口的两边石壁陡峭相对。按前《舟门》有"采石尼豁阪，戒航下清泗"句，此又云"采石过此门"，可见此合欢矶亦在泗河边。

②言谼口颇狭窄，人走过时会磨肩膀。

③说这嘉树有多株，枝叶茂密，从上往下看像厚重的绿云，从下往上看遮住了炎炎烈日。

④说这树的枝干如夭矫回旋的龙蛇，细碎的树叶风吹如玉佩作响。五月里开红花，像大片霞光照射在玉石中那样形成奇妙的景色。按，从长枝细叶和五月开花等描写看，这树应该是合欢树，合欢矶之名即由此树而来。合欢树又名马樱花或绒花树，曲阜一带多有种植。

⑤杖屦：屦音 jù，鞋子。杖屦指手杖和鞋子，意为拄杖漫步。杜甫《祠南夕望》诗："兴来犹杖屦，目断更云沙。"四句说经常到这树下休息，来到这里，仿佛进入清洁透明净无纤尘的世界，都不忍在这里咳嗽和吐一口唾沫。

⑥莓台：青苔。榼几：榼音 kē，是盛酒的器具；几是几案。

⑦说这里的水声像湘江女神弹奏的琴瑟声那样悦耳。在这里看山就像看到巫山神女头上高耸的发髻。按，湘灵瑟：唐·钱起有《省试湘灵鼓瑟》诗，其中"曲终人不见，江上数峰青"句脍炙人口。瑶姬即巫山神女，见郦道元《水经注·江水二》："宋玉所谓天帝之季女，名曰瑶姬，未行而亡，封于巫山之阳……所谓巫山之女……"

⑧与：通"欤"，语气词。瓦樽：陶制酒杯。此说回来吧！有这么好的地方可供流连，不能再说贫苦了，何况还有浊酒可饮呢！

原山①

山势走中陂，孤根袅飞峤②。
积水互盘郁，蓄脉总诸要③。
三观精欲合，五华不独妙④。
虎头千年没，笔腕孰神肖⑤？
朝散众岭云，夕夺南屏照。
木末下飞泉，琼琤骇万窍⑥。
春花望谷红，昼夜子规叫。
崖深探余粮，径危牵长茑⑦。
林峦荡冥冥，山鬼春窈窕⑧。
尚忆白雀游，悽凉岩中约⑨。
岂乏大药资，终古误年少⑩。
况彼轮蹄客，恓惶望廊庙⑪。

【注】

①《中陂》有"自开原山泉，中国圲水府""黯淡原山崖，密根互撑拄"句，可见原山即秪芳园中的山。

②孤根：是说原山孤立独特。杜甫《瀼澦》诗："瀼澦既没孤根深，西来水多愁太阴"。飞峤：是说这山仿佛从别处飞来的。"袅"字有缭绕袅娜等义，用之于"孤根"和"飞峤"之间，平生动感，有不可言说之妙，可见作者炼字功夫。

③说原山下的积水盘绕郁渤，稽其来源，是园中诸水的汇合。

④三观：似指佛家的观心、观法和观照。五华：或指峄山的五华峰。

⑤虎头：晋代大画家顾恺之小字虎头。此说顾恺之死去已久，现在谁能画出原山的美景？

⑥木末：树木的顶端。琮琤：玉器相击发出的优美声音。万窍指大大小小的孔穴。出《庄子·齐物论》："夫大块噫气，其名为风。是唯无作，作则万窍怒号。"二句说山上流泉的水声，仿佛美玉相击万窍和鸣，其美令人吃惊。

⑦余粮：指禹余粮，又叫太乙余粮，是一种石头，可入药。谢肇淛《五杂俎·物部三》："泰山有太乙余粮，视之，石也。石上有甲，甲中有白，白中有黄。相传太乙者，禹之师也，尝服此而弃其余，故名。"有人认为即现在的木鱼石。长茑：茑萝，一种藤蔓植物。

⑧山鬼：是传说中山中的一足怪兽，即夔。但在此诗中，也许指某一种花卉。

⑨白雀游：浙江湖州有白雀山，作者康熙十年曾在湖州住过较长时间，当指此。岩中约：指归隐的打算。

⑩大药资：杜甫《赠李白》："苦乏大药资，山林迹如扫。"这是反其意而用，说并不缺乏炼丹的材料，而是怕迷恋丹药误人子弟。大药，是道家对丹药的别称。

⑪轮蹄客：坐车的和骑马的人。廊庙：朝廷，官府。此谓世上多的是忙碌不安奔波于途的人，都想着如何去谋求做官。

楷林①

秋空物象移，峰色淡逾洁②。
冥冥楷树林，晚姿发怡悦。
远岸微霜凝，百状染红缬③。

浅深稍出村，犹疑春花结。

林中苍石稠，十步径九折。

苔深步屧凉，孤杖必夕挈[1]④。

枯余抱枝蝉，寥寂报寒鵙⑤。

叹息作赋客，沉寥伤远别⑥。

唯余在薖涧⑦，孟冬耕初辍。

五柳岂足贫，千头橘滥设⑧。

异趣遥作邻，栖托望明哲⑨。

此中蕨尤肥，萌芽同春擷⑩。

冷淘须杂糁，珍惜消内热⑪。

【校】

[1] 挈，两种抄本都作"絜"，絜的意思是度量，引申为法度规则，在此不合。按，此字正当韵脚，检《诗韵全璧》，此诗所押为入声屑韵，屑韵无絜字而有挈字，挈有提或带的意思，可通，径改。后见刻本，正作挈。

【注】

①楷树，黄连木，在北方是比较罕见的树种。相传孔子去世后子贡从卫国移来楷树，植于孔子墓旁，是曲阜有楷树之始。

②秋天，景物在变化，山的颜色从灿烂绚丽逐渐变成清淡雅洁。

③各种物象都像涂染了一层红颜色。红缬：红色的镂花丝织品。

④屧：鞋子。两句说傍晚一个人携杖走在楷树林里，苍苔满地，脚下有清凉的感觉。

⑤鵙[jú]：即伯劳鸟。《诗经·豳风·七月》有"七月鸣鵙"。

⑥作赋客：指司马相如。杜甫《云山》有"神交作赋客"句，仇兆鳌《杜诗详注》引《杜臆》，说"作赋客指相如……此说较稳。"沉寥：空旷貌。

⑦薖涧：薖音kē，是一种草；薖涧指隐士避世而居之地。见《诗经·卫风·考槃》"考槃在涧，硕人之宽……考槃在阿，硕人之薖……"

⑧五柳：指陶潜，他有《五柳先生传》。千头橘：用三国时李衡事。李衡每欲治家，其妻辄不听，他密遣人种甘橘千株。后来，其树结果，他的后代每年得绢数千匹，家道殷足。见《三国志·吴志·孙休传》裴松之注引《襄阳记》。此云"滥设"，是作者对此不以为然。

⑨谓陶潜和李衡志趣不同，两种生活方式遥遥相对，我应该效法哪个呢？希望有明哲之士告诉我！栖托：寄托，安身立命。

⑩蕨：一种可食的野菜。擷：采摘。

⑪冷淘：是夏天的一种以凉水淘制的食品，杜甫有《槐叶冷淘》诗。按，瞿兑之《养和室随笔》有《冷淘即杂酱面》条，说"盖冷淘即今人所食之杂酱面……杜诗所云槐叶冷淘，盖以新槐叶为酱，今杂酱面亦宜于冷食"。又，孔尚任《节俗同风录》："六月，初伏献冰，浮李沉瓜，食以冷淘。"可见曲阜一带也有食冷淘的习惯，故此诗之冷淘，应即现代夏天仍流行的凉面条。这里是说用楷林里的嫩蕨芽来做冷淘食用，可消内热，故应珍惜。

红津桥[1]

远壑折楷林，阁门东弥坼①。
波流泻其中，东南实喉嗌②。
左有跨岭道，右悬梯阁石。
不有红津桥，竟无天台客③。
两岸青蒙茸，幽菌时堪摘。
澹流暂洄潆，泛波轻红积④。
欲下杈枒杖，霭色动漫夕。
美人居阻修，山深春狼藉⑤。
月犹虎溪路，醉傍陶令宅⑥。
醽醁浅玉壶，涓滴碧堪惜⑦。
遐赏费岁年，冥搜寄咫尺⑧。
衣冠犹世人，颇怪洪崖迹⑨。

【校】

[1] 红津桥，冯云鹏《题泗曲园画册十二首赠颜又甲士浃》诗作"虹津桥"。

【注】

①经过楷树林，山谷在秖芳阁门以东越来越低。坼：音chè，裂。此处指地势变化。

②山谷中有溪水，向东南方向流，红津桥下是一个咽喉之地。

③因为有这座桥，也许会有仙女到园中来。天台客：指刘晨和阮肇入天台山采药遇仙女的传说，见南朝宋·刘义庆《幽明录》。

④两岸青草丛中，常有蘑菇可采；桥下缓慢曲折的水里，漂着落花或红叶。

⑤阻修：路途阻隔遥远。晋·张载《拟四愁诗》："我所思兮在营州，欲往从之路阻修。"狼藉：乱七八糟，杂乱无章；此指万紫千红，春色充溢。四句说傍晚时携着树枝做的手杖伫立在红津桥上，想象中的仙女阻隔遥远，只感到

到处春色烂漫。

⑥虎溪路：虎溪在庐山东林寺前。相传晋·慧远法师送客不过溪，如过溪，则有虎鸣。李白《庐山东林寺夜怀》诗："霜清东林钟，水白虎溪月。"陶令宅：指陶潜隐居处。二句谓在红津桥上看月，喝了酒在秕芳园醉卧，足可以和当年的惠远和陶潜相比。

⑦醽醁：音 líng lù，是一种呈淡绿色的美酒。涓滴堪惜言其珍贵。

⑧品赏这里四季变换各有其妙的风光，至少须要一年的时间；现在可以在红津桥这个咫尺之地，深搜细索，去努力发现其美丽。

⑨洪崖：即洪崖先生，是传说中的仙人名。《列仙全传》称其帝尧时已三千岁，汉朝仍在。这里说因为仙人的穿戴和平常人也没什么不同，所以不会被特别注意。其实，这里也许是仙人活动留下的痕迹呢！

樱桃园

> 孟夏草木蕃，繁葩亦已变①。
> 世人惜春色，我爱清和转②。
> 嘉树茂短林，朱实殷珠串。
> 据壑荫洞脚，走根入石面。
> 有物均生成，岂必置台殿③。
> 林香山鸟喧，墙短儿子羡④。
> 珍重北南金，护持费东箭⑤。
> 同时芍药栏，共厂金谷宴⑥。
> 晨色露未晞，好音莺初啭。
> 摘新出丝笼，映彩齐玉馔⑦。
> 谁厌火枣美，虚稽西池传⑧。
> 采掇足佳辰，尤能资春荐⑨。

【注】

①孟夏：农历四月。繁葩即繁花；"已变"指花落成果。

②清和转：谢灵运诗有"首夏犹清和"句，故人称四月为清和月。"转"指时令的流转变迁。

③谓樱桃园中诸物都是大自然生成之物，已经尽善尽美，没有必要再去建造楼台殿阁之类。

④墙短：墙矮，攀登必易，故为儿子所美。

⑤南金和东箭，都是珍贵之物。南金指南方所产铜。《诗经·鲁颂·泮水》："元龟象齿，大赂南金。"毛传："南谓荆扬也。"郑玄笺："荆扬之州，贡金三品。"孔颖达疏："金即铜也。"东箭：是东夷人的箭，著名射手羿就是东夷人。古人常用南金东箭以比喻杰出人物。如《晋书·王舒虞潭顾众等传赞》："顾实南金，虞惟东箭。"此处是化用其意，写园中的樱桃贵比南金；东箭是兵器，有护持樱桃园之用。

⑥厂：指露舍，棚屋，亦通"敞"；金谷宴：宴席的美称，晋·石崇建有金谷园，极其奢华。此谓樱桃园和附近的芍药栏，都是可以设置宴席的地方。

⑦丝笼，出王维《勒赐百官樱桃》："归鞍竞带青丝笼，中使频倾赤玉盘。"玉馔：见晋·左思《吴都赋》："矜其宴居，则珠服玉馔。"此说新摘的樱桃从丝笼里取出来，其色泽光彩可以和最精美的食品相比。

⑧厌：通"餍"，吃饱，满足之意。火枣：见陶弘景《真诰·运象二》："玉醴金浆，交梨火枣，此则腾飞之药，不比于金丹也。"此说园中的樱桃可比传说中的仙果火枣。西池：指瑶池，传为西王母居处。《西池传》当是作者虚拟的书名。

⑨春荐：指春季以果物祭献宗庙。《礼记·王制》："庶人春荐韭，夏荐麦，秋荐黍，冬荐稻。"王维《敕赐百官樱桃》诗："总是寝园春荐后，非关御苑鸟衔残。"此用其意，谓选择佳期良辰去采摘樱桃，到宗庙敬献给祖宗。

七月十一日得家书①

关河消息几旬难，序转秋空见羽翰②。
娇女才能书数字③，开缄独有劝加餐。
山城晚阁阴还薄，竹槛丛芳露欲溥④。
计日无劳寻驿使，齐州北棹正漫漫⑤。

【注】

①从诗中透露的信息看，此诗及以下诸首也应是康熙三十五年奉调监运课铜从寿州去京师途中作。家书是寿州的夫人所寄。

②羽翰：古人在书信上插羽毛以示紧急，称羽书。此泛指书信。

③娇女：应是作者在寿州所生女儿，本书又有《咏女生日》二首，一五律（卷三），一七绝（卷七），从这些诗不难看出作者对其钟爱之深。

④溥：音tuán，形容露水盛多。《诗经·郑风·野有蔓草》："野有蔓草，零露溥兮。"这是想象寿州家中妻女在薄暮时分登阁远眺，盼望作者归来情景。

⑤齐州：今山东北部。这是说你也不用按驿程计算回去的时间，现在北上的船正在齐州境内的运河上，前边还远着呢。

涨水①

涨水平沙嘴，曲流巷巷通②。
原田栖鹭底，秋色渚烟中。
村杵闻新月，渔丝任晚风③。
野花缘岸沚④，愁思数茎红。

【注】

①涨水：是雨季河流水量大增，此诗写所见运河涨水时景象，纯用白描，历历如画。

②沙嘴：水边沙滩。本书卷三《舟中感兴·估船》作沙觜。巷巷通谓涨水后沙滩被淹没，舟船可到处行驶。

③村杵：杵是舂米或捶衣用的木棒，此指远处传来的舂米或捶衣声。渔丝：即钓丝。

④岸沚：水边。

七月望日①

海月低轮满，秋霄万里晴。
宇空夕霭澹，风定晚虫鸣。
荐黍瞻虚陇，陈诗忆旧耕②。
无端五斗米③，垂老误浮生。（兖州旧俗：七月黍稷
　　熟，于十五日荐新陇墓④）

【注】

①此诗是行役途中正逢中元节，由眼前风物而忆及故乡，引发思乡之情。望日：农历十五日。七月十五为中元节，又叫盂兰盆节。

②荐黍：让祖先尝新熟庄稼的仪式，在坟前举行，见作者自注。因行役在外无法到祖茔荐新，故曰"瞻虚陇"。陈诗：诗当指《诗经·七月》篇，写农村生活情况。

③五斗米：指官俸。用陶渊明事。

④孔尚任《节俗同风录》亦有七月"望日荐新"的记载，可参。

晓行①

节移风始换，景物有余清。
高树出残暑，初旭上古城。
信流村市过②，趁岸酒船轻。
杳杳随青霭，不须更濯缨③。

【注】

①此写清晨行船所见。

②信流：船顺水漂流。秦观《点绛唇》："醉漾轻舟，信流引到花深处。"

③濯缨：洗濯冠缨。语本《孟子·离娄上》："沧浪之水清兮，可以濯我缨。"后以之比喻超脱世俗，操守高洁。

决口

决口当仓郡，南船不敢过①。
浮家栖树木，沉稼饱鼋鼍②。
日抱孤城气，天长瀛海波③。
苍生独厄此，不得比时和④。

【注】

①仓郡，应指今江苏宝应县。诗写作者北行途中所见。

②家园被洪水冲毁，人们只能住在树木上；庄稼沉入水底，成了鱼鳖之类的食物。鼋鼍：巨鳖和鳄类动物。

③阳光下的仓郡成了一座被水包围的孤城，放眼望去，洪水滔滔犹如大海。

④老百姓遭受这么多厄运，生活状态真没法和太平年代相比。

天津①

舳舻千里会，形势带神皋②。
地入东隅尽，天临北极高③。
兵戈销渤海，玉帛走波涛④。
颇怪秋防决，将无圣虑劳⑤。

【注】

　　①天津是南方物资通过大运河北运至京的水陆码头，顺治时将明代所设天津卫和左卫、右卫三卫合一，设立了民政、盐运和税收、军事等建置，使之成了拱卫京城的重镇，是此行的水路终点。此诗是咏天津的地位。

　　②舳舻：舳指船尾，舻指船头，合用指首尾相接的船只。神皋：神明所聚之地，此指京畿。

　　③东隅：指天津东靠大海。北极：喻京师和朝廷。

　　④兵戈：指战争，是写天津卫的军事战略地位。玉帛：指财富。说由运河来的南方物资由此中转京师。

　　⑤秋防决：秋防指海河防汛，决即决口。此说海河决口造成的水患，使皇帝夙兴夜寐地关心操劳。

突溜阻雨望天津卫①

　　我行逢秋东风急，清源以北水皆立②。
　　柁危倒牵高帆卧，计程一旬百二十③。
　　樯竿如林悬索号，估泊渔网兼嘈嘈④。
　　系缆鸣铙无颜色，微吟强餐同疲劳⑤。
　　须知气悽必苦雨，即恐畿南无干土⑥。
　　骨髓尽搜付长辕，面目何以对圄府⑦！
　　卫人尽道迎官船，官船到关仍索钱⑧。
　　岂知有儒愁箪食，穷秋更卖负郭田⑨。（解铜至张家湾⑩，距宝泉局六十里。御河禁行外船，诸道贡物悉烦陆运。车直百舳恒二钱，水潦数倍⑪。是时有诏弛御河禁，民船络绎，贡船为巨奸居货掣制不得入，久雨费繁，官运悉病。）

【注】

　　①突溜：或许是天津附近的地名。据作者自注，他在还没到天津卫的时候，了解了"诸道贡物悉烦陆运"的情况，于是有感而作此诗。按，本卷从《奉调监运课铜入京师》《十五夜泊》以及《七月十一日得家书》到《八月十五日书怀二十韵》这十余首，以及本卷前面的《羁舟》，卷七的《月行柳林渡》《风便》，卷九的《靖海县午泊》《望天津》等数首，应都是此次行役之作，可能是后人编集时被弄错次序。详卷七《月行柳林渡》注①。

　　②清源：应是地名。水皆立：喻风大。水被吹成滔天巨浪，故曰"立"。

③十天为一旬，平均每天才行十二里，足见其慢。

④写眼前声音混乱嘈杂。樯竿：挂帆的桅竿。"悬索号"是挂帆系绳索时的号子声。"估泊渔网"是说商人船和渔船做交易。

⑤微吟：低声呻吟。强餐：饮食粗劣只能勉强吃。这两句说的是所见系缆鸣铙的人，他们劳动强度大，生活不好，所以没有健康人应有的肤色。

⑥畿南：北京以南。无干土：即自注所说的"水潦"，满地泥泞，运价要涨到晴天时的数倍。作者认为气氛悽恻必然会引起连绵阴雨。

⑦长辕：此指陆运所用车的驭手或车主。圜府：即宝泉局，国家铸币机构。

⑧卫人：天津卫的人，天津自明代起设卫所。卫所是军事编制，他们名义上是保卫官家利益的，实际上仍要想着法子要钱。

⑨"岂知"二句：索钱的人也许不知道，有儒生连饭都吃不上，穷得在收获的季节也要卖田！按，这里说的是作者自己。颜伯珣虽是正五品同知，却一直都不宽裕，这在其诗中多有反映。李克敬为《秪芳园诗集》作的序说他"禄俸不足自养，至鬻产以辅之"，正是此事注脚。

⑩张家湾：在通州，清代是北运河的终点码头。

⑪车直百觔恒二钱，水潦数倍：雇车的价格是每百斤货物正常情况下两个钱，路有泥泞则数倍增加。按：清初叶梦珠的笔记《阅世编》卷六有《徭役》一条，叙其家乡嘉兴解运漕米事，包括布解、北运、南运等，其中叙解运在途，有云："……在途则沿途催盘官役例有需索；到京则各衙门员役视为奇货，不满其欲，百方勒掯，经年守候，不能竣局，而解、运两役之苦极矣！"可证此诗所叙绝非个别现象。

寄杨润九索画石 (二首)[1]①

杨子磊落桂山客，笔濡长淮画奇石。
朱门素壁不一得，许我数年犹爱惜②。

【校】

[1] 此诗入选卢见曾编《国朝山左诗抄》卷二十七，但两首误合为一首。

【注】

①杨润九，光绪《寿州志·人物·文苑》："杨德州，字润九，廪生。诗文纯雅，试辄冠军。工行楷，绘事尤卓绝，早卒。论者谓其风格足嗣石田。"按，本书卷十还有与杨润九有关的诗两首。

②朱门指高官显宦，素壁指白墙。此说杨润九性格狷介，有地位的人也很

难得到他的画。

> 杨子爱石犹爱身，肯使豪末随风尘①？
> 伴将孤鹤别君去，曾是同群麋鹿人②。

【注】

①豪末：豪通"毫"，豪末即毫毛的末端，喻其细小。风尘：风尘末吏，作者自指。

②麋鹿人：苏东坡《赤壁赋》有"况吾与子渔樵于江渚之上，侣鱼虾而友麋鹿"，意思是以麋鹿为友。此是说我和你都是惯于山野的，本来就是同类啊。

已达天津述兴

> 吏微行役频，疚心力衰惰①。
> 天路虽多艰，臣职难高卧。
> 涉江累殊候②，风涛饱经过。
> 水驿期有常，况复严最课③。
> 所求匪章程，天远望帝座④。
> 亲戚满路隅，不瞻穷途饿。
> 九旬达津门，故吏俨僚佐⑤。
> 岂惜升斗活，难为苍颜破⑥。
> 关深豺虎骄，日入鼍鼍大⑦。
> 贤豪久芜没，悲歌竟谁和⑧。
> 邅恤旧邸井，抚辕甘投剉⑨。

【注】

①疚心：忧心，愧疚，内心不安。按，此诗情调悲观低沉，应是在行役中受到连续心灵打击后所作。按本书《突溜阻雨望天津卫》《运铜返寿州答寿民》二首所叙较详，可参。

②累殊候：屡次长期等待。《突溜阻雨望天津卫》自注云"贡船为巨奸居货掣肘不得入"，可为注脚。

③期有常：行期多久是有常规的。严最课：按最高指标进行考核。"最课"指官吏考核的最高成绩。唐·刘肃《大唐新语·举贤》："裴景升为尉氏尉，以无异效，不居最课。"

④匪章程：匪：不是。章程：正当的规则。"匪章程"其实就是潜规则。

这里是说：我们处处按章办事，并不能使有关部门满意，他们有很多章程之外的要求。虽然已到天津，距离皇帝远着呢（这里有双关的意思）。

⑤故吏：一般指自己举荐提拔的官吏，僚佐指属吏。这里的故吏是谁无从猜测，从口气看作者是很不满意的。从出发地到天津水路竟用了九十天时间。可见行程中一定有种种纠葛，所以这诗一开始就说"心力衰惰"。

⑥升斗：升斗之禄。苍颜：苍老的容颜。"苍颜破"即破颜一笑。两句说：我做这些事岂仅仅是为了养家糊口？种种不快总令人难有高兴的时候！

⑦关：或许指天津码头的检查机构。作者将其人员比作豺虎和鼋鼍，可见恨之深，亦可见此次行役中积累愤懑之多。

⑧和：音 hè，指别人对自己诗歌作品的回应答复之作，一般要依原韵，叫唱和。此说在这个世界上，久已不见贤人豪杰了，我所发出的悲叹谁能理解？

⑨"遑恤"两句：说哪有闲暇关心自己的旧宅故井。手扶着车辕想，就甘心接受命运的挫折吧。剉：通挫。

客思①

乡水北流尽，客思秋望劳。
年康荒稼穑，身老益波涛②。
残夜洲螿急，稀星海雾高③。
愁心无一寸，百虑未能抛④。

【注】

①在行役途中思乡之作。

②因为不是缺粮的年代，以致对自己家的庄稼疏于管理，收成不好。身体已老，本应平安过日，却到波涛中求生存。

③螿是一种蝉。洲螿就是在水边芦苇上鸣叫的蝉。天将明时，蝉声急切，雾薄星疏。

④寸心是言心之微小，无一寸则更小。而百种忧虑齐在心头，则此心如何承受得起！

独夜①

独夜频嗟客枕惊，斜风细雨背孤城。
穷途屡耐亲僮仆，俗态犹疑向友生②。

戍黑行人寻火语，塞深初雁断行鸣^③。
衰年往事难回首，况逐江河迹似萍。

【注】

①这诗应是在此次行役的途中独夜难眠有感之作。杜甫曾有"空山独夜旅魂惊""危樯独夜舟"等句，写江湖漂泊之感触。此诗意境，庶几近之。

②上句说因为与仆从（包括同行的其他人）多次共同经历困难，不自觉地增加了相互间的亲切感。下句说自己已经是一个面目可憎的俗人，以前的文朋诗友还能接受我吗？

③说黑暗中可以听见守夜人借火的说话声和失群孤雁的叫声。摹写夜之夐寂，历历可感，堪称警句。

八月十五日书怀二十韵^①

职贡方州使，朝天道路长^②。
江湖漂节序，日月限关梁^③。
役远身仍困，家贫吏更妨。
兔株虚踟蹰，鸿陆几翱翔^④。
白鲞辞吴市，黄梅背楚乡^⑤。
幡前低鹢首，波底绕羊肠^⑥。
上汉星槎杳，过门路柳荒^⑦。
旬迟辽塞雨，夜蚤玉关霜^⑧。
沟壑惭舟楫，泥涂阔骕骦^⑨。
鹿呦清宴日，鹗举紫云旁^⑩。
诸道平衡重，群英观国光^⑪。
屈伸看尺蠖，来往变寒螀^⑫。
桧柏春执爨，娉婷暮洗粧^⑬。
筹时须卜式，迁次老冯唐^⑭。
白水知歌晚，青毡固士常^⑮。
经残余壁牖，景逝抱松篁^⑯。
磬折形空役，弦尘瑟漫张^⑰。
暗虫窗断续，纤羽月飞扬。
头雪稀还重，心灰热未凉^⑱。
商音不竟奏^⑲，零泪已沾裳。

【注】

①中秋节是在行役途中过的。此日在船上独自对月，自然感慨万端，乃作此长篇排律。

②职贡：方国向朝廷贡纳。此指监运课铜入京师。

③节序：节气。关梁：关口桥梁，指交通必经处。限：此指限定日期。《已达天津述兴》有"水驿期有常，况复严最课"。

④兔株：守株待兔。踢蹐：狭隘困顿。此喻人在船上的活动空间狭小，又受制于诸如闸口禁行等，虽急躁而毫无办法，只能羡慕陆上的鸿雁可以自由翱翔。

⑤白鲞：名贵海产品，即咸干大黄鱼。吴市：今苏州。黄梅：成熟的梅子。二句似说参加此次行役的有苏州人和寿州人，他们都带着当地特产背乡离井。

⑥幡指所插旗帜，鹢首是船头上画的鹢鸟，故画鹢也是船的别称。羊肠：或指船上缆绳。

⑦槎即船，"星槎"事见张华《博物志》卷十："旧说云天河与海通。近世有人居海渚者，年年八月有浮槎去来……乘槎而去。"此谓传说中的乘船上天游览星河是杳茫难稽之事，眼前常看到的是河边的路柳荒村。

⑧辽塞：北方边塞。玉关：甘肃玉门关，都是虚指。此说他们的行程沐风栉雨历尽风霜。

⑨说舟船在山沟里，良马在泥泞的路上，都很难发挥作用。骕骦：良马。

⑩鹿呦：《诗经·小雅》有《鹿鸣》篇："呦呦鹿鸣，食野之苹，我有嘉宾，鼓瑟吹笙……"是写饮宴的诗。鹢是能高飞的鸟，鹢举指翱翔长天。二句是想象中京师公卿的生存状态。

⑪说各部门官员以平准均衡为重，平准是运用贵时抛售贱时收买的方式，来稳定市场价格。按，这次运铜可能与此有关。观国光，看到了国之精英的风范。

⑫尺蠖是一种昆虫，爬行时屈伸其身体，此喻做人应能屈能伸。《周易·系辞》有"尺蠖之屈，以求信也；龙蛇之蛰，以存身也"。寒螀：螀是一种蝉，天渐寒冷，则螀末日即到，喻穷途末路。

⑬桧柏是嘉木，而被用作烧柴；年老色衰的女人如洗去铅华便无婷婷之美。两句说未得其时而身已老大。

⑭上句说一个人有所成就离不开机遇，下句感叹自己多年未得升迁。卜式以牧羊致富，匈奴入侵时上书朝廷，欲捐出一半家产助边，被拒绝了。后来出现当地官府财政空虚，有钱人争相匿财，他则多次捐钱，被皇帝知道，认为他

是真心为国，为表彰他，拜为郎官。但卜式说只会放羊，皇帝便让他在上林苑牧羊，他果然把羊放得很好。皇帝夸他，他说治民和放羊一个道理。于是让他做了县令，此后升至齐王太傅，都受到百姓拥护，政绩卓著。见《汉书·卜式传》。汉代的冯唐身历文帝、景帝、武帝三朝，始终郁郁不得志。后举为贤良，但年事已高，不能为官。《滕王阁序》有"冯唐易老李广难封"句。

⑮白水：屈原《离骚》有"朝吾将济于白水兮"句，马茂元注："白水，神话中发源于昆仑山的河流，饮其水可不死。"青毡：即青毡故物，喻清寒的生活。出《晋书·王献之传》：（献之）"夜卧斋中，而有偷人入其室，盗物都尽。献之徐曰：'偷儿，青毡我家旧物，可特置之。'群偷惊走。"二句谓自己现在已没有寻仙访道的兴趣，打算以普通寒士的生活方式了此一生。

⑯说墙边窗下有残乱的经书，松声伴着竹影。

⑰磬折：人弯腰之形似磬，是谦卑的形象。弦尘：琴瑟之类乐器上落满灰尘，指告别了那些雅人深致。

⑱秋虫断续鸣叫，夜鸟月下飞翔。自己虽年已衰老，心情抑郁，但并未消极懈怠。

⑲商音：悲凉哀怨的声音。陶潜《咏荆轲》："商音更流涕，羽奏壮士惊。"

九日作柬张子赤城①

帝里同酬令节难，旅居邻近巷泥宽②。
空床囊涩尊仍在，远市尘烘菊怕看③。
废弃人从白日卧，招提客共暮峰寒④。
熙春台畔他年醉⑤，数子高秋兴颇阑。

【注】

①九日：农历九月初九日重阳节。此时作者在京，应是此次运铜任务的交接之类尚未完成。从诗中可感到作者心情忧郁沉重，无可倾诉，乃作此诗给寿州友人。张赤城：正阳际堂八子之一。

②帝里：帝都，京师。巷泥宽：谓雨后街巷泥污难行，有隐喻世路艰难的意思。

③"空床"二句：上句说虽囊中钱少，尚有酒可饮，但客中孤寂，无友人与共；下句谓京师红尘十丈，没有了赏菊的逸兴。"烘"有用火烤的意思，以"尘烘"喻重阳时的环境，极合当时心情，真切可感而又新颖别致，足见炼字功夫。

④废弃人和招提客都是自指。招提即佛寺，或许作者借住在寺院里。

⑤熙春台：在寿州署内，本书卷十一有《重阳前五日际堂诸子招集熙春台分韵》。

忆寿阳家人①

小山丛桂久凄凉，官舍蘺红菊自芳②。
岂谓鸿来淮上约，至今人滞蓟门霜③。
塞垆倾座貂蝉骑，楚客惊时薜荔裳④。
一片寒砧万衰柳，凤城愁绪正茫茫⑤。

【注】

①从诗中的蓟门、凤城看，此诗在京城作。寿阳即寿州。

②小山丛桂：出庾信《枯树赋》"小山则丛桂留人"。蘺：一种香草。

③两句说从寿州动身时曾与家人相约，将如鸿雁之按时返回。不料滞留已至秋深。蓟门：北京旧属蓟州，蓟门乃为其别称。

④塞垆：指酒店。貂蝉骑：是以貂尾为装饰以蝉为图案的华贵马具。楚客是自指，薜荔裳是仙人以藤蔓植物薜荔所制之衣，此作衣裳之美称。觉天凉而无衣可添，故惊；恰似薜荔叶遇寒霜而凋落，故此美称颇有自嘲的意味。

⑤此联以秋天衰飒之景衬托滞留京城的愁烦心绪。寒砧：为征人做寒衣时的捶布声，凤城：京师。

干梁行①

寿吏南归宿州道，水潦全涸天仲冬②。
有梁中路跨穹曲，行人畏之如登峰③。
世人就卑尤喜捷，鸟尽弓藏迹相接④。
造梁山僧苦饿死，弟子担石犹补辙⑤。
刺股乞钱声转哀，行人不顾走黄埃⑥。
狂波恶浪能几时，时平须念济艰才⑦。

【注】

①干梁：干涸河道上的桥梁。此诗像一个寓言，批评了国人只看当下不顾未来的短视和庸俗。诗末说"时平须念济艰才"，可认为是在清初社会上升时期的清醒思考。

②说仲冬时候，作者自京南归，走到宿州时，经过一条已干涸的河道。

③河道上有一座桥，但因冬天河中无水，行人都不从桥上走。

④世上人总喜欢走捷径，暂时没水了就将桥废弃，这有点像鸟尽弓藏。按，鸟尽弓藏，出《淮南子·说林训》等。迹相接：脚印相连，就成了路。

⑤这桥是山上僧人造的，他为此累饿而死，徒弟接着干。

⑥僧人甚至以自残的方式为造桥化缘募捐，而行人却懒得回头看看！

⑦将来河里有了水，这桥还是离不开的！引申为：承平之日，千万不要忘记重视和培养可以挽救国家危难的人才。

运铜返寿州答寿民①

州贰微细职，亦备守土臣②。
官铜输有吏，滥责安所循③？
吏解苦累钱，岂念官更贫④？
无乃教之贪？交征亏至仁⑤。·
破产尽宝泉，达官犹怒嗔⑥。
十月衣葛回，返顾西灞津⑦。
蒸黎为我哭，愿偿官累银。
感激谢蒸黎，剜肉宁一身⑧。
今年诛阿鲁，白钺逾北辰⑨。
至尊日一食，六军仰只轮⑩。
但添卢龙骨，未返麒麟人⑪。
而我僻南服，偷生守六亲。
譬彼屋角蓬，庇霜敢望春⑫？
君看征戍儿，我何怨苦辛⑬！

【注】

①此诗被辑入《曲阜诗钞》卷一。诗中叙自己在出差运铜时因被有司勒索而致赔累，狼狈地回到寿州后，百姓们争着要替他偿还亏欠。作者拒绝后作此诗述志，全诗充满凛然正气，声情并茂，感人至深。

②说自己这个寿州同知是个很小的官，但也得算守土有责的国家官员。州贰：贰，副职。

③官铜：指这次运输入京的铜。滥责：谓有关方面对我们的职责并没有提供可供遵循的章程。

④那些吏员就懂得要辛苦钱，哪里想过我这官比他们更穷？吏指具体办事

的人，如衙门里的三班六房，运河闸坝上的管理人员，他们依靠多年形成的潜规则搞钱。按，作者承办的这次运铜，当然会有费用的预算，但事实是长途行旅各种不可预知的事太多，则造成亏损也是正常现象。而吏员们绝不会因此改变潜规则。本书卷三《铜板船》有"牧金常职方州贡，郡吏先输圜府钱"句，所写正是此事。

⑤怎么办？总不能公开鼓励贪污，那只能上下互相争夺私利，这背离了做人做官最基本的道德要求。无乃：岂不是，表示反问。

⑥破产：应就是李克敬在《秪芳园集序》中说的"鬻产以辅之"。达官：指宝泉局的官员。

⑦葛衣：天热时的衣服。西坝津：寿州地名。按，《突溜阻雨望天津卫》有"我行逢秋"语，说是秋天出差。此说十月返回，时间相合，可证实为一事。

⑧蒸黎：百姓，黎民。剜肉：剜肉补疮。见唐·聂夷中《咏田家》诗："医得眼前疮，剜却心头肉。"此说寿州的百姓都哭着要替作者赔偿亏空，这令他十分感动。

⑨诛阿鲁：康熙三十五年（1696）康熙帝亲征噶尔丹事，详本书卷十一《闻再征阿鲁朝议》注①。白钺：武器，象征权力。北辰：北极星，此指北方。

⑩至尊：指皇帝，此指康熙帝。据《清实录·圣祖实录》康熙三十五年三月乙丑："谕议政大臣等，出口以后侵晨启行，日中驻扎，每日一餐。"六军：泛指禁军，此指天子统率的军队。只轮：此指皇帝所乘车。

⑪卢龙：今河北县名，其地为古孤竹国。著名的伯夷和叔齐即孤竹国君之子。二人以不食周粟著名，故"卢龙骨"指气节和骨气。麒麟人：或指麒麟楦似的人。唐朝人演戏时装假麒麟的驴子叫麒麟楦，比喻虚有其表而无真才实学。见《云仙杂记》引唐·张鷟《朝野佥载》："唐杨炯每唤朝士为麒麟楦。或问之，曰：'今假弄麒麟者，以修饰其形，覆之驴上，宛然异物。及去其皮，还是驴耳。'无德而朱紫，何以异是！"两句谓做官员要正直有骨气，不能做无德之人。

⑫南服：古代王畿外围，以五百里为一区划，由近及远分为五服。服，服事天子之意。作者所在的寿州在京畿之南，故称南服。六亲：一般指父、母、兄、弟、妻、子，泛指亲属。此四句说：我僻处寿州，苟且地和亲属以及广大百姓相厮守，就像那长在院子角落里的蓬草，还敢希望在寒霜时节受到春天般温暖的待遇？

⑬"君看"二句：请看那些长年征戍在外的战士，我这点付出能算什么！

卷四　秪芳园遗诗卷四 古今体诗八十七首

五凤歌赠谢荫林兄弟①

古称谢氏之子凤毛奇，灵异钟会信有之②。
寿阳有老盛甲第，五男并是丹穴儿③。
抢飞污啄岂称意，噰喈群集春常枝④。
一朝梁木摧烈风，六翮中断行差池⑤。
余翮尤盛复集蓼，大者啼寒小号饥⑥。
凤兮肯为穷困饥？下逐百鸟污毛仪⑦。
炎天六月冰雪堂，图书一一御府藏⑧。
群季书画尽殊绝，更驾庾鲍擅文章⑨。
有客朝访出重户，感子道旧热中肠⑩。
古人种德如种树，愚鄙岂识高天苍。
仰视黄鹄下鹜鸧，叫云呼群两彷徨。
不睹九天与千仞，凤兮一览快高翔⑪。

【注】

①此以五凤喻谢荫林兄弟五人。本书卷六有《观谢荫邻藏李寅仿郭河阳栈道图》，荫林当即荫邻。

②凤毛：见《南史·谢超宗传》，谢超宗是著名的文人谢灵运之孙，有文名。宋孝武帝曾赞赏："超宗殊有凤毛，灵运复出矣！"句谓谢氏的聪明文采历千百年后又体现于谢荫林兄弟身上。

③甲第：显官门第。丹穴儿：见《山海经·南次三经》："丹穴之山……有鸟焉，其状如鸡，五采而文，名曰凤。"按，光绪《寿州志·人物传》有谢开宠，顺治十六年进士，官四川宜宾知县。本书本卷有《题故宜宾令谢公开宠梦游图》，故此荫林兄弟或为其子。

④此以鸟喻人，"抢飞"和"啄恶"喻市井伧夫，以衬托五兄弟风度高华，行止从容。噰喈：音 yōng jiē，众鸟和鸣；《尔雅·释训》："噰噰喈喈，民协服也。"

⑤梁木摧：见《礼记·檀弓上》，传为孔子临终前所作歌："泰山其颓乎！梁木其摧乎！哲人其萎乎！"六翮：指鸟的两翼。见《战国策·楚策》："奋其六翮而凌清风，飘摇乎高翔。"差池：参差不齐，此谓谢氏兄弟之父去世，家

境败落。

⑥集蓼：谓遭遇苦难，出《诗经·周颂·小毖》："未堪家多难，予又集于蓼。"毛传："我又集于蓼，言辛苦也。"说谢氏兄弟在父死之后面临生存危机，甚至吃不上饭。

⑦说谢氏兄弟难道会把穷困当回事吗？如果和市井人物争逐，那是有损令德的。

⑧说谢氏兄弟在家读书，藏书多善本。冰雪堂：或为谢氏书斋。

⑨群季：指谢氏兄弟。说他们工书善画，文笔亦佳。殊绝：超绝。庾鲍：指南朝著名文人庾信和鲍照。

⑩重户：重门叠户，谓住宅深邃。热中肠：内心激动。杜甫《赠卫八处士》："访旧半为鬼，惊呼热中肠。"此说有人清早来访，和谢氏兄弟交谈往事，难抑内心感动。这个访客应该就是作者。

⑪"古人"以下六句是作者所发的议论：谢氏兄弟这样的有德之人，有如根深叶茂的大树，鄙愚的市侩是难以理解的。试看那些飞翔呼叫的黄鹄、秃鹜和鸧庚等鸟，固然各有高下，但它们对在九天之上千仞之高翱翔着的高贵的凤鸟，都只能仰视着！种德，见《尚书·大禹谟》："皋陶迈种德，德乃降，黎民怀之。"

韩正，虹县故隶人也，数顾余寿州。余非能庇正者，正审矣；嘉厥义不寻常，而赐之诗①

朱门几见伤罗客，千里难逢命驾人②。
怪尔炎天来雪岭，纷纷愧杀市朝尘③。

【注】

①此诗所赠予的韩正，当是作者任虹县令时手下的皂隶，即衙役。作者到寿州后，他还屡次去探望。韩正很明白，当年的老爷不可能给他以庇护或什么好处，他只是因为与作者有感情。此诗关键是表彰这个社会地位低下的人身上有着达官富豪们所缺乏的东西——信义。按，关于作者任虹县令事，直接证据不多，有关的诗只有《卖马行》和这一首。

②朱门：富贵之家。伤罗客：伤罗，唐·储光羲诗《狱中贻姚张薛李郑柳诸公》有"伤罗念摇翮，跼足思骧首"句；罗指捕鸟兽的罗网。命驾人：听主人之命准备车马者，指仆从。此说我在所谓上流社会，见到因各种原因被伤害者很多；可像韩正这样有信义的下等人，从山东到安徽都是仅见！

③炎天：极热的天；此喻有权有势炙手可热的衙门。雪岭：极寒之地；此喻寒酸背时的自己。说韩正你这人太奇怪了，你这要令多少唯利是图之人惭愧死啊！

生日忆孙继顺①

六秩惭为祖，三周始见孙②。
入门知就膝，问事总能言③。
头角堪余老，诗书赖尔存④。
日归定长大，随杖理丘园⑤。

【注】

①生日指作者的生日，当为七月中下旬某日（见本书附作者年表）。《颜氏族谱》所载颜伯珣诸孙中无名继顺者，继顺当是乳名。

②六秩：指自己六十岁；三周：指继顺三周岁。按颜伯珣60岁当为康熙三十五年。此年春他奉调监运课铜入京师，八月末或九月初到京，则七月时正在途中。60整寿而颠簸于舟船浪涛之上，很自然地忆起故乡亲人尤其嫡孙，心情的失落可想而知。诗平淡中含有深刻的孤独感，极堪咀嚼。

③就膝：扶着作者的膝部，言其对祖父的依恋。

④头角：用韩愈《柳子厚墓志铭》："虽少年，已自成人，能取进士第，崭然露头角。"此言希望继顺将来能有所成就，延续继承家族的读书传统。

⑤设想自己退休回到故乡的时候，继顺已长高许多，他将来会协助自己种田理家。

问讯吴立久①

吴子辞船后，几年秋水居。
时勤弟子礼，不报帐中书②。
晓屋寒星暗，荒城旅雁疏。
长贫看稚儒，愁鬓近何如？

【注】

①吴立久，不详。

②"时勤"二句：说吴立久对自己一直执弟子之礼，但没有给自己的书信回复。帐：绛帐，即师门。用汉马融典故。

赠金广文三郎①

吴淞才子绝风尘，萧馆闻诗更入神②。
怀橘江寒乘夜雪，褰裳淮浅正阳春③。
士龙早岁推文宝，洗马回车呼璧人④。
枉话篇章访蒙老⑤，对君惟有鬓如银。

【注】

①广文：即学官，如学正、训导、教谕等。检光绪《寿州志·职官表》及《曲阜县志·职官》与作者相关时代均无金姓者。本书卷九有《金广文德藩罢官归华亭》，结合本卷《送金卓云迎亲归华亭》，可知金德藩、三郎、金卓云应是同一人。

②吴淞：吴淞口，黄埔江和长江汇流处。金是华亭人，清初华亭其实是上海松江的古称，吴淞口在境内，故称吴淞才子。萧馆：书斋。梁武帝造寺，萧子云大书"萧"字于壁，此后乃有萧寺、萧斋、萧馆之称。

③怀橘：用三国时陆绩事。陆绩幼时在袁术处做客，把橘子塞在怀中，说回家孝敬父母。为"二十四孝"之一。此写金广文之孝。褰裳：用手提起衣襟；又《褰裳》是《诗经》篇名，写青年男女聚集在水边，中有"褰裳涉溱"句。此句和下边的"璧人"，都是写金广文的风流倜傥之状。

④士龙：指西晋文学家陆云。少聪颖，六岁能文，被荐举时才16岁。洗马：指卫玠，官太子洗马。《世说新语》刘孝标注引《卫玠别传》："玠在群伍之中，实有异人之望。龆龀时，武子常与乘白羊车于洛阳市上。举市咸曰，谁家璧人？"璧：此指美玉。此以陆云和卫玠喻金广文。

⑤蒙老：作者自称，蒙指山东蒙山。

春日大筑芍陂即赠刘生①

志士勋名岂尽同？当年孙邓在安丰②。
将军颇壮吞吴策，相国何惭缵禹功③。
击鼓茅祠犹野祝，开帷玉佩自春风④。
腐儒实少匡时力，版筑聊通利济穷⑤。

【注】

①光绪《寿州志·水利志·塘堰》：“芍陂，在州南六十里……今名安丰塘，楚令尹孙叔敖所造。周一百二十里，灌田万余顷……康熙三十七年春，知州傅君锡详请修复，州同颜伯珣董其役……”钱泳《履园丛话》卷十八《古迹·芍陂》：“芍陂在寿州南八十里，春秋时为楚相孙叔敖所造。陂周三百二十四里，横径百里，陂有五门，上承淠水，吐纳川流，西北为香门，陂水北流，经孙叔敖庙下，谓之芍陂渎……本朝顺治十二年，寿州知州李大升又修之，真万世之利也。”按，钱泳为嘉庆道光时人，所记未及伯珣，恐是转抄自他书。此刘生指谁不详。

②孙邓：指孙叔敖和邓艾。孙叔敖的事迹中，修筑芍陂是重要一项。邓艾是三国魏杰出将领，文武全才，深谙兵法。他在正始初年提出建议，并积极实施开凿河渠，兴修水利，在淮北、淮南实行大规模的军屯，寿州是其中心。几年之后，成效显著。

③将军：指邓艾，“吞吴策”指他有关水利和屯垦的《济河论》。相国：指孙叔敖。缵禹功：继承了大禹的事业和功勋。

④上句说民间对孙、邓事迹的传诵：“击鼓”是说书之类，“茅祠”是简陋的祠庙，“野祝”是相对于官方祭祀而言。下句说官方在二人祠宇的祭祀场面；玉佩是祭祀礼器。

⑤腐儒：迂腐不通世事的读书人，这里有自嘲意味。说我实在没有匡正时弊的本领，现在从事这修筑芍陂工程的事，也算是做了件对百姓有利的事吧。版筑：以土筑墙，是古代建城垣堤坝的主要方式。

暮春芍陂口号①

容易劳人掷岁华，年年春色倍离家②。
不知深闺愁多少，芍水堤头又落花③。

【注】

①口号：口占，随口吟成。

②劳人：劳苦之人，劳动之人。句谓整天忙碌有事可干的人最觉得时间过得快，此指在芍陂水利工地上。倍：通“背”。

③谓自己（也可包括工地上其他人）的妻子儿女，想念在外劳作的亲人，已非一年。落花：表示一年一度的春天结束。

送金卓云迎亲归华亭^①

曾闻几度到亲闱^②，每去亲闱和泪归。
尘驿谁悬徐孺榻，斑痕常湿老莱衣^③。
江天捧杖逢花好，淮水离群见雁稀^④。
我有平生鲜民恨，因君涕泗不能挥^⑤。

【注】

①金卓云即金德藩，学官。迎亲归华亭，即回故乡接父母到任所奉养。华亭：清代松江府属县，即今上海市松江区。

②亲闱：父母居处。

③上句以徐孺子比金卓云，说他如回华亭故乡，父母会像陈蕃悬榻那样不让他离开；下句说金卓云常因思亲洒泪。《孝经》："老莱子，楚人，至孝。奉二亲，极其甘脆。行年七十，言不称老，着五彩斑斓之衣，为婴儿戏舞于亲侧。又取水上堂，诈跌卧地，作小儿啼，以娱亲喜。"

④捧杖：侍奉父母。雁稀：喻缺少兄弟。

⑤平生鲜民恨：指作者在六岁时就没有了父母。幼失怙恃，这是他一生最深最巨永难消弥的伤痛。鲜民：无父母穷独之民。出《诗经·小雅·蓼莪》："鲜民之生，不如死之久矣！"按，颜光敏《颜氏家诫》卷一记："……有族子为其祖笞之流血，语季父曰：'吾年亦抱子，何罪而见责若此！'季父曰：'昔韩伯俞受母杖，不痛而泣。今汝既抱子，而王父尚能能笞汝，且至流血。此奇福也。'因泣数行下，曰：'吾自七岁来，求父笞不可得已，况王父乎！'"文中的季父即颜伯珣。所以他看到金卓云回故乡迎亲，不禁勾起了对双亲的思念，但又不便言说，故曰"涕泗不能挥"。

诵张生菊花诗^①

爱子新诗日共看，况逢佳节倍为欢。
龙门近日惊材老，鹤发何须惜岁阑^②。
落照荒随孤鹜下，清樽倒映数峰寒^③。
黑头拼落接篱醉，不怪山翁不着冠^④。

【注】

①此张生不详。

②龙门：科举试场的正门曰龙门。材老：老到、成熟，此谓张生诗才之高。
鹤发：白发。岁阑：岁末，此指老年。

③两句以调侃的语言说自己的年老和白发。上句暗用《滕王阁赋》"落霞
与孤鹜齐飞"句，喻己之衰暮，下句以"数峰寒"喻己之白发。曰"清樽倒
映"，尽见造语曲折。

④黑头：指张生，与自己的鹤发相对。接篱：是一种白色的帽子。此用山
简事：《世说新语·任诞》："山季伦为荆州，时出酣畅。人为之歌曰：山公时
一醉，径造高阳池。日暮倒载归，酩酊无所知。复能乘骏马。倒著白接篱。举
手问葛疆，何如并州儿。"此诗中的山翁双关，既指山简（季伦），也指自己。
又，不着冠：传说苏东坡有"十六赏心快事"，"接客不着衣冠"即为其一，表
示一种不拘常礼的亲切。

呈王公永俟前寿州刺史①

罗雀门前还放鹤，书空堂上正弹琴②。
邹生寒谷无新律，庄子虚庭有旧吟③。
江汉讴思赤子泪，簿书编简老臣心④。
三年寮佐终何补，惭遇明时庆盍簪⑤。

【注】

①光绪《寿州志·职官》载，王永俟，福建人，贡生，康熙三十四年起任
知州。三十六年知州为傅君锡，可知彼已离职，诗当作于其时。

②"罗雀"二句化用两个成语。一是"门可罗雀"：形容门庭冷落，出
《史记·汲郑列传》："下邽翟公有言，始翟公为廷尉，宾客阗门；及废，门外
可设雀罗。"二是"咄咄书空"：形容失意懊悔。为晋殷浩事，他被黜免后，
"终日恒书空作字。扬州吏民寻义逐之，窃视，唯作咄咄怪事四字而已"。见
《世说新语·黜免》。从用这两事可见王永俟是被黜免的。放鹤和弹琴都是雅人
深致，此写王永俟被废后的宠辱不惊。

③邹生寒谷：邹生指邹衍，战国齐人，五行学说的创始者。据《方士传》，
"邹衍在燕，燕有谷，地美而寒，不生五谷。邹子居之，吹律而温气至，而黍
生，今名黍谷"。《论衡·定贤》："夫和阴阳，当以道德至诚。邹衍吹律，寒谷
更温，黍谷育生。"庄子虚庭：《庄子·人间世》有"虚室生白，吉祥止止"
语，虚室指空虚洁净之心灵，此为劝慰王永俟语。虚庭应即虚室，为调律诗平
仄改室为庭。

④上句说王永俟治下的百姓对他深有感情，下句说王永俟自己多年来就就业业。江汉：长江汉水，泛指江南。簿书编简：指公文册籍。按，上句化用杜甫《秋兴》"听猿实下三声泪"，下句化用杜甫《蜀相》"两朝开济老臣心"。

⑤说自己作为王永俟副手三年，很惭愧对这么好的朋友没什么帮助。寮：通"僚"。盍簪：朋友相聚。出《易经·豫卦》："九四：由豫大而有得，勿疑，朋盍簪。"王弼注："故勿疑，则朋合疾也。盍，合也。簪，疾也。"

康熙三十七年十二月重访正阳，费又侨、程宗伊、张鸿渐各赠言五韵，工力弥上，合赋奉酬，兼有怀于羽高、湘民二子①

蓼花滩北镇咽喉（正阳关，寿州西南重镇），
有客重栖水上楼。
赤箭宵严孤队出，白头目送去帆愁②。
惭仍衰病羁微禄，懒赋新诗忆旧游③。
同擅英华诸子在，谁知筵座减应刘④。

【校】

题中的"重访"，刻本和目录均作"重防"，应是笔误，径改。

【注】

①费又侨、程宗伊、张鸿渐和陈羽高、沈湘民，都属于正阳际堂八子。参本书卷三《忆正阳际堂八子诗》。从诗之首句及自注以及"赤箭"句看，作者的重访或许有军事或治安的性质，是作者因公事去正阳而得晤诸子。

②"赤箭"句：本书卷六《淮上军》第二首有"只网须随巡箭入，一樵谁近戍楼呼"句，是写淮上军营防守的严密。此略同。赤箭是红色的令箭。全句写夜间的巡逻队，或为记所见。

③两句说自己生活状态：身体不好而仍未退休；常忆老友但作诗不多。

④应刘：魏晋时建安七子中的应玚和刘桢，此借指陈羽高和沈湘民。

芍陂堤上课各门监者种柳[1]①

我昔独卧泗水春，十年身老渔樵人。
园中高阁临河湄[2]，千柳万柳相映新②。
我今淮南末僚列，许身难比稷与契③。

操筑日日芍陂头④，种柳犹课春时节。

汝柳尽生我当归，十年白发头更非。

不见此老汝应悲，须忆陂头种柳时⑤。

【校】

［1］此诗入选卢见曾编《国朝山左诗抄》卷二十七。又，《海岱人文》本将此诗排列如三首七绝，实误。

［2］河湑，《海岱人文》本及《颜氏三家诗》本均作"河唇"，应是通假。据《国朝山左诗抄》本改。

【注】

①光绪《寿州志·水利志·塘堰》载颜伯珣作《重修芍陂碑记》："三十九年夏四月旋自京师，六月复至陂，经理其沟洫。四十年春正月，筑江家潭。三月，自孙叔教庙讫南老庙增堰堤，广上五尺，长十里。开复皂口闸……十一月，筑枣子门，自经始迄兹凡四载……先后依堤植千树柳……"课：有主持、管理、检查、验收义。各门监者：据《重修芍陂碑记》，芍陂"分二路，路有长；注水三十六门，门有长……"可见"门"应是芍陂上的分水闸口。各"门长"是各种劳动者的管理者，他们也可以称作"监者"。

②写在故乡时事。作者出仕时已50多岁，做"渔樵人"远非十年，此乃是泛指。"园中高阁"谓秖芳阁。"河湑"即河边，谓泗河之滨。

③我现在是寿州的末僚微吏，不敢有做稷和契那样的上古贤臣的志愿。按，传说稷教人稼穑，契掌管民治。杜甫的名篇《自京赴奉先县咏怀五百字》有"许身一何愚，窃比稷与契"句，此用其意。

④筑：此指版筑用的工具。

⑤你们种的柳树活了，我也要退休回家了。十来年间我已白发满头，不像初来时的样子了。将来你们见不到我这老头子，应该很伤感吧，一定会回想起当年一起种柳的时候的。按，此诗当作于康熙四十二年（1703）左右，离家已十几年，回乡归隐之类词句在他诗中经常出现，但一直到死他也未能如愿。想到这些，会发现此诗末几句于平淡中实在颇寓感人的力量。

题故宜宾令谢公开宠梦游图①

二仪鼓洪炉，陶毁转万古。

劫火一华胥，匆匆焉能数②。

金石不足坚，粉黛元黄土③。

223

汾阳与南郡，或非达者主④。

先生仆射后，渡江辟草莽⑤。

释褐先帝朝，绾符蜀江浦⑥。

滇海弄长鲸，妻孥将为虏⑦。

既代封疆还，天意与环堵⑧。

长蛇飞攫人，哮怒渡淮虎。

忠厚憨一老，不免穷饿苦⑨。

三年扬州幕，结梦歌金缕⑩。

神女事恍惚，游仙颇浪取。

观其起讫词，大意了可睹⑪。

真幻俱冥搜，泰岳齐鸿羽⑫。

洒然纸帐间，俯仰黄农矩⑬。

披图仰高风，戋言非腐儒⑭。

【注】

①谢开宠：光绪《寿州志·人物志》："字晋侯，顺治甲午举人，己亥进士。任四川宜宾县知县。洁己爱民，案无留牍，亲老道险不克迎养。闻讣奔丧，哀痛庐墓所。服阕后淡于仕途，以诗赋自娱，设教广陵，归老于家。"同书《艺文志》载其有《慎墨堂诗集》二卷。

②二仪即阴阳。传统哲学认为，阴阳相互感应，乃生四象八卦以至万物。这个过程如用洪炉之陶冶，周流循环，万古不息。岁月匆匆，难以缕述。华胥：华胥氏，传说中伏羲和女娲的母亲。此喻远古时代。

③在这漫长的历史上，被认为坚牢的金石也难传久远，当下粉红黛绿的靓男俊女其实和一抔黄土一样！元：通"原"。

④汾阳：唐郭子仪封汾阳王。南郡：南阳郡，诸葛亮躬耕之地。句谓像郭子仪、诸葛亮那样历史上的功臣良相，也不一定就算得上达者。

⑤仆射：东晋谢尚、谢安等均曾官尚书仆射。渡江：或谢开宠事，待详考。此说谢开宠的远祖是晋代豪族。

⑥释褐：褐是平民衣服，释褐即做了官。绾符：符是印信，绾符即掌握了权力。此说谢开宠中进士后到四川做官。

⑦滇海：指云南，此指康熙初的三藩之乱。"妻孥"事不详，待考。

⑧"封疆"是朝廷分封土地的疆界，后成为大行政区域的代称，其负责人称封疆大吏。从这句诗看，谢开宠似有过代理省级官员的经历。环堵：是较简陋狭窄的墙，此说他代封疆之后并未受升赏。

⑨"长蛇"四句：说谢开宠只知做忠厚之人，却不会做官，竟至难免穷饿。长蛇和哮虎都是用以象征仕途的凶险。憨一老，典出《诗经·小雅·十月之交》："不憨遗一老，俾守我王。"

⑩扬州幕：指谢开宠在扬州协助两淮盐运使崔华编撰《两淮盐法志》。扬州是繁华笙歌之地，故云"结金缕"。诗从这里切入题目。按，关于《两淮盐法志》，据《档案溯源》载吕小琴文，是两淮盐运使崔华在"康熙三十二年请来他的同年进士谢开宠负责具体编辑工作"（近年影印出版的《康熙两淮盐法志》即署谢开宠撰），则康熙三十二年（1693）时谢开宠尚在世。此诗应作于康熙四十年（1701）前后。

⑪"神女"四句：写《梦游图》的内容。看来图中所绘除扬州繁华外，还有神女游仙等恍惚虚幻的内容，所以称为"梦游"，而且还有题跋之类（"起讫词"）说明图的命意所在。

⑫"真幻"二句：说世间事如果深入地考虑分析，诸如真假、是非、美丑、善恶之类，是很难确定的。从这个意义上说，太山之大和羽毛之小没有什么区别。按，语出《庄子·齐物论》："天下莫大于秋豪之末，而太山为小。"

⑬人就该活得洒脱，像上古黄帝神农时代的人，乐天知命，顺应自然。纸帐：以纸所制帐，古代诗人隐士每喜用之。

⑭戋言：微不足道之语，自谦词。

题谢子□□□村图①

君不见江东王谢之阀阅，乌衣玉树世艳说②。
东山未倾大江流，霸气风流同时灭③。
上子远幼潘安年，扬州市果盈车还④。
丹青争爱貌图传，就中玉女下素烟⑤。
御事惟三纷周旋⑥。
长松幕地苔为席，松霭苔色入天碧⑦。
落笔茗峡供难及，凌波零乱苍苔迹⑧。
红桥平山涨秋涛，金勒桂桨日嘈嘈⑨。
不愁彼都无佳丽，须知人间有凤毛⑩。

【注】
①诗题中三字原缺。从诗中看，此谢子应是谢开宠的后人。
②阀阅：世家望族。乌衣指金陵乌衣巷，为王谢家族宅第所在。玉树，形

容男子容貌风度之佳，《世说新语·容止》载，毛曾其貌不扬，"与夏侯玄共坐，时人谓蒹葭倚玉树"。此二句说王导谢安家族在历史上久为人们所称美。

③东山：指谢安。谢安曾隐居会稽东山，做官后在建业（南京）建别墅于一土山，亦命名东山，人称其谢东山。此说谢安开创的事业和文采风流随着岁月流逝而式微。

④上子：疑是"谢子"有意的误写，见注⑥。潘安即潘岳，字安仁。市果盈车：见《世说新语·容止》："潘岳妙有姿容，好神情。"刘孝标注引《语林》："安仁至美，每行，老妪以果掷之满车。"两句说这位少年的风仪可与著名美男子潘安相比。

⑤玉女：是神话中的美女。此说人们喜欢"上子"的美丽，画了一幅图。其中有玉女的形象，

⑥"御事"句：按，此诗题目原缺三字，又有"上子"这莫名其妙的称呼，此处又出现一个畸零句，这都十分奇怪。笔者认为，这或许是出于作者（或抄录者）的有意删除和改动。怀疑作者所题之图本是描绘男女性事的春宫之类，事涉猥亵，故为之隐讳。如果这种推测能够成立，则此句的"御事"则可理解为御女之事，其前也许是更露骨的描写，已被删去。"惟三"与"纷周旋"，都是言其多。

⑦描写图中所绘环境。幕和席，都使人立刻联想到房室。

⑧上句说画工作此图时曾认真构思，查阅资料以作参考。茗指茶；帙指书籍。杜甫《晚晴》诗有"书乱谁能帙，杯干可自添"句。下句的"凌波"出自曹植《洛神赋》"凌波微步，罗袜生尘"，说苍苔上布满女人的足迹。

⑨红桥和平山堂都在扬州，金勒指名贵的马，桂桨指豪华的船。

⑩彼都指扬州，扬州烟花之盛是有名的。凤毛：见前《五风歌赠谢荫林兄弟》注②。

老庙堤头歌①

丈夫不封万户侯，便应一耒老田畴。
胡为乘轩复课畚，于思遭讥听者愁②？
丈夫事不盖棺未可问，鼓刀饭牛性所近③。
唐丧七尺应有托，塞责五斗聊足奋④。
皇天高高白日疾，蛟龙霖雨兮草木结实。
乘时利物无区殊，贤豪泊没何代无⑤？

【注】

①此诗又载光绪《寿州志·艺文志》，作《老庙堤歌》。老庙堤，是芍陂工程之一。作者的《重修芍陂碑记》（见本书附录）中有："四十年春正月，筑江家潭。三月，自孙叔敖庙讫南老庙，增堤堰，广上五尺，长十里……"

②"丈夫"以下四句：说男子汉如果不能建功立业光宗耀祖，就该死心塌地老守田园。自己已经做了官，却又自觉去干低贱的活儿，一大把胡子了还要被人笑话，自己到底怎么了？万户侯：食邑万户，为汉代最高爵位。李白诗有"生不用封万户侯，但愿一识韩荆州"语，此化用其意。耒：木制农具。乘轩：乘坐大夫的车子，指做官。课畚：课有计量的意思，畚是盛土的工具，课畚应是计算运了多少土方，这在修堤工程中是常见的。于思：多须貌。见《左传·宣公二年》："于思于思，弃甲复来。"杜预注："于思，多须之貌。"按，作者任官而经常放下身段去干不符自己身份的所谓低贱之事，这在他诗中多有表现。

③"丈夫"二句：说自己和一般人是不一样的。对课畚以及像卖肉、喂牛那样低贱的事并没有心理障碍，反而觉得很适合自己！盖棺：对人生功过是非的最终结论，这里反映了作者对自己认定的人生观的高度自信。鼓刀：指屠夫卖肉，用姜尚事；饭牛：指喂牛，用宁戚事。均详见本书卷九《丹青行赠张山人铉》注⑨。

④"唐丧"二句：说自己的人生虽不成功，但也总该有奋斗目标，才对得起朝廷俸禄和这七尺之躯！唐丧：谓徒劳，乌有。清·刘献廷《广阳杂记》卷四："予思自幼熟读少陵诗，若不入蜀，便成唐丧。"五斗：用陶渊明事，指俸禄。

⑤"皇天"以下四句：作者认为大自然生生不已流转不息，人应该根据各自不同条件，尽量为社会做出贡献。在任何时代都有被埋没的杰出人才，所以不值得一味抱怨。乘时：把握机会和时势做一番事业。利物：有益于万物。

按，也许是作者在工地上深入接触了社会下层，这首诗虽然也有无奈的感慨，却没有颓丧牢骚和自怨自艾的情绪。尤其后半部，格调昂扬，心态宽容，真是充满了正能量！他提出了"乘时利物"的概念，无疑是可以普适于所有人的。

酬丁虎贲见忆①

老去逢春奈老何！无成百事感仍多。
罢公系马祠坛树，闻橄沾裳芍水波。

永昼闲庭惟鸟下，落花深径几人过。

知君有意归与客，好我还为楚凤歌②。

【注】

①丁虎贯：其人不详。此诗是读了丁虎贯写给自己的诗后的回赠之作。从诗中"罢公""闻檄"两句看，他应是寿州官员，和作者一起参与了芍陂工程。

②归与客：准备归隐者。归与，出《论语·公冶长》："子在陈，曰：'归与，归与！'"楚凤歌：见《论语·微子》："楚狂接舆歌而过孔子，曰：'凤兮凤兮！何德之衰？往者不可谏，来者犹可追。已而已而！今之从政者殆而！'孔子下欲与之言，趋而辟之，不得与之言。"

彭口十字河阻浅九日，病余作①

八闸之流急江峡，不浮百石空秋涛②。

南湖犹助邵高虐，北挽莫宽楫缆劳③。

落日鸣铙急渡濑，寒山行药强登高④。

望乡忆友心无力，却负长年有浊醪⑤。

【注】

①彭口：在今枣庄市薛城区。十字河包括老薛河、薛沙河、新薛河三条河道，主要流经今滕州和济宁微山一带。阻浅：因水量偏少致船搁浅。按，康熙三十八年（1699）作者在芍陂工地上奉檄采丹锡入贡京师，此诗应是此次行役之作。

②八闸：指韩庄闸、德胜闸、张庄闸、万年闸、丁庄闸、顿庄闸、侯迁闸、台庄闸八座运河闸关。百石：石是重量单位，百石是指载重量很大的船只。"不浮"和"空秋涛"都是说无法行船。

③南湖：未详所指。邵高：指江苏境内的邵伯湖和高邮湖。此云"助……虐"，是说南湖之水使邵高水猛涨。按，本卷《十月安丰大筑西堤寓李莫店感成四十韵》有："邵宝天吴怒，波涛压百谷"句，或指此。北挽：应指以纤夫拉纤的方式解决阻浅问题。

④上联是所见景象：日落时分，有较小的船只在铙（铜乐器）声的信号下启航；濑：急流。下联写自己无奈地强打精神登上岸边小山。行药：魏晋时人服药后漫步以散发药性。此指缓步而行。

⑤醪：酒。

三十八年冬十二月以于役过里，憩二侄之乐圃，余作圃中山水，迄兹十有八年，今复手为删置，感往悼逝，遂有述焉 (二首)①

昔与诸峰别②，于今岁几阑。

石稜无近赏，松势必千盘。

已阅衣冠世，独羞猿鸟看③。

投鞭吾意懒，尽问旧渔竿④。

【注】

①康熙三十八年（1699）己卯，作者63岁。作者在前此一年奉命督修芍陵，但忽又奉檄监采丹锡入贡京师。当是回来时路过曲阜，居于乐圃中，有感而作此诗。颜小来《恤纬斋诗》有《己卯季冬，四叔祖以王事返里，过乐圃有诗，敬和原韵》（见本书附录），所和即此二首。按，颜肇维撰《颜修来先生年谱》在康熙辛酉条记："府君……再过金陵，追念旧游，遍牛首、栖霞、九华、三茅诸胜……仲冬旋里，于宅西偏买石筑山，穿池引水，慕姑苏清嘉坊朱氏之圃，即以名其园……"辛酉为康熙二十年（1681），至此正是十八年。又，颜懋伦有《乐圃小集敬和先司马公韵》二首，载其《什一编》，用韵全同，所和即此二首。

②诸峰：谓园中的假山和奇石。岁几阑，谓已经几多岁月。

③"衣冠"谓入仕为官，"猿鸟"谓归隐林泉。未得归隐，故曰"羞"。

④投鞭：下马。问渔竿：准备隐居。谓对做官不感兴趣，想回归故乡。

早计菟裘事，诸峰草昧功①。

根犹赤岸窟，巧闷鲁王宫②。

开槛余香在，删松老泪穷。

百年邱壑意，未得一朝同③。

【注】

①菟裘：本为地名，《春秋左传》隐公十一年有"羽父请杀桓公，将以求大宰。公曰：为其少故也。吾将授之矣，使营菟裘，吾将老焉"。杜预注："菟裘，鲁邑，在泰山梁父县南。不欲复居鲁朝，故别营外邑。"后世因称告老退隐的处所为"菟裘"。草昧：原始天然的混沌状态。此说当年是计划将来有一个归隐养老之处，所以创建了乐圃。

②赤岸窟：或指"姑苏清嘉坊朱氏之圃"中一景，赤岸为红色山石。鲁王

宫指明鲁藩府，在距曲阜三十里的郡城兖州。按《诗经》有《閟宫》篇，为《鲁颂》之一。此处双关，一指在鲁国建筑的园林，二指兖州之鲁王宫。

③当年打算与光敏在这里归隐共度晚年，不料两人共同在此的机会竟一次也没有过！

［于役过里秪芳园杂诗］① （四十首抄九）

【注】

①这一组诗，是康熙三十九年（1700）春作。康熙三十八年夏，作者从芍陂工地上奉檄监采丹锡入贡京师，十二月返回时过曲阜，即在家过年，直到次年四月始返寿州。这组诗原共四十首，除这九首外，本书卷七《秪芳园遗诗补遗》又录七首，其余二十四首已佚。

渔艇

泛泛沙边艇，溶溶岸里流。
通厨换石乳，当槛出槎头①。
棹歇飘红合，纶收集翠稠②。
朝烟与花气，彷佛在中洲。

【注】

①石乳：石钟乳，古人认为可作药用。本书卷三《秪芳园拟山水诗·中陂》亦有"洞欲摘石乳"句。又，石乳又是一种茶名，见《说郛》载宋·顾文荐《负暄杂录·建茶品第》。槛：或指水塘边的栏杆。槎头：船头。

②棹歇飘红合：谓船桨不动渔艇静止时，漂在水面的落花慢慢合在一起。观察可谓入微。纶：指钓鱼竿上的钓线。句谓在渔艇上收竿时见河水碧绿。

过桥吟①

始出夹花路②，还吟画松诗。
涧声低响答③，石势上参差。
待酒虚凭久，听莺欲渡迟。
岸西逢小使④，琴侣恰相期。

【注】

①《秪芳园拟山水诗》中有《红津桥》，此所过或即红津桥。

②夹花路：两旁都是花木的路。下边的分花径也是这样。

③响答：滴水声此起彼落，仿佛低声应答。

④小使：传递信息的童子。

分花径

忆昔丁香路①，分行稍出墙。

十年今更长②，一径总迷香。

花重风无力，叶深雨不妨。

月中千万树，素影远茫茫③。

【注】

①丁香路：两边种有丁香的路。丁香是北方常见花木。

②由康熙三十九年逆推十年是康熙二十九年（1690）。此年作者去京师谒选，下半年赴寿州任。长，生长。

③丁香的花是白色的，在月光之下，呈一派茫茫素影。

北外桥①

穹梁孤墅路，严堑下泉流。

济泗虚程籍，篝车晚向投②。

崖深森小寺，岸豁见芳洲。

虐祸方难悔，谁遗槛外忧③。（泗北泉，顺治十八年新开也。泉水源自姚村，折西行。是岁总河檄下州县，稽核故籍，疏诸泉道，有司谓故道多流沙，未有所报命，于夏六月起，丁壮数千人自姚村开新河，直南入泗水，地尽平陆，凡创凿十余里。泉水盈涸无常，虚厮名数，而近河数里，地势愈高，凿堑深或二丈余，所毁民田数十百亩，田赋不除，民日以困。每泗涨倒灌泉道，崩坏民田岁复数十亩，流毒无已时。泉堑深广，久阻行人凡三十五年。甲子岁，余尚家居，与邻里相约造石桥，积累艰难，始成于康熙三十五年。）④

【注】

①从诗后自注看，北外桥在秪芳园外，是因新开泗北泉通往泗河的渠道而

影响了交通，附近居民集资修造的。按，今曲阜城西姚村镇春亭村东有竹子园村，其地应就是柢芳园所在，竹子园的村名应是从柢芳园的竹谿衍化而成。竹子园村南即泗河，堤下有涵洞，是小泥河水入泗处。从地图上看，小泥河直南正北毫无曲折，应是人工开掘，向北约八里即姚村，和本诗自注相合，故小泥河应就是泗北泉新河。访问当地耆老，只知该河之水来自姚村东北之九仙山，是姚村之泉久湮也。现小泥河上有桥，名兴隆桥，村即以之得名，疑即北外桥。

②济泗：指增加泗河水量使之西流入大运河，以便漕运。明清两代，济泗济运关乎国计，政府十分重视，设有专门管理机构，努力开发新水源，但其中多有劳民伤财不能成功者，如本诗自注所说泗北泉就是，故有"虚程籍"之说。籍，是登记水道里程的簿册。簏车：装货物的车，簏：竹笼。

③虐祸：虐政所造成的灾祸。槛外忧：指百姓在牢狱外所受苦难。槛，指牢狱。

④按，顺治十八年（1661）时作者25岁。自注所说的这个劳民伤财工程，各种地方志都没有记载，是相当重要的史料。作者在诗中说"虐祸方难悔，谁遗槛外忧？"是直接质问谁是这事的始作俑者。检有关资料，可知当时河道总督是朱之锡，兖州知府为王全忠。注说"久阻行人凡三十五年"，是指到北新桥建成的时间，其时作者早已离开故乡。始建于甲子，是康熙二十三年（1684），一座桥之建设竟历12年之久，真可谓"积累艰难"了。

惜花林①

落花已无地，好花仍满林②。
风路回千首，泥沙委片心③。
微寒禁绿老，初日射红深④。
量较殊农父，期留十日阴⑤。

【注】

①此诗并不写某具体的花，而且不落伤春惜花的俗套，只表现对花的痴爱，可谓别辟蹊径。语言凝练，设想新奇，很耐咀嚼。

②对庄园里大面积花木来说，花开花落是一个相对较长的过程，早开的已落英满地，迟开的正斗艳枝头。

③看落花随风飞舞，忍不住千遍回头；委弃于泥沙的不只是落花，也有一片惜花之情。

④天气薄寒，树木长得慢，绿色能保持更长久；初升太阳照射下，花的红

色更鲜艳。

　　⑤为了让花晚一些败落，哪怕影响作物的收成，也愿意老天多给些阴天微冷的日子！这种几近乎痴的心情，当然是务实的农夫所难理解的。

春水^①

> 沙水净无滓，不闻凫鹜喧。
> 开门入镜底，牵藻动天痕。
> 虚去蛇龙远，明收花鸟繁^②。
> 山人厌鸡犬，莫浪比桃源^③。

【注】

　　①此诗所写景象，在今竹子园南泗河堤上向西南望时还可见其仿佛：那一片水面相当阔大，芦苇凫鹜，天光云影，与数百年前并无多大不同。"开门入镜底，牵藻动天痕"一联，澄彻微妙，静中有动，真使人感到如在目前。

　　②上句写龙湾的历史传说，下句写眼前所见景物。蛇龙是指"水牛六，入泗水化为九龙"的传说，详本书卷六《述旧德》六首之一注②。

　　③山人：作者自称。按陶渊明《桃花源记》有"阡陌交通，鸡犬相闻"之语，此反用其意，说我讨厌鸡犬，可别说我的秖芳园就是桃花源！

分与从孙女菊种^①

> 中书昔没后，彭泽径全芜^②。
> 克世遗贞女，能诗问老夫^③。
> 艰难新律细，日月晚篱孤^④。
> 分得清园种，栖迟共数株。

【注】

　　①此从孙女为颜光敏之女颜小来。颜小来，号恤纬老人，嫁孔兴焯，早寡。能诗，有《恤纬斋诗》一卷。

　　②中书：指颜光敏，曾官中书舍人。彭泽径：指颜家乐圃中的种菊花处。彭泽即陶渊明，他曾任彭泽县令，以爱菊著名。

　　③谓从孙女是贞洁之女，曾经跟自己学习过作诗。

　　④上句谓从孙女艰难苦吟，诗律精细。杜甫有"晚节渐于诗律细"（《遣闷戏呈路十九曹长》）句，此用其意。下句以菊喻人，写从孙女晚景孤单高洁。

示叙儿构松下亭①

长松北岭尽，天半喜孤亭。
云会双流白，岳来太古青②。
烦襟得僻卧，烂醉赖高醒③。
须倚垂盘势，龙啸在一听④。

【注】

①叙儿：颜光叙，作者的长子，在故乡主持家务。《秖芳园拟山水诗》中有《太松台》一首，可与此首合观。

②岳：指东岳泰山，在曲阜北一百八十里。

③松下独自静卧，可消除胸中的忧愁烦闷；亭中高枕安眠，最适宜经常大醉不醒的人。

④垂盘势：指古松夭矫如龙的姿态。龙啸：风吹松树的声音。两句说亭建成后，可在此倚松而卧，静听松涛。

哀侄光敏题阁中十四字①

鲁公天宝后②，能事几人兼？
世代迁三十，源流共机铦③。
画余天性发，虫落岁年淹④。
他日求雄迹，秦门直尚廉⑤。

【注】

①此光敏题阁中十四字内容不详，阁应是秖芳阁，或为七言楹联一副？诗作于康熙三十九年（1700）春，距光敏之逝已十四年。

②鲁公：唐代颜真卿封鲁国公，人称颜鲁公，是著名书法家。天宝：唐玄宗年号。

③世代迁三十：《陋巷志》载颜真卿为颜回后第四十代，伯珣为第六十六代，光敏为六十七代，相距二十六或二十七代，三十代是取其整数。机铦：铦音tiǎn，是一种农具，其刃锋利。共机铦是说光敏的书法宗颜真卿一派。

④画余：古人有书乃画之余的说法。此说颜光敏写的十四字书法是天性勃发之佳作，年深月久，已有虫蛀痕。

⑤秦门：陕西。直：通"值"。此谓如寻求颜真卿或颜光敏的书法作品，可以到陕西去，价格尚不太贵。

赠南郭老张生宛庐亲①

余羡南郭老，寿阳独旧耆②。
笃生见真儒，抗志百世师③。
荆榛披六经④，腹饥面黑黧。
老亲颜渥丹，艰难甘于饴⑤。
岂乏炫世资，珠玉罗庭墀⑥。
番发未必安，锦障虚多辞⑦。
汨汨百岁后，荣名安所施⑧。
虞舜致五福，天心耕稼时⑨。
况彼紫金仙，非希富贵姿⑩。
吾子勖迈征，穷达不足规⑪。

【注】

①南郭老是住在南外城的老人，姓张名宛，称张生，是读书人。庐亲：指在家悉心奉养父母。

②旧耆：泛指有德老人。

③笃生：谓生而得天独厚。出《诗经·大雅·大明》"笃生武王，保右命尔"。抗志：见《六韬·上贤》："士有抗志高节以为气势，外交诸侯，不重其主者。"百世师：《孟子·尽心下》："圣人，百世之师也。"此说南郭老出生读书人家庭，志节高尚，希圣入贤。

④荆榛：喻困难，艰危。六经：指《诗经》《书经》《礼经》《易经》《乐经》《春秋》。其中《乐经》失传，故习称五经。此泛指儒家经典。

⑤颜渥丹：面容红润而有光泽。饴：一种糖。此说为使双亲幸福，自己受多少苦也心甘。

⑥庭墀：墀指屋前的台阶。此说南郭老的侍养父母是出于真情，而不是像展示金玉财宝之类那样为了炫世。按，前云"腹饥面黑黧"，后云"穷达不足规"，可见南郭老不是"珠玉罗庭墀"的豪富者。

⑦番发：白发，指老人。番为皤字之通假，《史记·秦本纪》有"古之人谋黄发番番"。《正义》："音婆，字当作皤。皤，白头貌。"此承上联意思，说世上有些人把对父母的孝当成为自己谋名利的手段，父母未必真正安适，而别人送的寿屏锦障之类，只写些华丽而空泛的词句而已。

⑧汨汨：水流貌，喻岁月流逝。说老人去世后，所谓孝子之类空洞的好名

声还有什么用处!

⑨像上古贤帝虞舜那样孝顺其父瞽叟,就可以得到五福;舜的孝是出于自然毫无矫揉的本心,体现在耕田、浚井、修仓等日常生活中。按,《尚书·洪范》:"五福:一曰寿,二曰富,三曰康宁,四曰攸好德,五曰考终命。"

⑩紫金仙:道家认为金丹以火药炼成,兼红汞黑铅之色,故称紫金丹。服之可成仙。此说何况南郭老是修道求长生的人,并不追求富贵。

⑪迈征:犹远征。《后汉书·列女传·蔡琰》:"岁聿暮兮时迈征。"此是勉励南郭老按自己的路子走下去,不要考虑人生的穷达。

夏日东津招提小台寺遣兴十六韵①

危石津桥路,层轩决水西。
山河余战伐,风物剩招提②。
失国仙无术,覆车鞭满溪③。
丁男思襁褓,风俗少锄犁④。
令尹衣冠尽,春官弟子齐⑤。
闾阎犹信鬼,龙象乍雕泥⑥。
白塔云峰上,残晖鸟背低。
庭高出暑外,波永到天迷⑦。
怪草炎如扇,虚巢客可栖⑧。
霄空独下鹤,山郭远闻鸡。
旧井摧栏槛,遗丹涸蒺藜⑨。
桂踪足泯灭,竹杖鲜招携。
此地非亭尉,劳人驻马蹄⑩。
涤肠勤玉髓,刮眼待金篦⑪。
觉晚形仍役,身衰志久暌⑫。
归随暮鸦尽,惭作后栖啼⑬。

【注】

①东津:在寿州东门外。招提:佛寺。全诗写战乱之后景象,意境萧瑟。

②"危石"四句:总写小台寺所在,指出是战伐之余的景象。决水:即今史河,是淮河支流。

③失国、覆车:或许都与明亡有关。鞭满溪:从晋苻坚投鞭断流事化出。

④丁男是已及服役年令的成年男子,襁褓指婴幼儿。成年而思襁褓,似说

人心厌战。下句的锄犁代指农耕，似说战争造成的农村凋敝。

⑤令尹，此指孙叔敖；此小台寺当在孙叔敖庙附近；衣冠尽是说塑像已毁。春官：据《周礼》，春官掌理礼制、祭祀、历法等，春官弟子或指祭祀时的音乐舞蹈演唱人员。

⑥闾阎：街巷，指平民百姓。龙象：诸阿罗汉中修行勇猛有最大能力者，又指高僧。

⑦"白塔"四句：写小台寺附近风景。"波永"句是说决河之水流向远方看不到的地方。

⑧怪草：奇异罕见之草。《后汉书·何敞传》有"怪草生于庭际，不可不察"，被认为是灾异的表现。

⑨写寺内经兵燹后破败状。"遗丹"句是说建筑彩画剥落，混入野生蒹葭丛中。

⑩"桂踪"四句：说寺内人迹罕至。"非亭尉"用汉李广事：李广出射猎，还，至霸陵亭，霸陵尉醉，呵止不让其入。见《史记·李将军列传》。劳人：指自己。

⑪以下是所发感慨：说从此应当勤于修省，去执着除障碍，使内心清洁，眼睛明亮。玉髓：玉液。唐·皮日休诗有澄如玉髓洁句。"刮眼待金篦"：出《涅盘经》卷八："有盲人为治目故，造诣良医。是时，良医即以金篦刮其眼膜。"

⑫觉悟已晚，至今仍被功名利禄驱使，常做违心之事；身已衰老，壮志早已不再。形役：被形骸所役使。出陶潜《归去来辞》："既自以心为形役，奚惆怅而独悲?"睽：违，乖离。

⑬"归随"二句：化用杜甫《遣怀》诗"夜来归鸟尽，啼杀后栖鸦"句。以"后栖鸦"自比，是指觉悟太晚。

钝止老僧醉归一月矣，诗讯消息①

老僧昔归风雨夜，身挂竹杖如骑龙。
扣枕不觉阇黎睡，谯高已听撞晨钟②。
闭门一月路若扫，门深巷窄苍苔封③。
或者定入天竺住，不然作诗苦唧哝④。
胡为别我消息疏，空庭欲堕霜芙蓉⑤。
珠泉秋净水活活，初晴始见丹山峰。

有兴就我探孤石，便入云壑百万重⑥。

【注】

①钝止老僧，看来是寿州的一位诗僧，诗中种种想象显示作者与他关系甚为密切。

②阇黎：梵语音译，高僧，泛指僧人。谯：音qiáo，城门上用于眺望的楼，此指寺院钟楼。两句设想钝止醉归后在寺院里疏放慵懒的生活状态：酒后酣然大睡，天大亮了，在枕边都喊不醒。

③"路若扫"和"苍苔封"都是说未见他的踪迹。谓一月中老僧与作者没有联系。

④定入：即入定，是佛教修行的一种状态，即屏息打坐，可以感到身体进入某种境界。天竺：古代中国对当今印度和巴基斯坦等南亚国家的统称。唧哝：小声说话，此谓自言自语地苦苦吟哦推敲字句。这是猜测钝止老僧也许正在闭关坐禅，或者苦心作诗。

⑤芙蓉指木芙蓉，秋季开花。此说为什么分别之后再听不到你的消息？无聊的我整天只有在寂寞的庭院里面对落花！

⑥活活：水流声。《诗经·卫风·硕人》："河水洋洋，北流活活。"四句说现在秋高气爽正是出游的好时节，希望和你一起去登山临水，探奇访幽。

灵璧县西故汴水上奇石十余里，磊砢相望，意即宋花石纲所遗也。感赋两绝句①

隋馆成尘堤路荒，宋家花石御河旁②。
野人不解千年事，此道唯闻入汴梁③。

【注】

①此诗被辑入《曲阜诗钞》卷一。灵璧县：清初属凤阳府，即今安徽宿州市灵璧县，产奇石。宋花石纲："纲"指运输团队，十艘船称一纲；宋徽宗为修建艮岳，大量在东南地区搜寻奇花异石，不计工本地运往汴京。花石纲所过之处，百姓要供应钱谷和民役；甚至为船队通过要拆毁桥梁，凿坏城郭，江南百姓苦不堪言。《宋史》记载花石纲之役说"流毒州县者达二十年"。

②隋馆：指隋炀帝当年所建行宫，堤指隋大运河堤。此用隋事映衬宋事。

③野人：普通百姓，农夫。汴梁：北宋首都，即今河南开封。

汴水何年御岸平①？中流独见野人耕。

美人不得同花石，犹伴寒烟几处横②。

【注】

①汴河即运花石的运河，由灵壁境内通过。御岸即御河之岸。

②美人：指当年皇帝宠爱的宫娥美女。说可惜她们只是血肉之躯，不像这些花石一样，数百年后还能横陈于此供我们观赏。

三十九年春诏旨屡问邵口、更楼诸决口，伏读感赋①

开辟乾坤古莫俦，车书中外贡皇州②。
羌西不见司张使，塞北无劳卫霍侯③。
已幸金舆歼小丑，重牵锦缆策洪流④。
垂衣应有千秋算⑤，何事仍烦圣主忧。

【注】

①更楼：在扬州今邵伯镇南。康熙三十八年（1699）六月，淮河更楼官堤决口。据《清实录》，康熙帝在三十九年三月至少有三次提及更楼决口事："朕此次南巡，曾谕于成龙，邵伯更楼等堤，寸尺皆当坚固。彼不坚修，以致更楼堤岸冲决。今漕臣桑额奏称，漕艘被水损坏二十余只，究如朕谕……"；"更楼口亦属紧要，所宜速为修竣"；"漕运总督桑额奏报漕船漂没事。上曰：邵伯更楼决口，自去岁奏报后，屡奏称偿工修筑，乃迄今尚未报完，以致漕艘十有余只漂没击碎。其阻滞江干及瓜扬一带地方不能前进者甚多，漕运关系重大，在工官员所司何事？稽迟怠玩、至此已极！俱著严议处分……"应即诗题之"诏旨屡问"。

②开辟：有史以来。车书：见《礼记·中庸》："今天下车同轨，书同文。"

③羌西：泛指西域；司张使：或指张骞，他曾出使西域。卫霍侯：指西汉名将卫青和霍去病。卫青封长平侯，霍去病封冠军侯。二句谓海内乂安，边境归顺，没有战争。

④歼小丑：谓康熙帝亲征阿鲁胜利。策洪流：指主持治理江淮水患。金舆如锦缆是对康熙帝所乘车船的敬称。

⑤垂衣：见《周易·系辞下》："黄帝、尧、舜垂衣裳而天下治，盖取诸乾坤。"指不用劳心费力的无为而治，是古人理想中的政治状态。

仲冬述行二十二韵①

仲冬息繁役，吏事稍序治。

投闲授夜琴，学者巧渐施②。

偷安病未理，旨蓄客自怡③。

一朝府檄至，奉命东赈饥。

太守倒衣裳，小臣敢后期④？

分道趋宿灵，哀鸿气如丝⑤。

方今夫夫病，所嗟生理亏。

刀圭虽多术，沉忧非疮痍⑥。

群公鼎鼐职，帝命更无私。

二国深嗷嗷，暂许粟可移⑦。

腊日麦不种，来岁更何资⑧。

职司谨奉法，焉得预机宜。

矧惟参佐吏，材微备驱驰⑨。

蒿目兼遭病，手痹难重持。

归鞍雪埋山，饿乌相追随⑩。

嗟彼簪缨子，失事遭羁縻。

三日夺敕印，自顾无立锥。

始悔误乃先，大功空南陲⑪。

逸足恒拘束，珍翼多罗危⑫。

况彼反覆理，闇者自蒙欺⑬。

世无优孟人，良语佩于斯。

感兹语仆夫，仆啼失前绥⑭。

【注】

①此诗记参加赈灾时所见，其中写到一个失事的官员凄然离职的场面。从"职司谨奉法，焉得预机宜。矧惟参佐吏，材微备驱驰"几句，可以看出作者对他的同情。他因何原因获罪不得而知。诗末深有感慨，当然是兔死狐悲，因为自己也是一个"材微备驰驱"的"参佐吏"。

②"仲冬"四句：说冬季官署稍闲，自己夜晚授人弹琴，学者已渐入门。

③旨蓄：出《诗经·邶风·谷风》："我有旨蓄，亦以御冬。"郑玄笺："蓄聚美菜者，以御冬月乏无时也。"两句说自己身体有病尚未治疗，准备的美食可供客人品尝。

④倒衣裳：出《诗经·齐风·东方未明》："东方未明，颠倒衣裳。颠之倒之，自公召之。"说忽然得到赈灾的命令，知府大人都急忙动身，小臣更不敢落后了。

⑤宿灵：当指宿州和灵壁县，清初均属凤阳府，在寿州的东北方向。哀鸿喻待赈的饥民。

⑥夫夫病：前一夫字为发语词。例见《礼记·檀弓》："夫夫也，为习于礼者。"注："夫夫，犹言此丈夫也。"刀圭：是中药的量器名称，此指医术。此四句大意说百姓因饥饿而造成的疾病，不是靠医术能治好的。

⑦鼎鼐：是古代烹煮食物的器具，后以之借指大臣执政为调和鼎鼐。二国：指前述的宿州和灵壁县。嗷嗷：出《诗经·小雅·鸿雁》："鸿雁于飞；哀鸣嗷嗷。"此四句说从大臣到皇帝都非常重视宿、灵的饥民，已经同意发社仓之粮赈济他们。

⑧今冬不种麦子，来年更无法生存。按，此为极浅显的道理，或许与获罪有关。

⑨机宜：政府的机要事宜。四句说有司只能谨慎执行法令，哪能参与机要。何况辅佐他的部下僚属们，就更只能听从指挥办具体事务了。

⑩蒿目：极目远望。《庄子·骈拇》："今世之仁人，蒿目而忧世之患。"言社会环境困难。遘病：患病。手痹：肢体麻痹，不能持重物。"雪埋山"和"饿乌追随"，当是真实景况。此写一个落魄官员的凄然离任，情景交融，如在目前。

⑪簪缨：簪是文官挽头发的饰品，缨是武将帽子上的装饰，合称指代官员。立锥：插锥尖的一点地方，出《庄子·盗跖》："尧舜有天下，子孙无置锥之地。"南陲：南方边疆，或许其人在康熙初的三藩之乱时立有军功。此以下是作者的慨叹：你也是国之官员，却因罪错而被夺去官印，现在应该后悔了，连先前在南方的功绩都无用了！

⑫逸足：骏马。珍翼：珍稀的鸟类。罗危：被捕捉的危险。两句喻人在官场命运的不可捉摸。

⑬反覆理：祸福相依物极必反的道理。闇者：愚蒙之人。

⑭优孟：楚庄王时的乐人，常以谈笑的方式对国王进行讽谏。详本卷下《故御史巡按山东刘公允谦殁十三年，公子笏无以自存，感旧赠歌》注⑫。此四句说现在没有优孟那样的善人了。为我赶车的仆夫听了我的话流下眼泪，失手掉了手中的缆绳。前绥：车前供登车用的挽绳。《古诗十九首·凛凛岁云暮》："良人惟古欢，枉驾惠前绥。"

题毕七凫洲山水障子歌①

我昔少居龙湾村，兖国之后尽高门②。

玉沙清流斡奥澳，层楼远结陪尾根③。

四月五月清和气，千莺万柳鸣朝昏。

杜鹃孤飞不敢叫，喧呼不识古帝尊④。

是时号召群童集，古岸林黑风习习。

上树连巢老雏缚，探珠洞宫鲛人泣⑤。

此童即今俱成翁，老翁何及勋名立⑥！

呜呼此图何所状，白水青林森相向。

堂上衣冠非秦人，古意欲共轩羲上⑦。

眼中突见旧岩居，衰疾登堂一惆怅⑧。

【注】

①毕兔洲：不详。本书卷五有五律《九日寄毕兔洲》。山水障子：山水画屏风。此诗从一幅山水画联想起自己少年时代的生活。

②龙湾村：在曲阜城西泗河北岸，是颜氏祖居所在。作者六岁在河间遭遇人生剧变，被兄长找回后，便在龙湾村生活。兖国：指明鲁王封国。洪武初，明太祖封第十子朱檀为鲁王，驻兖州。高门：指鲁府宗室及皇亲国戚。作者之父的前妻就是鲁府宗室。

③斡：水流旋转。奥：水深。澳：水边泊舟之处。陪尾根：《尚书·禹贡》有"泗出陪尾"之说，其地即今泗水县泉林。此写山水障子上所画，也可理解为泗河龙湾附近的景色。

④古帝：这是关于杜鹃鸟的传说。杜宇为古蜀国开国国王，称望帝，死后化为鹃鸟，每年春耕时节则鸣，至口中啼血，蜀人曰："我望帝魂也"，因呼鹃鸟为杜鹃。

⑤鲛人泣：鲛人是传说中的美人鱼，见晋·张华《博物志》："南海水有鲛人，水居如鱼，不废织绩，其眼能泣珠。"以上回忆童年时在泗河边的生活：上树捉鸟，下河捕鱼。

⑥老翁：作者自称。此慨叹老大无成。

⑦秦人：用陶潜《桃花源记》："自云先世避秦时乱，率妻子邑人来此绝境，不复出焉。"轩羲：轩辕氏和伏羲氏，远古帝王。此说山水障子上画的那个点景人物，从服饰看不是当代人，也不是秦朝人，那人的服饰比远古时代还要早！

⑧旧岩居：犹言故居。

喜昙若上人弹琴①

昙若上人清妙姿，不持金偈理朱丝②。
霜空一奏龙吟曲，正是昙摩泛海时③。

【注】

①昙若上人：不详。

②金偈：偈，是佛家颂语。李白《崇明寺佛顶尊胜陀罗尼幢颂》序有"口演金偈，舌摇电光"句。朱丝：琴。

③昙摩：西域乌场国僧人，北魏时来华。昙摩泛海，见沈佺期《红楼院应制》诗："支遁爱山情漫切，昙摩泛海路空长。"

孙叔敖庙重题①

茫茫陂水上，令尹有荒祠②。
任岂随刊日，功留战伐时③。
檐题依古木，风雨动虚帷④。
霸业怀襄尽，雄豪逝若斯⑤。

【注】

①此诗又载光绪《寿州志·艺文志》，题《宿令尹庙重题》。令尹庙即孙叔敖祠，孙曾任楚国令尹。本诗曰重题，是作者有七律《孙叔敖庙》，载本书卷三。

②据记载，早在汉代百姓就在芍陂北堤建起孙公祠，每年春秋致祭，后毁。明监察御史魏障重建。此后代有修葺。

③任：信赖。刊：斫。战伐：征战战争。两句意思是朝廷和百姓对孙叔敖的信赖，不是一时一事形成的。他对楚国的巨大功绩，包括他辅佐庄王征战伐敌，成就霸业，有功于当时和后世。

④檐题：指庙里大殿匾额上的题字。虚帷：指塑像前的帷帐。此写令尹庙景象。

⑤怀襄：楚怀王和楚顷襄王。谓五霸之一的楚国怀襄时代就开始衰落了。所谓英雄豪杰，在历史上的消逝就是这样。

辛巳三月上刺史乞休状，拟归六绝句 (抄四)①

何处抽簪与挂冠，青春一牒上同官②。
不知天阙千重隔，已似蒙恩到旧峦③。

【注】

①辛巳：康熙四十年（1701），作者65岁。刺史：知州。乞休状：请求退休的申请。按，据《寿州志·职官表》，其时的寿州知州为王帝臣，正白旗人，监生，康熙三十九年任职。

②簪与冠都是做官的标志，抽簪与挂冠均谓辞官退休。牒：公文，此指乞休状。同官：指王帝臣。

③从递上乞休状的那一刻起，就觉得已经回到故乡了。天阙：指朝廷。

何须兰枻与骊骖，望里龟蒙路久谙①。
落日骑驴溪口过，无人知道自江南②[1]。

【校】

[1] 此诗在抄本《祇芳园集》卷中题为《拟归》，又入选张鹏展编《国朝山左诗补抄》卷二。

【注】

①两句说回乡时用不着那么豪华，（骑匹驴就够了），自家的驴对故乡的道路十分熟悉。兰枻：枻音 yì，船舷。兰枻是船的美称。骊骖：骊是黑色的马，骖是用三匹马拉车。龟蒙：龟山蒙山，指代鲁地。谙：熟悉。

②溪口指作者故乡的双溪村口。这是设想之词，意思是自己想过平凡朴素的百姓生活，不愿让人认为自己是退休官员。

栖非茅洞即丹井，山月山花尚尔同①。
待得新凉来更访，不知人已到龟蒙②。

【注】

①茅洞：茅草丛生的山洞；丹井：是修道炼丹之处。此说回故乡后将寄情山水。尚尔同：说寿州和曲阜的风光大致相同。

②新凉：初秋时节，约农历八月左右。提出乞休状是三月，他计划下半年就能回到故乡了。

骑驴不共群公别，携鹤何烦二子知。

独与孤霞来竹岭，还如溪上钓归时①。

【注】

①群公：指寿州官场同仁。携鹤：是隐逸之士的表现。二子指故乡的两个儿子，即光叙和光敷。四句表示要低调地退休，重新回到入仕前的生活状态中去。

立夏前一日过方端木木香阁① （二首抄一）

不怨春归爱晓行，清和景物主人情。

石床偏就花阴里，卧听黄鹂第一声。

【注】

①方端木，生平不详。此诗写访友时所见到的一种清新疏慵的生活方式。

重筑安丰陂修孙相国庙乐神章，即属陂父老三首①

熊绎昔全盛，霸业不足规②。

缅彼两令尹，实负王佐资③。

攘攘战伐际，相道殷嘉师④。

美利富诸夏，至今留荒陂⑤。

蛟龙一寂寞，霖雨难为施⑥。

象设失金镜，神灵久支离⑦。

贼者罪滔滔，穷黎固如斯⑧。

颓屋夜郁蒸，巫觋声苦悲⑨。

前贤不可作，星驾怅理绥⑩。

【注】

①此三诗收载光绪《寿州志·艺文志》时被误分为二题，第一首题《改建楚相国孙叔敖庙乐神章》，第二、第三首题《于戏皇天运信无往不复》。按，三首诗实为祭祀时的乐歌，第一首泛叙孙叔敖庙，第二首叙芍陂工程施工情况，第三首叙芍陂工程完成后的功效，层次分明，结构完整，反映了作者对自己投入了巨大精力的这一为民造福工程的深厚感情，是一篇力作。

②熊绎：楚国的始封君，此指代楚国。不足规：不值得效法。

③两令尹：应指楚成王时的斗子文和楚庄王时的孙叔敖。两人均勤政爱民，

青史留名。负：具有。王佐资：辅佐国王的良好资质。

④相道：令尹又称相国，相道即为相之道。殷：富裕。嘉师：善良的民众。《尚书·吕刑》："受王嘉师，监于兹祥刑。"孔传："有邦有土，受王之善众而治之者，视于此善刑欲其勤而法之。"此谓为相最重要的任务就是要使百姓富裕起来。

⑤美利：指修芍陂所得之利。诸夏：各诸侯国。说当年的芍陂曾造福诸侯，虽已荒废而千年以后犹在。

⑥谓天旱无雨。古人认为天降霖雨为蛟龙所施为。

⑦象：孙叔敖的塑像；金镜：塑像上的饰物。支离：不完整。此说庙里的塑像及陈设已陈旧破败。

⑧穷黎：贫苦百姓，谓破坏庙宇的人固然罪恶滔天，但这些穷苦人本来就是这样子。

⑨说颓坏的屋子里空气特别闷热，还住着痛苦呻吟的残疾人。巫尪：巫是迷信职业者，尪，音 wāng，有残疾的人。

⑩看到孙叔敖庙破败的样子，觉得做个贤人也不容易，还是连夜驾车离开吧！理绥：整理车上缆绳。按，此首是以孙叔敖的开创功绩和当前的芍陂荒废祠宇破败相对照，以此作为下面两首对重筑成功描写的铺垫。

于戏皇天运，信无往不复[1]①。

皇帝四十载，陂黎业渐育②。

原自岁摄提，望古兴凿筑③。

千徒被冈野，阴魄在盈朒④。

错杂百五旗，如将令始肃。

鼍鼓声夕迟，壮夫歌振谷⑤。

其始或惮烦，其后忘拘束⑥。

畚锸羞戟铤⑦，勿亟同且速。

春女饷馌还⑧，摘花各盈掬。

方此迄四年，穜粱两已熟⑨。

劳息如痛定，喜心翻歌哭⑩。

【校】

[1] 光绪《寿州志·艺文志》把此首开头十字列为标题。按，"复"字与下文的"育""筑"等属同一韵部（入声屋部），故实为诗之正文。

【注】

①于戏：叹词，即呜呼。无往不复：出自《周易·泰》："无陂不平，无往

不复。"这里是指芍陂荒废多年后又得到了修复。

②康熙四十年（1701）时，芍陂一带百姓的生业已渐有发展，有了兴筑水利的能力。

③摄提：著雍摄提格，为戊寅，即康熙三十七年（1698）。望古是指孙叔敖的最早兴筑。

④阴魄：指月亮。盈朒：盈满亏损，指月亮从上弦到满到下弦的过程。朒音nǜ，亏损。此说参加工程的劳动者有千人之众，夜以继日地劳动。

⑤四句写芍陂工程中的劳动场面。百五旗应是各个分工地段的指挥旗帜，见作者的《重修芍陂碑记》："门长司鼓旗，锹者、篑者、版者、杵者一视旗为向为域，听鼓声与邪许声相和答、取进止。"其中"邪许声"即诗中"振谷"的歌声，亦即劳动中的号子声。鼍鼓：以鳄皮做的鼓。鼓声的作用，应是为了统一杵者（打夯）的节奏。从以上描写中，不难想象出当时工地上的热烈气氛。

⑥惮烦：怕麻烦。说一开始用这种指挥方式还都认为太麻烦，受拘束，后来就习惯了。

⑦说劳动者们使用各种工具，在旗鼓的指挥下节奏步调一致。畚锸：畚是盛土的容器，锸是挖土的工具。戟铤：兵器。羞戟铤：令戟铤羞，兴修水利当然要比杀人有荣誉感。按《重修芍陂碑记》有"征徒千人誓于孙叔敖庙"语，所征之徒，或许就是士兵。勿亟同且速：不要太急迫，保持相同的速度和节奏。

⑧饷馌：为工人送饭。

⑨穜是早种晚熟的作物，粱即谷子。此说四个年头了，穜和粱两种谷物都获丰收。

⑩痛定：成语有痛定思痛。此借用其义，谓工程竣工后回想一下当时的情况，那种高兴和幸福感，真令人又想唱又想哭！

浩浩长陂水，皂口东北流。
巨堰若四塞，阡陌罗九州①。
陂水广且深，不独美田畴。
神物莫攸居，膏润坐兼收②。
灵藏百宝兴，庶几厌诛求③。
淮南赋常绌，暂纾公私忧④。
陂成庙弈弈，河洛感王休⑤。
蕙绸郁兰藉，灵来若云浮⑥。

红女结舞队，髦士扬轻讴⑦。
陂梗郁苾芬，陂菱杂庶羞⑧。
神功不可极，好乐常思忧。
勿令弃尔劳，残歌听者愁⑨。

【注】

①"浩浩"四句：芍陂的水通过皂口闸和渠道流向附近各地，堰坝像国家的边塞，渠道像九州的道路。皂口：芍陂有皂口闸。

②"陂水"四句：说芍陂建成后，不但浇灌农田使粮食丰收，而且引来神奇灵异之物也来这里生存。莫攸居：《尚书·盘庚》"盘庚既迁，莫厥攸居"，指适宜安居之处。膏润：指使草木滋润生长的雨露营养。

③这里成了神奇的宝库，几乎能满足各方面的种种要求。庶几：差不多。诛求：强制索取。

④以前淮南一带经常感到赋税难征，财政短缺，现在无论官府还是百姓，这种忧愁已暂得缓解。绌：短缺。纾：缓和，消解。

⑤弈弈：庙宇庄严貌。河洛：指黄河和洛水，此为泛指。休：通"庥"，庇佑、保护。

⑥各种香花供奉于神像之前，香气飘泛，如神灵袅袅上升。蕙绸：绸：束缚缠绕。按屈原《九歌·湘君》有"薜荔柏兮蕙绸"；《东皇太一》有"蕙肴蒸兮兰藉"；此合用之。

⑦穿红衣的少女成队翩翩起舞，英俊的年轻男子轻轻吟唱。两句写祭祀孙叔敖时的乐舞。髦士：《诗经·小雅·甫田》："攸介攸介，烝我髦士。"毛传："髦，俊也。"按，清黄仲则诗《孙叔敖祠》有"三时巫觋舞婆娑，四壁碑题罩薜萝"句。诗作于乾隆四十年（1775），晚于此70余年。

⑧此说芍陂堤岸上的花卉香气浓郁，水中的菱藕是美味佳肴。梗：借为"埂"。苾芬：《诗经·小雅·楚茨》："苾芬孝祀，神嗜饮食。"本指祭品的馨香，后泛指香味。庶羞：多种美味。《仪礼·公食大夫礼》："上大夫庶羞二十，加于下大夫以雉兔鹑鴽。"胡培翚正义引郝敬云："肴美曰羞，品多曰庶。"

⑨"神功"四句：说神的威力是不可究极无远弗届的，在欢乐幸福时也要常想到值得忧虑的事。不要抛弃了劳动成果半途而废。不完整的歌曲，听者是不高兴的！

又不归行①

双溪野老又不归！五月被褐典朝衣②。

卖宅赎田计未得，男瞋妇怨无消息③。

西堂种菊复计百，济济充仆晚宾客。

某也在列旧知名，某也新识欢莫逆④。

以此耐病兼忘老，乐极哀来伤畴昔⑤。

冠盖满堂终星散，钟鼎千秋复何益⑥。

吾家富贵年颇促，老夫六五何不足⑦？

小女写经能换米，小儿能弹潇湘曲⑧。

外户不扃雀不鸣，日夕竹凉风细生。

有时还来南郭生，空庭惟听歌曲声⑨。

【注】

①本卷前有《辛巳三月上剌史乞休状，拟归六绝句》，此诗云"五月……"当是三月所上之状未蒙批准，乃作此诗。诗有"老夫六五何不足"句，作者65岁为康熙四十年（1701），正是辛巳年。

②双溪野老：作者自称。被褐：被通"披"，褐为粗布衣服。典朝衣：出杜甫《曲江》："朝回日日典春衣，每日江头尽醉归。"又白居易《问诸亲友》："占花租野寺，定酒典朝衣。"

③典卖家产的诗句在本书颇不鲜见，如"穷秋更卖负郭田"（《突溜阻雨望天津卫》），"蒸黎为我哭，愿偿官累银。感激谢蒸黎，剜肉宁一身"（《运铜返寿州答寿民》），"负郭余田堪屡典"（《戊子元日》），此诗又有"卖宅赎田"。可见李克敬在《秕芳园集序》说的"先生佐州况甚冷，时时取诸家以给……禄奉不足自养，至鬻产以辅之"，绝非虚语。如此，家中男瞋妇怨也是可以想见的必然结果。

④说自己所种菊花已达百种，就让它们做我晚年的朋友吧！其中过去就有的品种是老朋友，新得佳种是新朋友。按，作者喜爱菊花，诗中屡见：有《菊秀》诗，有把菊花赠钝上人诗，画家杨润九曾一次赠他菊花二十二种，有诗记之；"奉使将之金陵"，要在"菊花前别家人"；回故乡去，也忘不了《分与从孙女菊种》；《病闲》时，他要"种菊唤妻频"……所以，他在寿州寓所种菊以百计也不会是过分夸张。

⑤畴昔：往昔，过去，此指在故乡的日子。

⑥冠盖满堂：家中来往的都是贵官。钟鼎：钟鸣鼎食，贵族的生活方式。

⑦富贵年颇促：说自己本来就出身农家，上代老人寿命都不长（其父壮年自焚，《颜氏家诫》载"大父少孤"，即胤绍之父也自幼丧父）。自己已经活到65岁了，儿女双全，应该满足了。

⑧小女，指维璋；写经换米，似从王羲之的"写经换鹅"化出。潇湘曲：古琴曲有《潇湘水云》，此泛指。

⑨"外户"四句：说当下环境静雅，生活闲适。时有野客相访，空庭常闻吟唱。南郭生：住在南郭的读书人。本卷前有《赠南郭老张宛庐主》，不知是其人否。

简程彝仲^{[1]①}

茂岭犹多病，彭泽尚须归②。
天地无还药，形骸有昨非③。
废书朝睡久，捡梦故园稀。
谁念龟蒙老，索诗过短扉④。

【校】

[1] 此诗入选张鹏展编《国朝山左诗补抄》卷二。

【注】

①程彝仲，生平不详。简：书信，此是以诗代简。

②茂岭：疑即茂陵，是作者为迁就格律故意将平声的"陵"字改为仄声的"岭"字。茂陵指司马相如，《史记》说他"病居茂陵"。"茂陵多病后，犹爱卓文君"是杜甫《琴台》诗中句。彭泽：指陶渊明，曾任彭泽县令，他的《归去来辞》云："归去来兮，胡不归？……"此茂岭指程彝仲，彭泽指自己。

③还药：还年药。见《大智度论》："如是者老相，还变成少身。如服还年药，是事如何然？"昨非：见陶渊明《归去来辞》："实迷途其未远，觉今是而昨非。"

④短扉：矮门，指程彝仲的家。登门索诗，可见两人是不拘形迹的诗友。

题江老吴小仙老子图①

世传周太史老聃，去周西适过函谷。
嗣是不知其所终，安问二百或百六②？
是图茫乎谁为传，模糊两字识小仙。
老人骑牛稳如船，双僮书裹叠背肩③。
或者藏史忧失传，身且隐矣胡文焉？
不尔为喜之所著，胡为微言但五千④？

丹青无迹绢无质，注目不得生苍烟⑤。

白岳山人癖好古，面图虚清心嗒然⑥。

我歌此图尤叹惜，忆昨方访蒙庄宅⑦。

【注】

①江老：本书中江老出现多次，多与书画有关，如下一首《沈周桂岭图》有"江老尺卷开清湖（晓）"句。或是一位热衷于书画收藏的老人。吴小仙：明代著名画家吴伟，字士英，号小仙。江夏（今湖北武汉）人，画院待诏，孝宗时授锦衣卫百户及赐"画状元"图章。

②老聃：即老子，姓李名耳，字聃，是道家学派创始人。其过函谷事，见《史记·老子韩非列传》：（老子）"居周久之，见周之衰，乃遂去。至关，关令尹喜曰：'子将隐矣，强为我著书。'于是老子乃著书上下篇，言道德之意五千言而去。莫知其所终。"按，关于老子的享年，史料所记有矛盾，如他在周平王四十二年（前729）遇关尹喜，又在周敬王十九年（前501）与孔子有过接触，推算起来，当时已是二百多岁，出于常理之外。此言二百岁和一百六十岁，也是传说。故作者此处用疑问句。

③识：此处音 zhì，指标志、记号。以上四句叙此图内容。

④"或者"四句：作者设问：也许是老子自己担忧将来没有人知道自己，才让人画了这图；但是做隐士就是不愿为人知，为什么还要画图和写文章？如果不是这样，《道德经》为什么只有五千字？藏史：传说老子为周守藏史，即负责保管图书档案的史官。喜：函谷关尹。微言：含蓄精微有深意之言。

⑤说由颜料和绢构成的这幅图画本身不会回答这些问题。注目凝视图画，感到一片氤氲苍茫。

⑥白岳山人：或许是江老的别号。嗒然：若有所失，即也不能回答上述问题。

⑦蒙庄宅：庄子故乡。唐高适诗："地是蒙庄宅，城遗阙伯丘。"（《奉酬睢阳李太守》）按：庄子是老子思想的继承者，故有此说。《史记》载庄子"蒙人也""尝为蒙漆园吏"。但蒙之所在，有安徽蒙城、河南商丘等诸说。高适诗所说是后者，本诗作者所访的则有可能是前者。

沈周桂岭图①

淮南病热何时归，五月炎蒸如三伏②。

江老尺卷开清湖③，悄然卧我秋林谷。

满前丛桂罗坳堂，老者伛偻小成行④。

山人欲睡不禁香，经旬风蕊空堆床⑤。

忆昔涉江联金鞍，阿咸并驰古长干。

中丞之园三十树，至今回梦酸心肝⑥。

我有故山楷谷图⑦，秋空古意世所无。

张沈笔腕孰先后，探奇还应问老夫⑧。

【注】

①沈周：字启南，号石田，长洲（今属苏州）人，为吴门画派创始人，与文征明、唐寅、仇英合称明代四大家。传世作品有《庐山高图》《葛稚川移居图》等，此《桂岭图》亦现存，见北京翰海 2008 年秋季中国古代书画拍卖会之图录，题《仙桂堂图》。图录附有题诗图片，末署"伯珣"二字，钤朱文"颜伯珣印"。以之与本书相校，文字有数处不同。此诗云"淮南病热"，应作于寿州任上。

②句中"如"字，图录作"倍"。何时归：谓想退休回故乡曲阜。

③开清湖：图录作"开清晓"，似较此为胜。

④老者：图录作"大者"。

⑤以上叙《桂岭图》内容。按图为横幅，右侧山坳中有屋数楹，应即仙桂堂，一人坐堂上，旁有小童侍立。室外多桂树，花开正盛。左侧绘远山逶迤。

⑥"忆昔"四句：说当年曾和光敏一起在南京长干里佟中丞的僻园里观赏那里的桂花。想起当年景象，不禁悲从中来。联金鞍：并辔而行；阿咸：指侄子，晋"竹林七贤"中阮籍、阮咸为叔侄关系，后以之代侄；古长干中丞之园即佟国器的园林，详本书卷三《长干里故佟中丞园亭感旧》注①。

⑦"我有"二句：从图中桂岭联想到故乡的楷谷。按秪芳园中有楷林，见本书卷三《秪芳园拟山水诗》。《楷谷图》应是《秪芳园拟山水图》中的一幅。见本书卷五《赠钟离山人尚滨画秪芳园拟山水图歌》。钟离尚滨所作之图道光时犹存，其中有《楷林》一幅。

⑧笔腕：图录作"笔力"；还应：图录作"还须"。张沈："沈"自然是指沈周，"张"应是《楷谷图》的作者，其人待考。老夫：作者自称。

故御史巡按山东刘公允谦殁十三年，公子芴无以自存，感旧赠歌①

昆明一战亟洗兵②，天下郡国称治平。

绣衣使者久不出，圣人黜陟高穆清③。

四十年先吏道坏，山东白狼仍横行④。

冯公刘公雷霆上，公也更兼驺虞名⑤。

泰山不闻贼骑突，滕郯始有寡妇耕⑥。

余年十五青衿列，还与父老欢送迎⑦。

万人一呼雩门动，轰如闾阖开天鸣⑧。

鲁儒淮南忝小吏，睹公子孙忧粥饔⑨。

负耒无十亩，何以业躬耕？

栖身少立锥，不得号柴荆⑩。

春雪消尽萤干死，空闻先生饱六经⑪。

优孟不作衣冠毁，负薪踯躅常吞声⑫。

【注】

①刘允谦：寿州人。光绪《寿州志·人物志》载他："字六吉，顺治丁亥进士。知沈丘县，爱民礼士。境内有河名王邦溜河，底有石常坏舟，允谦凿去之，商民念其德，立祠河畔，名念庵。擢山东巡按，革弊除强，六府澄清。归老后为乡饮宾之首。"同书《舆地志》载有"山东巡按刘允谦墓"。此诗是在刘去世后，作者看到其子刘筠生计困难，有感作以相赠。

②昆明一战：或许指平定三藩之乱中康熙二十年（1681）十月清军攻克昆明之战。

③绣衣使者：指皇帝亲派执行某种特殊任务的官员，不是正式官名。汉武帝曾指使光禄大夫范昆等衣绣衣，持节及虎符，用军兴之法，发兵镇压民乱，因有此号。此指刘允谦的山东巡按之职。黜陟：指人才的进退，官吏的升降。黜，废掉官职；陟，提升官职。高穆清：以穆清之人为高。穆清出《诗经·丞民》写仲山甫："吉甫作诵，穆如清风。"

④"四十年先"大约是顺治时候。其时山东民乱最著名的是于七之乱，还有前文提到的泰山、滕县、郯城的民乱，即邹县杨三畏、焦二青倚峄山为寨的民乱，是为"山东白狼"。详见本书卷二《连青山》篇注⑤。

⑤冯公：或为冯右京，代州人，字左之，顺治四年进士，六年授福建道监察御史，八年转山东巡按御史。刘公：指刘允谦。"雷霆上"指镇压民乱有雷霆万钧之力。驺虞：是神话传说中的仁兽。据说生性仁慈，连青草也不忍心践踏，不是自然死亡的生物不吃。此言刘允谦做官时有仁德。

⑥泰山和滕县、郯城，都距作者故乡曲阜不远。此说由于平复了民乱，作者家乡一带才恢复了正常社会秩序。

⑦按作者十五岁为顺治八年（1651）。据《清实录·世祖实录》，刘允谦任山东巡按是顺治十二年（1655）六月的事。故这里所说，是十五岁"青衿列"，即《颜氏族谱》所说的"十五岁补弟子员，旋食饩"。而不是这一年他曾在曲阜"欢送迎"冯、刘二公。"欢送迎"事至少应在顺治十二年即作者十九岁以后。

⑧雩门：是曲阜的城门。阊阖：是天官的门。此形容"欢送迎"冯、刘二公时的热烈场面。

⑨鲁儒：指作者自己。忧粥羹：说刘笏穷得吃饭都有问题。

⑩"负耒"四句：谓刘笏没有田地和住宅。耒是农具。十亩：见《诗经·魏风·十亩之间》："十亩之间兮，桑者闲闲兮，行与子还兮！"躬耕：自己亲自耕种。柴荆：简陋的家。

⑪"春雪"二句：说刘笏现在是毫无办法，如春雪秋萤，自生自灭。他父亲当年熟读经书应考做官有什么用！萤干死：杜甫《题郑十八著作虔》有"案头干死读书萤"句。

⑫优孟：《史记·滑稽列传》：楚相孙叔敖病且死，嘱其子曰："我死，汝必贫困。可往见优孟。"居数年，其子逢优孟，与言。优孟即为孙叔敖衣冠，仿其行止，岁余而像孙叔敖，楚王及左右不能辨。庄王置酒，优孟前为寿。庄王大惊，以为孙叔敖复生，欲以为相。优孟曰："请归与妇计。"三日后，优孟复来，述妻言"楚相不足为也。如孙叔敖之为楚相，尽忠为廉以治楚，楚王得以霸。今死，其子无立锥之地，贫困负薪以自饮食。必如孙叔敖，不如自杀。"于是庄王谢优孟，封孙叔敖子寝丘四百户，后十世不绝。此两句谓当代没有优孟那样的人为刘笏进言，他就只能像孙叔敖之子那样永远负薪了。

官阁后墙角丛竹如林，晚起朝雾未散，述兴①

埘篆僻成林，残阴朝为雾②。
弄态丈溜间，不远长壑趣③。
初合混虚碧，乍断横练素④。
数竿芸阁门，已失悬磴路⑤。
濛濛开北窗，微旭时一露。
巢莺枝可牵，睨睆梦□度[1]⑥。
曈昽散涓滴，飘洒苍苔步⑦。
千根绿如油，巨细沓回互。

屐滑忘屡踬，头重烦却顾⑧。

有客早鸣琴，朱丝缓冰户⑨。

携手敲琅玕，仰面恣纳吐⑩。

清狂合性成，两心自无忤⑪。

仙井咫尺通，鸡犬何驰骛⑫。

北郭双流泉，千亩足布濩。

胜览更储材，代耕充租赋⑬。

此意更寂寥，弃为樵苏具⑭。

无力振俗顽[2]，眼中物少遇⑮。

余也本违俗，半为林泉误⑯。

庶几追来日，图新未舍故⑰。

今年誓言归，念兹方抵牾⑱。

【校】

[1]"梦"后一字，两种抄本及刻本均阙。

[2]振俗顽，抄本作"作民顽"。

【注】

①官阁：官署，即寿州同知署。此诗是因见署中丛竹而引发的感慨，借物抒情，委婉曲折，颇见作者心声。

②塓：音 ruán，空地。篆：细竹。

③丈溜：溜通"霤"，房檐滴水处。丈溜是说丛竹所占地仅寻丈而已。说这里竹子姿态意趣也和长川大壑之竹相差不大。

④虚碧：言丛竹之绿。练：白色丝织品，喻晨雾。

⑤芸阁：芸是一种可防虫蛀的香草，芸阁是书房的美称。悬磴：石桥。言丛竹在书房前，挡住了通往小桥的路径。

⑥睍睆：美丽好看。《诗经·邶风·凯风》有"睍睆黄鸟，载好其音"。此说黄莺在丛竹上筑巢。

⑦瞳昽：初升的太阳。此时露珠从竹叶上滴下来，洒落在长满苍苔的小路上。

⑧屐：有齿的木底鞋，此指鞋。踬：摔倒。头重：丛竹枝叶下垂。烦却顾：虽烦恼而仍回头看。两句表现对丛竹的喜欢。

⑨有客：此客指作者自己。作者爱琴且善抚琴，本书多有例证。朱丝谓琴弦，冰户应指月亮。

⑩琅玕是美玉，此指琴声如美玉相击。另外，竹子也称碧琅玕。"纳吐"

指呼吸。道家养生学中有很多关于纳吐的说法。

⑪清狂：放逸不羁。无忤：不相抵牾。这两句说竹子和自己在性格上是一致的。

⑫"仙井"二句：用淮南王刘安故事，参卷三《八公山口占》注①。八公山与州署近在咫尺，传说那里有仙井之类遗迹。鸡犬，指"余药在器，鸡犬舐之者俱得上升"。

⑬北郭：城北关外。布濩：遍布。四句写官署外的竹子，说那大面积的竹林不仅是壮美的风景，更具有经济的价值，有利国计民生。

⑭相比那些大片的竹林，这些丛竹没什么值得重视的，只能算被抛弃作柴烧的东西。樵苏：打柴拾草用以烧锅做饭。这里有以竹自喻并自嘲的意思。

⑮振：通震。俗顽：世俗愚昧。眼中物：此应指能使自己欣赏的人物。

⑯违俗：与世俗相背。林泉误：说自己人生不成功的原因，在于太醉心流连山水而不屑于干谒汲引。

⑰"庶几"二句：希望今后能选择一种新的生活方式，但也舍不得丢掉旧的。

⑱曾发誓辞官归隐，想到这些竹子，内心又有点不舍。抵牾：抵触，矛盾。

立秋夜二首①

流火应新凉②，残更动北堂。
梦余绨被短，愁入逻金长③。
节半时侵晚，身衰药未良。
东看参宿上，如在柝楼旁④。

【注】

①二诗写立秋夜之感：曰愁，曰衰，曰壮心摇落，曰世态炎凉，再加上思乡情绪，真是怎一个愁字了得！

②流火：见《诗经·豳风·七月》："七月流火"，谓大火星向西落，天气渐凉。

③绨被：是细葛布做的被子。逻金：是更夫巡逻时敲的锣声。

④参宿：二十八宿之一，立秋后渐至中天。柝楼：打更报时之用的建筑。

壮心摇落尽，回首太匆匆。
勋业惭吾问，炎凉尚尔同①。

蒹葭双岸水，蟋蟀五更风②。
半字乡书绝，含悽黯淡中。

【注】

①建功立业之类的话就不要再提了，世态的炎凉和天气的炎凉还是一模一样。

②从末联的“乡书”看，此“蒹葭双岸”应指泗河风景。在寿州的不眠之夜，听蟋蟀低吟，怎能不起故乡之思！

为张山人铉作悬墨几歌①

呜呼后羿不可作，一指弯弓九日落②。
又如造父驰騄駬，腕下蹬蹀当千里③。
二子千载夸神异，不脱决韝成能事④。
飞龙乘云天为薄，安知凭藉如平地⑤？
山人秋空画野鹤，松响石裂崩泉驶。
七尺障子高比屋，山人放笔如扫篲⑥。
鹤叫且走趾相高，善得神骨难画毛⑦。
悬肘攀障比绝壁，此时心力同疲劳。
相传名家俱为困，得意犹恐失秋毫⑧。
我有文杏斫且漆，作为悬几遵何术⑨。
山人一试无白日，毛羽全就飞恐失⑩。
画就为歌神洋洋，愿以此歌献明堂⑪。
明主恭默运上理，股肱安哉治乃良⑫。

【注】

①张山人铉：山人是隐居不仕的读书人，张铉是一个画家，本书卷九有《丹青行赠张山人铉》，可参。所谓悬墨几，是绘画用的辅助工具。笔者猜想大略是一个长方形木板，两端钉木条使作几状，可以支撑右臂的肘和腕，适用于画开幅较大的作品的某些工细局部。此诗是作者为张铉做了一个悬墨几后而作，诗中就此又生发为治国理论。

②后羿射日：出自《山海经》《淮南子》《天问》等，说远古时天上有十个太阳，无比炎热，人类无以为生。神射手后羿张弓射落九个，只留其一，从此民得安生。

③造父：中国历史上著名善御者。騄駬：良马，是周穆王八骥之一。蹬蹀：

小步行走貌。

④说后羿和造父之所以有令人惊讶的神异表现，并非天马行空任意而为，而是依然对自身有所控制。决彄：决即决拾，是射者套在手指上用以控制勾弦的扳指；彄是马缰。

⑤龙在天上飞舞，也要凭借云雾。以上说做任何事成功都要有相应的工具。

⑥以上四句写张铉作画时纵情挥洒的气势。障子：屏风之类。扫箒：扫帚。

⑦"鹤叫"二句：写张铉画的鹤充满动感，精神勃勃，但难画毛，不作细部的刻画。

⑧"悬肘"以下四句：说这么大的画，不可能伏在案子上画，而是要张于壁上，整个胳膊都要悬空。失秋毫：谓作品细微之处有所遗憾。按，古人对作书作画有悬腕和悬肘的说法，认为悬腕可以使笔的运行更自由、更灵活，但有相当难度；悬肘，则难度更大。

⑨"我有"二句：说作者用文杏木做了一个悬几，解决了这一问题。文杏：即银杏，木质细密。斫：用刀斧砍，此指加工成木板。术：指技艺，是与道相对的概念。此处自问遵何术，是对自己的发明颇为得意的调侃，也是对诗最后归结到"运上理"（道）的铺垫。

⑩"毛羽"句：是对前边"善得神骨难画毛"句的回应。说有了悬几，可以把野鹤画得栩栩如生，竟令人害怕它离纸飞去。

⑪明堂：此指朝廷。详见本书卷二《高唐州》篇注⑩。

⑫"明主"二句：说皇帝会从这件事悟出一个道理，治理天下离不开一级级的臣僚，只有臣僚都能贯彻执行上一级的指令，国家才能昌盛。恭默，见《尚书·说命上》："恭默思道。"夏僎解："恭敬渊默，沉思治道。"运上理：即《汉书·贾谊传》所说的"令海内之势如身之使臂，臂之使指，莫不制从"。股肱：腿和胳膊，是人最重要的肢体，常用以喻皇帝的辅弼大臣。《尚书·夏书》："帝曰：臣作朕股肱耳目。"

菊秀①

秋色飒已深，凉燠方错候②。
计簿毕乃公，不知荒菊秀③。
袞衣受版籍，未稽中真谬④。
圣恩浩如天，臣职在屋漏⑤。
苍赤呼吸集，气通闾阖右⑥。

明明奏生成，有司但沿陋⑦。

末流陵谷改，力微隐多疚⑧。

室中病呻吟，戚忧亦反覆⑨。

含叹向篱丛，辴若逢故旧⑩。

新雨绿始沉，方蓓圆如豆⑪。

开口吟未涩，邀宾来恐后⑫。

排忧头总白，更禁忧还又⑬。

【注】

①菊秀：菊花现蕾。此诗以写菊秀为起兴，写自己的心情：空有尽力报效朝廷造福百姓之志，而官场现实使他终于明白自己地位卑下能力微薄，结果只能是空忧头白而已。

②错候：天气忽冷忽热。

③整天忙于公事杂务，忽然发现菊花悄然现蕾了。

④衮衣：是古代天子及王公的礼服，此指官服。版籍：户口册，此指自己释褐为官，在吏部有了管理档案。两句说自己释褐为官以来，对一些事情的真伪是非并没有弄清楚。

⑤屋漏：是古代室内西北隅施设小帐，安藏神主的地方。《诗经·大雅·抑》："相在尔室，尚不愧于屋漏。"毛传："西北隅谓之屋漏。"郑玄笺："屋，小帐也；漏，隐也。"后即用以泛指屋之深暗处。宋·张世南《游宦纪闻》卷四："发人隐恶，虽亏雅道，亦使暗室屋漏之下有所警。"明·李东阳《土室》诗："古人戒屋漏，所贵无愧色。"两句说皇恩浩荡，而作为臣工的职责，在于时时警惕，做到表里如一，不欺暗室，问心无愧。

⑥苍赤：苍头赤子，即老人小孩，指代百姓。闾阖：天宫，指朝廷。此说朝廷是关注百姓的忧乐疾苦的。

⑦朝廷的政令是明明可以达到使百姓安居乐业的目的的，但是有关部门却不思进取因循守旧沿袭陋习。奏：达到。生成：孳生养成。

⑧说从上到下一级级这样因循下去，到了末端（州县），朝廷的初心已变得面目全非，如高山变成深谷。这令我这样的微末小吏只能内心深感愧疚！

⑨说经常见到贫病之人的痛苦呻吟，使自己忧愁悲戚之情反复不能自己。

⑩感叹中走到篱边看到菊花，高兴得像见到老朋友。辴：音 chǎn，高兴。

⑪刚下过雨，菊花叶子绿得深沉，一颗颗花蕾才像圆圆的豆粒。

⑫诗思倒还顺畅，赶快邀朋友来观赏！

⑬想用这种方式排解忧愁，无奈禁不住忧上加忧，早已愁白了头发！

钝上人赠胡麻籼稻，绝句代柬①

囊来香稻与胡麻，鱼枡龙经共几家②。
赠我翻为檀越主，折篱惭抱数枝花③。

【注】

①钝上人，疑即前《钝止老僧醉归一月矣，诗讯消息》中的钝止老僧。胡麻：一种油料植物。籼稻：水稻的一种。

②鱼枡：捕鱼时敲的梆子。《揭阳城坊志》载，"南浦……凤尾鱼群集，渔人捕之。日间渔舟数十，设计围捕，由远而近，敲木枡、击船板，仿乎吆叱之渔歌，然后众网渔鱼"。此指代渔人。龙经：佛经，指代僧人。两句说钝上人把胡麻和籼稻分给各种人。

③檀越主：即施主，以财物施舍供养僧人的人。两句说钝上人本来应该是接受供养的，如今反而成为檀越主了，令我感到惭愧！只有折几枝菊花送给他表示感谢。

钝上人既得菊花见酬绝句即柬和答①

淮南旧国楚王城，楚产翻争西竺名②。
城里歌钟城外听，谁知清磬夜来声③？

【注】

①此首是承上首之作，钝上人接受菊花后赋诗为谢，作者答之。

②"淮南旧国楚王城"指寿州。西竺：即天竺，今印度、尼泊尔一带。两句说，胡麻本是寿州所产，反而有个"胡"的名字！古代泛指西域为胡地。

③这就好比在夜晚听到寺庙里的钟磬声和诵经声，谁能分辨清是城里城外哪个庙里的？

枣子门①（顺治十四年寿州刺史郇阳李大生锐意修陂，
重筑此门，坐闯事死，寿人冤之。）

周防黄河塞，要路剑阁门②。
雉起屯云窟，虹长积水根③。
鼍鼋争尺土，魑魅傍孤村④。

太守余劳绩，难招白下魂⑤。

【校】

此诗又载光绪《寿州志·艺文志》，题《枣子堰》，且无题下注。

【注】

①按，颜伯珣《重修芍陂碑记》："四十年……十一月，筑枣子门。"应即枣子堰。夏尚忠《芍陂纪事》作枣字门，列为"已废门"。李大生：光绪《寿州志·职官志》作李大升："字木生，山西猗氏人，顺治十年知寿州，捐俸建文庙东西斋房，朔望登明伦堂讲说经义，诸生竞劝文武，一科中式者十三人。修芍陂，躬亲劳苦，严禁盗决。清里甲凤弊，去吏胥积蠹，革行户供应，禁收粮狼藉，善政甚多。"所记未及"坐闱事死"事，当是出于为尊者讳的心理，则此诗及注可补史缺。闱事：指科举考试时作弊事，详情见本书卷六《哀寿州故剌史李公大生》诗及注。

②写枣子堰的形势，如黄河要塞，似蜀道剑阁。

③枣子堰下水面云雾升腾，有时野鸡飞起，有时彩虹出现。

④鼋鼍：水中鳖类动物；魑魅：鬼魂之类。两句气氛恐怖，正切诗之主题。

⑤招魂：是对死者举行的一种仪式。白下：即南京。是致李大生惨死的江南科场案发生地。

十月安丰大筑西堤，寓李莫店旧馆，感成四十韵①

吾衰少安居，四寓主人屋②。

虽匪行迈日，旅食恒迫蹙③。

寒暄自屡殊，人事亦反复④。

向者五绛桃，蒸为爨下木⑤。

其岁在著雍[1]，此华创吾目⑥。

四壁尽白云[2]，凭凭应前麓⑦。

公功杂幽兴，春气郁逾淑⑧。

省檄清晨下，公徒辍何速⑨。

旌旗欻无色，父老向我哭⑩。

自兹理长楫，征人去三伏⑪。

邵宝天吴怒，波涛压百谷⑫。

性命呼吸存，出险方觳觫⑬。

惊定旋作疾，疟鬼旬乃戮⑭。

豺狼当天关，裂眦厌人肉[15]。

帝阍五尺悬，霰雪迷梁陆[16]。

惭类子敬主，厄遭文公仆[17]。

京洛盛亲朋，言归伤采蓬[18]。

踉跄偷入门，老妻进羹粥[3][19]。

相对颇无欢，世俗不足蠢[20]。

悄悄萎水[4]蕙，怅怅失银麑[21]。

荣枯物莫凭，遑恤及赢缩[22]。

故旧逝将尽，老岂恋微禄[23]。

况乃升斗绝，但忧在公悚[24]。

乞归归未得，臣岂昧昔夙[25]。

末僚亦名器，志士在沟渎[26]。

美陂三千年，苍生命由畜[27]。

上实愧股肱，下焉辞版筑[28]。

灌输四万顷，锁钥三十六[29]。

矫首望昔贤，末志顾弩碌[30]。

陂功数载余，陂民无饱腹[31]。

作苦冀稼甘，喜兹慰所祝[32]。

庚积属不收，群类蕃始育[33]。

晴波市鱼菱，晚景喧樵牧[34]。

颍洞赤岸水，荡摇青冥竹[35]。

斗牛搴裳上，蟾蜍濯手掬[36]。

宫庙势参差，倒影穷地轴[37]。

鹈翠循楯鸣，鸬青隔帘宿[38]。

草木十月交，花实纷馥郁[39]。

重来劝冬作，胜概羡若族[40]。

茅檐烛花深，长吟激幽独[41]。

【校】

[1] 此诗又载光绪《寿州志·艺文志》（寿县地方志办公室 2011 年整理本）。著雍，此二字刻本原缺，据《寿州志·艺文志》补。

[2] 云，《寿州志·艺文志》作"雪"。

[3] 粥，《寿州志·艺文志》作"粥"。

[4] 水，《寿州志·艺文志》作"冰"。

【注】

①安丰：芍陂又名安丰塘。李莫店：《寿州志·舆地志》"坊保""西南乡""保义十里"有："李木店，距城八十里。"或即其地。此诗叙述芍陂工程这一作者人生重要事功中的种种，描写细致，感情真挚，格调昂扬，充分表现出其忠于王事、系心百姓、无怨无悔、光明磊落的品格，长达四十韵，堪称力作。作者撰《重修芍陂碑记》说："三十八年，余奉檄监采丹锡入贡京师，于是罢役。三十九年夏四月旋自京师，六月复至陂……四十年……十月复筑瓦庙沙涧堤堰……"此诗中有"其岁在著雍，此华创吾目"，著雍即戊寅，为康熙三十七年（1698），为奉檄监采丹锡入贡京师之前一年。"此华创吾目"当有所影射，但无从索解。诗又叙"省檄清晨下""自兹理长楫"云云，皆与奉檄监采丹锡入贡京师事相符。按此次行役为康熙三十八年（1699）事。诗中又以较大篇幅叙芍陂工程落成后情况，故诗当作于康熙四十年（1701）十月。

②我年老以来很少有安居的时候，曾经四度出差远行。主人屋应指客舍，主人指逆旅主人。

③行迈：见《诗经·王风·黍离》："行迈靡靡，中心如醉。"马瑞辰通释："迈亦为行，对行言，则为远行。行迈连言，犹《古诗》云'行行重行行'也。"两句说虽然不是远行，住宿和饮食都经常困迫穷蹙。

④天气的冷热自然经常不一样，人与人之间的关系也多有反复变化。

⑤绛桃：桃树的一种，花为重瓣，具观赏价值。向者：以往的事。蒸：细小的木柴，《诗经·小雅·无羊》："以薪以蒸。"笺："粗曰薪，细曰蒸。"此说就像以前那五棵桃树，开花时绚丽多姿，多么风光；想不到忽然被砍伐掉，做了烧饭的柴！

⑥著雍：戊寅。此戊寅年为康熙三十七年（1698）。华：通"花"。创吾目：似说不慎被桃树枝条刺伤眼睛。按，以上及以下诸语似为影射或象征，应有所"本事"，惜难详知。

⑦"四壁"两句：如写梦中境界，不易索解。凭凭：象声词，李白《远别离》诗："皇穹窃恐不照余之忠诚，雷凭凭兮欲吼怒。"前麓：南面山脚下。

⑧公功：指为国家建立的功劳，见《韩非子·亡征》："贵私行而贱公功者，可亡也。"幽兴：是个人幽雅的趣味。此说公家的任务和个人的兴趣相结合，能形成像春天那样的温淑之气。可见颜伯珣是很热爱修筑芍陂工作的。

⑨省里的文件早晨下达，工地上立刻就停止工作，何其迅速！檄：公文。公徒：见《诗经·鲁颂·閟宫》："公徒三万，贝胄朱綬。"高亨注："徒，步兵。"此指工地上的劳动者。

⑩工地上的旗帜仿佛一下子没了颜色，父老们看着我痛哭流涕。按，以上所叙，似乎是作者受到了某种委屈，监采丹锡入贡京师也许具有惩罚的性质，所以引起了父老之哭。详情已难考知。

⑪从这时起开始了船上生涯，和征人一起在三伏天出差。理长楫：指摇船。三伏：有谚云"冷在三九热在三伏"，可知他这次出差是天最热的时候，从以下描写看，还充满了风险。

⑫在邵宝湖上遇上狂风暴雨，波高浪险，仿佛要把船压到百丈波谷中去。邵宝：邵宝湖，又作邵伯湖，在江苏扬州。天吴：神话传说中的水神。见《山海经》："天吴八首八面，虎身，八足八尾，系青黄色，吐云雾，司水。"

⑬说人的生命是否能存在只是一刹那的事，当时不知道害怕，脱离险境后不禁发起抖来。呼吸：即呼吸之间，喻时间极短暂。觳觫：因恐惧而战栗发抖。《孟子·梁惠王上》："吾不忍其觳觫，若无罪而就死地。"赵岐注："觳觫，牛当到死地处恐貌。"

⑭接着又得了疟疾病，十来天才渐好。

⑮有关的办事人员都像豺狼一样贪婪，他们气焰十足，横眉立目，勒索敲榨。天关：指京城政府有关部门。裂眦：眼眶裂开，形容发怒。按，作者在康熙三十五年运铜赴京时所作《突溜阻雨望天津卫》和《运铜返寿州答寿民》两诗对此种事都有涉及，可参。

⑯皇宫的大门就在不远处，但是飞雪迷漫，没有通往那里的道路。帝阍：皇宫，五尺喻其近。霰：雪珠。梁陆：梁是桥梁，陆是道路。按，作者伏天出差，到京师时似不会已是冬天。但返南时到曲阜已是年底，故大约是在京办理交接时颇费周折和时日。霰雪云云，是冬天在京所见。

⑰"惭类"二句：子敬主：历史上字子敬的名人有晋王献之和三国鲁肃，王献之之"主"是谁、其"惭"何事，均未详。鲁肃其主是孙权。孙权之惭事诚有，但与此诗境相类者实难指出。文公仆：文公似指晋文公重耳，其仆或指介子推。介子推遁随重耳流亡19年，重耳复国后赏赐群臣，遗忘了他。介子推乃携母隐居绵山，最后竟被烧死。故曰"厄"。此两句确解尚待探讨。

⑱北京城内有不少亲朋，听到我回来的消息，都为我的狼狈状而伤心。京洛：因洛阳在东周和汉等朝屡为京城，故以之指京城。此指北京。采蓫：见《诗经·小雅·我行其野》："我行其野，言采其蓫。"《传》："蓫，恶菜也。"

⑲步履不稳地偷偷进入家门，老妻为我端来了羹粥。按，老妻指原配夫人。故以下所写为年底到曲阜后的事。

⑳与老妻说起些世俗事情，心情抑郁，但是不应该怨恨。讟：音 dú，怨

恨、诽谤、憎恶。

㉑说家中有一个女子因病去世了，一个仆人离去了，令人伤心惆怅。水蕙：从下句看，应是一个女子的名字，或是使女？菱即菱谢，隐指死亡。银鹿：据唐·李肇《唐国史补》卷上，颜真卿有家僮名银鹿，后人即以之作为仆人的代称，如明·张煌言《仆还》诗："自是无银鹿，犹胜形影单。"

㉒世间人事的繁荣和凋敝本是无凭无据的，哪能考虑到自己家庭的利害荣辱？

㉓故人旧友很多已经去世了，我也老了，还值得再留恋那点儿俸禄吗？

㉔何况家中已十分贫穷，而自己还要为公家人的吃饭问题发愁。升斗：比喻微薄的薪俸。𫗧：音 sù，食物，见《周易·鼎》："九四，鼎折足，覆公𫗧。"孔颖达疏："𫗧，糁也，八珍之膳，鼎之实也。"按，升斗绝，也可理解为薪俸断绝，或许与所受某种诬陷打击有关。

㉕我也向上级要求归隐回乡，却总不批准。我难道能忘记了经历过的种种往事吗？按，本书本卷有《辛巳三月上刺史乞休状，拟归六绝句》（抄四），辛巳为康熙四十年，为此次行役之后，但在作此诗之前。

㉖我虽然地位卑微也是国家官员，懂得有志之士总是要经困厄之境的考验的。国器：国之名器。沟渎：比喻人生的困厄境地。

㉗三千年来，百姓及一切生灵赖芍陂以生存。按，美陂又作渼陂，是唐代长安附近的湖泊，杜甫有《渼陂行》诗，此借以指代芍陂。

㉘我既然不能辅佐朝廷办大事，又怎能不干修筑堤堰这类事情呢！股肱：股，大腿；肱，胳膊由肘到肩的部分；用以比喻辅佐帝王的重臣。

㉙芍陂输出的水能灌溉四万顷农田，建有三十六个闸门。锁钥：形容位置重要。

㉚比起历史上的大贤孙叔敖的功绩，我只能算是一匹忙忙碌碌的劣马。

㉛芍陂工程的几年里，这里的百姓经常饿着肚子。

㉜吃苦受累是为了享受丰收的喜悦，值得欣慰的是当时的祝愿和希望实现了。

㉝仓库里的粮食官府免予征收，各种生物都在努力繁育。

㉞陂中的鱼和菱藕等出产进入了市场交易，砍柴放牧的人们傍晚在陂边大声说话。

㉟陂中的水波涛汹涌，拍打着堤岸；岸上的青竹随风摇曳。颎洞：水势汹涌貌。

㊱夜晚天上繁星点点，仿佛撩起衣裳就可以登上北斗星；在芍陂洗浴，仿

佛可以用手捧起来水中的月亮。蟾蜍：指月亮。

㊲陂岸上的庙宇殿阁巍峨，参差错落有致，其倒影映在陂水里，几乎可以穷尽到大地的中心。地轴：张华《博物志》："地有三千六百轴，互相牵制。"

㊳鹈鹕鸟和翠鸟围着栏杆鸣叫，赤头鹭在帘子外做了个窝。鸫青：即赤头鹭。

㊴到了九月十月之交，各种草木有的开花有的结籽，空气中洋溢着芬芳的香气。

㊵我重到这里来说服鼓励农民耕作生产，看到这里欣欣向荣的景象，还真心地羡慕你们呢！

㊶在李莫店这座我曾住过的茅屋里，面对摇曳的烛光，写下这首长诗，以激励我这个孤独的人。

［安丰陂二十七门诗］①

【注】

①安丰陂又称安丰塘，即芍陂。门：即闸，是塘水灌溉的出口。据光绪《寿州志·水利志·塘堰》所载，芍陂从楚令尹孙叔敖创修起，初有五门，隋开三十六门，后来代有兴废，康熙三十七年（1698）颜伯珣主持修复，其自作《重修芍陂碑记》云"重作三十六门"。其后夏尚忠撰《芍陂纪事》，卷上有《二十八门考》，云："我朝司马颜公大事修复，志存二十八门。按州旧志已废之门有十数，合之现存者不只三十六矣，其间损益不可知也。今去颜公时又近百年，双门本二，省而为一，外增一含窨门，水门仍存二十八。其引水道里远近无所变更，于以知颜公之德入人深矣！又颜志自井字门起，至高门止，系自北而南，其间祝字、永福、双门俱有上下。自上而下于序为顺，且自南而北，亦溯源穷流之大概也。今自高门起，至井字门止云。"

按，夏尚忠，寿州人，字绍蚳，号容川，博学能文，热心公益。《芍陂纪事》完成于嘉庆六年（1801），晚于颜伯珣已近百年。以他所记芍陂各门情况与这组诗相对照，不同处是：一、此组诗27门，夏书28门，其中含窨门和朝阳门为此组诗中所无，而此组诗中有下双门和上双门，夏书中则只有一个双门。二、两者名字有的不同。如夏书之存留门，颜诗作存流门；夏书之新移门，颜诗作辛夷门；夏书之祝字门，颜诗作竹子门等，这无疑是颜伯珣对原本平常凡俗名称的有意诗化和雅化。三、除了夏书是自高门起至井字门终而颜诗是从井字门起至高门终的顺序不同外，具体位置也小有不同，此不再详列。

《芍陂纪事·二十八门考》中几乎每门条下都说到"颜志",如井字门"颜志至丁家桥八里"之类,这个颜志,应即《寿州志》卷三十《艺文志》所载颜伯珣所撰之《安丰塘志》。《艺文志》说"稿本藏州人夏氏家",据寿州博物馆许建强先生说,寿州夏氏多居城南今保义镇,为当地世家大族。保义镇在芍陂南侧,故夏尚忠当是藏有《安丰塘志》的夏氏家的后人,嘉庆年间夏尚忠作的《芍陂纪事》,很有可能是以颜伯珣的《安丰塘志》为蓝本的。

　　这组诗应作于芍陂工程竣工之后,是作者对他投入极大心血和精力而建的芍陂工程的题咏。他从各门的具体情况出发,充分发挥想象,把自己的美好愿望和种种感想寄托其中,使本来平常的水闸变得充满了诗情画意,表现了他对这一工程及周边百姓的深厚感情。

井字门①

王制堕秦陌,遗称尚楚风②。
田无区亩迹,名玩榜门同③。
夹岸枢疑斗,列廛居似弓④。
方隅比重镇,陂水慎朝东⑤。

【注】

①夏尚忠《芍陂纪事·二十八门考》(下称"夏书")云"井字门在老庙市西偏……"

②"王制"二句:说虽然早就不是秦汉时代,而门的名称还保留着战国时楚国的习惯。按,战国时秦国商鞅变法有除井田、废阡陌等内容,井田:是记载中商周时期的一种土地制度,把土地划分成许多方块,像"井"字形。阡陌:田间的道路。

③区亩:指井田中的分区,即公田和私田。榜:题字。此说门的名称中有"井"字。

④说此门在芍陂诸门中是第一门,仿佛天枢是北斗星中第一星。列廛:井字门附近的民居和店铺。似弓:说民居和店铺的排列依陂门略似弓状。

⑤此以军事地理比拟闸门,说井字门在二十七门中属于老大,其他各门对井字门门长的威严和地位可不要轻视啊。有调侃意味。方隅:四方四隅,指边疆。

利泽门①

莠苗同利泽，天地自高深②。
美俗传应古，名区擅至今。
嗷嗷留白屋，灿灿见青衿③。
若过堤祠庙，应闻有孟吟④。

【注】

①夏书云"利泽门在祝家涧东偏"。

②田中的野草和禾苗都得到芍陂水的灌溉，天地有好生之德，一视同仁，是谓利泽。

③嗷嗷：愁叹声。白屋：平民。灿灿：光鲜貌。青衿：读书人。此说利泽门附近多居平民，但亦有读书人。

④孟吟：孟或指唐代诗人孟浩然，他以苦吟著名，有"二句三年得，一吟双泪流。知音如不赏，归卧故山秋"句。此指当地读书人。

新开门①

衣冠百夫长，辛苦合新开②。
残井争涓滴，兴朝尚草莱③。
渚樵秋雁少，山鬼楚祠哀④。
不有超群骨，何须更筑台⑤。

【注】

①夏书云"新开门在存留门东一步"。

②衣冠：指士绅。百夫长：统领百人的小头目。两句说此门是众人辛苦劳动的结果。

③涓滴：喻水少。草莱：未经人工开辟。

④山鬼：《楚辞》有屈原《九歌·山鬼》篇，是楚国之神祇。此处似谓新开门附近有庙宇。

⑤用燕昭王筑黄金台召天下士事。照应首联，谓衣冠百夫长都是超群人才。

流惠门 (旧名会)①

非有群派合，门题久重讹②。

将无流大惠，此道沛尤多③？
学舞飞儿燕，牵春带女萝④。
错疑楚岫里，朝暮雨云过⑤。

【注】

①夏书云"流惠门在祠东偏"，光绪《寿州志·今二十八门》（下称"光绪志"）作流会门，云"在老庙集之右孙公祠之左"。

②"非有"二句：说这门原名流会门，但这里并没有几条河水相汇合，所以门上的题字是错的。

③改为流惠，是希望永远惠及百姓，也许从此以后，这里的流水比其他地方更丰沛？将无：莫非。沛：丰富。

④写流惠门景色：乳燕翻飞，春萝葳蕤。

⑤由以上美景，使人怀疑这里是楚襄王的云梦之台，"旦为朝云，暮为行雨"。见宋玉《高唐赋》。

存流门①

地形非设险，水势竟屯膏②。
大旱未兴复，斯门独波涛。
人长立鹄大，巢宿架罾高③。
为语环塘雁，无烦永夜号。

【注】

①夏书作存留门，"在周家宅门首"。光绪志亦作存留门。

②屯膏：见《周易·屯》："九五，屯其膏。"程颐传："唯其施为有所不行，德泽有所不下，是屯其膏，人君之屯也。"屯：吝啬。膏：恩泽。后因以"屯膏"谓恩泽不施于下。此则指即使天旱这里也能存住水。

③说存流门旁有肥大的天鹅，如人站立。按，鹄即天鹅，以其颈长，能远望，古人以"鹄立"喻引领，此用其意，谓渔民夜间在存流门旁捕鱼。罾是捕鱼的工具。

土字门①

土人传土字，亦在土门东②。
并势依孤市，双流枕闾宫③。

车环重险过，水到六英穷④。

若论诸州长，山河几更雄⑤。

【注】

①夏书云"小土门旧名土字门，在大土门东数步"。光绪志说"此门之右有大土门"。

②土人，当地居民。此说土字门的位置在土门的东边。

③说土字门地势高亢，靠着一个集市，两条河流，附近有庙宇。閟宫：是《诗经·鲁颂》篇名，此指其地有庙宇。

④六英：指六安州和英山县，皆在芍陂之南。

⑤说土字门在芍陂诸门中是最雄伟的。

土门①

土门殊小派，最胜倚宫墙②。

老树开丹栱，风花近碧床。

户稀田总力，旗出队能强③。

逼侧承东道，行人畏此梁④。

【注】

①夏书作大土门，"在西守门东边数步"。光绪亦志作大土门。

②小派：比较小的水流。宫墙：从下文的"丹栱""碧床"看，土门附近当有宫观庙宇之类。

③此一带人户较稀，故居民团结。总力：合力。下句似指在有集体的活动时，此地居民表现出色。如本书《重修芍陂碑记》有"门长司鼓旗"，劳动者"一视旗为向"语；《瓦埠春祭先贤宓子庙》诗有"细柳游丝小队前"句都是。

④土门附近道路狭窄，其桥梁尤其令人视为畏途。

西守门①

西守标何代？顽奸自古防②。

居然成割据，无已赦豺狼③。

僻里谁曾戍？空名亦可伤④。

至今留孽祸，半臂失全塘⑤。

【注】

①夏书有西守门，"在江家宅东边"。光绪志云"守本作首"。

②守：防守，防守的对象当然是顽奸，愚顽奸诈的人。但旧志实称西首门。

③按，因此门名中有"守"字，与守相对的为争、为战，所以诗中便出现了"成割据""赦豺狼"等字样。古人作诗往往这样连类而及，与所咏对象存在着若即若离的关系。所以其具体所指往往很难说清。

④如此偏僻之地，谁曾戍守在此？如果只是个空名字，也很可伤，因为战争毕竟是可怕的。

⑤孽祸：或许被认为是这不吉祥的名字带来的，但孽祸的详情难知。

三陡门①

列洫唯三道②，承流共一门。
涵虚无界别，耸处见源尊③。
野鹭群将子，村烟带有痕。
石田历年载，嗟尔旧元元④。

【注】

①夏书说"三陡门在戈家店东头"。

②洫：沟渠。

③耸处：即高峻处，此门所在地势陡峭，故名三陡。

④石田是多石头而不可耕种的田地。元元指黎民百姓。看来此门附近田地多石，灌溉效果不好，居民必贫穷，故令作者大加感叹。

小香门①

陂堙桃花水，寿门雪瀑边。
声吹群类静，波远列峰悬。
淑气钩帘榻，薰风依钓船。
洲芳与岸藻，清彻动幽眠②。

【注】

①夏书说"小香门在戈家店西头"。

②此首写小香门风景，温馨优美，历历如画，当然是从"香"字着笔，发挥想象。按，《水经注》卷三十二："芍陂周百二十许里，在寿春县南八十

里……陂有五门，吐纳川流，西北为香门陂……"前引钱泳《履园丛话》亦有香门。《寿州志·新三十六门考》有小香门，又有"大香门，废"。此大、小香门之名，或与香门陂有关。

回字门①

圣朝无异域，僻壤尚殊名②。
公事班同井，分流带古城③。
南台药蕊早，左浦竹枝横④。
须共游风教，辛勤尽尔耕⑤。

【注】

①夏书云"回字门又名新化门，在旧县中穿城出……"光绪志的《旧三十六门考》和《新三十六门考》均作回子门，《今三十六门考》作新花门，又作新化门。又，《新三十六门考》有"灌自回回坝"语。可知此门实与回民有关，新化，是说要对他们施以教化的意思，那个门附近应是回民集中居住的地方。理解了这一点，诗才可以读懂。

②异域和僻壤指回民原居地，当然是相对于自称天地之中心的圣朝而言。

③公事是公家事朝廷事。班有颁义。同井指同一井田。句谓回民和汉民都是朝廷的子民百姓。

④南台和左浦或为回字门附近地名？待考。

⑤说汉人要和回民共同接受儒家的礼乐教化，辛勤努力地耕稼。

辛夷门①（旧名新移）

旧门口②香草，直欲号辛夷。
瓴水回空曲③，洲芳混岁时。
屡丰应有作，巨壑更防危。
不可惊渔唱，蛇龙实在斯④。

【注】

①夏书有"新移门，在邹家庄东边"。按辛夷即紫玉兰，是一种很美的花卉。此门旧名新移，大概是曾经迁移。作者改为同音的辛夷，自认为是化腐朽为神奇，不过把原来的历史改没了，而且光绪《寿州志》用的还是新移门。

②此字原缺。

③瓴水：此指闸门之水从高处向低处流。出《史记·高祖本记》："譬如居高屋之上建瓴水也。"

④以上说辛夷门一带因连年丰收，故居民应有所兴作；但塘水深不可测，故要十分小心。

黄茂门①

黄茂古佳种，或乖淮土施②。
旧题沿俗陋，更号法先宜③。
英霍峰初见，渒朱波未迟④。
村村出春女，始应插苗期。

【注】

①夏书云"黄茂门，在周家庄门首"。

②黄茂：本书卷三《祗芳园拟山水诗·璇玑泉》有"匪直群类蕃，黄茂锡嘉谷"句，是泛指成熟的谷物。此云"古佳种"而又"乖"（不适于）于"淮土"，应是慨叹北方农作物不适于淮南。

③旧题：光绪志云"茂本作沙"，是此门原叫黄沙门。作者嫌其名"陋"，改为黄茂门。

④英霍：指英山县和霍丘县。渒朱：指渒水和朱水。按，此朱水，有时称洙水。《寿州志·水利志》载李大升《重修芍陂记》，有安丰塘"受洙、渒、沘三水"语。后人按语说"洙水当是朱灰革水"。流经曲阜孔林前的洙水，是具有神圣意味的，洙泗就是圣地的代称。作为曲阜人的颜伯珣，即使不知道有朱灰革水之说，他也不会承认淮南也有洙水吧。

竹子下门①

何年号祝字，稽旧亦无端。
但羡碧双水，唯应青万竿。
老翁疑燕垒，儿子试鱼滩②。
物色闻畴昔，方惊此日看。

【注】

①夏书有"祝字下门，在上门北数步"。光绪志也是称祝字下门和祝字上门。看来改"祝字"为"竹子"，也是颜老先生的杰作。从诗中的描写看，确

也诗情画意。这至少反映了他对这里深厚的感情。当然他一厢情愿的改动并没被社会接受。

②"老翁"二句：都是从竹子生发的想象——老年人怀疑燕子在这里垒窝，儿童用竹子做渔竿去钓鱼。

上门①

偪处争分道，虚名据上游②。
冲当百里折，势欲两河收。
分润知无土，防危始有秋③。
丁宁田妇子，且勿太康谋④。

【注】

①上门：夏书说"祝字上门在沙涧铺北头"。光绪志《旧三十六门考》《新三十八门考》《今二十八门》均作祝字上门。

②偪，通"逼"。偪处：逼仄之处，说这里地势狭窄，空占了个"上"字。

③谓上门地方土地紧张，想得庄稼丰收，必须防备水患。

④太康谋：指贪图享受。太康指夏启长子，夏朝第三任帝王。他自幼跟父亲享乐，即位后沉湎声色酒食，政事不修，终被后羿夺去国政，史称太康失国。

沙涧门①

纡水平无涧，清流不涨沙。
俗沿名实舛，事倍古先差②。
回岸冬藏暖，深篱雪剩花③。
惜哉风雨意，未信野人家④。

【注】

①夏书说"沙涧门在沙涧铺南头"。光绪志有此门。

②四句说这里既无涧也无沙，这是名不符实的错误名字。舛：误。倍：通背。

③写沙涧门一带冬天景色。

④风雨意：暗用辛弃疾词"城中桃李愁风雨"意。野人：指山野农人，相对于城中人而言。

庙盘门^①

得名何代庙，陈迹至今无^②。
村鼓不闻腊，国风虚信巫^③。
负暄莼摘子，趁浴鸭将雏。
安得移家住，茅椽毕老夫^④。

【注】

①夏书说"庙盘门在瓦庙店"。

②说门因庙得名，其实那里现在并没有庙。

③腊：腊祭，古人在农历十二月合祭众神。因为连庙的痕迹都没有了，自然也听不到腊祭的鼓声。古人多有楚人"信巫鬼重淫祀"（《汉书·地理志》）的说法，但在庙盘门也见不到巫，故曰"虚"。

④四句写庙盘门温馨的风景。作者想象着在这里盖一个简陋的住房，可以在温暖的阳光下摘自种的蔬菜，看母鸭带着才孵出的小鸭子在水中游玩……说可以在此终老！

永福下门^①

奏雅知农庆，标门此意长^②。
野人愚训诂，片石当琳琅^③。
茶茹终尝苦，秔香迄用康^④。
诸名独近古，抚咏久彷徨^⑤。

【注】

①夏书说"永福下门在上门北边"。

②奏雅：曲终奏雅，喻结局圆满。以永福命名，点明芍陂最终目的是农庆永福，故曰含义深长。

③说没文化的农人不懂得解释字义，但刻有"永福"字样的石头是像玉石那样值得宝贵的。

④吃茶就尝苦味道，种秔就得香味道。喻只有付出劳动才能收获幸福。茶：苦菜。秔：香稻。

⑤说这些门的名字中只有这个最好，但是百姓真的幸福了吗？故而抚咏彷徨。

上门①

往岁陂初满，亲曾泻两溪②。
长涛急拱北，高浪势沉西。
舸舽流烟上③，人家灌木低。
不因导淮颍，鸥鹭且同栖。

【注】

①夏书说"永福上门在瓦庙店北"。

②说往年自己曾在上门亲自开闸泄水分流。泻：通"泄"。

③舸舽：谓船只。

酒黄门①

酒黄何太陋，同俗故相仍。
将谓秫初酿，即看豆始升②。
梧高新庙寝，榆晚旧亲朋③。
蟋蟀虚堂里，兕羔时欲乘④。

【注】

①夏书说"酒黄门在土坝门北"。

②"酒黄"四句：作者嫌酒黄门这名字不好，但也要从俗。于是从此门名称的"酒"字生发做文章。秫，是酿酒的原料。豆，即杯，是饮酒的器具。升，端起来。

③梧桐、庙宇和榆树都是酒黄门附近景物。从榆又可联想到桑榆——日暮、年老、老朋友……于是引出末联在蟋蟀叫声中与二三老友开怀共饮的场面。

④兕：指兕觥，一种造型如犀牛的酒具；羔谓羔羊，指佳肴。

土坝门①

西对桃花寺，门高似两崤②。
微闻沾陇麦，不拟散山坳。
岸蕊风初落，波萍雨后交。
吾怜招隐客，犹未远青郊③。

【注】

①夏书说"土坝门在深潭门北"。

②两崤：东崤、西崤，是两座险峻的山，在今河南省。此用以比喻此门高峻。

③招隐客：《楚辞》有淮南小山《招隐士》，为寿州之典。云"王孙兮归来！山中兮不可以久留！"本义是说召唤隐居者出山入仕，此云"吾怜"，又云"犹未远青郊"，是取一种折中的态度。说自己既做官服务于朝廷，又幸运地距离大自然不远。

深潭门①

深潭吾所寓，野馆未寂寥②。
千顷初平岸，百村竟叠桥。
花殷啄燕蕊，柳軃弄莺条③。
仿佛舟门上，风光春正遥。

【注】

①夏书说"深潭门在清水门北"。

②曰"吾所寓"，作者或许在那一带住过。野馆指村中书塾。全诗写深潭门附近的优美风景，令人神往。

③"花殷"二句：写深潭门风光。有燕子在啄食红色的花蕊，有黄莺在戏耍下垂的柳条。为了造语新警，诗人往往故意颠倒词序。軃：音 duǒ，下垂貌。

清水门①

界沟终限北，贤古尚维南。
内外均王土，仇讐世汝甘。
呕心策未就，掉舌战方酣。
况比阋墙事，分明鼎足三②。

【注】

①夏书说"清水门在双门市北"。

②从此诗大略可以知道，清水门附近的居民经常闹矛盾，或许是因陂水灌溉涉及利益分配而起？矛盾似乎已历数代，有呕心沥血的密谋之策，有激烈的口舌之争，不知是否发生过械斗？作者说，沟南沟北都是王土，这分明是兄弟

阋墙之争。那鼎足而三的第三方，或许是负责调解的官方吧?

下双门①

南门渐阔远，里俗不如初。
风雨均新造，茅茨止数庐。
陂膏惟有獭，星罶欲无鱼。
辛苦千夫役，三年未定居②。

【注】

①夏书说"双门，在双门铺市中。旧州志及颜志俱有上下两门"。光绪志称下双门。

②此诗写的下双门可谓贫穷萧条满目凄凉：只有几间茅草房，水田里有为害作物的水獭，却已很难捕到鱼。更令人心痛的是千百个劳动者，三年来都没有安居之所。他们都是筑芍陂的民工夫役吧? 罶，音 liǔ，捕鱼的竹篓。

上门①

双碣欹相向，双流去亦均②。
难平鸠鹊意，余憾负担人③。
布濩元无迹，涵虚自有春④。
等夷从酌湦，旧俗冀还醇⑤。

【注】

①此上门应即上双门。

②说这里有两块石碑相对而立。欹：歪斜。

③鸠鹊：《诗经·召南·鹊巢》有"维鹊有巢，维鸠居之"，于是有了"鸠占鹊巢"的成语。这里应是指上门附近居民中存在的利益之争。负担人：挑担之人，指体力劳动者。

④两句字面意思是写安丰塘之水，更深含义是祝愿塘附近的居民安居乐业。说安丰塘水一视同仁地造福周围居民，而居民之间如果都能有包容之心，矛盾自会消除，社会自然平安。涵虚：孟浩然有"涵虚混太清"句，写洞庭湖水天一色之景色；而二字又有涵养包容义，此双关之。

⑤两句言希望各方通过平等沟通达到利益均沾来解决争端，继而恢复社会风气的淳朴。等夷：平等。酌湦：斟酌，湿润，浸润。此诗后半表面写景其实

写人，写作者对居民建立人与人之间美好关系的殷切期望。仁爱之心令人感动。

沱河门①

沱水非经寿，沿流岂旧闻②？
陂从瓦庙赭，派自枣门分③。
日脚黑庐岭，潮头赤海云。
卷旗鼛鼓歇④，人影正纷纷。

【注】

①夏书说"沱河门在双门铺南一里"。光绪志注说本作沱合门。

②作者质疑此门名称的来源，说沱水并不经过此处，为什么叫沱河门？也许是沿袭旧时误说吧。按，沱河为淮河支流，发源于河南，在安徽流经濉溪县、宿县、灵璧、泗县等入洪泽湖。

③瓦庙：应即瓦埠镇。枣门：即枣子门，又叫枣子堰。都在芍陂附近。

④鼛鼓：鼛音 gāo，有事时用来召集人的一种大鼓。

高门①

绣壤苍崖合，低流别派艰②。
土风乖秫稷，世代望潺湲③。
度陇声常急，飘花意自闲④。
早归轴上女，春日损红颜⑤。

【注】

①夏书说"高门在双门铺南二里"。

②绣壤：谓田间土埂水渠交错有如文绣。两句说这一带因地势较高，所以水流缓慢。

③说此地不适宜种秫稷之类庄稼，所以世代盼望有充足的水以种水稻。

④说高门之水激流处淙淙有声，平缓处落花浮波。按，此两句有声有色，有动有静，"急""闲"二字，颇为生动传神。

⑤说插秧时要彻夜车水，劳动辛苦。轴上女：指踏龙骨水车的田家妇女。

卷五　秪芳园遗诗别集卷上 古今体诗八十四首

赠杭氏兄弟短歌行①

君不见废井一斛水，如丝蛟龙藏浅滓②。
又不见泰山肤寸云，一朝霖雨遍八垠③。
曲阳之山平如台，就中长窟多风雷④。
虞廷周世盛才美，岂尽有鳏与老莱⑤。
杭氏二子雄自命，开辟文章俱天性。
沉如赤渊疾如峡，干萤在简尘在甑⑥。
二子有母不忧贫，秋庭常见彩服新⑦。
刷翮凿蹄殊多事⑧，羡尔秋风万里人。

【注】

①杭氏兄弟：情况不详。

②斛：量器名，一斛为五斗。一斛水言其少。此以蛟龙喻杭氏兄弟，以废井浅滓喻其不得志。

③肤寸：古长度单位。一指宽为寸，四指宽为肤。按，此化用晋张协的《杂诗》之九"肤寸自成霖"意。说一旦风云际会，杭氏兄弟可如霖雨泽遍八方。

④曲阳：县名，在今河北省。杭氏兄弟可能是曲阳人。"长窟多风雷"喻人才济济。

⑤虞廷：指舜，是上古明君主。周世：指西周，是被孔子称为"郁郁乎文哉"的时代。鳏：老而无妻者，《尚书·尧典》所称"天下穷民而无告者"之一。老莱：老莱子，楚国的隐士，著书十五篇，已佚。两句说，当今盛世，杭氏兄弟岂能久隐不显。

⑥"杭氏"四句：说两兄弟有远大志向，也有杰出才能。他们的性格沉静渊深而又干练，读书刻苦，不慕荣华。干萤在简：化用杜甫"案头干死读书萤"句。尘在甑：用汉代范冉故事。冉字史云，曾任莱芜长，为人违时绝俗，穷居自若，闾里歌之曰："甑中生尘范史云，釜中生鱼范莱芜。"事见《后汉书·独行传》。

⑦彩服：用老莱子彩服娱亲事写兄弟之孝。详本书卷四《送金卓云迎亲归华亭》注③。

⑧"刷翮"二句：说两兄弟很快就会飞黄腾达，鹏程万里。刷翮：指大鹏翱翔前梳理羽毛。凿蹄：指为骏马钉掌，以利远行。杜甫诗："骢马新凿蹄，银鞍被来好。"（《送长孙九侍御赴武威判官》）殊多事：是说连这些准备都不需要，乃极言之。

列山舟行①

江舸发及早，江风吹正长。
窗来石壁黑，橹送岸花忙。
书卷浑抛几，离思故恋床。
老魂尤少睡，最畏晓鸣螀②。

【注】

①列山未详，诗云"江舸""江风"，或在沿长江某处。诗写乘船旅行的感受。

②螀：音 jiāng，是一种体型较小的蝉。两句说清晨最怕江岸树上的蝉鸣声惊醒自己的睡眠。

题诗勺江水①

我行望采石，舟迟布帆弱②。
天水一合璧，秋暑郁方薄。
群山自秀发，大江西漠漠③。
怪峰来我前，崩石欹欲落。
百仞悬高顶，江痕露深脚④。
千载兴亡迹，阅历忽如昨。
旬日建业城，繁华匪余乐⑤。
不见吴宫人，椒房纷耕凿⑥。
黄史文武器，天命实斩削⑦。
哀彼误国人，讵足称元恶⑧？
含叹去父老，恨长寡倚泊。
窃恐上官嗔，踪迹甘寂寞⑨。
马公歘登朝，余羽同燕雀⑩。
所重知己恩，感昔王事托⑪。

乘危虽有戒[1]，烦嚣喜亦却⑫。
岩垂殷秋花，幽香手可掇⑬。
僮仆烂漫睡，榜楫时置阁。
独有长啸声，颇为山鬼愕⑭。
题诗勺江水，律吕浩清瞯⑮。
更思宣城游，施公难再作⑯。（谓愚山先生。）[2]

【校】

[1] 有戒，两种抄本均误作"有戎"，刻本作"有戒"。

[2] 抄本作："施愚山宣城人，顺治间为名儒。经学文章，京师士大夫宗之。后奉命校学山东，康熙初年里居，旋征为博学鸿词科，官翰林学士。"似后人所加。

【注】

①勺：通"酌"，"勺江水"是舀江水祭奠的意思。

②采石：采石矶，在今马鞍山市长江边，风光壮丽，和南京燕子矶、岳阳城陵矶合为长江三大名矶。采石矶在南京西南方向，作者应是从南京乘船西行，逆水且无风（布帆弱），故舟迟。

③"天水"四句：说水天一色有如玉璧，正值暑热渐退时候。两岸山上草木繁茂，西来长江一片森茫。秀发：植物生长茂盛。见《诗经·大雅·生民》："茀厥丰草，……实发实秀。"

④"怪峰"四句：写采石矶至南京长江边山石的险要景色。

⑤"千载"四句：说千载兴亡，仿佛就在眼前；在南京十余日，对其繁华并不感兴趣。建业城：南京城的古称。三国吴改秣陵为建业，是南京为古都之始。此云旬日，是作者在十余天中多见明末遗迹，而生兴亡之感。繁华：元·萨都拉《满江红·金陵怀古》词有"六代繁华，春去也，更无消息……"。

⑥吴宫：李白《登金陵凤凰台》诗有"吴宫花草埋幽径，晋代衣冠成古丘"句。此用其意，以三国时的孙吴暗指明代。椒房：汉代内宫以花椒和泥涂壁，取其芳香，并有祈多子意，此借指南京明故宫。纷耕凿：明亡后，百姓纷纷在宫廷遗址耕种凿井。

⑦"黄史"二句：由古代转而感叹明末历史。黄史：应指明末大臣黄得功和史可法。黄得功号虎山，开原卫人，行伍出身，军中号黄闯子，骁勇无比，积功至副总兵，封靖南伯。明亡后，参与拥立福王，晋为侯爵，与刘良佐、刘泽清、高杰并称为江北四镇。福王逃入芜湖黄得功营中，清兵来袭，得功率军在荻港与清兵作战时，被一箭射穿喉咙，乃抽刀自杀。史可法字宪之，号道邻，

河南开封府祥符县人。崇祯元年进士，任西安府推官，后转平各地叛乱。北京城被攻陷后，史可法拥立福王，官至督师、建极殿大学士、兵部尚书。弘光元年（即清顺治二年，1645），清军围攻扬州城，城破后拒降遇害。黄、史活动的地方多在两淮一带。文武器：指能安邦定国的杰出人材。从本诗看，作者对黄、史的能力和人品是肯定的。他把南明未能成功归因于"天命"。

⑧元恶：大恶。讵：不，非。此说可悲那些误害了国家大事的人，难道不是罪魁祸首吗？

⑨"含叹"四句：此写国破之后的孤独寂寞：告别父老，满怀遗憾地登上小船。害怕上官的嗔怒，只能寂寞地漂泊。他是谁？作者没有说清楚，也许是作者想象虚构的一个形象。

⑩马公疑指马士英，任福王政权的东阁大学士兼都察院右都御史。对他的评价，历史上颇有分歧，大多数人谴责他任用阮大铖，迫害清流；但也有不少人持反对意见，如夏完淳等认为马士英确实具有相当的政治才干，始终致力于抗清，并最后壮烈殉国。所以他至少不应是《桃花扇》上那样的反面形象。如果这里的马公确是指马士英，则作者表示了对其人的尊重。接下来的"余羽同燕雀"，"余羽"则可理解为阮大铖等人，而马士英则是鸿鹄。欻：音xū，快速。燕雀：比喻气量和志趣卑微的人，见《史记·陈涉世家》："燕雀安知鸿鹄之志哉！"

⑪王事托：以国家朝廷事相托。两句说马公登朝执政是为了报答知己，践己之诺。

⑫"乘危"二句：这里似又回到作者的泛舟江上。意谓孤身泛舟虽然冒险，但令人高兴的是远离了城市的烦乱喧嚣。当然，也有可能是双关地写马公的登朝。乘危：冒险，踏上危险之地。见《管子·禁藏》："乘危百里，宿夜不出。"

⑬"岩垂"二句：再写江上所见景色。

⑭"僮仆"四句：船上僮仆睡熟了，船桨闲置，船在顺水漂流。万籁俱寂中忽然有人长啸，这声音令山鬼听到也会惊愕的！——这个长啸者，是上文的"含叹去父老"者，其实就是作者自己；所长啸的，应是下文说的"律吕"。按，古人的"啸"，其实是一种即兴的用以表达感情宣泄情绪的无词歌曲。

⑮"题诗"二句：说在这个庄严寂然的氛围里，以吟诵一首诗歌、酹一勺江水的方式，来凭吊历史。那长啸的韵律是清朗响亮的。吕律：音乐。浩：宏大。清皭：清白，洁净。按，这里的"题诗勺江水"五字又用为题目，可见是本篇的点睛之笔。崇祯十五年（1642）作者的父亲河间太守颜胤绍阖家壮烈殉

国，虽然那时他才六岁，但明朝的覆亡，在他一定是记忆深刻，一有机会，就会发酵为沉痛的故国之思。但他已是清朝的官员，虽然当时文字狱还没达到后来那样严重血腥荒唐的程度，这种思想的表露还是犯忌的。他此次独自泛舟江上，可以看作是以自己的方式来凭吊故国。他的大声长啸，恰似荒原上孤独的狼嗥，实为感情的解压和释放。本诗对了解作者的思想有重要意义。

⑯宣城：今安徽宣城市，清初属宁国府。施愚山即施闰章。关于作者和他的关系，详本卷《诵施愚山先生卖船诗》注③。施闰章卒于康熙二十二年（1683），此诗当在康熙四十年（1701）前后作，故有"难再作"之语。

述老①

问子何由老，无端弃石泉。
日荒闻陇亩，不废但诗篇②。
职忝涓埃报，恩留十二年③。
岂图寻菊事④，依旧在江边。

【注】

①诗作于康熙四十一年（1702），此时作者已66岁，芍陂工程也已大体竣工，作者正求退休。

②"问子"四句：揣想自己衰老的根本原因，就是当时不该轻易放弃田园生活！现久已不关心故乡收成之类的事，只有作诗读诗的习惯还在。石泉，即林泉，为调平仄而易"林"为"石"。

③既然为官，就要竭尽微薄之力报效朝廷，算起来受国恩留在寿州已十二年。按，作者康熙二十九年（1690）来寿州，十二年后是康熙四十一年。

④寻菊事：喻归隐。

遣兴①

青镜频移影，朱丝不改弦②。
罢弹虚自好，休镊莫人怜③。
海夜潮初上，边秋雁一传④。
无穷消息意，偶与岁时迁⑤。

【注】

①遣兴：以诗排遣愁怀。此写中年后心情，有所无奈，有所坚持，平淡从

容中，尽显深沉蕴藉。

②揽镜自照，不禁感叹流光易逝；多少年来我行我素，没有随波逐流。朱丝：指琴，不改弦即坚持初心。

③没有知音，孤独也不错；任凭满头白发，不须别人怜悯。休镊：镊指镊白，即拔掉白发和白须。唐·韦庄《镊白》诗有："白发太无情，朝朝镊又生。"休镊是停止镊白。

④两句写时光季节转换，是以景寄情。

⑤斗转星移，岁月更替中，更懂得了人生此消彼长的道理。消息：谓一消一长，互为更替。见《周易·丰》："日中则昃，月盈则食。天地盈虚，与时消息。"

［八忆］（抄三）①

【注】

①八忆所忆的应是正阳际堂八子，即吴亮工、陈苞九、张鸿渐、张赤城、程宗伊、费又侨、陈羽高、沈湘民八人，见本书卷三《忆正阳际堂八子诗》。原八首，刻本只选三首，抄本无。

张赤城①

域内羞驰策，天边欲上书②。
稀逢惟伯乐，不得比相如③。
云远岳莲出，关深塞雁疏④。
去年归草草，犹寄汴河鱼⑤。

【注】

①在《忆正阳际堂八子诗》中张赤城名列第四。

②"域内"二句：说张赤城有满腹的经纶和治国方策想贡献于朝廷。按，《忆正阳际堂八子诗》之《张赤城》有"骑驴谒金门，献策蓬莱上。"可与此互参。

③"稀逢"二句：可惜他这匹千里马没有被伯乐发现的机会，也不能像司马相如那样为人举荐得到汉武帝的任用。

④岳莲似指西岳华山莲花峰；关或指函谷关。可能张赤城去过陕西。

⑤从"犹寄汴河鱼"句看，张赤城还去了河南。

吴亮工①

达者多沦落，斯人亦可伤。
生余血并泣，迹有骨支床②。
逸气怜终贾，雄文接混茫③。
惜哉三世志，汩没泮宫墙④。

【注】

①在《忆正阳际堂八子诗》中吴亮工名列第一。

②骨支床，形容周亮工消瘦憔悴。《世说新语》有"鸡骨支床"语。按，下首《陈羽高》说"凄凉比吴子，犹胜有孤儿"，是说陈羽高晚境凄凉，但比起吴亮工来还好些。可见吴亮工此时已无妻无子，孤身一人。

③终贾：指汉代的终军和贾谊。两人都成名很早。混茫：指天空。此云吴亮工文章气魄之大。

④"惜哉"二句：可惜啊！吴亮工三代人的志向，竟都因为科举失败而无法实现！泮宫：是古代的学校，此指代科举考试。

陈羽高①

游子东莱去②，还题寄我诗。
探封荒简册，观海驾虹霓③。
勋业知身早，文章故数奇④。
凄凉比吴子，犹胜有孤儿⑤。

【注】

①在《忆正阳际堂八子诗》中陈羽高名列第七。

②东莱：今山东胶东半岛。陈羽高去了那里。

③"探封"二句：谓陈羽高为了谋生，不得不暂时荒废学业，去了近海的东莱。虹霓：彩虹。因彩虹色彩艳丽，古人以之喻人之才华；又因其状如桥，以之喻实现某愿望的途径。此句暗用此意。

④数奇：奇音jī，数奇谓命运不好，指科举考试不利。

⑤吴子应指吴亮工。由此二句可知陈羽高已丧偶，仅存一子。

望九华①

一柱清江上，舟人说九华。
世情群佞鬼②，山意独成霞。
官悔庐峰近，鸥轻海路赊③。
何时容鹿载，缓步蹑龙车③。

【注】

①九华山，又名九子山，在安徽青阳县，为佛教名山。此诗题"望"字，又"何时"云云，是作者并未登临。

②群佞鬼：谓世上多有鬼魅魍魉不义之人，故比之为佞鬼。

③庐峰：指庐山，在江西九江。庐山是隐居佳处，陶渊明、白居易、朱熹等名人都曾隐居于此。寿州距庐山不远，作者无缘归隐，故曰"悔"。海路赊：海路遥远，也是感叹不能归隐。出《论语·公冶长》有"道不行，乘桴浮于海"语。

④鹿载、龙车：都是仙人的出行方式。两句意为希望将来有机会到九华山修道成仙。

梁山①

梁山江对立，江水自飞翻。
吴楚常凭险，舳舻争一门②。
石开无世路，松入有天痕。
西壮金陵地，中原未觉尊③。

【注】

①梁山：位于今安徽省当涂县西南长江两岸，东为东梁山（又称博望山），西为西梁山（又称梁山）。两山隔江对峙，形同天设门户，今称天门山。

②吴楚：江浙两湖之地。舳舻：首尾相接的船只。争一门：《江南通志》说：两山"横夹大江，对峙如门"。李白诗有"天门中断楚江开"句。

③说梁山在长江上控制着南京城的咽喉，其战略位置可比中原之于全国。

忆邢命石①

邢子具道骨，不须断臂山②。

高楼集贤英，应答心自闲。
箕踞辟支炉，紫烟结九还③。
扪云挥群鹤，耸肩松根间。
一朝呼江潮，空外声珊珊。
胡为不我别？岁久迷柴关④。

【注】

①邢命石：方文（尔止）《嵞山续集》卷三《赠邢命石》题下有注："临邑邢子愿先生之孙也。"按，邢子愿即邢侗，明万历二年进士，官陕西太仆寺少卿，工书，诗文有《来禽馆集》等。方文诗中有"太仆书名大，来禽集亦传。文孙能接武，绘事复争妍。……"联系此诗及颜光敏《赠邢命石》中之描写，可知他为山东临邑人，是邢侗后人，能书法擅绘画，又修道炼丹。

②断臂：禅宗二祖慧可在少室山拜达摩为师，自断左臂以示其诚。颜光敏《赠邢命石》中亦有"昨梦南归断臂崖"句。

③"箕踞"二句说的是道家修炼过程。道家认为，以自身精气通过一系列修炼方式，可以炼成内丹，达到养生长寿甚至长生不老的目的。箕踞：两脚张开两膝微曲的坐姿，形状像箕。辟支炉：以炉喻人体，所谓"身为炉鼎，心为神室"。辟支是佛教用语，意译为缘觉。九还：即九转，指多次反复而达妙境。

④"胡为"二句：长时间不来看我，是找不到我家了吧？柴关：家中大门的谦称。

赠丁鹤园①

才犹郗子谁为主？名是庞公里未遥②。
调客长歌青玉案，筹时须动紫宸朝③。
远峰江上秋愁碧，归路淮南树渐凋。
莫误看花厌秋水，东津不少木兰桡④。

【注】

①丁鹤园，待考。从"归路淮南"句看，他也许是客居寿州。

②郗子：或指晋代郗鉴。《晋书》称他"道徽儒雅，高芬远映"。庞公：或指东汉隐士庞德公，襄阳人。则丁鹤园的名字叫丁德公，也是襄阳人。

③调客：调有调停义；此句是说丁鹤园曾用歌声或词曲使客人之间和解。青玉案：词牌名。筹时：筹办时务。紫宸朝：似与朝廷有关。

④东津：寿州地名。光绪《寿州志》卷四《营建志》"关津"有东津渡大

桥。木兰桡：指船。

乌衣道中①

纤绤经秋卷，微阴作晓寒②。
行云归不息，游子去无端。
山市流烟[1]上，柴门老树丹。
谁能长逆旅，不念岁将阑③。

【校】

[1] 流烟，抄本《颜氏三家诗集》作"疏烟"。

【注】

①乌衣：地名，南京有乌衣巷，滁州有乌衣镇，从诗中看似为后者。此诗是作者去乌衣镇途中所见所感，有思乡意味。

②纤绤：细葛布。穿细薄的衣裳也要卷起袖管以避秋暑，但微阴的早晨，就略嫌薄寒了。两句写对秋末气候的微妙感受。

③逆旅：客舍，旅店。岁将阑：快到年终了。

山中叹[1]

前过鸠江道，山松密如帚①。
株株尽百年，种树人已朽。
承荫不及身，立意何其厚②。
今人遂童山，斧斤入恐后③。
禹稷有日完，烝民竟何有④！

【校】

[1] 此诗载张鹏展编《国朝山左诗补抄》卷二。

【注】

①鸠江：在安徽芜湖，今芜湖市有鸠江区。帚：扫帚。

②说有生之年并不受益，古代种树人的境界多么崇高！

③现在的人们争先恐后地带着斧子进山，把山上的树全砍光了。童山：无草木的山。《释名》："山无草木亦曰童。"

④禹稷：大禹和后稷，都是远古时代造福百姓的圣王。烝民：民众，百姓。两句说，像禹稷那样的圣人时代离我们越来越远，一代代的后人却不长进，这

样下去，将来还有什么！按，此诗慨叹大多数国人的目光短浅，只顾一己私利，不思造福后人，这其实是数千百年来都存在的现象。诗表现了深深的无奈感，可谓语重心长。

酬杨子润九赠菊种二十二，即用述怀，兼简张子宛庐①

南山崒嵂春日辉，猿臂将军猎春归。
臂弓急张风悲鸣，前禽不遇尘满衣②。
冻壑伏蛰云寂寞，扶摇未济垂天飞③。
丈夫有志何等伦，汩汩难谢盖棺人④。
半析抱关遭叱骂，五斗屡空身逡巡⑤。
已闻万乘下吴越，还遭嵩霍勤时巡⑥。
扈圣比肩尽豪俊，扬马[1]不得夸词臣⑦。
淮南五部竞清道，小吏敢避长官嗔⑧？
二月钟离行宫辍，杨花上路飘似雪。
仰头还谢土功人，一篑未就口流血⑨。
病骥在枥志在野，雨骤花红颇愁绝⑩。
茅宇种菊殊无赖，感子惠种肺肝热。
眼前突见篱满丛，柔苞轻根标红缬⑪。
且共吾子成酩酊，安问庙廊稷与契⑫。

【校】

[1] 扬马，抄本作"杨马"。

【注】

①此诗是画家杨润九赠给作者一批不同品种的菊花后的酬答之作，但诗中主要表现的是对自己"病骥在枥志在野，雨骤花红颇愁绝"的人生感慨。所叙"遭叱骂""口流血"等事虽然难知其详，但已可见其遭遇之一斑。此诗又"兼简张子宛庐"，或许是张宛庐也有与作者相同的遭遇。张宛庐，生平不详，本卷下边还有与他的赠答诗。

②崒嵂：山高峻貌。猿臂将军：其臂如猿，形容将军之勇武。出唐·崔道融《题李将军传》："猿臂将军去似飞，弯弓百步虏无遗。……"李将军指汉代名将李广。臂弓急张：拉开了弓。前禽：在前面逃逸的禽兽，语出《周易·比》："九五，显比，王用三驱，失前禽，邑人不诚，吉。"此四句写一个春野打猎归来的场面。

③"冻蛰"二句：说鲲鹏在寒冷的山洞里寂寞蛰伏，等待着有机会扶摇直上，但目前还时运未至。未济：是《周易》六十四卦最后一卦，字面意思是渡河未到岸或尚未渡河。扶摇和垂天，都是《庄子·逍遥游》形容鲲鹏的话。

④"丈夫"二句：大意是说男子汉都曾立志经世济民，但经过漫长的一生，到盖棺定论之时有几个能如其愿？等伦：同辈人。泪泪：流水貌，比喻人生。

⑤"半柝"二句：说自己职位低下，待遇微薄。半柝抱关：打着梆子守夜，典出《孟子·万章》。"为贫者……抱关击柝。"五斗：指官俸，典出《晋书·陶潜传》："潜叹曰：吾不能为五斗米折腰。"屡空：俸钱经常花光。逡巡：踌躇不前，不知所之。

⑥"已闻"二句：听说皇帝将南巡吴越等地。万乘：指皇帝。还遵嵩霍：嵩霍指河南的嵩山和安徽的霍山。汉武帝曾巡游天下名山大川，这是说康熙帝遵循仿效汉武帝。按，康熙帝于三十八年（1699）第三次、四十二年（1703）第四次、四十四年（1705）第五次南巡都到了吴越一带。其中康熙四十二年于二月初五日到淮安府，与本诗"二月钟离行宫辍"句时地皆合，此诗或作于该年。

⑦扈圣：皇帝出行时，高官权要随行护驾。扬马：指西汉扬雄和司马相如，均曾向皇帝献赋。词臣：文学侍从之臣。

⑧淮南五部：或指淮河以南的凤阳、定远、寿州等地。清道：指帝王或官吏外出时，使人在前引路，驱散行人。见《尉缭子·将会》："将军入营，即闭门清道。有敢行者，诛。"小吏：作者自谓。

⑨钟离：古县名，治所在今安徽凤阳境。土功：指治水、筑城、建造宫殿等工程。出《尚书·益稷》："启呱呱而泣，予弗子，惟荒度土功。"土功人：或指工地上的体力劳动者。篑：筐，《尚书·旅獒》："为山九仞，功亏一篑。"此或指一筐土。按，以上四句情绪激愤，但写得扑朔迷离，颇难索解。或许是作者参加了为接驾而进行的土功工程，因故被嗔，甚至被人殴打（"口流血"）。惜详情难知。

⑩此化用曹操《步出夏门行》"老骥伏枥，志在千里；烈士暮年，壮心不已"意。雨骤花红，比喻身体衰弱难以支撑，照应前句"口流血"事。

⑪"茅宇"以下四句：转入写诗题所示的杨润九赠给作者二十二种菊花的事，并设想花开后的景象。按，菊花的繁殖一般都用分株法或扦插法，在每年的农历五六月进行。可能是作者在二月参加为接驾准备的"土功"，并有"口流血"事，圣驾离开后，在家休养，杨送他菊花品种。无赖：无奈。红缬：红

色丝织品，形容菊花。

⑫吾子：指杨润九和张宛庐。酩酊：大醉貌。庙廊：指朝廷。稷与契：朝廷的大臣们，详卷四《芍陂堤上课各门监者种柳》注③。

樊圻山水障子歌①

苍山一柱支天根，画辟虚无留长痕②。
草木无种自太古，屯云不得窥真源③。
泰岱庞兀寡奇峰，隆隆始称五岳尊④。
此山神势无乃似，须信好手融精魂⑤。
最下东峰亦千仞，人气才通结孤村⑥。
中有瀑泉来迷处，混漾[1]遥与银河奔⑦。
老树半秃叶初赤，云脚偶断露柴门⑧。
唐世钩斫擅精巧，山水泼墨世传少⑨。
宋元以来为放笔，马吴蓝沈工绝倒⑩。
此图仿佛田叔笔，欲往从之心悄悄⑪。
谁能卧游江子乾，题诗空嗟双溪老⑫。

【校】

[1] 混漾，两种抄本均误作"洸潒"。

【注】

①樊圻：字会公，又字洽公，江宁人，清初著名画家，为金陵八家之一。所作山水师赵令穰、刘松年、赵孟頫等而能自成风貌，仕女有幽闲静逸之致。山水障子：山水画屏风。

②"苍山"二句：辟：开辟。天根：《道德经》第六章有"谷神不死，是谓玄牝。玄牝之门，是谓天地之根。"此处以"苍山一柱"（即画中的山）出于虚无，由虚无而"留长痕"（出现笔触，表现形象），正是清初石涛和尚在《画语录》中所说的"一画"："太古无法，太朴不散，太朴一散，而法自立矣。法立于何？立于一画。一画者，众有之本，万象之根。……"两者可谓异曲同工，颇有美术史论的意义。

③两句说：草木无何由生？自笔墨生。作者在写一幅山水画的观后感，放弃具体的一木一石，而从哲学的意义入手，是其高明处。屯云：云气积聚。此谓云遮雾障，令人难窥真源。

④作者认为泰山"寡奇峰"，即缺少黄山、九华那样的奇山异峰。泰山被

称为五岳之首的原因，是"庞兀"——体量的庞大突兀；此外还有诸如帝王封禅之类所赋予的神圣元素，即"隆隆"。

⑤此山：指山水障子上所画的山。作者认为樊圻画的也许是泰山，他画出了泰山的精神和魂魄。无乃似：恐怕像似。

⑥说画中近景处的那个东峰也有千仞之势，更不要说比它更高的山峰了。那些远山应是人迹罕至的，画中的山则有了人和村庄。

⑦说画中的瀑布，从云雾迷蒙处自天而降，水势激越，是"疑似银河落九天"的意境。

⑧"老树"二句：有如特写镜头，展示画中细部：老树红叶，云掩柴门。

⑨钩斫：指山水画技法中的大斧劈、小斧劈等皴法。此说唐代的山水画比较精巧拘谨，传世作品中很少有用泼墨技法的。

⑩说相对于唐代山水画的拘谨，宋元以后画家开始重视笔墨技法的创新，笔致开放，流派纷呈，出现了一批令人崇仰的山水画大家。马：指宋代马远；吴：指元代吴镇。蓝：指明代蓝瑛。沈：指明代沈周。

⑪说樊圻这幅画有蓝瑛的风格。蓝瑛，字田叔。"欲往从之"是想从樊圻学画，也可理解为想进入画中的境界。心悄悄：表示对艺术的崇拜和折服。

⑫卧游：指通过欣赏山水画来体悟山水风光。江子乾：生平不详。按下首的《题江子独坐石溪图》，疑江子即江子乾。双溪老：作者自称。从这两句看，是画家樊圻的这幅山水障子，乃应江子乾之约而画，然后又请颜伯珣为题诗。本书卷四有《沈周桂岭图》，中有"江老尺卷开清晓"句，看来江老、江子，江子乾应是同一人，他是作者熟悉的一位书画收藏爱好者，他获得藏品后便请颜伯珣题诗，已知者就有三次。

题江子独坐石溪图①

若有人兮，抱真而独处②，
水潺湲兮石龃龉③。
老树千纠藤百盘，藤春穗叶殷先丹。
长松落落风犹寒④。
谁为貌此技入妙，意无丹青神始肖⑤。
不可逼视烟雾深，翀天微有元鹤叫⑥。

【注】

①此诗被辑入《曲阜诗钞》卷一。江子，见《樊圻山水障子歌》注⑫。

②抱真：保持人身与生俱来的真性，不受外界的侵扰。

③潺湲：水缓流貌。龃龉：山石磊落貌。

④画中有缠藤的老树，有松树，有红叶，色彩鲜艳。

⑤貌：动词，即画。如杜甫《丹青引赠曹将军霸》："屡貌寻常行路人。"意无丹青：指画家并不刻意于笔墨色彩的形似，而这样反更能得其神。

⑥不可逼视：谓因画得太像而不敢直接面对。烟雾深：中国画一般采取留出空白表现云雾，这里说仿佛从画中的烟雾里，听到了仙鹤的叫声。按，画面中没出现的东西，观者可以通过联想补充，这正是画家的高明处。并且，以仙鹤翀天象征青云直上，也是对江子的祝愿。翀天：即冲天。元鹤：即仙鹤。元通"玄"，即黑色。《古今注》："鹤千岁则变苍，二千岁则变黑，所谓元鹤也。"

楚相国庙大树①

我来淮南国，山原尽蔚荟。

阀阅迹如扫，乔木失根蒂②。

独有令尹祠，白口孤撑大。

祠屋倏已落，此树森空外③。

伊昔流寇毒，朝野实狼狈。

楚豫久躏蹂，安问存两蔡④？

物巨或有神，何由脱劫害⑤？

西揖召伯棠，北拱宣尼桧⑥。

得毋方二灵，至今犹蔽芾⑦？

惜哉陂泽竭，遗黎埋沟浍。

秋实瓦砾间，行人结襟带⑧。

我皇六十年，活国频大赉。

庶草亦苏息，况彼灵植最⑨？

颇值宫庙新，应与神灵会。

反之殿楹前，位阳阴亦蔼。

稠干交牖档，细叶杂檐绘⑩。

永荐秋秩典，香升绝尘壒。

有时风雨交，吟号发异籁。

吟者众则喜，号则诧为泰⑪。

尔木本无心，偶为相国赖。

樗栎无与人，相国神未昧⑫。

【注】

①夏尚忠《芍陂纪事》卷下《祠祀》记楚相祠，说"国朝顺治十二年，邑侯李公重修之。公以旧祠陋，殿在大树北，改作大树南，……康熙四十年，本州司马颜伯珣改修之，殿移大树北"。颜伯珣《孙公新庙记》："旧祠在古大树北，……顺治十二年，……改作大树前。"可见此大树已成为孙叔敖庙的重要标志物。本诗所咏的是一株古树，其实赞颂的还是孙叔敖其人。如前所述，作者是把孙叔敖作为精神偶像崇拜的，关键在于他造福于民的代表作芍陂工程，历两千年而仍在发挥作用。作者说，战乱使庙宇被毁而大树独存，是有一种神力的护佑。这不能简单地认为是迷信，其实是一种信仰和精神寄托：真心为民者是永远不会被历史遗忘的。

②"我来"四句：说作者到寿州后发现山上林木茂密，但很少有大树。是战乱使寿州的故家乔木遭到灭绝性打击。蔚荟：语出《诗经·曹风·候人》："荟兮蔚兮，南山朝隮。"阀阅：世代仕宦之家。乔木：高大的树木。《孟子·梁惠王下》："所谓故国者，非谓有乔木之谓也，有世臣之谓也。"后因以"乔木"为形容故国或故里的典实。此处的乔木含义是双关的。根蒂：此指根本，基础。

③"独有"四句：说在孙叔敖庙旁发现了一棵大树，庙里房屋多半毁坏，而此树长得蓬勃旺盛。白□：此字原缺。

④流寇：当是指明末崇祯年间李自成农民军对寿州的攻掠破坏。光绪《寿州志·武备志》有："明崇祯八年春，流贼犯寿州。"两蔡：应指上蔡和下蔡。今安徽寿县和凤台县一带古代曾为下蔡。按蔡国始封君是周文王第五子叔度，史称蔡叔，封地在今河南上蔡县。文王死后，蔡叔和管叔等有叛乱迹象，周公奉成王之命东征平定，蔡叔死，其子孙续被封，封地亦东迁，由新蔡而下蔡、高蔡，直至被楚所灭。四句说当年流寇骚扰这里，朝野慌乱，湖北河南和安徽都是重灾区。

⑤这树如此巨大，应该成神了吧？大概因此而避开了流寇的戕害？

⑥揖和拱都是古代礼仪。召伯棠：在今河南宜阳县。召伯又称召公，曾辅佐周武王和成王，深受爱戴。他曾在一棵棠梨树下办公，后人为纪念他，舍不得砍伐此树。宣尼桧：宣尼即孔子，曲阜孔庙有孔子手植桧。此说这棵大树可以和召伯棠、孔子手植桧相提并论。

⑦蔽芾：芾，小的树木。此用《诗经·召南·甘棠》："蔽芾甘棠，勿剪勿伐，召伯所茇；蔽芾甘棠，勿剪勿败，召伯所憩。"此说莫非是西方和北方的

神灵，保佑了召伯棠和宣尼桧？

⑧"惜哉"四句：说可惜战乱中芍陂被毁坏了，百姓们辗转沟壑，食不果腹，衣不蔽体。有洰：田间水沟。结襟带：衣服的襟带乱结，喻衣破，类于鹑衣百结。

⑨"我皇"四句：说六十年来，朝廷频繁地向百姓让利，连平凡小草都得到恩惠而繁盛，何况这棵有灵气的大树？大赉：朝廷的重赏。按，六十年应从清朝入关正式立国的顺治元年（1644）算起，则此诗为康熙四十二年（1703）作。

⑩"颇值"六句：说值此新庙落成，大树与孙叔敖两者的神灵于此相会。大树在正殿的前面，它庞大的树冠可以覆盖到大殿后面，稠密的树干于窗前纵横交叉，细碎的树叶和屋檐上的彩绘相映。

⑪"永荐"六句：说秋季举行祭祀的时候，这里香气弥漫，清洁无尘。又说在风雨交加之时，大树会发出奇异的声音，有时像歌唱有时像号哭。像歌唱时大家都高兴，像号哭时人们免不了诧异。尘壒：壒音 ài，尘埃。

⑫"尔木"四句：说其实大树的吟号之类都是自然现象，它在这里与孙相国的关系也是偶然。樗栎树与人事无关，但是楚相孙叔敖的神灵之光永远不会黯淡。樗栎，被认为是无用之木，见《庄子·逍遥游》："吾有大树，人谓之樗，其大本拥肿而不中绳墨，其小枝卷曲而不中规矩，立之涂，匠者不顾。"又《人间世》："匠石之齐，至于曲辕，见栎社树，……曰：'散木也，以为舟则沉，以为棺椁则速腐，以为器则速毁，以为门户则液樠，以为柱则蠹。是不材之木也，无所可用。'"

宿霍邱宝林寺①

孤城钟鼓梵宫墙，客子登堂闻妙香②。
身到冰壶即净域，界迷金镜误空王③。
暮巡双树春无迹，梦渡长河雪少航④。
多累更堪频下榻，清宵惭宿赞公房⑤。

【注】

①霍邱是寿州下辖的县。从诗中"频下榻"看，作者是因某种公务借住于宝林寺里。按，作者的《孙公新庙记》有"会中丞喻公檄有霍之役，五月旋奉总制阿公调赴省府"语。"喻公"即安徽巡抚喻成龙，"霍"应即霍邱。喻成龙康熙四十年（1701）十二月到四十七年（1708）四月任职。从诗中"春无迹"

等可知，诗应作于康熙四十一年（1702）夏初。与上引语"五月旋奉"云云正合。

②梵宫：佛寺。客子：作者自指。妙香：佛教谓殊妙的香味。杜甫《大云寺赞公房》："灯影照无睡，心清闻妙香。"

③冰壶：比喻人品格高洁。姚崇有《冰壶赋序》："冰壶者清洁之至也，君子对之，示不忘乎情也。"净域：弥陀所居之净土。《南史·隐逸传·庾诜》："上行先生已生弥陀净域矣。"佛家认为做到六根清净，去掉人生欲望，远离红尘烦恼，就是进入了净域，是学佛的至高境界。金镜即铜镜，佛教认为人生的功名利禄，都是镜中花水中月，迷于其中，岂能成佛。空王：是对佛的尊称，因为佛教认为世界一切皆空，故名空王。

④从寺院的树上已看不到春天的信息；睡梦中想渡河，却大雪漫天没有船只。按，佛教认为人生为苦海，唯慈悲救渡方可脱离。下句暗用其意。

⑤赞公：唐代僧人，杜甫有与他赠别的诗。此指代宝林寺中僧人。两句说屡次有人来下公文，扰乱了禅房清静，自己感到不好意思。

六月六日内寄薏苡一囊，是时迁居泗南吕村，均重有感焉，涉笔遣怀，遥情曷已①

雕函琼粒乍开封，讯道南村亲手舂②。

无故辞巢回晚社，长愁将子念朝饔③。

匀圆早沃铜瓶冷，节序惊看玉匕浓④。

应为江庐厌卑湿，不知旅食未从容⑤。（鲁俗：逢伏一日煮

麦饭祛暑。）

【注】

①此诗是作者收到故乡原配夫人寄赠的薏苡后作，他深有所感，字里行间，颇为动情。薏苡，禾本科植物，其种仁味甘淡，性微寒。有健脾利湿、清热排脓等功能，可做成粥、饭、各种面食，对老弱病者更为适宜。泗南吕村，与位于春亭的秕芳园大致隔河相望。本书卷六有《自临清夜抵泗南村》，泗南村应即吕村，《曲阜诗钞》此诗即作泗南吕村。

②舂：音 chōng 以杵和臼捣去粮之皮壳或把粮捣碎。

③晚社：社是祭祀土地神之处，此喻故乡。这里以自己出外为官喻为乳燕辞巢。将子：《诗经·卫风》，有"将子无怒，秋以为期"，《郑风》有"将仲子兮，无逾我里"，这里的"将"字有请求义（也有人认为是无义的发语词）。

饔：早饭。此说老妻经常关心丈夫能否吃上可口的饮食。

④ "匀圆"二句：拟想用薏米做饭食用。按，鲍照《代淮南王》诗有"琉璃作碗牙作盘，金鼎玉匕合神丹"。此联之铜瓶、玉匕，以及首句的雕函和琼粒，都是以浓郁的装饰色彩加之于普通的用具和食品，从而加重了感情色彩，反映出作者对老妻的深情。另外，杜甫有《铜瓶》诗，其中有"侧想美人意，应悲含饔沉"句，也可以引发对妻子的联想。

⑤ "应为"二句：说老妻考虑到自己在南方居处低矮潮湿，不利于身体健康，故寄薏苡以防病祛暑；但她哪里知道，自己经常行役在外，很难有逢伏那天从容地在家吃一顿麦饭的机会。

客馆凤仙吟①

自我客西馆，喧寂会一境。
其外喧若市，其内寂类井②。
四壁新圬完，北陆无多景。
炎薰夕蕴崇，一气高苍病③。
所赖四洞门，微风时一幸。
卑隘何所有，群葩抽鲜梗④。
方彼种汝时，于心颇不省。
羁猿手把弄，取舍忽俄顷⑤。
大化默迁流，姿态各互逞。
长短二十株，一一如列靓⑥。
而我终无言，相对怜孤影。
均之匪金石，偶聚殊侥倖⑦。
哲人适謦笑，愚迷弄机警。
孰能久长留，臭味在所领⑧。
于汝若情亲，展转计凉冷。
朱颜秋易暮，衰病归期永⑨。
皇天何区别，动植荷同秉。
余岂异若曹，微知独耿耿⑩。

【注】

①客馆：诗中的西馆，应是作者在霍丘或南京的临时住处。凤仙：凤仙花，又名指甲花，一年生草本植物。其开花时间当在农历的六月以后，直到九月。

此诗是从客馆中的凤仙花引发的人生感悟。

②以上四句叙西馆环境：墙外嘈杂，墙内岑寂。

③坊：泥水匠泥墙皮。蕴崇：积聚，见《左传·隐公六年》："为国家者，见恶，如农夫之务去草焉，芟夷蕴崇之。"杜预注："蕴，积也；崇，聚也。"一气：混沌之气。高苍：指天。此谓到晚上热气积聚。四句说客馆四壁空空，未免单调。尤其炎夏闷热，最容易使人烦躁不安，甚至生病。

④说幸亏狭窄的院落有四个洞门可以通风，令人略释燠热；而且还看到了鲜艳可人的凤仙花！

⑤想象中当初有人种凤仙花的时候，其实是漫不经心的，就像被捆着的猴子那样随手抓了一把种子，无所选择，任意抛撒，一切决定于偶然的瞬间。

⑥神奇的大自然在无声中以各种姿态和形式变化运转，展现在眼前的二十棵凤仙花，仿佛二十位美丽少女列队相迎。靓：音 jìng，妆饰艳丽。

⑦凤仙花是春种而秋凋，我也只能有几十年的生命，现在能无言相对，纯属偶然的侥幸因缘。

⑧有智慧的人不掩饰自己的悲喜情绪，只有自以为是的愚人才玩弄小聪明。智者愚者都是天地间的匆匆过客，关键在于各人对人生的领会。臭味：臭音 xiù，臭味指彼此的思想作风和兴趣喜好。按此用《左传·襄公八年》："今譬于草木，寡君在君，君之臭味也。"

⑨自己和凤仙花之间现在好像关系亲密，但随着季节变化，天会变凉，凤仙花会渐渐地红颜枯槁，最终死亡。

⑩动物和植物都是有生就有死，在皇天（大自然）面前没有区别，我又岂能例外！我终于明白了这一点。若曹：它们，此指凤仙花。微知：暗中探悉。

长嘴乌行①

宾堂堂上长嘴乌，窃据无厌生多雏。

炎风高煽若冰壶，杲罨为黑群叫呼②。

已怪轻燕污梁栋，仍嗟佻巧雄鸠[1]徒③。

吁哉尔辈胡为乎！

舍闳朝启秋光早，众雏毛换自姣好④。

虚左设醴礼未衰，从此宾客迹如扫⑤。

【校】

[1] 鸠，刻本作"鸣"，两种抄本均作"鸠"。雄鸠与上句轻燕为对，似较

胜，从抄本。

【注】

①长嘴乌：乌鸦。长嘴二字，有多嘴饶舌的意思。这是一首以乌拟人的寓言诗。其含义是说以传播是非为能的小人们，一旦窃据了位置，便会招朋引类，结党营私，正人君子就会洁身自好而远离，最终的结果是小人当道。

②冰壶：喻洁白干净，详《宿霍丘宝林寺》注③。罘罳：屏风。此谓众多的长嘴乌展翅煽风，群呼叫号，把本来十分洁净的客厅弄得又脏又乱，屏风都变成了黑色。

③轻燕：家燕。佻巧：轻佻巧佞。雄鸠：斑鸠。

④舍闼：房舍的门。此说到了秋天，小乌鸦要换毛了，早晨一开门就看到换了毛的小乌鸦倒是很漂亮的。

⑤如扫：像扫地一样干净彻底。把客厅左边的座空下来，并摆上美酒，准备接待客人，但是从此以后，却再也没有客人来了！

七月一日西风来①

江南南风六十日，天地为炉，万物炎炎。
夏屋广厦之子孙，坐卧未能苦就立②。
况彼流汗锦衣人，耸肩三呼不一吸。
七月一日西风来，万户千门欢如雷。
墙根飞萤墙头草，凄凉踯躅亦可哀③。

【注】

①农历七月一日，大致是中伏，天正炎热的时候。此诗写人们被酷暑折磨得坐立不安的表现和忽然有西风吹来后的喜悦。但这似乎只是表面意思，细品还应有别意在。如"六十日"有何深意？"锦衣人"究属何指？"万户千门欢如雷"难道只是因为天气凉快？"墙根飞萤""墙头草"是否有所影射？总之，怀疑这诗与当时某政治事件有关，那么，七月一日也就是一个值得记住的日子。可惜今天已经无法考知到底是什么事情。

②夏屋广厦：高门大第。夏屋即大屋，如《楚辞·大招》："夏屋广大，沙堂秀只。"王逸注："言乃为魂造作高殿峻屋，其中广大。"由此可见，作为这诗背景的政治事件，似无关于茅檐穷巷的升斗小民，而有可能是当地某一高官倒台之类（锦衣使人想到明代的锦衣卫）。

③如果前边设想可以成立，则飞萤和墙头草就是指这高官的爪牙，他们当

初狐假虎威，而今靠山已倒，自然处境凄凉。踯躅：徘徊犹疑，无处可去。

再得古文乌螭斝，喜成口号，先寄张子二首①

香醪得主谁为客②，佳器作朋更忆君。

不有百篇成一斗，漫劳珠箔捧红裙③。

吻螭渴厌云雷气，杓象苍留钟鼎文④。

把似应须晚菊放，未禁色喜最先闻⑤。

【注】

①斝：音 jiǎ，是一种圆口三足的青铜酒具。此斝有十七字的铭文和螭龙装饰，故名。张子，书中张宛庐、张赤城、张襄七等均可称张子，不知是谁。

②香醪：美酒。

③上句用杜甫诗《饮中八仙歌》中的"李白斗酒诗百篇"句，说张子也有李白那样的诗才。下句说有酒喝就够了，不须要歌场美女。珠箔：用珍珠做的帘子。红裙：指美女。

④"吻螭"二句：吻是斝上端的流，即铭文中的"箕而口"。云雷是一种纹饰。杓象是斝柄上有象的图案。钟鼎文即金文，指上边的十七字铭文。

⑤色喜：喜悦表现在脸上。

狂叟非狂非爱酒，不逢佳士不开樽①。

浊醪须仗清卮醉，美味无荒古意存②。

斟酌秋残江上叶，丁宁篱约寿阳门③。

堪怜杜老真穷饿，独对田家老瓦盆④。（斝有古文铭十七

字：斗而柄、箕而口，受□不阜、敢多又；神物守之。"

【注】

①狂叟：作者自称。佳士：指张子。

②"美味"句：谓用此斝饮酒也同时享用菜肴的美味。荒：有弃置、废弃等义，无荒即不妨、可以。

③篱约：东篱之约，用陶渊明《饮酒》中"采菊东篱下"意。此谓邀请张子秋天到寿州共饮。寿阳门是寿州城门。

④老瓦盆：杜甫《少年行》有"莫笑田家老瓦盆，自从盛酒长儿孙"。此用其意。

七月十五日孝陵监送白果总督府，感赋①

孝陵嘉树果犹繁，洁白堆鲜出寝园②。
已见雕盘出大府，应同黍豆荐中元③。
樛枝影动龙帏曙，零落秋凝玉殿痕④。
昨日皇华新秩典，可能招得鼎湖魂⑤？

【校】

[1] 此诗入选《曲阜诗钞》。

【注】

①孝陵：在南京，是明太祖朱元璋和马皇后的合葬墓，明代设孝陵卫。监送，监督护送。白果即银杏。总督府即两江总督府。按，作者的《孙公新庙记》有"五月旋奉总制阿公调赴省府"语，为康熙四十一年（1702）事，当时安徽省府在南京。

②嘉树：指白果树，即银杏。寝园：即孝陵。

③大府：指总督府。黍豆：粮食。黍豆和白果都是在中元节祭典鬼神时上供之物。荐：进献，祭献。中元：中元节，农历七月十五日，佛教称盂兰盆节，俗称鬼节。

④樛枝：向下弯曲的树枝。龙帏：有龙纹装饰的帏幔。玉殿：指明孝陵的享堂。上句写孝陵的白果树，下句写送到总督府的白果。

⑤皇华：《诗经·小雅》有《皇华》篇，《序》谓："《皇皇者华》，君遣使臣也。"后因以之为赞颂奉命出使或出使者的典故。鼎湖：用黄帝铸鼎事，指皇帝去世。详见卷一《凤阳》诗注④。按，此诗所写是从孝陵摘得白果后，监护送往总督府，或用于祭祀，或供帝王、总督食用。康熙帝曾六次驻跸南京，但并没有七月的记载，故此处的"新秩典"不是指帝亲祭，而应是派使者于中元节去孝陵祭祀，所招应是明太祖之魂。

赠颍州太守孙公寅①

钱塘名家神仙俱，翩然五马颍大夫②。
腰间长绶钩珊瑚，欤然翻似诸生徒③。
堂上穆穆邦作孚，长吟短咏无日无④。
庾公清新江一隅，放翁琐笔成荒芜⑤。

清风高洁命不渝，雄文美政谁齐驱？

颖之泚泚共大夫，左许由兮右欧苏⑥。

【注】

①孙寅，据《清画家诗史》：字虎臣，号柏堂，江苏无锡人，籍钱塘。官颖州知州，善画，工诗，有《颖州集》。

②五马：据《汉官仪》，太守出行可用五马，故五马成为太守的别称。

③长绶钩珊瑚：指官服的装饰。又，钩珊瑚即珊瑚钩，可比喻文章华美。杜甫《奉同郭给事汤东灵湫作》："飘飘青琐郎，文采珊瑚钩。"仇兆鳌注引师尹曰："珊瑚钩，言文章之可贵。"欿然：欿音 kǎn，谦虚，不自满。诸生徒：一般秀才、读书人。

④邦作孚，见《诗经·大雅·文王》："仪刑文王，万邦作孚。"意为信服，信从。此说孙公做官为人温和，无疾言厉色，但百姓都十分信服他。

⑤庾公：指南朝著名诗人庾信。杜甫《春日忆李白》有"清新庾开府"句，此用比孙寅。

放翁：指宋代诗人陆游，号放翁。琐笔：零碎烦琐的文字。荒芜：杂乱，不整齐。按，陆游是宋代杰出诗人，但亦有人批评其诗轻滑率易，是晚唐人风格。清初叶燮说他"集中佳处固多，而率意无味者更倍"（《原诗》）；朱彝尊说他"句法稠叠，读之终卷，令人生厌。"（《书剑南集后》）看来颜伯珣亦认同这种观点。这反映了他追求古拙的美学取向，值得注意。

⑥泚泚：水清激貌。许由：上古隐士。欧苏：指北宋欧阳修和苏轼。此谓孙寅身边既有清高绝俗的贤人隐士，也有忠君爱民才华出众的官员属吏。

九日寄毕凫洲①

劳人头更白②，故苑菊新黄。

衰榭欢情急，江山别意长。

书稀翻怯雁，林碍望严霜③。

眼底迢迢水，谁愁一苇航④？

【注】

①九日，九月九日，重阳节。本书卷四有七古《题毕七凫洲山水障子歌》，他也许是一个画家。

②劳人：作者自谓。

③"书稀"二句：盼望来信，以致看到雁就害怕再一次失望；盼望看到你

的身影，希望树叶早落，别挡住视线。两句极写对毕凫洲的思念，几近于痴。按鸿雁传书，源于汉代苏武被拘于匈奴事；树林碍目，似源自《三国演义》第三十六回中刘备送徐庶时所说"吾欲尽伐此处树木"一段。

④一苇航：见《诗经·卫风·河广》："谁谓河广？一苇杭之。"杭，即航。此两句意思是你不来看我，我也没有去看你，到底是谁把到对方那里去看得那么困难啊？

九日寄张隐中①

序深催暮景，犹自忆清和②。
送别乳莺少，相思鸿雁多。
路难三致意，情重两经过。
不道更衫袖，重阳尚芰荷③。

【注】

①张隐中，生平不详。本书卷一有五古《赠张子隐中》。

②清和：农历四月。此谓时光流逝，五个月后仍记得当时的离别情景。

③衫袖：指衣裳。芰荷：此用《离骚》"制芰荷以为衣，集芙蓉以为裳"，指代夏衣。意谓天渐转凉，请注意添加衣裳。

九日寄陈邗江①

横江两岸水②，已减旧枫林。
远忆寿阳浦，如何秋气深。
飞扬高羽意，感激暮途心③。
今日看丛菊，难同十载吟④。

【注】

①陈邗江，生平未详。邗江为扬州别称。

②皖南和县有横江浦，或为陈邗江所在。

③高羽意：奋发向上之意。暮途心：日暮途穷之心。前者说陈邗江，后者说自己。

④如下首注②所推测，此首或作于康熙四十一年（1702），作者康熙二十九年（1690）冬到寿州，至此十年略多。故"十载"当指与陈邗江初识时。

九日寄张宛庐二首[①]（钞一）

风雨初寒夜，支离久客身。

不知佳节是，翻怪菊花新。

匣启杯犹阁，心怔咏尚频。

晨朝访荒径，应笑昔盟人[②]。

【注】

①张宛庐，本卷已有《酬杨子润九赠菊种二十二即用述怀，兼简张子宛庐》，看来是寿州的友人。按，以上几首，作者在重阳节同时给毕兔洲、张隐中、陈邘江、张宛庐四人赠诗，应该是此时他不在寿州。作者在《孙公新庙记》（见本书附录）中说"五月旋奉总制阿公调赴省府，十一月乃还寿"，为康熙四十一年（1702）事，故此组诗应是该年在南京作。

②"匣启"以下四句：说上次话别时席间曾有约定，下次相会在重阳节，自己要在寿州做东宴请诸位。现在重阳到了，酒杯犹在，却因公事去了金陵，不能践约，言而无信，故"应笑"的"昔盟人"就是作者自己。阁：现作搁，搁置。怔：此为惶恐不安义。

买得红豆树[①]

江东冬暖不见雪，谁家奇树月窟折？

丹砂为实绿绮叶，累如珠贯光玉叠。

暹卒送将不知名[②]，小堂幽客心颜热。

晴轩对尔一事无，频回白首长歌呼。

不见王谢玉树根与株，安问季伦区区碎珊瑚[③]！

【注】

①红豆树：因种子皮色鲜红而得名，王维有诗"红豆生南国，春来发几枝。愿君多采撷，此物最相思"。故又名相思树。从诗中所写看，作者所买得的红豆树似为盆栽。

②暹卒：是送红豆树者，也许是卖者。暹疑指暹罗，即今泰国。按暹罗明清都是中国藩属国，或许有暹罗人在华经商。待考。

③王谢：晋王导和谢安家族。玉树：古人常用玉树临风喻男子的仪表风度。季伦：晋石崇字季伦，他与王恺斗豪比富时，曾砸碎红色珊瑚树，见《世说新

语·汰侈》。区区：不值一说。两句由红豆树转而想起历史上的王谢家族，说当年王、谢家族地位何等煊赫，人物何等高贵，现在又在哪里？就更不用说曾经只是以财富而不可一世的石崇了。——红豆与砸碎的珊瑚有相似之处，红豆树又可以使人联想到玉树，从玉树再联想到人物品评，最后得出深沉的人生慨叹，这就是本诗的逻辑线索。

寄张鸿渐①

金陵久客日支离②，江上淮南无限思。
衰鬓哪堪频次别，虚名实负故人期③。
秋深诗卷看愈短，冬暖梅花折尚迟。
昨夜吟君赋正好，长卿犹是盛年时④。

【注】

①张鸿渐，名逵，本书卷三《忆正阳际堂八子》中排在第三。从此诗看，此时他在金陵。

②支离：瘦弱、衰老、多病、悲观、人生不如意，等等，都可以说是支离。此谓张鸿渐。

③衰鬓和虚名都是作者自谓。

④长卿：汉代辞赋大家司马相如，字长卿，借指张鸿渐。

戒涂①

戒涂车未息，如砥役须成②。
芳树先春暗，华灯不夜明。
百城飞片羽，孤月照连营③。
应下宵中诏，欢同万国情④。

【注】

① 戒涂："涂"通"途"，戒涂指出发，准备上路。《周书·文帝纪上》："秣马戒途，志不俟旦。"此诗似写一次行役。

②如砥：指道路平坦。

③"百城"句似写星夜传递朝廷文书，本书卷三《报船》有"夜争赤电百城过"句，与此类似，可参。"孤月"句写在马上所见；连营：军队营房。此或是皇帝某次南巡时随侍车驾之作？

④ 宵中诏：皇帝在半夜时候下发的诏令。从最后一句的"欢"字看，这应是造福于民的诏令。

十五日夕^①

独对佳辰劝浊醪^②，溪村晚市语嘈嘈。
野人陈鼓词巫鬼，古寺张灯出巨鳌^③。
夜冷微闻松响近，山空独见月轮高。
不知江上乘春路，多少和鸾望节旄^④。

【注】

① 十五日：从诗中描写看，这是正月元宵节，在乡下。

②浊醪：酒。

③村民敲锣打鼓以禳鬼，寺庙里有巨大的鳌鱼灯。词：通"祠"。

④写想象中省城百姓与官员同乐共庆元宵的景象。乘春路当是江边大道，鸾即鸾铃，是骡马所系铃铛，和鸾是铃声相和。节旄是一种代表国家和政府的饰物或仪仗。

雨行

侧盖停松寺^①，沾裳过竹溪。
步桥危木滑，下栈野云迷。
梵响寻僧食^②，林昏羡鸟栖。
我行拟图画，不恨逐轮蹄^③。

【注】

①侧盖：所乘坐的车盖向一方倾侧，指停车。

②梵响：谓寺院钟声。

③轮蹄：车马。句谓此行雨中跑了些路，但看到风景如画，故并不遗憾。

述事^①

仆马远江役，东西旬月间。
随云入楚岫，犯雪走吴关^②。
野馆棠先发，寒亭竹自斑。

轼前犹揽镜，嗟汝旧红颜③。

【注】

①从诗句看，所述事应是在冬季出了一趟公差。作者在寿州20多年，出差是经常的。

②楚岫：楚地山川，按清代约指湖广。吴关：江浙一带地方。

③轼：车前横木，指车。此是感叹风雪奔波造成面容苍老。

堤上①

篮舆睡未稳，数里聒清源②。

斜圃春沙路，长堤古树村。

林风松落子，崖雪竹生孙③。

颇似双溪里，临流黯老魂④。

【注】

①此堤应是芍陂之堤。作者行于堤上，所见景象有似故里，油然生思乡之情。

②篮舆：轿子。聒：音 guō，声音嘈杂。此说自己一路睡不沉稳，是因为堤下水声不绝于耳。

③竹生孙：是说竹节上生出了新枝。

④双溪里：作者故乡曲阜双溪村。想起故乡种种，不禁黯然伤神。

塔殿①

废塔森龙藏，根穿十洞房②。

藏碑失古篆，吹垢有天香③。

日抱江鼋立，风回铁凤翔④。

何年人面壁，只履在空床⑤。

【注】

①塔殿应指南京灵谷寺无梁殿，原是南朝高僧宝志的开善精舍，塔即志公塔。明初改灵谷寺，是南京著名禅林。宝志，俗姓朱氏，少年出家，止京师道林寺，师事沙门僧俭修习禅业。其居止无定，饮食无时，发长数寸，常跣行街巷。时显灵异，梁武帝尤深敬事，被尊为帝师。按，此诗和杜甫《大云寺赞公房》第三首同韵，恐非偶然。

②废塔指志公塔，是宝志藏骨塔。森龙藏，似指有古树在塔畔，故其根能穿十洞房。龙藏指佛家经典。

③藏碑：宝志塔前有三绝碑，为李白诗、吴道子画、颜真卿书。史载宝志工篆书，而此碑非宝志书，故曰"失古篆"。吹垢：成语有"吹垢索瘢"，此指吹拂掉碑上的灰尘。天香：极美的芳香。吹垢而得天香，在反差中显示三绝碑之佳妙。

④江鼍：扬子鳄。铁凤：寺院建筑上的装饰物。下有转枢，可随风而转。杜甫《大云寺赞公房》诗之三：有"玉绳回断绝，铁凤森翱翔"句。

⑤"面壁"和"只履"都是禅宗始祖达摩大师的典故，此借指宝志。"面壁"是说达摩自西域来华后在嵩山少林寺修行，面壁静坐九年之久。"只履"是传说达摩圆寂后，有使臣路遇他以杖挑着一只鞋子走在路上，皇帝乃命挖开其墓，唯见只履空棺，方知大师已脱化成佛。

别院①

派分多别宇②，树古各成林。
春草无时歇，闲花几岁深。
听经眠石虎，会食到江禽③。
似走桃源路④，重来不可寻。

【注】

①别院：是相对于正院而言，从第三联的"听经"看，应是某寺院的别院。或许是灵谷寺？这诗前四句写别院的景色，五、六两句写在别院生活的记忆，关键在最后两句，这个别院里似乎发生过令作者缅怀不已的美好事情。

②派分：似是说庙宇中因门派不同而分为别院。

③听经：听高僧讲经。眠石虎：是暗用生公说法顽石点头的典故。会食：相聚进食。

④桃源路：陶渊明《桃花源记》有"既出……太守即遣人随其往，寻向所志，遂迷，不复得路"。

伤逝①

岂谓成长别，风花已六年②。
蓬麻犹故蒂，聪慧更堪怜③。

失路知安命，婴愁不自全④。
芳华吾负汝，愧缔再生缘⑤。

【注】

①令作者感伤的似是一段已逝的感情。此诗应是康熙四十一年（1702）作于南京，上推六年为康熙三十五年（1696）的事。

②当时没想到要分别这么长的时间，风风雨雨，花开花落，已经六度春秋。

③六年中吾犹故我，没有长进；而她应该愈发聪慧可爱。蓬麻：喻人生平庸；故蒂：即故地，原地踏步。

④当初走错了路，便只能安于听天命的安排；因此平添多少离愁别恨，岂能有完整的人生。婴：有缠绕义，此指增添、致使。

⑤是我辜负了你的芬芳年华，即使把重续情缘寄托在来生，也令我惭愧啊。

［山行短歌七首，忆旧感时，杂所见闻并为一体焉］

【注】

①这一组诗应是康熙四十一年不同时段所作。以其内容和格调上的某些一致性，合为《山行短歌》这样一个题目。山行，意味着一种在野的疏离，是旁观者的视角。

有老①

有老行迈望江国，江寒山深何偪侧！
衰病胡为畏途中，前号猛虎后伏蜮②。
梁肉行子厌此山，我爱山在万松间。
忧来犹自拖尺组，纵道餐霞亦靦颜③。

【注】

①以首句首二字为题，此老指作者自己。

②“有老”四句，说自己年迈多病，感到环境逼仄可怕。行迈：《诗经·王风·黍离》：“行迈靡靡，中心如醉。”马瑞辰通释：“迈亦为行，对行言，则为远行。行迈连言，犹《古诗》云‘行行重行行’也。”偪，通“逼”。蜮：传说中害人的毒虫。

③“梁肉”四句，说自己久有归隐之志，而迄今未能如愿。梁肉行子：指热衷于升官发财者，杜甫《醉时歌》有“甲第纷纷厌梁肉，广文先生饭不足”

句。尺组：组即组绶，官服的饰物；王维《偶然作》之五："读书三十年，腰下无尺组。"尺组言其短，谓官卑。餐霞：谓游览山水。觍颜：不好意思。

述闻①

庐人杂与寿人居，茅屋独整如贯鱼②。
疆土咫尺风不恶，此何巧智彼何愚③。
昨闻张灯照春甸，曲为黄河光为电。
吹箫击鼓聒旅人，不知檄牒下府县④。

【注】

①此诗是作者听到某种传闻后作。似乎住在寿州的庐州人与寿州人之间产生某种纠纷，前者欺骗了后者；最后政府介入处理，寿州人胜出。详情待考。

②清庐州府，治合肥。寿州则属凤阳府。贯鱼：语见《周易·剥》："六五，贯鱼以宫人，宠，无不利。"此借喻庐州人和寿州人的房舍依次排列。

③说寿州人和庐州人住得很近，两地人性格有所不同。此，应指寿人；彼，指庐人。

④"昨闻"四句，似说事情的解决是在元宵节。庐人正高调喧呼自以为得计时，政府的处理结果已经传来。春甸：春天的郊野；往往是灯节举办游艺的地方。"曲为黄河光为电"或指灯彩之类。檄牒：政府公文。

所见①

鸣凤口北原始平，柳斜杏红谁劝耕。
去年租赋才十五②，况听布谷争春鸣。
蹄涔泥乾道龃龉，道左墐户居无堵③。
村头施施来行人，男骑肥马女跨鼓④。

【注】

①此首和下一首《晨起》都写到了鸣凤口北，鸣凤口似在寿州。而且两首形式相同，应是因公下乡时记所见之作。

②十五：指十五税一，即田租占收获的十五分之一。

③上句言道路龃龉难行，蹄涔：牛蹄迹印中的雨水；下句言民居萧条破败。墐户：以泥涂抹窗户，谓无人居住。无堵：没有院墙。

④施施：缓步而行貌。跨鼓：跨通"挎"，跨鼓即腰鼓，或即凤阳花鼓。

当地有以打花鼓卖唱的方式以度春荒的习惯。

晨起

鸣凤口北仆夫饿，太白西黑前岗大①。

入耳犹厌野狐啼，褰衣庶免黄泥涴②。

荒村晨起每匆匆，晨光已见淮南峰。

淮南之峰不可近，丛桂无所多狂风③。

【注】

①太白：指金星，凌晨出现名启明星。西黑：即太白星隐没，天大亮了。

②褰衣：撩起衣衿。涴，音 wǎn，弄脏。

③丛桂：桂树丛，又是寿州的代称。详卷六《赠甘生雨祈》注②。

诵施愚山先生卖船诗①

先生昔住敬亭山，卖船买山心油然②。

沧江宛溪秋水好，但云苦厌风涛间③。

我住淮南朱颜槁，长淮涛立雪山倒。

不见故山泪双垂，诵诗空忆题诗老④。

【注】

①施愚山即清初大诗人施闰章。卖船诗应指其《卖船行》，载《学余堂诗集》卷二十："谁言在官有余禄，倒箧购书犹未足。谁言薄宦无长物，故人赠船如大屋。载书千卷船未满，四座词人命弦管。清江白鹭伴往还，楚歌骚急吴歌缓。自拟相将汗漫游，归来萧索妻孥愁。亲朋环顾只空手，不如弃此营菟裘。近日括船军令急，战舰连樯如雨集。大船被执小船破，长年窜伏吞声泣。去官哪敢说官船，泛宅终输枕石眠。欲藏无壑卖不售，且系青溪芦荻边。"

②敬亭山：在安徽宣城北。施愚山是宣城人。油然：自然而然，安然。

③沧江指长江，宛溪在宣城。风涛又有世间种种令人惊恐的变故义。

④"我住"四句：全诗归结到思念故乡。朱颜槁：面色憔悴。雪山倒：形容淮河风涛之大，又隐喻自己年老头白。按，《颜氏家藏尺牍》卷二收施闰章致颜光敏书四通，每通都提到颜伯珣，有曰"令叔季相亦奇士，何时快晤，为之神往"。可见两人关系。

望仙^①

　　千人万人孟家冈，上坎下坎皆莲塘^②。
　　毋放曲水填曲岸，鹤驾鸾车欣翱翔^③。
　　五丁凿山无显绩，相如文高空作檄^④。
　　深山穷谷仙不怡，咄嗟尔曹幸勿亟^⑤！

【注】

　　①从诗中"千人万人""五丁凿山"等字句看，此诗与芍陂工程有关。这诗好像是在工程中祭祀时用的，祭祀的是荷花仙子。但又有点儿调侃的味道。

　　②孟家冈：光绪《寿州志·舆地志》载孟家冈在寿州城西南九十里。"坎"是台阶状的地形。

　　③可能是因工程须要填塘筑堤，所以要惊扰荷花仙子。"鹤驾鸾车"正是写的仙人。

　　④五丁凿山：是关于古蜀地开凿山道的神话。五丁是五个力大无穷的巨人。《水经注·沔水》引来敏《本蜀论》："秦惠王欲伐蜀而不知道，作五石牛，以金置尾下，言能屎金。蜀王负力，令五丁引之成道。"相如作檄：司马相如曾作《喻巴蜀檄》。此用古代修蜀道比喻芍陂工程。说当年的修通蜀道，五丁凿山只是神话，那是千人万人拼命干出来的，司马相如的文章再好也起不了什么作用。

　　⑤咄嗟：很短的时间。尔曹：你们。亟：急切。两句说在这深山穷谷仙人当然不会高兴，但是不要紧，很快就会好的，只是你们不要太心急啊！

乞诗^①

　　寺僧乞诗毫濡墨，我思欲苦心无力。
　　伛偻一月走江边，诗意惨澹无颜色^②。
　　世人嗜巧不嗜古，黄钟毁弃鸣瓦缶^③。
　　正变不得问真源，茫茫过卫与返鲁^④。

【注】

　　①此诗是一位僧人要求作者赠诗，作者就此发出对于诗道不兴之叹。

　　②寺僧乞诗，但我冥思苦想一个月而所作黯无光彩。伛偻：弯腰驼背状，形容苦思。

③在作者笔下，巧与古是相对立的一对概念。巧是市俗的、流行的、工细绚丽的，甚至是轻佻浅薄的；古是神圣的、正统的、看起来拙重呆板乏味的。这种说法不仅可以用之于诗，也可用于其他艺术形式，甚至对人物的品评定位。黄钟瓦缶：出屈原《楚辞·卜居》："世溷浊而不清，蝉翼为重，千钧为轻；黄钟毁弃，瓦釜雷鸣，谗人高张，贤士无名。"喻有才德的人被弃置不用，而无才德的平庸之辈却居于高位。

④正和变，是古人对《诗经》中的《风》和《雅》所作的划分，认为歌颂性的诗（美）是正《风》、正《雅》，批评性的（刺）是变《风》、变《雅》。前者产生于盛世，后者产生于衰世。见《毛诗序》《毛诗正义》等。"过卫与返鲁"：见《论语·子罕》："子曰：'吾自卫反鲁，然后乐正，《雅》《颂》各得其所。'"指诗得正音，达到理想境界。

读杨岩公行状，感而吊之，一韵再赋，情见乎辞①（二首抄一）

淮上关西世可师，后先贤杰更无疑②。
武乡高卧三分日，司马焚香五夜时③。
道丧江河须砥柱，治平霖雨失蛟螭④。
同心交臂成遗恨，欲吊难题哀诔词⑤。

【注】

①杨岩公：生平不详。从诗中看是寿州一带的一位大儒。行状：叙述死者事迹的文章。

②淮上关西：淮上指寿州一带，关西指函谷关以西，即今陕西一带，此指汉代大儒杨震。《后汉书·杨震传》："震少好学，……诸儒为之语曰：'关西孔子杨伯起。'"句中的"后"指杨岩公，"先"指杨震。

③武乡：指诸葛亮，封武乡侯。高卧三分：指诸葛亮在与刘备的隆中对时成功地预言了将来三国鼎立的局面。司马：明清两代都习惯称同知为司马，此司马即寿州同知的别称，是作者自谓。两句意为：在杨岩公高卧淮上像诸葛亮那样隐居待时的时候，自己也在祈求着有大儒的出现。

④砥柱：是三门峡附近黄河急流中的一座山，《晏子春秋·内篇谏下》："吾尝从君济于河，鼋衔左骖，以入砥柱之中流。"中流砥柱于是成为喻在艰难环境中坚守的成语。蛟螭：龙。传说上天降雨是由蛟龙司其事。此说杨岩公之死使思想界失去道统中坚，政治上失去了治国平天下的重要人才。

⑤交臂：失之交臂的略语，指本来有机会接触却错过了。作者与杨岩公志

同道合却没有过见面订交的机会，因此想去吊挽都不好写哀挽的文章。

立春日张子宛庐过饮，即邀柳青载定盟肄业，
继之以诗，走笔步和①

华发相看欲别时，欣逢春酒对春枝。

晴霄已识青云气，仙侣同吟白雪词②。

津水双龙元自合，关桥驷马未应迟③。

须知汨没龟蒙老，塌翼秋风无限思④。

【注】

①张宛庐，本书卷六有《张子宛庐疾少却》。柳青载，不详。从诗中看，似乎是作者介绍他与张宛庐订交并从其受学。

②"晴霄"二句：说看起来张、柳两人都具有将要青云直上的气度，而且两人会成为风流倜傥的诗友。白雪词：《阳春白雪》，指高雅的诗文。

③津水双龙：指张宛庐和柳青载。据《三秦记》载，河津又名龙门，大鱼积数千不得上，上者为龙，不上者为鱼。又，也可能是用延津双剑化龙事，详本书卷六《仲侄所佩两小倭刀，庚戌在金陵解其一佩余，偶出匣把玩洒涕为诗》注③。关桥驷马：用司马相如事，据《华阳国志》载，司马相如曾在成都升仙桥题桥柱，说"不乘驷马高车不过此桥"。又《汉书·于定国传》有"高大闾门，令容驷马高盖车"语。总之是期望发达之意。

④龟蒙老：作者自称。塌翼：鸟双翅下垂，颓丧失意无所作为貌。

赋得对案不能食①

仲夏七日雨，群动气交挫。

晦日始见旭，转愁炎蒸大②。

对案不能食，集蝇方倡和。

此物善逐热，不宁乃腹饿③。

万类避焞赫，微生独负荷。

真宰不能争，付之鸿钧播④。

无力资驱除，任扰茅屋坐。

翻思廊庙间，何术免汝涴⑤？

【注】

①"对案不能食"，是鲍照诗《拟行路难》中的句子。此诗五言八韵，诗

题冠以"赋得"，完全是科举考试的试帖诗的体式。但其内容并非代圣贤立言和颂圣，而是从鲍照的这句诗借题发挥，抒写自己所感。

②仲夏是农历五月，晦日是每月最后一天。四句说连续下了七天雨，人和各种动物都烦闷极了。早晨才见太阳，气温急升。

③"对案"四句：说面对满桌饭菜却吃不下去，因为有大批苍蝇嗡嗡乱叫！苍蝇生性喜欢扎堆凑热闹，也不一定单是饿了想吃东西。按，本书卷二写护领转饷京师的《茌平县》有"旅停市气腥，案蝇集秋热。脱剑揽尘缨，欲食还复辍"句，意境与此仿佛，可参。

④"万类"四句：大多数生物都怕热，唯有苍蝇不怕，这是谁都不能改变的天性，天地造化还要使它们繁衍传播得到处都有！焯赫：音 chǎn hè，显赫。真宰：老天爷、上帝。鸿钧：鸿，大。钧，制陶的转轮，喻天地大自然的造化力量。

⑤"无力"四句：我没有本领把这些讨厌的苍蝇赶走，只能一任它们的扰攘，无奈地坐在自己的茅屋里。忽然引发联想：这些苍蝇，就像在朝廷里、在庙堂上、在官场、在人间社会无处不在的小人！他们为了一己之私，无所不为，让正人君子防不胜防，只能徒唤奈何！谁能拿出有效的办法，来制止他们对国家对朝政对社会的玷污？……按，此诗也可以说是一首寓言诗，生动地反映了作者对社会上小人的厌恶却又无奈的心情。

闻过广文于飞消息①

过老朋游满旧都，跨驴归去旅情孤。

郊门送客余寒雪，春色迎人有太湖②。

消息初传骑宿日，死生三割会琴图③。

嗟非检校贫交意，未信林公事可无④。（广文吴县人，为凤阳郡学教授八年。乐道尚气节，与郡检校史起鉴及珣俱好琴，为物外交。过作《会琴图记》，三分之。康熙四十一年冬，过归里，资用僮仆俱乏，身踽踽，信宿于史，史资而佣送之，及家数日殁。方寓宿史时，与故怀远令林俱，既而同道，俱负病，后二日林道殁，过竟生还。）

【注】

①据诗后自注，过于飞殁于康熙四十二年（1703）春，此诗大约作于其年或更晚。自注说过于非是凤阳府学教授，但光绪《凤阳府志·职官志》失载。

②上句写作者于康熙四十一年冬曾为过于飞饯别，下句说次年春过于飞回到家乡吴县。吴县即今苏州吴中区，紧傍太湖。

③骑宿：骑指僮仆和坐骑，宿指住宿，此皆指史起鉴对过于飞的资助事，见诗后自注。"死生"句说听到过于飞去世的消息，才感到三分《会琴图记》乃是生离死别的事。

④按，自注中的郡检校史起鉴，其人不详。检校在清代仅江苏各府有设，是掌管稽核图籍文书出入的低级官员。这里说的过于飞生还，与前文"及家数日殁"并不矛盾。过于飞能够活着回了家，这非常重要，虽然不几天就死了，但与"道殁"大不一样。如果没有史起鉴的慷慨资助，过于飞也会像那位故怀远令林公一样死在路上。林公，名不详，怀远县令。从自注看，他和过于飞同时回家，但是死于半路。

按，此诗及自注提供的信息，于了解作者在寿州的交游和他的生活很有意义。过于飞是凤阳府学教授，和凤阳府检校史起鉴以及作者的关系很不错。三人地位相似，志趣相投，而且还都爱好古琴。本书中与琴有关的诗，就有《孤琴叹》《赠琴客李子》《喜昙若上人弹琴》等，《仲冬述行三十二韵》还说他教授别人弹琴，其他诗中与琴相关摘句尤多。更有现存的钟离尚滨作《颜伯珣抚琴图》(见本书卷首附图)，画签即颜伯珣自题。

赠钟离山人尚滨画秖芳园拟山水图歌①

双溪野老未解事，少壮遂为明时弃②。
不治纵横治中园③，五亩势穷百里意。
就中岭谷已自殊，更拟山水篇十二④。
龙湫雁宕眼中出⑤，精灵神合快所嗜。
曩者两经为此图，观者藉藉少轩轾⑥。
钟离墨憨晚相遭⑦，逸才每被俗士忌。
肯为老夫更经营，石走川鸣流云驶。
世手放诞好非古，墨也师法秋毫备⑧。
墨也年甫四十强，裂眦犹说旧宫寺⑨。
雕虫之技心且伤，丹青若污丈夫志⑩。
即今此技已绝人，白眼转看驽碌类⑪。

【注】

①钟离尚滨：生平不详。从此诗看，他是寿州的画家，年龄比作者稍小。

他画的《秖芳园拟山水图》今已不可得见，所画《颜伯珣抚琴图》尚藏山东省博物馆。关于《秖芳园拟山水图》，本书附录有颜肇维及冯云鹏等人题诗，可参。

②双溪野老：作者自指。本书卷二《泗水桥》作者自注："余双溪村在桥东北二十三里，泗水经秖芳园阁外西流。"明时弃：化用孟浩然"不才明主弃"意，谓自己的科举道路不顺。

③纵横：指纵横术，是以口辩之才陈述利害游说君主以取富贵的方法。最典型的人物为战国时鼓吹合纵连横的苏秦和张仪。中国：应是作者设计的园林。

④山水篇十二：应指写秖芳园中十二处景观的《秖芳园拟山水诗》十二首，见本书卷三。

⑤龙湫雁宕：雁宕即浙江温州的雁荡山，风景幽丽，有东南第一山之称。龙湫是雁荡山的瀑布，有大、小龙湫之分。快所嗜：快，愉悦。所嗜，此指对山水园林的爱好。

⑥轩轾：车前高后低为"轩"，前低后高为"轾"，喻高低轻重。出《诗经·小雅·六月》："戎车既安，如轩如轾。"二句说此前作者曾两度请人画过秖芳园图，但很少评论优劣高低。

⑦墨憨：似为钟离尚滨的别号。看来他也是个孤高耿介之士，和作者结缘不久。

⑧世手：指上文的俗士。墨也：指钟离尚滨。两相比较，可知钟离的画风是严谨工细的，而非粗枝大叶写意的。按，这从现存的《颜伯珣抚琴图》也可以得到印证。秋毫：秋天鸟兽所生细毛，指细微之物。

⑨裂眦：成语"目眦皆裂"的省略，生起气来两眼圆睁的样子。宫寺：此应指明代宫廷里的太监；寺，即寺人，宦官。本诗谓尚滨四十多岁，则他是生于清朝的人。但他一谈起明末宫庭的事来也依然十分激动。按，作者对明亡的感慨，在很多篇章中都有反映，从此诗看，他已把在这一点上的共同语言，作为交友的思想基础。

⑩雕虫：出扬雄《法言》："雕虫小技，壮夫不为。"又《隋书·李德林传》："经国大体，是贾生、晁初之俦；雕虫小技，殆相如、子云之辈。"对钟离尚滨来说，把绘画作为职业实在是令他伤心的事。言外之意是他有做经国济民之类大事的能力。

⑪驽碌：驽是劣马，碌指庸碌无能。此说像钟离尚滨这样的技艺现在也很少了，世上都是庸碌之辈，只能令人看不起。

登舟①

十丈高帆两字旌，官舟又发石头城②。

几回江国催迟暮，厌听前舟欸乃声③。

【注】

①从本卷以下几首诗看，此登舟应该是又一次行役的开始。出发地是南京，所经之地有扬州、仪真、高邮、骆马湖、济宁、张秋、临清，是沿运河北行，从"满目秋光""愁理西风""黄叶西风"等看，时间应是康熙四十二年（1703）秋，目的地和事由待考。

②两字旌：应是官船上标有"回避"之类文字的旗帜。石头城：今南京。

③欸乃声：行船时摇橹的声音。

泊石城桥①

石城官渡海云红，满目秋光白露中。

莫向西风论往事，劳人懒唱大江东②。

【注】

①石城桥：在南京汉中门外，跨秦淮河上，近石城门，其地是南京的官渡，发生过很多历史大事。

②劳人：《诗经·小雅·巷伯》："骄人好好，劳人草草。苍天苍天！视彼骄人，矜此劳人。"即劳苦忧伤之人。在这里既是自指，也包括和他一起出差的同伴以及舟师等体力劳动者。大江东：苏轼《念奴娇·赤壁》词，有"大江东去浪淘尽千古风流人物"句。

将去金陵同游人游秦淮①

强著青衫逐胜游，满城丝管不知秋②。

明朝一挂孤帆影，落日烟波何限愁。

【注】

①将去：准备离开。秦淮：金陵秦淮河。

②青衫：相对于官服而言，青衫是未出仕的士子的衣裳。丝管：乐器。

寄家书即发石头城①

鹢转城头才拨棹，鱼随舷尾乍题缄②。
离心翻似辞乡国，愁理西风一片帆。

【注】

①出发前从南京寄书给曲阜或寿州家人。

②鹢是一种鸟。《春秋公羊传·僖公十六年》有"六鹢退飞过宋都"，此喻拨棹，即掉转船头。又，古人在船上画鹢的图案，故鹢又是船的别称。详本书卷二《龙江关》篇注⑦。鱼：在这里有双关义。汉乐府《饮马长城窟行》有"客从远方来，遗我双鲤鱼，呼儿烹鲤鱼，中有尺素书"，故鱼又是书信的别称。题缄：封上家书。

泊燕子矶①

昔共阿咸公宴时，矶头舴艋暮归迟②。
苍崖百尺笔如斗，犹是当年醉后诗③。

【注】

①燕子矶：南京长江边，是长江三大名矶之一。吴敬梓《金陵景物图诗·燕子矶》："观音山东北一石吐江濆，三面悬壁，崿绝势欲飞去，则燕子矶也……"

②阿咸：晋竹林七贤中的阮咸，是阮籍的侄子，后人便以之作为侄子的代称。此指颜光敏。舴艋：小船。

③笔如斗：即大手笔，是对颜光敏文笔的赞扬之词。当年醉后诗：或指光敏《游燕子矶》诗，载《乐圃集》卷一，是一首长篇五古。

仪真二首①

万斛中流共一舟，神州犹自逊真州②。
舵楼高比江城堞，更有红妆在上头③。

【注】

①仪真：今江苏仪征市，宋代称真州，明及清初为仪真县，雍正时为避胤禛讳改为仪征。

②万斛：此是形容船大，用杜甫《夔州歌》之七："蜀麻吴盐自古通，万

斛之舟行若风。"神州：中国，此指南宋朝廷。"神州逊真州"指南宋时名将韩世忠在真州黄天荡抗金事：建炎三年（1129）十月，金军攻破建康，直逼临安。宋高宗赵构南逃至明州，次年又逃往温州。宋浙西制置使韩世忠率水军截击金军于焦山、金山之间，双方在长江上展开激战，韩世忠夫人梁氏亲自擂鼓助威，士气大振，重挫金军。金军愿尽归所掠财物假道北归，被韩世忠严词拒绝。最后将金军逼进死港黄天荡，前进无路，后退受阻，长达四十多天，为南宋抗金史上著名战役。黄天荡即属真州。此以高宗之屡逃与韩世忠之奋战相对比，故有此说。另外，此处也似乎隐含着作者对父亲颜胤绍在江都抗击流寇一事的感慨。参卷三《扬州》注③及卷六《述旧德·三》注②。

③红妆：指韩世忠夫人梁氏。正史无其名，明人传奇《双烈记》及小说《精忠传》等中称梁红玉。

斜日高帆十里明，归帆不似去帆轻①。
江南多少思归客②，黄叶西风秋满城。

【注】

①归帆是返家的船，去帆是离开时的船。离开时一往无前，故显得风顺船轻；返回时归心似箭，便觉得船重行迟。此诗很含蓄地写出游子思家的微妙情绪。使人想起李清照词所说："只恐双溪舴艋舟，载不动，许多愁。"

②思归客，作者自然也在其中。秋满城，城指仪真。按，此诗气象开阔，境界高远，情景交融，堪称七绝杰作。

海音寺二首①

云中高塔牟尼光，坐上金莲百宝装②。
供奉分明传佛语，不知何以号空王③？

【注】

①此海音寺不详所在。此二诗构思相似，都是通过设问方式表现了对佛教的质疑。按，颜光敏作《颜氏家诫》卷二有一条："乡人至真定，大父问'大人家居何似？'乡人曰：'虽勉力为善，一事可骇。'问'何事？'曰'惟不事佛。'"文中的大父是作者之父颜胤绍，大人是其兄颜伯璟。颜伯珣是在颜伯璟的直接教育下长大的，可见他对佛教的质疑其来有自。

②牟尼光：指释迦牟尼佛雕像身后的宝光。坐：通"座"，谓佛像下莲座。

③供奉：信徒向佛僧奉献。空王：释迦牟尼的尊称。此说佛家既然要人们

布施财物，供养三宝，却又还称释迦为空王，岂不自相矛盾？

> 翠瓶七尺插珊瑚，赭幄流苏结绿珠①。
> 白日垂帘僧百五，不知何以报恩殊②？

【注】

①翠瓶：翡翠瓶。七尺珊瑚：晋石崇金谷园中有珊瑚高达七尺。绿珠：字面意思是帏幄上有绿色的珠子作装饰。其实绿珠又是石崇宠妾的名字，她后来跳楼而死，此处双关，更有深意。

②恩殊：殊恩。二句说寺院里养着大量不劳而食的僧人，他们用什么报答施舍他们衣食的人们？

红桥①

> 国子先生奉使时（孔东塘尚任），宴游黄邓日题诗②。
> 当年好事添西老，未必竹林少片碑③。

【注】

①红桥：在扬州。《扬州画舫录》卷十《虹桥录·上》："虹桥即红桥，在保障湖中。……朱栏跨岸，绿杨盈堤，酒帘掩映，为郡城胜游地。"

②国子先生：指孔尚任，他于康熙二十五年（1686）以国子监博士奉命随工部侍郎孙在丰往淮扬，疏浚河道。《扬州画舫录》载，（卓尔堪）"放情山水，尝于上巳日与孔东塘、吴薗次、邓孝威、李艾山、黄仙裳、宗定九……行红桥修禊，……东塘为主人。"黄邓：指黄仙裳和邓孝威。黄仙裳即黄云，邓孝威即邓汉仪，都是扬州著名诗人。

③西老：应指孔贞灿，号西园，是孔尚任的族叔，与颜伯珣关系密切。详见卷首《跋》注①。竹林：竹林七贤，魏晋时以嵇康、阮籍为首的七位文人。两句是设想之词，谓孔尚任在扬州主持红桥修禊等雅集活动时，如果西园老人能参加，那红桥雅集就可以像竹林七贤那样流传于世了。

邵伯镇①

> 水国年年望翠华，河干不省种桑麻②。
> 非因宵旰勤明主，安得舟航十万家③。

【注】

①邵伯镇：在扬州城北，西傍邵伯湖。

②望翠华：盼皇帝的御舟从这里经过。按，《清圣祖实录》载：康熙四十二年（1703）春帝第四次南巡，二月"辛巳，御舟过邵伯；壬午，御舟过邵伯更楼"。按，该年二月丙子朔，则辛巳为初六，壬午为初七。此首及前后数首应都是作者于该年秋天北上行役之作，则此诗是追忆几个月以前的事。河干：河边，河指大运河。句谓这里百姓多以捕鱼和舟航运输为生。

③宵旰：指皇帝日夜早晚地勤于政事。按，此是颂圣套语，亦确为肺腑之言——康熙帝对黄淮水患十分关心，几次南巡皆与之有关，作者当是深有体会的。

淮堤

海门呼吸众流东，百万金钱逐百工①。

六十年前逐生计，西风谁念老臣衷②？

【注】

①两句写淮河堤坝的重要性。康熙帝对治理黄淮极为重视，其重要措施之一是修筑大堤，为此投入大量人力物力。

②此诗作于康熙四十二年（1703），前推六十年是崇祯十六年（1643）。作者之父颜胤绍于崇祯九年起为江都令，诗中"老臣"应是指他。

高邮感旧①

少小娇娃远离乡，湖村不忆旧莲塘。

扁舟何处寻消息？唯有茫茫万顷香。

【注】

①作者之父颜胤绍于崇祯十五年（1642）率阖家在河间自焚时，作者六岁，可知其生于崇祯十年（1637），其时颜胤绍正在扬州知府任上。高邮是扬州属县，故作者的幼年有可能是在高邮度过的，只是年龄太小，未必记得，故有"湖村不忆旧莲塘"之叹。现在作者乘一叶扁舟寻找少时生活痕迹，所见当然只有无边荷香了。下边《板闸忆旧》有"犹记当年莲子湾"，与此"旧莲塘"或许有关。

十日忆中宛二子①

二子秋逢定几回，八公峰上独空台②。

飞扬纵有寻花约，谁为相约冒雨来。（去年九日自阚疃迎张子中涵，冒雨山行百五十里，与张子宛庐共为登高之约。）

【注】

①十日：为重阳后一日。据作者自注，有约共同登高，因雨未果，乃作此诗。中、宛二子为张中涵和张宛庐。张中涵之名为仅见，张宛庐又见本卷《九日寄张宛庐》《立春日张子宛庐过饮，即邀柳青载定盟肆业，继之以诗走笔步和》及卷六《喜张子宛庐疾少却》。自注中的阚疃在凤台县。本书卷二有《有事阚疃》，张中涵或为阚疃人？

②八公峰：即寿州的八公山；重阳有登高的风俗，"独空台"谓二子未至。

重忆中子①

思君独赋广陵秋，晴日犹虚邗上游②。

满目江山留不住，月明空载木兰舟③。

【注】

①中子：应为张中涵。

②广陵和邗上都是扬州的别称。

③木兰舟是船的美称。

板闸忆旧①

少小相逢惜玉颜，蓬山归去绝人间②。

潘郎今日头如雪③，犹记当年莲子湾④。

【注】

①板闸：淮安有板闸镇，或许即诗中的板闸。从诗之内容看，此是回忆幼年时一段感情。可与前《高邮感旧》合观。

②玉颜指女孩子，蓬山是传说中的仙山。李商隐《无题》有"刘郎已恨蓬山远，更隔蓬山一万重""蓬山此去无多路，青鸟殷勤为探看"，都是写爱情的名句。此用指别去以后两人再未见面。

③潘郎：西晋潘岳，年轻时长相俊美、举止优雅，后泛指为女子所爱慕的男子、情郎。此为作者自称。

④莲子湾：或即《高邮感旧》中之"旧莲塘"？为当年定情之处。

老贫①

老有江湖役，贫男儿女词②。

逐时欢几许，去日悔多迟③。

鬓发梳无得，形容镜自疑④。

向来违俗意，未许寸心知⑤。

【注】

①此诗是作者在行役中的自慨自嗟，深刻表现了在现实和理想的矛盾中的内心迷茫。

②在江湖行役途中挂念家中儿女，常念念不离于口。

③年轻时追逐时尚也许能获得一些快乐，过去后却又后悔不及。

④头发稀疏，面容老惫，照镜子时甚至怀疑那不是自己！

⑤自己做人行事常常违背世俗，这大概就是自己老贫的原因；但又不知道自己内心的追求是什么！

骆马湖口[1]①

中分四派骆湖滨②，西口帆多是去津。

闻道清流来自汶，眼前如遇故乡人③。

【校】

[1] 此诗入选张鹏展编《国朝山左诗补抄》卷二。

【注】

①骆马湖：位于江苏省北部，在今宿迁、徐州两市的接合部。

②中分四派：骆马湖是明后期黄河侵泗夺淮以后，由四个小湖连成一片而成。中间的叫大江湖，西北部的叫禹头湖，东北部的叫埝头湖，南部的叫骆马湖。

③汶水即今大汶河，流经曲阜以北的宁阳、汶上等西南流，最后入骆马湖，故曰"如遇故乡人"。

赠安庆太守□①公

圣代维良倚大贤，夔龙才俊庶邦先②。

上游雄长江山表，美政欢从吴楚传③。

庭北高峰春自碧，湖东远树暖和烟。

龙眠最近蓬莱海，未羡虚无岛上仙④。

【注】

①此字原缺。康熙《安庆府志》卷十《秩官》有何鼎，康熙三十九年（1700）起任知府，其下任是康熙五十年（1711）任职的张芝眉。何鼎任知府长达十一年。如果不是府志记载有遗漏，则题中所缺就是"何"字。

②夔龙：传说中舜时的大臣，借指太守。庶邦：诸侯众国，出《尚书》；此指州郡。说当代政治清明用人唯才是举，太守□公的人品才识在诸郡中是领先的。

③吴楚：安庆有"吴楚分疆第一州"之称，言其地在历史上处于吴楚两国和两种文化的分疆和过渡地带。

④龙眠：龙眠山，在桐城，桐城是安庆府的属县。蓬莱是所谓海上三仙山之一。以上四句说安庆府的百姓生活的环境优美恬适，他们安居乐业的好日子，比虚无缥缈的神仙强多了！

野堤[1]

白草黄芦望兖徐，野人堤上列茅庐①。

圣朝咨儆犹如此，始信洪荒鸟兽居②。

【校】

[1] 此诗抄本《祇芳园集》卷下题《北野堤》。

【注】

①兖徐：兖州和徐州，为《禹贡》载九州之二。此是作者在行役船上看到的景象，因黄河决口使田庐被毁，大批百姓无以为生，只能在堤上搭茅棚暂住。

②圣朝：指当朝。咨儆：皇帝向臣下了解过问有关情况。"洪荒鸟兽居"是说完全看不到人类活动痕迹。此谓现在虽然放眼一派荒凉，但堤上尚有茅庐，这自然是皇帝关心的结果。

再见红蓼①

青帘远道舫，红蓼暮江滩②。
相对似相识，北风吹汝寒③。
柔情追窈窕，别意想阑干④。
浓露如双泪，秋深几度干⑤。

【注】

①红蓼：生长在水边的一种植物。此诗以拟人的方法写红蓼，使人怀疑写的是一段感情。

②傍晚时分，从远路来的挂着青帘子的船上，又见到了你。

③相对之间似曾相识，在深秋的北风中，你有点儿瑟缩，好像怕冷。

④看到你窈窕的身姿，想起当年的柔情；分别以来思念的心绪是多么纷乱难解！

⑤滩头红蓼花叶上的露珠，多像你的泪水。这泪水流了，干了，又流了……已经多少次了？

十月一日舟泊济宁，风雨望乡作①

柳荒松老庞公里，济北淮南季子裘②。
蓬门纵过无相识，不敢帆前怨石尤③。

【注】

①济宁：今山东济宁市，为清代大运河上重要码头城市。作者故乡在其东不足百里。此诗是沿运河北上的行役中泊舟济宁时作。十月一日是祭祀先人的节日。丘垄近在咫尺而不能祭扫，面对凄风冷雨，怎能不孤寂生愁。但诗写得克制冷静，仿佛说别人的事，反而更值得咀嚼回味。

②庞公里：庞公即汉代襄阳人庞德公，因年长，人称庞公，有令名，而未尝入城府。荆州刺使刘表数次延请而不见。此庞公为作者自指。季子裘：季子指战国时的辩士苏秦，字季子。他"说秦王书十上而说不行。黑貂之裘弊，黄金百斤尽，资用乏绝，去秦而归。嬴縢履蹻，负书担橐，形容枯槁，面目犁黑……"后以季子裘为失意、困顿、不得志之典。此季子亦自指。

③无相识：此用贺知章《回乡偶书》诗："少小离家老大回，乡音无改鬓毛衰。儿童相见不相识，笑问客从何处来。"以显离乡之久。蓬门：此指故居。

石尤：是逆风、顶头风的俗称。传说古代有商人尤某娶石氏女，情好甚笃。尤远行不归，石思念成疾，临死叹曰："吾恨不能阻其行，以至于此。今凡有商旅远行，吾当作大风为天下妇人阻之。"见《琅嬛记》引《江湖纪闻》。

忆徐北村显庆①

徐子北山谢旧游，居人不续汉宫秋②。
独寻遗谱诸孤少，雪满寒溪误子猷③。

【注】

①徐北村：见本书卷九《怀徐子》注①。

②北山：《怀徐子》有"徐君归否北山岑"，故当为徐北村家居所在。谢旧游：联系下文的"诸孤"，则此时徐应已去世。汉宫秋：是元代马致远所作杂剧。又有《汉宫秋月》，是古曲。

③遗谱：徐显庆擅音乐，故此谱应是古乐谱琴谱之类。诸孤：指徐子的后人。"雪满"句用《世说新语·任诞》王子猷雪夜访戴事。以戴安道喻徐子（史载戴安道能鼓琴，善书画），王子猷未见戴安道而返，而此时徐子已逝，再不得见，故曰"误"。

张秋①

此道初成镇，中原失九河②。
海邦年稼少，碣石碛沙多③。
代虚牛头厌，功余瓠子歌④。
何人轻变古，不得罪蛟鼍⑤。

【注】

①张秋镇在今山东阳谷县境，为南北及东西之交通枢纽，是山东境内三座著名市镇之一。此诗不写张秋镇的繁华兴盛，而极力写其贫瘠，是作者看到黄河灾后情况有感而作。

②九河：大禹时代黄河的九条支流，《尚书·禹贡》有"九河既道"，后人关于九河具体名称众说纷纭，近人多认为是黄河及下游许多支流的统称。《汉书·沟洫志》谓九河已沦于海，故此诗云"失九河"。此说张秋镇的产生与黄河和运河有关。

③海邦：近海的邦国。《诗经·鲁颂·閟宫》："至于海邦，淮夷来同""至

于海邦，淮夷蛮貊"，此云"年稼少""碛沙多"，是写张秋的贫穷偏远，有如海邦。碣石：曹操《观沧海》诗有"东临碣石以观沧海"，此借指张秋一带土地瘠薄。

④牛头或指今宁夏境内黄河边的牛首山。厌：通"魇"，指通过法术实现某种愿望，此谓以祭祀牛首山祈求避免黄河水灾。代虚：指历代多没有达到目的。《瓠子歌》：汉武帝在黄河决口现场的即兴诗作。元光三年（前132），黄河决入瓠子河，淮、泗一带连年遭灾。汉武帝发卒万人筑塞，成功控制洪水。此说治理黄河的历史经验表明，祈求神灵没多大用处，干实事才能成功！

⑤说水患的形成，不应归罪于虚无飘渺的蛟龙，而是治河方针不当的结果。"轻变古"是轻易改变古人治河的方针。按，康熙十六年起，靳辅任河道总督，他继承明代潘季驯的治河方略，历十余年努力，成效显著。但在康熙二十七年（1688），被御使郭琇弹劾而落职。后虽又被启用，但不久便逝世。参本书卷二《徐州》注⑤。蛟鼍：鼍音tuó，即猪婆龙，鳄鱼。古人认为蛟龙是洪水的引发者。

咏女生日①

才堪咏雪生逢雪，字汝维璋比弄璋②。
今日怀归赋泉水，不知白发殢他乡③。

【注】

①本书有两首《咏女生日》，一为卷三的五律，一为此七绝。五律有"欲雪看成咏"，已经在学作诗了；此夸"才堪咏雪"，应该又长大了几岁。

②"才堪"二句说他这个下雪天出生的女儿很聪明，给她取的字叫维璋，是希望她不亚于男孩。咏雪：用晋谢道韫事，详卷三《咏女生日》注②。弄璋：出《诗经·小雅·斯干》："乃生男子，载寝之床，载衣之裳，载弄之璋。……乃生女子，载寝之地，载衣之裼，载弄之瓦。"故民间习惯称生男孩为弄璋，生女孩为弄瓦。作者在女儿的名字上用个"璋"字，表现了对女儿的深爱。

③云"怀归"，云"殢他乡"，明示是在行役之中。殢：音tì，有滞留、纠缠等义。

空瓦壶①

翻书不解正忘筌，壁上何劳琴有弦②。
独把空壶醉明月，百年省却杖头钱③。

【注】

①此诗用两个典故咏空瓦壶，意思是说凡事不必太注重外在的形式，恰如没有弦也能得琴趣，没有酒也能醉明月，关键在于自己内心的感受。按，此实为绝对的主观唯心主义，虽具哲思，不合常理，作者似有揶揄之意。

②忘筌：《庄子·外物》："筌者所以在鱼，得鱼而忘筌；蹄者所以在兔，得兔而忘蹄。"比喻目的达到后就忘记了原来的凭借。筌，通"荃"，捕鱼的工具。琴有弦：用陶渊明"但识琴中趣，何劳弦上声"事。详本书卷七《赠琴客李子》注⑤。

③杖头钱：即买酒钱。《世说新语·任诞》："阮宣子常步行，以百钱挂杖头，至酒店，便独酣畅。"

雾树作花①

寒生短褐朝难卧，雾重长林夜作花。
疑入家园千万树，不知孤棹系天涯②。

【注】

①雾树作花应是指雾凇，是一种冬季发生的自然现象，俗称"树挂"。雾中水滴遇冷后在风中飘荡，碰到树枝等物时，凝结成白色松散的冰晶，美丽有如花朵。宋·张邦基《墨庄漫录》卷四："东北冬月寒甚，夜气塞空和雾，著于林木，凝结如珠玉，……齐鲁人谓之雾凇。"此诗是冬晨因寒无法入眠，看见窗外满树雾凇，陡起思乡之念。

②看到雾凇，仿佛回到故乡的秪芳园。其实自己正像一叶孤舟漂泊在天涯海角呢！

诵李崆峒诗①

磊磊群贤一代雄，中朝七子畅宗风②。
若方神禹称疏凿，谁竟巍巍北郡功③？

【注】

①李崆峒：明代李梦阳，字献吉，号空同，又作崆峒，为文坛"前七子"之首。

②七子：李梦阳与何景明、徐桢卿、边贡、康海、王九思、王廷相号称七才子，为了与以后文坛中出现的七才子相区别，称为"前七子"。宗风：一代诗风。

③如果以前七子对文学的贡献和以疏凿为治水根本理念的大禹相比的话，有谁能继承李梦阳的巨大贡献？方：比方。按，在明孝宗弘治时代，李梦阳以复古相号召，提倡"文必秦汉，诗必盛唐"，其实是对当时笼罩文坛的以宰相李东阳为代表的馆阁体的挑战，也可以比喻为是一种对僵化文风的"疏凿"。北郡：李东阳出生于甘肃庆阳，时属北地郡，故人以李北郡、李北地称之。

闻西园翁孔垣三贞灿复营郭外水墅，余去旧舍已三年矣，感寄一绝句①

君似春莺逐处飞，侬如秋燕去柴扉②。
何人为抵仙人掌，野老归时见面稀。（仙人掌，西园②石名）

【注】

①作者于康熙三十八年（1699）夏奉檄监采丹锡入贡京师，年底回曲阜，三十九年（1700）春回寿州。此后三年正为四十二年（1703）。此诗是这次行役途中船行至济宁以北时遥想故乡作以赠孔贞灿的。

②侬：吴语第一人称代词，多用于女姓。诗中又以莺、燕为喻，有调侃意，尽显与孔贞灿的亲昵关系。可参本书卷三《逢乡人得孔垣三贞灿近状并寄口号戏问》注⑤。

③西园：是孔贞灿的别墅。

西园翁别作水墅，徐子北村殁已八年。闻其既成，感寄斯语①

老矣先生谷口徒②，更营山水费功夫。
独怜少却嵋村侣，长夏谁为作画图？（嵋村即北村，壬戌③，北村为作《西园图》，四旬始成，余时参酌焉。）

【注】

①据前，徐北村即徐显庆。由本诗作者注知他又号嵋村，还是一位画家。

②谷口徒：指隐居之士。谷口在陕西淳化西北，秦时于此置云阳县。汉代高士郑子真曾隐居于此。李白《赠韦秘书子春》诗有"谷口郑子真，躬耕在岩石"句，后谷口即借指隐者所居之处。

③壬戌为康熙二十一年（1682）。如上首言此诗作于康熙四十二年（1703），倒退八年，可知徐北村卒于康熙三十四年（1695）。

寄孔纶锡兴诏[①]

君恩自□千秋泽，炎海初归万里人[②]。

赢得新诗三百卷，独寻痴老泗河滨[③]。

【注】

①孔兴诏：曲阜人，字纶锡，号起凤，荫生。官云南粮储道。著有《滇游集》等。

②首句一字原缺。炎海初归：指孔从云南粮储道致仕。

③三百卷：应指孔所撰《滇游集》，三百卷言其多，非实数。痴老为作者自谓。

卷六　柢芳园遗诗别集卷下 古近体诗六十六首

述旧德八首^①（抄六）

　　龙湾旧是祖荒居，南共雄封开国初^②。（龙湾村名，在兖郡北十余里。）

　　二百余年传吉梦，至今累叶有高车^③。（先高祖力田食贫。尝梦神告，语云："汝忠厚之门，后必有兴者。"）

【注】

①述旧德：记述自己祖上德行。此组八首，而刻印时删汰其二，甚可惜。南朝宋谢灵运有《述祖德诗二首》，此拟其意。

②孔尚任《阙里新志》卷六："龙湾，在西北二十四里，泗水之北。泗水发源培尾山，顺流西下，至此始折而南。"雄封：指明太祖封其第十子檀为鲁王。龙湾村南不远即鲁藩所在兖州城。颜氏的兴起和鲁王的就封大致同时。

③二百余年：从康熙四十年起上推，则为明正统、成化间，与"开国初"相应。吉梦：见自注。高车：高车大马，指显贵者。此说颜家世代为官宦人家。按，关于龙湾村及颜氏祖德，颜光敏《颜氏家诫》卷二："吾家世居曲阜之西偏，接境于滋阳，……俗淳朴尚礼让。时承平富饶，往往有楼榭车马。吾高祖举事公多隐德，族党有不平者，咸来就决之，乡人终身不入城市，不识吏胥。尝题帱曰：'终身让畔，不失一段；与其同流俗，不如增厚福。'"又颜肇维《颜修来先生年谱》："高祖讳从麟，娶于朱，为林庙举事，多隐德，曾祖讳弘化，娶于张，……尝宿两骏，为亲戚盗去，使人执鞍辔追赠之。有水牛六，入泗水化为九龙，因名其别业曰龙湾。"均可参。

　　中使金舆孔盖旌^①，监司郡守道旁迎。

　　神君拂袖出疆日，却听军门投刺声^②。（明崇祯九年，先大夫令凤阳，已报最待迁。时流寇薄境，朝廷遣司礼监领羽林军士千人驰护陵。未至，先诚江北各路文官知府以下，武至总兵官，俱手本道迎。监军载上方剑，旌旗舆服拟于王者，江南巡抚某，凤阳监司河南郑二阳，凤阳知府福建颜某，集各官议道迎仪礼。众嘿然，监司顾谓太守与先大夫，曰若辈应宜。太守奋然曰："岂官居二千石，尚能屈膝阉人耶！"及夜，先大夫竟拂衣去。明日，监司率各官迎境上，俱跪伏道左，军门上谒，报名鱼贯进，百官股慄，严威若朝廷云。)③

【注】

①中使：太监，此指杨显明。监司指监察御史，郡守指知府，此泛指诸官员。参注③。"金舆孔盖旌"谓其车辆仪仗之盛。见作者自注。

②神君：作者自指其父。谓颜胤绍拒绝道迎中使，拂袖而去，此时巡抚等官员正卑躬屈节地向中使递上手本。刺：手本，即下引《颜氏家诫》中的手版，是见上司或贵官时所用的名帖。

③江南巡抚：应为朱大典，浙江金华人。崇祯八年总督漕运兼巡抚庐、凤、淮、扬四府。郑二阳：河南鄢陵人。此事《鄢陵文献志》卷十二郑传有记："大珰杨显名欲府道以属礼见，二阳谓兵道不与盐筴，且敕书无提衡监司语，屹不为动。"与此注所叙相反。凤阳知府福建颜某：为颜容暄，福建漳浦人，凤阳城破后被杖死。颜光敏《颜氏家诫》卷二亦记此事，录下以作补充："丁丑考绩奏最，内召有命矣。会中使杨显名来监两淮醝政，声焰鸱张。檄监司以下手版迎谒。诸长吏聚议未决，大父厉声曰：'此有何议！失官，寻常耳，宁能屈膝事妇人乎！'即出纳印升车竟去。长吏皆叹息。显名至劾守道袁公继咸等疏云：'继咸见臣，唯冷笑半揖而已。'"

　　　　赐剑专征拥禁军，钟离一炬御陵焚①。
　　　　黄巾不厌琼花色，谁叙扬州保障勋②。（先大夫既去官，朝
　　　廷复起为江都令。备寇守御无遗策，寇不敢窥。）

【注】

①"赐剑"句：谓颜胤绍奉命守扬州府治所江都。禁军：指皇帝警卫部队，因凤阳有明祖陵，故云。钟离：明祖陵所在的凤阳古属钟离国。御陵被焚为崇祯八年事，详本书卷一《凤阳》注③。

②黄巾：东汉末钜鹿人张角领导的农民起义军头戴黄巾为标志，人称黄巾军。此用以指代明末张献忠农民军。琼花：扬州的名花。此说如果不是那些寇盗们侵袭扬州，哪儿有父亲颜胤绍保护扬州的功勋！这是愤激之言。按《颜氏家诫》卷二记在江都备寇守御事，云："流寇横行江淮间，扬州震恐。大父与守道郑潜庵、太守韩一水力策守具。或献策：宜铸大铁椎，悬索挥之，坏其梯。檄大父括铁监造。大父取舟人铁猫悬之，力办。长吏皆叹服。上赐敕褒美。"

　　　　广平归后已投闲，戎马西来入固关①。
　　　　三捷贤王方七日，至今遗略勒邯山②。

【注】

①广平：广平府，今河北永年县。颜胤绍曾被谪任广平府经历。投闲："投闲置散"的略语，谓被安排在不重要的职位或已无官职。出韩愈《进学解》："动而得谤，名亦随之。投闲置散，乃分之宜。"固关：即河北西部的井陉，是满洲人入侵的通道。

②此指颜胤绍守邯郸事。三捷贤王，当指清兵的满人贵族，《颜氏家诫》卷二记清兵者多称"王师"。"七日"事待考；"遗略勒邯山"，或有碑刻记其事。

尽室捐生报主恩，两朝列史大名存①。

当年血刃空百万，惟见黄昏白草原。

【注】

①"尽室"句指颜胤绍阖家自焚事，见本书附录。"两朝"句指明清两朝均表彰其父亲。《颜氏家诫》卷二叙颜胤绍长子伯璟赴河间拾父遗骨礼葬后，说："具疏以告，上嘉悼不已，敕所司覆状优恤。"此"上"指明崇祯帝。《颜氏家乘》载有崇祯十六年（1643）三月颜伯璟"为父矢志歼□力竭殉城举家灰烬惨苦备尝恳乞圣明察戮旌恤以慰忠魂以昭激劝事"的《揭帖》，其内容与所具之疏应相同。又，清《钦定胜朝殉节诸臣录》卷二"通谥忠烈诸臣"中有颜孕绍，云："河间知府颜孕绍，曲阜人，复圣六十五代孙。剿寇有功，抚循饥民，历著循声。崇祯十五年大兵临河间，率众坚守，援兵不至，贼破，阖门同焚死。见《明史》。"（孕绍即胤绍）。按，上引书及《明史》均刊于颜伯珣身后近百年，作者当然不会预知。《钦定胜朝殉节诸臣录》卷首之舒赫德、于敏中所上奏章中有云："惟我世祖章皇帝定鼎之初，于崇祯末殉难之大学士范景文等二十人特恩赐谥，仰见圣度如天，轸恤遗忠，实为亘古旷典……"可见在顺治朝就有对前朝忠臣表彰轸恤的事。但范景文等二十人中无颜胤绍（孕绍）之名，作者所说的"两朝列史"，具体情况尚待再考。

抗节风流先后师，传经家世更何疑①。

若曹勤念艰难意，肯效乌衣轻薄儿②？

【注】

①抗节：坚守节操，出贾谊《治安策》。先后师：指颜真卿和颜胤绍先后辉映。传经家世：传经谓传授继承儒家经学。曲阜颜氏的始祖是孔子最所钟爱的弟子复圣颜回，其后代有颜师古、颜之推等，都于传扬儒家经学有贡献，至

作者为第六十代。

②若曹：你们，指家中子孙们。此"述旧德"，乃是作者对自己的子孙讲述家族往事。乌衣：指金陵乌衣巷，是东晋时高门贵族集中居住处。轻薄儿：指无理想无品行亦无能力但热衷游冶的浮浪青年。

自临清夜抵泗南吕村^{[1]①}

惨淡河南墅，繁星见北岑②。
迁居何草草，种竹只深深③。
归况羞僮仆，尘颜对釜鬻④。
山妻六十载，犹卧嫁时衾⑤。

【校】

[1] 此诗两种抄本均题《自临清夜抵泗南村》，《曲阜诗钞》卷一作《自临清夜抵泗南吕村》。

【注】

①临清：清初临清州，属东昌府，即今聊城市下属的临清市，是大运河上的重要码头。此诗应是康熙四十二年（1703）北行途中舟至临清，作者绕路回曲阜探视。临清至曲阜三百多里，赶到家时，已是深夜。

②河南墅：应即泗南村（泗南吕村）。今曲阜时庄镇有前、后吕家村，在泗河之南，与泗河北的春亭村（乾隆《曲阜县志》所云柢芳园所在）隔河相望。墅：是相对于曲阜城内的邸宅而言。北岑：其北有小山，即柢芳园中的原山。

按，笔者一行曾去后吕家村访查，得见 2010 年修《吕氏族谱》。谱前列行辈为"世有启可敬□□存肇秀传继宗□立……"现修谱者多为"宗"字辈，上数十一代为"有"字辈，则当年河间城破阖家自焚时救出颜伯珣的亲兵吕有年，极有可能就是此村人。

③迁居：颜光猷《水明楼诗》有《闻家叔父移居西宅歌以志感》七言古诗，有云"报道叔父分宅居，使我闻之常酸辛……于今别离方二年，胡为移居西城边……"略可见其事。种竹：本书《柢芳园山水诗》有《竹谿》，可参。

④羞僮仆：羞于见僮仆，以己之归况寒窘也。尘颜：满面风尘。釜鬻：炊具，鬻音 xín。

⑤"山妻"二句：写妻子的节俭。按，以出嫁时十五岁计，六十载后也应已七十五岁。作者在康熙四十二年六十八岁。此当是举其整数的极而言之。

奉酬孔璧六贞瑄过访宛溪[1]①

门径午始开，柳花深一尺。
故人过涧来，握手欢如昔。
相见眼终青②，不知头更白。
毋徒问北音，杯底月堪惜③。

【校】

[1] 在《颜氏三家诗集》和《海岱人文》两种抄本中，都有《奉酬孔璧六贞瑄过访宛溪》二首，第一首即此首（门径午始开），第二首（里巷如无路）。但在刻本（本书整理底本）中，两首分编入两卷，且题目不同，即此首题为《奉酬孔璧六贞瑄过访双溪》，第二首仍原题。宛溪在安徽宣城，双溪在山东曲阜，一字之差，谬以千里。当是在作者去世后的传抄中被分开并改题的。道光间编《曲阜诗钞》时，两首亦被分置两处，此首题《奉酬孔璧六贞瑄过访双溪》；另一首题《奉酬孔璧六贞瑄过访宛溪》。

按本诗尾联云"毋徒问北音"，是作于南方的口吻。则题"过访双溪"似误。据抄本改"双"字为"宛"字。

【注】

①孔贞瑄：字璧六，号历洲，晚号聊叟，曲阜人，顺治庚午举人，由泰安学正升云南大姚知县。辞官回家，潜心经史，尤精算学、韵学，著有《聊园诗略》《聊园文集》等。《四库全书总目提要》称其"所历山水颇多，炎荒万里，猺俗苗境，多所记载，故轶闻逸事，多散见於此集中。其文则奇逸之气，往往不可控羁，而颓唐潦倒之处，亦不一而足云。"是作者关系甚深的朋友。

②眼终青：阮籍能作青白眼，两眼正视为"青眼"，以看他尊敬的人；两眼斜视为"白眼"，看他不喜欢的人。此指被欣赏和尊重。

③"毋徒"二句：意思是两人喝酒谈话中有意避免涉及北方的音讯消息，以免因思乡而伤心。杯底月：指酒杯中的月亮影子。李白《月下独酌》："花间一壶酒，独酌无相亲，举杯邀明月，对影成三人。"

桃山驿岳忠武王庙①

将军遗庙桃山驿，淮北睢南古战场②。
未复神州身遽僇，独劳龙衮号称王③。

孤峰阴雨旌旗色，壮节云霄日月光。

不道金牌移祚运，青湖碧海恨茫茫④。

【注】

①桃山驿：在今安徽省宿州市埇桥区，为著名古驿站。岳忠武王即南宋名将岳飞。据记载桃山驿岳王祠坐落在驿道东侧，万历年间渭南知县岳钟灵始建，规模颇大，民国时犹存。

②"淮北"句：说淮河以北睢宁以南一带，宋金两国多次在那里作战。

③遘僇：僇通"戮"，指绍兴十一年（1141）腊月二十九日宋高宗赵构及秦桧等人以莫须有的罪名匆忙地杀害了岳飞、岳云和张宪。龙衮：绣有龙纹的袍服，是王服。称王：指嘉泰四年宋宁宗赵扩追封岳飞为鄂王。此是说庙中岳飞的塑像穿着王服。

④金牌：宋代凡赦书及军事上最紧急的命令，用金字牌，由内侍省派人递送。祚运：王朝的命运。史载岳飞在抗金节节胜利之际，高宗在秦桧的挑唆下，一日内连发十二道金牌，将在前线作战的岳飞招回临安。岳飞悲愤交加，仰天长叹："十年之功，废于一旦！所得诸郡，一朝全休！"两句谓宋高宗催岳飞班师的金牌改变了宋朝的命运，这是历史上最大的恨事。

附记：康熙四十六年（1707），与此作大致同时，曹寅（楝亭）从扬州赴京时也曾过桃山驿，作《桃山驿岳忠武祠》，诗云："建炎无后叹君臣，鬼社纷纭孰与亲？切记祸媒非促召，只应寅亮是奇人。"自注："忠武谏储被猜，《绍兴中兴纪事本末》载之最详。世以金牌班师为憾，而史则以金牌促召不赴为罪，皆不然也。"见《楝亭诗钞》卷五《南辕杂诗》（胡绍棠《楝亭集笺注》页241，北京图书馆出版社）。角度不同，录以备考。

题刊江山人为倪云林欲雪图十韵①

有客将安适？飘然浦水堤。

柴扉何处是？竹杖未曾携②。

卧想栖袁舍，行疑访戴溪③。

阴岑入幕杳，阳乌下滩低。

砂树萧萧暗，天云淰淰齐。

冻痕层濑溅，寒色远凄迷。

集霰惊萝茑，争喧厌鹅鸡④。

啸孤当忆阮，琴罢欲追嵇⑤。

朋好悭新兴，相思在久缔。

还应寻泗曲，一过鲁门西⑥。

【注】

①刊江山人：不详。扬州别称邗江，疑此刊江为邗江之误。倪云林：元代大画家倪瓒，与王蒙、吴镇、黄公望合称元四家。欲雪：天阴霾厚，尚未下雪。

②以上四句写图中所绘景象：堤下水边，一人飘然而行。

③此联是两个与雪有关的典故，即袁安卧雪和雪中访戴：汉代袁安家贫，大雪天僵卧家中而不乞怜，洛阳令以为贤，举为孝廉。见《后汉书·袁安传》。晋王子猷在大雪夜忽忆在剡溪的戴安道，便乘小船往访，经宿方至，但不见而返。人问其故，答曰："吾本乘兴而行，兴尽而返，何必见戴?"见《世说新语·任诞》。

④阴岑：阴暗天幕下的小山。阳乌：指太阳，传说太阳里有三足乌鸦。淰淰：形容乌云散乱不定，如杜甫《放船》诗："山云淰淰寒。"层濑澂：说石上的激流冻成了冰。霰：雪粒。萝莦：即莦萝，一种藤蔓植物。以上八句是由图引发想象中的欲雪景象。

⑤说在这种情境中，竹林七贤中的阮籍会对之长啸，嵇康要罢琴不弹。

⑥"朋好"四句：被《欲雪图》感染，产生一种深刻的孤独情绪，十分想念远方的老朋友和故乡曲阜城西的故园。泗曲：龙湾庄园在泗水曲折处，秖芳园最初就叫泗曲园。

题黄子久晚秋图①

碧峰峰外两峰横，一片孤霞处处明。

台上何人坐秋水，西风落日故园情。

【注】

①黄子久：元代大画家黄公望，字子久，号大痴道人。此诗是从图上所绘风景人物，生出故园之思，既是题画，亦是抒己之情。

汉阳府①

归路惊残腊，椒花早献辛②。

望乡多病后，隔岁古稀人③。

雪嶂蛮烟尽，寒条野寺春。

竹楼如有待，或可卧闲身④。

【注】

①汉阳府即今武汉市汉阳区，清初辖汉阳、汉川等县。此诗云"惊残腊"，又云"椒花"筵，当是在岁末年初有汉阳之行。

②椒花：椒酒，是以椒浸泡的酒。古代正月初一饮椒酒的风俗，见梁宗懔《荆楚岁时记》："俗有岁首用椒酒，椒花芬香。"又，《晋书·列女传》载刘臻妻陈氏聪慧能文，曾经在正月初一献《椒花颂》。后遂用指新年祝词。

③古稀：出杜甫诗："酒债寻常行处有，人生七十古来稀。"按，作者生于崇祯十年（1637），则古稀为康熙四十五年（1706）。隔岁：两年，则作于康熙四十三年（1704）。

④"竹楼"二句：意谓汉阳府的竹楼可以是将来我退休后的安身之处。闲身：没有官职之身，指退休之后。按，宋·王禹偁有《黄冈竹楼记》，该文有"公退之暇，被鹤氅衣，戴华阳巾，手执《周易》一卷，焚香默坐，消遣世虑"，这种生活方式也是颜伯珣所欣赏和期望的。黄冈距汉阳甚近，此或暗用其意。

某县某店和壁间某过某关作①

怀襄歇霸业，荆豫尚重关②。
血战千秋速，浮云万古闲。
野人惊白雪，垆女惜红颜③。
疲尔征车老，前踪未许攀④。

【注】

①此以"某"字代县、店、关和人名，或许是有所忌讳。在作者生活的康熙前期文网尚疏，他还能有感即发，诗存集中。乾隆后屡以文字兴大狱，或是其后人惧祸而改。诗是某次行役中过其地时，见有前人题壁诗，读后有感，作以相和。

②怀襄：指春秋时的楚怀王和楚顷襄王，借指明末诸帝。荆豫：今湖北、河南一带。此说当明朝国势已经危殆消歇的时候，这个关塞还防守严密。

③野人：草野之人，指题壁诗的作者。垆女：酒家女。"惊白雪"谓头发变白，"惜红颜"谓红颜不再，都是感叹光阴飞逝，人生易老。

④征车老：作者自指。此说自己年老疲惫，就不攀登这关塞了。

暮春留楚相国祠，风雨夜作，感成绝句。
治陂始戊寅迄兹丁亥，殆十年云①

孤祠萧馆楚南城②，门对青波春水平。
落尽杨花春色晚，一灯风雨十年情。

【注】

①楚相国祠：即孙叔敖庙。丁亥为康熙四十六年（1707）。十年前的戊寅（康熙三十七年，1698），作者"奉檄督修芍陂"，以全部精力投入这一工程。完工后又重建了孙叔敖庙。《寿州志·水利》载有作者的《孙公新庙记》（见本书附录）。

②萧馆：称寺庙书斋为萧寺萧斋，见唐·李肇《国史补》："梁武帝造寺，令萧子云飞白大书萧字，至今一萧字存焉。李约竭产自江南买归东洛，匾于小亭以玩之，号曰萧斋。"后来辞章中沿用为书斋之名，兼取萧瑟之义。此处的萧馆与孤祠并举，则主要是取其萧瑟之义。

信宿相国祠①

相国祠堂野水昏，丞来信宿傍山村②。
功名何在余华发，风物虽亲非故园③。
旧识桃花南北舍，新浓柳色凤凰门④。
乘流欲问三陂事，赋诔须招千载魂⑤。

【注】

①信宿：连住了两夜。想是春雨连绵不利于行，故在孙叔敖庙又住了一夜。

②丞：丞有辅佐义，作者官同知，为知州佐官，故以此自称。

③两句说世俗意义上的功成名就并未实现，只剩满头白发；这里的一草一木都感到亲切，但终非归老之处。按，两句不假雕饰，自然平淡，其实极富感情，是从心底流出的好句。

④凤凰门：门即芍陂上闸口。颜伯珣《重修芍陂碑记》有"开复皂口闸、文运闸、凤凰、龙王庙凡四闸，置守埭"语。但本书卷四《安丰陂二十七门诗》无文运、凤凰之名。

⑤三陂：应是泛指芍陂等水利工程。赋：作。诔：是用于哀悼死者的文体。千载魂：指孙叔敖。

六月将去安丰有感二首①

寿南新结构，鲁阜旧岩阿②。
落日危楼上，微名隐恨多③。
绪风吟独树，曲水下三河④。
仿佛祇芳里，何时返薜萝⑤。

【注】

①安丰：芍陂又叫安丰塘。此二首是将要离开芍陂时所作，感慨殊深。

②结构：设计、构筑之物；岩阿：山之曲折处，此指故乡山川。上句指安丰塘，是自己在寿州多年精力心血所在；下句指故乡曲阜，生身和将来归老之地。

③隐恨：难以言说的遗憾。

④三河：《寿州志·水利志》载安丰塘（芍陂）的水"来源三"：淠水、肥水、龙穴山水。

⑤祇芳里：故乡的祇芳园。薜萝：薜荔和女萝。两者皆野生植物，常攀缘于山野林木或屋壁之上，借以指隐居之处。

不辨仙源路，桃花误后人①。
虚酬三釜意②，已负百年身。
版筑羞图画，泥涂望圣神③。
微生随蔓草，感激泪沾巾④。

【注】

①仙源：曲阜的别称。宋真宗以曲阜寿丘为黄帝出生处，于大中祥符五年（1012）设仙源县，县治在今曲阜城东十里旧县村。此暗用陶潜《桃花源记》结尾处所说的："南阳刘子骥，高尚士也，闻之，欣然规往。未果，寻病终，后遂无问津者。"

②三釜：釜通"䤅"，量器。《周礼·地官·廪人》有"人三䤅，中也"。是说三䤅是一般成年人一个月所需粮食数量。此处指俸禄。

③羞图画：按光绪《寿州志》引旧志说"盖塘之由来虽远而溥，实惠能广济者则莫大于颜公，是以士民感戴，立生祠于孙公祠之左"。是当时已有人为他在孙叔敖祠旁立了生祠。故此句所说的"图画"，有可能是生祠中他的画像，出于自谦，故曰"羞"。泥涂：谓包括自己在内的普通百姓。圣神：此指孙叔敖。

④谓底层百姓们的命运自生自灭有如蔓草，想到这里，不由热泪盈眶。

七月十九日得家书，溪竹繁大，喜占口号①

愁无一事底堪消？漫有乡音到昨朝②。
报道新篔俱拱把，能令远兴与干霄③。
阁应赤日沉青霭，溪想轻风作晚潮④。
爱护须知待归老，残毡不更对萧条⑤。

【注】

①溪竹：《秅芳园拟山水诗》有《竹溪》一首。按，据下边《解竹嘲》之"八九归羞未为迟"句可知，以下这组以故园竹子引发的四首七律作于康熙四十七年（1708）。作者已72岁高龄，迟迟不得回故乡，家中来信偶然提及园中的竹子长得很好，就使他喜不自胜，继而想起赠竹的老朋友已经去世，未免感伤；又想到自己当年曾以隐居为志，而一有机会还是做了官，不禁惭愧，觉得竹子有知也该嘲笑自己。又继而想到，现在退休也还不晚！于是作《解竹嘲》以自解。四首诗婉转有致地反映了作者一生中对归隐和出仕的矛盾心态，很有助于了解他的内心世界。

②自己的愁烦心情凭什么才能消除？只有靠家乡来信带来的好消息。底：什么。

③新篔：篔音 yún，指当年长出的竹子。拱把：有两手合握那样粗。远兴：远方的兴致。干霄：直达云霄，言其高。此为双关，既指竹子，又指自己的兴致。

④阁是秅芳阁，溪是竹溪。想象中的景象：旭日东升时秅芳阁下的竹林一片青葱；傍晚时轻风吹拂竹林，谡谡有如潮声。

⑤"爱护"二句：嘱咐家人爱护新竹，勿使受损以致萧条，等待自己回去观赏。残毡：残旧的青毡。青毡喻故物，详卷三《八月十五日书怀二十韵》注⑮。

竹种出孔建章家，并惠书有"他日龙孙干霄，老夫当更进一觞"之词，誉喻莫称，乃竹实繁大，迄今三十载矣。公殁，无所追缅，诗比于哀诔也①

昔年求种建公园，赠我琅玕并赠言②。
结实未经来凤羽，干霄果见长龙孙③。

清风久缅高辞秩，薄宦常羞屡过门④。
　　　　生晚犹逢勖劲节，至今遗恨不堪论⑤。
　　【注】

　　①孔建章，不详。按贾凫西《澹圃恒言》卷三有一条云："清康熙四年，曲阜孔建章宅有古槐……"卷四《对联》有《题孔建章白云楼》："平临奎阁观千古，高并泰峰结五云。"又同书《杂著》有《再求竹于孔望如记》和《望如谢求竹记（代）》，不知孔望如是否与孔建章有关系，待考。"龙孙干霄"四字形容所种之竹长大，并是隐喻子孙有所成就的吉祥颂祷之语，所以作者谦虚地说"誉喻莫称"。由康熙四十七年上推三十载，为康熙十七年（1678），种竹时作者42岁。哀诔：悼念死者的文章。

　　②琅玕：美玉，用作竹子的美称。

　　③实：指竹实，是竹子结的种子，也叫竹米。竹子结实是很罕见的现象，故传说能引来凤凰，因为传说凤凰是非竹实不食的。凤羽：指凤凰，也有以之喻竹子的。龙孙：指竹笋或新生之竹。陆游《癸亥正月十日夜梦三山竹林中笋出甚盛欣然有作》诗："一夜四山雷雨起，满林无数长龙孙。"

　　④清风：《诗经·大雅·烝民》有"吉甫作诵，穆如清风"。此指孔建章。高辞秩：指孔建章辞官归隐。薄宦：小官，作者自谓。以之为羞是作者自谦。

　　⑤两句说自己有幸得到过孔建章的勉励，现孔已去世多年，想起来不胜悲伤。按，竹子这种植物在中国传统士大夫心目中具有特殊的意义。唐·刘兼咏竹诗有"自是子猷偏爱尔，虚心高节雪霜中"，其中的子猷指晋王徽之，他说过"何可一日无此君！"宋代的苏轼也说"宁可食无肉，不可居无竹。无肉令人瘦，无竹令人俗"。都是以竹比喻做人的气节，即不骄傲、不媚俗、不畏艰难困苦，这正是古之君子的形象，在此诗中以"劲节"二字概之。

竹嘲①

　　　　五亩闲闲泗水分，吾家不异住青云②。
　　　　无端晚恋簪圭事，颇厌朝从麋鹿群③。
　　　　勋业徒讥东郭卜，行藏莫对北山文④。
　　　　途穷更访清谿路，愧有寒泉留照君⑤。

　　【注】

　　①此诗假托竹的口气嘲笑自己的出仕为官。

　　②闲闲：悠闲自在貌。青云：指竹林，又指天上，说在这里生活得十分

满意。

③无端：没来由，令人想不到。簪：绾发工具；圭：朝臣祭祀时所用，簪圭喻入仕。作者入仕时已50岁，故曰晚。厌：满足；麋鹿：指与麋鹿为友，如苏轼《前赤壁赋》："吾与子渔樵于江渚之上，侣鱼虾而友麋鹿。"句谓当年的隐居生活是很惬意的，可是自己却舍弃而去做官，故而要被"竹嘲"。按，厌又有讨厌义，此说因为想做官而讨厌了隐居生活，亦可通。

④东郭卜：应是用《孟子》"齐人有一妻一妾"章，嘲笑作者是那个在"东郭墦间"乞食的齐人。卜，卜居。北山文：指南朝孔稚珪所作《北山移文》。该文旨在讽刺假装隐居山林而真心向往荣华富贵的所谓隐士。

⑤两句说你做了官也没发达，最终还是要回故乡，到那时你见到竹子，恐怕要惭愧吧。寒泉：唐钱起有"肯想观鱼处，寒泉照发斑"句。

解竹嘲①

八九归羞未谓迟，祁奚望古亦吾师②。
莫恋华发无双老，暂对青山有限时。
拾箨簪冠风任落，截筒盛酒味尤宜③。
年椿朝槿齐虚妄⑤，不及浮云任所之。

【注】

①此首自我解嘲，说做过官了，明白了很多事，现在回乡也不晚。人生有限，寿和夭、达和穷都属虚妄，不如听其自然吧。

②八九：谓72岁，为康熙四十七年（1708）。祁奚：祁黄羊，晋国大夫。《左传·襄公三年》有"祁奚请老"（请求退休）事。晋侯问他谁可接替其职，他举荐了自己的仇人；后来又举荐过自己的儿子，还救了于国家安危关系重大的叔向。总之祁奚是一个真正的正直有德之人。望古即指此。

③箨：新生竹子的外皮；筒：截竹竿而成。两句拟想回乡后的生活状态。

④年椿：喻高寿，见《庄子·逍遥游》："上古有大椿者，以八千岁为春，八千岁为秋。此大年也。"朝槿：即木槿，花朝开暮落，是人生短暂的象征。

寿春吊古①

王宫泯灭几千秋，梦泽巫山不可求②。
未厌强秦贪白帝，不留残楚后诸侯③。

淮深水载东迁恨，关险山怀北入仇④。

玉井金丹更多事，可怜黄土漫高丘⑤。

【注】

①寿春：寿州。

②王宫：指楚王宫殿。光绪《寿州志·舆地志》引《史记·货殖传》："郢之后徙寿春，亦一都会也。"又引《晋书·周馥表》："楚人东迁，遂宅寿春。"是寿春曾为楚之国都。梦泽巫山：指楚襄王梦巫山神女事。

③"未厌"二句：说楚汉相争事。白帝，指秦朝，传说汉高祖刘邦斩白蛇起义，白蛇是白帝之子。残楚，指西楚霸王项羽，垓下之战中兵败自杀。

④"淮深"二句：说淝水之战事。淝水出寿县，西北流入淮水。东迁：指晋王室在八王之乱后从洛阳东迁建康。关：泛指寿州境内古关隘。北入：指前秦苻坚的军队从北方进入江南。

⑤玉井金丹：说刘安使门客八公炼丹事，详卷三《八公山口占》注①。黄土高丘指寿县城北二公里处的淮南王墓。两句总括全诗，说出作者的感慨：所有历史上的征逐杀伐以及权势、富贵、情爱……在当时也许轰轰烈烈不可一世，但在时光的流逝中，再大的人物也终会归于黄土，没有谁能例外！

峡口①

赤峡紫金同一源，淮淝北导比龙门②。

当时不奏八年绩，终古何知二帝恩③。

疏凿方殷谁若溺，鸿蒙再判尚留痕④。

漂摇遗庙空山里，独有蛇龙捧至尊⑤。

【注】

①峡口：《寿州志·舆地志》"山川"部记淮水："……东北行历丰庄铺，在今州治西南四十里，为古寿春县故城。又东北经菱角嘴，……入凤台县境，……肥水合众水从东北流注之，谓之肥口。又西北行，西肥水注之……又北经硖石口，出两山中……"又光绪《凤阳府志·古迹志》载凤台县西南有硖石城，在硖石山上，有硖石口。

②赤金峡和紫金峡都在甘肃黄河上，龙门指黄河龙门，位于与山西省河津市西北与陕西韩城市交界处，古人认为是大禹治水时所开凿。此以之喻淮水淝水和峡口。

③此二句谓大禹事。八年绩：见《孟子·滕文公》："当是时也，禹八年于

外，三过其门而不入。"二帝：指唐尧和虞舜。见《尚书·大禹谟》："文命敷于四海，祗承于帝。"孔颖达疏："此禹能以文德教命，布陈于四海，又能敬承尧舜，外布四海，内承二帝，言其道周备。"

④"疏凿"二句：说大禹在洪水肆虐之时采取疏通开凿的方式解除百姓灾难，使得天地再造，峡口就是再造的痕迹之一。曰"谁若溺"，反问语气含有指责愚夫愚妇义，详注⑤。

⑤漂摇遗庙：应指龙王庙。此联是作者的慨叹，意谓天下百姓应该永远纪念的是大禹，而不是蛇龙!《孟子》说："当尧之时，水逆行，泛滥于中国，蛇龙居之，民无所定。"民间传说则说蛇龙是洪水的制造者。可参本书卷一《秋日谒迎水寺前岸禹庙》注⑥。

四石友诗（有序）

辛巳秋获石于丛桂谷庞根洞巅，披峰若莲，淮南人不知也。后七年，歙中江子始笃嗜之，旁搜禹峡丹井，发秘十有一载，都奇绝，赠余三，合前比四友焉。作《四石友诗》①。

> 丛桂之谷石奇特，太古以来人未识。
> 块然显晦亦有时，置君窗牖群动色。
> 两峰之壁滑比油，中如西岳老君沟②。
> 玉女莲花空传说，自此已白韩公头③。
> 岂知神岳在枕上，疏帘清簟梦中游④。

【注】

①辛巳后七年为康熙为四十七年（1708）戊子，诗当作于其后。歙：安徽歙县。江子：不详。禹峡丹井：深山险绝隐秘处。按序中的"发秘十有一载"，指江子从辛巳前便嗜石，而不知丛桂谷之石。

②西岳老君沟：又称老君犁沟，为华山胜景。传说太上老君以青牛曳犁而成。

③玉女莲花：玉女峰和莲花峰，是华山两座主峰。韩公：指韩愈。韩愈登华山事见李肇《国史补》卷中："韩愈好奇，与客登华山绝峰，度不可迈。乃作遗书，发狂恸哭。华阴令百计取之，乃下。"

④"岂知"二句：说想不到在自己的家中枕上就可以游览华山了。清簟：竹凉席。

其次横峰状伏虎，乌瘘委蛇叠毛组①。

不敢逼视惊心魂，即恐长风生林莽②。

履虎之尾生幽兰，此地滋蕃见应难。

紫茎绿叶气鲜鲜，石虎顾之势盘桓③。

物情感召古数有，区区同异匪所安④。

【注】

①两句说另一个奇石颜色黝黑，状如伏卧的老虎，甚至连虎身上的毛都有点像。痠：音：suān，通"酸"，按，此字疑为"皴"字之误写，详本书卷二《东阿县》注⑤。

②长风："云从龙，风从虎"，见《周易·乾》。林莽：森林原野，是虎出没之地。

③履虎之尾："履虎尾，不咥人。亨。"见《周易·履》。幽兰：喻高洁士人。陶渊明有"幽兰生前庭，含薰待清风"句。见应难：谓社会上高洁者罕见。盘桓：徘徊，犹豫不决。是履虎尾后虎不吃人的状态。以上四句从似虎的奇石联想到社会中人的生存环境。

④物情感召：因物而引发人情绪的变化（即所谓玩物丧志）。说此事虽不大，也令人深思。这是从赏玩奇石引发的感慨。

嗟尔奇石不盈尺，双峰势欲破汉碧。

伯仲之间见倒影，划劈鸿蒙无留迹①。

八公桂老种无情，湖南虎刺秋复生。

寿阳濠右多好事，开槛争赏心为倾②。

我欲携遗西园叟，怪君双峰十丈横③。（孔垣三锦石园在城内，有石曰双峰。）

【注】

①"嗟尔"四句：说这不大的奇石，在想象中却像两座直插云霄的山峰。伯仲指两峰如兄弟，划劈谓如剑斩刀劈又妙若天成。

②"八公"四句：八公、湖南、寿阳、濠右，都是淮南地名，虎刺是一种花。此用桂树和虎刺花衬托奇石被好事者的喜爱。

③西园叟：指孔贞烂。乾隆《曲阜县志·古迹》说："西园在县治西北，学录孔贞烂之所筑也。亭阁池山，掩映竹柏，骚人迁客，皆往游焉。"锦石园或许是西园又一名。

下蔡淮涡称神渎①，上下群山石郁郁。

江子嗜石尽冥搜，出君怀袖刮我目。

磊珂斑鳞榆荚钱，群山神秀在一拳。

丹砂空青脉络具，润色往往生云烟②。

且欲载君返故里，明春早办宛溪船③。

【注】

①下蔡：下蔡县，今为安徽凤台县。淮涡：淮水和涡水，涡水为淮水支流，《太平广记》有淮涡神。此指淮河，淮河为《禹贡》四渎之一。

②榆荚钱：是钱体极轻薄的铜钱，多为私铸，因分量太差，人以榆荚喻之。在本诗中只是形容石上花纹。丹砂：即朱砂，呈红色。空青：是孔雀石的一种，色青蓝。以上四句写此石外观：略如拳大，上有圆形斑状花纹，色彩润泽，又有红色青色脉络。

③宛溪：在安徽宣城。本书卷七有《奉酬孔璧六贞瑄过访宛溪》，或许与之有关，待考。

井亭①

井亭十里接陂波，剩有空渠拥断荷。

种豆其余邻女把，横车鼓罢陇人歌②。

江淮几道思明诏，廊庙群公颂太和③。

颇喜龟蒙秋雨足，西风回首旧槃阿④。

【注】

①井亭：光绪《寿州志·舆地志·坊保》载西南乡有井亭铺，距城六十里。其地应是芍陂水利受惠区域，诗写作者在秋天去那里所见。全诗情调欢快。

②把：拿，此云邻女拿着豆棵。横车鼓：或指当地秋收时祭神的打击乐器。陇人：陇通"垄"，陇人是耕田之人。此写村女割豆，农夫唱歌，一派祥和。

③明诏：此谓朝廷屡次下达的颁恩诏书。太和：阴阳协和元气充沛，指天下太平。

④槃阿：隐居之所。出《诗经·卫风·考槃》："考槃在阿，硕人之薖。独寤寐歌，永矢弗过。"此指故乡庄园。

吊古三首①

江南亦是兴王地，六代繁华建业城②。

玉麈何关天下计，金莲不使地中行③。

废宫双阙云何处，失险长江水自横④。

风俗常沿难返朴，徒教庸主误苍生⑤！

【注】

①此组诗分写南京、苏州和杭州三座城市，凭吊古迹，抒发感慨。

②建业：即南京。三国东吴时称建业。东吴、东晋、南朝宋、齐、梁、陈六个朝代以此为首都。六代繁华：出元·萨都剌《满江红·金陵怀古》："六代繁华，春去也，更无消息。"

③玉麈：玉柄麈尾。麈是一种鹿，其尾可做拂尘，称麈尾，为魏晋名士清谈时所执物。金莲：出自《南史·齐纪下·废帝东昏侯》：东昏侯萧宝卷曾"凿金为莲花以贴地，令潘妃行其上，曰：'此步步生莲花也。'"。此言名士的清谈和女人的小脚，都是亡国的原因。

④失险：长江虽号称天险，但统治者沉缅酒色不理国政，天险也失去作用。两句说六朝宫殿早已无存，长江依然在流。

⑤两句说六代灭亡的原因，在于社会风俗不能返璞归真，而最后受苦的还是天下百姓。

吴王志在霸中原，西子当年未受恩①。

不有娇娃归桂馆，安能长剑拥胥门②。

关山旧识燕支色，楚梦虚传云雨魂③。

遂使千秋倾绝代，到今犹觅苎萝村④。

【注】

①此吴王指夫差。他即位后先大败越国，攻破越都，使越屈服；又打败齐国，并大会诸侯，夺得霸主地位。西子指著名美女西施。越国败后，为了复仇，把西施献给吴王，使吴王沉迷于酒色，终于被越国战败。未受恩：传说西施后来跟范蠡泛舟五湖，隐居以终。

②桂馆：汉代内宫馆名，借指吴国在姑苏为西施建造的馆娃宫。胥门：苏州城门。此说如果不是西施被贡给吴国，哪能有越国的胜利？

③关山：指故乡。燕支：即胭脂，女子化妆用的红色。云雨：用宋玉《高唐赋》楚襄王和神女"旦为行云暮为行雨"事，指男女情事。

④苎萝村：即苎萝山，西施故里。《吴越春秋·勾践阴谋外传》："乃使相者国中，得苎萝山鬻薪之女西施郑旦。"《会稽志》载"在诸暨县南五里"。又有说在萧山县境者。

临安竟作帝王都，僻处东南海一隅①。
本藉殊方逃寇盗，常留累叶罄欢娱②。
牙樯锦缆无长策，越水吴山有画图③。
自昔奢华亏至理，千年遗恨在西湖④。

【注】

①临安：今杭州。两句谓临安的地理位置并不适于做一国之都。

②殊方：远方。寇盗：指金兵。累叶：指高宗以下的几代皇帝。此是说当初宋高宗赵构是为了逃避金兵的侵略才从开封迁到杭州的，有临时的性质，所以叫临安。但是却在这里长期住了下来，恣意享受，乐而忘返。

③牙樯锦缆：以象牙和锦缎装饰的船，极言西湖游船的豪华。无长策：说南宋朝廷并没有收复北方沦陷地区的打算。两句说他们最钟情的是这里美丽的山水风景。

④说贪图享受奢华必难成事，乃自古以来的真道理；那么造成南宋偏安局面的罪魁祸首，竟是因为西湖实在太美丽了。这是很辛辣的讽刺。

仲冬安丰陂水始至即戒众父老①

十月滋多雨，寒陂始合流。
江湖成气象，日月对沉浮②。
岁歉千家邑，时乖万宝秋③。
毋为无益叹，留待种春谋。

【注】

① 安丰陂：即芍陂，又叫安丰塘。细品全诗，是芍陂此年因水来太晚未能发挥作用，以致岁歉。作者劝慰百姓，不要做无益的抱怨。戒，在这里是劝慰做戒之义。

② "江湖"二句：写安丰陂蓄水后沧莽开扩的景象，颇有气势。

③ "岁歉"二句：说因无水而造成的灾害，关系着千家万户；在灾荒面前，所有粮食蔬果都是宝贝。万宝：出《庄子·庚桑楚》："春气发而百草生，正得秋而万宝成。"

④种春，此指来年春天的播种。

赠万方来兼简张子襄七①

雄风三楚钟灵地，望古何人负逸才②。
自擅王庭高屈宋，不矜梁苑有邹枚③。
青云莫引华颠老，缟带还携白雪来④。
早继国风须二子，际堂回首重徘徊⑤。

【注】

①万方来，不详；张子襄七亦仅此一见。从诗中看，两人都是文人，年龄辈分似较作者为小。

②三楚：秦汉时期分为西楚、东楚、南楚，此泛指楚地，说此地钟灵毓秀，文风甚盛，人才辈出。

③王庭：朝廷。屈宋：屈原和宋玉，都是战国时楚国的大文学家，暗指万方来和张襄七。矜：自尊自大自夸。梁苑：在今河南开封，西汉梁孝王的封地。邹枚：汉代邹阳和枚乘，都是梁孝王门下客，学识过人。

④华颠：满头白发。华颠老是作者自指。缟带：朴素的衣服。谓两人现在还是布衣。白雪：阳春白雪，高雅的音乐。此谓两人学问高深。

⑤说寿州的诗坛文苑须要万和张的加入，以继承国风的传统。国风：《诗经》有《周南》《召南》《豳风》《唐风》等十五国风，即十五个地区的民歌。际堂：是寿州的诗社组织，参本书《秖芳园集》卷中《忆正阳际堂八子诗》等。看来作此诗时当年的际堂诸子已星散了。

喜张子宛庐疾少却①

为赠椒香泪在盘②，忽逢回使报平安。
好音谁信人间有，见面亲知病后难。
题岳醉犹笔射斗，唱春词更气如兰③。
男儿七尺身非易，漫道高苍无意看④。（除夕送张子酒果，为其患疾弥载矣。使回，忽传能持杖兼能语，惊喜弗寐，情见乎辞。）

【注】

①张宛庐，生平不详。本书卷五有《九日寄张宛庐二首》。

②椒香：应指椒酒，是用椒浸制的酒，农历元旦向家长献此酒，以示祝寿、

拜贺之意。本卷《汉阳府》有"椒花早献辛"句，《庚寅元日忆内》有"筵前椒柏惜芳辰"句，皆是。

③题岳：或许是作诗或书写题山水画（五岳之岳）。笔射斗：斗指北斗星，言其诗书气势之雄强直射天空。气如兰：言其唱腔芬郁温柔充满感情。

④"男儿"二句：说别认为天公不关心人间的事，他是不会让张子这样的七尺男儿轻易死去的！高苍：天。

和杨润九雪中归雁诗①

冒雪春鸿万里回，难分雪岭共龙堆②。
低飞自惜云霄影，失次还应燕雀猜③。
交谪劳臣穷出入，斯饥季女在蒿莱④。
物情人事偏多感，诵子新诗倍可哀⑤。

【注】

①杨润九是一位画家，与作者关系密切，感情深厚。此诗有可能是杨画《雪中归雁图》并题诗，作者观后相和之作。诗以归雁为题，其实是有感于世间的"物情人事"，深有感慨。

②龙堆：古代西域的沙丘名。

③"低飞"二句：上句说归雁在飞翔中爱惜自己的羽毛，隐喻做人要讲操守，重品德，有所不为。下句说归雁在飞翔中如果排错次第，就会引起燕雀之类的猜忌。隐喻世间小人很多，其心叵测，惯于制造传播流言蜚语。

④交谪：交互指摘。劳臣：功臣。出入：支出收入。斯饥季女：出《诗经·曹风·候人》有"婉兮娈兮，季女斯饥"。二句说为国为公尽心竭力者反而常被人横加责备，而且穷困潦倒；美丽的少女只是因为出身贫寒，就只能永远处在社会底层。

⑤作者和杨润九的人生中，对上述现象是经多见惯而又无可奈何的。这其实是有思想有追求的士人和污浊的现实之间永远无法调和的矛盾，故有"倍可哀"之叹。

寿东亭咏春①

韶光二月寿东亭②，忽睹溪坳柳色青。
雪后轻泥初掠燕，水边晴日早生萍。

春来旧业谁能补③，老去狂吟只自听。
高兴无殊筋力异④，徒夸双鬓尚星星。

【注】

①寿东亭：当在寿州城东。此诗写早春所见，欢快的情绪中又有一丝孤独和忧郁之感。

②韶光：美好的时光。

③旧业：指因冬日天寒而旷废的学业。自听：谓缺少知音。

④筋力：体力。

春雪

南邦春雪满山城，万里凝霜混太清①。
不见江淮集雁羽，微闻河华指霓旌②。
东皇无力春司令，北阙殷忧诏缓征③。
晴罢郊原多寂寞，和风时有柳条横。

【注】

①太清：天空。

②"微闻"句：说听到了皇帝巡狩的消息。微闻：是依稀隐约地得知，又有惶惧仰视的含义。河华：黄河和华山。霓旌：指皇帝出巡的仪杖。按，康熙四十二年（1703）冬天皇帝有西巡长安之行，则此诗或作于康熙四十三年（1704）春。

③东皇：即东君、青帝，是传说中司树木发芽、开花等的神。北阙：指朝廷。此说已是春天了却下了这么大的雪，是司春之神未尽其职；这雪有可能造成灾害，将引起皇帝的忧虑，会下诏缓征民间赋税。

瓦埠春祭先贤宓子庙[1]①

数里平沙春水连，渔舟贾泊杂人烟②。
晴光云影清波上，细柳游丝小队前③。
入里风谣犹古俗，升堂琴瑟想先贤④。
腐儒亦有成民任，忝禄虚能守豆笾⑤。

【校】

[1] 此诗入选《曲阜诗钞》卷一。

【注】

①宓子庙：宓子祠，见本书卷三《宓子祠》诗注①。

②贾泊：做生意的船。

③小队：当指参加祭祀的百姓。以上四句写宓子祠环境风光。

④琴瑟：《吕氏春秋·察贤》："宓子贱治单父，弹鸣琴，身不下堂而单父治。"

⑤腐儒：只知读书不通世事的迂腐儒生，此处是自嘲。忝禄：愧领俸禄。虚能：本领有限。豆笾：是祭祀时盛供品的两种礼器。豆是陶器，笾是竹器。

赠甘生雨祈①

自昔相逢古桂丛②，喜君今日未成翁。

频年献策犹梅福，在野忧时忆范公③。

独抱朱弦非世好，欲工长袖耻雷同④。

唯应吐握思前圣，惠我徒赓杕杜风⑤。

【注】

①甘雨祈：生平不详。从诗中看，他是个不得志的读书人，年龄尚不太老，关心国家形势，洁身自好，可能从事某种公家事务。

②桂丛：又作丛桂，源于汉淮南小山的《招隐士》"桂树丛生兮山之幽"句，北朝庾信《枯树赋》则云"小山则丛桂留人"。此后即常用作寿州的代称。

③梅福：汉代人，字子真，寿春人。少学长安，明《尚书》《谷梁春秋》，为郡文学，补南昌尉，后去官归寿春。他曾数次上书朝廷，指陈政事，终未见用。其书后来为《资治通鉴》采录。范公：指宋代名相范仲淹。"居庙堂之高则忧其君，处江湖之远则忧其民""先天下之忧而忧，后天下之乐而乐"（《岳阳楼记》）是他的名言。

④朱弦：指琴。长袖：出《韩非子·五蠹》："鄙谚曰：'长袖善舞，多钱善贾。'此言多资之易为工也。"指巴结逢迎。雷同：无己之见，随声附和。《礼记·曲礼上》："毋剿说，毋雷同。"此谓甘生孤高绝俗，以干谒为耻。

⑤吐握：见《史记·鲁周公世家》载周公："一饭三吐哺，一沐三捉发。"前圣：指周公。杕杜：杕音dì，杕是孤独的树木。《诗经》有《杕杜》篇，朱熹《集传》认为是"无兄弟者自伤其孤特而求诸于人之辞"。赓：继承。此勉励甘生并自勉。

杨子送白丁香，绝句即酬①

八年稀见此花开，为赠琼枝倚玉台②。
曾是侬家亲手种，东风须寄一枝来。

【注】

①此杨子或为杨润九。

②作者故乡秖芳园中有丁香路，见本书卷四《于役过里秖芳园杂诗·分花径》："忆昔丁香路，分行稍出墙。……月中千万树，树影远茫茫。"可见园中此花之多。八年是指离开故乡的时间。作者于康熙三十八年（1699）监送丹锡入京师，由此后推八年，则此诗作于康熙四十七年（1708）春。琼枝和玉台都是美称。

观谢荫邻家藏李寅仿郭河阳栈道图①

蜀山万派剑门东②，翠削群峰想像中。
岂谓霜毫移巨壑，能令素练起长风③。
秋风萧瑟浮云上，栈道虚无古木丛。
丧乱归来剩图史，殊方犹自忆莱公④。

【注】

①谢荫邻：本书卷四有《五凤歌赠谢荫林兄弟》。荫邻、荫林当是一人，即谢开宠之子。李寅：字白也，号东柯，江都人，顺治、康熙间在扬州以卖画为生，善画山水、界画，法宋人风格，临仿北宋山水几可乱真。郭河阳即北宋大画家郭熙。栈道是在悬崖峭壁上凿孔架木而成的道路。栈道及蜀山行旅是自宋代以后图画作品中常见的题材。

②剑门：大剑山，在今四川剑阁县，有栈道七十里。清《一统志》载："大剑山在剑州北二十五里。其山削壁中断，两崖相嵌，如门之辟，如剑之植，故又名剑门山。"

③霜毫：指毛笔。素练：指画绢或纸。

④殊方：远方，此指蜀中，因谢开宠曾在四川做官。莱公：北宋名臣寇准，字平仲，封莱国公，人称寇莱公，此借指谢开宠。此说谢去世后家道中落，家中尚存字画典籍，令人想起他在蜀中做官的日子。

哀寿州故刺史李公大生①

刺史何年治寿春？至今劳绩在生民②。
承流江海犹存俗，开国文章早致身③。
政务明农思令尹，能须靡盬是王臣④。
未沾轻典留余恨，坐吊洪波久伤神⑤。

【注】

①李大生：《寿州志·人物志》作李大升，详本书卷四《枣子门》题下作者注。

②生民：人民。《诗经·大雅》有《生民》篇。

③致身：出仕。出《论语·学而》："事父母能竭其力，事君能致其身，与朋友交言而有信。"早致身：用杜甫《乾元中寓居同谷县作歌》之七："富贵应须致身早。"据《明清进士题名碑录索引》，李大升为顺治三年进士，是清开国后的首次科举会试，故云。

④明农：尽力务农；劝勉农业。明：通"勉"。见《尚书·洛诰》："兹予其明农哉。"令尹：此特指楚相孙叔敖。靡盬：音 mí gǔ，意为无止息地辛勤于王事。《诗经·唐风·鸨羽》："王事靡盬，不能蓺黍稷。"王引之《经义述闻·毛诗上》："盬者，息也。"此说李大生不辞劳苦，勤勤恳恳，成绩卓著，令人想起楚令尹孙叔敖，实在是难得的朝廷官员。

⑤轻典：条文简约、处罚从宽的法律。《周礼·秋官·大司寇》："一曰刑新国用轻典，二曰刑平国用中典，三曰刑乱国用重典。"孙诒让《正义》："此言国既新定，其民素未习于教令，不可骤相督禁，故用轻法，以使之渐化也。"此说李大生因故被杀，实在令人深感遗憾。

按，顺治十四年（1657）的江南科场案是清初大案。此案与顺天科场同年发生，一南一北，影响极大，令顺治帝十分愤怒，处理甚重。江南科场案的两名主考和十八名同考官竟然全部处死，妻子家产籍没入官。李大升是同考官之一，于顺治十六年（1659）处以绞刑。据现代人的研究，这个被称为纳贿作弊的江南科场案，其实有很多可疑之处，"在何时于何地到底怎样作的弊，究竟是哪位考生向哪位考官行的贿，具体送了多少两银子，等等细节问题，所有档案文献都没有提到过"（李国荣著《清朝十大科场案》，人民出版社2007）。所以，此案不仅是顺治帝极端主观武断偏激的结果，甚至有可能是为了稳固其统治而蓄意制造以震慑江南文人的大冤案，至少也可以说是一桩事实不清的疑案。

而一位勤政爱民的地方官竟莫名其妙被处死，真令人深感恐怖，无怪颜伯珣屡次在诗中表示哀悼。

淮上军十首[①]

【注】

①历史上淮河干流两岸地区被笼统地称为淮上。本书的淮上军，所写则是以寿春为中心的清初驻军（绿营兵）。下边的 15 首七律，孔贞瑄为《秖芳园集》所作序称"《淮上军》数十篇，风调之高浑，气象之春容，不闻刁斗而壁严令肃，穆然儒将临戎之概，亦可知诗品之贵已！"是从艺术表现上所给的评价。事实上此组诗从不同角度和侧面写清初绿营兵的种种，其蕴含的重要史料价值也是不容忽视的。刻本《秖芳园遗诗别集》卷下于此组诗"十首钞八"，即只录其第一、二、三、五、六、八、九、十，共 8 首。抄本《秖芳园集》卷下有此 10 首，并有刻本所无的《后五首》。为了保证这组诗的完整性，现将 15 首全部移录于此。

寿春亦是咽喉地，列郡连旄号五军[①]。
圣[1]代同风皆玉帛，武臣无地树功勋[②]。
建牙秋并云间出，张乐宵从天上闻[③]。
不少威灵兼乐事，郊关豺虎正纷纭[④]。

【校】

[1] 圣，刻本此字缺，据抄本补。

【注】

①列郡：郡是下辖有州县的行政单位，淮上军下所辖不止一郡，故曰列郡。连旄：谓所属各营地旌旗相望不绝。五军：古代五军指中、左、右、前和后军，此处是泛指。按，据《清史稿·兵志》，寿春镇总兵统辖镇标二营兼辖六安等营。罗尔纲《绿营兵志》载，寿春镇下辖中、左、右三营，应是缘于登记时间不同。此总写淮上军所处地位和军队规模。

②同风：同受天子的教化。《汉书·王吉传》："《春秋》所以大一统者，六合同风，九州共贯也。"玉帛：玉器和丝织品，是古代会盟的礼器，代表消弭战争实现和平。此说在这政治圣明的太平时代，境内已基本没有了战争，武臣想在战场立功也没有可能了。

③建牙：建立自己的警卫部队，表示武官级别到达一定高度。其中的头目

叫牙将，所用旗帜叫牙旗，诗中"云间出"的就是牙旗。张乐：演奏音乐。此写淮上军官署的排场。

④威灵：指威望。《三国志·魏书·吕布传》："曹公奉迎天子，辅赞国政，威灵命世，将征四海。"此说淮上军官署既有雄威，也有快乐之事，但不要忘了边疆的敌人正虎视眈眈呢！

> 西北城隅枕巨湖，环峰列嶂称名都①。
> 军储自簿充闲驷，国土何劳借粟莠②。
> 只网须随巡箭入，一樵谁近戍楼呼③。
> 画疆理界殊多事，绕岸穷年有饿夫④。

【注】

①写淮上军所在寿州的地理形势。枕湖环山，是一方名城。

②军储：军用储备。自簿：自己的记录。闲驷：多余的马匹。粟莠：粮食和饲草。此说淮上军在军事装备、马匹和给养等方面都充足丰富。

③巡箭：巡逻的兵士所持信号。本书卷四《康熙三十七年十二月重防正阳，费又侨、程宗伊、张鸿渐各赠言五韵，工力弥上，合赋奉酬，兼有怀于羽高、湘民二子》有"赤箭宵严孤队出"句，其赤箭亦此。樵：指砍柴的百姓。戍楼：站岗的哨所。此说淮上军军营防守严密。

④饿夫：伯夷叔齐。见扬雄《法言·渊骞》："无仲尼，则西山之饿夫与东国之绌臣恶乎闻？"李轨注："饿夫，夷齐；绌臣，柳下惠也。"此指淮上军巡逻站岗的兵士。殊多事：谓淮上军内部再划分疆界管理是没有必要的，因为长年任保卫之责者是有强烈国家民族意识的人。

> 不狩不耕多士业，无争远怨圣人心①。
> 报仇尤拟强邻偪，夺魄如将大毒临②。
> 何日谈经开绛帐，几人哭庙湿青衿③。
> 诸公肯念干城寄，亦有怀音到泮林④。

【注】

①多士：《诗经·大雅·文王》："济济多士，文王以宁。"此暗指淮上军的军官中应多有读书人。无争：即不争，不争的观点在老子《道德经》中多次出现，如"水善利万物而不争""以其不争，故天下莫能与之争"等。远怨：《论语·卫灵公》有"躬自厚而薄责于人，则远怨矣"。此说打猎和种田当然不是官员应干的事，没有争执远离仇怨才是孔子和老子那样的圣人的期望。

②偪：通"逼"。夺魄：夺敌之魄。大纛：即大纛，军队的旗帜。这是设想在抗击强敌入侵的战斗中的场面。

③绛帐：用东汉马融典故，指讲授儒家经典。马融，扶风茂陵人，东汉著名经学家。他设帐授徒，门人常有千人之多，"尝坐高堂，施绛纱帐，前授生徒，后列女乐"（《后汉书·马融传》）。此是希望军队里能有学习文化知识的风气。哭庙：儒学生员遇不公事集合到文庙哭诉，以期引起当局关注。青衿：读书人。按，顺治十八年（1661）苏州发生了生员因反对知县贪污而哭庙的事，结果有一百多人被惨杀，是清初一大事件，此诗所说不知与之有关否。

④干城：干指盾牌，城指城墙，用以比喻保卫者。怀音：报答之音。按，此句用《诗经·鲁颂·泮水》："翩彼飞鸮，集于泮林，食我桑葚，怀我好音。"泮林：泮指泮水，是环绕学宫的水，泮林指代读书人。此大意是说淮上军的军官们认识到自己保国卫民的重任，也会有报答之音反馈到读书人中间去。

环城不羡羽林儿，带甲还堪备绿旗①。
本欲荷锄安陇亩，何须列帐号熊罴②！
频侵不返东周稼，归逋尤能西伯欺③。
二十余年欢散里，犹看弱肉向隅悲④。

【注】

①羽林儿：汉代保卫皇帝的禁卫军称羽林军，此处指八旗兵。八旗是满人入关前的军事组织形式，精锐异常，但进关以后迅速腐化，战斗力下降，致使声誉不佳，故"环城不羡"。带甲：指将士。绿旗：即绿营兵，是清初由汉兵编成的分驻在地方的武装力量，用绿旗做标志。

②熊罴：两种熊科动物，以其勇猛，借喻战士。此说本来打算安心于种田务农，为什么要来当兵？

③侵：通祲，饥荒，灾荒。东周稼：用《战国策·东周策》"东周欲为稻"。西伯：即周文王姬昌。此用邵雍《皇极经世》："归逋者西伯。"按，清代绿营兵实行的是世兵制，其要点是从土著人中征兵，一旦成为兵户，父死子继，故有此说。两句说屡次遭遇荒歉之年，也不能返回故乡种田；逃跑在外，也免不了被人欺侮。

④二十余年：清代绿营兵始于顺治年间，其各种制度的确立到康熙前半叶才逐渐完成。此处说的二十余年，有可能是淮上军建立和以各种方式逐渐招募兵士成为兵户的时间。弱肉：韩愈《送浮屠文畅师序》有"弱之肉，强之食"。向隅悲：弱者受了委屈，只能自己对着墙角哭哭而已。此首写军中最弱者，即

最底层的兵士。

> 淮水谁言有柏舟？冰舷玉舰在中流①。
> 飘飘失舵谁为主？浩荡无风亦自愁②。
> 旧血空啼花破面，新妆不惜雪盈头③。
> 何年败检初成俗，拥战施巾赖尔俦④。

【注】

①柏舟：柏木做的船。按，《诗经》中《邶风》和《鄘风》都有《柏舟》。两首均以柏舟起兴，其主题历来有多种争论。比较有代表性的说法，前者说君子怀才不遇，见小人日在君侧，心中忧愁而作此诗。后者说卫国世子早死，其妻共姜立志守节，而父母逼其改嫁，乃作此诗以明其志（均据江荫香《诗经译注》）。从本诗之"冰舷玉舰"等句看，此诗所言之《柏舟》应是后者。冰舷玉舰：以冰玉比喻女性的纯洁坚贞，十分常见。此用之于舷舰，自然是由柏舟连类而及。

②写舟船失舵的飘飘无助，比喻一位女子丧夫后的悲惨景况。应是脱胎于《鄘风·柏舟》中起兴两句："泛彼柏舟，在彼中河""泛彼柏舟，在彼河侧"。

③啼血是哭得吐血。前加一"空"字，是说哭也无用，改变不了事实。花破面：指面色憔悴，无复当初之美。雪盈头：青丝变成白发，指年老。"不惜"是说到老也不改初衷。两句写一女子遭受不幸后的表现。

④"败检初成俗"：指良好的社会风气开始遭到破坏。检：规矩、礼法。"拥战施巾"似说有战争时慰劳战士。尔俦：你们。按，此诗以共姜事相比附，所咏似为淮上军中女性群体，即军中阵亡将领的遗孀。详情待考。

> 清庙秋尝夜□蒿[1]，君[2]恩新许厮班曹①。
> 裸将未足明殷礼，对越其如失太牢②。
> 鞲臂双鸣雪尾鹞，悬腰争看宝环刀③。
> 宫墙一夕缄多士，惟对残筵诵旅獒④。

【校】

[1] 刻本及《颜氏三家诗集》和《海岱人文》两种抄本首句第六字均缺。

[2] 君，刻本缺此字，据抄本补。

【注】

①清庙：即太庙。《诗经·周颂》有《清庙》篇，据说是祀文王的。秋尝：秋天举行的祭祀。按此句第六字原缺，疑为"焘"字，《汉语大词典》："焘，同

熏。"焄蒿"见《礼记·祭义》："其气发扬于上，为昭明，焄蒿，凄怆，此百物之精也，神之着也。"郑玄注："焄谓香臭也，蒿谓气蒸出貌也。"义可通，但按诗律，此字应仄，而"焄"（熏）平声，故尚待再考。厮：有相互义。班：有次序和位值义。曹：有官吏分科司职治事的组织义。这两句的意思似是：在国家举行的祭祀活动中，最近朝廷允许武人参加了。按，此事详情待考。

②裸将：见《诗经·大雅·文王》："殷士肤敏，裸将于京。""裸"音灌，是酒杯；"将"字读平声，是拿酒去祭祀。殷礼：商代的礼仪制度。对越：《诗经·周颂·清庙》有"对越在天"句，意即报答和颂扬文王的在天之灵。太牢：用牛羊豕三牲祭祀，是祭祀仪式中级别最高的。失太牢即取消此规格。以上四句是写军中的祭祀情况。

③鞲臂：用皮革做的臂套。鹝：一种体型较小的鹰，雪尾鹝是白尾巴的鹝。宝环刀：一种装饰有宝环的名贵战刀。此两句写武官形象，颇透露出跋扈之态。按，作者未出仕时所作《金陵绝句》（本书卷十二《旧雨草堂集》）之十九云："双臂角鹰金锁开，将军猎出雨花台。笳声猎猎吹桃叶，又踏平康巷陌来"，可与此互参。

④宫墙：借指朝廷。缄：有简札、书信义。多士：指众官。残筵：指吃剩的筵席，讽刺军官的大吃大喝。《旅獒》：《尚书》篇名。武王胜商后，四方贡献奇物，其中有大犬，太保召公乃作此篇告诫，警诫百官不可玩物丧志。此联说朝廷虽然经常教导告诫官员，官员们却我行我素，只以在筵席上念诵经典应付。此首写淮上军中上层人物的骄奢。

淮南千里古蛮荆，三百余年独治平①。
遗俗未忘防虎豹，虞罗虽密尚纵横②。
愁看弱肉共强食，可更阋墙为借兵③。
内顾无须忧外寇，登坛谁许作干城④。

【注】

①古蛮荆：淮南一带在古为荆楚，在以中原为中心的观念中是蛮夷之地。三百余年：指自明代以来。治平：社会安定。

②虎豹：指敌人。虞罗：为狩猎而设的网罗。按，《史记·殷本纪》有汤网开三面的故事："汤出，见野张网四面，祝曰：自天下四方，皆入吾网！汤曰：嘻，尽之矣！乃去其三面，祝曰：欲左，左；欲右，右；不用命者，乃入吾网。诸侯闻之，曰：汤德至矣，及禽兽。"说的是虞罗应该疏。此诗说"虞罗虽密"而仍然有虎豹纵横，是反用其义。

③阋墙：指自己人内部的争斗。见《诗经·小雅·常棣》："兄弟阋于墙，外御其侮。"两句是说三百余年这里虽没有大的战争事件，但人与人之间的弱肉强食，各种内部矛盾和斗争而诉诸武力的事都有。

④登坛：指拜将；干城：干指盾牌，城指城池；皆有捍卫、保卫义。谓现在国内已无战争，只须防御外敌入侵。

> 绣带繁缨绕市新，秉承号令暖如春①。
> 衔杯十日宾能醉，纵博千场家不贫②。
> 玉漏偏催灯火夜，金吾莫禁爪牙人③。
> 漫闻大盖开衢路，侧目犹防[1]偶见嗔④。

【校】

[1] 防，两种抄本均误作"访"。

【注】

①两句说军官的服饰华美新颖，招摇过市；军营里下级听从上级号令，有一种温馨的气氛。联系下文，此似有讽刺意味。

②两句写军中喝酒赌钱成风。

③玉漏：古代计时器的美称。金吾：仪仗棒，又是官名。金吾莫禁指官府也禁不住。爪牙人：武臣，《国语·越语上》："夫虽无四方之忧，然谋臣与爪牙之士，不可不养而择也。"两句说他们经常通宵如此，没人能管得了他们。

④大盖：官员出行时伞类的仪仗。衢路：大路。侧目：斜着眼看，表示害怕或憎恨卑视。嗔：生气，仇恨，愤怒。此说军中的长官上街时是要清道的，百姓都不敢正面看，害怕长官发怒。

> 朝为负贩夜持戟，引蔓连枝比素封①。
> 赋役何年归太守？版图谁尽上司农②？
> 鸣弓昼猎尽纨袴，戍夜寒更有菜佣③。
> 无几编氓粲麦烂，军粮五月定全供④。

【注】

①负贩：挑担子贩卖货物的小商人。持戟：手拿兵器，成为军卒。引蔓连枝：相互介绍发展如瓜蔓或树枝状。素封：无官爵封邑而富比封君，语出《史记·货殖列传》，后泛指家庭富裕。两句说这些又经商又当兵的人形成了关系网，他们颇不贫穷。

②赋役：税赋和徭役。明代以后，将按户口征发的徭役折征银两，把丁税

并入田赋；至清则以赋役为田租的专称。太守：知府和知州均可称太守，是州郡最高长官。版图即地图，指一地的疆域。司农：清代以农部代称户部，司农则是户部官员，掌管财政。按，这里似写到了驻军与地方在财政方面的问题。颜伯珣作为州同知，有可能接触过这方面的问题，故有此问。详情待考。

③那些拿着弓箭打猎游玩的都是些有钱人的子弟；寒夜站岗放哨的人有可能有种菜的农夫。纨袴：富家子弟。

④无几：不多，没有多少。编氓：编进户籍的平民。麰麦：大麦。"麰麦烂"是说未及收获的大麦烂在地里了，致使军粮供应紧张。这些进部队当兵的穷苦人，最关心的是军粮能否全部发到手。

按，罗尔纲《绿营兵志》说："绿营的制度，是使军队成为专业，然后得精训练，习战守。乃因饷薄使兵不得不兼习他业，以致差操的时候，要顾着经营生意；经营生意的时候，又要顾着差操，……养兵而不得兵之用，是绿营制度上一大缺点。"罗书载绿营步兵每月饷银只有一两五钱，不足以养活全家吃穿用度，所以不得不另寻副业以为帮补。此诗对研究绿营制度有重要史料价值。

叹惜黄公昔总戎，难回祚运自英雄①。
孤城易子方坚垒，十碗提刀屡奏功②。
谁遇宁边休白羽？漫图升陛赐彤弓③。
秦军若使留长算，岂畏仙山草木风④？

【注】

①黄公：应是指明末名将黄得功。黄得功，见本书卷五《题诗勺江水》注⑦。此谓黄公的命运令人叹惜，他虽没能挽救明朝的灭亡，仍是失败的英雄。

②孤城易子：孤城，或指定远县城；子，指黄得功。崇祯十五年（1642），黄得功守庐州驻定远县，击败张献忠部。此句是说定远县由黄得功驻守后才得坚守。十碗提刀：《明史·黄得功传》："得功每战，饮酒数斗，酒酣气益厉。喜持铁鞭战，鞭渍血沾手腕，以水濡之，久乃得脱……"又《明季南略》卷一《黄得功》："得功善饮细酒和火酒，可饮五十斤。临阵时以絷巾紧缚，目瞳突出，饮半酣方入阵，所向无前。"

③宁边：使边境安宁。《北齐书·魏兰根传》："静境宁边，事之大者。"白羽：即白旄，军中主帅的指挥旗。见《孔子家语·致思》："子路进曰：由愿得白羽若月，赤羽若日，……由当一队而敌之，必也攘地千里，搴旗执馘。""休白羽"即停止战争。升陛：陛指宫殿前的台阶，升陛即登上台阶接受赏赐。彤弓：天子用来赏赐有功诸侯的漆成红色的弓。《诗经·小雅》有《彤弓》，写的

就是天子赏赐诸侯彤弓，并设宴招待他们的情景。两句意谓黄得功休兵和受赏的追求都没有实现。

④秦军：指东晋十六国时的前秦军队。留长算：有长远的战略目标。此谓符坚为统帅的前秦军队如果有长远打算，还会惨败到疑神疑鬼的程度吗！按，这里明说前秦，实说的是明朝。仙山：寿州八公山。此用淝水之战中东晋谢安大败符坚，八公山上草木皆兵的典故。

后五首

淮北淮西古战场，设军备寇自岩疆①。
麾前岂少忠肝士，马上何劳白面郎②。
不有鹰扬闲虎旅，虚谈豹略号龙骧③。
邦人六十余年望，感庆还赓吉甫章④。

【注】
①岩疆：军事险要之地。
②麾前：犹言帐下。白面郎：指纨袴子弟。杜甫《少年行》："马上谁家白面郎，临阶下马坐人床，不通姓字粗豪甚，指点银瓶索酒尝。"
③鹰扬：威武貌，见《诗经·大雅·大明》："维师尚父，时维鹰扬。"后成为古代武官名号。虎旅：《周礼》有"虎贲氏，下大夫；旅贲氏，中士也"。两者均掌王之警卫，后因以虎旅为卫士之称。豹略：古兵书《六韬》中之一篇。龙骧：武官名，如龙骧将军。此谓部队里如果没有勇敢无畏的将士，一切韬略计谋都是空谈。
④邦人：国人。六十余年：明崇祯年间至清康熙四十年前后有六十余年。感庆：表示感谢和庆贺。赓：连续，继续。吉甫：指尹吉甫，周宣王时的贤臣。有人认为《诗经》中的很多篇章是他所作。其中《烝民》是他送给樊侯仲山甫的。其中说"吉甫作诵，穆如清风"。此谓有军人的保家卫国，才保证了当前的太平，所以要向淮上军献上诗章，表示敬意。

锦带朱缨夸市间，一朝严令乍更初①。
谁移军食资伶伎？肯使佣夫滥准旟②！
下驷旗开皆饱马，将军帐上有悬鱼③。
清钟甫定怜红烛，五夜常留读素书④。

【注】

①说淮上军的军官们穿着华美的服饰，炫耀于街市。忽一日上司下了严格命令，要改变这种现象。

②是谁把军费用于供人娱乐的优伶声伎？竟让无知的佣夫滥竽充数地担当准旄重任。准旄：旄是一种旗帜，准旄当是指挥战斗中纪律准则之类的旗帜，此指负此职责的人。

③上句说淮上军管理严格，即使是下等的战马，战斗前也会被喂饱。下句说军官清廉。"悬鱼"用东汉羊续故事：羊续任南阳太守，有"府丞献其生鱼，续受而悬于庭。丞后又进之，续乃出前所悬者以杜其意"。见《后汉书·羊续传》。

④说将军经常到五更天还在读兵书。素书：又称《黄石公书》，民间视为奇书、天书，据说张良就是凭借此书，协助汉高祖刘邦打下江山。按此首既有尖锐批评也有正面肯定，反映的是当时军中实际情况。

　　百队貔貅屡合围，龙旗不动豹旗飞^①，
　　清天过鸟回鱼阵，六月寒霜拥铁衣^②。
　　父老分明闻步伐，宾僚谈宴有光辉^③。
　　防危此日需军寔，岂效虚名振旅归^④！

【注】

①貔貅：传说中的猛兽，此用以指代军士。合围：队伍四面包围。"龙旗"是军中主帅的旗帜，"豹旗"是将士的旗帜，分别绣有龙或豹的图案。

②"清天过鸟"和"回鱼"应都是古代阵法中的阵名。阵：军队在战争中的排列运动形式。"六月寒霜"指战士所用剑戟之类兵器，锋刃锐利，令人在六月天见之生寒意。铁衣：铁制的铠甲。

③父老：指百姓。闻步伐：是听到军队行进时整齐的脚步声。宾僚：此指淮上军将领的幕僚和邀请的嘉宾。按，从以上描写可以看出，此诗写的是淮上军的一次阅兵表演，或称阅武。旗帜飞舞，阵法多变，兵器和装备都好，战士们步伐整齐，看起来确实很漂亮，很有气势，为参加检阅的长官僚佐和嘉宾们谈起来时挣足了面子。

④这是作者看过阅武后发出的警诫之词。军寔：寔即实，指实实在在的军事战斗能力，而不是表演出来的花架子。振旅归：部队作战胜利归来。

按，罗尔纲《绿营兵制·绿营的训练》说："营阵式的训练，很容易发生一种流弊，就是重虚文而忘实际，……如果训练时存着一种为求简阅时好看底

目的，那么，所练的方式，便会流为一种花法，而与临阵的实际全不相干。"
文中的"简阅"，就是现在说的阅兵，而"花法"，就是花架子。罗先生说的是
清代的绿营兵的事，他追溯其始，还引了明代戚继光的《纪效新书》，戚书中
说，"今所习所学，通是一个虚套，其临阵的真法真令真营真艺原无一字相
合，……如此，就操一千年便有何用？临时还是生的。且如各色器仗营阵，杀
人的勾当，岂是好看的？今之阅者，看武艺但要周旋左右，满片花草；看营阵
但要周旋华彩，视为戏局套数……"中国文化中的虚骄浮夸自欺欺人的劣习源
远流长，作者对此很有体会，深有戒心。

> 将军不好博觞事，令节为欢犹武威①。
> 列帐还比出背水，香罗仍自擐戎衣②。
> 材官健儿鸣镝过，迓鼓吹角空鞭归③。
> 独中旗门连珠发，火中双准上天飞④。

【注】

①博觞：赌博喝酒。令节为欢：节日时的娱乐。

②列帐：军中营帐的排列。背水：身后为河湖之类。背水列帐是兵家之忌，
因为没有退路；但背水为阵又是决一死战的态势，历史上名将韩信就有背水一
战大胜的战例。此诗所云与下边的"香罗"句合观，似含讽刺之意。香罗：丝
织品，指代女子。擐戎衣：穿着作战时的铠甲。参白居易《悲哉行》："沉沉朱
门宅，中有乳臭儿。状貌如妇人，光明膏粱肌。手不把书卷，身不擐戎衣。二
十袭封爵，门承勋戚资。……"从此句看，节目中似有女演员，或者是由男子
扮演的女子角色。

③材官：武卒或供差遣的低级武职。鸣镝：是一种能发响声的箭。这句说
在这个节目中有材官射响箭走过的场面。迓鼓：即迓鼓戏，是一种历史悠久的
集体舞蹈，原为北宋的军中歌舞。彭乘《续墨客挥犀》卷七记载："王子醇初
平熙河，边陲宁静，讲武之暇，因教军士为迓鼓戏，数年间遂盛行于世……吹
角：角即号角。辛弃疾词《破阵子》有"梦回吹角连营"句。空鞭：或指霸王
鞭的一种表演形式，其中有腾空鞭。

④旗门：由旗帜构成的门。连珠：即连珠炮，可以连续发射的火炮。双准：
准是射击的目标，犹今之靶板，双准即两个目标。射手在若干距离之外向旗门
处发射，连续击中两个目标，伴随着火焰和炮声双准飞上天空。两句所写应为
火炮射击的表演。

按，此首写淮上军在节日的一次文艺演出，可谓节目多样，有声有色，展

示了三百多年前军营生活的一个侧面，十分难得。明末张岱的《陶庵梦忆》中有一篇《兖州阅武》，记崇祯三年（1630）时一次有"马骑三千步兵七千"参加的盛大阅武场面。除阵法变换和擒敌表演以及献俘外，还有"以姣童扮女三四十骑。荷旃被毳，绣袂蹁结，马上走解，颠倒横竖，借骑翻腾，柔若无骨"。而且还配有音乐和演唱，"北调淫俚，曲尽其妙"。这都是为迎合来阅武的最高官员"直指"（朝廷直接派往地方的官员）而安排的。而这些演员，竟都是参将（驻军最高官职）罗某的歌童外室。作者在明亡后回忆此事，语气中毫无感慨，倒是充满了赞美，可见这在当时是很正常的现象。

共道将军臂似猿，弯弓待旦出辕门①。
飞身捷更环三匝，屏息还如近至尊②。
地阔江淮忧未释，夜间刁斗事尤繁③。
闻道运甓忠贞志，何限金貂受主恩④。

【注】

①臂似猿：用汉李广事，详本书卷五《酬杨子润九赠菊种二十二即用述怀兼简张子宛庐》注②。弯弓待旦：是成语枕戈待旦的改写活用。枕戈待旦是说将士晚上睡觉也不离武器，警惕性高；此说将军挎着弓在黎明时候威风凛凛地走出辕门。辕门：军营的大门。此写将军之矫健忠勇。

②说将军迅捷地围场地转了三周，他屏住呼息，集中精力，这和接近皇帝时的表情差不多。按，这里写的一种运动项目，似乎是快跑。

③两句说寿春战略地位重要，军事首长责任重大，所以常有忧患意识。尤其夜间有关军情的事更是繁多。刁斗：是军营中的用具。铜制，形如斗（勺），白天用以做饭，夜晚巡逻时发现敌情则敲击之以传信息。杜甫《八月十五夜月二首》诗："刁斗皆催晓，蟾蜍且自倾。"

④此谓淮上军的将军忠贞为国，受朝廷重用。运甓：见《晋书·陶侃传》："侃在州无事，辄朝运百甓于斋外，暮运于斋内。人问其故，答曰：吾方致力中原，过尔优逸，恐不堪。其励志勤力，皆类此也。"金貂：毛色发黄的紫貂称金貂，古人用其尾作冠饰。《后汉书·舆服志》："武冠……貂尾为饰。"故多以金貂称侍从贵臣。如温庭筠《湘东宴曲》："湘东夜宴金貂人。"按，《寿州志·职官志》有俞章言，浙江人，康熙三十一年（1692）到四十六年（1707）任寿州营副将，《清实录·圣祖实录》数次提到他。本书卷二有《赠分镇寿州副都督俞公》诗，但他只是个副将，比寿春镇总兵官阶要低。资料所限，尚待再考。

中桥漫述①

中桥半入安丰道，从事经过已十冬②。
断岸孤光陂脚水，斜阳寒色岭头松。
归飞林鸟如相命，梌野虞罗几处逢③。
回首北风愁雨雪，即今携手未从容。

【注】

①此中桥在寿州去芍陂（安丰塘）的中途。从首联看应作于康熙四十七年（1708）冬。其时作者已72岁，北望故乡，欲归不能；风雪欲至，心情郁闷。

②从事：应指芍陂工程。十冬：作者从康熙三十七年（1698）奉檄督修芍陂。

③两句写冬天野外所见，未必不有深意。归飞林鸟：喻己之欲归不得；梌野虞罗：暗指仕途险恶。相命：指相互和鸣，见杜甫《西阁》诗之一："有鸟各相命。"梌野虞罗是田野里安放的捕猎野兽的工具如罗网之类。

读徐处士遇行状，感赋二十二韵①

呜呼前圣邈，斯文稍陵替②。
真儒无时无，显晦独异势③。
所重德业优，叔季矜末艺④。
仁义资便便，翻作谋食计⑤。
六经斯蓁芜，学士若旒赘⑥。
何彼处士殊，修姱开蒙蔽⑦。
堂有负雪萱，墙有飘风棣⑧。
扶持两不颠，辛苦以卒岁。
寡嫂尚书孙，有女属姪娣⑨。
载用汝式型，共此柏舟誓⑩。
岂不历艰虞，抗怀在利济。
义声纷刮目，江淮人迢递⑪。
田龙限青云，高空失所际。
嗟哉傥若人，登朝望稷契⑫。
伊昔崇祯末，魏周文名世。

每谈忠孝理，气豁天地闭。

胡为临大节，有命为贼制[13]？

九庙一朝焚，孤魂徂先帝[14]。

卖薪者谁子，忠同襄城厉[15]。

匹夫武人质，纲常千古系[16]。

虚华遂误国，汉晋已踵继。

维彼丁我躬，缅追恒流涕[17]。

【注】

①徐处士遇：没做过官的读书人称处士，徐遇情况不详。行状：叙述死者的世系生平等内容的文章。

②邈：辽远。稍：逐渐。陵替：削弱、废弛。

③两句说真儒任何时候都有，只是有时彰显，有时隐晦不为人知而已。

④两句说人们看重的应是德行和功业，但在社会末世，却以微末技艺为世所重了。

⑤两句说儒家提倡的仁义道德竟成了巧言利口擅长辞令者欺世盗名的工具。便便：唐·孙樵《逐痁鬼文》："愉愉便便，阿意奉欢，死而有灵，是为谄鬼。"

⑥蓁芜：荒芜杂乱。疣赘：即赘疣，详本书卷首作者自序注②。此谓对儒家经典的解释纷纭混乱，学者成了多余无用的摆设。

⑦修姱：洁美，见《离骚》："余虽好修姱以靰羁兮，謇朝谇而夕替。"此说为什么只有徐处士不是这样？他圣洁优美的品行，足以破除蒙昧。

⑧负雪萱：萱指萱堂，即母亲，出《诗经·卫风·伯兮》。负雪言其白发年老；飘风棣：棣指棠棣，即兄弟，出《诗经·小雅·常棣》。飘风言其柔弱须人护持。

⑨姪娣：《礼记·曲礼下》孔颖达疏："姪是妻之兄女，娣是妻之妹，从妻来为妾也。"

⑩柏舟誓：《诗经·鄘风·柏舟》写女子发誓："之死矢靡它！"以上四句说徐遇的寡嫂是某尚书的孙女，她的女儿丈夫也死了。她要以母亲为榜样，共同守节。

⑪"岂不"四句：说徐遇做这些事哪有不经历困难风险的，他有高尚的情怀，以帮助别人施惠他人为志。所以他好仁多义的名声令人刮目相看，传布于江淮大地。

⑫田龙：《周易·乾》有"见龙在田，利见大人"。意为龙在田终将乘云腾升。筮遇此爻，一见大人，即将显达（见高亨《周易古经今注》）。稷契：后

稷和契。唐虞时的贤臣。以上四句说徐遇受各种限制，失去了发展的机会，如果他能在朝为官，一定能成为名臣贤相。

⑬以上六句说曾经大谈忠孝的人在国家危亡的关键时刻，立刻露出贪生怕死的面目。所指的魏周，疑指魏藻德和周钟。魏藻德，崇祯十三年状元。李自成进北京后他最早"向自成叩头求用"。周钟，崇祯十六年庶吉士。投降后任"伪弘文馆检讨。贼中深慕其名，呼为周先生，《劝进表》实出其手"。均见《明季北略》卷二十二。

⑭九庙：帝王的宗庙，包括祖庙五亲庙四。先帝：指崇祯帝朱由检。

⑮卖薪者：《明季北略·许琰传》后附有："无位自沉者有东湖樵夫，史逸其名。"不知是此卖薪者否？襄城：应指襄城伯李国桢。他向李自成提出礼葬崇祯帝，然后从容自杀。详本书卷一《赠郑子非文》注⑲。

⑯匹夫：指平民中的男子。纲常：三纲五常，是儒家提出的封建时代道德原则。

⑰丁我躬：身体力行。见《诗经·大雅·云汉》"耗斁下土，宁丁我躬"。以上四句说虚华误国，在历史上早经证明；只有徐遇这样的人能身体力行，当得真儒这名称！想起他来就禁不住泪流满面。按，此诗颇表现了作者对故明政权的感情。

偶对瓶注菊花①

嫩粉殷红亦自娇，数枝无恙风萧萧。
乌皮几上银瓶冷②，不信人间有寂寥。

【注】

①瓶注菊花：折枝插瓶的菊花。

②乌皮几：是一种几案，以乌羔皮包裹装饰。谢朓有《同咏座上玩器乌皮隐几》诗。

仲冬四日见梅花

忽睹寒梅发，空嗟花满枝。
淮南无驿使，何以寄乡思①！

【注】

①此用南朝陆凯与范晔事。陆凯与范晔相善，自江南寄梅花一枝与晔，并

赠诗曰："折花逢驿使，寄与陇头人。江南无所有，聊寄一枝春。"见《太平御览》卷九七〇引南朝宋·盛弘之《荆州记》。

仲侄所佩两小倭刀，庚戌在金陵解
其一佩余，偶出匣把玩，洒涕为诗①

仲也雌雄佩，留余四十年②。
言城思一割，延水会双全③。
莹雪江光动，鋈金蜃气缠④。
壮心摇落久，把握泪潸然。

【注】

①仲侄：指颜光敏，光敏在伯璟诸子中排行第二。庚戌：康熙九年（1670），时光敏榷南京龙江关税务。倭刀：日本生产的刀具。

②雌雄佩：剑有雌雄，为春秋时干将、莫邪所造，见唐·陆广微《吴地记》，此用以喻两小倭刀。四十年：从康熙九年起算，至康熙四十八年（1709）为四十年。

③"言城"二句：都是与刀剑有关的典故。上句是用樊哙在鸿门宴上以剑割生彘肩而食的事，言城，是樊哙对项羽说的话："怀王与诸将约，先破秦入咸阳者王之。"见《史记·项羽本记》。下句或是延津剑合故事：晋时有龙泉、太阿两剑，得之于豫章丰城狱底。雷焕和张华各持其一。张华去世后，宝剑不知去向；雷焕去世后，其子带其剑经过延平津时，剑忽然自己从腰中跳出落入水中，遍觅不得，唯见两条龙盘绕在水中。见《晋书·张华传》。延水即延平津。

④莹雪：如雪之洁白晶莹，写倭刀的锋利。鋈：音wù，镀金。蜃气：形容光照下倭刀变幻莫测的色彩。

仲冬喜雨行①

淮南三岁麦如珠，秕稗一斗钱千值②。
南人稻粱意已足，北客对案不能食。
此客性久甘藜藿，岂尔无良怨菲薄③？
纯羹鲈脍各有以④，奈我思之怀抱恶。
今年遍地舞商羊⑤，正月繁雷龙不藏。

四月五月天如漏，嗷嗷万户户无粮。

孤城不没才三尺，中原无地号天苍⑥。

咫尺但愁外水入，城内雨水已拍床⑦。

老夫卧病心肺裂，除生羽翼凌空翔。

患难尚余未死骨，蹩躠不填沟壑长⑧。

时晚种麦土又干，高者种枯幸下滩。

仲冬至后雨细霏，却望畴陇麦苗肥⑨。

嗟尔淮南民余几？饿者离散疫多死。

冬雨活麦麦有秋，即恐明春更泛长淮水⑩！

六郡告哀帝已怒，我欲吁帝虚无里。

愿将残躯饱蛰龙，尽驱雷公龙不起⑪。

【注】

①仲冬：十一月。按，此诗后隔两首为《庚寅元日忆内》，则此诗或作于己丑即康熙四十八年（1709）仲冬。虽然题为喜雨，却没有欣然的情绪，而是以很大的篇幅写连绵霪雨带来的内涝和洪灾，写灾后饥饿疫疠造成的居民流离死亡相继的悲惨现实。这无疑是他在淮南多年所经常见到的场面。诗最后以"愿将残躯饱蛰龙"作结，是一种出自内心的真诚悲悯，使人想起佛陀的以身饲虎。

②秕稗：是正常情况下不能食用的瘪谷。

③此客：作者自指。藜藿：两种野菜，此指粗劣的饭菜。无良：不善，不好。《书·泰誓下》："惟予小子无良。"此说我生性就不嫌弃粗劣的饭菜，怎会抱怨饮食太差？

④莼羹鲈脍：美食的代称。

⑤商羊：传说中的鸟，据说商羊跳舞时会下雨。王充《论衡·变动》："商羊者，知雨之物也；天且雨，屈其一足起舞矣。"

⑥号天苍：即号苍天，绝望无助时大声地呼喊苍天。《诗经·泰离》："悠悠苍天！此何人哉？"李白《古风》："五月飞秋霜，庶女号苍天。"

⑦此写大雨致寿州城被淹。按，历史上有多次洪水倒灌入寿州城的记录。至今其东门城墙上有1954年最高水位线，竟距地20多米，为笔者亲见。

⑧以上数句是写寿州连日大雨，百姓缺粮，而且城内已积涝成灾，又有城外淮水灌城之虞……作者卧病在床，一筹莫展。自叹只此一命未死而已。蹩躠：音 bié bì，缓行不知所之貌。填沟壑：即死亡。出《战国策·赵策》。

⑨"时晚"四句：种麦时却又天旱土干，高地上种子干了，只有低注的滩

地才有麦苗。可喜现在下起霏霏细雨。

⑩"嗟尔"四句：可叹淮南的百姓经历了饥荒疫疬之后，或逃荒远走，或病饿而死，现在还有多少人口？现在这场雨又带来了生存的希望，而可怕的是明年春天淮河又发洪水！

⑪六郡：此泛指沿淮水灾严重的府州，如江苏扬州、徐州，安徽凤阳、寿州等。帝：不是指皇帝而是指传说中司风雨旱涝的玉皇大帝，故曰"虚无里"。作者说情愿以自己的衰迈之躯去饲养蛟龙，以换取这里的风调雨顺五谷丰登。雷公：是传说中负责打雷的神，传说雷公电母助龙行雨。

曾节妇挽诗①

昔闻贤氏传，芳岁不芳妍②。
柏影元孤植，兰芬少自全③。
有才憎薄命，多难问高天。
嗟彼丈夫者，庸庸终百年④。

【注】

①节妇：封建时代夫死而坚不改嫁的妇女。

②芳岁：指青春年华时期。守节者不能施粉黛和穿鲜艳衣服，以示其心如古井形若槁木。"不芳妍"指此。

③元：通"原"。此化用李白《古风》"松柏本孤直，难为桃李颜"句意。谓兰花芳香幽雅，却极易被摧折，以喻曾节妇守寡。

④四句感叹才和命的不能匹配。

赠郝子亭兰①

郝子之行年，六十何翩翩②，
自言有生不知病，一病长夏遂与九秋缠。
自是君身有仙骨，不然胡为病起转如仙③？
长夏茅屋热如炙，子也一床存呼吸。
不知何以结国人，一国感动尽垂泣④。
行人过市廛，停步问君年。
髩飘飘兮颜渥丹，行乌飞而坐山安⑤。
却忆三春午夜时，我病如山命如丝。

一粒活我我莫知，一朝已尽君心期⑥。

今日逢君身虽残，相看一涕泪阑干⑦。

劝君破涕聊成笑，哀能伤人摧心肝。

梅花欲吐酒已熟，且愿与君共岁寒。

况君更有不死药，心田之中成大丹⑧。

我将返白眼于青林，挥浮云分招灵鸾。

把君双袖从子以盘桓⑨。

【注】

①本书卷八有《赠郝庭兰》五律，当是一人。从诗中看他是一个有传奇色彩的人物，仙风道骨，容貌不俗，常为人治病，以至他生病时"一国感动尽垂泣"。作者对他极为推赏，两度赠诗，不仅仅是因为他治好了作者的病，而是欣赏他的人格魅力。又，此诗语多跳跃，如将"行人过市廛"以下四句移往"六十何翩翩"之后，则可更顺畅。怀疑抄录中有错简现象。按，从此诗列于此看，大致应作于康熙四十八年（1709）冬（有"梅花欲吐"句），诗中说到了"却忆三春午夜时，我病如山命如丝。一粒活我我莫知，……"可见此年春作者得了严重疾病。数月之后他猝然而逝应与此次疾病有关。

②行年：年龄。翩翩：英俊潇洒貌。

③"自言"四句：说郝亭兰似有仙风道骨。曾一病数月，但愈后如仙。

④炙：烤。国：即地方。《周易·明夷》"初登于天照四国也"，传："居高而明则当照及四方。"此四句说郝亭兰病得仅存呼吸，整个寿州人都受感动。

⑤"鬓飘"二句：说郝亭兰白发飘拂面容红润，身轻体健。渥丹：渥有丰润义，丹是朱砂，二字形容人之面色。

⑥一粒：或指丹药。心期：心愿。四句说在春天时郝亭兰治好了自己的病，当时就产生了与郝订交的愿望。

⑦这里"身虽残"的应是作者，残，有衰老的意思。泪阑干：涕泪横流状。

⑧大丹：即道家所说的内丹。据说是以人体为鼎炉，以精气神为药物，在体内凝结而为丹。可强身健体，甚至"成仙"。

⑨白眼：有鄙薄世俗义。青林：山林。此暗用王维诗《过崔处士兴宗林亭》："科头箕踞长松下，白眼看他世上人。"灵鸾：传说中仙人所乘。此说自己也有了以后追随郝亭兰修道的打算。

庚寅元日忆内①

元日逼春早怕春，筵前椒柏惜芳辰②。

通宵市鼓何曾歇，独夜寒灯自照人③。

不远各天双白发，难归并命一残身④。

虚拈百岁葛生句，漫唱无声久伤神⑤。

【注】

①庚寅为康熙四十九年（1710）。元日，正月初一。此诗是在异乡过年，遥忆故乡老妻，情调抑郁，真切感人。

②逼春是接近新春，早怕春是怕因此引发想家之情。椒柏指椒酒和柏酒。汉崔寔《四民月令·正月》："正月之朔，是谓正日，……各上椒酒於其家长，称觞举寿，欣欣如也。"原注："正日进椒柏酒。椒是玉衡星精，服之令人能老。柏亦是仙药。"参卷六《汉阳府》注①。

③以过年时外面鼓声喧阗的热闹和想象中老妻独夜寒灯的对比，抒写不能与老妻相见的遗憾。

④两个人距自己的天年（即死期）都不远了，可是却难以在一起！按，细品以上四句，实是沉痛至极。作者长年在寿州，这里自然也有夫人和孩子可以安慰他的离愁，而此时千里外的原配夫人更令他思念。74岁的老人，在这本应阖家团圆的时候，怎能不想老家？想老家，又怎能不想原配之妻？

⑤黯然神伤中，竟想起了《诗经·唐风·葛生》，只能默默地在内心里吟诵……按，《葛生》被认为是悼念亡妻之作，在主人公反复回环婉转地呼唤"予美亡此，谁与独处？""予美亡此，谁与独息？""予美亡此，谁与独旦？"后，他憧憬的是"百岁之后，归於其居！""百岁之后，归於其室！"我死了以后，要和你葬在一起！——《葛生》是悼亡诗，此时其妻尚在，故曰"虚拈"。

五月之安丰四十店旅馆题壁①

腐儒一宦老，野馆百回过②。

病后人还到，春归燕更多③。

长烟新饭麦，短巷旧垂萝④。

饥馑频年岁，相看庆若何⑤。

【注】

①《寿州志·舆地志》"坊保"载有东四十店和西南四十店，都是距城40里。安丰铺（芍陂所在）在西南乡，距城60里，故题壁处为西南四十店。

②腐儒、宦老，都是作者自谓。野馆：谓旅店。百回非确数，他曾经多少次从这小店经过也实在难以算清了。

③病：应即《赠郝子庭兰》中之"我病如山命如丝"。

④新饭麦：五月新麦已上饭桌，其中有芍陂水利的一份功劳。

⑤饥馑经常发生，这是最令作者揪心的事。他希望芍陂能为解决这一问题发挥作用，那才是值得欢庆的。

按，颜崇榘《种李园诗话》载颜伯珣事，有"庚寅五月将去官，力疾享（当为享）父老于陂上，曰，吾南对陂光，北眺八公峰，如对故园，便觉莼芦之思不能终日。今当别去，尔子孙其勉图久远，勿如今日恃老夫也。父老皆为流涕。公留陂旬日乃还。旋终于丞署，年七十有四"。此诗应就是那次去安丰之作。可见此诗应是作者生命中最后的一首诗。他在病后要再去芍陂一次，看看他付出数年精力和心血的工程，作永远的告别，然后回故乡终老。但他终于未能如愿。数百年后读此诗，我们仍不能不深受感动：一位70多岁的老人，大限将至，既放不下这里的百姓，又怀念千里之外的故乡，其情其境，真是缠绵婉转，椎心泣血，令人动容！

卷七　秖芳园遗诗补遗 古今体诗二十九首

奉酬孔璧六贞瑄过访双溪[1]①

里巷如无路，落花深没矶②。
不因迎竹杖，谁为启柴扉③。
问道羞[2]奇术，论文动少微④。
与君来往便，识者亦应稀。

【校】

[1] 诗入选《国朝山左诗钞》及《曲阜诗钞》。在两种抄本中，《奉酬孔璧六贞瑄过访宛溪》题下有诗两首，其一为此诗，其二载本书卷六。按其内容，两者题目在传抄中可能出现了错误。（详该篇校 [1]）。本诗在刻本（整理底本）题作《奉酬孔璧六贞瑄过访宛溪》，但从内容看，此首应是"过访双溪"，故改"宛"字为"双"字。

[2] 羞，《国朝山左诗钞》作"修"。

【注】

①双溪，即双溪村，作者庄园秖芳园所在。按，孔氏《聊园诗略》卷十一有《过石珍春亭别墅即事二首》（见本书附录），或是此次造访所作。

②矶：秖芳园中有合欢矶。

③竹杖：指代孔璧六。柴扉是对秖芳园的谦称。

④羞奇术：以奇术为羞。按，奇术是指江湖术士卖弄以惑人的巫术魔术之类。在儒家理论中，道和术是不同的层次，孔子说"君子不器"，就反映了他是重道轻术的。而奇术离道更远，故以之为羞。少微：星座名，在古代人心目中，少微星是高人隐士的象征。又，少微亦有微妙深入义，谓两人辨析诗文的深刻程度。两句写老朋友见面后的论道谈文，海阔天空。

独居怀吴六益[1]①

茅屋连清晓，相思夜[2]甚长。
冬林明霁景，山竹裂寒塘。
薄俗才偏忌，高名老善藏②。
无由论旧好，愁思过沧浪③。

【校】

［1］此诗又载抄本《旧雨草堂集》，入选卢见曾编《国朝山左诗抄》卷二十七。又入选《曲阜诗钞》卷一。

［2］夜，《国朝山左诗抄》作"意"。

【注】

①吴六益：即吴懋谦，字六益，江苏华亭人。早年与陈子龙、李雯诸人游。与北地申凫盟齐名，时称"南吴北申"。晚归里，筑独树园，自号独树老夫。卒，门人私谥贞硕先生。懋谦论诗，以汉、魏、盛唐为宗。著有《华荜》初集及《苎庵》二集十二卷。

②当今风气浇薄，很多人忌恨吴六益这样有才能的人，他本人淡泊名利深藏不露，知名度却越来越高。

③沧浪：是古代河流。屈原的《渔父》有"沧浪之水清兮，可以濯吾缨；沧浪之水浊兮，可以濯吾足"。

春闺曲[1]①

旧苑春风黄鸟啼，珠帘不卷翠楼西。
莫教更望关山道，万里杨花落日低②。

【校】

［1］此诗又载抄本《旧雨草堂集》，入选卢见曾编《国朝山左诗抄》卷二十七。

【注】

①春闺曲一般都是以闺中女子的口气描写思夫怀春一类情绪，在古代文人集子里经常可以看到，有时会别有寄托。此诗写春天薄暮时分，女子独立楼头凝神远望，色彩明丽，意趣幽远，宛如一幅工笔仕女画。

②不要向西方远处眺望，远处只有杨花落日，看不到那万里关山之外你所思念的人。

九月十日孔氏园宴集[1]①

遂使凌丹壑，何由入玉田①？
远墟含落照，高竹上秋烟。
花动翠微阁，山鸣碧涧泉。

茱萸还可泛③，莫漫惜离筵。

【校】

[1] 此诗又载抄本《旧雨草堂集》，入选卢见曾编《国朝山左诗抄》卷二十七。又入选《曲阜诗钞》卷一。

【注】

①九月十日为重阳节后一日。

②丹壑：李白《寻山僧不遇作》有"石径入丹壑，松门闭青苔"句，一般认为丹壑是泛红色的沟壑。玉田：《搜神记》载，杨伯雍为人善良，有一个受过他帮助的人送给他一斗石子，要他种在地里。结果那地里生长出很多白玉，人称玉田。二句是说来参加宴集的都是人品高华才气横溢的君子，仿佛是从玉田里生长出来的美玉。

③茱萸是一种有香味的常青植物。古代有重阳节饮茱萸酒和插茱萸登高的风俗。泛：指泛酒，即把茱萸浸在酒里。

沙丘[1]①

柳色青青坝水头，千家歌吹绕沙丘②。
祗今寒食堤边路，尽是王孙旧酒楼③。

【校】

[1] 此诗又载抄本《旧雨草堂集》，入选卢见曾编《国朝山左诗抄》卷二十七。又入选《曲阜诗钞》卷一。

【注】

①沙丘：在今兖州城东金口坝附近。

②坝：金口坝，在兖州城东泗河上，拦截泗河之水使之西流。始建不晚于北魏，《水经注》称为石门。隋兖州刺史薛胄重修。此后代有修葺重建，明代在石块之间以铁扣相连接，故名金口坝。千家歌吹：指当时沙丘附近多声伎之辈。颜光敏《乐圃集》有《寒食日过沙丘》，题下自注："在兖城东，故青楼地。"颜懋侨《十客楼未刻稿·闺词》第四首有"十里珠帘十里楼，兖州丝管旧沙丘"句，均可参。

③堤：指泗河堤。王孙：指明代鲁王宗室。崇祯十七年兖州城破，鲁王朱以海南逃，宗室多有易姓以自保者。金口坝附近三河村徐姓就是鲁府宗室，至今仍以朱氏行辈命名。

赠琴客李子[1]①

西北有佳人，颜色照东国。

鲁门一鼓弹，万类尽敛息②。

乃知能事岂有极，道高空令世人惑③。

山月泠泠秋水清，能使无声胜有声④。

真声乃是无声出，陶亮独垂千载名⑤。

古来贤达惜不早，看君意气能潦倒。

不辞疏放耽丘壑，安知富贵萦怀抱⑥。

寒天高高鸿雁急，忆昨促膝风雨入。

凫山梧叶凋已半，泗曲黄花放将及⑦。

玉壶青丝故须挈，去不辞分来不揖⑧。

君不见，龙潭东当白栗滩，轻舟簸荡窟穴寒⑨。

夜久灯前大鱼出，请试百曲为哀弹⑩。

【校】

[1] 此诗又载卢见曾编《国朝山左诗抄》卷二十七。

【注】

①琴客李子，事迹不详。

②此琴客李子有可能是西北某省人。佳人，一般指女子，但细品此诗并不是。汉李延年有歌云："北方有佳人，绝世而独立。一顾倾人城，再顾倾人国。"此用其意，似属调侃。颜色：相貌、风度。东国：指作者所在的东鲁曲阜一带。鲁门：可指曲阜亦可指兖州。敛息：屏住气息，形容精神专注。

③于是知道人所擅长的某种技能是没有顶点的，其水平之高甚至让一般人有几乎绝无可能之感。

④此用白居易《琵琶行》"此时无声胜有声"。

⑤陶亮：指晋陶渊明，字元亮。陶渊明说过："但识琴中趣，何劳弦上声。"（《晋书·陶潜传》）唐人张随的《无弦琴赋》说他："抚空器而意得，遗繁弦而道宣"，吕温有"陶亮横琴空有意"句，都是说陶渊明弹的是无弦之琴，这其实是从哲学（玄学）的高度理解陶渊明的琴与声的关系。此云"真声乃是无声出"，亦是此义。

⑥说李子是贤达之士，但未能为世所用，于是放浪山林之间，对富贵发达之类并不放在心上。

⑦龟山：在今邹城市。泗曲：泗河的弯曲处，即兖州城东北泗河向南流处，祗芳园又叫泗曲园。

⑧"去不辞"和"来不揖"都是表现李子的狂放高傲。李白有"玉壶系青丝，沽酒来何迟"句（《待酒不至》），此化用之。

⑨龙潭和白粟滩应在泗河中，如是，则诗是在龙湾故居听李子弹琴后作。

⑩此以游鱼出听喻琴声美妙，用杜甫《陪王侍御同登东山最高顶宴姚通泉晚携酒泛江》诗中句："笛声愤怒哀中流，妙舞逶迤夜未休。灯前往往大鱼出，听曲低昂如有求。"哀弹：犹哀弦。韩愈诗有"柔指发哀弹"句。

早秋寓意[1]①

夜清凉思发②，秋气满高原。
露重星房白，寒凝岳色尊③。
乌[2]啼梁苑树，客泪孟尝门④。
尚忆贫交在，寂寥谁为言。

【校】

[1]　此诗又载抄本《旧雨草堂集》，入选卢见曾编《国朝山左诗抄》卷二十七。又入选《曲阜诗钞》卷一。

[2]　"乌"，《曲阜诗钞》作"鸟"。按古乐府有《乌夜啼》，作"鸟"非是。

【注】

①此诗是早秋见景生情而作，反映了一种志不得舒的惆怅。

②凉思：此"思"字读去声，指早秋初凉引发的情绪。

③星房：星宿。岳色：此指泰山的景色。

④乌指乌鸦，"乌夜啼"是乐府旧题。梁苑：汉代梁孝王刘武建造的园林，在睢阳，即今河南商丘。古代有俗语"梁园（苑）虽好，不是久恋之家"。孟尝：指战国时齐国贵族孟尝君田文。他广收门客，养士三千人。从下句的"贫交"看，作者似乎是思念一位客居在外的朋友。

感怀[1]①

春游忽欲暮，归骑已萧然②。
烟屿犹啼鸟，花溪不放船。

离筵歌舞地，别泪艳阳天③。
未可闻吴咏④，相思落雁边。

【校】

[1] 此诗又载抄本《旧雨草堂集》，入选卢见曾编《国朝山左诗抄》卷二十七。孔宪彝辑《曲阜诗钞》卷一亦选此诗。

【注】

①此诗写春游归来忽有所怀，反映一种伤感缠绵的情绪。
②萧然：孤寂，意兴阑珊。
③烟屿：烟霭蒙笼的平地小山。离筵：分别时的筵席。艳阳天：阳光明媚的日子。此由眼前景物想起分别时情境。
④吴咏：泛指今江浙一带歌曲。

早秋[1]①

高馆秋风落，孤城有所思②。
衣裳寒水外，心绪暮云时。
石隘滩声急，关深雁度迟③。
桂岩一茅屋，幽独与谁期④？

【校】

[1] 此诗又载抄本《旧雨草堂集》，入选卢见曾编《国朝山左诗抄》卷二十七。又入选《曲阜诗钞》卷一。

【注】

①写早秋时所感所思，秋风孤城，暮云寒水，都是烘托。全诗表现一种无可言说的孤独。
②孤城：孤立的城，也有孤独地处于小城的意思。
③雁：使人想到可以传递朋友的信息。
④桂岩：似为南方的地名。幽独：意为静寂孤独，默然自守。

雪甚[1]（康熙二十八年十二月作）①

跨马出鲁门，还村渡泗水②。
雨雪积昏昼，原隰平如坻。
六合归太素，万物尽为滓③。

放犊惜及目，僵鳞赤赪尾④。

村遇曝背人，有怀兼忧喜⑤。

喜者春得耕，忧者即饿死⑥。

称贷绝亲戚，况乃问邻比⑦。

两岁俱无年，泰瑞反成否⑧。

明年幸蠲租，六郡受帝祉⑨。

愿得少延活，共待春阳起⑩。

使君罢于田，豢卢日一豕⑪。

饿者拾余去，且得饱妻子⑫。

请为将卢役，虞人闻之耻⑬。

侧颈吁使君，公门如万里⑭。

【校】

[1] 此诗又载《曲阜诗钞》卷一。

【注】

①康熙二十八年（1689）己巳，作者五十三岁。

②鲁门：曲阜城门。"还村"应指还其双溪村，在泗河北岸。

③昏昼：白天也显得昏暗。原隰：广平与低湿之地，泛指原野。六合：谓天地之间。太素：洁白。滓：渣滓，谓在白雪的映衬下所有树木房屋都仿佛变成渣滓。四句写所见雪景。

④放牧在远处的牛犊只能看到身影，河里冻僵的鱼呈红色。赪：浅红色。

⑤村头遇到晒太阳的老农，他说下这么大雪有好处也有令人担忧处。

⑥下了雪开春后有利于耕作，故喜；有的人家穷得家无储粟，有可能被饿死，故忧。

⑦亲戚间都已借贷无门，何况向邻居开口？

⑧年：本义是庄稼成熟，丰收；无年则指歉收、绝收。否，此读 pǐ。此说已连续两年歉收，别说瑞雪兆丰年，也许反会是更大的灾年呢。

⑨听说明年朝廷要蠲免租税了，有六个州郡能得到皇帝赐予的恩泽。按，据《清实录·圣祖实录》，康熙二十八年（1689）正月壬午（十四日），帝南巡至平原县时谕山东巡抚钱珏："山东地丁正赋拟于明年全免，可速行晓示，日传三百里，遐村僻壤，咸使闻知。"

⑩"愿得"二句：希望挺过这段困难时期，能活到春天。

⑪使君：知府或知州。罢，有停止义，又通疲，此当为后者。田，打猎。豢卢：豢为饲养，卢指猎犬，豕指猪。（猎犬曰卢，见《诗经·齐风·卢令》：

"卢令令，其人美且仁。"《传》："卢，田犬也。"）此两句说府里的长官最近对打猎厌倦了，他还养着猎狗，每天喂狗就要用一头猪。

⑫饥饿的人到他家拾点喂狗的剩余，拿回家能使老婆孩子吃饱。

⑬将卢役：养狗的人。虞人：古代掌管山泽苑囿田猎的职官。说我如果请求做个养狗的差役，那虞人一定会耻笑我。

⑭我想向府州官员大声疾呼，请他们关注饥饿得濒死的人。可是官衙深如海，仿佛千万里之遥……

按，此诗从一场大雪写到饥民，而且直指使君，以他的"搴卢日一豕"与饥民的"即饿死"形成鲜明对照，可以认为是对《孟子·梁惠王》中著名的"庖有肥肉，厩有肥马，民有饥色，野有饿莩，此率兽而食人也"一段的形象表达。其笔锋之锐利，更超出杜甫"朱门酒肉臭，路有冻死骨"之上。这是他真诚爱民思想的体现，读后令人佩服惊叹。据乾隆《兖州府志·职官志》，康熙二十八年的知府是祖允图，二十三年（1684）任职，三十三年（1694）离职。祖允图是奉天人，荫生，任兖州知府前任户部侍郎，离兖后任陕西督粮道。曾有一位官员向康熙帝上密折，说祖允图的行为极不体面，罪债累累。他的家人到处恐吓讹诈，人皆惊惧。可见他在兖州时，声名也必是甚为狼藉的。但即使这样，他毕竟是现任知府，作为他治下的平头百姓，作者如此直接地在诗中对他进行批评，是需要相当胆量的。

谒选吏部寓亡侄敏故宅①

叹息长安邸第存，依然车马竞双门②。
紫薇郎署空文笔，宣武流波逐逝魂③。
兰阀闻筝新易主，松堂涕泪旧留痕④。
微名忝窃犹依女，白首何从答故恩！⑤

【注】

①谒选：赴吏部应选。按，作者的《重修芍陂碑记》有"康熙二十九年，余选吏部，授寿州丞"。所叙应就是此次事。故此诗应作于康熙二十九年（1690）。光敏卒于康熙二十五年（1686），至此已四年。

②长安：此指北京。按，颜光敏京中邸第在西城宣武门西将军巷，见《颜修来先生年谱》，又见颜懋价《乾隆癸酉日记》）。双门：重门。

③紫薇郎：唐中书学士称紫薇郎。颜光敏曾官中书舍人，故称。宣武：指宣武门。

④兰闼：门的美称。松堂：当是故宅中斋舍。闻筝、涕泪：用谢安闻桓伊弹筝而堕泪事，见《晋书·桓伊传》。句谓看到侄子的故居已经易主，物是人非，不禁涕泪双流。

⑤微名忝窃：辱居其位或愧得其名，是谦语。女：通"汝"。此说自己对光敏依依难舍，永世难忘叔侄之情。结句可谓沉痛之极。

谢甘生除夕送炭①

家在冰壶甑在尘②，淮南积雪少阳春。
谁怜柏叶添新火，不用绨袍忆故人③。

【注】

①甘生：本书卷六有《赠甘生雨祈》，或是一人。

②冰壶：喻住处之冷。甑在尘：甑为炊具，生尘喻清贫。见《后汉书·独行列传·范冉》：范冉字史云，曾为莱芜长。特立独行，有时断炊也安之若素。"闾里歌之曰：'甑中生尘范史云，釜中生鱼范莱芜。'"

③绨袍：绸布厚袍子，此指范睢与须贾事。范睢落魄，须贾赠以绨袍，事见《史记·范睢蔡泽列传》。高适《咏史》诗有"尚有绨袍赠，应念范叔寒"。

访孟玉尺故宅不见[1]①

孟系传邹国，羁栖老白门②。
梓桑千里意，章甫两朝恩③。
失望清淮鲤，闻哀独树猿④。
江山迷故宅，无处访诸孙。

【校】

[1] 此诗入选孔宪彝辑《曲阜诗钞》卷一。

【注】

①孟玉尺，生平不详。从"梓桑"看应是故乡人，或为颜氏世交而居于南京者。

②谓孟玉尺本贯邹鲁，终老于南京。系：世系。邹国：即鲁国之邹邑，今山东邹城，为亚圣孟子的故乡。白门：南朝宋都城建康城的西门，后成为江苏南京的代称。

③梓桑：古人以此两种常见树木指代故乡。习称桑梓，此为适应律诗的平

仄要求而作梓桑。章甫：古代的一种礼帽。《论语·先进》有"端章甫"语。"两朝恩"指颜、孟之关系已历明清两朝。

④清淮鲤：淮河产的鲤鱼。此云失望，谓欲来品尝其美味而不能得。独树猿：用《世说新语·黜免》："桓公入蜀，至三峡中，部伍中有得猿子者。其母缘岸哀号，行百余里不去，遂跳上船，至便即绝。"

坠马①

寒途夕景下，坠马古村头。
筋力年频异，仓皇日屡投。
防危卜有应，求牧虑难周②。
君看沟渠子，形骸不自谋③。

【注】

①为一次偶然坠马而作。这次坠马应是因工程事出差，或许没有造成大的身体伤害，但年龄渐老，筋力渐衰，甚至出行前还要占卜，可见颇有心理压力。

②两句说之前曾占卜吉凶，不料竟真应验了；而自己对于驭马也难免有考虑不周和疏忽之处。求牧：出《孟子·公孙丑》："今有受人之牛羊而为之牧之者，则必为之求牧与刍矣。"

③沟渠子：应指芍陂工程上的民夫。说他们连自己的身体都当不了家，自己偶尔坠马又算什么！

博头河村观放莲花灯①

烛龙随继照，玉魄正涵空②。
竹斛倾鲛室，天花落梵宫③。
川光横汉碧，塔影倒波红。
未许皇都近，繁华意颇同④。

【注】

①博头河村：应是寿州地名。放莲花灯是七月十五日中元节的民间风俗。宋·吴自牧《梦梁录》已有中元"后殿赐钱，差内侍往龙山放江灯万盏"的记载。

②烛龙：是见于《山海经·大荒北经》中的神名，但此处也许只是说的龙灯。《楚辞·天问》有"日安不到？烛龙何照？"随继照：是说博头河村的莲花

灯和龙灯一个接着一个，灯光照耀，和天空的月亮争辉。玉魄：指月亮。

③两句写所放花灯。竹斛：指莲花灯的骨架。鲛室：或指鱼龙形花灯。鲛指鲛人，是神话传说中鱼尾人身的生物。梵宫：佛寺。

④皇都指京城，此谓博河头村距京城虽然遥远，但其放莲花灯点缀升平繁华的意思都是一样的。

月行柳林渡①

月行秋水暮，数里净纤埃。
棹影青林入，龙宫赤岸开。
疏荫成绮幄，飞镜映楼台②。
寂寞伤幽客，尘容满面来。

【注】

①柳林渡，不详所在。按，诗中有"棹影"句，应是舟中之作。本书卷三有《奉调监运课铜赴京师赠别家人口号》，其后又有《舟中感兴十二首》以至《涨水》《晓行》《突溜阻雨望天津卫》等多首，都是运铜赴京途中所作。此首以下的《风便》《见西山吊亡侄光敏》也是；这些诗在内容上可以相互印证，在时间上也线索清晰。详见本书附录之《颜伯珣年表》。这些诗大约是在后人抄录时打乱了次序，故排列出现混乱。这几首则是被遗漏，发现后才收入《补遗》。

②飞镜：指月亮。李白《把酒问月》有"皎如飞镜临丹阙"，此化用之。

风便①

迎午风初便，经旬快更无。
舷头争去隼，帆尾破秋菰②。
影失鸣蝉寺，声传卖酒垆。
榜人无一事，得醉漫长呼③。

【注】

①风便：行舟时顺风。此诗应是康熙三十五年运铜赴京那次行役时作。此次行役之诗多忧愁愤懑，此首则情调欢快，颇为难得。

②隼：音sǔn，一种猛禽，去隼谓船行如隼之疾飞。菰：生于浅水的植物。此写顺风行舟所见。

③榜人：船工。二句说因顺风帆满，船工不须摇橹和撑篙，喝醉了酒便快活地呼叫。

见西山吊亡侄光敏①

忽睹西山喜复惊，翠屏遥绕凤凰城②。

沙明水碧无关吏，地转天回见帝京。

居洛亲朋多厚禄，为郎馆舍若平生③。

广宁重下临岐涸，七里桥头十载情④。

【注】

①西山：北京西山。

②凤凰城：指北京。

③居洛亲朋：洛即洛阳，曾是汉晋等多朝故都，此指代北京。为郎馆舍：郎官指君王侍从之官，颜光敏曾任考功员外郎。若平生：和以前一样。按，此化用杜甫"同学少年都不贱，五陵裘马自轻肥"义。

④广宁：指广宁门。本书卷二《广宁门》诗后自注："康熙二十四年（1685）自都还曲阜，侄敏率宾客送至门外七里桥"，至康熙三十五年（1696）为 11 年。此云"十载情"，是取其整数。

春竹①

春竹美娟娟，矶南春可怜。

缘溪藏乳兔，上岭响啼鹃。

圃静深留夕②，林疏欲着烟。

爱题新笋句，绿嫩未堪镌③。

【注】

①据《桔槔》诗后作者自注，从此首以下至《桔槔》，都属《于役还里秖芳园杂诗》。本书卷四有《渔艇》等九首亦属此题，可参。此组诗作于康熙三十九年（1700）春，是上年夏奉檄监采丹锡入贡京师返回时在曲阜过年后作。全组诗四十首，现存十六首。

②深留夕：谓园圃因竹密而显得阴暗，仿佛晚上变长了。

③打算在竹子上刻上诗句，可惜竹笋太嫩无法奏刀。

中桥吟①

晨游无定向，幽径任招寻。
言陟西南岭，却投陂水阴。
童求拾翠迹，鸟乱度桥吟。
藉匪青精客，徒伤紫绶心②。

【注】

①中桥，应是祇芳园中红津桥外又一桥。

②青精：指青精饭，以药物煮米其色发青，修道者服用谓可益寿延年。青精客指修道者。紫绶：高级官员的服饰。两句意谓自己面对乡野风光，感叹既不能潜心修道，也难以跻身青紫，只能以卑微之职了此一生。

樱结子①

樱子初如豆，得晴乍长时。
葳蕤垂细雾，的历照清漪②。
敛艳春将晚，含香鸟未知。
联栏芍药发，有恨促青骊③。

【注】

①此樱应指樱桃，春天结子，夏初长成。本书卷三《祇芳园拟山水诗》中有《樱桃园》一首。

②葳蕤：枝叶繁茂貌。的历：果实鲜明貌。此写樱桃结子时状态。按，值得注意的是，葳蕤、的历，还有下边的敛艳、联栏、芍药，都是叠韵词，即两字同一韵母。古人认为双声（两字同声母）和叠韵可以形成诗句的音乐美，此诗叠韵出现如此集中，恐非偶然。

③青骊：青马和黑马，此泛指马。

柳围

先生栽柳日，便唱汉南吟①。
树几青春换，人禁白发深。
虚名飘絮底，残梦暮潭心②。

莫谓归来窘，长歌有旧林③。

【注】

①汉南吟：指庾信《枯树赋》。中有"昔年种柳，依依汉南；今看摇落，
悽惨江潭"句。

②暮潭心：谓心如深潭，不起波澜，名利之类已难以形成诱惑。

③归来窘：与衣锦还乡相反，谓在外官卑职小。此说因有旧林可欣赏长歌，
足可抵消窘意。

采藻

夹岭皆春水，环墙转细涡。

鱼跳思着藻，泥软未生荷。

牵蔓青衿湿，倾笼锦贝多①。

树阴勤涤濯，检点付沧波。

【注】

①锦贝：壳上有美丽花纹的蚌类。笼：捕鱼工具。

筑墙

堵筑兼春事，林间带水涯。

修邻无翦伐，樊圃始桑麻①。

老杏仍多子，熟樱新似花。

颇看三径理，番发暂为家②。

【注】

①两句是说筑墙要处理好邻里关系，正像园圃里种植作物须要篱笆。修：
有使完美的意思。樊圃：有篱笆的园圃。

②三径：指归隐者家中的小路。陶潜《归去来兮辞》有"三径就荒，松菊
犹存"。番发：番通皤，即白发，指年老。

桔槔①

作法传何代？依声号桔槔②。

蛟龙非利用，造化自吾曹。

长绠元冥转，垂流布濩高③。

养生宁厌拙？蚤生丈人劳④。（以上七首俱《于役还里秖芳园杂诗》）

【注】

①桔槔：是一种利用杠杆原理以提水的机械。明徐光启《农政全书》："桔槔：井上汲水器也。以绳悬横木上，一端系水桶，一端系重物，以省汲引之力。"

②桔槔起源于何时？桔槔之名是依声而得（即以桔槔取水时发出的声音而得名）。按，桔槔在先秦著作如《庄子》《淮南子》上都有出现，说明起源很早。其得名原因，《农政全书·桔槔图说》则说是："桔，结也，所以固属；槔，皋也，所以利转。"

③长绠：指系水桶的绳。布濩：谓使水流布于田中。

④此用《庄子·天地》篇中的抱瓮丈人事："子贡南游于楚，过汉阴，见一丈人方将为圃畦，凿隧而入井，抱瓮而出灌。……子贡曰：'有械于此，一日浸百畦，用力甚寡而见功多，夫子不欲乎？'……为圃者忿然作色而笑曰：'吾闻之吾师，有机械者必有机事，有机事者必有机心。机心存于胸中，则纯白不备；纯白不备，则神生不定；神生不定者，道之所不载也。吾非不知，羞而不为也。'子贡瞒然惭，俯而不对……"

熊老人见过口号二绝句① （抄一）

老人抛杖过吾门，驴上携将四世孙。

笑谓痴翁能却客，堂中犹有未空樽②。

【注】

①熊老人，本书卷一有《赠熊老人歌》，与此或是一人。

②却客：拒绝访客。此谓熊老人在家自斟自饮，自得其乐。

逆风

舒园逆烈风，百步难当十①。

直树横如扫，行人不得立。

溪黑涛头白，山深日脚入。

胡为类穷猿，投林悔不急②。

【注】

①舒园，不详所在。

②说天已黑了，人在逆风中行走，就像投林的穷猿，后悔为什么不及早找个地方住下。"穷猿投林，岂暇择木"，见《晋书·李充传》。

淮堤① (其二抄一)

独奏平成数载中，至尊含笑进三公②。

居徒不省八年意，共说当年朱靳功③。

【注】

①诗中有"进三公"语，当指张鹏翮事，则诗作于康熙四十三年底之后。从诗之末联看，作者对张之受封颇为不以为然。

②平成：整治，治理。《尚书·大禹谟》："地平天成。"《传》："水土治曰平。"至尊：皇帝，此指康熙帝。据《清史编年》载，康熙四十三年（1704）十二月十九日，"以河工告成，加张鹏翮太子太保"。进三公指此。按，《周礼》以太师、太傅、太保为三公。

③居徒：世人。八年：见《孟子·滕文公》："当是时也，禹八年于外，三过其门而不入。"朱靳：指治河名臣朱之锡和靳辅。朱之锡，浙江义乌人，顺治十四年（1657）任治河总督，康熙五年（1666）卒于任，著有《河防疏略》。靳辅，辽阳人，于康熙十六年（1677）任治河总督，康熙二十七年（1688）因被诬告免职。著有《治河方略》。关于靳辅，可参本书卷二《徐州》篇注⑤。

岳阳楼①

江边高阁倚浮屠，咫尺层云入有无②。

东景夜升沧海日，西风槛失楚王都③。

凌虚自欲留仙珮，作赋犹能比画图④。

白首功名俱寂寞，独成幽兴在江湖。

【注】

①岳阳楼：在湖南岳阳，岳阳清初为岳州府治。本书卷十有《岳阳》七律，可参。

②浮屠：佛寺。按之岳阳楼的历史，自宋代滕子京重修以后又数度重建重修。在作者的时代，重建于明隆庆元年（1567）的岳阳楼已毁于顺治三年

（1646）的战乱，康熙二十二年（1683）又重建；但建成仅五年，岳州发生火灾，又延烧及岳阳楼。乾隆五年（1740）才又加以修葺，作者此诗写作的具体年代虽不可知，但大致可以断定，他所见的"高阁"其实是残破的，而且高阁靠近一所寺院。

③在西风残照的岳阳楼凭槛远望，只有洞庭湖波涛连天，千年古楚国的历史都消失在苍莽烟云里。楚王都：指郢都，即湖北江陵，在岳阳西北方向。

④凌虚：指仙人飞升。此或指吕洞宾在此度人成仙的故事，明杂剧有《吕洞宾三醉岳阳楼》。作赋：唐代李白杜甫均有登岳阳楼诗。尤其杜甫的"吴楚东南坼，乾坤日夜浮"为千古名句，"比画图"或指此。

下编

秖芳园集

卷八　秪芳园集卷上 古近体诗六首　存目五十三首

自序（已见前，略）

秪芳园集序

孔贞瑄

今南北之业诗，同也；而其为诗也异，何哉？则方隅①风气之为也，势也。美固异矣，而习尚之偏，其弊又不能概同，亦势也。南诗之弊二：曰浮也，腻也。浮则邻于优俳②，腻则入于闺阁。北诗之弊亦二：曰率也，壅也。率则沦于伧父③，壅则比于学究。非岸胄④而疾驰，即阔巾而安步，北之陋也；非西子之矉眉，即东施之捧心⑤，南之靡也。故南去其靡，北脱其陋，而后和平[1]之音可寻矣。准之于唐，各有所尚：北尚初盛，进之可几于魏晋；南主中晚，进之仅及于齐梁。力之厚薄，气之淳浇，非意之所能强也。

以世俗论之，南诗虽庸滥，而有准绳，有所指授之也。故达于正拗体格之变者，每矜为独得之秘，以夸于北；而北人亦遂安之，操觚者⑥目之为外道，不加收恤⑦，故北诗率不讲于拗体⑧。唯王新城先生⑨执此以扬拁风雅，提衡海内，执诗坛之牛耳，屈服南北，而莫之敢议。其所品隲当代十子，北居其七，南取其三⑩。虽不及故七子⑪如凤洲⑫、沧溟⑬名品之重，要亦一代彬雅之彦，不容湮没不闻者耳。

其北方七子，吏部修来公⑭其尤著者矣。石珍公则吏部之季父也。吏部既以诗显，其兄澹园、弟学山⑮两太史亦各有集行世。自童年学诗，即推叔氏为前矛[2]，自相师友而步趋之，其侍之严于父师，不冠不见，不啻小阮之蹑踪竹林、小谢之撰杖东山也⑯。乃石珍不耐场屋之屈辱，绝意科举，甘由恩例出身，筮仕寿州参军，数署县篆⑰，不以吏事尘其素抱，益肆力于诗。联淮楚名士八人结为诗社⑱，吟咏唱和，积成卷秩。江淮多士奉为矩矱。其早年曾同游金陵，为诗风流跌宕[3]，落笔一气喝成，不事追琢。其晚年之诗乃臻平淡静深之境。今读其诗，终卷如对数十年面壁老僧，令人矜躁之气不涤自净。其末卷《淮上军》数十篇，风调之高浑、气象之春容，不闻刁斗而壁严令肃，穆然儒将临戎之概。亦可知诗品之贵已！惜阮亭先生九原难起，不然，蹑十子之垒，夺其赤帜，树之阙里，招南北之骄将稽首纳款，夫孰得而抗之！

同里八十二岁聊园老人孔贞瑄书⑲

【校】

[1] 和平，《海岱人文》本作"平和"。

[2] 矛，《海岱人文》本作"茅"。

[3] 宕，《颜氏三家集》误作"岩"，今从《海岱人文》本。

【注】

①方隅：四方和四隅，指全国各个不同地方。

②优俳：演戏的艺人。

③伧父：粗俗鄙贱的人。

④岸胄：高帽子。

⑤西子矉眉东施捧心：西子即西施。此事见《庄子·天运》："西施病心而矉其里，其里之丑人见而美之，归亦捧心而矉其里。"东施是后人为效矉之丑女所造的名子。

⑥操觚者：指写文章的人。觚：木简，古人用以书写或记事。

⑦收恤：原指收养救济，此指理解接受其观点。

⑧拗体：指有意违反近体诗格律要求的诗。

⑨王新城：即王士禛，字子真，号阮亭，又号渔洋山人，人称王渔洋，新城（今山东桓台县）人。清初大诗人。论诗力主神韵说。

⑩北居其七，南取其三：王士禛撰《居易录》："丙辰丁巳间，商邱宋荦牧仲、邻阳王右旦秀华、安邱曹贞吉升六、曲阜颜光敏修来、黄岗叶封井叔、德州田雯子纶、谢重辉千仞、晋江丁炜雁水及门人江阴曹禾颂嘉、江都汪懋麟季角，号称十子。"按，其中黄岗叶封、晋江丁炜和江阴曹禾、江都汪懋麟四人是南方人。云"北取其七，南取其三"，或有偶误。又，关于十子为谁，各家说法颇有异同，此处不辩。

⑪故七子：指明代晚期李攀龙、王世贞、谢榛、吴国伦、宗臣、徐中行、梁有誉七人，习称后七子。

⑫凤洲：即王世贞，字元美，号凤洲，又号弇州山人，苏州太仓人。官至南京刑部尚书。有《弇州山人四部稿》《弇山堂别集》等。

⑬沧溟：指李攀龙，字于鳞，号沧溟。历城（今属山东济南）人，有《李攀龙集》。

⑭吏部修来公：指颜光敏，字修来，号乐圃，康熙六年进士，官至吏部考功司郎中。

⑮澹园：指颜光猷，字秩宗，号澹园，康熙十二年（1673）进士，官至河东道盐运史。其集名《水明楼集》。学山：指颜光敩，字学山，康熙二十七年

（1688）进士，官至浙江学政。其集已佚，《海岱人文》中辑有《怀轩遗稿》一卷，存诗 12 首。

⑯小阮之蹑踪竹林：小阮指阮咸，竹林指竹林七贤，是活动于魏正始年间的嵇康、阮籍等七个文人，其中阮咸是阮籍的侄子。小谢之撰杖东山：历史上一般称南朝齐的诗人谢朓为小谢，以区别于南朝宋的谢灵运。但此句云"撰杖东山"，东山指东晋大政治家谢安，谢朓与谢安相距近百年，似不可能有撰杖之事。此或为作者误记。当然也可以把小谢理解为谢安的子侄辈。撰杖，撰杖捧履的略语，指侍奉长者。

⑰筮仕：古人将出做官，占卜吉凶。此指初做官。参军：实为武职官名，在清代为经历、经略的别称，这里是借指州同知。颜伯珣任的是寿州同知，但从颜伯珣集中有《淮上军》多首来看，他与寿春总兵衙署有某种关系也未可知。本文又说他数署县篆，《颜氏族谱》记他曾"摄虹与定远两县事"。

⑱本书有《忆正阳际堂八子》诗，分写八个诗人；又有《重阳前五日际堂诸子招集熙春台分韵》《八月望后际堂诸子携酒过馆舍时将去正阳》，均可见寿州诗社情况。

⑲孔贞瑄：见卷六《奉酬孔璧六贞瑄过访双溪》注①。此序署八十二岁作，据肖阳、赵韩的考证（见《清代诗人孔贞瑄卒年考辨》，载《安徽广播电视大学学报》2014 年第 4 期），孔贞瑄生于明崇祯七年，则此序当作于康熙五十四年（1715），是颜伯珣卒后五年。

秕芳园集序

李克敬

往岁海内盛传《十子诗略》①，其一为颜吏部公，先生之犹子②也。余昔于其乐圃壁间得读先生诗，疏古瘦硬，峭僻绝俗，意其幽好自喜，不屑仿人者也。后又闻先生诸孙说先生佐州，况甚冷，时时取诸家以自给，日苦吟不辍。因慕见其光仪不可，得味其诗，如或遇之。先生之季子[1]③与余游，手写全集畀余为之序。余受而卒业，观其自序，乃谓以杜为学，且云声音笑貌动而相肖，不知其所以然。今遍观其诗，无规摹[2]少陵之迹也。

王介甫称学杜诗者当自义山④入。义山，精于学杜者也。余深韪其言。义山之诗一言不貌杜而杜存，世之学杜者言言欲貌杜而杜亡。盖神似者不以步趋，心合者不以语言。先生之诗无规摹少陵之迹，乃真善学杜者也。先生自言之矣："得其性之所近，适其窍之偶便"，不知其为同异也。盖先生偃蹇卑僚，崎岖穷困，其境地、性情与少陵有同符者，其人似之，故不觉其诗似之。

欧阳公云：诗人多穷，殆穷而后诗工，非诗之能穷人⑤。余谓不然。先生以河间贵公子⑥，有良田广宅足以自娱。余尝观于其秪[3]房之园⑦，周览其池阁竹树之美，慨然太息，谓人生有此，南面王岂屑易哉！而先生顾去而远从薄宦于数百里外，不调者二十年，禄奉不足自养，至鬻产以辅之。其亦何取于彼而不归耶？今读其诗，梦寐乡井，顾念林丘，无日不思归来之计，而牵绊沮抑，赍志以终。篇章益富而运途弥迍。此谁为为之？谓非诗之穷人不得也！

以余之不才，早嗜吟咏，于先生之诗无能为役也。而须白眼暗，跋疐泥涂⑧，真如放翁所称"诗不能工浪得穷"⑨者。论先生之诗，旋顾影自伤焉。不禁投笔而三叹矣。

峄阳后学李克敬⑩拜序。

【校】

[1] 先生之季子：两抄本此处均空两格，当是因不知其名待填。

[2] 规摹，两抄本均作规撫（抚），似抄手之误，径改。按，橅通模、摹。《辞源》此字引《汉书·萧望之传》，注云："橅读曰模，其字从木。"本文之"先生之诗无规摹少陵之迹"亦可证。

[3] 秪，《海岱人文》本作秖。

【注】

①十子诗略：据《清史稿·文苑·尤侗传》："曹禾与田雯、宋荦、汪懋麟、颜光敏、王又旦、谢重辉、曹贞吉、丁澎、叶封齐名，称诗中十子。"又称"金台十子"。清初诗坛领袖王士禛曾主持编刻《十子诗略》，内收颜光敏的《乐圃集》。

②犹子：即侄子。

③先生之季子：按《颜氏族谱》，颜伯珣第三子名光教："字东模，庠生。性敦笃，事亲以孝闻，乾隆元年诏征孝廉方正，东省以名上者八人，公列首荐，蒙赐六品冠服，备召用。居恒慎取与，重然诺，持身端谨，与人乐易。然不妄交游，遇家居孝友学品兼优者必加礼焉。晚年艺花种竹，弹琴一室，间为诗歌自娱，人称真孝廉云。"

④王介甫：宋代王安石。义山：唐代李商隐。王安石曾说"唐人知学老杜而得其藩篱者，唯义山一人"，见《蔡宽夫诗话》。

⑤欧阳公：宋代欧阳修。他关于诗穷而后工的话出自其《梅圣俞诗集序》："世谓诗人少达而多穷，夫岂然哉！盖世所传诗者，多出于古穷人之辞也……盖愈穷则愈工。然则非诗之能穷人，殆穷者而后工也。"

⑥河间贵公子：颜伯珣之父颜胤绍明末任河间知府，故云。

⑦秖房之园：应即秖芳园。乾隆《曲阜县志》卷五十《古迹》："县西北春亭村上有秖芳园，为寿州同知颜伯珣所筑，林泉之趣亦依稀辋川也。"春亭村今属姚村镇，在泗河之北。作者有《秖芳园拟山水诗》十二首。本书附录有颜肇维、林璐、冯云鹏等关于秖芳园的诗文，均可参。

⑧跋疐泥涂：是"前跋后疐"和"曳尾泥涂"两个典故的合用。跋疐：喻进退两难。出《诗经·豳风·狼跋》："狼跋其胡，载疐其尾。"毛传："跋，蹥；疐，跲也。老狼有胡，进则蹥其胡，退则疐其尾，进退有难。"疐，音dì。泥涂：喻污浊的环境。《庄子·秋水》有"宁生而曳尾涂中"语，指苟且地活在污浊的环境里。

⑨放翁：南宋大诗人陆游，字务观，号放翁。"诗不能工浪得穷"句见其《书怀》。

⑩李克敬（1659—1727）：字子凝，号小东。峄县人（今枣庄市峄城区）。幼颖异，有文名，但科举不利。先后在家乡和临沂、徐州、曲阜、济宁等地教书。康熙四十六年康熙帝南巡，献《雅颂八章》，被钦定第一，次年应乡试，力拔省魁。七年后中进士，选翰林院庶吉士。但不久被劾"毁谤程朱"，乃乞归养。回峄后修《峄县志》。康熙六十年再应召入京，授翰林院编修，参与《大清一统志》编纂。雍正五年卒于京。有著作多种。按，从此序看，作者未曾和颜伯珣有过接触。伯珣第三子光教从其读书，颜伯珣的墓志也是李克敬撰写的。此序未署撰写时间，不妨试为推测：颜懋侨《江干幼客诗集·十客楼稿》有《寄李小东太史》，云"君客陋巷时，我骑竹马日。阿爷呼余来，隔坐绕君膝。……忽漫八九年，羡君举甲乙。丙申奉慈帏，己亥迓班秩"。按李克敬为康熙五十四年（1715）进士，前推八九年，为四十五年或四十六年，懋侨生于康熙四十年（1701），其时五六岁，正"骑竹马日"也。康熙五十四年为乙未年，次年为丙申，李克敬回峄县"奉慈帏"；再两年为己亥，即"移班秩"，进京做官。故可知他客陋巷应是康熙四十五年或四十六年事。但伯珣于康熙四十九年（1710）卒于寿州，克敬在京未久而被劾，继而回峄归养，具体时间虽不得而知，要之在康熙五十八年（1719）或五十九年间。则此序有可能是其时之作。

春宫词 （已见卷一，略）

得舍侄敏报书①

冬仲传言恐不达，腊初喜见女缄还②。
吟诗漫笑途间甑，载酒方乘雪后船③。
行看江梅生绿子，归应山竹长红泉④。
自耽清昼摊书卧，阁上犹余子敬毡⑤。

【注】

①敏：指颜光敏，为作者长兄颜伯璟次子。

②女缄还：意即收到了你的信。女：同"汝"。缄：书函。

③途间甑：《后汉书·郭泰传》记孟敏"荷甑堕地不顾而去"，言其遇事坦然大度，此句化用其意，言叔侄间吟诗专注，置他事于不顾。雪后船：用《世说新语》王子猷雪夜访戴事，"王子猷居山阴，夜大雪，眠觉开室，命酌酒。四望皎然，因起彷徨，咏左思《招隐》诗。忽忆戴安道，时戴在剡，即便夜乘小船就之"。

④红泉：因花映而呈红色的泉水。南朝宋谢灵运《入华子岗是麻源第三谷》诗："铜陵映碧涧，石磴泻红泉。"

⑤耽：迷恋、沉溺。子敬：晋代文人王献之，字子敬，王羲之之子。"子敬毡"，见卷三《八月十五日书怀二十韵》注⑮。

赴京发双溪前一日作①

郊雨洒轻尘，溪门逐望新。
一朝燕市客，十载武陵人②。
山鸟啼红药，骊歌起绿蘋③。
行藏短鬓底④，不独恋垂纶⑤。

【注】

①此诗是由故乡曲阜赴京师前所作，双溪为作者在曲阜的庄园。本书卷二《泗水桥》"晨朝过吾庐"句下自注："余双溪村在桥东北二十三里，泗水经秖芳园阁外西流。"按，作者此次赴京，应是办理"以恩例出身"事，应在康熙二十九年（1690）。

②燕市客：燕市指北京，言己将赴京作客。武陵人：指隐居者。出陶潜《桃花源记》。

③骊歌：离别时所唱之歌。

④行藏：指出仕和隐居。出《论语·述而》："用之则行，舍之则藏。"短鬓：指头发。陆游诗有"短鬓元知不久青"句，谓人生易老。

⑤垂纶：即钓鱼，相传太公吕尚未仕前曾在渭河边钓鱼，后指代隐居。

重过龙江关忆亡侄敏 (已见卷一，略)
访孟玉尺故宅不见 (已见卷七，略)

秦淮怀大姚令孔璧六①

廿载同游地，于今各白头②。
长云独骋骏，薄宦共浮鸥。
海暗铜标没③，淮深桂树秋。
相思读洼赋，扪手暮江楼④。

【注】

①秦淮即秦淮河，为金陵（南京）繁华处。孔璧六即孔贞瑄。

②"廿载"：康熙九年（1670），作者曾与孔贞瑄同游金陵，见本书卷二《金陵应檄监领转饷京师，六月溽暑，羁留久不得发，感旧述怀，遂成长韵》注⑨。作者康熙二十九年（1690）赴寿州任，途经南京，忆旧友而作此诗。

③铜标：应指测量吃水深度的标尺。本书卷九《舟中感兴·节使船》有云："柱迥非缘标极入"句，其中之"标"或即此物。

④洼赋：洼，音shēng，水深广的样子。《洼赋》或许是孔璧六的作品。江楼：宋诗有"往在秦淮问六朝，江楼只有女吹箫"。指秦淮河边的酒楼。此写薄暮中作者手扶栏杆思念故人。扪：以手扶持、按。

答单父朱武林寄书 (已见卷一，略)
拟线扬馆送别词 (已见卷一，略)
秋日谒迎水寺前岸禹庙 (已见卷一，略)

秋怀①

秋来淮浦昼常阴，每见秋光忆旧岑②。

饥鹭菰蒲频唤子，晚渔灯火更烧林。

新停簿正虚微禄，早愧颠毛负短簪③。

白石肯容骸骨愿，赤霄长戴圣明心④。

【注】

①诗中有"淮浦"，说明作于寿州任上。见到寿州秋景，自然引发思乡情怀。

②旧岑：故乡的山。

③簿正：见《孟子·万章下》："孔子先簿正祭器。"即用文书来规定祭祀所用器物。故"簿正"可理解为日常的工作。"新停"谓暂时无公事可做。虚，有徒然义，"虚微禄"指不干事而得国之俸禄。颠毛：头发。"负短簪"是说因头发稀少，已经用不着簪子了。

④两句说如能容许归隐故乡，将永远感戴朝廷的恩德。白石：喻故乡。骸骨：是"乞骸骨"的略语，即申请退休。赤霄：苍天。喻圣恩。

孤琴叹 (已见卷一，略)

闻笛①

寿阳几日到边鸿？画幕前朝燕垒空②。

何处楼台闻奏笛，数家杨柳不禁风。

芳菲摇落乡关隔，律吕凄凉心事同③。

白首无劳明月望，紫金峰北是龟蒙④。

【注】

①此诗写暮春时候因闻笛而引发思家情绪。

②寿阳：寿州。边鸿：远处飞来的鸿雁，言希望得到家乡书信。画幕：房间内的帷幕。燕垒空：燕子在帷幕上做窝时时都有危险。此句化用《左传》"燕巢幕上"典故。

③律吕：指音乐。此谓花落春去，故乡遥远，哀婉凄凉的笛声更触发思乡之情。

④紫金峰：寿州境内的八公山，古称紫金山。龟蒙：山东境内龟山和蒙山的并称。此指家乡。

八月十五夜（已见卷一，略）

正月六日正阳道中（已见卷一，略）

陶山见海棠①

小吏何为者，濠梁跨蹇还②。

空山逢独树，客鬓已三年③。

老送飘零日，春伤云雨前。

清宵擎碧酒，有泪暗涓涓。

【注】

①陶山：位于今安徽蚌埠市区南部。作者在山中见海棠盛开，蓦然而生伤感之情。

②小吏：作者自指。濠梁：犹濠上（梁：桥梁）。《庄子·秋水》："庄子与惠子游于濠梁之上。"蹇：音 jiǎn，指驴。

③客鬓：杜甫《早花》诗有"直苦风尘暗，谁忧客鬓催"。按作者康熙二十九年（1690）冬之寿州同知任，则此或作于三十一年（1692）春。

考城道上（已见卷一，略）

厌归（已见卷一，略）

凤阳（已见卷一，略）

金陵感旧（已见卷二，略）

秋日护领转饷京师发江宁府（已见卷二，略）

龙江关（已见卷二，略）

江浦县（已见卷二，略）

滁州（已见卷二，略）

丰乐亭（已见卷二，略）

醉翁亭（已见卷二，略）

清流关（已见卷二，略）

大柳驿（已见卷二，略）

磨盘山（已见卷二，略）

池河驿（已见卷二，略）

红新驿 _(已见卷二，略)

临淮县 _(已见卷二，略)

王庄驿 _(已见卷二，略)

宿州 _(已见卷二，略)

徐州 _(已见卷二，略)

滕县 _(已见卷二，略)

邹县 _(已见卷二，略)

黎国驿 _(已见卷二，略)

微山湖 _(已见卷二，略)

邹峄山 _(已见卷二，略)

连青山 _(已见卷二，略)

兖州府 _(已见卷二，略)

泗水桥 _(已见卷二，略)

汶上县 _(已见卷二，略)

东平州 _(已见卷二，略)

东阿县 _(已见卷二，略)

茌平县 _(已见卷二，略)

高唐州 _(已见卷二，略)

恩县 _(已见卷二，略)

德州 _(已见卷二，略)

景州 _(已见卷二，略)

阜城县 _(已见卷二，略)

献县 _(已见卷二，略)

河间府 _(已见卷二，略)

任丘县 _(已见卷二，略)

雄县 _(已见卷二，略)

新城 _(已见卷二，略)

涿州 _(已见卷二，略)

良乡 _(已见卷二，略)

广宁门 _(已见卷二，略)

卷九 秭芳园集 卷中 古近体诗十六首存目五十四首

和邓其章邀看杏花元韵①

桂山摇落促归鞍，杏馆花飞春又阑②。
总是他乡归未得，白头从共几回看。

【注】

①邓其章，待考。

②桂山：指寿州。春又阑：春天又快结束。阑，阑珊，凋零。

送何广文致仕归里，遣书致诗，惜不亲别 （已见卷三，略）

卖马行 （已见卷三，略）

寒食稜角嘴舟中作①

春阴半度清明日，寒雨仍收甲子期②。
久客懒教虚令节，不才身负遇明时③。
穿帘舞燕窥栖燕，夹楫桃枝并柳枝。
风景依稀丘陇隔，北山愁望暮天垂④。

【注】

①寒食：古代节日，在清明节前一二日，是日禁烟火，只吃冷食，后世逐渐增加了祭扫、踏青、秋千、蹴鞠等风俗。稜角嘴：光绪《寿州志·舆地志》"坊保"西南乡有菱角嘴，距城二十里。

②甲子期：古人认为甲子日下雨可以作为时势与人事的预兆。见唐张鷟《朝野佥载》卷一："春雨甲子，赤地千里。夏雨甲子，乘船入市。秋雨甲子，禾头生耳。冬雨甲子，鹊巢下地，其年大水。"杜甫《雨》诗："冥冥甲子雨，已度立春时。"又，民国时人周肇祥《琉璃厂杂记》卷十五有："新吾李丈举皖北谚语云：春甲子雨，麦烂蚕死，夏甲子雨，赤地千里，秋甲子雨，一淹万里，冬甲子雨，不冻死亦饿死。"寿州可称皖北，尤可参。

③虚令节：因离家乡太久，对时令节气应有的活动都免除了（指清明节祭扫先人坟墓）。负明时：自己才疏学浅，未能建功立业，辜负了当今政治清明

的时代。

④丘陇：指祖先的坟墓。谓所看到寿州的风光和北方差不多，不禁引起思乡之愁。

九日金陵道中①

几年行役任他乡，今日江边菊又黄。
野老何辞白发斥，吏人偏劝紫萸觞②。
惭恩车马频吴会，怀古歌吟忆楚狂③。
欲就津渔迷去住，浮云衰鬓两茫茫。

【注】

①九日：九月初九日，重阳节。

②野老：作者自指。白发斥："斥"有多义，此指白发满头。吏人：衙门中人。紫萸：指茱萸，重阳节有佩带茱萸的风俗。觞：酒杯。

③吴会：绍兴别称，因秦汉会稽郡治吴县，此泛指江南。楚狂：楚国人，即接舆，因昭王时政令不常而佯狂不仕，后成为不守故常之士的通称。事见《论语·微子》《庄子·人间世》等。古人以楚狂人入诗者很多，如李白有"我本楚狂人，凤歌笑孔丘"等。此照应首句，叙几年来频频出差事。

滁州朝行 (已见卷三，略)
秦淮水关 (已见卷三，略)
石头城怀古 (已见卷三，略)
长干里故佟中丞园亭感旧 (已见卷三，略)
关山寿亭侯庙 (已见卷三，略)

感旧[1]①

前代论多士，升堂几辈传②？
文章总会合，卿相最联翩③。
主辱谈经日，国空赐剑年④。
运移法未变，科律至今悬⑤。

【校】

[1] 此诗入选张鹏展编《国朝山左诗续钞》卷二。

【注】

①从内容看，此诗似与科举考试选拔人才制度有关。明末以东林党为代表的清流派在当时对朝政影响很大，他们中固然有忠诚高洁之士，但由于占据了道德制高点，热衷于空谈，无力解决实际问题，事实上对朝政带来了不少负面的作用。甚至有学者认为明朝最终亡于清流之手。作者很有可能是有感于这段并不算遥远的历史而作此诗。

②多士：《尚书·周书》有《多士》篇。升堂：喻学习达到一定境界，见《论语·先进》："由也升堂矣，未入于室也。"此谓前代（明朝）选拔的治国人才，学问真达到升堂入室境界的似乎不多。

③会合：聚合。联翩：连续不断。说科举成功者总是集中出现在某些地区或某些家族，因此高官的产生也有某地区和家族联翩而至的现象。

④谈经：唐诗有"不学竖儒辈，谈经空白头"（权彻《题沈黎城》）。赐剑：是皇帝激励大臣的方式。说如果不务实事而重空谈，结果也会在国家危难人主受辱。

⑤运移：指国家祚运转移。说现仍然采用原来选举人才的科举制度。

至日寿州朝贺感怀①

至日频催老，淮南几度春。
无情墨绶影，有恨白头人②。
鱼贯难违众，鹓行忝致身③。
小臣乞归未，望阙独逡巡④。

【注】

①至日：指冬至日和夏至日，是祭祀的日子，此指冬至日祭。朝贺：朝觐庆贺。按，顺治八年礼部规定，凡元旦、冬至、万寿日，在京大臣内外官员进庆贺表文，集于午门外行礼，品官在各地举行朝贺。

②墨绶：系在印纽上的黑丝带，指县官。颜伯珣的州同知为从六品，略同于七品县令。恨：遗憾。两句感叹自己年已老大，多年未曾升迁。

③鱼贯：连续行进。鹓行：鹓是凤凰类鸟，其飞行时行列整齐。两者并列写朝贺者依次排班行礼。朝贺是国家的政令，必须参加，故"难违众"；自己毕竟是朝廷品官，故"忝致身"。忝：有自惭义。

④小臣：作者自指。乞归：请求退休归隐。阙：宫阙，指朝廷，此指寿州的朝贺之处。逡巡：徘徊不定。

齐王庙（已见卷三，略）

八公山口占（已见卷三，略）

江上食鲥鱼忆亡侄敏①

忆昔龙江共水部，尝新鲥鲙高晶盘②。

鸾刀霏雪几疑重，芸阁薰风匙欲寒③。

屡过老翁情懒漫，重逢佳味泪阑干④。

亲人长逝故人杳，何事驱驰难罢官。

【注】

①亡侄敏：颜光敏。鲥鱼是一种名贵的食用鱼。

②颜光敏在康熙九年（1670）三月至十年九月榷龙关江税一年。其时作者有金陵之行，共食鲥鱼当为其时事。颜光敏《乐圃集》中有《鲥鱼》七绝一首。

③鸾刀：古代祭祀时割牲用的刀。《诗经·小雅·信南山》："执其鸾刀，以启其毛，取其血膋。"几：案。芸阁：芸香阁，藏书之所。上句说鲥鱼的肉白而嫩，下句说当年吃鲥鱼时的环境高贵清凉。

④老翁为作者自指。泪阑干：珠泪横流的样子。

江上①

江上炊烟逐岸回，村扉正对舫扉开。

暗莺迁树将雏过，残雨收虹度岫来。

职贡吴天多桂楫，怀人楚阁少金罍②。

鹿门花月他时兴，愁滞江乡傍凤台③。

【注】

①诗写长江风光，末句反映游子思乡之愁，云"傍凤台"，应作于南京。

②职贡：向朝廷贡奉。桂楫：舟船的美称。楚阁：作者所处之地古属楚国。金罍：金酒杯。此谓江上有很多来自吴地的船只，自己在江边想念故人，可惜不能开怀共饮。

③鹿门在湖北襄阳。孟浩然《夜归鹿门歌》有"鹿门月照开烟树"句。凤台：凤凰台。李白有《登金陵凤凰台》诗。此感慨自己滞留异乡，难回故里。

[舟中感兴]

西江竹船 (已见卷三，略)

节使船 (已见卷三，略)

游船 (已见卷三，略)

送客船 (已见卷三，略)

官粮船 (已见卷三，略)

水战船 (已见卷三，略)

流民船 (已见卷三，略)

报船 (已见卷三，略)

竞渡船 (已见卷三，略)

百花船 (已见卷三，略)

铜板船 (已见卷三，略)

扬州感旧 (已见卷三，略)

[忆正阳际堂八子诗]

吴亮工 (已见卷三，略)

陈苞九 (已见卷三，略)

张鸿渐 (已见卷三，略)

张赤城 (已见卷三，略)

程宗伊 (已见卷三，略)

费又侨 (已见卷三，略)

陈羽高 (已见卷三，略)

沈湘民 (已见卷三，略)

舟次济宁①

泗水滔滔入济流，朝来新浪过沙丘②。

分明家在枫林岸，咫尺难移桂楫舟③。

花底词人作赋入，夜深神女弄珠游④。

武陵诗句还堪忆，东望清波更白头⑤。

【注】

①济宁：今山东省济宁市，明清时为兖州府下辖的直隶州。作者是在运河乘舟过济宁的。

②泗水：泗河，发源于泗水县陪尾山，经曲阜、兖州流入济宁运河。沙丘：在兖州城东。详本书卷七《沙丘》注①。

③作者的家在泗河边，故曰"枫林岸"。济宁以东约八十里为其家所在，故乡在望而不得至，故曰"咫尺难移"。

④《花底》是杜甫诗题，五言律诗，写其成都居处。花底词人应即指杜甫，此用以自指，谓想起故乡居所的园林。下联用孟浩然《登安阳城楼》"向夕波摇明月动，更疑神女弄珠游"句，写水中月影。

⑤武陵：在湖南西部今张家界一带，即所说的桃花源所在。此谓想起了陶渊明的《桃花源诗》，更增加了思乡之情。东望清波：泗河水从东向西流入济宁运河。

怀徐子①

徐君归否北山岑，少小能操绝世音。

殊艺曾无天下士，贫交犹见古人心。

鲁筵弹铗鬓颜改，沧海投竿烟雾深②。

有客怀贤独鞅掌，旧盟松桂许相寻③。

【注】

①徐子，本书卷五有《忆徐北村显庆》和《西园翁别作水墅，徐子北村殁已八年，闻其既成，感寄斯语》，据二诗和后者诗中自注，可以得出如下判断：徐子即徐显庆，号北村，又号嵋村，曲阜人，和作者及孔贞灿（西园）等是好朋友。此人精通音乐，又善绘画，是一个多材多艺兴趣广泛的人。从此诗"殊艺""能操绝世音""鲁筵"等看，他或许在康熙二十三年（1684）帝幸阙里时做过孔庙的乐舞生，因为作者也曾有助祭的经历，他们是在此时订交的。又，孔尚任《长留集》有《乐师徐浩然客死济南……》诗，此徐浩然与徐显庆或许都是曲阜音乐世家中人。

②鲁筵：鲁指鲁国，曲阜。弹铗：用战国时冯谖客孟尝君弹铗而歌"长铗

归来分出无车"事，投竿：钓鱼，用商末姜尚磻溪垂钓事。两句说徐子才能未得为世所用，正隐居待时。

③"客"指作者自己，"鞅掌"是说公务烦冗。"旧盟松桂"指曾和许子相约归隐林泉。

［秖芳园拟山水诗十二首］

璇玑泉 （已见卷三，略）

舟门 （已见卷三，略）

太松台 （已见卷三，略）

秖芳阁 （已见卷三，略）

中陂 （已见卷三，略）

廿一岭 （已见卷三，略）

竹谿 （已见卷三，略）

合欢矶 （已见卷三，略）

原山 （已见卷三，略）

楷林 （已见卷三，略）

红津桥 （已见卷三，略）

樱桃园 （已见卷三，略）

月行柳林渡 （已见卷七，略）

决口 （已见卷三，略）

望天津①

盘洄北去水，澹荡夕阳天。

落日蒸残暑，孤村拥暮蝉。

潮平腥近海，峰出势盘燕②。

魏阙青冥外，臣心咫尺悬③。

【注】

①此诗应是康熙三十五年（1696）监运课铜赴京师途中之作。

②海：指渤海。燕：指燕山。

413

③魏阙：朝廷，此指京城。臣：作者自称。"咫尺"谓天津距京师已近，"悬"是表达一种临深履薄的惶惧心态。

见西山吊侄敏 （已见卷七，略）

靖海县午泊①

县泊多依市，午樯难避喧。
卖钱急榷税②，飞留争津门。
北浪旬常逆，南云去自翻。
舟人贪赌酒，犹滞旧沙痕。

【注】

①靖海县：今属天津市。午泊，正午时候停船于靖海县。靖海紧靠运河，从诗中描写看，作者是从运河水路乘船北上。是康熙三十五年监运课铜赴京师途中之作。

②榷税：征税。

寄杨润九索画石 （已见卷三，略）
已达天津述兴 （已见卷三，略）

十月自京师南归别从侄是①

双泪携将出帝关，东亭衿袖更潸潸[1]②。
岂因贫更增多感，自恋懿亲惜暮颜。
半盏醺人偏易酒，数峰随马尚燕山③。
北风莫忆疏狂老，霜满淮南菊桂斑。

【校】

[1] 潸潸，两种抄本都作"潜潜"，明显是因形近致误，径改。

【注】

①康熙三十五年（1696）春作者监运课铜送京师，三个月到达。此时从侄光是在京，大约是在兵部郎中任上。光是字去非，号柏亭，康熙乙卯举人，由新野令擢户部主事、兵部郎中，出知福建邵武府。

②帝关：指京师。东亭：在四川省崇庆县，杜甫有《和裴迪登蜀州东亭送

客逢早梅相忆见寄》诗，此借指京城。衿袖：喻与光是亲密的叔侄关系。

③易酒：应为河北易州所产之酒。燕山：京师附近的山。

春日大筑芍陂即赠刘生（已见卷四，略）

金广文德藩罢官归华亭①

梁孟之侪麋鹿俦，夫妻为友宦为游②。
名垂绛帐在白社，天与青毡归沧州③。
双杖不妨石林仄，孤舟已任江河流④。
钓竿诗卷兴茫杳，尼阜有人愁倚楼⑤。

【注】

①广文：学官，如学正、训导、教谕等。检光绪《寿州志·职官表》及《曲阜县志·职官》均无金姓者。华亭：清代松江府属县，即今上海市松江区。按，本书卷四有《赠金广文三郎》和《送金卓云迎亲归华亭》，金德藩、三郎、金卓云应为一人。

②梁孟：指汉梁鸿和孟光夫妇。梁鸿家贫而博学，不愿做官，隐居一生，夫妇相敬如宾，是成语"举案齐眉"的主角。"麋鹿俦"指远离名利场的山野伴侣。

③绛帐：用汉马融事，指教师、讲席。白社：见晋·葛洪《抱朴子·杂应》："洛阳有道士董威辇常止白社中，了不食，陈子敍共守事之，从学道。"唐·吴筠《高士咏·董威辇》："董京依白社，散发咏玄风。"青毡：用王献之（子敬）事，指家传故物。沧州：应为"沧洲"，滨水之处。沧洲和白社都是隐居之所。

④双杖：用杜甫《桃竹杖引赠章留后》。章彝赠杜甫两支桃竹杖，杜作此诗答谢，末句云："忽失双杖兮吾将曷从？"

⑤尼阜：曲阜尼山。此说因为金广文离别，自己对钓鱼和作诗都没有了兴趣，只能在故乡忧愁地倚楼遥望，言外之意是自己也将致仕归里。

芍陂堤上课各门监者种柳（已见卷四，略）
分与从孙女菊种（已见卷四，略）

丹青行赠张山人铉[1]①

淮甸茫茫一千里，英雄去后如晨星。

气崛前辈四百载，有才沦落为丹青②。

东溟倒流西极动，放笔肯与王李争③。

张颠草书称神妙，力排诸公空纵横④。

老夫寿春抱关客，十月衣葛愁日白⑤。

闾阖路绝沧州晚，卧游但嗜山水迹⑥。

逢君已暮堪再别，尊前华发应须惜。

丈夫胡为走西东，身长八尺准隆隆⑦。

猿臂看挽两石弓⑧。

扣角子，鼓刀翁⑨，

古人不遇身辱困，而我何嗟常雕虫⑩。

君不见濠泗之间事尤壮，宗臣遗庙回悲风⑪。

定魏不附於皇里，安得赫赫佐命功⑫！

【校】

[1]《海岱人文》本此诗于"老夫"句另起行排列，如同题二首，实误。今从《颜氏三家诗集》本。

【注】

①山人：隐士一类的读书人。按，孙镴编《中国画史人名大辞典》有张铉："长洲人，字寅光，号朗亭，善山水，师用尚文，笔颇苍秀。"（《墨香居画识》）不知是此张铉否。本书卷四有《为张山人铉作悬墨几歌》。

②淮甸：淮河流域。丹青：绘画和书法。此说淮河流域是明开基之地。开国时英雄辈出，而现在杰出人物的才智只能用于写写画画。

③东溟：大海。西极：西方极远之处，泛指天下。王李：或指晋王羲之、唐李阳冰，都是历史上的大书法家。

④张颠：张旭，唐代书法家，擅狂草。此处双关，指代张铉。谓您的草书好像张旭，纵横驰骤，可称神妙之品，不让上述诸公，但不为世人所知。

⑤抱关：抱关击柝的略语，即打更巡夜，喻职位卑下，语出《荀子·荣辱》："或监门御旅，抱关击柝。"衣葛：穿用葛布做的衣服。鲍照《代东门行》有"衣葛常苦寒"句。葛衣是夏天穿的，十月犹衣葛，足见其贫。此写自己地位卑微生存贫寒的状况。

⑥阊阖：京城大门，阊阖路指通往朝廷的路，亦即飞黄腾达之路。沧州晚：此似应为"沧洲晚"。陆游词《诉衷情》有"此生谁料，心在天山，身老沧洲"，沧洲为隐者居住的滨湖之地。卧游：以观画代替游览。元·倪云林《顾仲赟见访》诗有"满壁江山作卧游"。

⑦准隆隆：准，鼻子，准隆隆是说高鼻梁，被认为是贵相，如汉高祖刘邦就隆准龙颜。

⑧两石弓：指用两石的力量才能拉开的弓。此写一相貌不俗武艺超群的奇男子形象，他应该就是张铉。

⑨此用两个历史人物的事迹喻张铉。一为宁戚饭牛：春秋时卫人宁戚家贫，喂牛车下，适遇齐桓公，因扣击牛角而歌。桓公闻而以为善，任其为上卿。见《淮南子·道应训》。二为吕尚鼓刀：商末周初的吕尚（姜子牙）曾在朝歌屠牛，鼓刀而歌。后遇文王，终于得到重用。见《楚辞·离骚》。

⑩不遇：生不逢时，不能发挥自己才智。雕虫：指微小的技能，相对于经国济世大业，诗文艺术都是雕虫小技。扬雄《法言·吾子》有"或问：吾子少而好赋？曰：然，童子雕虫篆刻。俄而曰：壮夫不为也"。

⑪濠泗之间：即上文说的淮甸。宗臣：世所敬仰的名臣。遗庙：古庙。

⑫定魏：疑指明代定国公徐增寿和魏国公徐达。此谓当年徐增寿和徐达如果不是最早追随依附燕王和太祖这样有眼光有能力的皇帝，怎么能立下巨大的创业功勋？按，徐达是最早随太祖起兵者之一，因功封魏国公；徐增寿是徐达次子，建文末因勾通燕王被处死，永乐帝登极后追封定国公。但徐达死后，袭爵的徐辉祖因反对永乐帝而被削去爵位；而定国公是终有明一朝的子孙世袭爵位，所以诗中称"定魏"而不称"魏定"。于皇里：地名，在凤阳县。徐达是凤阳县人。"于皇里"的出处是《诗经·周颂·武》"于皇武王，无意维烈"，洪武初用作凤阳里社之名。故於皇里也可以理解为皇家。

荆途雪中①

雪满淮南使者车，荆途归路若天涯。
御风思借冯夷鼓，破浪难逢汉客槎②。
病有文园惭作赋，功无骠骑不为家③。
寒林一一如春色，忽忆双溪二月花④。

【注】

①荆途：途通"涂"，指荆山和涂山，均在安徽怀远县，今属蚌埠市。此

诗应是作者去怀远出差时作。按，此"途"字如理解为本义固然可通，但诗第二句"荆途归路"，则"途""路"犯重，故以训为"涂"为是。本书卷三《濠右》有"郁律荆涂佳气多"句，亦可证。

　　②冯夷鼓：冯夷即河伯，传说中的黄河神，此指水神。曹植《洛神赋》："於是屏翳收风，川后静波，冯夷鸣鼓，女娲清歌。"汉客槎：见张华《博物志》："旧说天河与海通。近世有人居海渚者，每年八月有浮槎，去来不失期。"此字面意思是风雪途中归心似箭，其实又有对人生道路不顺的感叹。

　　③文园：指西汉辞赋家司马相如，他曾做过文园令。骠骑：骠骑将军，古代将军的名号，特指西汉霍去病。为家：出《汉书·霍去病传》："去病为人少言，……上为治第，令视之，对曰：匈奴不灭，无以家为也。"此以司马相如作比，说自己身体多病；又以霍去病事自嘲，说自己身无寸功，自然不能使家族兴旺发达。

　　④双溪：作者故乡曲阜的庄园秖芳园所在的村名，即今之春亭村。二月花：即梨花，出唐人崔颢诗《渭城少年行》："洛阳二月梨花飞。"看到寒枝上的雪花，联想到故乡的梨花，故曰"如春色"。

赠郝庭兰①

道忆淮山老，名犹楚市人②。
域中无甲子，林外自阳春③。
嗜古宁论俗？安儒耻问贫④。
李生辞幕府，白眼尚须亲⑤。

【注】

①郝庭兰，生平不详。本书卷六有《赠郝子亭兰》，当为同一人。

②淮山：泛指淮地之山，此指寿州。郝庭兰是寿州人。楚市：楚地市肆。两句谓郝虽是有道之士，但外表是这里最常见的一个普通人。

③两句似从"山中无历日，寒尽不知年"（唐太上隐者《答人》，《西游记》第一回作"山中无甲子，寒尽不知年"）化出。无甲子：即不计岁月节气，没有历法，是一种浑沌未开时的生存方式，这正是道家学派所追求的境界。但不管有无甲子，寒暑时序的递换仍是进行着的，所以"林外自阳春"。

④爱好古代的典章文物而不管世俗的看法，以儒家思想安身立命，不屑于谈论富贵贫贱。宁：岂，难道。

⑤李生疑指唐代李泌。泌有奇才，安史之乱中，他协助唐肃宗功劳很大。

战乱平定后，李泌又坚决辞官。李泌在关于惩处玄宗时的奸相李林甫以及对肃宗立太子等问题上，都有很高的见解，考虑政治后果，远超出恩怨相报的层面。见《资治通鉴》卷二百二十。白眼：指鄙视和反对自己的人。两句似告诫郝庭兰在社会上要善于处理人事关系。

拟归（已见卷四，略）

立夏前一日过方端木木香阁（已见卷四，略）

简程彝仲（已见卷四，略）

官阁后墙角丛竹如林，晚起朝雾未散，述兴（已见卷四，略）

井亭村①

秋水澄沟洫，风光带井亭。
霜从萍背紫，煖向鸭头青②。
雉堰迥高障③，人家似列星。
此乡三万户，耕凿异郊坰④。

【注】

①井亭村：光绪《寿州志·舆地志》载西南乡有井亭铺，距城五十里。今寿县尚有井亭村，属安丰塘镇，而安丰塘即芍陂，当是作者在主持芍陂工程时过其村而作。

②煖：通"暖"，又音xuān，同"煊"，《庄子·大宗师》有"煖然似春"语。鸭头青是一种绿色，又作鸭头绿，见李白《襄阳歌》："遥看汉水鸭头绿，恰似葡萄初酸醅。"

③雉堰应类似于雉堞，指防御用的围墙，从下边"此乡三万户"看，井亭村是个规模相当大的村，故有"高障"之说。迥，即回，"回高障"难解，疑为"迥"字之误，迥高即极高，但诸本皆同，未便擅改，仅此说明。

④耕凿：耕田凿井，泛指农事活动。郊坰：坰音jiong，遥远的郊野。此说井亭村人的生产生活方式不同于一般偏远乡村。

卷十　祗芳园集　卷下　古近体诗十八首　存目三十九首

饮苗生竹馆①

曲阳之产多美竹，交衢深巷满县绿②。

无怪佳士常比邻，龙干凤仪或雌伏③。

秋院萤青众星白，闳阁阴符夜正读④。

不嫌老夫在尘网，坐君书床靦面目⑤。

老气逢秋气欲尽，顶秃但有苍骨峻，

难放壮节与高标，咫尺风雨上重霄⑥。

【注】

①苗生：苗姓诸生，即苗秀才。下文有"老气""顶秃"语，应是年龄已不小。

②曲阳：西汉时有曲阳侯国，在今安徽省滁州定远县一带。苗生或为其地人。

③说因苗生居处多竹，故所邻多有佳士。按，苏轼《於潜僧绿筠轩》诗有"宁可食无肉，不可居无竹。无肉令人瘦，无竹令人俗"句。"龙干凤仪"是写竹的姿态之美；雌伏：屈居于下，写丛竹偃仰之姿，亦映衬苗生之高洁。

④闳阁：隐秘掩闭的房屋。阴符：即《阴符经》，古代兵书。写苗生在竹馆夜读。

⑤靦面目：靦觍羞惭的表情。这是用己之"在尘网"反衬苗生的不同流俗。

⑥四句明写竹，隐喻苗生之品格。

题诗勺江水 (已见卷五，略)

望九华 (已见卷五，略)

梁山 (已见卷五，略)

钟山①

何年樵尽孝陵松？玉殿凄凉倚碧峰②。

去远龙髯千载事，犹环马鬣庶人封③。

春深原庙衣冠杳，秋见祠官霜露容④。

不是圣朝忠厚意，典常能得岁时恭⑤？（初治钟陵时，民间

坟墓颇多，有司奏请迁逐，太祖曰："毋，正欲留作伴耳。"）

【注】

①钟山：在南京，又名紫金山。据说有虎踞龙盘之势，古迹众多，是南京
名胜之地。

②孝陵：明太祖朱元璋的陵墓，在钟山下。玉殿指孝陵的享堂。从此句可
见清初钟山一带树木已被大量砍伐破坏。按，清初余宾硕《金陵览古》亦有钟
山本有松甚盛，鼎革后伐尽的记载。与此可互证。

③龙髯：传说黄帝乘龙升天，有小臣拉龙髯随升。此指皇帝薨逝。马鬣：
鬣音 liè，兽类颈上的长毛。坟墓的封土状似马鬣，故指坟墓。《礼记·檀弓
上》："马鬣，封之谓也。"庶人封：指孝陵附近的平民坟墓，见自注。

④原庙：在正庙以外另立的宗庙。《史记·高祖本纪》："及孝惠五年，……
以沛宫为高祖原庙。"裴骃集解："谓原者，再也。先既已立庙，今又再立，故
谓之原庙。"清·吴伟业《钟山》诗："金棺移塔思原庙，玉匣藏衣记奉常。"
衣冠杳：谓已改朝换代。祠官：指孝陵负责祭祀的官员。霜露容：庄重肃穆的
表情。此说如果不是太祖（朱元璋）宽宏大量，那些民间坟墓岂能照常接受后
人的祭祀？

⑤典常：经常固定的某种活动。

感旧①

牛头燕子登临兴，桂楫篮舆三十秋②。

水部门前稀估客，庾公月在锁江楼③。

索钱频扰巡栏吏，题诗谁能来往游④？

更忆中书白老在，常如羊子过西州⑤（白梦鼐，庚戌进士，
出水部俿光敏门。）

【注】

①从诗之内容看，是在南京龙江关忆旧之作。

②牛头山和燕子矶都是南京名胜。桂楫指船，篮舆指轿子（疑为兰舆之
误，则为车之美称）。三十秋：或指颜光敏于康熙九年（1670）三月出监龙江
关，至次年四月止。则此诗当作于康熙四十年（1701）左右。

③水部：指作者之侄颜光敏，"水部门前"当为南京龙江关前。估客：商人。庚公月：庚公指庾亮，《晋书·庾亮传》载，"亮在武昌，诸佐吏殷浩之徒，乘秋夜往，共登南楼。俄而，不觉亮至，诸人将起避之。亮徐曰：诸君少住，老子于此处兴复不浅。便据胡床与浩等谈咏竟坐。其坦率行已，多类此也"。后人以此典入诗，常与秋季时令或月等相关。如杜甫《秋日寄题郑监湖上亭》之一："池要山简马，月静庾公楼。"锁江楼：在江西九江长江边。

④巡栏小吏频频要钱，令人不胜其扰；从前曾经在此题诗的故人们，现有几个得能再见？

⑤白老：指白梦鼐：江苏江宁人，字仲调，号孟新，又号蝶庵。官至大理寺评事。按，庚戌为康熙九年，颜光敏任会试同考官，分校《易经》，得士十八人，其中有白梦鼐。同年三月后，颜光敏赴南京任职龙江关。此联中的中书指颜光敏；白老即指白梦鼐。羊子：晋代羊昙。过西州：是羊昙痛哭其舅谢安的典故。见《晋书·谢安传》："羊昙者，太山人，知名士也，为安所爱重。安薨后，辍乐弥年，行不由西州路。尝因石头大醉，扶路唱乐，不觉至州门。左右白曰：此西州门。昙悲感不已，以马策扣扉，诵曹子建诗曰：生存华屋处，零落归山丘。恸哭而去。"

赠丁鹤园　（已见卷五，略）

乌衣道中　（已见卷五，略）

酬杨子润九赠菊种二十二，即用述怀，兼简张子宛庐　（已见卷五，略）

樊圻山水障子歌　（已见卷五，略）

宿霍邱宝林寺　（已见卷五，略）

长干园老鹤行①

长干古园大江浒，朝游游人集如堵②。
清波为堂菡萏阁，栖飞珍翼夹文羽③。
游人争羡锦鸂鶒，有鹤踉蹡独踽踽④。
伊鹤之来兮匪饵非缯，勉随喧而畏人兮离匹寡朋⑤。
指招摇兮目迷，听钟鼓兮魂惊⑥。
杜鹃叹息燕为贺，乌鸢嗔吓不得争⑦。
君不见，碧沙白石分江涛，长松玉栋青天高⑧。
宠异于汝殊群曹⑨，胡为引吭长悲号？

沧海可涉江可泳，衔恩未驯苍骨劲⑩。

乘轩食禄古所讥，踯躅羁筊失本性⑪。

【注】

①长干：古建康里巷名，长干园当是南京的一处古园林。此篇是在长干园里看到一只老鹤，有感而作。诗中的这只老鹤实际是作者自身的写照。作者以寓言的方式，写对自由的向往和对当前生活环境、生活方式的不满和无奈。

②大江浒：长江边。堵：墙。

③菡萏阁：菡萏即荷花。此写老鹤所在的环境。文羽：有美丽花纹的羽毛，指和老鹤在一起的其他珍禽。

④鸊鹈：一种类似鸭而略小的水鸟。锦鸊鹈是其变种，头上有冠饰，色彩艳丽，又叫凤头鸊鹈。踽踽：孤独无依地行走貌。

⑤饵：引诱动物以便捕捉的食物。矰：用丝绳拴住箭头而制成的捕射鸟类的工具。此说这只鹤不适应喧闹的环境，害怕游人，又离开了伴侣，没有朋友。

⑥园中的游人有时会对它指点挑逗，这令它头昏目眩；听到钟鼓音乐等人类的声音，它更是胆战心惊。

⑦各种鸟类对它态度不一：杜鹃表示同情，燕子表示祝贺，乌鸦生气，野鸭威吓它，但它不表示抗争。

⑧所写是想象中的神仙境界，这才是仙鹤居住活动的地方。

⑨宠异：被人喜好，爱好。群曹：谓那些鸟。

⑩我被人弄到这里来，据说是应该感恩的，但我爱好自由的天性难被驯服，有那么点儿骨气。

⑪乘轩食禄：是春秋时卫懿公事。见《左传·闵公二年》："卫懿公好鹤，鹤有乘轩者。将战，国人受甲者皆曰：使鹤！鹤实有禄位，余焉能战？"《东周列国志》第二十三回写卫懿公率师与狄人作战，有军中歌云："鹤食禄，民力耕，鹤乘轩，民操兵。狄锋厉兮不可撄，欲战兮九死而一生。鹤今何在兮？而我瞿瞿为此行！"踯躅：徘徊犹疑缓慢地走；羁筊：关在竹编的笼子里。

长嘴乌行（已见卷五，略）

七月十五日孝陵监送白果总督府，感赋（已见卷五，略）

小关道中①

夹道岚峰岸，当冲紫岫屏②。

春宫雪未尽，淑气草先青③。

　　　　石辟朝群鬼，桥成跨列星④。

　　　　似闻天语切，不更起黄亭⑤。

【注】

①小关在南京，从诗的内容看，似为准备迎接皇帝巡视。

②写小关风光：峰岚夹道，山如画屏。

③春宫或许是皇帝的行宫，"淑气"二字有颂圣的意味。

④这两句应是讲修整行宫或道路的情况。上句或许是说安置供观赏的太湖石？下句是说新建成了一座桥梁。列星：是比喻桥和其他建筑的位置关系。

⑤天语：皇帝的旨意。切：关切，务切。黄亭即龙亭，是专为颁谕宣旨等设的建筑。不更起：是已有可代替者就不再新建。《清史稿·圣祖本纪》载，康熙四十四年（1705）正月二十三日，帝以第五次南巡一事谕吏、户、兵、工等部，说"所至勿缮行宫，有科敛累民等情，皆以军法治罪"。此诗之"雪未尽""草先青"正是早春景象，时令相合，则此诗当作于其时。

　　　　述事 <small>（已见卷五，略）</small>

　　　　塔殿 <small>（已见卷五，略）</small>

　　　　泊石城桥 <small>（已见卷五，略）</small>

　　　　将去金陵同游人游秦淮 <small>（已见卷五，略）</small>

　　　　寄家书即发石头城 <small>（已见卷五，略）</small>

　　　　泊燕子矶 <small>（已见卷五，略）</small>

燕子矶

　　　　霸业□吴会[1]，雄图壮北门①。

　　　　江帆吹石底，郭市出云根。

　　　　京国名流尽，陵原薄雾昏。

　　　　停桡但坚卧，临眺畏伤魂②。

【校】

[1] 首句各本均缺一字。

【注】

①两句写燕子矶地理形势。谓可连接东南控制江北。吴会：吴郡和会稽郡。

②桡：船桨。此谓切不可登上燕子矶远眺，那样会引发无限感慨和伤心，不如还是在船上卧听涛声吧。按，燕子矶见证了古城数千年历史，其中尤以明末那段历史最令作者感伤万端，这在《题诗勺江水》中有明确反映。而且在这里又会自然地想起与侄子光敏的昔日游踪，更令人伤感。两句以逆笔写情，更觉感人。

骆马湖口 (已见卷五，略)
北野堤 (已见卷五，略)
再见红蓼 (已见卷五，略)
雾树作花 (已见卷五，略)
自临清夜抵泗南村 (已见卷六，略)
奉酬孔璧六过访宛溪 (已见卷六，略)
桃山驿岳忠武王庙 (已见卷六，略)
汉阳府 (已见卷六，略)

杨润九赠水仙花和其来韵①

后菊宁托傲？先春岂幸荣！
抱香经岁月，独照最分明②。
暂许寻常玩，能忘涧壑情③？
委心终楚楚，堂上愧书生④。

【注】

①杨润九是画家，他赠送水仙花给作者，并附诗一首，此诗按赠诗原韵和作。全诗写水仙花，其实是写人，写一种理想的人格：谦虚低调，耐得寂寞，不屑攀附，幽香自赏。

②四句说水仙花开在菊花后面并不是因为傲慢，开在立春之前也不自认为高众花一等。这幽雅的清香是历经一整年的蕴酿才形成的，一旦绽放就不同寻常，令人刮目相看。按，本书卷一有《寄单县朱方来绥并酬其见遗水仙》，可与此合观。

③二句说水仙花成为普通人喜欢的玩物，是偶然和暂时的。山涧幽壑才是水仙花应该生存的地方。

④二句说水仙是有优秀品格的花，虽被人喜爱而成为玩物，但始终保持天

然的楚楚之态，未被现实社会改造和污染。对比起来，我们这些庙堂之上的读书人是应惭愧的！

涌泉寺

八公山下涌泉寺，曾费荒山树植功^①。
国蹙余材资寇盗，乱成无地寄蒙茸^②。
官闲始导枯流活，岁久仍看古木丛^③。
待得来年获与告，还家数口且留东^④。

【注】

①八公山在寿州城北，此涌泉寺不见于《寿州志》之《寺观志》，但《古迹志》有涌泉山房，云"在谢公祠内"。而谢公祠"在八公山麓"，与此诗首句正合。从本诗"始导枯流活"句看，这寺是有泉的。作者应是主持参与了对泉水的疏浚和在荒山上的种树之类活动，然后作此诗。

②国蹙：国势不强盛。蒙茸：林木茂密貌。看来涌泉寺一带的森林已在战乱时被盗伐殆尽。

③自己在公务之余从事对已拥塞泉源的疏浚和植树等事，相信若干年后这里又会古树成林。

④待将来被告知涌泉寺已树木成林时，自己和家庭早已经回到故乡了。东：指东鲁。

戊子元日^①

莫笑冯唐老不迁，消弥五斗亦油然^②。
挥弦何补公庭事，作赋还惭谏猎篇^③。
负郭余田堪屡典，北门有室未能捐^④。
羁留壮节非苏武，皓首同经十九年^⑤（余自庚午来寿，至是九年。）

【注】

①戊子为康熙四十七年（1708）；元日：旧历元旦。在异乡过年，思乡怀家，殊有感慨。

②冯唐：据《史记·冯唐传》记载，冯唐德才兼备，但多年不受重用。汉武帝得知其时，冯唐已90余岁，不能为官。王勃《滕王阁序》有"冯唐易老，李广

难封"句。此以冯唐为自喻，谓自己来寿州后阶位始终未能提升。五斗：指官俸，见《晋书·陶潜传》："吾不能为五斗米折腰，拳拳事乡里小人邪！"油然：自然，悠然，安然。此说自己多年来并未虚靡朝廷的俸禄，倒也心安理得。

③挥弦：嵇康诗《赠秀才入军》之十四有"目送归鸿，手挥五弦。俯仰自得，游心太玄"。此说嵇康那种超然物外的做人风度，固然高雅洒脱，但于国于民无利。谏猎篇：指扬雄的《谏猎赋》。此说自己羞于学习汉代的扬雄，不愿像他那样以向朝廷上奏章的方式推销自己。

④负郭田：近城而肥沃的田地，出《史记·苏秦列传》。作者为补在寿州做官的亏空，曾经典卖家中田产，见本书李克敬序及《运铜返寿州答寿民》等诗。北门：用《诗经》《邶风·北门》，该诗写位卑任重"终窭且贫"处境困穷的小官吏，其中有"室人交遍谪我"句。

⑤苏武奉命出使匈奴，被羁留十九年，历尽艰辛，坚不投降，皓首始归，在中国是妇孺皆知的故事。作者作此诗时到寿州也已十九年，故有此语。

二月苦雨

冥冥甲子侵耕雨，早度元宵更四旬①。
即恐春长无陇麦②，独看花放正愁人。
涨沙重失龙头堰，远树初红燕子津③。
不免追呼余旧赋，哀鸿满目岁何频④。

【注】
①甲子雨：见前《寒食稜角嘴舟中作》注②。笔者查了从康熙四十年到四十九年的日历，发现康熙四十年、四十一年、四十八年和四十九年二月都有甲子日。其中四十年和四十一年的甲子日在二月上旬，距元宵节只有二十天左右；四十八年的甲子日是二月二十三日，四十九年甲子日是二月二十九日。两者距元宵分别是38天和44天，诗中的"更四旬"是取其整数。所以可以确定，这个苦雨的二月，应是这两年中的一年。按此诗前一首是《戊子元日》，戊子是康熙四十七年，则此诗作于康熙四十八年（1709）的可能性比较大。颜伯珣七十四岁卒，为康熙四十九年，则此诗或是其卒前一年作。
②无陇麦：指雨总不停，麦田积水。
③龙头堰和燕子津应都是寿州地名。涨沙是指大水过后所遗流沙压毁堤堰或农田。
④自己作为地方官员，免不了有指使胥吏到贫寒人家催租和逼服徭役的

事。哀鸿：比喻啼饥号寒的灾民。按，唐·高适《封丘作》有"拜迎长官心欲碎，鞭挞黎庶令人悲"句，反映了一个未泯良知的地方官员面对现实的无奈和自责，此句立意庶几近之。

按，如果上述对此诗作年的判断不误，颜伯珣其时已是耄耋衰老之年，白发疾病之身。他在寿州已服务了二十年。二十年中他虽然经常会在诗中发些不如归去的感叹，其实已经对这里产生了深厚的感情，成了一个真正的寿州人，尤其是对这里的普通人和贫苦百姓充满了同情。在此诗中，我们不难体会到他的一颗赤子之心。

武昌①

武昌城对汉阳楼，中有长江东北流。
樯垒旌旗非旧迹，鱼龙涛浪至今愁②。
图危自取经纶地，设险谁凭百二州③。
漫道荆襄控吴越④，千年唯见水悠悠。

【注】

①从以下几首诗看，作者曾有今湖北和湖南之行。

②写武昌所见江上风光。樯为船上桅杆，垒为战时堡垒。按，曰"非旧迹""至今愁"，应是写刚发生不久的事件。笔者以为是写发生于康熙二十七年五月的夏逢龙叛乱事。夏逢龙人称夏包子，原为湖广总督标兵，因被裁革，遂聚众起事，自称总统兵马大元帅，占据武昌，连陷嘉鱼、咸宁、蒲圻、汉阳、黄州等地，湖广巡抚柯永升等自杀。后遭振武将军瓦岱镇压，至七月被俘于黄州，磔死。刘献庭《广阳杂记》卷五记其事。

③图危：面临危局，出陈琳《为袁绍檄豫州文》。百二州："百二"本义是以二敌百。《史记·高祖本纪》："秦，形胜之国，带河山之险，县隔千里，持戟百万，秦得百二焉。"裴骃引苏林曰："得百中之二焉。秦地险固，二万人足当诸侯百万人也。"

④荆襄控吴越：或源于《三国志》载诸葛亮与刘备的《隆中对》："将军……若跨有荆益，保其岩阻，西和诸戎，南抚夷越……天下有变，则命一上将将荆州之军以向宛、洛，将军身率益州之众出于秦川，百姓孰敢不箪食壶浆以迎将军者乎？"

汉阳

汉阳城郭楚吴间，江汉中分大别山①。

七里横江争两郡，千秋跨汉号重关②。

气吞云梦雄图在，地入潇湘木叶斑③。

陈迹难留同逝水，碧空黄鹤几时还④？

【注】

①二句写汉阳城的位置。大别山位于安徽、湖北、河南交界处。

②两郡：指武昌府和汉阳府，两府各有辖县。重关：险要的关塞。

③气吞云梦：云梦指云梦泽，是江汉平原上古代湖泊群的总称。孟浩然《望洞庭湖赠张丞相》有"气吞云梦泽，波撼岳阳城"，为千古名句。潇湘：潇水和湘水，流经湖南的两条河流。

④碧空黄鹤：李白有《黄鹤楼送孟浩然之广陵》，云"孤帆远影碧空尽，唯见长江天际流"，又崔颢《黄鹤楼》诗有"黄鹤一去不复返，白云千载空悠悠"，此合用其意。

岳阳

江湖地逼岳阳城，城上高楼倚太清①。

江永自环吴楚塞，湖空不辨汨罗程②。

寇来失险虚称帝，师老连营竞洗兵③。

久殪长鲸波浪静，中衢豺虎莫纵横④（镇军骄横，主将不能制。）

【注】

①江湖：长江和洞庭湖。逼：通逼，接近。句谓岳阳城的位置紧靠长江和洞庭湖。太清：天空。

②吴楚塞：控制吴楚的要塞。汨罗：汨罗江，流入洞庭湖的河流。

③二句写岳阳历史上的大事件：虚称帝：或指唐初武德元年（618）萧铣在岳阳称帝，国号梁，建元鸣凤。后来萧铣徙都江陵，武德四年（621），唐赵郡王李孝恭奉命率大军击萧铣，兵围江陵，萧铣在中书侍郎岑文本的劝说下决定投降，唐将李靖也禁止兵士的杀掠，做到了"城中安堵，秋毫无犯"。事见《资治通鉴》卷一八九。师老：指军队士气衰落。洗兵：洗刷兵器，表示结束战争。

④"久殪"二句：谓康熙朝在南方平定了三藩之乱、北方平定了准噶尔叛乱后，国家进入了和平发展时期。"中衢豺虎"指自注中的镇军，即驻岳阳的绿营兵。绿营兵在清初战争中发挥了很大作用，堪称精锐，但后来随着社会承

平日久，迅速腐化。"镇军骄悍主将不能制"就是其腐化的一个方面，但详情待考。

洞庭①

洞庭十月水犹浑，客子孤帆朝雾昏②。
尽入波涛归混合，独浮日月照乾坤。
荒祠夜识龙君火，露鼓难招帝子魂③。
更下潇湘望南国，扣舷三叹泪交痕。

【注】

①洞庭湖：位于长江中游以南，今湖南省北部。

②客子：游客，或为作者自指。

③荒祠：指洞庭湖边的龙王庙或神君庙，龙君：洞庭龙君，是唐·李朝威的传奇小说《柳毅传》中洞庭龙女的父亲。清·东轩主人《述异记》卷上："洞庭神君相传为柳毅。其神立像，赤面，獠牙，朱发，狞如夜叉，以一手遮额覆目而视，一手指湖旁，从神亦然。舟往来者必临祭，舟中之人，不敢一字妄语，尤不可以手指物及遮额，不意犯之，则有风涛之险。"火：指祠中香火。帝子：应指舜妃娥皇、女英。她们是尧的女儿，嫁舜，随舜南巡，溺死于湘江，成为洞庭女神，称湘夫人。见《博物志·史补》《水经注·湘水》《楚辞·九歌》等。露鼓：子夜凌晨时招魂击鼓。

长沙

南国层城比帝都，八门高望引湘湖①。
殊方异俗归王土，瘴雨蛮烟到海隅②。
僭后衣冠何日火？恩加叛乱未全屠③。
明封汉册俱安在？屈贾风流百世无④。

【注】

①层城：重城，高城。杜甫《奉和严中丞西城晚眺十韵》："层城临暇景，绝域望余春。"帝都：首都。说长沙规模可与京城相比。八门：长沙的八个城门。湘湖：湘江和洞庭湖。两句写长沙城形势。

②殊方异俗：遥远的地方，奇异的风俗。王土：天子的土地。瘴雨蛮烟：古人认为南方地区有瘴疠，是极可怕的传染病。海隅：天涯海角。两句说长沙

有异于中原的特点。

③两句或指英布和长沙王事。英布因功在汉初被封为九江王。后来异姓王韩信、彭越等相继被翦灭，英布害怕，起兵叛乱，刘邦率军亲征。《史记·黥布列传》载：刘邦"遥问布曰：何苦而反？布曰：欲为帝耳！"。"僭后"句指此。英布娶长沙王吴芮的女儿。其时吴芮已死，第二代长沙王吴臣诱骗战败的英布，说要与他一同逃亡南越，英布相信，随他到番阳，在一民宅被杀。建国之初受封的异姓王八人，除长沙王外其他诸王皆以各种罪名被翦灭，至此只有吴氏的长沙国得以保全。"未全屠"指此。

④明代封长沙的藩王有潭王朱梓、谷王朱橞吉、简王朱见浚等。汉册指上述吴芮等。此两句说历代朝廷册封的藩王虽然当时高贵，时过境迁，现早已被人忘记；只有像屈原、贾谊那样人物的文采风流，仍被传诵不衰。屈贾：屈原和贾谊是战国和西汉著名文学家。贾谊谪居长沙时，曾作《吊屈原赋》。

南岳

南岳方州思禹迹，百王秩礼自虞巡①。
祝融高拱无双地，紫盖不朝别有神②。
宝瑟犹闻姚帝子，云旗时见魏夫人③。
尚平五岳惭同典[1]，婚嫁何曾系此身④。

【校】

[1] 典，《颜氏三家诗集》本作"兴"。按，此句是因南岳而想到五岳，再想到向（尚）平婚嫁这个当时常见的典故，再想到自己，故曰"惭同典"。如作"同兴"则不可理解。又，"同""兴"二字连用，"兴"字当读平声，不可能用于律诗上句末字。《海岱人文》本正作"同典"，据改。

【注】

①禹迹：大禹的遗迹。按，传说大禹两度到衡山，有关遗迹有禹碑、禹柏、金简台等多处。"百王秩礼"是从杜甫《望岳》之"秩礼自百王"句化出。虞巡：见《史记》："（舜）践帝位三十九年，南巡狩，崩于苍梧之野。"

②祝融和紫盖，都是衡山峰名。据《总胜集》载：紫盖峰高五千四百余丈，有紫霞华笈之状，其形如盖，故谓紫盖。衡山诸峰并朝向祝融峰如拱揖之状，独此峰面南，故有"紫盖不朝"之说。杜甫《望岳》有"祝融五峰尊，峰峰次低昂。紫盖独不朝，争长嶪相望"。

③宝瑟：《吕氏春秋·古乐篇》有"舜立，命延乃拌瞽叟之所为瑟，益之

八弦，以为二十三弦之瑟"。姚帝子：指舜妃娥皇、女英。《说文·姚》："虞舜居姚虚，因以为姓。"娥皇、女英为帝尧之女。娥皇、女英又称湘灵，"湘灵鼓瑟"是古人常用之典。云旗：《楚辞·九歌·东君》："驾龙辀兮乘雷，载云旗兮委蛇。"王逸注："以云为旌旗。"魏夫人：晋魏舒之女，任城人，名华存。幼时好道慕仙，后托剑化形而去，被封为南岳夫人。为道家上清派第一代宗师，民间称二仙奶奶。杜甫《望岳》有"恭闻魏夫人，群仙夹翱翔"。

④尚平：即向平，名长，字子平，隐居不仕，子女婚嫁既毕，遂漫游五岳名山，后不知所终。见《后汉书·逸民传》。"向平事毕"遂为子女婚嫁的典故。唐·李贤注引《高士传》作尚平。这两句说，自己久有归隐漫游之意，但一直未能如愿，儿女婚嫁事又何曾是其原因。言外之意是还有建功立业入世之志。

梁山

梁山自昔号天门，两壁横江江水奔①。
东隘强吴封巨海，西吞全楚蔽中原②。
孤舟来往垂藤路，几岁飘飖旅食村③。
屡限登临虚短棹④，月明愁见浪花翻。

【注】

①李白《望天门山》诗之"天门中断楚江开，碧水东流至自回"。所写即此梁山。

②"东隘"二句：谓该地战略地位重要，为吴楚争战战场。史载春秋时楚、三国末魏等都曾在此御吴。

③旅食村：客居之地。本书卷五有《梁山》七绝一首，看来作者有在这里居住的经历。

④"屡限"句：说一直没有机会登山游览。虚短棹：虚，空；棹，船桨。

浦口①

矶头浦口横江水，观义门连仪凤门②。
铁瓮人烟无战垒，碧湖草色怨王孙③。
寇来浩劫青云扰，海入狂涛白日翻④。
自有昆明良将帅，至今不敢望中原⑤。

【注】

①浦口：在南京长江北岸，现为南京市浦口区。

②观义门和仪凤门都是南京的城门。

③铁瓮：喻南京防守坚固如铁瓮，而浦口为其西北屏障。王孙：南京为古都，多有故明遗民王孙。苏轼《雅安人日次旧韵二首》有"定知芳草怨王孙"句，此化用之。

④两句写浦口军事战略地位：上句谓南京城高池深，下句谓长江天险可凭。青云是极言其高。按，此或许是明末李自成农民军为什么没有攻打南京的原因。

⑤昆明：昆明湖，汉武帝元狩三年（前120）于长安西南郊所凿，用以教习水战。良将帅：指武帝时名将卫青霍去病等，此用以指代浦口驻军。

淮上军（已见卷六，略）

后五首（已见卷六，略）

卷十一　秕芳园续集 古近体诗十首　存目九首

示敫叙两儿 (已见卷一，略)
赠郑子非文 (已见卷一，略)

重阳前五日际堂诸子招集熙春台分韵①

匏系瓜期客未归②，熙春高宴惜斜晖。
谁嫌五日非重九，已把黄花送白衣③。
酬节欢逢诸子尽，簪头拚笑二毛稀④。
平原痛饮须兼日⑤，取次佳辰赏莫违。

【注】

①际堂诸子：即本书卷三《忆正阳际堂八子诗》中之吴亮工等。熙春台：在寿州州署内。光绪《寿州志·营建志》载康熙二年（1663）"因水台旧址改筑熙春台"。分韵：雅集作诗时限定某人某韵，如此诗为微韵。

②匏系：羁滞，赋闲，不为时用。出《论语·阳货》："吾岂匏瓜也哉！焉能系而不食？"瓜期：指任职期满换人接替的日期。出《左传·庄公八年》："齐侯使连称、管至父戍葵丘。瓜时而往，曰：及瓜而代。"

③白衣：指平民。际堂诸子大多为诸生，无出仕为官者。

④二毛：白发和黑发相间，称二毛。出《左传·僖公二十二年》："君子不重伤，不禽二毛。"杜预注："二毛，头白有二色。"

⑤平原痛饮：平原指战国时赵国的平原君赵胜。《史记·范睢蔡泽列传》："寡人闻君之高义，愿与君为布衣之友，君幸过寡人，寡人愿与君为十日饮。"兼日：连日。

劝约四章章八句①

汤汤淮水，既入于寿②。东阳是纪，西南其右③。
舟车便嬛，方穀既富④。肇宅四百，无俾民忧⑤。

【注】

①此诗应是芍陂工程竣工后作。劝约：就某事与相关人员约定。此组诗在

风格上有意摹古，力求古朴拙直。

②浩浩荡荡的淮水流到寿州境内。淮水到东阳形成结穴，是其西南方向的右侧。

③纪：散丝的头绪，此喻指芍陂。

④便獧：獧即狷，有轻捷等义，此指便捷。方毂：福禄。见《尚书·洪范》："既富方毂。"说这里交通很方便，物资也丰富。

⑤肇宅：创建住宅。无俾民忧：是"俾无民忧"的倒装，使人民没有烦忧。

民亦有之，哀其无裳①。我之怀矣，之子无行②。

而租而帛，既蠲既贶③。六教载敷，天子明明④。

【注】

①无裳：见《诗经·卫风·有狐》："有狐绥绥，在彼淇梁。心之忧矣，之子无裳。"百姓也有值得忧虑的事，可叹他们没有衣裳。

②我们最关心的事，是孩子没有好的品行。按，行，读xíng，为行为义，无行指行为恶劣；而在佛教读无行（háng），指无造作无动转的意思。但按之叶韵，似以后者是。

③生产的粮食和家织的布帛，作为田赋交纳，但也有时被蠲免，有时被赐予。贶：赠送赐予。

④六教：以六经教化我们，天子是明察的。六经之教见《礼记·经解》。载敷：载为发语词，无义；敷：意为施加、给予，引申为传布。

明明天子，同协律令①。载锡之铎，咨尔董正②。

或若于命，维尔始庆之③；或弗率于行，维尔始竞之④。

【注】

①光明伟大的天子，制定了法律指令，要百姓遵守。

②就像赐给百姓警钟，时刻发现错误，以便纠正。锡：赐。铎：一种乐器。董正：监督纠正。

③如果听从天子命令，社会就和谐，大家都欢庆祝贺。

④否则大家就会陷于不团结和争斗的状态。竞：争论。

于皇上帝，六教载敷①。富用笃庆，贫用克其家②。
于皇董正，尔卿弗若古③。敬用帝命，以保尔宇④。

【注】

①啊，伟大的上帝！用六经来教化我们。

②使富裕的人更富裕，贫穷的人也能因此兴家立业。克：胜任。

③不经常监督纠正错误，你们的日子会不如从前，越来越差。

④虔敬地执行上帝的命令，就能真正保护你的房屋财产。

次上窑①

斜景春山晚，横塘野水低。
居人陶岭巘，少妇把锄犁②。
屡赦年尤祲，频灾化未齐③。
万方思翠辇，传说幸关西④。

【注】

①次：经过，停留。上窑：清代属怀远县，今上窑镇属安徽省淮南市大通区。

②两句写途中所见。陶岭巘：此"陶"字用作动词，上窑为寿州瓷主要产地。岭巘：巘音 yǎn，岭巘指丘陵，谓取其土石制作陶瓷器。

③两句说虽然多次减免赋税，仍然有人吃不上饭；因为灾害频仍，教化就有不到之处。祲：不祥之气，此指饥荒。化：风俗，教化。

④翠辇：指皇帝的车驾。关西：通常指今陕西甘肃一带。按康熙帝幸关西，是康熙四十二年（1703）十一月以后事。此诗应作于四十三年（1704）春。

谒选吏部寓亡侄敏故宅 (已见卷七，略)

金陵水西门赠僧(已见卷一，略)

濠口 (已见卷三，略)

送寿州守黄朗山使君迁户部郎赴京①

期年报政才无敌，五马朝天去不迟②。
送别官梅初冻日，承恩宫草渐青时③。
人传夜宿辉郎署，袖有流图动御墀④。

却赠骊歌怜老契⑤，淮南摇落重相思。

【注】

①《寿州志》卷十四《职官表》载康熙三十年（1691）前后的黄姓知州有黄汝钰，应即黄朗山。他三十三年任职，其下为三十四年王永俣。可知此诗应作于康熙三十三年（1694）末或次年初。

②期年：周年。报政：指陈报政绩。出《史记·鲁周公世家》："鲁公伯禽之初受封，之鲁三年而报政周公。"五马：指太守。朝天：指入京任职。

③上句实写冬天送别，下句设想明年春天黄朗山到京情况。

④郎署：户部郎官的官署。夜宿指夜里值班，称宿直。流图：应即《流民图》，此把黄郎山比为向皇帝献《流民图》反映民间疾苦的宋代人郑侠。详见《舟中感兴·流民船》诗注⑤。御墀：朝廷。

⑤骊歌：送别之歌。老契：性格相契合的老朋友。此谓黄有赠作者送别诗。

突溜阻雨望天津卫 (已见卷三，略)
客思 (已见卷三，略)

闻再征阿鲁朝议①

六月旋军第五台，敲冰饮马冱难开②。
群思杕杜当秋赏，不道烽烟昨夜来③。
旱海车还多玉粒，天闲檄后尽龙媒④。
将军早建平戎策，御帐先迎北斗回⑤（是年五月上亲征阿鲁，逾沙漠数千里，过明成祖勒石处⑥。明祖勒石已南望北斗矣。本朝文德武功，振古未逮。）

【注】

①阿鲁：厄鲁特蒙古，是清代对西部蒙古的称呼。本诗所说的再征阿鲁，当是指康熙帝于三十五年（1696）到三十六年的第四次亲征厄鲁特蒙古准噶尔部噶尔丹事。朝议：皇帝就国家重大事情召集三公九卿及相关官员商谈解决方案的会议。

②第五台：地名，疑即阿察阿穆塔台，是噶尔丹仰药自尽处。在今新疆阿尔泰。冱：冰冻。

③杕杜：《诗经·小雅》篇名。《毛诗序》："杕杜，劳还役也。"是妻子思念长年在外服役的丈夫的歌。

④旱海：又作瀚海，指沙漠。陶翰《出萧关怀古》："孤城当瀚海，落日照祁连。"玉粒：指沙；天闲：皇帝养马的地方；龙媒：良马。

⑤平戎策：荡平敌方的计划。辛弃疾词有"却将万字平戎策，换取东家种树书"句。北斗：此指康熙帝。

⑥明成祖勒石处：今内蒙古自治区锡林郭勒盟苏尼特左旗昌图锡力苏木境内有玄石坡，是明成祖朱棣于永乐元年（1403）北伐途中勒石之地，现存祭天祀祖所留遗址。

南归复走仓州道作①

雾色杂征尘，归途更苦辛。
谁怜黄葛影，未改授衣辰②。
阪尽余衰骥，波平有赪鳞③。
可怜周道咏，还逐御河滨⑤。

【注】

①仓州：唐武德四年（621）置仓州，武德七年（624）废。州治在今江苏宝应。按，本书卷九《决口》诗有"决口当仓郡"句，其诗为北上运铜途中作。仓郡即此仓州。本诗曰"南归复走"，或许为那次行役归途所作，则作于康熙三十五年（1696）。

②黄葛：一种树木，茎皮纤维可织布。授衣辰：谓九月。《诗经·豳风·七月》："七月流火，九月授衣。"

③阪：山坡。衰骥：病弱的马。按，此暗用《战国策》"老骥盐车"典，详本书卷一《厌归》篇注④。赪鳞：红色的鱼。

④周道：《诗经·小雅·大东》："周道如砥，其直如矢。"形容周朝的政治清明，平均如一。"周道咏"或指此。御河：指运河。

奉使将之金陵，菊花前别家人①

芳栏丛菊恼新妆，见谢离筵更断肠。
莫漫登楼看北骑②，今年重九又他乡。

【注】

①奉使：奉上级命令出使。按，作者的《孙公新庙记》说："五月旋奉总制阿公调赴省府。"为康熙四十一年（1702）事。当时安徽省府仍在南京。

②登楼：重阳有登高的习俗。北骑：南京在寿州之北，故从南京返寿州为北骑。

三十八年冬十二月以于役过里，憩二侄之乐圃。
余作圃中山水迄兹十有八年，今复手为删置，
感往悼逝，遂有述焉　二首 <small>（已见卷四，略）</small>

卷十二　旧雨草堂集　古近体诗六十首　存目七首

旧雨草堂集序①
吴懋谦

余平生不轻易许人诗。间有集投者，读未终卷，遂忽忽败去。初夏，石珍赠余七言一律②，余小异之。既，又得其《秋兴》八首③，石气崚嶒，独存风骨，有不可一世之概。酒后耳热，作曼声歌之，辄尽一斗④，未尝不爽然自失也。时烛尽，鼓三下矣。昔苏子美以《汉书》为下酒物⑤，余亦类是。

石珍诗与吾友沈绎堂⑥相似。绎堂清苍，余当进之以沉练；石珍清贵，余尝进之以雄高。二子俱以余言为然。然石珍之贵，殆不可及矣。石珍喜少陵⑦，近复学步于余。夫余乌足法？然石珍亦自下，持之益真，信之益固。盖声格投而气味合也。且年甚少⑧，以彼其才其学，贾其余勇，风气日上，正不可掩。后日济河焚舟⑨，以旗鼓中原⑩，余且壁垒坚之矣⑪！

庚子秋日云间弟吴懋谦⑫六益氏题于杜鹃斋。

【注】

①旧雨草堂：颜崇椝《摩墨亭稿》有《旧雨草堂》诗，小序云"在龙湾别业，先孝靖公筑，云间吴处士懋谦额"。

②石珍赠余七言一律：或指本集中之《赠隐者吴六益》。

③《秋兴》八首：集中未见。按杜甫有《秋兴》八首，为七律名作。颜伯珣《祗芳园集自序》云其少年时尝诵之歌之于诸师长前。此《秋兴》八首或为拟杜之作。

④斗：酒器。"辄进一斗"指因读其诗而兴奋激动得狂饮。

⑤苏子美：指宋代文人苏舜钦。"《汉书》下酒"事见宋龚明之《中吴纪闻》卷二："子美豪放，饮酒无算，在妇翁杜正献家，每夕读书以一斗为率。正献深以为疑，使子弟密察之。闻读《汉书·张子房传》，至'良与客狙击秦皇帝，误中副车'，遽抚案曰：'惜乎！击之不中。'遂满饮一大白。又读至'良曰：始臣起下邳，与上会于留，此天以臣授陛下'，又抚案曰：'君臣相遇，其难如此！'复举一大白。正献公闻之大笑，曰：'有如此下酒物，一斗诚不为多也。'"

⑥沈绎堂：沈荃，字贞蕤，号绎堂，别号充斋，华亭（今上海松江）人。顺治九年探花，官翰林院侍读学士、礼部侍郎。工诗文书法，有《充斋集》。

⑦石珍喜少陵：少陵指杜甫。参颜伯珣《祗芳园诗集》自序："余学为杜

工部诗久矣。"

⑧年甚少：此序署年庚子，为顺治十七年（1660）。颜伯珣其时 24 岁。但此集中诗有作于康熙时者，可见是请他作序后又续有编入。

⑨济河焚舟：指作战时抱着必胜的信心。出《左传·文公三年》："秦伯伐晋，济河焚舟。"

⑩旗鼓中原：旗和鼓是战争中的指挥工具，《左传·成公二年》有"师之耳目，在吾旗鼓，进退从之"。中原指中国，这里是以作战比喻学诗，谓青年颜伯珣能下功夫，将来必能驰骋诗坛。

⑪壁垒是战争时的防护体系如城堡壕堑之类。此是承上文以战争比学诗，谓自己如不继续磨砺，将有可能败给年轻的颜伯珣。按这里有调侃的味道，可见两人关系亲切。

⑫吴懋谦：见卷七《独居怀吴六益》注①。

赠隐者吴六益

江左名高天下士，驱车海曲此重过①。
探奇五岳归尊酒，拟赋三都发浩歌②。
风雨昼回鹦鹉笔，云霞春满洞庭波③。
才华原是延陵子，忽漫相逢话薜萝④。

【注】

①江左：江东，长江以东。在魏晋时江东物阜民丰、人文昌盛，故有江左名士的说法。吴六益是江苏华亭人，故云。海曲：古县名，在今山东日照。此泛指山东。此说吴六益是再次来到山东。

②五岳：东岳泰山、西岳华山、南岳衡山、北岳恒山、中岳嵩山。三都：指西晋左思的名作《三都赋》，据说此文一出令洛阳纸贵。此喻吴六益有文才。

③此以祢衡比吴六益，以"云霞"和"洞庭波"喻其文章的汪洋恣肆。鹦鹉笔：汉代祢衡少有才辩，与江夏太守黄祖之子黄射为友。黄射宴客时有献鹦鹉者，黄射请祢衡赋之。他揽笔而作，文无加点，辞采甚丽，令人惊叹。

④延陵子：指春秋时吴公子季札。他因谢绝长兄传位而赴延陵，终身不回吴国，是著名贤人。此处双关六益的吴姓。薜萝：薜荔和女萝，均为野生植物，古人常用以指代隐逸人士的居所。

过少昊墟①

传闻古帝墓，瞻仰复高秋。
草木无人径，衣冠但古丘②。
荒荒屃赑没，飒飒天风愁③。
城阙悲人代，颓云澹不流。

【注】

①少昊墟：少昊是古代传说中的五帝之一。据说为黄帝之子，建都穷桑，后徙曲阜，在位八十四年，寿百岁而终。今曲阜城东四公里处有少昊陵。

②衣冠：指古代尊贵人物，此指少昊。又，说现少昊陵其实是后人为纪念所建衣冠冢。

③屃赑：说龙生九子，各有特性。其一名屃赑，又名霸下，形似龟，好负重，故多用以作驮载石碑之座。此谓古碑没于荒草。

暮秋①

暮秋仍僻地，霜薤澹孤晴②。
竹日寒房色，樵歌空外声。
风涛初恃险，天地未休兵③。
晓径还迟恋，凄然百虑生。

【注】

①此诗写暮秋时节颓丧不乐的情绪。

②霜薤：薤是韭一类植物。杜甫有"甚闻霜薤白，重惠意如何"（《佐还山后寄三首》）句。

③天地未休兵：古人阴阳五行学说中，秋属金，金即兵戈，故有秋主肃杀之说。顺治时战事尚未全定，故云。

古迹①

古帝灵肃□，大庭曲阜东②。
万山来瑟飒，孤垒自鸿濛③。
地厂云雷气，天蟠草木风④。

荒碑仆历历，何处颂皇功？

【注】

①此组诗咏曲阜附近古迹，此首咏大庭库。

②上句末字原阙。大庭：即大庭库；见《左传·昭公十八年》："梓慎登大庭氏之库而望之。"《水经注》："鲁县，即曲阜之地，少昊之墟，有大庭氏之库。"乾隆《曲阜县志·古迹》引《寰宇记》："库高二丈，在城内县东一百五十步。"

③孤垒：指大庭库故址，鸿濛指远古时代，此言其由来之远。

④厂：通"敞"，开阔。天蟠：极天蟠地之略语，出《礼记·乐记》。两句谓此处已无大庭库的痕迹，只有充塞于天地之间的寥廓风云和苍莽草木。

宪王祠未改，灵寝闷风雷①。
玉帛群公尽，冠裳此地衰②。
黄云失鲁雉，白日下雩台③。
寂寞松楸晚，鸱鸮阴雨来④。

【注】

①宪王祠：指曲阜城东北里许的周公庙。周公在北宋时被追封为文宪王，故又称文宪王庙。周公，即姬旦，周文王姬昌第四子，封鲁，因佐成王，由其子伯禽就国。灵寝：帝王坟墓，此指在陕西的周公墓。闷风雷：《史记·鲁周公世家》："周公卒后，秋未获，暴风雷雨，禾尽偃，大木尽拔。周国大恐，成王与大夫朝服以开金縢书，……成王执书以泣。"

②玉帛：玉器和丝帛。是古人代表和平会盟的礼器。冠裳：指官员士绅，礼仪文明。群公：指历史上的帝王公侯。两句慨叹历史上王侯角逐权力，致使战乱悲剧不断，文明被破坏。

③此写附近景色。黄云：指待割的庄稼，如张居正《学农园记》有"年谷顺成，黄云被垄"。鲁雉：雉鸡。雩台：即舞雩台，见下。

④鸱鸮：猫头鹰。《诗经·豳风·鸱鸮》有"鸱鸮鸱鸮，既取我子，无毁我室。……迨天之未阴雨"。

遗构昔存汉，岿然今若何①？
秋风断禾黍，墟里动夷歌②。
碧井虚金策，荒陂碎玉珂③。
难寻徐父老，空向旧山河。

【注】

①此首咏曲阜鲁故宫和灵光殿遗址。灵光殿为西汉鲁恭王刘余建，东汉·王延寿有《鲁灵光殿赋》，极言其壮丽。

②夷歌：杜甫《阁夜》有"夷歌数处起渔樵"句，此用其意，谓当年壮美的建筑已不可见，成为禾黍离离的农田。

③碧井：《曲阜县志·古迹》载"周公庙东南有鲁故宫井，水清而甘"。金策：写有帝王诏命的金简。玉珂：以玉装饰制作的马具，此泛指玉器。此联说帝王所赐金册早已不知所在，农田里有时还能发现玉器残片。

> 高台淹白露，沂水澹微流①。
> 短景阴阳暮，云山齐鲁秋②。
> 悽凉余草树，贤圣几沉浮。
> 清切三千载，谁当剑履游③。

【注】

①此首咏舞雩台。乾隆《曲阜县志·古迹》："逾沂二里有雩坛，鲁人大雩之所，一曰舞雩台。"在今曲阜城南三里沂河之北，原为周鲁国祭天的祭坛，后因孔子带领学生在此乘凉歌咏，故称舞雩台。

②短景阴阳暮：杜甫《阁夜》有"岁暮阴阳催短景"句，此化用之。

③清切：清贵而切近，此指孔子的事迹。从孔子生存的春秋时算，到作者生活的康熙初年，只有2200年左右。从公元前800年左右周公封鲁算起，约有2500年。此言三千载是举其整数。剑履：成语有"剑及履及"，谓行动迅速，语出《左传》宣十四年。此处的"剑履游"，是指追随孔子。

恨别①

> 寒林望不及，寂寂上高台。
> 浩荡天风暮，青冥海气来。
> 危樯残雪岸，山雨夜堂杯②。
> 牢落君多赋，应怜鲁地哀③。

【注】

①此诗写离别之苦。

②上联写送别时的情景，下联写告别时的小饮。危樯：船上的桅杆。危言其高。

③牢落：忧愁落寞，心绪不佳。君：指离别者。鲁地是作者所在。

残夜①

击柝除残夜②，情亲更忆君。
支离吾道在，天地此生分③。
细浪江帆月，春阴梅岭云④。
扁舟且滞迹⑤，归思已纷纷。

【注】

①残夜：半夜以后。夜醒而再难入眠，怀念故人，思绪万千，乃成此作。

②柝：守夜者敲击的梆子。

③支离：分散。吾道：指人生观，生存方式。此谓虽然天各一方，而人生之道未改。

④以想象中的景色烘托意境，江帆、梅岭，或是友朋所乘，或是亲人居处。

⑤滞迹：停舟不发。

春日孔林阁对酒有怀①

胜地盘纡曲，深林空薜萝。
雨余石气重，阴入海风多。
润草翻驰道，春流走细波。
徘徊筑室处，尚想泰山歌②。

【注】

①孔林阁：当是曲阜孔林中的某一楼阁。

②筑室处：指孔子墓旁的子贡庐墓处。泰山歌：当指据说是孔子临终前作的《曳杖歌》："泰山其颓乎？梁木其坏乎？哲人其萎乎？"见《礼记·檀弓》。

夕阁移清昼，北林急暮笳①。
连山烟灭鸟，孤照水明霞。
客思来鸿雁，春晖对落花。
寂寥一尊酒，似觉在天涯。

【注】

①北林：孔林在曲阜城北，故云。暮笳：傍晚时的号角声。

寒食怀吴子^①

栖迟东国逢佳节，却望南州忆汝贤^②。
朔日乱山悲鼓角，黄云横海动楼船^③。
殊方春色离心外，别苑梨花寒食天。
消息应疏乡国异，满城风物倍悽然。

【注】

①寒食：清明节前一日为寒食节，是为纪念介之推而禁火。吴子应指吴懋谦。

②栖迟：意为淹留。东国：指山东。南州，泛指江南。吴是江苏华亭人，曾长期居于曲阜，此时可能已回南方。

③朔日：农历每月初一日。但此诗为寒食日作，寒食是朔日的可能性是很小的，故此朔日应理解为北方的太阳。楼船：一种多层的大船。此两句分写作者所在的北方和吴子所在的南方。

有感五首^①

双阙浮金掌^②，千峰抱帝都。
碧销燕市草，黄落雁门榆^③。
薤露连鱼海，髯龙下鼎湖^④。
箫韶传旧乐，何处吊苍梧^⑤？

【注】

①此首说无论多高贵的帝王，也难逃死亡的结局。

①双阙：古代宫殿两边高台上的建筑。金掌：汉武帝在京城以铜制仙人掌以承仙露。

③燕市：战国时燕国首都，在今北京西南。雁门：指雁门关，在今山西省。"销"和"落"都暗示辉煌的消失。

④薤露：《薤露歌》，古代送葬时的挽歌。鱼海：湖泊名，在今内蒙一带，为古代征战所到之地。髯龙：指帝王晏驾。鼎湖：为黄帝升天处。详本书卷一《凤阳》诗注⑤。

⑤箫韶：为古代乐曲，传帝舜所作。苍梧：在广西桂林，相传帝舜死于此地。

楚女好颜色，扶来上玉舟①。
新声低白纻②，私语艳清秋。
雾坠芙蓉髻，星残鸥鹊楼③。
祗愁歌舞尽，萧瑟帝王州④！

【注】

①玉舟：船的美称。此首写宫廷中君王的奢靡生活。

②白纻：指《白纻词》，乐府古曲名。

③芙蓉髻：宫女的一种发式。鸥鹊楼：六朝时金陵的楼阁。李白有"春风试暖昭阳殿，明月还过鸥鹊楼"（《永王东巡歌》）。

④萧瑟：萧条冷落。帝王州：指京城。王安石词《南乡子》："自古帝王州，郁郁葱葱佳气浮。"

习战昆明后，水犀军若何①？
舳舻宛马病，关塞越禽多②。
珠浦燐生雨，星门霜满戈③，
至今南海上，谁作楚人歌④？

【注】

①昆明：指昆明池，在长安附近，是汉武帝训练水军的地方。水犀军：披犀牛皮制的铠甲的水军。此首慨叹君王雄心勃勃地开疆拓土。

②舳舻：战船。宛马：产于西域大宛国的良马。关塞：北方边境。越禽：南方的鸟。《古诗十九首》有"胡马依北风，越鸟朝南枝"。

③珠浦：广西合浦产珍珠，又称珠浦，此泛指南方。燐：古人认为是死者骨头所生，"燐生雨"喻其多。星门：军队的营门，夜悬灯火，远望如星。霜满戈：指武器锋利，寒光如霜。

④楚歌：汉代十分流行的楚地歌曲。

官柳新莺啭，皇州淑气催①。
春宫陈象锦，复道蹴龙媒②。
香静游丝落，风回水荇开③。
还知无阙事，日日幸南台④。

【注】

①官柳：官府所种柳树，皇州：即都城。淑气：春天的温和之气。

②象锦：有象图案的织锦。复道：宫廷建筑中的天桥。龙媒：骏马。

③游丝：春天飘荡在空中的蛛丝网。水荇：水草。以上六句由大而小由远而近地写京城和皇宫的春色。

④无阙事：杜甫诗有"圣朝无阙事，自觉谏书稀"句，阙事指施政中的憾事、误事。南台：据《通典》，南台"后汉以来谓之御史台"。御史的职责是监察弹劾百官，此是说皇帝关心吏治。按，此首揣想皇帝在深宫中的生活状态。

> 长安游侠地①，此日竞春华。
> 蹴鞠轻飞燕，琵琶怨落花②。
> 斗鸡九衢上，舞马五侯家③。
> 不见歌钟晚，悲风急暮笳④。

【注】

①游侠地：游侠指游侠儿，即重义气轻财贿又不甚遵守社会规则的人；游侠地即这种人很多的地方。

②蹴鞠：古代一种体育运动，类似今之足球。"轻飞燕"是蹴鞠者身段轻盈。"琵琶怨落花"是说琵琶弹奏出幽怨的乐曲。古曲有《落梅花》《落梅风》等。此说游侠儿喜欢蹴鞠和琵琶。

③斗鸡：使两鸡相斗以争输赢的赌博。九衢：大道。舞马：以驯马为主要内容的杂技。五侯：东汉时同日封侯的五个宦官，后指大官宠臣。唐韩翃诗有"日暮汉宫传蜡烛，轻烟散入五侯家"句。此说斗鸡和舞马也是游侠儿的喜好。

④暮笳：晚上的号角声。此首写京城中高官显宦及其子弟的生活状态。

春日游邹峄山 (二首)①

> 山夜雨涔涔，客怀坐不禁。
> 疏钟随洞发②，乱火隔云深。
> 鬼物喧幽壑，神工切太阴③。
> 金仙何寂寞，期与达人心④。

【注】

①邹峄山：在今邹城市南十公里处，现通称峄山。万历二十四年《兖州府志·山水志》说："峄山……一名邹峄山。"

②疏钟：指山上庙宇疏缓的钟声。峄山上多有洞穴，故云"随洞发"。

③写峄山洞壑的幽暗意境，鬼物是想象之词。神工：指大自然。太阴：指月亮。

④金仙：道教神仙。峄山上有道教宫观玉泉观等。达人：见《论语·雍也》："己欲立而立人，己欲达而达人。"

窈窕千崖石，青冥百尺楼。
篮舆春雨上①，花屿暮烟头。
身远凭无定，峰回不可求。
淼然窥去鸟，白日到沧州②。

【注】

①篮舆：轿子。

②沧州：在河北省。此联说在峄山上看到的飞鸟，正飞向北方。

感怀 （已见卷七，略）

兖州城北对酒①

野外平沙落日低，城边归骑和歌齐。
金尊春色宁辞醉，玉涧桃花几处迷②。
禾黍北宫莺寂寂，烟花别殿草萋萋③。
即今遗构堪愁思，闻说天南厌鼓鼙③。

【注】

①兖州城：今济宁市兖州区，历史上又是滋阳县城，明清皆为兖州府治所在。

②金尊：酒杯的美称。宁辞醉：即不辞醉，"宁"有"岂"和"难道"义。玉涧：梁·庾肩吾《三日侍兰亭曲水宴》有"桃花舒玉涧"句，此玉涧应指泗河，泗河从兖州城东流过。

③北宫和别殿皆谓明鲁王宫，在兖州城的北半部，毁于崇祯十五年（1642）清兵攻兖州时。"禾黍北宫"和"烟花别殿"，是说鲁王宫故址已种上了庄稼，有感叹改朝换代的意思。《诗经·黍离序》："《黍离》，闵宗周也。周大夫行役至於宗周，过故宗庙宫室，尽为禾黍。闵宗周之颠覆，彷徨不忍去而作是诗也。"

③遗构：此指兵燹后的鲁王宫。鼓鼙：指战争中的金鼓声。天南：指南方。崇祯十七年（1644）清兵破兖后，鲁王朱以海南逃，在浙江绍兴以鲁监国的名义组建南明政权，展转于福建等地。同时先后存在的还有福王、桂王等。

春闺曲（已见卷七，略）

早秋寓意（已见卷七，略）

对菊①

庭秋朝日淡，木落过云迟。

日日西风里，黄花独尔思②。

苦心应共守，冷蕊未堪披。

尚觉繁霜早，幽芳谁复知。

【注】

①作者对菊花情有独钟，现存诗作中与菊有关的有多首。此首写菊曰"苦心共守""幽芳谁知"，有以菊自况之意。

②独尔思：即"独思尔"，唯独想念菊花。

九月十日孔氏园宴集（已见卷七，略）

西郭寒望①

北林寒色暮，风叶舞回波。

烟火孤城闭，悲歌歧路多②。

归人啼斥堠，惊雁出虞罗③。

凛冽穷冬岁，倘兼天地和④。

【注】

①西郭：应是曲阜城的西郭。曲阜城西河口村即颜氏的庄园，西郭自是常至之处。寒望：冬天看风光。

②悲歌歧路：《淮南子·说林训》："杨朱见歧路而泣之，谓其可以南，可以北。"

③斥堠：瞭望敌情的土堡。虞罗：捕鸟兽的网。

④天地和：中国传统哲学认为天地分别代表阳和阴，阴阳和合方能万物滋生，此句意味着严冬苦寒中，正蕴酿着生机，春天已将到来。倘：设想之辞。

独居怀吴六益 <small>（已见卷七，略）</small>

有叹

世事悲三载，风尘晦一隅①。
全身非礼乐，避地祗江湖②。
野旷骐麟病，城寒鸟雀呼③。
故人且羁旅，莫向旧家趋④。

【校】

此诗入选卢见曾编《国朝山左诗抄》卷二十七。

【注】

①此似有所本事，但无法知道。

②两句似表现出对正常生存方式的失望，或指康熙十四年（1675）乡试登榜而因"二颜不合例"终被易去的事？如是，则首句的"三载"指三年一次的乡试。

③骐麟和鸟雀都具象征意义，前者为高洁之士，后者为无知庸众。

④故人或指吴懋谦，旧家指自己家，吴曾长期居于颜家。

早秋 <small>（已见卷七，略）</small>

秋日怀泗上西阁①

西风吹泗水，幽兴击吾思②。
沙白迷归鸟，天清掣钓丝。
孤霞齐卷幔，残月故明池。
不见临溪阁③，秋云黯黯垂。

【注】

①泗上西阁：应在曲阜城西龙湾颜氏祗芳园内。

②击吾思：谓秋日景色引发己之情怀。此"击"字用得奇警。

③临溪阁：或指祗芳阁。本书卷二《泗水桥》有自注："泗水经祗芳园阁外西流。"本书卷三《祗芳园拟山水诗》有《祗芳阁》诗。

十六夜对月①

稍晚丛崖迹，还高绝岸楼。

枫林元湛湛，谷鸟去啾啾。

轮拂清砧缓，辉添夜露稠②。

茅堂面萝薜，坐对彩波流③。

【注】

①此为中秋之月，纯用白描，写月下景况，有声有色，历历如在眼前。

②轮：此指月亮。砧：捶布用的石头。秋天是添置寒衣的时候，妇女在月下洗衣捶布是常见的景象。此句是说远处捶布的声音缓缓传来。

③彩波：指月光照耀下的溪水。

醉歌①

鲁国儒生清且贤，归来倒着接篱眠②。

不知能得几回醉，日日邻家乞酒钱③。

【注】

①醉歌，从首句看，写的应是别人，是为一位喝醉的朋友画像。

②接篱：是一种以鹭鸶羽毛装饰的帽子，倒着是形容醉态。出《世说新语·任诞》："山季伦为荆州，时出酣畅，人为之歌曰：'复能乘骏马，倒着白接篱。'"

③乞酒钱：杜甫《所思》诗有"世已疏儒素，人犹乞酒钱"。

沙丘(已见卷七，略)

宿尚氏别业最高楼①

阁迥平原尽，城昏远雾层。

松篱深误客，竹鸟暮窥灯。

绿酒堪千日，丹丘在一凭②。

何能成信宿③，西涉但寒冰。

【注】

①尚氏：或指滋阳尚氏。据光绪《滋阳县志·人物·耆旧》，尚兴业，字

开美，诸生。他在兖州西关筑园凿池，广种花木，辟精庐，构精舍，名为学圃。康熙二十四年（1685）圣祖东巡时曾驻跸于其中。

②丹丘：传说中神仙所居之地。《楚辞·远游》："仍羽人於丹丘兮，留不死之旧乡。"

③信宿：连住两夜。《诗经·豳风·九罭》："公归不复，于女信宿。"毛传："再宿曰信；宿，犹处也。"

聊城晓发

聊城宵问渡，回首去齐州①。
风乱残更柝，波扬不系舟②。
岳云奔万马，海日涌孤楼③。
赫赫东门迹，嗟哉一矢留④。

【注】

①聊城：清代为东昌府治。其地古属齐国。去：离开。

②残更柝：天欲放晓谓之残更，此句谓凌晨时听到守夜人打梆子的声音。

③岳云：岱岳之云，聊城距泰山甚近。孤楼：聊城有光岳楼。该楼始建于明初，后以"近于鲁有光于岱岳也"而得名。此写拂晓时分，太阳升起，熹微中光岳楼如从海中涌出。

④此写鲁仲连一箭书救聊城事。战国时，燕国攻占了齐国的聊城。齐国派大将田单收复，但久攻不下，双方死伤甚众。有齐国高士鲁仲连闻讯赶来，写书信射入城中，燕将看后，泣三日，最后自杀，聊城乃下。事见《史记·鲁仲连邹阳列传》。后人为纪念此事，在聊城建有鲁仲连台。东门：即传说鲁仲连射书处。一矢：指射书所用的箭。

邯郸①

惨澹邯郸道，风尘我更过。
但悬新日月，犹听旧弦歌②。
瀛海冈常接，桐乡泪已多③。
尚闻忧父老，流恨在西河④（先君子令邯时方开西渠引滏水溉田，以迁秩河间，中罢）。

【注】

①邯郸：今河北省邯郸市。作者的父亲颜胤绍曾任邯郸知县，颇有惠政。

②新日月：谓改朝换代，易明为清。旧弦歌：指其父做邯郸令时的遗泽尚存。《论语·阳货》记孔子弟子子游任武城宰，以弦歌（指儒家礼乐教化）为教民之具。后因以弦歌为出任邑令之典。

③"瀛海"二句：谓颜胤绍的壮烈，是对唐代颜真卿和颜杲卿兄弟可歌可泣事迹的直接继承。河间曾为瀛州治所。颜真卿是临沂人，临沂古属东海郡。颜光敏《颜氏家诫》卷二叙颜胤绍在河间，有"吾千里赴邯郸之难，岂望生全？今不死于赵而死于瀛，又何避焉！"桐乡句：谓颜胤绍在邯郸的政绩足可与西汉循吏朱邑媲美。朱邑任桐乡啬夫，掌管一乡诉讼赋税事务。他秉公办事，不贪钱财，以仁义之心广施于民，深受吏民的爱戴。后官至大司农。事见《汉书·循吏传》。

④谓颜胤绍曾有开凿一条西渠引水灌田的设想，可惜调离未能实现。听说邯郸的百姓们到现在仍感遗憾。流恨：犹遗恨，遗憾。西河：即自注中的西渠。又，孔子死后，其弟子子夏到魏国西河讲学，教化民众。详卷一《赠郑子非文篇》注⑪。流恨西河亦可能双关此义。

邯郸哭先严行祠十一韵①

> 帝业昔沦没，泥丸尚一隅②。
> 鼎钟残代改，生死荩臣俱③。
> 播越凋黎老，干城想大夫④。
> 孤忠渤海变，遗爱赵王都⑤。
> 破竹红巾走，弹琴赤羽屠⑥。
> 闾阎余伏腊，俎豆未榛芜⑦。
> 精卫何年返，沧溟几岁枯⑧。
> 时移甲子半，世远梦魂无⑨。
> 虚幄瞻尘座，行祠展败梧⑩。
> 堵山阴蔽雪，滏水急牵舻⑪。
> 进泪邯郸道，吞声白日徂⑫。

【注】

①先严行祠：指颜胤绍离邯郸后当地百姓感念其德而设置的祠宇。

②泥丸：古人有以一丸泥封函谷关的说法，形容形势险要，易守难攻。此

说明帝国在李自成军攻击而即将灭亡的时候，还有一个地方在顽强地坚持着，那就是作者父亲颜胤绍驻守的邯郸。

③鼎钟：上古时候鼎和钟为朝廷宴享结盟等政务活动中的重器，故成为政权的象征。荩（jìn）臣：忠诚之臣。《诗经·大雅·文王》："王之荩臣，无念尔祖。"朱熹集传："荩，进也，言其忠爱之笃，进进无已也。"此说作者父亲做到了和先朝生死与共。

④播越：逃亡，流离失所。《左传·昭公二十六年》："兹不谷震荡播越，窜在荆蛮。"黎老：老人。《国语·吴语》："今王播弃黎老，而近孩童焉。"韦昭注："鲐背之耇称黎老。"干城：干为盾牌，城即城墙，干城即保卫者。大夫：指作者之父颜胤绍。

⑤赵王都：邯郸为战国时赵国国都。此用东汉龚遂事喻颜胤绍：汉宣帝时渤海郡发生饥荒，盗贼并起，龚遂被举荐为太守。他认为所谓盗贼都是因"民困于饥寒而吏不恤"造成的，到任后采取种种措施，很快实现了大治。事见《汉书》本传。

⑥破竹：势如破竹，喻速度迅疾。红巾：盗贼（农民武装）起事时往往以各色头巾为标志。此指当时活动于京城以南的农民军。弹琴是悠闲的表示，赤羽也是指盗贼。谓颜胤绍举重若轻地很快解决了盗贼问题。

⑦闾阎：指平民百姓。伏腊：古人在夏天的伏日和冬天的腊日举行祭祀。俎豆：祭祀用的礼器。未榛芜：没有荒废。此说多年后邯郸百姓还没有忘却自己的父亲。

⑧精卫：用《山海经》精卫填海故事，以精卫喻父，已无返期。沧溟：用《神仙传》麻姑自说沧海桑田故事。此说时世的变化无法预测。

⑨甲子半：三十年。按颜胤绍自焚是崇祯十五年（1642），又三十年为康熙十一年壬子（1672）。则此诗是作者36岁时之作。此说自己在梦中见到父亲也很少了。

⑩写行祠破败萧瑟景象：室内尘封桌案，院中梧叶坠落。

⑪堵山当为邯郸的山。滏水：流经邯郸的河，即今滏阳河。牵舻：拉船。

⑫徂：此通"阻"，此句意为自己白日之下，气阻声咽。

照眉池①

照眉池上月，还似旧蛾眉②。
镜底千年别，人间万事非。

荒陵金粉尽，蔓草玉楼疑③。
代代终黄土，纵横彼一时④。

【注】

①照眉池：在河北邯郸，该地相传是战国时期赵王的离宫苑囿。据说赵武灵王的宫女们在池边梳妆，故有梳妆楼及照眉池之称。李白《照眉池》诗有"清虚一鉴湛天光，曾照邯郸宫女妆"句。

②蛾眉：蚕蛾的触须细长，用以比喻女子的眉毛。

③荒陵：指赵国的几位国王陵墓，分布在邯郸和永年县境内。玉楼：指所谓梳妆楼。因未必可靠，故曰"疑"。

④无论纵横叱咤的帝王，还是金粉玉楼中的美女，最终都化为一堆黄土。

兴教寺夜阑作①

纤月落招提②，清辉去殿低。
松明翻宿鸟，山远应寒鸡。
逢世羞龙铗，观身愧马蹄③。
佛灯还一照，嗟尔十方迷④。

【注】

①此兴教寺未详所在。夜阑：夜深。

②招提：原指民间私造的寺院，后泛指寺院。

③龙铗：宝剑，学剑是古人欲建功立业的象征。马蹄：指车马奔波。明王世贞有"引首哀兵镟，沾膺愧马蹄"句。此谓身逢盛世而无所成就，深感羞愧。

④明代高僧紫柏说过："千年暗室，忽然一灯。暗即随灭，光遍满故。"（《书黄龙寺藏经阁毗卢佛记后》）亦即俗说的"一灯能破千年暗，一智能灭万年愚"。十方：佛家指上天、下地、东、西、南、北、生门、死位、过去、未来。这里的"尔"，实为作者自己。此说身在佛寺，希望能有所感悟。

晚寺

上方人迹晚①，客坐北城端。
阁影摇阴雪，钟声入暮寒。
月临僧定久②，鸟啄殿松残。
似觉消尘虑，青莲咫尺看③。

【注】

①上方：应指上方山，在苏州市西南。

②僧定：即僧人入定。是佛道修行者静坐时进入的一种状态。据说入定时，呼吸由粗变细，心念由粗变细，没有杂念，身体会有一种快乐的感受。

③青莲：指青莲峰，上方山的一个峰。又，青莲在佛教中别有意蕴，被认为代表一种智慧至上的境界。

漫兴

三旬洛水客，十月法王居①。
籁静唯闻梵②，缘空亦废书。
眠从僧饭熟，坐赖阁梅舒。
偷眼春消息，还家已岁除③。

【注】

①洛水：发源于陕西在河南入黄河的河流。法王：对佛祖释迦牟尼的尊称。法王居指佛寺。康熙十年秋作者有陕西之行，到次年春才返回曲阜，此或其时作。

②籁：天籁，指大自然发出的声音。梵：此指佛寺钟磬声。

③春消息：指上句的阁梅开放。岁除：年底。

怀朱方来①

系马琴台日，因君乐事赊②。
疏帘清宴客，曲洞晚留霞。
榻影悬秋汉③，筝声隐暮花。
于今倍羁旅，相忆似天涯。

【注】

①朱方来：即朱绂，本书卷一有关于他的诗三首。

②琴台：又称单父台，在山东单县，是春秋时孔子弟子宓子贱的遗迹。《吕氏春秋·察贤》有："宓子贱治单父，弹鸣琴，身不下堂而单父治。"赊：张相《诗词曲语辞汇释》云"赊，有相反之二义，一为有余义，一为不足义"。此处应为前者，即乐事多。

③汉：河汉，银河。此句谓躺在床上看天上星光闪耀，银河仿佛悬挂在天上。

金山①

孤峰一柱障江回，紫阁参差面面开。

春涨海门潮不断，春风吹过小蓬莱②。

【注】

①此诗所咏是江苏镇江长江边的游览胜地金山。

②小蓬莱：蓬莱是传说中的海上仙山之一，此小蓬莱当是金山附近一景。

奔牛镇①

月落奔牛夜发舟，涓涓绿水送乡愁。

深闺此夕江南梦，望断春潮欲尽头。

【注】

①奔牛镇：在江苏武进县，即今常州市武进区。诗中"深闺"或指作者故乡的妻子。诗是在江南时思乡之作。

明霞墓①

楚雨湘云梦已迷，埋香犹见小封题②。

空山几处作寒食，绿草春风日又低。

【注】

①明霞墓：在浙江湖州岘山下。明霞是嘉靖时曾任吴兴太守的益都冯可宾（字祯卿）的侍妾。冯可宾善画竹，明霞亦工笔墨，见方薰《山静居画论》。按作者大约在康熙九年（1670）曾在湖州居住过较长时间（见颜光敏《南游日历》），此当是其时游岘山作。

②楚雨湘云：谓明霞是湖湘女子。小封题：当是墓前碑碣之类。

即事①

楼船十万出雄都，瘴塞风烟定有无。

望里长悬滇海月，到来已贡日南珠②。

空山虚殿朝神鬼，苦竹春风啼鹧鸪③。

闻道总戎新赐宠，健儿共坐锦氍毹④。

【注】

①从诗之"楼船十万"句看，所咏或许是指康熙二十二年（1683）台湾归降事。

②滇海：昆明滇池，指代云南。日南珠：越南海中所产珍珠，此泛指海外朝贡之物。按，据《清史编年》，是年六月十一日施琅军进兵澎湖，十六日与守将刘国轩部二万余战，双方各有丧亡，二十二日施军全面进攻，克澎湖，郑军大败，退回台湾。八月，郑克塽请降，台湾归入清版图。

③说的应是吴三桂于康熙十七年（1678）在衡阳称帝和三藩之乱终被平定事。"啼鹧鸪"指三藩日暮途穷。

④总戎：应指施琅。按《清实录·圣祖实录》载康熙二十二年九月谕吏部兵部，说施琅"忠勇性成，韬钤夙裕，兼能洞悉海外形势，……著加授靖海将军，封为靖海侯，世袭罔替，以示酬庸。前进剿云南官员曾各加一级，兵丁赏赉一次。顷因该提督所统官兵出海进剿勤劳堪念，已经照云南例加级赏赉，复思官兵远抵海疆，冒险剿寇，非滇黔陆地用兵可比。在事官员著再各加一级，兵丁再赏一次"，"赐宠"应指此。锦氍毹：豪华的毛织地毯。

晚春①

今夕何夕春风归②，游丝落花相逐飞。
浮云不住影零乱，黄鸟初来声细微。
沈约耽诗身颇懒，桓荣稽古愿无违③。
眼夜声名不称意，与君聊卧南山扉④。

【注】

①晚春即暮春。作者面对落花鸟鸣而生老大无所成就的感慨。按，颜光敏《乐圃集》有《长安》："长安日日掩双扉，二月轻寒未典衣。沈约耽诗身颇懒，桓荣稽古愿常违。梅花正拟还家发，柳色遥怜出塞稀。南去关山何日到？北来鸿雁不须飞。"其颔联与此诗颈联除"愿无违"作"愿常违"外，完全相同。何以如此待考。

②今夕何夕：用《诗经·唐风·绸缪》："今夕何夕？见此良人。"

③沈约：字休文，南朝史学家、文学家，著有《宋书》。沈约能诗，为永明体的重要作家。他暮年身体消瘦，李煜词有"沈腰潘鬓消磨"句，其中的"沈"就是指沈约。桓荣：字春卿，东汉初年名儒、大臣。稽古：考察古代的

事，出《尚书·尧典》。关于桓荣"稽古"，见《后汉书·桓荣丁鸿列传》："二十八年……以荣为少傅，赐以辎车、乘马。荣大会诸生，陈其车马、印绶，曰：今日所蒙，稽古之力也，可不勉哉！'"愿无违"指自己尚能有暇读书研求古事。此诗中的沈约、桓荣均为作者自况。

④略谓自己的人生追求难以实现，打算与朋友一起到南山隐居。"眼夜声名"四字不详所出，待考。

金陵绝句①

【注】

①此组绝句 20 首，写金陵（南京）一带风土人情和历史。颜光敏康熙九年（1670）三月起在金陵龙江关任职，作者曾去探访，从诗中描写看，大多是秋天景象，当作于该年秋季。按，颜光敏《乐圃集》有《金陵杂诗》11 首，所写多春末夏初景象。又《颜氏家藏尺牍》卷三有顾宸致颜光敏书，云"令叔金陵诸咏可录者多，尚未细细选定，弟此选最严，毫不徇情面，……令叔可一晒否？"所云或即此组诗。顾宸字修远，无锡人，举人，有《宋文选》《杜律注解》，看来是一位选家。

　　　　凤阳城南稻欲黄，凤阳村里女作郎①。
　　　　曼歌旋舞迎秋赛，打鼓腰镰下水塘②。

【注】

①凤阳：今安徽凤阳县，明代为凤阳府治，属南直隶。女作郎：村女像男子一样。

②秋赛：秋日举行的酬神祭祀活动。这里的女子既能在秋赛中表演歌舞，又能下田割稻。

　　　　上塘下塘皆稻花，塘中女儿踏水车。
　　　　却闲夫婿浑无事，爱捉凫雏趁蒋芽①。

【注】

①凫雏：幼小的野鸭。蒋芽：即茭白。菰类植物，可食。以上两首写凤阳风俗，女子多参加劳动，男子反游手好闲。

　　　　龙江江水下如油，万舸千帆接石头①。

斜日影开波上市，暮天霞卷镜中楼②。

【注】

①龙江：长江南京段的别称。万估千帆：众多经商的船只。石头：石头城，南京别称。

②波上市：谓在船上做生意。镜中楼：谓傍晚霞光满天时楼阁在水中的倒影。

江上蓼花红不稀，洲边燕子已辞扉①。
穿帘舞波太无赖，日晚烟霏何处归②？

【注】

①蓼花是生长在水边的野花。燕子辞扉是乳燕已经长大，离开母燕，求偶另组家庭。

②无赖：顽皮。说燕子匆匆忙忙穿飞在江水帘栊之间捕食，完全不理会人世间的事情。但是作者却还要痴心地关心燕子晚上到哪里去。一无赖一多情，尽见趣味。

江声拍枕阁梦遝，樯竿鸣风客叫关①。
窗中雾色兼白浪，尽失苍苍两岸山②。

【注】

①在江边阁中熟睡梦境颠倒。睡梦中听到船桅竿在风中鸣响和迟归的客人叫人开门的声音。遝音tà，义为杂乱。

②窗外雾气弥漫，山光水色皆不见。

风定天云卷细细，日晶江树远亭亭①。
羡余缥渺飞楼坐，看杀吴山一带青②。

【注】

①天气晴朗，风光秀丽，白云轻飘，朝日明亮。亭亭：形容远处江边的树姿态优美。

②飞楼：高楼。看杀：张相《诗词曲语辞汇释》谓杀同煞，甚词，故此应为看尽义；吴山：泛指南京周围的山。

桂花黄落菊花黄，须信江乡胜故乡①。
柳笛风鸢争自得，还将寒食作重阳②。

【注】

①人皆以故乡风光为美，而此云胜过故乡，足见对金陵喜爱之深。

②柳笛是用柳叶作笛，风鸢是风筝。寒食节在春天，重阳在秋天。金陵秋天也有人像北方人春天那样在放风筝。

清远楼头水拍沙，上河游女映红霞①。
即教秋思差春思，可奈芦花似柳花②。

【注】

①清远楼：南京长江边的酒楼。上河指秦淮河。游女穿红着绿，远看如霞。

②见芦花而生秋思，与见柳花而生春思一样。前者使人从草木荣枯想到人生易老，后者使人从万木发荣想到男情女爱。秋也许不如春，但秋毕竟要代替春，季节转换，岁月更替，正如人的青春易逝，是无可奈何的。

霜干莲叶子沉泥，鱼动浮华开复齐①。
隔江欲问乘桡女，风起芦花日又西②。

【注】

①秋后荷叶干枯，莲蓬中的莲子落入水里，没于泥污之中。鱼在水下游动，使水面的荷花残瓣分散开又合拢来。

②桡是船桨，指代小船。"风起"句七字写秋江日暮景象如画，仿佛使人看到作者站在江边蓦然西望，残阳如血，秋风萧瑟，芦花飘荡，一片苍茫……

黄鸟林间歌尚酣，独来沽酒载双柑①。
醉向枫荫千万树，不知身是在江南。

【注】

①双柑：盛酒的器具。双柑斗酒是春日雅游的典故，出唐冯贽《云仙杂记》卷二："戴颙春携双柑、斗酒，人问何之，曰：'往听鹂声……'"

秦淮游女游不歇，兰桡桂楫清秋发①。
香气朝成波底云，珠光夜散桥头月②。

【注】

①此首写秦淮河风光。秦淮河素称"六朝烟月之区，金粉荟萃之所"。兰桡桂楫：游船的美称。

②说游女们身上散发的香气汇合成朝雾，在秦淮河上飘荡。到夜晚，她们

身上佩戴的珠光宝气的饰品，使月光都不明亮了。

> 千里鄱湖一夜风，西江秋色满江东①。
> 烟中沙嘴疾于鸟，橘柚如山火点红②。

【注】

①意谓迅疾的航船把江西的橘柚等果品带到了南京。鄱湖：江西鄱阳湖，从南京乘船溯江西上可达。"西江秋色"实指末句"橘柚如山火点红"。

②言航行之快。沙嘴是陆地突入江水中的沙滩，前端尖如嘴，故名。沙嘴本是静止的，而在迅驶的船上看却是飞快向后退去。

> 昔闻神物阻客航，穹如虹背覆如梁①。
> 我欲骑之揽明月，下听沧海水琅琅②。

【注】

①句中所说"神物"，或为巨大的鱼类，是白鱀豚吗？

②李白在《宣州谢朓楼饯别校书叔云》中有"俱怀逸兴壮思飞，欲上青天揽明月"的名句，此用其意。

> 轻舠一叶棹歌回，北斗横江晚漏催①。
> 月黑应疑鳌背过，夜腥知是暮潮来②。

【注】

①轻舠：小船。棹歌：船家所唱的歌。晚漏：漏是古代报时工具，晚漏是夜晚的钟声柝声之类。

②此句写夜间江上泛舟。没有月亮，满天星斗映入江面，空气中充满江水的腥味，只能听到岸上报时的柝声和船上舟子棹歌……寂静而神秘，颇有令人生怖的意境。鳌：传说中的大鱼。

> 南州声伎压皇州，罗绮交衢明月楼①。
> 百戏方陈金步障，十千先作锦缠头②。

【注】

①声伎：以出卖色艺以至身体为生的歌伎舞女。南州指南京，皇州指京师（北京）。罗绮：丝织品。交衢：满街满市。

②百戏泛指各种游乐方式。金步障：步障是屏风之类，以金装饰，言其奢华。锦缠头：歌舞艺伎用锦缎缠于头上作装饰。后来以缠头作为赠给歌伎银钱

的代词，如本诗中的十千（贯？）。此首从娱乐这一侧面写南京的繁华。

长干秋竹接山坳，花压烟翻千万梢①。
碧血已斑子规泪，游丝犹罥乳莺巢②。

【注】

①此句写长干里的竹子。

②子规泪：子规即杜鹃，口边有红色羽毛，古人认为是啼叫出血。游丝：飘荡在空中的蜘蛛网。罥：音juàn，缠绕，绊挂。此处的"已斑"是暗用湘妃泪化为斑竹的故事。下句的"莺巢"，也应是做在竹林里的。

金陵钟阜独称尊，万壑千岩拱一门①。
却让儿孙长松槚，紫峰空枕碧江痕②。

【注】

①钟阜：钟山，以其有龙盘虎踞之势，建有明孝陵。一门：指孝陵棂星门。

②谓明太祖设陵于钟山，原希望此后子孙皆葬于此，但后来发生了燕王朱棣夺嫡成功迁都北京的事，此愿望落空。松槚：松树和槚树，因墓地常植之，便成为坟墓的代称。紫峰：紫金山，即钟山。

纷纷晋宋①兴王地，文藻风流亦偶然。
歌管清蹊吹不断，东山秋月有谁怜②。

【注】

①晋宋：东晋和南朝宋等朝均以南京为首都，此泛指。

②东山秋月：东晋谢安在建业（南京）居东山，常在其处把酒赏月，人称其谢东山，东山秋月亦成金陵一景。

双臂角鹰金锁开，将军猎出雨花台①。
笳声猎猎吹桃叶，又踏平康巷陌来②。

【注】

①角鹰：鹰的别称，因头上有毛角，此指猎鹰。猎鹰平时拴以锁链，打猎时立于人臂上，遇有猎物才放开。金锁是精致的锁链的美称。雨花台：金陵南门外一山岗，传南朝梁天监年间高座寺僧云光在此说法，落花如雨，故名。

②笳声：打猎时的号角声。平康巷：妓院集中的地方。此首写的将军，不知是八旗驻防军还是绿营兵的军官，他们整天不是游猎就是嫖妓，这在当时金

陵应是常见的景象。本书卷六《淮上军》之六"韝臂双鸣雪尾鹘，悬腰争看宝环刀"句，可参。

骠骑航边王谢宅，至今五亩落谁家①？
甘棠引喻何多事，笑杀萋萋原上花②。

【注】

①骠骑航：是南京历史上一座桥。顾祖禹《读史方舆纪要》说"在故东府城南秦淮河上"。五亩：住宅的别称，出《孟子·梁惠王》，"五亩之宅，树之以桑，五十者可以衣帛矣"。

②甘棠：是《诗经·召南》篇名，写对召伯的怀念。后人以甘棠遗爱颂扬离任的官员，即诗中的"引喻"。两句谓任何高门名第终会式微消亡，反不如原上萋萋芳草，年年开花。

补遗：

皂口①

南陂②百里水，此道镇常流。
赤岸为回斡③，沧洲欲尽头。
灌输吞郢蓼，吐纳见谋猷④。
六代贤君相，无徒霸国羞⑤。

【注】

①此诗录自光绪《寿州志·艺文志》。该书录颜伯珣诗十数首，唯此首不见于现存刻本抄本。颜伯珣《重修芍陂碑记》："四十年春……三月……开复皂口闸、文运闸、凤凰、龙王庙凡四闸，置守堠。"又《重筑安丰陂修孙相国庙乐神章即属陂父老三首》之三："浩浩长陂水，皂口东北流。"夏尚忠《芍陂纪事》："皂口闸，在芍陂东北隅，老庙集南五里，……康熙间，州佐颜公重修之。公志云：'大凿皂口，复故水道'，此闸之名始见于碑记。"

②南陂：芍陂，在寿州之南。镇常：经常不断。

③回斡：旋转，此谓一堤岸使流水在这里回旋曲折，使滨水的沙洲缩短，仿佛到了尽头。

④郢：楚国首都，在湖北江陵一带。蓼：古国名，在今河南唐县。谋猷：规划，设计。

⑤六代指在南京建都的六个朝代，见本书卷三《石头城怀古》注①。这两句说，六个朝代的君臣们自认为高贵贤良，对比起芍陂这样造福百姓数千年的工程来，他们恐怕要感到羞愧吧。

韩马河送光敏入京联句[1]①

北地风霜六月寒，颜伯璟（闻说咸京五月寒）
更（况）逢腊日向长安。颜伯珣
河水晓拂三冬雪，光猷（马蹄晓蹴三冬雪）
浦草春生十里滩。光敏（雁字风高十里滩）
秦水燕山凝客梦，②颜伯璟（秦岭燕山迷客梦）
官梅御柳待鸣銮③。颜伯珣
明年得意关山月，
杏苑飞花洗玉盘④。光猷（天涯春色来何许，多恐明年两地看）。

【校】

[1] 此诗光猷《水明楼诗》光敏《乐圃集》均收，中有颜伯珣二句。两者从题目到内容均颇有异同。光猷题为"丙午腊月二十四日马上联句送二弟公车"，光敏题为"丙午三月出游，历邯郸洛阳入秦中，十月乃还。十二月十三日以计偕北上，府君季父伯兄同行至韩马河，联句为别"。丙午为康熙五年（1666）。现另拟题目录下此诗，因《水明楼诗》注有各句作者，故据为底本，括号内异文据《乐圃集》。

【注】

①韩马河，康熙十一年《滋阳县志》卷一《山水》：有"韩马河：……水出无源，北连龚丘，黄淤停留垛庄一带，水落尽为膏腴"。光绪《滋阳乡土志》作汉马河，云"发源于宁阳县东北凤凰山，初为二水，山之阳曰汉河，山之阴曰白马河，二水合流，故曰汉马河。"下叙其流经之地，有官庄、垛庄等，而其地正在龙湾（颜家河口）西北不远处。当时从曲阜入都，应出曲城向西走汶上东平一线。所谓沙河别业，或许在颜家河口祖业附近，其西北不远就是韩（汉）马河。

②秦水燕山，指光敏曾入秦中，将去京师。

③官梅，官府所种梅花。御柳，宫禁所植柳树。銮，车或马上所系铜铃。句谓光敏此去京师必能中进士得官。

④隐喻明年光敏会试高中。杏苑，指新科进士游宴处。按杏花开于二月，正好是各地举子赴京会试之时，故有"及第花"之称。玉盘，指月亮。

附编

附录1：颜伯珣文辑

与侄光敏书（一）[1]

自四月选庶常①之后，日望吾侄南归。亦不谓甫释野服，遂登朝班，诚有如今之可慰者。向曾寄诗有"身近仙台"之句②，彼时不知何见，但觉非寻常赠送套语，而今果复验矣。且吾侄通籍之日，正值天子亲政之时③，此中际会，实不偶然。吾侄又何幸也！索米清贫，他人或以为苦；吾侄志在淡薄，世俗之见又何足云？但我辈读书不易，必如今日方为有成。且又官枢要、近天颜，身实圣贤之裔，必为天子、大臣之所崇重，同寅僚友之所观望。吾固知子必非漫无处此者，而猥如流俗人之所言也。今子声望已在人间，但愿子常念何如不愧科名，是所勉已！从子去岁游秦④，而予便尔无侣，亦不愿接见外人，今复倍寂寥矣，言之泪堕。昔人有言："人生不相见，动如参与商"⑤，宁不悲哉？窃思数年来，我所与即子与也。三五人中，所志绝不能同，今已局面大异，而我犹故吾，其不相入，子所知也。是又谓对面难逢矣。闭门无聊，独与六侄⑥为友，渠幼无知，而又多致，时能启余。诵书当歌，把青荷叶濯足沼中，亦足乐也。三侄⑦作文，爽透有笔致，四侄⑧亦已成篇，汝妹夫近且变化非旧矣。兄弟篝灯不辍[2]，甚可喜。蠲赈二雏⑨，学语如莺儿。小七前恙颇不发作，差可慰耳。西乡观音殿落成久矣，今塑像，社翁溪女，竞为善事。钟磬之音，缭绕于泗水间，是又不啻一花界也。城中园桃，今渐成围，每至熟时，恨不得与子[3]共食。所接三株，其甘如蔗⑩。桃花下种梅一畦，今长尺许，不久即花，晤子无期，殆将凭寄驿使耳⑪。五六月间，有二蹴踘者来，留连浃旬⑫，此艺较前稍进，无由质子，其人明春或当见子都门。昨子书来，劝以留心举业，极为恳款，自维学浅才薄，终无可望，然而读书之志，初未尝堕，吾与[4]子弱岁受父兄之训[5]，经今二十年，朝夕相谓，窃愿学今时所号为迂阔其人者；至於功名成否，又无论也。吾侄平日笃信爱人，孝恭自矢，吾虽不能常自勉强效子，今子果食此报，奋翮天衢⑬，以光我先德，使我虽终身蓬蒿，又何憾焉？独是吾与子两岁阔处，无可为怀，只勉强不作愧心事以报子，是我自尽也。余情缕缕，欲寄恐乱远人之思。吾侄仁人，断能隔膜知我也。临楮怅如⑭，笔不能悉。顾宁老⑮既同寅，不另作札，烦吾侄一为致意可也。七月望后三日⑯，叔季玉写。

【校】

[1] 以下书札，录自《丛书集成初编》之《颜氏家藏尺牍》卷四，校以

《上海图书馆藏珍稀文献》影印尺牍原件的释文。其排列顺序悉按原状，仅加序号。本篇曾收入民国廿八年商务印书馆发行的四愿斋主编《增订历代名人家书》，亦参校之。

　　[2] 籥灯不辍：《增订历代名人家书》误作"沟灯补辍"。

　　[3] 子：《增订历代名人家书》误为"于"。

　　[4] 与：《增订历代名人家书》误作"舆"。

　　[5] 训：《增订历代名人家书》误作"驯"。

【注】

　　①庶常：庶吉士。殿试二甲者授庶常，颜光敏殿试时得二甲十三名，故得庶常。

　　②颜伯珣现存诗中未见此句。仙台：指朝廷。

　　③通籍：指做官，此指光敏中了进士，已在吏部取得了名籍。天子亲政：据《清史编年》，康熙六年（1667）七月初三日，康熙帝下旨，经太皇太后允诺择吉亲政。初七日，行亲政礼，御太和殿，王以下文武官上表庆贺，颁诏全国。《颜修来先生年谱》载是年"五月有旨，许进士考授中书，府君赴考，名列第六，补国史院中书舍人"。

　　④去岁游秦：颜肇维《颜修来先生年谱》："康熙丙午，府君年二十七岁，之秦。"丙午为康熙五年（1666）。

　　⑤两句为杜甫诗《赠卫八处士》句。

　　⑥六侄，指颜光敩，此时七岁。详见本书卷三《寄六侄光敩》诗注①。

　　⑦三侄：据《颜氏族谱》，伯璟六子：光猷、光敏、光政、光雯、光孜、光敩。则三侄应为光政，族谱只记其"字□□，廪生，一子肇文"。

　　⑧四侄：光雯，《颜氏族谱》载："旧谱名雯，字从甫，孝靖公之季子也，伯仲两兄宦京师，三兄遘疾，独偕三幼弟持晨昏，色养备至……"

　　⑨蠲赈二雏，或为赈灾时领养的两个孤儿。

　　⑩所云"所接"，应是嫁接。以嫁接技术改进果木品质，在曲阜兖州一带由来已久。

　　⑪凭寄驿使：用南朝陆凯《赠范晔》诗："折梅逢驿使，寄与陇头人。江南无所有，聊赠一枝春。"

　　⑫蹴鞠：球类娱乐活动，类似今之足球。颜光敏有七古长诗《蹴鞠行》，《颜修来先生年谱》："五月过东鲁省亲，时时与亲串话言畴昔，蹴鞠较射，道傍观者殊不知为仕宦也。"决句：一旬，十天。

　　⑬奋翮天衢：犹言展翅飞翔于长天，指前程远大。天衢，隐指京城，朝廷。

⑭愬如：忧怒烦闷貌。《诗经·周南·汝坟》："未见君子，愬如调饥。"

⑮顾宁老：顾炎武，字宁人。按《颜修来先生年谱》："顺治辛丑，江南顾炎武宁人游阙里，耳府君名，过访，遂定交，同赋《行路难》九篇。"颜伯珣当是其时与顾炎武相识。又张穆编《顾亭林先生年谱》载康熙四年顾炎武与颜光敏订交，较此晚四年，似误。《颜氏家藏尺牍》卷一顾炎武致光敏书有："石珍社翁，想闭户著书，卧游五岳"语，书中多次提到"令叔先生"，可见两人关系。

⑯从"去岁游秦"和"天子亲政"看，此书应作于康熙六年（1667）的七月十八日。

与侄光敏书（二）[1]

二月十八日至湖州，山佳已先到五六天矣。青士与孙封翁意甚殷厚，但云渡口来迟，问津者已寥寥也。私心尚欲移棹槜李①待之，不意其又有暂[2]回余杭、且渡钱塘而入东阳之议。东阳则先有金氏在彼，且持久旷日，或反相左，故不能无感于逐鹿之喻也②。因择而采之，已命蹇修通言矣。虽云貌美喉清③，但仅各诵《毛诗》④而已，揆诸所托之意，实多恨耳⑤。闲中一棹西湖，专为顾子之约，已作一字，并前缄致之宁波。六桥花柳，非复曩所传闻，僧馆萧然，徒劳归思耳。从到湖州，雨无闲日，不知上江估客，来胜前否？关务及诸费完结否？家中铜事，可有回音⑥？归装可粗制否？诸仆无可托者，汝又无暇亲及琐事，搬移人杂，殊宜察防也。倪良栋⑦觅利如蝇，毫不放宽，又不知大体，切勿使之买物，并内外及诸往来将命也。前两皮箱未有封锁，临时须亲封固之。余橱内散置诸物，总封锁在前买大皮箱内可也⑧。切切！湖事不知何时完结，月尽定可至关，不则四月初旬准到。万有耽延，须系舟稍待，或数日不至，不妨先行。我后乘小船，向扬州赶去。此亦设然之虑，料不至是也。前定做螺甸碗、绣衣、算盘、手卷数件，如未取来，急令李僧孺索之，不可使倪良栋。盖回验从前，其欺骗种种深可恨、深宜防也。余不悉。冲[3]。

【校】

[1] 此文录自《丛书集成初编》本，校以《上海图书馆藏珍稀文献》本。

[2] 暂，《丛书集成初编》本误作"渐"。

[3] 冲，此字据《上海图书馆藏珍稀文献》本补。

【注】

①槜李：在浙江嘉兴。

②逐鹿之喻：以逐鹿中原的典故比喻对某事争夺的捷足先登，出《史记·淮阴侯列传》："秦失其鹿，天下共逐之，于是高材疾足者先得焉。"

③此"貌美喉清"云云，似乎所说是在江南购买戏子声伎之类，且不止一人。按，作者在《逢乡人，得孔垣三贞灿近状，并寄口号戏问》（《秪芳园遗诗》卷三）中曾写到了孔贞灿的两个歌僮，可参。

④《毛诗》，即《诗经》。

⑤揆诸：根据现实推断。多恨：颇有遗憾。

⑥铜事：《颜氏家藏尺牍》卷一孙光祀函中有涉及者。如："铜斤事，使舍亲略买，大约亦得八分……""买铜无多本，仅发钱二百金，算来竟在八分二三厘间。……""买铜之信前已寄去……铜限定报满后，两月全完。立法甚严，今郑澹菴被参……买铜执照最要留意……"又白梦鼐函："顷李长班到，传闻买铜一项，大费清心……"但其详情难知。又，《关于江宁织造曹家档案史料》（中华书局，1974）有《内务府题请将湖口等十四关铜筋分别交与张鼎臣王纲明曹寅等经营本》，其中说到龙江等关的铜筋经营等事，可略见当时铜之买卖经营情况。虽为康熙四十年事，距光敏榷关已久，亦可资参考。

⑦倪良栋：《德园日历》有其名，应为颜府之仆从或管家之类。

⑧文中云"关务及诸费完结否"，云"归装"，云"搬移"，应指光敏在康熙十年春卸南京龙江关务北归事。则此书作于康熙十年（1671）三月。

与侄光敏书（三）[1]

二三月间准拟棹小舟入都，不料弗果。其所以不果者不得言，非为途次艰难也。然不果又竟省便，盖女①室家来，我实不能置怀。且嫁女②琐细，又不愿独贻劳女高堂③也。一接北来人，顿慰数年离思，却又念女索米④为劳，骨肉离侧，恨不即得驰千里骥一把女手抚女膺⑤耳。愚山"冠盖满堂"之句⑥，近渐阅历，始知其言之悲且恨矣！春来每一忆汝，零泪几不自持，靡日靡月，惟忧用老⑦，惟我知女、女知吾耳！女嘱已悉，勿用悬切，客况寂寥，善自爱为可。四月十一日书[2]。

【校】

[1] 此文录自《丛书集成初编》本《颜氏家藏尺牍》卷四，校以《上海图书馆藏珍稀文献》本。

[2] "四月十一日书"六字据《上海图书馆藏珍稀文献》本补。

【注】

①此文中的"女"字，除"嫁女"外，都通"汝"，即指光敏。

②嫁女：颜光敏《德园日历》康熙十三年（1674）三月十一日："以长女将于归，傲赢十六头为南归计……"七月二十日："是日家中为长女送妆奁，明日于归，惜不得一为训诫也。"《颜修来先生年谱》康熙十三年"秋，长女适孔兴焯"。可知此书作于该年。

③高堂：指光敏母朱太淑人。

④索米：犹言谋生。

⑤抚女膺：抚着你的胸膛。此极言叔侄情谊之深。

⑥愚山：施闰章。"冠盖满堂"之句未详所出，待考。

⑦惟忧用老：出《诗经·小雅·小弁》："假寐永叹，维忧用老。"

与侄光敏书（四）^[1]

自得齐河信后，至初一日有报人到，知已补验封司^①。俗士代为怏怏，不足道耳。家中一切平安。诸事就理，无可萦怀。但不知秋后可能令数眷先行否？前郭、吴两处，已俱致之，郭意漠然，吴最感切，而亦未有嗣音^②。东使并亦未来。张德一项，亦趋令速备矣。衡山于七月十六日东行，其主人又有一函，意哀词恳，不知能为之地否？夏斗老^③尚未行，常为凝辉立方^④，但其病势既大，又任性，不受人调理，殊可虑耳。笠翁《史略》^⑤，云门索之屡矣，但有便，留神查寄。《忠烈传》成^⑥，并须急寄为慰也。丕显使者匆发，遂不及详，八月四日书^⑦。

是日卯刻大雨雹逾时，大如鸡卵，或如拳，积地四五寸。秋禾如卷。被其害者守陇而泣也。并闻之。

【校】

[1] 录自《丛书集成初编》本《颜氏家藏尺牍》卷四，校以《上海图书馆藏珍稀文献》本。

【注】

①验封司：是吏部四司之一，掌封爵、世职、恩荫、难荫、请封、捐封等事务。据《颜修来先生年谱》，康熙壬戌（二十一年，1682），"九月补吏部验封司主事"。

②嗣音：接下来的音讯。出《诗经·郑风·子衿》："青青子衿，悠悠我心。纵我不往，子宁不嗣音？"

③夏斗老当指夏斗岩，颜光敏《德园日历》有其名。

④立方：指医生为病人开药方。

⑤笠翁：指著名文人李渔，据单锦珩《李渔年谱》，康熙十二年夏初他挂帆北上，再入都门。至次年初春离开。光敏《德园日历》载康熙十三年（1674）前后与其交往有5次，《颜氏家藏尺牍》卷四有其致光敏书四件，皆言贸书事。《史略》即《古今史略》，是李渔编辑刊刻的历史书籍。

⑥《忠烈传》：应是颜光敏所撰关于颜胤绍殉国事的文章，今未见，或是《颜氏家诚》中有关内容？

⑦八月四日，应为康熙二十一年。按下文有"大雨雹逾时"云云，查乾隆《曲阜县志·通编》，"康熙二十一年秋八月，雨雹伤稼"，应即此事。

与侄光敏书（五）[1]

前有数次家信，不知俱到否。闻哥哥①急欲南旋，计此札到，必就途矣。岁晚务闲，正可借此保息，何太匆匆也？殊深萦念。张德所述，已尽谋之在乾，无不允诺，恐所难特其令兄耳。拖泥带水，总觉不快，正不如始终之为妙也。入冬以来，手口并作②竟三月矣，为儿女作马牛固所不耐，而寂寥无可与谋，尤不能无感耳！元鬓星星③，不知他日何以对女也！翔九入都候选，须一照管，彼用情吾家过厚，正未可泛泛也。余绪如丝，冗不能及。十二月十日夕书④。

【校】

[1] 录自《丛书集成初编》本《颜氏家藏尺牍》卷四，校以《上海图书馆藏珍稀文献》本。

【注】

①文中之"哥哥"，指光敏之父颜伯璟。按光敏《德园日历》载癸丑（康熙十二年，1673）十一月初二日："闻家君至，出广渠门往迎，抵暮方获拜晤，计违膝下二年余矣。"十二月初六日："家大人明日南归也"；初七日："午后送家君，未至拱极城还。"是伯璟在京住了一个月略多，正值年底，故有"岁晚务闲"之说。

②手口并作：当指操持家务和教子弟读书。

③元鬓星星：头上已有白发。元即"玄"，黑色，避康熙名玄烨讳改。

④据伯璟行踪可知此书作于康熙十二年十二月。

与侄光敏书（六）[1]

春来诸冗猬集，有怀如结。并运不常，徒兀坐空园，终日书空耳①。梁国栋来，悉知吾侄近况及遣来意，特事不从心，于其返也，但目送之而已。彼至或能略道之也。石城二兄赴都廷试，素为社友，且至戚，或有所教，应顺应之。临发欲我一言，因顺寄此[2]，计他不能及也。灯下匆匆，不胜怅惘。冲[3]

【校】

[1] 录自《丛书集成初编》本《颜氏家藏尺牍》卷四，校以《上海图书馆藏珍稀文献》本。

[2] "此"字底本缺，据《上海图书馆藏珍稀文献》本补。

[3] 冲，此字据《上海图书馆藏珍稀文献》本补。

【注】

①书空：用手指在空中虚画字形。有叹息、无奈、愤慨、惊诧等义。典出刘义庆《世说新语·黜免》："殷中军被废，在信安，终日恒书空作字。扬州吏民寻义逐之，窃视，唯作'咄咄怪事'四字而已。"

与侄光敏书（七）[1]

初一日有一字付鲁老使，不意仍迟至。同行想待此信，亦不甚急，别来遂尔浃月①，炎暑无事，离绪顿萦。北园荷花日放数十头，都恨前洗盏挟镞②时，未得如斯烂熳也。七夕江右③人来，形余两度，不觉失笑。明日三师傅④亦至，归装萧条，殊不似在金陵景色。所带我家物，亦皆非正身矣。因又谆托前日承恩寺和尚事，我以无据为辞。三师又复切切之约，但求有济，薄命人不复觊觎矣。因副去二纸，要相机图之。至亲委不得辞却，如必不获，俟他日另商可也。或冬间修候徐老师，只发一函，承髡⑤代备其仪，简末一及之，令其有据易易矣。雍孙辈⑥抵都，或忆家否？途中能耐奇热否？并问。别绪草草，未悉。三师古董二件附，稍求便售之。七月望前三日，书于苗孔村[2]⑧。

【校】

[1] 录自《丛书集成初编》本《颜氏家藏尺牍》卷四，校以《上海图书馆藏珍稀文献》本。

[2] "于苗孔村"四字据《上海图书馆藏珍稀文献》本补。

【注】

①浃月：两个月（亦有称浃月为一个月者，此从《辞源》）。

②洗盏挟镞：指宴饮流连。"挟镞"出《诗经·大雅·行苇》："敦弓既句，既挟四镞"，该诗写宴饮时射箭取乐。"镞"指箭头。

③江右：指江西。

④三师傅：或指孔贞灿，号垣三。

⑤髡：剃去头发，疑指承恩寺和尚。

⑥雍孙：即光敏子肇维，初名肇雍。按肇雍于康熙八年（1669）生于京师邸第，此云"抵都"，是曾回曲阜，再次赴都。

⑧苗孔村在曲阜城西南约5里，光敏有一妹嫁该村。

与侄光敏书（八）[1]

七月望后，已整装约次宽西向。因前书来，遂复耽迟，今更无所待矣。大约兼程①已不能如期，朋后之语，将来十八九耳。潞汉②既迫，想应分行为妙。十一兄便往，殊省周张③。新寄数札，倍壮行色。若晋中已明注之，即缴还亦与十万，当但存而不用可耳。且此鸿泛泛④，未应即付也。三师南来一月矣，所共至令葛藤⑤，难与为仁，此其明验。承恩和尚绝无凭据，亟晚发回原物可也。匆匆不悉。

【校】

[1] 录自《丛书集成初编》本《颜氏家藏尺牍》卷四，校以《上海图书馆藏珍稀文献》本。

【注】

①兼程：一天走两天或多天的路，加快行程。

②潞汉：应指潞州和汉中，分属山西陕西二省。

③周张：周遍张设，有浪费铺张义。《汉书·礼乐志》："恭承禋祀，缊豫为纷，黼绣周张，承神至尊。"

④此鸿泛泛：谓这封信不是很重要。

⑤葛藤：谓纠缠不清。

与侄光敏书（九）[1]

七月二十九日，孙太二人来。知铜勖①已贮局，将交得当。甚慰，独西行羁滞，随役不定，行李诸事，遂皆耽阁未就。拟二十旬始发，日晚一日，奈何奈何！十一哥此时，应已先着鞭矣。昨汝滨行，有俞心亲家相托监事，匆匆未及。今其[2]昆仲早晚入都，在家屡来恳说，求吾侄一为周旋。总之欲速欲省，到时须加意为其委折，务使遂愿。盖以俞老至戚，且赤肠人[3]②，又屡受其嘱，实非泛应也。其北上未知何时，以我有远行，先书此字，余无所及。都中近况何如？小大悉平安也？能周二公、方伯、恩奶奶各致问。八月七日书③。

【校】

[1] 录自《丛书集成初编》本《颜氏家藏尺牍》卷四，校以《上海图书馆藏珍稀文献》本。

[2] "今其"二字，底本误为"矣"字，据《上海图书馆藏珍稀文献》本改。

[3] "且赤肠人"，《丛书集成初编》本《颜氏家藏尺牍》作"且知物人"，似非；《上海图书馆藏珍稀文献》本犹疑两可，检影本细察，实为"且赤肠人"是。

【注】

①铜觔：铜斤，指买卖之铜。

②赤肠人：犹言忠心赤胆之人。

③以上三书月份相近，应是同一年即康熙十年（1671）作，所谓远行，应是陕西之行。

与侄光敏书 （十）[1]

四月二十日，始自商州①抵家。居外八月，强半为病牵缠，今幸渐平无患矣。泽②事岁前[2]已付子赞，其人自足肝胆。今即欲取消息也，惟客长安最久，其人食言，又不得一面质之。李华西③虽多方婉致，反多不情之辞，后拟至商一决，不意病剧，不能待。因又留之含万，此其大概也。后或得当，亦未可知。然岂能有真面目耶？计余为此行者三矣④，而皆不效，自惟智拙虑疏，而所遇又皆若辈，盖不能无憾矣。自正月以来，每梦必与吾侄聚晤，且尽愁容冷语，绝非曩昔。如此殆无虚日。觉来耿耿，以为病中常状耳。不料抵家之夕，便闻吾侄亦病，弥月不痊⑤，家事纷扰，至今未定。吾侄旷怀人也，一坠此网，为累不小，乃知前梦关情，殆非妄耳。极知传言失真，但桃虫拼飞，实不可测⑥，有不得不为深长虑者，家报中已切言之，无庸叔赘，惟愿吾侄体认力行之，自获安妥。脱使不能，则家报中"勿狃小节"一语，诚旋乾转坤之最捷最易之一着也。忆昔房嵋梅⑦曾论我二人，云"是二人者，诚厚有余而刚果不足"。今惟于吾不足者留意可耳。丁未夏，叔家信中曾有"二人骨肉而朋友"一语⑧，吾侄每为感忆，惟其如此，因又有斯言也。自去年元洛口别，奄又周岁。而今叔侄兴味，皆堕苦趣。揆厥所由，实惟自召。乃忆洗耳清江，赋诗竹楼⑨，不恍如天上哉！一岁离绪，兼又所遭如此，焉得抵膝一握谈为快耶？病余未能多及，惟吾侄自爱自重，是所望耳。未遑嵩函候安嫂嫂⑩，唯吾侄转达。闻雍孙聪慧倍增，甚喜甚喜[3]。纱衣远致，并谢。李华西字附。冲[4]。

【校】

[1] 录自《丛书集成初编》本《颜氏家藏尺牍》卷四，校以《上海图书馆藏珍稀文献》本。

[2] 前，底本及《上海图书馆藏珍稀文献》本均释为"肯"。"岁肯"不词，按"前"字异写似"肯"，检原件影本，实为"前"字，据改。

[3] "甚喜"二字据《上海图书馆藏珍稀文献》本补。

[4] "冲"字据《上海图书馆藏珍稀文献》本补。

【注】

①商州：在陕西。

②泽：泽州，即山西晋城。

③李华西：李彦瑁，陕西三原人，康熙六年进士，曾任黄州、肇庆知府。

④此书云"居外八月""为此行者三矣"，作者是康熙十年（1671）八月离曲赴秦晋，则此为康熙十一年作。又《祗芳园遗诗》卷三有《韩城夜》，云"何曾惜岁阑"句，应是此行时之作，年底时正在韩城。

⑤关于光敏病，《颜氏家藏尺牍》卷四颜伯璟书有"连次家报来，知尔已强健照常，不觉色喜。但虑事繁心劳，尚当加意休养也"。

⑥桃虫拼飞：桃虫即鹪鹩。《诗经·周颂·小毖》："肇允彼桃虫，拼飞维鸟。"朱熹集传："桃虫：鹪鹩，小鸟也。"此喻小人制造流言蜚语。

⑦房嵋梅：待考。

⑧丁未：为康熙六年（1667），其年光敏中进士，伯珣自里中寄书京师。

⑨洗耳清江，赋诗竹楼：应指光敏在康熙十年榷龙江关税时作者去金陵时事。本书《金陵感旧》有"握手竹楼上，从容问弟昆"等。

⑩嫂嫂：指光敏之母朱太淑人。

重修芍陂碑记①

康熙二十九年，余选吏部，授寿州丞。读州志载孙叔敖治大小陂三，安丰为最巨。自秦汉迄今三千余年，代有废兴。至明成祖永乐间，寿民毕兴祖上书请修复，上命户部尚书郏野驻寿春，发徒二万治之。成化间，巡按御史魏璋大发官钱嗣其余烈②。嘉靖间巡按御史路可由、颍州兵备副使许天伦、州守栗永禄兴复之。万历间，兵备贾之凤、州守阎同宾、州丞朱东发又兴复之。国朝顺治十二年，州守李大升又继修焉。今又历四十余年矣。三十六年秋，陂之士沈捷上书于州守傅公、中丞李公，力请修复，并请檄余董其事。沈生毅然为环陂倡，各宪俞允其请③。明年春，征徒千人，誓于孙叔敖庙，经始焉。陂分二路，路有长；注水三十六门，门有长；其吐纳四闸未及焉。路长职籍徒廪饩④，门长司鼓旗，锹者、篝者、版者、杵者，一视旗为向、为域，听鼓声与邪许声⑤相和答、取进止。朝赴而暮归，就绳束⑥。重作三十六门，南北堤堰三十里，陂水成泓⑦矣。三十八年，余奉檄监采丹锡入贡京师，于是罢役。三十九年夏四月旋自京师，六月复至陂，经理其沟洫。四十年春正月，筑江家潭。三月，自孙叔敖庙迄南老庙，增堰堤，广上五尺，长十里。开复皂口闸、文运闸、凤凰、龙王庙凡四闸，置守堠⑧。六月，劝民作孙叔敖庙，一恢旧制。十月复筑瓦庙，沙涧堤堰，各广上五尺，长六七里。十一月，筑枣子门。自经始迄兹凡四载，堤岸门闸吐纳防卫之道，锁钥畚杵之器，树艺渔苏之约，友助报本之义，无不备悉讲求。先后依堤植千树柳。明年将返旧林，不知他日或能过此作汉南吟⑨乎？沈生近陂而寡产，倡义而不私其亲，是能继仲淹之志⑩者；中丞州守听言不惑，无愧于拥节钺佩方符⑪也。余竭蹶补苴⑫，苟利一方，得上附数公之末，故乐序其事云。康熙四十年辛巳⑬，寿州丞曲阜颜伯珣相叔记。

【注】

①此文录自光绪《寿州志》（寿县地方志办公室整理本，黄山书社 2011 年）卷六《水利志》之"塘堰·芍陂"条。

②嗣其余烈：承续其遗留的功业。

③俞允：允诺，答应。出《尚书·尧典》："帝曰：'俞'。"俞：应诺之词。

④籍徒：此指工地上的劳动者。籍，名册。廪饩：此指饮食等生活必需品。

⑤邪许声：劳动者共同致力时的呼声，即号子。《淮南子·道应》："今夫举大木者，前呼邪许，后亦应之，此举重劝力之歌也。"

⑥绳束：制度、纪律、约束。

⑦泓：深而且广的水面。

⑧守堠：堠是瞭望用的土堡，此指守护看管闸门的人住的地方。

⑨汉南吟：见庾信《枯树赋》："昔年种柳，依依汉南。今看摇落，凄怆江潭。树犹如此，人何以堪！"

⑩仲淹之志：指宋·范仲淹《岳阳楼记》中提出的"先天下之忧而忧，后天下之乐而乐"。

⑪"中丞州守"句：中丞即巡抚，州守即知州。节钺和方符是天子赐给大臣的权力象征。此谓安徽巡抚和寿州知州无愧于他们的权力。

⑫竭蹶补苴：竭蹶是行走艰难貌。补苴是补苴罅漏的省略，喻弥补事物的缺陷。此谓自己在芍陂工程中起不了多大作用，只是做了一些修修补补的工作。是自谦的话。

⑬康熙四十年，即 1701 年辛巳，作者 65 岁。

孙公新庙记①

（颜伯珣记曰：）旧祠在古大树北，志记莫考。顺治十二年，郧阳李公大升来守寿春，锐志于陂，期三年复古，不获创厥功。初以旧祠陋，改作大树前。时天下甫定，于旧贯未有式廓②，又使吏董治③，常以夜课工，故栋宇率仍狭薄。自堂徂前塾但二三丈。祠无厦楣④，兀然于野而已。今复改营树北旧址，仍北拓基一丈，为三楹，长二丈，广一丈二尺，高一丈一尺，台高一尺七寸，阶二级。两端各为耳房，下殿脊三尺。后北殿檐前及其半各两小楹，中壁夹之，内为南北牖，就凉燠；外独为南户，各别院宇，南接庑，北横壁，东西则殿耳。两横又独壁接连殿庑两檐，补其缺居半。其东西外壁又各连耳房外横角与庑之后角焉。东院外壁又小门通场圃，引汲竹树间，纵横细路，悉于此分会也。两庑亦俱三楹，南北各为牖，如耳房，檐厦两端各为圭门⑤，北达耳房深院，南通崇报门楼下，凡出入旁引，皆曲通不离雨雪。正庭南属崇报门北壁，凡一丈八尺；东西属庑溜下，凡二丈，墁以巨砖。崇报门在大树南，亦三楹，高二丈，长一丈八尺，广一丈五尺，中木为楼，南北两门对立，东西圭门通楼头小院，入庑廊。其上中间前后玲珑屏门，外匝栏杆，去承溜⑥有间。两旁壁隔内亦各为南北牖，以寒燠启闭。檐牙高骞，洞户豁然，出大树半与各轩房檻互相低亚，楼南壁两头复之壁与庑后壁齐，折堵之中成楼头小院，以障庑南牖藩。圭门贮器具，收楼外隙地为有用，不嫌其偶也。崇报门至外门四丈四尺，门仍旧三楹，高八尺，广七尺五寸，长一丈六尺。南朱楣雕铺⑦，北圭形虚厂⑧。崇报门外东西又两房，各三楹，长一丈五尺，广六尺，高七尺有奇，户牖居前，甬道列墀，细砖缘布。门外石坊三方，刻"楚令尹孙公庙"字，不雕镂。西偏别为屋三，前客堂，后禅室，旁则饭钵之厨。久以僧典，祠仍作僧舍名。后院积木叶竹根，储薪爨犹有隙。周垣高五尺，广一尺二寸，瓦顶砖牙，三层脚砖，层十有一，环回四十二丈。自崇报门外旁两房与前门表坊及僧舍，意拟如是⑨。行将归老旧林，不及身为矣⑩。美哉！新庙四时之宜备矣。崇功报德，伏腊于斯，感鬼神，和上下，道民礼乐，其大较已！其远者来裸焉⑪，近者处语焉、游憩焉、风焉、浴焉、眺焉、鉴焉，月吉读法焉⑫。州刺使之巡行，行旅之倦焉，而于庭、于房廊、于庑、于阁下、于大树下，于南牖北窗、此轩彼楹，皆得以栖憩偃仰、随意所适，而且风雨寒暑所不及也。庑以四月未成，属垣于庑而门置守者，会中丞喻公檄有霍之役[13]。五月旋奉总制阿公[14]调赴省府，十一月乃还寿，即诣陂上，谋丹垩涂塈[15]之事。启门循壁，顾而私喜，且惜李公[16]不得见此也。然余惜李公之不得见，又乌知后者之惜余引以毋替？庶上告孙公，下对斯人之世陂者。殿庑门阁凡九所二十八间，僧舍三所九间，户牖五十有七，户牖楗枢百四十有六，厥数参错，附于册籍，备稽察焉。作《新庙记》。

【注】

①此文录自光绪《寿州志》卷五《营建志》之"坛庙·楚相孙公祠"条。

②式廓：规模，范围。《诗经·大雅·皇矣》："上帝耆之，憎其式廓。"朱熹集传："式廓，犹言规模也。"

③董治：监督管理。

④厦楯：厦是房子后面突出的部分，楯是栏干。

⑤圭门：圆拱门。

⑥承溜：屋檐下承接雨水的设施。

⑦朱楣雕铺：红色的门上横梁雕有图案。

⑧虚厂：厂即敞，谓通透敞亮。

⑨意拟：有设计规划的意思。

⑩从这句看，作者已经准备致仕回家。

⑪裸焉：裸音 guàn，是一种祭礼。见《诗经·大雅·文王》："殷士肤敏，裸将于京。"

⑫月吉读法：谓每月的初一日宣读朝廷法令。见《周礼·地官·州长》："正月之吉，各属其州之民而读法。"

⑬中丞喻公檄有霍之役：此中丞喻公应指安徽巡抚喻成龙，康熙四十年（1701）十二月到四十七年（1708）四月任职。霍应指霍丘，是寿州下辖县，本书有《宿霍邱宝林寺》诗。

⑭总制阿公：应指两江总督阿山，康熙三十九年（1700）五月到四十五年（1706）十一月任职。

⑮丹垩涂塈：指对建筑的彩绘油漆等工程。

⑯李公：光绪《寿州志·职官志·文职表》所载康熙三十年（1691）前后李姓官员，只有"州同"栏所载李廷相，"正红旗人，监生"。康熙三十八年（1699）起任职。他是颜伯珣州同一职的继任者。其下又有蒋永式，但"任年失考"。故无法知道李廷相任职的下限。按《寿州志·营建志》载："楚相孙公

祠，国朝知州傅君锡、州同颜伯珣改建。"查上表可知傅居锡任知州是康熙三十六年（1697）到三十八年事，而据此文所涉及的中丞喻公和总制阿公的任职时间，都是在康熙四十年之后。看来此庙的修建，从动议到竣工经历了相当长时间，此文的写作，至少应在康熙四十一年（1702）之后。

附录2：颜伯珣年表

颜伯珣，字石珍，又字季相、相叔，山东曲阜人。父颜胤绍，字赓明，初娶鲁府镇国将军女，居兖州。崇祯四年成进士，历官凤阳知县、江都知县、翰林院检讨、广平经历、邯郸知县、河间知府。伯珣为其第三子。

明崇祯十年丁丑（1637），1岁。

约七月生。父胤绍其时官江都县令，生母于氏。崇祯十五年其父在河间自焚时，伯珣"甫六龄"，古人计算年龄例为虚岁，故生于此年。颜光敏《京师日历》丙寅七月十一日，有"遣二仆还，为季父寿"。可知其生日应在七月中下旬。

婴幼时有可能居于高邮、淮安。《秋芳园遗诗别集》卷上有《高邮感旧》诗，云"少小娇娃远离乡，湖村不忆旧莲塘。扁舟何处寻消息，唯有茫茫万顷香"。诗作于康熙四十二年。按高邮为江都辖县，则作者婴幼时期曾居于其地，虽然已经毫无记忆，但他知有其事，故有此诗；又有《板闸忆旧》诗，板闸在淮安，两诗情事略同。

崇祯十五年壬午（1642），6岁。

清兵破河间，父及全家自焚，有仆吕有年救之出，流落于民间。后被兄伯璟找回，共回曲阜。见颜光敏《颜氏家诫》卷二："河间被攻急，大父豫集室人扃一室中，庶祖母贾硕人、于硕人及仲姑字孔氏者，二婢子、一仆妇传餐，凡六人。时季父方六岁，于硕人母媪携之暂启户入，于硕人急挥去，媪不省。硕人曰：'我居此，分也，母何为者！'力推出之，楗其户。闰十一月十二日城破，大父归署，麾仆刘真等拒门战，自持刀绕室行。室中窥见大父幞头绯衣，皆痛哭。盖平居退食则燕服，自守城来则戎服，今见冠带，知非常也。挥家人积薪抵檐瓦，既举火，向北再拜，履薪升屋，坐中霤。季父牵衣随以登。仆吕有年望见冒黑焰，入抱之，跃下，火遂烈。刘真、吕有年俱战死。……大人……至河间，具衣棺成礼，求季父，与俱还。"又《颜氏家乘》载颜伯璟《揭帖》："璟父颜胤绍，……殚力储备，捐金犒士，与保标王副将，誓以死战吞□，何期变起意外，□骑临城，反将主兵调守昌平，王副将又以出援阵亡，城中兵势单弱，及□大股数万，薄城围攻，璟父躬率绅衿，奋力拒战，夜以继日，打伤数百，□已丧气，忽狂风飞沙，城铺被火，□复云梯四布，蚁附攀堞。璟父方统众西援，□已从东角攻进，璟父率亲丁刘珍、孔宏猷等数十名，与□巷战不胜，遂将璟庶母幼妹等，闭室纵火，璟父北面望阙叩头毕，引刀自刎，倒火殒身。亲属共五口俱付灰烬。亲丁刘珍、吕有年等俱死于战。尚有亲丁孔宏猷，快手傅可学等，睹记情形。浃旬□去，始于中堂纵火处觅璟父并亲属骨骸，焦头烂额，惨不忍见。仓皇收掩署后……"又《颜氏族谱》："伯珣……当河间尽室自焚时，甫六岁。已随生母于氏在火中，仆吕有年者冒烈焰负之逃，有年寻遇害。遂□落军垒间。及兄璟奔丧河间，访得之民家以归。"又曾衍东《颜氏忠孝录》："时公（胤绍）冢子伯璟、次子伯玠皆家居，三子伯珣随任，甫六岁。壬午，公知河间府。闰十一月，王师再入关。……公知势不可支，趋署，令诸仆拒门守，乃集家入一室中，积薪纵火，……仆吕有年冒焰负公季子出。""璟……达河间，得遗骸灰烬中，……先是，仆吕有年负伯珣走，道中流矢，至珣窜民间。璟访得之，携与归。因悲玠之死，而愈笃珣之爱也。"

明崇祯十七年、清顺治元年甲申（1644），8岁。

明亡。家由兖州迁往曲阜。见颜光猷作《闻家叔父移居西宅，歌以志感》，诗有云："忆昔兵火连万里，河间兖州同破毁。茕茕移入仙源城，三十二年同居此。"按伯珣移居西宅为康熙十三年事，上推三十二年为此年。

与光猷、光敏共寝食。见颜肇维撰《颜修来先生年谱》："府君年五岁，与伯兄光猷及叔父伯珣共寝食。"

清顺治二年乙酉（1645），9岁。

与光猷、光敏从李泰禄先生读于家塾。见《颜修来先生年谱》："顺治乙酉，府君年六岁，赠公为子弟延师李泰禄先生于家塾。时府君尚幼，请于赠公曰：'叔父仅长三岁，伯兄长二岁，儿独何耶？'……"

顺治三年丙戌（1646），10岁。

从兄伯璟学作诗。见《祇芳园集自序》："方余为童子时，及两舍侄光猷、光敏，龄俱八九岁，伯兄日捉吻训以调四声之道，而各录唐诗十余首，分授之，教熟诵而歌焉。又杂五采为书，诱之使不倦忘。其授予诗十余首，虽杂录初、盛诸公之作，而杜工部诗为多，乃余切心喜，独时时好吟唱之，不知其何为也。"

顺治五年戊子（1648），12岁。

与光猷、光敏从孔秀岩先生读书龙湾，学为举业。见《颜修来先生年谱》叙光敏事，伯珣当同。

顺治八年辛卯（1651），15岁。

进学成秀才。不久成为廪生。见《颜氏族谱》："十五岁补弟子员，旋食饩。"又本书卷四《故御史巡按山东刘公允谦殁三十年，公子笏无以自存，感旧赠歌》："余年十五青衿列。"

顺治十年癸巳（1653），17 岁。

与光猷、光敏唱和。见《颜修来先生年谱》："顺治癸巳，府君年十四岁，与叔父、伯兄唱和，得诗文各百余首……"

顺治十二年乙未（1655），19 岁。

刘允谦任山东巡按，作者曾在曲阜参与送迎。见本书卷四《故御史巡按山东刘公允谦殁十三年，公子笏无以自存，感旧赠歌》："……还与父老欢送迎。万人一呼雩门动，轰如阊阖开天鸣。……"据《清实录》，刘允谦任山东巡按是顺治十二年（1655）六月事，故系此。

顺治十六年己亥（1659），23 岁。

孔秀子先生见所为《鲁王宫》诗，教诲之。见《祗芳园诗》自序："己亥，先生见珣私所为《鲁王宫》诗，喜谓珣曰：'子幼时喜歌诗，今乃学为诗耶？子学诗毋学为世俗诗，学杜工部诗可矣！'……珣唯唯。"

日与侄光敏唱酬。见吴懋谦作《乐圃集序》："余客曲阜，……时修来弱冠，才峰驰骋，霆举飚发，便令人退三舍。日与其大阮石珍唱酬，不啻百余篇。"按光敏弱冠为是年，故系于此。

顺治十七年庚子（1660），24 岁。

秋，吴懋谦为伯珣诗集《旧雨草堂集》作序。见《旧雨草堂集序》文后署款："庚子秋日云间吴懋谦六益氏题于杜鹃斋。"

顺治十八年辛丑（1661），25 岁。

顾炎武游阙里，访颜光敏及伯珣。见《颜修来先生年谱》："江南顾炎武宁人游阙里，耳府君名，过访，遂定交。"此后顾与光敏书中，多次提及伯珣。如《颜氏家藏尺牍》："……大小阮才名已达之当事，如便中至郡可投一刺，极相企慕也。"其中大阮指伯珣。所谓当事，应指兖州知府，时为张瑄。又，颜崇槼《种李园诗话》："顺治辛丑，东吴顾先生炎武访先考功订交，……"按：张穆《顾炎武年谱》载有其顺治十五年"赴兖州至曲阜谒孔林"，十八年闰七月"返山东"，康熙四年"秋，至曲阜，再谒孔林，游阙里，与颜修来光敏订交"是曾多次至曲阜，而所记与颜订交为康熙四年，不知所据。

康熙二年癸卯（1663），27 岁。

侄光敏成举人。

康熙五年丙午（1666），30 岁。

年底，侄光敏赴京应会试，与兄伯璟、侄光猷在韩马河联句送别。《颜修来先生年谱》记此事为"赠公及叔及伯兄送于沙河别业，同为联句，有'咸京五月寒''腊日向长安'之句。"光敏《乐圃集》题："丙午三月出游，历邯郸洛阳入秦中，十月乃还。十二月十三日以计偕北上。府君、季父、伯兄同行。至韩马河联句为别。"

康熙六年丁未（1667），31 岁。

康熙帝亲政。侄光敏试礼部中七十四名进士。

有七月十八日致光敏书。见本书附编《与侄光敏书》（一）。书云光敏"去岁游秦"，故系是年。

励志读书。见《颜氏家藏尺牍》卷四载光猷致光敏书："余叔侄三人自总角联床，风雨晦明，未尝少离。去岁以弟客秦中，相忆半载，今又联镳飞去，吾叔与余独郁处此，命也不齐，亦何足怪。近者吾叔励志，方下董生之帷。"

康熙八年己酉（1669），33 岁。

被赐太学贡生。见《颜氏族谱》："康熙己酉，圣祖初行释奠礼，来雍助祭，赐太学贡生。"

春在京师。《颜氏家藏尺牍》卷一有王士禛致颜光敏书，云："大阮先生岁前返里，弟时正有周闸之役，匆匆数行奉候，未得少申款曲，迄今为歉。"文中的大阮先生指伯珣。检伊丕聪《王渔洋先生年谱》（山东大学出版社，1989），康熙八年"早春，先生（王士禛）在京师，有旨司榷清江浦，……三月，奉使淮安"。周闸为淮安海关所辖口岸。此前王士禛在京任礼部仪制司员外郎。由此可知伯珣此年早春在京。

康熙九年庚戌（1670），34 岁。

有南方之行，到过南京、杭州、湖州等地。

八月，与孔贞瑄共游金陵。见《金陵应檄监领转饷京师，六月溽暑，羁留久不得发，感旧述怀遂成长韵》。诗有"八月屡屦偕，未尝离清尊。牛首与燕子，一一探真源。……时逢孔先生，亦别沂上村"等。又《江上食鲥鱼忆亡侄敏》亦有"忆昔龙江共水部，尝新鲥鲦高晶盘"句。按，《颜修来先生年谱》云是年三月光敏出监龙江关税，次年役毕。

秋，作《金陵绝句》20 首。

光敏以小倭刀相赠。见《仲侄所佩两小倭刀，庚戌在金陵解其一佩余，偶出匣把玩，洒涕为诗》。

康熙十年辛亥（1671），35 岁。

二月十八日至湖州，三月作致光敏书。见《与侄光敏书》（二）："二月十八日至湖州。"又有"关务"云云。曾在湖州住过较长时间。颜光敏《南游日历》康熙十九年十一月十日，在湖州，有"入法界庵冯公寺，登楼至叔父旧馆"。既云旧馆，当非偶住。伯珣作《秪芳园山水诗·原山》有"尚忆白雀游，凄凉岩中约"句，湖州有白雀山。《旧雨草堂集》之《奔牛镇》《明霞墓》等诸作亦应作于此时。

在金陵协助光敏刻诗集。见施闰章《乐圃集序》："岁之辛亥，颜子修来相值于金陵。是时修来以仪部郎榷关龙江，偕从父季玉，刻有杂咏绝句及五言近体数十首……"

南游武林（杭州）。见颜光敏《将去金陵漫成七首》之七"近有西湖信，兼怀越水遥"句自注："时家叔游武林。"按光敏诗作于康熙十年三月后。

七月十二日至八月七日有致光敏书三件，（即《与侄光敏书》七、八、九）

八月动身去陕西。年底在韩城，有《韩城夜》五律。诗云"韩城临晦夜，不寐尽忧端。……未及栖檐雀，何曾惜岁阑"。又有《漫兴》诗："三旬洛水客，十月法王居。……偷眼春消息，还家已岁除。"皆为年底之作。

康熙十一年壬子（1672），36 岁。

四月自商州归家。见《与侄光敏书》（十）："四月二十日，始自商州抵家。居外八月，强半为病牵缠……又，《颜氏家藏尺牍》卷四有颜伯璟五月二日致光敏书，云"四叔前月念日已至，却带沉疴，虽无大虑，亦须数月方可平复"。其"前月念日"与此"四月二十日"正合，足证此四叔即指伯珣。按检《颜氏族谱》，伯珣祖父嗣化三子，长子亦生三子，次子无传，三子即伯珣父胤绍，亦三子，故伯珣同堂兄弟共六人，伯珣当排行第四。

有《寄单县朱方来绥并酬其见遗水仙》诗，云"匪济无梁不可越，我病在床年复月，去年柴关枉轩车……"所云与上书相符。其"枉轩车"之"枉"字，云去年朱曾相访而未值，缘去年作者在陕西也。正合。

冬天北行，有《聊城晓发》《邯郸》《邯郸哭先严行祠十一韵》《照眉池》《兴教寺》等诗。其《邯郸哭先严行祠十一韵》中有："时移甲子半，世远梦魂无。虚帷瞻尘座，行祠展败梧。堵山阴蔽雪，滏水急牵舻……"按，其父自焚于崇祯十五年，后三十年为是年；诗中败梧、蔽雪皆冬日景色。

康熙十二年癸丑（1673），37 岁。

侄光猷中进士。十二月十二日有致光敏书。即《与侄光敏书》（五）。书云"哥哥急欲南旋"。按，光敏《德园日历》该年十二月初六日有"家大人明日南归"。可知书作于是年。

康熙十三年甲寅（1674），38 岁。

欲进京，未果。见颜光敏《德园日历》康熙十三年三月十九日："季父北来不果。"颜光猷作《闻家叔父移居西宅歌以志感》有"二月下浣家书来，曾言入夏来金台。而今行李当已就，叔父何为舟未开？"（《水明楼诗》卷二）

移居城西。见光敏《德园日历》康熙十三年六月二十一日："纶锡自昨日来，得平安消息。叔父迁居西宅。"颜光猷作《闻家叔父移居西宅歌以志感》："忆昔兵火连万里，河间兖州同破毁。茕茕移入仙源城，三十二年同居此……昨年公车方北上，临轩下马持吾掌。……于今离别方二年，胡为移居西城边?"

四月十一日有致光敏书。见《致光敏书》（三）。

秋，光敏嫁女小来。见《德园日历》。

康熙十四年乙卯（1675），39 岁。

中山东乡试，发号登榜时被易去。见《颜氏族谱》："乙卯，中山东乡试，发号登榜，以二颜不合例，易去。"

按，明清两代，朝廷对孔颜曾孟四姓子弟读书应考在录取名额上给以优待。规定四氏学子弟在每三年一次的乡试中铁定有两人中举。据乾隆《曲阜县志》所载，从顺治十四年到康熙十一年的 15 年里，四氏子弟有 11 人中举，其中孔氏 9 人，颜氏 2 人。孔氏在优惠政策中得利最多，但并不满足，他们认为其他三氏（其实只是颜氏）沾了孔氏的光。县志载康熙十四年举人为孔兴琏和颜光是，看来当年本应是颜光是和颜伯珣中举，因为孔族的激烈反对，才终于撤下了颜伯珣换上了孔兴琏。在这次孔族和学政的博弈中，最后形成的共识就是必须保证每科至少有一孔姓。这就是所谓"二颜不合例"，其实是"无孔不合例"，亦即当时民间所说的"无孔不开榜"。

康熙十五年丙辰（1676），40 岁。

冬，送伯璟夫人赴京师，住月余返。见光敏《德园日历》丙辰十一月初七日："出广宁门，至大井，拜迎家母、季父，携儿女归寓。"十二月朔日："季父作归计。"初六日："出广宁门送家叔南归。"

康熙十六年丁巳（1677），41 岁。

正月，兄颜伯璟逝。

康熙十七年戊午（1678），42 岁。

向同邑孔建章乞竹，植之竹谿。见《竹种出孔建章家，并惠书有他日龙孙干霄，老夫当更进一觞之词，誉喻莫称，乃竹实繁大，迄今三十载矣，公殁，无所追缅，诗比于哀诔也》。诗作于康熙四十七年，前推三十年为此年。

康熙十八年己未（1679），43 岁。

光敏服除，九月出游吴越。见颜光敏《南游日历》。

康熙十九年庚申（1680），44 岁。

光敏客南中。

康熙二十年辛酉（1681），45 岁。

在曲阜，为侄光敏治园亭山水。见《康熙三十八年冬十二月，以于役过里，憩二姪之乐圃。余作圃中山水，迄兹十有八年，今复手为删置，感往悼逝遂有述焉》诗。

康熙二十一年壬戌（1682），46 岁。

在曲阜。光敏九月补验封司主事，有致光敏书。书云"自得齐河信后，至初一日有报人到，知已补验封司"。又叙雨雹事，与《曲阜县志》所记正合。见《与侄光敏书》（四）。

与友人孔贞灿、徐显庆游，显庆为贞灿作西园图，伯珣"时参酌焉"。见《西园翁别作水墅徐子北村殁已八年闻其既成感寄斯语》诗自注。

康熙二十二年癸亥（1683），47 岁。

有《即事》诗，似写此年施琅收复台湾事。见《秋雨草堂集》。

康熙二十三年甲子（1684），48 岁。

酝酿造祇芳园北外桥事。见《于役过里祇芳园杂诗》之《北外桥》自注："甲子岁，余尚家居，与邻里相约造石桥"。

年底，因康熙帝幸阙里，被以恩授职。见《颜氏族谱》："以帝幸阙里，恩授江南凤阳府寿州同知，摄虹与定远两县事。"按，帝东巡为是年九月事，从江宁（南京）返京途中幸阙里，已是十一月中旬事，授职还要经过"考定职衔"等手续过程，故实际应是年底或次年初事。乾隆《曲阜县志·通编》亦记康熙二十三年："……贡生颜光岳等十一人俟考定职衔先用。"十一人中应有伯珣。

康熙二十四年乙丑（1685），49 岁。

五月由曲入京，参加吏部考式，得四氏学恩贡州同第一。见光敏《京师日历》康熙乙丑五月初八日："季父自里至。"十五日："署中考教习贡生监生千四百余人，《诗》云《既醉》一节。驿使稽程判同廷珍先生、季父作。"十八日："斋戒。同两弟阅试卷，州同七十八卷。"二十七日："定贡监职衔，四氏恩贡州同二名，季父第一。例监州同八百余名，孔廷珍先生、孔秋浦、星来等，教习知县二十二名，王维翰、周鹤鲁、闻进、夏之时、毕丽台、臧含璧、陈维镛等，州同五名，陈赤衷、满庭秀等。陈卷争论至暮。"

六月自京归里，光敏送至广宁门。见《广宁门》诗后自注："康熙二十四年自都还曲阜，侄敏率宾客送至门外七里桥"。又，光敏《京师日历》六月初三日："出广宁门，送季父归，至长柳行。"

康熙二十五年丙寅（1686），50 岁。

七月五十大寿，光敏遣仆到曲阜为庆。见光敏《京师日历》丙寅七月十一日，有"遣二仆还，为季父寿"。

九月，光敏卒于京师。

康熙二十六年丁卯（1687），51 岁。

康熙二十七年戊辰（1688），52 岁。

侄光敉中进士。

康熙二十八年己巳（1689），53 岁。

十二月曲阜大雪，作《雪甚》诗。诗自注"康熙二十八年十二月作"，中有"跨马出鲁门，还村渡泗水"句。

按，《颜氏族谱》有伯珣"摄虹与定远两县事"的记载，从现有材料难以确定属于何年。暂系于此。

康熙二十九年庚午（1690），54 岁。

赴京谒选，得寿州州同。行前有《赴京发双溪前一日作》，在京有《谒选吏部寓亡侄敏宅》。见《寿州志》卷十四《职官志》表。又卷六《水利志》塘堰载伯珣自作《重修芍陂碑记》："康熙二十九年，余选吏部，授寿州丞。"又卷十六《职官志》："颜伯珣，……康熙二十九年任寿州同知。"又《戊子元日》诗自注："余自庚午来寿，至是十九年。"

约九月底赴寿州任，行前有《赠从侄大》。途经南京，有《重过龙江关忆亡侄敏》等诗，见《金陵应檄监领转饷京师，六月溽暑，羁留久不得发，感旧述怀遂成长韵》，诗有"前年十月交，马踏江泥浑"句。诗作于三十一年，前年即此年。十月七日后某日到寿州。见《送林卓子守戎调迁关中》注⑥。

康熙三十年辛未（1691），55 岁。

在寿州。正月初有《送林卓子守戎调迁关中》。诗有"我来淮南无三月，闻公移节久踟蹰"句。按作者上年冬到寿州，此诗又有"渭水黄山怀人日"句，虽是用典，亦双关写实，故可知作于正月初。又有《秦淮怀大姚令孔璧六》，诗有"廿载同游地，于今各白头"句。

闰七月，作《阁后星星草短歌》。诗有"闰月连雨生秋草，三五当栏秋将老"句。按康熙三十年有闰七月，故诗当作于其时。

康熙三十一年庚午（1692），56 岁。

春，有《正月六日正阳道中》诗。诗有"秋粮有诏更蠲征"句。据《清史编年》康熙三十年十二月四日上谕，"各省应输漕粮，自康熙三十一年起依次各免一年"。《正月十一日留别际堂诸子四首》《春分喜雨》《考城道上》等作，又有《陶山见海棠》，诗有"客鬓已三年"句，从康熙二十九年起，至此三年。

夏，有《金陵应檄监领转饷京师，六月溽暑，羁留久不得发，感旧述怀遂成长韵》，中有"况乃今徂暑，奉檄来崩奔"句。

七月初，从南京出发护领转饷去京师，一行三百余人，冒酷暑，七日到江浦县，经安徽滁州、临淮、宿州，江苏徐州，山东滕县、邹县、兖州、汶上、东平州、东阿、茌平、高唐、德州，河北景州、阜城、河间、任丘、雄县、涿州、良乡等，至广宁门进入京城。沿途共作诗 40 首以记行程。见本书卷二。其中《徐州》诗有"司空久奏绩，圣朝无沉玉"，句中司空应指靳辅。康熙十六年，调靳辅任河道总督，主持治河。靳辅系统规划，历时九年，成就卓著，但在康熙二十七年，被御史郭琇诬告治河无功被免职。康熙三十一年二月又复其职，康熙帝说："倘河务不得其人，一时漕运有误，关系非轻。靳辅熟练河务，及其未甚老迈，用之管理，亦得舒数载之忧。靳辅着为河道总督。"（《圣祖实录》）"司空久奏绩"，指靳辅治河九年功绩昭著，"圣朝无沉玉"，指他被免职后重新起用。这组诗的写作是七月（《江浦县》一首有自注"七月七日"），距靳辅复职这个当时一定轰动朝野的大新闻只有四个多月，作者行经水灾现场而写入诗中是很自然的。另外，诗中又有"昨者西凤饥，诏移东南粟"句。检《圣祖实录》，康熙三十一年四月己丑："谕户部：西安凤翔所属州县因遇饥馑，已全蠲一岁钱粮。今动支户部库银一百万两，速送至陕西，以备散给军需、赈济饥民，庶于地方大有裨益，流民亦可复还原籍矣。"可见诗中所叙就是此事。这事发生在四月，距作者写诗时间更近。靳辅复职是发生在康熙三十一年的偶然事件（而且他当年十二月就病故了），西安和凤翔并非每年都遇饥馑和被赈济，这两件史实都被同时援引入诗，足可证明诗作于本年。

到京师后，孔尚任有赠诗。见《岸堂稿》《颜季相先生自寿阳来都，临别赋赠》："闭阁焚香卧自如，郡斋闻得似闲居。原因薄宦寻山水，定有佳篇杂簿书。一别何曾携手易，重来仍是把杯疏。客途聚散真萍水，话旧应须到旧庐。"徐振贵编《孔尚任全集》亦云"此诗作于康熙三十一年秋"。秋后返寿州。

康熙三十二年癸酉（1693），57 岁。

在寿州。有《闻西园翁复营郭外水墅，余去旧舍已三年矣，感寄一绝句》及《西园翁别作水墅，徐子北村殁已八年，闻其既成，感寄斯语》。按以康熙二十九年起算，三年为此年。

有《忆叙儿》，云"莱衣已卧三冬雪"，按作者康熙二十九年十月到寿州，则诗为此年作。

康熙三十三年甲戌（1694），58 岁。

修寿州宓子祠，构文阁卷棚。见光绪《寿州志》卷五《营建志》，"三十三年，州同颜伯珣、住持秀达，苦募以构文阁卷棚"。有《宓子祠》诗。

康熙三十四年乙亥（1695），59岁。

在寿州。有《五十九叹》《送寿州守黄朗山使君迁户部郎赴京》，检《寿州志·职官表》，知州黄姓者唯康熙三十三年任职的黄汝钰，黄朗山应是此人。三十四年知州为王永侯，故其迁京可系是年。

曾到南京，有《秦淮水关》诗，云"承平又见繁华日，谁忆兴亡五十秋"，按从顺治二年清兵攻下南京，至此五十年。又《石头城怀古》《长干里故佟中丞园亭感旧》，后者云"二十年间人事改，江山三过不胜悲"。

仲冬，有方生相访，作《赠方生》。诗有"仲冬乘寒云，屡顾慰所思"，又有"近者下明诏，车马备西陲"。应指康熙三十五年亲征噶尔丹事。按此次征伐二月开始行动，故诗应作于上年冬。

友人徐显庆或卒于此年，见《西园翁别作水墅，徐子北村殁已八年，闻其既成感寄斯语》，按以诗作于康熙四十二年起算，倒推八年为此年。

康熙三十五年丙子（1696），60岁。

春，从寿州运铜赴京，水路行三个月至天津，又改旱路进京，途中颇受颠踬，又受宝泉局勒索。八月末或九月初到京。途中有《奉调监运课铜赴京师，赠别家人口号》《十五夜泊》《决口》《突溜阻雨望天津卫》《望天津》《靖海县午泊》《已达天津述兴》《八月十五日书怀二十韵》《独夜》《九日作柬张子赤城》《月行柳林渡》《见西山吊侄敏》《风便》等。又《舟中感兴》十二首，《忆正阳际堂八子》八首，《秖芳园拟山水诗》十二首，也应是此行途中之作。

七月某日为其六十寿，有《生日忆孙继顺》诗，有"六秩惭为祖"句，是其时应在途中。

九月十九日，在京参加了孔尚任展重阳岸堂雅集。见孔著《长留集》《展重阳同杨耐庵、闵左诚、蒋玉渊、费滋衡、颜季相、王汉卓、张远亭、李万资、陈健夫、程书焉、杨恭士、徐芝仙、顾天石、吴镜庵、张昭敬集岸堂》："谁将九日展秋风，作赋高怀四座同。瓮酒重斟浮面绿，篱花又放应时红。无多兄弟身仍客，有数登临鬓已翁。此节何烦人记取，徒添乡泪袖怀中。"

十月离京，作《十月自京师南归别从姪是》，回到寿州后有《运铜返寿州答寿民》，其中有"破产尽宝泉，达官犹怒嗔。十月衣葛回，返顾西坝津。蒸黎为我哭，愿偿官累银。感激谢蒸黎，剜肉宁一身"句。又，《南归复走仓州道作》，此仓州应是《决口》诗"决口当仓郡"之仓郡，其地为江苏宝应，地靠运河，则诗亦该行役之作。大致可以认为，刻本卷三之诗皆为此年作品。

又，今曲阜河口村尚存康熙三十五年的《龙湾板桥记》碑，四氏学生员颜绍发撰文，其上有"凤阳府寿州判颜伯珣、运使颜光猷、翰林院检讨颜光敇"的题名，或许伯珣自京南归时曾在曲阜小作勾留。

康熙三十六年丁丑（1697），61 岁。

有《呈王公永俣前寿州刺史》，据《寿州志·职官》，王康熙三十四年任职，三十六年易傅君锡，此诗云"三年寮佐终何补"，故系是年。

有《闻再征阿鲁朝议》，按阿鲁即厄鲁特蒙古，据《清史稿》，再征阿鲁为该年二月事。

秋，州人沈捷上书于州守傅公等力请修复芍陂，并请檄伯珣董其事。见《寿州志》卷六《水利志》载伯珣自作《重修芍陂碑记》。

康熙三十七年戊寅（1698）62 岁。

奉檄督修芍陂。见《寿州志》卷六《水利志》伯珣自作《重修芍陂碑记》。《寿州志》卷十六《职官志》："颜伯珣，……三十七年，奉檄督修芍陂，询其利弊，区划尽善，寒暑不避，阅四载乃竣。"（《寿州志》《职官志》载康熙三十八年为李廷相。州同知于此年离任）又见本书卷六《暮春留楚相国祠，风雨夜作，感成绝句，治陂始戊寅，迄兹丁亥殆十年云》诗。

《春日大筑芍陂即赠刘生》《暮春芍陂口号》似作于此年。

春，因故受到某种不公正的待遇。见《十月安丰大筑西堤，寓李莫店旧馆感成四十韵》，其中云"向有五绛桃，蒸为爨下木。其岁在著雍，此华创吾目……"著雍即戊寅。诗所云隐晦难解，从下文"旌旗欻无色，父老向我哭""厄遭文公仆""况乃升斗绝"等句看，或许受了某种处分，但详情难知。

十二月重访正阳，有《康熙三十七年十二月重访正阳，费又侨、程宗伊、张鸿渐各赠言五韵，工力弥上，合赋奉酬，兼有怀于羽高、湘民二子》诗。

康熙三十八年己卯（1699），63 岁。

夏，从芍陂工地奉檄监采丹锡入贡京师。有《彭口十字河阻浅九日，病余作》，返南时于十二月过曲阜，即在曲过年。有《康熙三十八年冬十二月，以于役过里，憩二姪之乐圃。余作圃中山水，迄兹十有八年，今复手为删置，感往悼逝遂有述焉》诗。又颜小来《恤纬斋诗》有《己卯季冬，四叔祖以王事返里，过乐圃有诗，敬和原韵》五律二首。《寿州志》卷六《水利志》张遴作《颜公重修芍陂碑记》："三十七年兴工，亲督夫役，广咨访，妙区画，大寒盛暑不辍功。工垂成，会府牒至，命功监输颜料，辞不获，遂就道。"

康熙三十九年庚辰（1700），64 岁。

春在曲阜，有《于役过里秖芳园杂诗》四十首（现存十六首）。

有《感旧》，云"牛头燕子登临兴，桂楫篮舆三十秋"，按作者康熙九年曾到金陵龙江关，三十年后为此年。《奉酬孔璧六过访双溪》，云"门径午始开，柳花深一尺"，是晚春景象。按孔贞瑄《聊园诗略》卷十一有《过石珍春亭别墅即事二首》，其一云"闻君千里至，避地远尘嚣。……风雨十年事，诙谭气尚豪"。伯珣于康熙二十九年赴寿州任，至此整十年。时令亦合。

夏四月回到寿州，六月复至陂。见《寿州志》卷六《水利志》张逵作《颜公重修芍陂碑记》："三十九年春，公讫事还复命驾……工再兴，两阅月而竣。"又，伯珣自作《重修芍陂碑记》："三十九年夏四月旋自京师，六月复至陂，经理其沟洫。"有《三十九年春诏旨屡问邵口、更楼诸决口，伏读感赋》，按康熙九年到十年光敏榷龙江关税。三十年后为此年。

康熙四十年辛巳（1701），65 岁。

全年忙于芍陂工程，基本竣工，并作碑记。见《寿州志》卷六《水利志》伯珣自作《重修芍陂碑记》："四十年春正月，筑江家潭。三月，自孙叔敖庙迄南老庙，增堰堤，广上五尺，长十里。开复皂口闸文运闸凤凰龙王庙凡四闸，置守堠。六月，劝民作孙叔敖庙，一恢旧制。十月复筑瓦庙，沙涧堤堰，各广上五尺，长六七里。十一月，筑枣子门。自经始迄兹凡四载……"

欲致仕，未准。有《辛巳三月上刺史乞休状，拟归六绝句》（存四首），又有《又不归行》，云"双溪野老又不归，五月被褐典朝衣。……老夫六五何不足？"又有《十月安丰大筑西堤，寓李莫店旧馆感成四十韵》。

秋获石于丛桂谷。见《四石友诗》序。

康熙四十一年壬午（1702），66 岁。

有《芍陂堤上课各门监者种柳》《重筑安丰陂修孙相国庙乐神章，即属陂父老三首》。有"原自岁摄提，……方此迄四年"，摄提为康熙三十七年，又四年为四十一年。

霍丘之役，有《宿霍邱宝林寺》《述老》诗，后者云"职忝涓埃报，恩留十二年"，以康熙二十九年之寿州任计至此十二年。

五月奉总制阿公令调赴省府，十一月返寿州。有《奉使将之金陵，菊花前别家人》，按，《重修芍陂碑记》有"明年将返旧林"语，语气肯定，是原本拟于本年致仕，但大约是因工程上事，未得实现。在南京有《长干园老鹤行》《七月十五日孝陵监送白果总督府感赠》《塔殿》《泊石城桥》。九月重阳节时，分别向毕凫洲、张隐中、陈邗江、张宛庐四人赠诗。又，《有老》《述闻》《所见》《晨起》等共七首，亦大致于此年作。

冬，凤阳郡学教授过于飞归里吴县，作《会琴图记》，与作者及郡检校史启鉴三分之。见《闻广文过于飞消息》诗及自注。

康熙四十二年癸未（1703），67 岁。

忙于芍陂工程。夏尚忠《芍陂纪事》之《颜公传》有"自康熙戊寅至癸未，上下七年，辛劳备至，而陂制改观"。是工程虽于辛巳年大体竣工，后续诸事仍多也。

有《楚相国庙大树》诗。中有"我皇六十年，活国频大赉"句，从清正式立国的顺治元年起至此六十年。

二月康熙帝第四次南巡，可能参与为接驾作准备的"土功"。有《酬杨子润九赠菊种二十二，即用述怀，兼简张子宛庐》诗，其中有"二月钟离行宫辍"句，与之合。诗中又有"小吏敢避长官嗔？""一篑未就口流血"等句。

秋，有从南京出发北上的行役，事由不详，有关诗作有《登舟》《将去金陵同游人游秦淮》《寄家书即发石头城》《泊燕子矶》《仪真二首》《海音寺二首》《红桥》《邵伯镇》《淮堤》《高邮感旧》《板闸忆旧》《骆马湖口》《野堤》《十月一日舟泊济宁风雨望乡作》《张秋》等。《自临清夜抵泗南吕村》疑亦此次行役之作。

康熙四十三年甲申（1704），68 岁。

春，有怀远上窑之行，作诗《次上窑》，有"万方思翠辇，传说幸关西"句，又有《春雪诗》，有"微闻河华指霓旌"句，按康熙帝幸关西，为康熙四十二年十一月以后事。故皆应系于此。

年底，有《汉阳府》诗，诗云"望乡多病后，隔岁古稀人"。按，作者 70岁为康熙四十五年（1706）。此云隔岁，则作于康熙四十三年。

康熙四十四年乙酉（1705），69 岁。

此年康熙帝第五次南巡。早春，参与了迎接圣驾的工程建设，有《小关道中》诗。诗有"似闻天语切，不更起黄亭"句。

康熙四十五年丙戌（1706），70 岁。

康熙四十六年丁亥（1707），71 岁。

有《暮春留楚相国祠，风雨夜作，感成绝句，治陂始戊寅，迄兹丁亥殆十年云》诗，有"一灯风雨十年情"句。

有《赠分镇寿州副都署俞公》诗，有"白钺下朱明，南邦今召虎"句。按，《清实录》有康熙四十六年三月"升江南寿春副将俞章言为云南曲寻总兵官"。可见此诗应作于其时。

康熙四十七年戊子（1708），72 岁。

有《戊子元日》诗。诗有云"羁留壮节非苏武，皓首同经十九年（余自庚午来寿，至是十九年）"。

有《杨子送白丁香，绝句即酬》，云"八年稀见此花开"，作者于康熙三十八年奉檄监采丹砂入贡京师，于年底回曲阜，到次年四月才回寿州。在曲阜期间有《于役过里祗芳园杂诗》，其中《分花径》有"忆昔丁香路，分行稍出墙"句，作于三十九年春。由此后推八年，则此诗应作于康熙四十七年。

有《七月十九日得家书，谿竹繁大，喜占口号》以下一组四首。其中《解竹嘲》诗有云"八九归羞未谓迟"句，可知作于72岁。

冬，有《中桥漫述》，诗云"中桥半入安丰道，从事经过巳十冬"。作者从康熙三十七年（1698）奉檄督修芍陂，至此十年。诗又云"归飞林鸟如相命，椓野虞罗几处逢。回首北风愁雨雪，即今携手未从容"。颇可见心情之郁闷。

有《四石友诗》，诗云"辛巳秋获石，……后七年，歙中江子……赠余三，合前比四友焉"。

康熙四十八年已丑（1709），73岁。

有《二月苦雨》诗。诗云"冥冥甲子侵耕雨，蚤度元宵更四旬"。检康熙四十年至五十年间日历，二月有甲子日的只有本年和四十九年。

有《仲侄所佩两小倭刀，庚戌在金陵解其一佩余，偶出匣把玩，洒涕为诗》。诗云"仲也雌雄佩，留余四十年"，从庚戌（康熙九年）后推四十年为此年。

春天得严重疾病，经郝亭兰救治而略愈；冬，作《赠郝子亭兰》以谢之，云"却忆三春午夜时，我病如山命如丝。一粒活我我莫知。……"按，此次疾病其实是致命的。作者也知自己大限将至，所以略好之后，次年五月又有芍陂之行，有最后告别的意思。

康熙四十九年庚寅（1710），74岁。

有《庚寅元日忆内》《五月之安丰四十店，旅馆题壁》，前者有"不远各天双白发，难归并命一残身"句，后者有"病后人还到"句，应是作者最后文字。

五月，去芍陂住十余天，与当地父老聚，准备离官返鲁，但旋终于寿丞之署。

见颜崇榘《种李园诗话》："庚寅五月将去官，力疾享父老于陂上，曰，吾南对陂光，北眺八公峰，如对故园，便觉莼芦之思不能终日。今当别去，尔子孙其勉图久远，勿如今日恃老夫也。父老皆为流涕。公留陂旬日乃还。旋终于丞署，年七十有四。"

附录 3：资料辑存

1. 光绪重修《颜氏族谱》（龙湾户）第六十六代

伯珣，字石珍，更字季相。当尽室自焚时，甫六岁。已随生母于氏在火中。仆吕有年者，冒烈焰负之逃，有年寻遇害。遂□落军垒间。及兄璟奔丧河间，访得之民家以归。抚而教之，十五岁补弟子员，旋食饩。康熙己酉，圣祖初行释奠典礼，来雍助祭，赐太学贡生。乙卯，中山东乡试，发号登榜，以二颜不合例易去。甲子，以帝幸阙里，恩授江南凤阳府寿州同知，摄虹与定远两县事。所在洁己利民，执法不屈，辨冤狱，革耗羡，别奸厘弊，廉明正直之声震远迩。修复芍陂，溉田万余顷，民歌舞之。制抚屡交章荐，闻，力以乞骸请，竟不得休。终于寿丞之署，棺敛不具，士民号泣奔走，共为治丧。请祀名宦之祠，复像容置主，并祭于孙叔敖之庙。生而歧嶷岸异，挚性孝友，持身端谨，周旋必中规矩，虽燕居无惰容。学问渊博，好为诗古文词，名流皆引重。所著有《重修安丰陂志》《祇芳园诗集》。初隐泗水上，弹琴赋诗，有终焉之志。晚以圣恩倅州，人皆为愤惜，夷然处之，不卑其官而秘其道，俭苦其身以忧其民，二十年如一日也。峄阳李太史克敬志其墓，铭之。子三：光叙、光敷、光教。

2. 乾隆《曲阜县志》卷八十六《列传》

颜伯珣，字相叔，胤绍季子。以陪祀授寿州同知。锄盗劫，清讼斗，开州南久废芍陂，灌田万顷，筑堤，通车马，植柳千株，作孙叔（敖）庙其上，七载始竣工。摄定远事，邑有周老虎者，妒其邻陈生富，因忿杀己子以诬生。置于狱，伯珣斋祷于包孝肃祠，日复鞫之，周之幼子忽为其亡子号恸而诉其父若弟杀己。陈生冤乃白。上官奇之，欲荐于朝，会疾卒。民奔泣治丧，为祀于孙叔（敖）庙。所著有《祇芳园稿》。

3. 乾隆《兖州府志》卷二十三《人物志》

颜伯珣，字相叔，曲阜人。少孤，依伯兄成立，事之若父。由贡生授寿州同知。寿南有陂田万顷，为注水区，号废田。珣筑堤扞御，植柳数千株，遂成膏壤。署定远篆，悉心决狱，民无冤抑。卒于官，邑人立像以祀之。

4. 光绪《寿州志》卷十六《职官志》

颜伯珣，字季相，山东曲阜人，贡生，康熙二十九年任寿州同知。洁身自好，听断如神，修街道，建二里坝。三十七年，奉檄督修芍陂，询其利弊，区画尽善，寒暑不避，阅四载乃竣。乡民感悦，立祠以祀。著有《安丰塘志》。

卷三十《艺文志》：

寿州州同颜伯珣《安丰塘志》三卷。未刊，稿本藏州人夏氏家。（同卷收其诗10题11首，已见本书，略。）

5. 光绪《凤阳府志》卷十七《宦绩志》

颜伯珣，字季相，山东曲阜人，贡生，康熙二十九年任寿州同知。廉洁自好，听断如神，三十七年，修芍陂，躬自区画，无间寒燠，历四载乃竣。著《安丰塘志》。民立祠祀之。（《寿州志》。《芍陂纪事》云：伯珣监修芍陂，度其废坏而熟筹之，早作夜思，盛暑祈寒不少懈。自康熙戊寅讫癸未，七年焦苦，陂制改观，方工之兴，民劳而怨。及其已成，环陂之民无不乐其乐而利其利，而公之心犹未已也。每春亲巡堤上，恐其隳损；夏秋更历垄亩，视其将涸，则发钥启闸，务令利均。至冬犹自按验，举不完者补葺之。以为来岁计焉。或乘肩舆，或挖小舟，口散步，问疾苦，抑豪强，随宜经纪焉。）

6. 光绪《寿州志》卷六《水利志》"塘堰·芍陂"条引《席芑志》

……康熙间，州同颜伯珣念旧制将废，乃谋于堂正，禀于各宪，广募而大修之。塘之中心疏之使广，周围支河浚之使深，堤埂加筑之使高且厚，滚坝增砌之使宽且坚。泛滥之时从坝而泄，而水但取平堤也；骤来之水闭闸以存，而水不致直泄也；放水之门经理坚固，而水不致横冲亦不致浸漏也。董其事者有塘长，有义民；应其役者有门头，有闸夫。制度详明，法令整齐，数年而后工竣。每春则亲巡堤上，恐有损处也；夏秋更躬历陇亩，视其将涸则发钥启闸，务令水利均沾；至冬犹自按查，恐民之不知大计者或欲减水以资蓄牧，或欲泄水以取鱼虾也。其间稍有不完者则补葺之，以为来岁计焉。盖塘之由来虽远而溥，实惠能广济者则莫大于颜公，是以士民感戴，立生祠于孙公祠之左。

7. 夏尚忠《芍陂纪事》卷上《三公列传》之《颜公传》

颜公名伯珣，字相叔，山东贡士，康熙三十年间，佐寿州。州佐，惟盐务及水利是司，盐务例稽弊而已，若水利，则实有利济乎民生者。寿之水利甲诸郡，而芍陂为最巨，芍陂，孙公遗泽也。秦汉以来，迭有废兴。前明之季，师旅饥馑，户口逃亡，陂遂大坏。我朝维新，顺治间邑侯李公修之。时又四十余年，门闸堤堰隳且尽，灌溉之利亡焉。公过孙叔庙，心窃伤之。适陂之士沈捷上告邑侯傅，又告中丞李，并请檄公监其役，而公始慨然以兴复为己任矣。公受任命驾往视，度其废坏而熟筹之，早作夜思，盛暑大寒无少懈。自康熙戊寅至癸未，上下七年，辛劳备至，而陂制改观。

方工之初兴也，民劳而怨之。及其已成，环陂之民无不乐其乐而利其利，而公之心未已也。每春则亲巡堤上，恐其损处也；夏秋更躬历垄亩，视其将涸，则发钥启闸，务令水利均沾。至冬犹自按查，恐不知大计者，或减水以资蓄牧，或泄水以取鱼虾也。其中稍有不完者则补葺之，以为来岁计焉。每岁四时不回署，即回，岁不过月余耳。或驾扁舟于陂内，或乘肩舆于陂堤，时而散步林间，时而讴吟泽畔，抑豪强，问疾苦，随便经纪焉。有时绅士款留，斗酒一味始欢，多设焉弗快也；有时小民将敬，箪食壶浆亦受，过却焉不忍也。恺悌君子，民之父母，我公有焉！予告之日，绅士吞声、田夫号痛，祖道徘徊、如失怙恃。攀辕无计，立生祠而尸祝焉。

公曲阜人，复圣六十四世孙，家学渊源，优而后仕。以研精殚思而成此陂，更于督役之暇而成陂志。忧勤之意，见诸歌咏；子爱之情，溢于言外。其文章则马班，其政事则冉仲，而其心则禹稷。饥溺天下之心，可谓有功民社，无忝先贤者矣。

或曰：芍陂之利出自孙公，二千余年人民仰赖，颜公亦因利乘便耳。不知明末之陂败坏已极，我朝初定，陂名仅存，倘无颜公善为补救，再复数年孙公之泽能勿斩乎？然则颜公之功不在孙公之下也。"莫为之前，虽美弗彰；莫为之后，虽盛弗传"，若非前有孙公，无以彰颜公之绩；然非后有颜公，又何以传孙公之泽也哉！公治寿多美政，州之乘有书者，兹不敢赘也，第即公之勤劳于陂上者，以志不忘云尔。

8. 《海仙山馆丛书·颜氏家藏尺牍姓氏考》

颜伯珣，字石珍，一字季玉，号相叔。伯璟季弟，恩贡生。历官寿州同知，有《祇芳园集》《旧雨草堂集》。孔贞瑄曰：相叔早年游金陵，为诗风流跌宕，晚年臻平淡静深之境，如数十年面壁老僧。令人骄矜之气不涤自消…先生官寿州日，修复芍陂之利，余署凤阳府篆，闻其遗爱。在泗上筑祇芳园，聚一时名流唱和其中。

9. 颜光猷《水明楼诗·闻家叔父移居西宅歌以志感》

伏天天低暑气屯，千里书回讯去人。报道叔父分宅居，使我闻之常酸辛。忆昔兵火连万里，河间兖州尽破毁。茕茕移入仙源城，三十二年同居此。幼时风雨竟连床，长并历山入选场。骨肉追随如一日，那知人世有行藏。昨年公车方北上，临轩下马持吾掌。自怜疏懒阮步兵，扶摇未遂神思惘。于今别离方二年，胡为移居西城边？参商两地不相见，南北唯同日月天。鸣呼我生聚散凭谁说，声声杜宇啼成血。门前泗水自西流，梦里家山常幽折。人言分爨不分心，叔父高标世所钦。但能联璧如胶漆，何必同居誓断金。干戈满地讹言发，黔山湘水多白骨。惟有鲁门山色青，桑麻鸡犬盈平陆。二月下浣家书来，曾言入夏来金台。而今行李当已就，叔父何为舟未开？

10. 颜光敏《颜氏家诫》卷一《敦伦》一条

……有族子为其祖笞之流血，语季父曰："吾年亦抱子，何罪而见责若此!"季父曰："昔韩伯俞受母杖，不痛而泣。今汝既抱子，而王父尚能笞汝，且至流血。此奇福也。"因泣数行下，曰："吾自七岁来，求父笞不可得已，况王父乎!"

11. 《颜氏家藏尺牍》载顾炎武致光敏书中有涉及伯珣者四条

1. ……大小阮才名已达之当事，如便中至郡可投一刺，极相企慕也……

2. ……石珍社翁想闭户著书，卧游五岳，胸中当别具一丘壑，而鸿文大制日新富有，则两君固并驱中原矣……

3. 弟……虽抱素餐之讥，幸无芸人之病。然以视令叔先生，则真鲁之两生，不敢望后尘矣……

4. ……令叔先生今在都门，亦当听鹊起之音，奏《鹿鸣之什》矣。

12. 《颜氏家藏尺牍》载施闰章致光敏书中有涉及伯珣者二条

1. ……佳笺同令叔笺刻，并惠数纸，以广示同好……

2. ……抵京有暇，当数共晨夕，发箧中之藏，相与上下议论耳。令叔季相亦奇士，何时快晤，言之神往。

13. 孔贞瑄《聊园诗略》后集卷十一《过石珍春亭别墅即事二首》

闻君千里至，避地远尘嚣。过从寻三径，相看慨二髦。非关轻衮冕，雅志在林皋。风雨十年事，诙谭气尚豪。

使君开蕙圃，策蹇故人来。较我芝颜盛，输君豪气恢。情同花烂漫，意似水萦洄。欲作归田计，美哉泗水隈。

14. 孔尚任《岸堂稿》《颜季相先生自寿阳来都临别赋赠》

闭阁焚香卧自如，郡斋闻得似闲居。原因薄宦寻山水，定有佳篇杂簿书。一别何曾携手易，重来仍是把杯疏。客途聚散真萍水，话旧应须到旧庐。

《长留集》《展重阳同杨耐庵闵左诚蒋玉渊费滋衡颜季相王汉卓张远亭李万资陈健夫程书焉杨恭士徐芝仙顾天石吴镜庵张昭敬集岸堂》

谁将九日展秋风，作赋高怀四座同。瓮酒重斟浮面绿，篱花又放应时红。无多兄弟身仍客，有数登临鬓已翁。此节何烦人记取，徒添乡泪袖怀中。

15. 林璐《岁寒堂存稿》卷四《河间太守颜公传》节略

颜公讳胤绍……岁壬午，闰十一月，王师再入关，抵城下。公守具精严，人皆恃以无恐，远近多归之。迨攻城亟，公纵火焚其梯，风反吹火，延烧城堞数十丈，城上人皆死。公知不可支，趋归府中，令诸仆拒门守。悉集家人一室中，积薪纵火，火烈，公衣冠北向再拜，遂自跃入，仆吕有年者冒烈焰掖公季子出……

卷二《赠泗曲园隐者序》

鲁地皆平原旷野，独曲阜东多山麓，泗水出焉。清流潆带，绕曲阜城西而达于兖。城西北不二十里，曰小春亭，据泗水之阳，地饶蔬果。季相颜先生立精舍栖息于此，芳林列于轩庭，激水环于堂宇。古树婆娑，扶筇蜡屐，不出户庭而泰山徂徕在望。先生家阙里，时而携挈徜徉，时而呼朋啸咏，以钓以弋，弹琴其中，以歌先王之风。颜其园曰"泗曲"，从乎地也。或曰先生隐者也，宜高蹈远引，余曰不然。夫隐者，将以遂吾所乐也。倘黧刻自处，是学王君，公必侩牛；学韩康必卖药；学张隰、王弘之，必种竹钓鱼。假令效颦模仿，慕蔺相如仅可名曰相如；使慕屈平，将亦沉身汨罗乎？先生犹子修来告予曰："叔父之慕屈平也滋甚。"余骇且疑，继而叹曰："汝叔隐士，何有妄语？君不记河间时乎？父积薪纵火，朝服北向叩头，跃而入，烟焰弥天，先生曳父裾与俱入，仆吕有年急掖之出，然已焦头烂额矣。屈平以水殉君，先生以火从父；先生不死，天也。今者日涉斯园，手屈子一编，洁洁自好，真能慕屈平者也。"园有亭有榭，有花有木，有草不锄，有石不斫，飞鸟亲人，游鱼乞食，可以娱老，可以永日。先生居恒语人曰："吾园不近山，然泰岱、徂徕，犹吾山也；自吾园望之，徂徕负奇，似若不甘下。人世争相雄长，何以异此！"观先生之行，听先生之言，其隐也有真乐在，可谓不愧烈祖矣。

16. 颜小来《恤纬斋诗》《己卯季冬四叔祖以王事返里过乐圃有诗敬和原韵》二首

喜公辞远役，昨夜到门阑。别绪惟杯酒，年光入岁盘。草庐重补葺，三径独来看。更问前栽竹，于今有几竿？

筑圃临秋涧，为山一篑功。人游夫子里，地接鲁王宫。开阁遗书冷，凭窗旧泪穷。可怜南北阮，不与竹林同！

17. 颜肇维《钟水堂集》卷三《题叔祖季相公秪芳园诗画册》一首

在昔耽山水，于今倦风波，辟疆平泉皆荆杞，鲁国名园无几何。秪芳名园公自有，先子乐圃亦公手。大阮小阮隔城居，卜筑草木成益友。先子亭台后渐荒，秪芳独居泗河阳。四时过从有诸谢，茶烟竹雪何渺茫。霜中收柿红叶湿，水阁伏雨滩声急。杜梨花发不出门，黄茅碧瓦雪中立。族近龙湾只一家，春沽村酒夏食瓜。自分苍生可已矣，强令谢公出烟霞。之官寿春久不调，独上濠梁看落照。一拳一勺梦故乡，呼起关荆写窈窕。屋角小泉响涓涓，桥边枯楂势欲骞。平冈似有人长啸，隔水诗声定游仙。分题标格答意匠，右丞才思漫惆怅。赋归拟把数幅图，欲与草堂摹形状。贺公乞病不得归，贾傅无禄今是非。二十年中延清宅，水决颓垣生蚰蜒。公之幼子我从叔，独抱遗经私采录。草阳蒋生书入神，过鲁也知怀郑谷。小跋欧阳与都洪，是园不朽赖此翁。远寄霞城触我恨，我家乐圃生秋蓬。展叹怆看空草草，归之子孙为世宝。莫教赌墅废前休，象贤今日如叔少。

18. 颜懋伦《癸乙编》《挽叔曾祖季相公》二首

铁骑寒冰血未干，河间城陷火连天。烽烟夜断浑河畔，鼙鼓宵沉落月边。乱后室家真缔造，别来骨肉几团圆。泉台归去还相叙，老树空林近百年。

寿春廿载与心违，活水园林自掩扉。堤畔红梨曾再易，墙东老柳又三围。秘书训注承家学，太傅风规在钓矶。季世衣冠今不见，晚风春雨泣斜晖。

19. 颜懋伦《什一编》《乐圃小集敬和先司马公韵》二首

斜日明芳涧，天空倚暮栏。荷薪怀郑谷，贻则守殷盘。水影牵萝下，峰青借树看。池鱼如可钓，不是爱纶竿。

山水为园圃，修治自考功（圃为考功叔祖别业）。累征陶令宅，一亩鲁儒宫。柳絮莺先见，桃花燕不穷。暮春好景物，难与古贤同。

20. 颜崇槼《种李园诗话》卷二一条

高叔祖讳伯珣，字石珍，先忠烈公季子。前明崇祯壬午河间城破，忠烈公阖室自焚，公方六岁，从入火，仆吕有年自烈焰中掖之走免。康熙甲子以恩贡生授江南寿州同知。州故有芍陂，为水门三十六，灌田万余顷，楚令尹孙叔敖所建也。湮废且百年，公修复之，作孙叔敖庙，以报以祈，七年迄于成。庚寅五月将去官，力疾享父老于陂上，曰，吾南对陂光，北眺八公峰，如对故园，便觉莼芦之思不能终日。今当别去，尔子孙其勉图久远，勿如今日恃老夫也。父老皆为流涕。公留陂旬日乃还。旋终于丞署，年七十有四。州民请祀名宦，并祭于孙叔之庙。著有《旧雨草堂集》一卷，《祗芳园集》三卷，宋牧仲、吴六益两先生手订，峄县李子冰克敬、吾邑孔璧六贞瑄二君序而传之。

21. 颜崇槼《摩墨亭稿》诗二首

旧雨草堂（在龙湾别业，先孝靖公筑，云间吴处士懋谦额）

先人有敝庐，卜居阅世变。南山一顷豆，击缶岁方晏。嗟哉云间叟，听雨泪如霰。

祗芳园（一名泗曲园。先寿州公别业。钱塘林处士璐有《赠泗曲园隐者序》）

迢迢清泗曲，隐者庐其中。挺然两松树，不受秦时封。松下晒渔网，夕阳隔岸红。

22. 冯云鹏《扫红亭吟稿》卷十三《题泗曲园画册十二首赠颜又甲士 浃》十二首并序

泗曲园即祗芳园。复圣六十六世孙颜公季相讳伯珣所筑也。襟带泗水，据曲邑之胜，在城北十里醴泉社中。钱塘林璐鹿盒序文甚悉。钟离尚滨为图画园景十二幅，公各缀以诗，虽宦江南，心怀故里，每有菟裘归隐之志而未遂，乃卒于官。越数十年，拙老人蒋衡为补书其诗而跋之，嗣是题咏不少。后又入于济宁。裔孙又甲追念先泽，宛转赎回，出以示余，信墨宝也。考公父赓明公守河间郡时，值崇祯壬午之难，积薪纵火以阖室焚，朝服北向叩头，列焰冲天跃而入，公年甫六岁，曳父裾与俱入，仆吕有年冒火掖公出，负之而逃，依兄嫂以活。至国朝康熙初年，以恩贡生仕寿州同知，廉明正直执法不阿，死时棺敛不具，士民号泣奔走共为治丧，请祀名宦祠。其卓行如此，则其人传、其地传，其园林画册应与俱不朽，为慨然者久之。分题十二截句于其后。

飞瀑下悬崖，天风吹不断。一幅璇玑图，泠泠供清玩。（璇玑泉）

叠石作舟门，烟锁桃源路。只许捕鱼翁，刺船自来去。（舟门）

巍巍台上松，手植今还在。廿载已凌霄，况经千百载。（大松台）

隔岸抱琴人，翘首祗芳阁。祗芳乃信芳，中有箪瓢乐。（祗芳阁）

（祗训敬，《楚辞》云："又何芳之能祗"，阁取义在此。信芳亦本《楚辞》）

小艇入中陂，顿作漾陂想。两桨自夷犹，昨夜春波长。（中陂）

东山绵亘长，起伏廿一岭。白云忽飞来，擘破斜阳影。（廿一岭）

云水千亩居，缭以万竿竹。戴笠荷锄人，映得春衫绿。（竹谿）

原山无所依，孤根拔地出。上有倒挂松，虬枝络云日。（原山）

两矶如一矶，红绿相参对。坐引合欢杯，顾盼成佳会。（合欢矶）

秋风入楷林，青袍换朱紫。过客每停车，何必寒山里。（楷林）

曲水隔尘寰，幽壑寻无路。蝲蛛作长桥，乃有问津处。（虹津桥）

樱桃万树红，艳影跨丘陇。何日压归鞍，满贮青丝笼。（樱桃园）

23. 《扫红亭吟稿》卷十三附录冯云鹓同题诗二首

祗芳杰阁倚云根，美景天开泗曲园。老圃斜阳穿竹径，小桥流水入舟门。樱桃夏熟霞成障，楷树秋深锦作村。畅好飞泉泻鸣玉，合欢矶上坐评论。

原山直架大松台，放眼中陂亦壮哉。廿一岭从云际落，二千里向梦中来。沿篱芝菌随时拾，绕郭林亭逐境开。画里仙源绵世守，寿州司马细安排。

24. 《扫红亭吟稿》卷十三附录孔蘅浦翰博同题诗一首

泗水之曲东山阳，意匠惨澹璧祗芳。岂有台池盛当世，残山剩水聊徜徉。

被发行吟山泽畔，绝非绿野平泉庄。鹿盒林君为作记，芳躅一一陈周详。我读斯图百年后，慨叹子孙能世守。吾宗世尹聚芳园，故物重为我家有。因居木石手泽存，儿时曾见经营久。五百年历几沧桑，花开花落樽中酒。（自注：聚芳园乃元时世尹克钦别墅，后属他姓，先君子丁酉假归以千金，改其名为春及园。题曰"因居"。重拓南西北三面十余亩，墙外植桃千余株。）孔颜乐处难重寻，茫茫对此伤人心。枝津寂寞古苔冷，锦石苍凉秋草深。（自注：枝津、锦石皆曲阜园名。）过眼云烟总非昔，藏家图画犹传今。为公绘者钟离生，写公诗者名曰衡。老人手写十三经，江南布衣莫与京。吟诗品书重读画，昔称三绝今合并。缅怀老辈清风清。君不见，同时亦有黄九烟，天帝创设将就园。圆峤方丈难比数，座中来往皆神仙。灵光一点幻众象，世事于我何有焉！但得此心能位置，何必避世求桃源。吁嗟乎，更从何处求桃源！

25. 《曲阜诗钞》卷七载颜崇检《读先季相公遗集》

牢落淮南十九年，茫茫隔代见遗编。早逢世难嗟兵火，老去忧愁拜杜鹃。直欲许身为稷契，讵甘倚仗负林泉。芍陂水利分明在，楚相祠堂何处边。

附录4：诸家评论

　　河南宋牧仲中丞犖见护领转饷京师自金陵途中诸诗，评曰："五古极樆杜少陵自秦中入蜀所作，刻画苍秀，何止形似！有才如此，而奔走下僚，穷愁抑郁，岂亦诗能穷人之效耶？为之忾然。"

　　泾阳张□□霞曰："先生各体诗名具一气象，至五古每镌刻秀发，若《秖芳园拟山水》十二诗，不啻高寻白帝三峰，奇丽尚复犹人境耶？"

　　又曰："五言古体每篇必险峭刻厉，正如鲁公书法，铁画银钩，一笔不肯犹人平近，就中风味弥长耳。"

　　同邑孔璧六贞瑄曰："修来吏部既以诗显，其兄澹园、弟学山两太史亦各有集行世。自童年学诗，即推叔氏为前茅，其侍之严于父师，不冠不见，不啻小阮之蹑踪竹林、小谢之撰杖东山也。"

　　又曰："石珍筮仕寿州参军，数署县篆，不以吏事尘其素抱，益肆力于诗。联淮楚名士八人结为诗社，吟咏唱和，积成卷秩。"

　　又曰："石珍早年游金陵，为诗风流跌宕，脱口而出，不事追琢。晚年乃臻平淡静深之境。今读其诗终卷，如对数十年面壁老僧，令人矜骄之气不涤自净。其《淮上军》十余篇，风调之高浑、气象之春容，不闻刁斗而壁严令肃，穆然儒将临戎之概。亦可知诗品之贵已！"

　　峄阳李小东克敬曰："余尝于乐圃壁间得读先生诗，疏古瘦硬，峭僻绝俗。后又闻先生诸孙说先生佐州，况甚冷，时时取诸家以自给，日苦吟不辍。因慕见其光仪不可得，味其诗，如或遇之。"

　　德州卢抱孙见曾曰："先生官寿州日，修复芍陂之利，予署凤阳府篆，犹闻其遗爱。在泗上筑秖芳园，聚一时名流，唱和其中。"

　　（以上见《秖芳园遗诗》卷首刘杰凤序后，题为"赠言"，其实诸家除孔贞瑄外，皆未曾与颜伯珣有过接触，曰"赠言"未免名实不符，乃改题"诸家评论"，移之于此。）

颜伯璟诗校注

颜伯璟诗校注
前　言

　　颜伯璟，字士莹，明廪生，本居山东兖州城内。其父颜胤绍，字永胤，号庚明，明崇祯四年辛未（1631）进士，授凤阳县知县，改知江都、邯郸县，迁真定府同知，擢河间府知府。崇祯十五年（1642）闰十一月，清军入关攻河间，胤绍孤军无援，城破后率领全家自焚殉国。颜胤绍的原配是鲁藩王的女儿，早卒，续娶孟氏，生伯璟、伯玠、伯珣。清军攻河间时，伯璟与其母亲孟氏、妻子朱氏（系鲁藩镇国中尉的女儿）、二弟伯玠和儿子光猷、光敏等住在兖州城内家中。不久清军又攻下兖城，伯璟在避乱中摔伤左足，二弟伯玠死于流矢，朱夫人被刃四日后死而复生。伯璟兖州宅舍毁于兵火，遂徙居于曲阜西乡的龙湾村。在得知父亲殉难事后，伯璟跛足跣行千里到河间，背回父亲尸骨，并寻找到死里逃生、流落在民间的年仅六岁的幼弟颜伯珣。

　　颜胤绍官凤阳、江都、邯郸时，伯璟随侍在侧，"事无纤巨，侍对必中理"。入清后，颜伯璟绝意仕进，以赡养寡母和抚育培养子、弟为己任，兄弟同居30年无间言。终年61岁，乡谥"孝靖先生"，崇祀乡贤。伯璟"平生坦易，不沽名誉，暇则抽琴赋诗"，与明朝故旧、曲阜同乡贾凫西、孔贞玙（栗如）、孔尚则（方训）、颜伯瓒等为挚友，过从甚密，并"结文酒之会"。（朱彝尊《封奉直大夫颜公墓表》，见《曝书亭集》卷七十二）

　　伯璟诗多不存，其曾孙颜懋侨于雍正五年（1727）编辑的《樵夫湖偶钞》（钞本，现存国家图书馆）中，保留有《孝靖祖诗》一卷，计十一题十四首，是目前所能见到的收录其诗作最多的集子，也是目前见到的其诗作存世最早的集子。乾隆年间编辑的《海岱人文》丛书（现存山东省博物馆）中，收有由其玄孙颜崇槼编纂的《先孝靖公遗诗》，只收录其诗作六题七首，较《樵夫湖偶钞·孝靖祖诗》少了约二分之一。另外，《国朝山左诗钞》（卢见曾编辑，乾隆刻本）选收颜伯璟《咏柳（其二）》和《挽同社养微兄诗未就，值栗兄枢归，书此志恸》诗二首，以后这二首诗也被收进《曲阜诗钞》（孔宪彝编辑，道光二十三年刻本）中。这就是我们目前所能见到的颜伯璟诗作流布的基本情况。

颜伯璟的诗作留下来的虽然只有寥寥十几首，但其社会认识价值和历史文献价值不可低估。颜伯璟生于明清鼎革之际，目睹明朝的灭亡和明清鼎革之际的战乱给人们带来的灾难，亲身遭受家破人亡之苦，这些自然会在其作品中直接或间接地反映出来。《登少陵台望鲁王故宫》一诗描写鲁王宫的兴衰过程，实际折射出明王朝的兴亡历史，"朱邸冷冷绕牧军，黄昏尘满中如焚"，作者对明朝的灭亡充满了惋惜与哀叹之情。

清朝入关之后，对汉人和汉族知识分子实行高压政策，使人有严冬之感，噤若寒蝉。颜伯璟也是如此，"留连残腊去，机息且忘年"（《无题（仲冬会作）》），远离是非之地，与世无争。尽管如此，他还是假借醉者之口，说出他渴望言论自由、可任意激浊扬清的意愿："笑傲浑无碍，乾坤任吐吞。何时迷醒眼，贤圣许同论？"（《醉言》）这一大胆的心声吐露，在文网密布的清初知识分子中是难能可贵的。而且，我们通过颜伯璟的诗歌，也发现并可以断定这样一个史实：在清朝之初，曲阜、兖州、宁阳一带确实存在着一个由明朝遗老组成的诗社，有关这个诗社的详细情况（组成人员及诗作、诗社宗旨及思想倾向等）可作进一步考察研究，这对丰富地域文化研究乃至清初文学史研究的内容，都是非常有益的。

本次颜伯璟诗的校注整理工作，以国家图书馆存清雍正钞本《樵夫湖偶钞·孝靖祖诗》（简称"国图本"）为底本，并参以乾隆钞本《海岱人文·先孝靖公遗诗》（简称"海岱本"）等。

《颜伯璟诗校注》是由徐复岭执笔完成的。

颜伯璟诗 （凡十一题十四首）

六月苦雨①

北园茅屋大如斗，鼓吹蜗涎无不有②。

泼翻急雨引秋声，轰轰夜触千门吼。

夏来危楼当快风③，日在潇湘图画中④。

山溜纵横匹练直⑤，织穿野树何玲珑。

顽云经月忽蹙蹙，子妇章章走攲屋⑥。

空城桂玉谋晨炊，半间犹堪蔽须眉⑦。

可怜篱畔芸黄歌，晚香消息竟如何⑧。

（蓁藿满眼妒嘉禾。）⑨

若非盟阑白战剧，琴殚灯晕愁正多⑩。

【校注】

①本诗写六月阴雨连绵，山洪肆虐，房屋风雨飘摇，妇女孩子于惶恐不安中避难离家而去，男人守在家中为吃饭所苦。所幸有诗友聚在一起吟诗作歌，苦中作乐，忘掉了烦恼。

②鼓吹：比喻蛙鸣声。元·张可久《满庭芳·山居》曲："尘埃野马，风波海鸥，鼓吹池蛙。"蜗涎：蜗牛爬行所分泌的黏液。

③当快风：正对着肆虐的大风。快：放肆；纵情。

④潇湘：本指湘江潇水，此处泛指水乡泽国。

⑤山溜：山间向下倾注的水流；瀑布。匹练：白绢。常以形容奔驰的白马、瀑布等。

⑥"顽云"句：谓阴云密布，经月不散，使人惶恐不安、担惊受怕，妇女儿童只得离开摇摇欲坠的屋子避祸去了。顽云：密布不散的乌云。蹙蹙：忧惧不安貌。章章：担惊受怕貌。汉·扬雄《法言·寡见》："孔子用于鲁，齐人章章，归其侵疆。"李轨注："章章，悚惧也。"攲：音 qī，歪斜，倾斜。

⑦"空城"句：谓半间茅屋还可以为男人遮风避雨，只是家徒四壁，缺柴少米，又怎么做早饭呢。空城：本指荒凉的城市，此处指空家、空屋。桂玉：薪如桂，米如玉。比喻柴米等基本生活所需难求。须眉：胡须和眉毛。代指男人。

⑧"可怜"句：谓可怜篱边野草茂盛犹有人吟诗歌唱，不知晚香诗会进行

得怎么样了。芸黄：黄盛貌（芸，音 yùn）。《诗经·小雅·裳裳者华》："裳裳者华，芸其黄矣。"毛传："芸黄，盛也。"孔颖达疏："芸是黄盛之状。"晚香：本指菊花。语出宋·韩琦《九日水阁》："虽惭老圃秋容淡，且看黄花晚节香。"此指颜伯璟、贾凫西、孔贞玙（栗如）等晚明遗老组成的"晚香"诗社。消息：变化；进展。

⑨蓁藋满眼妒嘉禾：此七字与上文"晚香消息竟如何"七字，当多出一组。疑作者对究竟采用何组文字犹豫未决，暂时留存下来。蓁藋：蓁和藋，泛指野草、野菜。妒：妒忌；妒美。嘉禾：生长奇异的禾稻，此指庄稼。

⑩"若非"句：谓如果不是诗会进行得正酣，在迟滞的琴声和模糊的灯光中，那还不知多么愁苦呢。盟阑：盟会（此处指诗会）将近结束。白战：空手作战。指作"禁体诗"时禁用某些较常用的字，如宋欧阳修为颖州太守，曾与客会饮作咏雪诗，禁用"玉、月、梨、梅、絮、鹤、鹅、银、舞、白"诸字。琴踶：琴声迟滞（踶，音 tì，滞留）。灯晕：灯光模糊黯淡。

无题（仲冬会作）①

漫咏无佳致，寻题意复然②。
冬深山欲睡，冻合泉方涓③。
渐觉微阳动，谁惊静者天④？
留连残腊去，机息且忘年⑤。

【校注】

①海岱本题目径作"仲冬会作"。仲冬：冬季的第二个月，即农历十一月。会作：会，聚会，盟会。此诗当为诗友盟会而作，故云"会作"。作品写大地冰封，山峦欲睡，在一片萧然中却有涓涓细流的泉水，预示阳气初生，春天将要来临。末句流露出作者远离机巧之地、与世无争的遁世思想。

②意复然：谓意味索然，抑郁不快。复：本应作"怫"（音 fú）。《说文·心部》："怫，郁也。"怫然：抑郁，心情不畅貌。

③冻合：犹冰封。涓：流，流动。南朝宋·颜延之《从军行》："秋飙冬未至，春液夏不涓。"

④"渐觉"句：感到阳气渐渐萌动，是谁惊醒了冬眠中的大自然？微阳：谓阳气始生。《逸周书·周月》："微阳动于黄泉，阴降惨于万物。"静者天：指沉睡中的自然界。

⑤"留连"句：谓紧接着十一月，腊月也要过去了；我还是忘掉时间迟

早、与世无争的好。留连：绵延，连续不断；亦作"留联"。残腊：农历年底。
机息：机巧之心止息，忘机，常用来指甘于淡泊，与世无争。忘年：忘记年月。

登少陵台望鲁王故宫①

少陵陈迹有高台，人去台空空徘徊。
当年戍楼今荒甸②，几度沧桑任去来。
遥望潇湘共碣石③，寒云断岭半迷没。
层城累累今昔殊，客心凄凄叹风发④。
忆昔高帝起泗亭，茅土分裂齐与青⑤。
千年河山盟带砺，一朝播迁赋淋铃⑥。
铃音犹似旧时春，终南王气半沉沦⑦。
只今侯甸能余几⑧，惟有斯台尚嶙峋。
鲁国雄藩侈主恩⑨，隆隆城阙若云屯。
环桥白玉浸绿水，绕径朱栏横塞门⑩。
犹意副宫别苑里，河间东平起郡邸⑪。
狗马声色总无情，突起长虹压泗水⑫。
泗水西流无已时，王孙芳草忆何期⑬。
年年岁岁竞成度⑭，岁岁年年长寿词。
养丹终乏不死方⑮，冷落繁华似弈棋。
兄终弟及夸众庶，那惜日暮暮阴去⑯。
声色狗马蓦地来，锱铢泥沙轻如絮。
妖姬舞裙起雕栏，买笑何曾一日宽。
任君觅尽鸳鸯谱，夜夜凄风有孤鸾⑰。
桑榆暮景留余照，行乐几时歌别调。
储君夙昔好交游，平台谢客矜嘱笑⑱。
珠履从不到池塘，鹰犬何有鹿与獐⑲。
宾客侍从无颜色，屠门笨伯献长杨⑳。
长杨虽献客不饱，紫锱朱提君断肠㉑。
花石层层欲到颠㉒，行也如斯岂偶然？
乐虽未极悲已至，长风吹散万灶烟。
假山崎岖不堪隐，鸾凤失翼岂能骞㉓？
五国城台魂已去，耕牧犹拾旧花钿㉔。

吁嗟荣瘁等浮云㉕，独恨当年薄命君。
吞声野老鸣何急，只缘离乱与平分㉖。
朱邸冷冷绕牧军，黄昏尘满中如焚㉗。
城南城北气氤氲。
君不见铜雀鸊鹈分飞后㉘，古殿寒鸦啼暮曛㉙。

【校注】

①少陵台：唐代诗人杜甫曾由洛阳来兖州看望时任兖州司马的父亲杜闲，留下《登兖州城楼》等著名诗章。明初朱元璋第十子朱檀封为鲁王，就藩兖州，兖州城南扩，为纪念杜甫，便将杜甫登过的城墙保留下来，改建成高台，又因杜甫晚年自称"少陵野老"，故称少陵台。鲁王故宫：鲁王朱檀的宫殿。明《兖州府志》卷二："王城在府城正中，洪武十八年建，宫阙城垣备极宏敞，埒如禁苑，盖国初上十王封国制也……殿前为重门，门前有坊，坊前有御街，街前为中桥，中桥左右有东桥西桥。"明崇祯十五年（1642）十二月清兵攻陷兖州，鲁王宫毁于兵燹。

　　本诗详细描写了登上少陵台眺望鲁王故宫时的所见所思，流露出对明朝灭亡的痛惜和无奈。诗人认为明朝灭亡乃因为统治者过于沉湎于"声色狗马"，生活穷奢极欲，享乐无度，这一认识是有一定道理的。

②戍楼：瞭望楼，城楼。荒甸：荒芜的田野，郊野。

③潇湘：指湘江，在湖南省。潇，水清深貌；湘江水又清又深，故名潇湘。碣石：指碣石山，在河北省昌黎县北。碣石山余脉的柱状石亦称碣石，该石自汉末起已逐渐沉没海中。

④风发：风起。刘邦曾作《大风歌》，首句即为"大风起兮云飞扬"。

⑤"忆昔"句：谓想起从前汉高帝刘邦由泗水亭长起兵而得天下，裂土分封诸王到全国各地。茅土：指王、侯的封爵领地。古天子分封王、侯时，用代表方位的五色土包以白茅而授之，作为受封者得以有国建社的表征。齐与青：齐、青均为古地名，在今山东省。此处泛指各地。

⑥"千年"句：谓原指望江山永固，国祚万年，哪想到落得个避乱出逃、赋《雨淋铃》以寄恨的凄惨下场。带砺：衣带和砥石，亦作"带厉"。《史记·高祖功臣侯者年表》："封爵之誓曰：'使黄河如带，泰山若厉。国以永宁，爰及苗裔。'"裴骃集解引汉应劭曰："封爵之誓，国家欲使功臣传祚无穷。"后因以"带厉"为受皇家恩宠，与国同休之典。播迁：迁徙，流离。此指唐玄宗为避安史之乱而离京入蜀事。淋铃：即"雨淋铃"，亦作"雨霖铃"。唐教坊曲名。唐·郑处诲《明皇杂录补遗》："明皇既幸蜀，西南行初入斜谷，属霖雨涉

旬，于栈道雨中闻铃，音与山相应。上既悼念贵妃，采其声为《雨霖铃》曲，以寄恨焉。"

⑦终南王气半沉沦：谓唐朝经过这次"播迁"，元气大伤，逐渐衰落下去。终南王气：指唐朝的国祚气运。终南山在唐京城长安南，因以代指唐朝。

⑧侯甸：侯服与甸服。古代王畿外围千里以内的区域。《周礼·夏官·职方氏》："方千里曰王畿，其外方五百里曰侯服，又其外方五百里曰甸服。"

⑨鲁国雄藩侈主恩：谓巍巍鲁国封地厚承朝廷的恩礼。朱元璋第十子朱檀被封为鲁王，就藩之前朝廷即为其修建好了皇城和宫殿。侈：厚，重，这里作动词用，表示厚承。

⑩朱栏：朱红色的围栏。海岱本作"朱阑"。塞门：屏，影壁。《论语·八佾》："邦君树塞门，管氏亦树塞门。"

⑪河间东平起郡邸：河间：指汉河间献王刘德，汉景帝次子。东平：指汉东平王刘苍，汉光武帝刘秀之子。郡邸：诸郡设在京师的办事处。借指郡国。

⑫突起长虹压泗水：指明崇祯十五年（1642）秋冬清兵深入河北、山东并攻陷兖州之役。鲁王宫毁于是役，鲁王朱以派于是役中自缢身亡，其弟朱以海南逃。泗水：河流名，源于山东泗水县，向西南流经曲阜、兖州入南四湖。突起：海岱本作"突兀"。

⑬王孙：王的子孙，泛指贵族子弟。芳草：比喻忠贞或贤德之人。何期：犹岂料，表示没有想到。

⑭竞成度：竞相度曲歌咏。度：度曲，按曲谱歌唱；海岱本作"渡"。

⑮养丹终乏不死方：此当指朱檀事。朱檀"好文礼士，善诗歌，饵金石药，毒发伤目"（《明史·诸王传一》），死时年仅十九岁，谥"荒王"。

⑯"兄终"句：弟弟继承死去的哥哥的王位，夸耀于百姓，哪里顾惜大好时光白白过去。兄终弟及：谓弟继兄位。明万历至崇祯年间，相继袭封的三任鲁王都是弟继兄位：朱寿鏳—寿铉—寿镛。众庶：众民，百姓。晷阴：即晷影（晷，音 guǐ，日晷），指时间，时光。

⑰孤鸾：孤单的鸾鸟。比喻失去配偶或没有配偶的人。

⑱矜哂笑：指举止端庄稳重。矜：端庄。哂笑：皱眉和欢笑，泛指喜怒哀乐情感的流露。

⑲"珠履"句：谓足不出户，为其奔走效劳的人员也都大大方方、行之有度。珠履：珠饰之履。鹰犬：比喻受驱使而奔走效劳的人。鹿、獐，比喻猥琐而胆小者。

⑳屠门笨伯：肉市之愚笨者。长杨：即长杨宫，秦、汉时宫名，故址在今

陕西省周至县东南。

㉑紫锃朱提：泛指金钱。锃：音 qiǎng，钱币。朱提：山名（朱，音 shū）。在今云南省昭通县境，盛产白银，世称朱提银，亦用作银的代称。

㉒花石：奇花异石。颠：顶，顶端。

㉓骞：通"骞"，飞，飞起。

㉔"五国"句：谓朱明王朝已经灭亡，鲁王宫变成一片废墟，耕地或放牧时还可捡到昔日的首饰。五国城：古地名。宋徽宗被金兵所俘，囚死于此。花钿：用金翠珠宝制成的花形首饰。

㉕吁嗟荣瘁等浮云：吁嗟：音 xū jiē，叹词。表示忧伤或有所感。荣瘁：荣枯，盛衰。

㉖"吞声"句：谓我呜呜咽咽地痛哭不已，乃是因为生逢乱世而目前又值黄昏之时。吞声：无声地悲泣。唐·杜甫《哀江头》诗："少陵野老吞声哭，春日潜行曲江曲。"野老：村野老人，作者自指。呜：或为"呜"之误。平分：本指平均分配，对半分，此指昼夜平分之时，即黄昏。

㉗中：指内心，心中。

㉘铜雀：即铜雀台。汉末建安十五年冬曹操所建。高十丈，殿屋一百二十间，连接榱栋，侵彻云汉。铸大孔雀于楼顶，舒翼奋尾，势若飞动。故址在今河北省临漳县西南古邺城的西北隅。

㉙鸮：音 xiāo，鸟名，俗称猫头鹰。古人认为是恶声之鸟，祸鸟，常用以比喻贪恶之人。曛：音 xūn，黄昏，傍晚。

秋霁登楼①

秋容寥列倍多思②，况是积阴初霁时。
西陌耘畲旋迫获，东林雨歇已催枝。
遥岑文豹隐应久，近渚鱼龙变自奇③。
凭栏四望愁何限，短发萧萧尽欲丝④。

【校注】

①此诗写作者秋天雨停后登楼四望，颇多感慨，自觉头发都要变白了。霁：音 jì，雨止天晴。

②秋容：秋色。寥列：寥廓，空旷。

③"遥岑"句：写雨后云彩的多彩多姿：远山里文豹隐藏已久，近水边鱼龙奇异变幻。文豹：豹子。因其皮有斑纹，故称。鱼龙：鱼和龙，泛指鳞介

516

水族。

④短发萧萧尽欲丝：稀疏的头发都要变白了。萧萧：稀疏貌。丝：喻指白发。

庚寅五月会赞兄处咏榴花；
庚子复会此，主人以新榴为题率赋①

夏仲同人几度来②，依依篱畔珊胡开③。
枝柔风曳织红翠，英落苔青惊灰堆。
匪是安南华实异，由来北地河阳栽④。
艳繁丛里复迟暮⑤，花发十年今始胎⑥。

【校注】

①此诗描写仲夏榴花的艳丽繁茂，隐含着繁华易逝、老来无成的慨叹。

庚寅、庚子：当分别为清顺治七年（1650）与顺治十七年（1660）。赞兄：当指颜伯瓒，颜伯珣的堂兄。《颜氏族谱》："伯瓒，字荆璞，贡生，鱼台县教谕。"率赋：匆促写成（率：草率，轻率）。

②夏仲：即仲夏，夏季的第二个月（农历五月）。同人：志同道合的人，这里指诗社同人。

③依依：轻柔披拂貌。《诗·小雅·采薇》："昔我往矣，杨柳依依。"珊胡：即珊瑚，此处喻指石榴。因榴花似火，而红珊瑚别名"火树"，二者多有相似处。

④"匪是"句：谓石榴这种奇花异果不是来自安南（古代称越南），黄河北岸早就栽培种植了。按，石榴即安石榴，因产自古安息国而得名。晋·张华《博物志》卷六："张骞使西域还，得大蒜、安石榴、胡桃、蒲桃。"华实：花和果实。河阳：指黄河北岸。

⑤艳繁丛里复迟暮：喻指由盛年进入老年。艳繁丛里：比喻美艳繁茂的盛年。迟暮：比喻晚年。《楚辞·离骚》："惟草木之零落兮，恐美人之迟暮。"王逸注："迟，晚也……而君不建立道德，举贤用能，则年老耄晚暮，而功不成事不遂也。"

⑥胎：孕育，此处指结果。

咏柳①

其一

莺丝如带复如眉，交影依依舞自迟②。
红粉楼中春欲去，不堪薄暮倚风时③。

其二

东风南陌绿盈盈④，二月飞花鸠雨晴⑤。
闺里不知杨柳色，却教离怨满春城⑥。

其三

堤上劳劳金缕微⑦，锦帆西望怅难归⑧。
轻阴犹染旌旗动，落絮何情点客衣⑨？

其四

御沟花岸翠条横⑩，拂槛参差春水平。
犹有昭阳新雨露，芙蓉亭上迟流莺⑪。

【校注】

①海岱本收录前二首，《曲阜诗钞》只收入"其二"。

②"莺丝"句：谓柳条如丝柳叶如眉，在轻风中交互掩映，微微飘动，缓缓起舞。莺丝：喻指柳丝（莺：鸟羽有文彩貌）。

③"红粉"句：日近黄昏时分，红粉佳人在楼中倚风而立，不忍心春光将去。红粉：多喻指美女，此处实为作者自指。

④绿：从海岱本和《曲阜诗钞》本，国图本作"浪"。盈盈：充盈貌。

⑤飞花：落花飘飞。唐·韩翃《寒食》诗："春城无处不飞花，寒食东风御柳斜。"鸠雨：下雨时节。俗谓鸠鸣为雨候，因称。宋·陆游《临江仙·离果州作》词："鸠雨催成新绿，燕泥收尽残红。"

⑥教：从海岱本和《曲阜诗钞》本，国图本作"令"。

⑦堤上劳劳金缕微：河堤上的柳树离得远了，柳条也渐渐看不见了。劳劳：遥远（劳，通"辽"）。金缕：指柳条。微：隐匿，隐藏。

⑧锦帆：借指装饰华丽的船。

⑨"轻阴"句：疏淡的树荫曾遮挡驶过的船上的旗帜，飘落的柳絮为何弄脏过客的衣服？轻阴：疏淡的树荫（阴，同"荫"）。染：熏染，影响。此指遮挡、遮阴。点：玷污，弄脏。

⑩御沟：流经宫苑的河道。此当指流经兖州鲁王宫前的御河。

⑪"犹有"句：谓还有后宫刚下过雨，芙蓉亭柳树上停着婉转鸣叫的黄莺。昭阳：汉宫殿名，后泛指后妃所住的宫殿。雨露：雨和露。此处偏指雨水。迟：迟留，停留。流莺：即莺（流，谓其鸣声婉转）。

醉言①

未悉壶中意，勉为醉者言。
举觞天路远②，酒国近平原③。
笑傲浑无碍，乾坤任吐吞④。
何时迷醒眼，贤圣许同论⑤？

【校注】

①醉言：即醉者言。此诗假借醉酒者的口，表达诗人渴望言论自由，可任由指点江山、激浊扬清的美好愿望。诗人当然知道这一愿望是不可能实现的，所以寄托于醉酒，在醉眼朦胧中这种奢望也许能够得到暂时的满足。

②举觞：举杯饮酒（觞：音 shāng，盛满酒的杯，亦泛指酒器）。天路：喻及第、出仕等。唐·王建《山中寄及第故人》诗："如何弃我去，天路忽腾骧。"

③酒国：酒乡。平原：即平原君，战国时赵国公子赵胜，善饮好士，食客尝数千人。《史记·范雎蔡泽列传》记载，秦昭王曾写信给平原君："寡人闻君之高义，愿与君为布衣之友，君幸过寡人，寡人愿与君为十日之饮。"后因以"十日饮"指朋友连日欢聚。

④"笑傲"句：戏谑不敬全无关系，江山社稷任凭谈论。乾坤：江山，天下，国家。吐吞：吞吐。此指谈吐，倾诉。

⑤"何时"句：什么时候能使清醒的眼睛迷惑不清，允许对污浊和清白一同加以评论呢？迷醒眼：使清醒的眼睛迷惑。贤圣：贤人酒和圣人酒的并称。《三国志·魏志·徐邈传》："平日醉客谓酒清者为圣人，浊者为贤人。"贤人酒指浊者，圣人酒指清者，故贤圣分别指代浊清。

挽同社养微兄诗未就，值栗兄枢归，书此志恸①

石门癯老人鲜识②，早岁经营晚淡息③。

世法抛却诵黄庭④，白鸥玄鹤凌秋日⑤。
耽奇著书穷石髓⑥，崚嶒傲骨山矗立⑦。
白发却结风雨盟⑧，城郭时见君颜色⑨。
吁嗟眼中之人皆老大，二十年来嗟何及⑩！

先生姻戚半同人⑪，西江归棹复忧集⑫。
一月两作故人哭，金章荷衣思脉脉⑬。
兵戈旅榇江水寒⑭，虎岩人去山路黑。
独怜情痴如予者⑮，朝涕沂南暮泗北⑯。

【校注】

①此诗海岱本题作"哭养微社兄诗未就，值粟兄榇归，书此志痛"。《曲阜诗钞》基本同海岱本，唯"榇"作"柩"、"痛"作"恸"。养微：指颜伯显，号养微，廪生。（据《颜氏族谱》）是颜伯璟的族兄和同社诗友。粟兄：指孔贞玙，字用修，号粟如，亦作立如。以拔贡任广信府（今广西梧州一带）通判。善文辞，工琴棋。是孔尚任的叔父，与贾凫西、颜伯璟相友善。

此诗上半部分追忆颜养微，后半部分写孔粟如。

②石门：石门山，在曲阜市东北，距城二十五公里。孔尚任曾隐居于此。癯老：清瘦的老人（癯：音 qú，瘦）。

③早岁经营晚淡息：谓早年筹划营运，操劳事业，晚年则淡泊闲适，休息在家。淡息：恬淡，闲适。淡：《曲阜诗钞》作"叹"。

④世法：指人事上的交际应酬。黄庭：指《黄庭经》。道教的经典著作。诵黄庭：从《曲阜诗钞》本，国图本作"黄庭游"。

⑤玄：《曲阜诗钞》本作"元"。

⑥耽奇：喜好奇异，专心于奇特之物。此二字《曲阜诗钞》作"闭门"。石髓：即石钟乳，古人用于服食。

⑦崚嶒傲骨山矗立：从《曲阜诗钞》本，国图本作"调高和寡言啧啧"。

⑧白发却结风雨盟：据《曲阜诗钞》本，首图本作"龙钟皓发盟风雨"。此指颜伯璟与颜伯显（养微）以及孔贞玙（粟如）、贾凫西等一般老人结成晚香诗社事。参看《六月苦雨》注⑧、注⑩。

⑨城郭时见君颜色：谓在城里方能时常看到您。颜色：面容，面色。

⑩"吁嗟"句：吁嗟：音 xū jiē，叹词，表示忧伤或有所感。此据《曲阜诗钞》本，国图本"皆"作"咸"，"嗟何及"作"何嗟及"。

⑪先生姻戚半同人：谓孔粟如先生的姻亲多半为我辈志同道合的诗友。按，

除孔粟如外，孔望如（粟如之兄）、孔方训（粟如族侄）等均为诗社成员。此据《曲阜诗钞》本，国图本作"先生姻媾多同人"。

⑫西江归棹复忧集：谓孔粟如的棺木千里迢迢从西江水运而来，让人又添忧愁。西江：珠江干流，孔粟如就任的广信府位于西江岸边。此据《曲阜诗钞》本，国图本作"西江归帆正萧索"。

⑬金章荷衣思脉脉：谓对粟兄、养微兄两位老友的怀念之情绵长深远。金章：金质的官印（一说铜印），因以指代官宦仕途。此指孔粟如。荷衣：传说中用荷叶制成的衣裳，亦指高人、隐士之服。此指颜养微。思脉脉：思绪连绵不断；此三字《曲阜诗钞》本作"同恻恻"。

⑭旅榇：客死者的灵柩。

⑮独怜情痴如予者：唯独可怜像我这样痴情的人。《曲阜诗钞》本作"独怜龙钟尚遗余"。

⑯朝涕沂南暮泗北：涕：从《曲阜诗钞》本，国图本作"睇"。沂：指沂河，流经曲阜南，于兖州东南汇入泗河。孔粟如的家在沂河之南。泗：指泗河，流经曲阜北。颜养微居家石门，在泗河之北。

春望①

无地可寻春，偏宜傍水滨②。
练光杂野马③，兰采待幽人④。
芳树笼烟袅，晴岚就暖新。
问牛时一望，诗思不为贫⑤。

【校注】

①此诗写一官员"无地可寻春"，来到郊野河水之滨，看到了大好春光，也顺便问一下民情，发一下诗兴。诗作隐含着对统治者揶揄嘲讽的意味。

②偏宜：最宜，特别合适。前蜀·李珣《浣溪纱》词："入夏偏宜澹薄妆，越罗衣褪郁金黄。"

③练：白色熟绢，亦指白、素。练光：白光，此指河流。野马：指野外蒸腾的水气。《庄子·逍遥游》："野马也，尘埃也，生物之以息相吹也。"郭象注："野马者，游气也。"成玄英疏："此言青春之时，阳气发动，遥望薮泽之中，犹如奔马，故谓之野马也。"

④幽人：幽隐之人，隐士。

⑤"问牛"句：谓官员到此一望大好春光，顺便问一下民情，诗兴还是有

的。问牛：《汉书·丙吉传》载：丙吉为相，见人逐牛，牛喘吐舌。吉问牛行几里。或谓牛喘为细事。吉曰："方春少阳用事，未可大热，恐牛近行用暑故喘，此时气失节，恐有所伤害也。三公典调和阴阳，职当忧，是以问之。"后以"问牛"称颂官员关怀民间疾苦。诗思：做诗的思路、情致。

拟大战露布①

祖帐临川道②，秋风羽健时。
为君折杨柳③，使我厌林陂④。
战策携囊重，暮云傍马披⑤。
山城行乐地，相望桂花期⑥。

【校注】

①此诗为待出征边城的壮士在饯行酒宴上所写，充满依依惜别之情。

露布：唐·封演《封氏闻见记》卷四："露布，捷书之别名也。诸军破贼，则以帛书建诸竿上，谓之露布。盖自汉已来有其名。所以名露布者，谓不封检，露而宣布，欲四方速知。亦谓之露版。"此处指布告，军旅文书。

②祖帐：在郊外路旁为饯送远行者而设的帷帐。亦指送行的酒筵。临川：面对河川。

③折杨柳：即"折柳"，折取柳枝。语出《三辅黄图·桥》："霸桥在长安东，跨水作桥。汉人送客至此桥折柳赠别。"后多用为赠别或送别之词。

④林陂：长满树木的山坡（陂：音 bēi，山坡）。

⑤"战策"句：写出征者在远方的情况：装满作战计划的行囊沉甸甸的，身披黄昏的云霞贴近着战马。

⑥相望桂花期：谓只有在月下相望。桂花：传说月中有桂花树，故以"桂花"指代月亮。

咏蝉①

蜩螗如沸羹，南威煽方逞②。
卑栖待物化，且愿羲轮永③。
昨夜梧桐飘，秋声泛金井④。
遥爱邱园深，共惜桑榆景⑤。
蠹籥乘虚空，天籁吹逾静⑥。

夕露生华滋，朝霞伴孤迥⑦。

念昔居草泽，不悉炎与冷⑧。

美荫良可怀，栗林更三省⑨。

【校注】

①此诗亦载颜光敏《颜氏家诚》卷二"承家"，诗题作《咏秋蝉》。颜光敏并记下这样一个细节：孔方训先生读了这首诗，叹曰："君家其可昌乎!"

②"蜩螗"句：蝉如沸腾的羹汤一样叫个不停，煽动暑热向人逞威。蜩螗：tiáo táng，蝉的别称。《诗·大雅·荡》："如蜩如螗，如沸如羹。"南威：南方极热的暑气。

③"卑栖"句：藏在地下等待太阳出来就变化成蝉，并且希望太阳永驻。卑栖：居于低下的地位。此处指生活在地底下。羲轮：太阳的别称。古代神话中驾御日车的神叫羲和，其所御日车即为羲轮。

④秋声：指秋天里自然界的声音，如风声、落叶声、虫鸟声等。金井：石井。金，谓其坚固。唐·李贺《河南府试十二月乐词·九月》："鸡人罢唱晓珑璁，鸦啼金井下疏桐。"叶葱奇注："金井，即石井。古人凡说坚固多用金，如金塘、金堤等。"

⑤"遥爱"句：谓秋蝉深爱园林，可惜好景不会久长。邱园：亦作"丘园"，乡村家园。桑榆景：桑榆之景，指晚年时光。

⑥"橐籥"句：谓橐籥内里空虚方能鼓风，秋风吹起自然界更加静谧。橐籥：音tuó yuè。亦作"橐爚"。古代冶炼时用以鼓风吹火的装置，类似风箱。《老子》："天地之间，其犹橐籥乎？虚而不屈，动而愈出。"吴澄注："橐籥，冶铸所以吹风炽火之器也。为函以周罩於外者，橐也；为辖以鼓扁於内者，籥也。"天籁：自然界的声响，如风声、鸟声、流水声等。逾：更加。

⑦"夕露"句：写秋蝉的生活情景。华滋：润泽，滋润（华，音huá）。孤迥：孤立，孤单。

⑧不：《颜氏家诚》卷二"承家"作"未"。

⑨"美荫"句：谓浓密的树荫的确令人怀念，而清冷的树林更能让人反省深思。美荫：浓荫。《庄子·山木》："睹一蝉方得美荫而忘其身。"栗：通"溧"，寒凉，清冷。三省：语本《论语·学而》中曾子的话："吾日三省吾身：为人谋而不忠乎？与朋友交而不信乎？传不习乎？"本指省察三事，后泛指认真反省自己的过失。

附　录

一、颜伯璟与光敏书（一通）①

连次家报来，知尔已强健照常，不觉色喜。但虑事繁心劳，尚当加意休养也。四叔前月念②日已至，却带沉疴，虽无大虑，亦须数月方可康复③。所求皆未就绪，病不能早归，殊觉狼狈④。幸涵⑤万亲家诸凡照料，未完之事悉托彼处，又差轿马远送至家，令人难安耳。便中宜一寄谢。泽州⑥王世兄，亦相待甚好，字亦留彼，不日还，欲差人去取信也。召恩钦车子，前月初七日行，想月尽⑦可到唐。轿夫二人并郭姓，同日到家，皆揽长夫⑧。因二人准假，他同支定银，势不能独留，故竟南来，不是尽有，情亦可原，容日或追欠银，或再遣还，另作区处也。廷试、出监⑨等事，来家都向我云深感照料，我亦不知果否，府主⑩亦不以为无当。而曲赐⑪原谅，果有力可效，自当奔走恐后也。家中此时修漏屋，诸仆无暇，尔母生日，亦不及再遣人去。待念外车人回信至，再报详细。大小平安，四叔恙亦勿以为虑，惟体虚须养耳。时五月初二日书。

【校注】

①录自《颜氏家藏尺牍》卷四。校勘所据版本有二：海山仙馆本，即道光二十七年（1847）出版的"丛书集成初编"本所据的底本；上图本，即上海科学技术文献出版社 2006 年影印出版的"上海图书馆藏珍稀文献"本，其中包括墨迹影印件和据以转换成通用字形的"释文"。

②念：即廿（音 niàn），数词。二十的合体。清·顾炎武《金石文字记》卷三："［开业寺碑］碑阴多宋人题名，有曰：'……元祐辛未阳月念五日题。'以廿为念，始见于此。"

③康复：据尺牍墨迹。海山仙馆本作"东复"，上图本释文作"平复"。

④狼狈：比喻艰难困窘，窘迫。

⑤涵：涵受，浸润。海山仙馆本、上图本释文均依尺牍墨迹作"涵"，初编本作"函"。

⑥泽州：古代州名，今属山西省晋城市。

⑦月尽：旧历每月的最后一天。上图本墨迹和释文均作"月尽"，海山仙馆本作"月底"。

⑧长夫：较长时间雇用的夫役，雇主按雇用月日计发或预支工钱。

⑨廷试：也称殿试，指科举制度中由皇帝亲自策问、在殿廷上举行的考试。

《清史稿·选举志一》："监生坐监期满，拨历部院练习政体。三月考勤，一年期满送廷试。"出监（音 jiàn）：在国子监完成学业，期满毕业。

⑩府主：指州郡长官。

⑪曲赐：对尊长的赐予、关照等的敬辞，犹言承蒙赐予。

二、颜伯璟生平事迹资料辑存

（一）

公讳伯璟，字士莹，山东曲阜人。中宪大夫知河间府事、讳胤绍之子，赠文林郎江都知县、讳弘化之孙，处士讳从麟之曾孙，而复圣颜子六十六世孙也。母曰孟孺人。公少补四氏学生员，读书卓荦，自喜不治章句。人或劝之锐意仕进，则曰："世事如炎火燎原者，将及于厦，处堂之燕雀，吾不为也。"从其父历凤阳、江都、邯郸，事无纤巨，侍对必中理。河间兵至，中宪公修渠蟾（蟾）为御，城孤乏援不支，衣朝衣朝冠北向拜。集家人一室中，举火自焚死。公暨弟伯玠时家兖州府，兵亦至。登坤以望，鸣镝自西来，集于谯门。城将陷，兵民皆窜。公性肥，不能驶足，伯玠性瘦善走，手掖公以行，步益窘。公曰："同死无益，弟亟去犹可活也。"伯玠不肯释。公绐弟他顾，自城跃下。伯玠俯视恸哭，矢及其身而卒。公仆地伤左足，极夜乃苏，为逻卒所得。见公修髯广颐，状甚伟，不敢害，车异以告其帅。公见帅不为屈，帅惊曰："吾略地以来，未尝见有此人。"问之，则颜子之后，遂延之坐，留帐前。遇复有被掠者对公偶语曰："昨见城中妇女十数辈，逻卒驱以走，中一妇不肯行，卒反刃击其臂，臂折犹骂不已，卒杀之墙下。有媪过之，指曰：'此颜氏妇也。'"公曰："得非吾妇乎？"语其帅，同被掠者至墙下，果然，盖刃伤已四日矣。验其息犹未绝，载之还，即今朱宜人是已。帅谓公曰："而日念而父，然兖州破时，河间之陷已一月矣。"公闻之长号，力请于帅，帅护之出军垒。公留朱宜人于曲阜。足尚跛，蹒跚走河间。时盗贼充斥于路，或积日不食。每被执，公慷慨与语，辄得释，卒达河间。哭其父甚哀，路人皆泣。中宪公之自焚也，幼子伯珣甫六岁，其仆吕有年抱之出火，负而走，途中流矢死，伯珣匿民间得免。公既拾父遗骸，访得其弟，遂与俱还。倪尚书元璐，中宪公实出其门，会道经河间，为文以祭，曰："父忠子孝，是吾师矣！"由是公以孝闻一时。公平生坦易，不沽名誉，暇则抽琴赋诗，与宗党结文酒之会，取怡悦性情而已。遇人甚温，而家法严以肃；友爱季弟，同居无间言。训子孙以博通经义。恒自言："吾寿止六十。"卒之，岁果验。

公生于某年月日，卒于某年月日，封奉直大夫，娶朱氏，奉宜人。有子七人。男六人：光猷，翰林院编修；光敏，吏部稽勋清吏司主事；光政、光枚、光孜、光敩，俱四氏学生员。女一人，嫁孔学炆。孙十四人：男六人，女八人。

彝尊获交吏部君久，继又识编修君。公之卒于陋巷里也，两君咸官京师。闻亲丧，辟踊尽哀，涕与血俱。四方观礼者，有颜丁善居丧之目。既成服，而后行将归葬公于侍郎之林，请为文，表诸墓。呜呼！公父死于忠，公蹇而走千里，白刃塞于前曾不少慑。其不死，于孝者仅尔，乃其配烈妇。其子又孝子也。以孝子之请，表孝子之墓，此文之无可辞者也。虽然，布衣之言不足重于时久矣，故夫欲荣亲者，必资卿相殊阶揭石于原，始足动人之观览。两君舍彼无求，顾属之彝尊，殆以其言之质，庶几可昭信后世也。故论次刻碣无溢辞。

——朱彝尊《封奉直大夫颜公墓表》，《曝书亭集》卷七十二

（二）

颜伯璟，字士莹，山东曲阜人。官河间知府、赠光禄寺卿允绍子。明诸生。朱彝尊《颜公墓表》：河间兵至，中宪公城孤乏援，集家人一室自焚。公暨弟伯玠，时家兖州府，兵亦至。公肥不能驰足，伯玠掖以行，公绐弟他顾，自跃城下。伯玠俯视痛哭，矢及身而卒。公伏地为逻卒所得，舁告其帅；帅惊，延之坐，留帐前。有被掠者语曰："一妇人不肯行，卒反刃击其臂折，骂不已，杀之墙下，已四日矣。"验其息未绝，载之还，即朱宜人。中宪公之自焚也，幼子伯珣甫六岁，其仆吕有年抱之出，途中流矢死，伯珣匿民间得免。公既拾父遗骸，访得与俱还。同居无间。

——《颜氏家藏尺牍》附姓氏考

（三）

颜伯璟，字士莹。生有异禀，状貌伟丽。为诸生，读书不屑章句。当明季壬午，父守河间，城陷殉难。时家居兖郡，道遂不闻。十二月兖亦陷，方乘城守御，仲弟伯玠死乱兵，自城堞跃下，伤左足。逻卒与见其帅，询家世，延之坐。知河间已破，念父矢忠节，无生理，长号绝地。帅怜而遣之。妻朱氏，遭兵不屈，齿刃且死。二子方患痘，得俱入曲阜获全。遂匍匐入河间。时流寇充斥，日鲜得食。或遇贼慷慨与语，辄解去。既得父遗骸，携幼弟伯珣归葬，哭踊□□。推革不仕，鼓琴赋诗，教子弟读书。洎殁，乡人谥曰"孝靖先生"，

崇祀乡贤。六子：光猷、光敏、光政、光雯、光孜、光敉。

——《颜氏世家谱》

（四）

颜伯璟，字士莹。复圣六十六世孙，明河间府知府允绍长子，诸生。茂才当明末河间公殉难时居兖州。城既陷，弟伯玠死乱兵中。茂才自城上跃下，贼怜而遣之。间行至河间，求父尸归葬。遂隐居不出，日鼓琴赋诗以终。

——《曲阜诗钞》卷一

（五）

先孝靖公，明廪膳生，改革后屏居不仕。晚年偕贾凫西、孔栗如诸老辈寄怀歌诗，稿多不存。考功《家诫》载《咏蝉》诗，云孔方训先生见之曰："颜氏其兴乎？"乾隆癸巳端午日元孙崇槃谨识。

——《海岱人文·先孝靖公遗诗》集前题记